THE EDGE

경계에 선 남자

DAVID BALDACCI

THE EDGE

경계에 선 남자

데이비드 발다치 장편소설

-

허형은 옮김   북로드

일러두기

옮긴이 주는 작은 괄호 안에 '옮긴이'를 별도 표기했다.

내게 많은 가르침을 준
내가 아는 최고의 법정 변호사
리 칼리가로를 기억하며

1장

여객용 열차를 타고 이동하는 건 딱히 위험한 일로 간주되지 않는다. 열차가 비단 위를 미끄러지듯 움직이게 정밀설계된 철로를 타고 바람처럼 날아가는 유럽에서는 더더욱 그렇다. 제네바-밀라노 구간에는 다수의 철도회사가 운영하는 왕복 노선이 하루에도 몇 번씩 출발했다. 덕분에 여차하면 새벽이나 한밤중에도 이동이 가능했다. 열차는 최대 시속 2백 킬로미터로 달렸고 그동안 승객들은 잠깐 눈을 붙이거나 스트리밍 플랫폼에서 드라마를 연이어 시청하거나 제법 안락하게 먹고 마셨다. 지금 이야기하려는 열차는 트레니탈리아(이탈리아의 대표적인 철도사―옮긴이)가 운영하는, 주둥이가 탄환처럼 날렵한 은색 아스토로 틸팅 열차(커브 구간에서 속력을 더 내기 위해 차체가 최대 8도까지 기울도록 설계한 열차―옮긴이)였다. 백 명 남짓한 이 열차의 승객 중 자기가 오늘 죽을지도 모른다고 생각한 이는 없었다.

한 사람만 빼고.

트래비스 디바인이 보기에 이 열차에는 자칫 사람을 병원에 보내는 수준을 넘어 아예 관짝으로 직행시킬 수도 있는 위험이 도사리고 있었다. 위험의 원천은 기차와는 상관없었다. 예리하게 벼려진 디바인의 촉이 그렇게 말해주었다. 그리고 그 촉은 그의 목숨이 경각에 달렸다고 경고하고 있었다.

제네바발 밀라노행은 아름다운 절경을 한껏 즐길 수 있는 노선이었다. 하늘을 찌를 듯 솟은 스위스령 알프스의 눈 덮인 산줄기들, 초록이 무성하게 덮여 파릇파릇한 골짜기들, 깔끔하게 정돈된 향기로운 포도밭들, 티 없이 맑은 두 호수, 예스럽고 그림 같은 마을들이 유서 깊은 두 도시 사이에 펼쳐졌다. 갈색 가죽을 씌운 일등칸 좌석에 앉은 디바인은 그런 것 따위 전혀 관심 없었다. 허공을 응시하는 것처럼 보이지만 실제로는 열차칸 안에서 벌어지는 일들을 속속들이 파악하고 있었다. 관찰할 게 참 많았다.

그가 손목시계를 봤다. 어떤 기차는 이 구간이 다섯 시간 25분 걸리지만, 그가 탄 열차는 네 시간보다 조금 덜 걸리는 급행이었다. 그 이동시간 중 90분이 남아 있었고 어쩌면 목숨도 딱 90분 남아 있는지 몰랐다. 평소 같으면 만석인 열차를 택했겠지만 제네바를 급하게 뜨는 바람에 시간을 조정할 여유가 없었고, 게다가 워낙 새벽에 출발해서 지금 일등칸에는 다른 승객이 세 명뿐이었다. 이미 승무원들이 한차례 검표하고 간 후였다. 일등칸인데도 불구하고 좌석까지 음식이 서빙되지 않았지만 대신 일등칸 구역과 이등칸 구역 사이에 식당칸이 하나 있었다. 승무원들이 다른 칸으로 가버린 지 오래인 지금 열차는 남쪽을 향한 여정의 남은 절반에 접어들고 있었다.

알파, 브라보, 찰리. 육군 레인저 출신인 디바인은 다른 세 승객을 속으로 이렇게 불렀다. 남자 둘 여자 하나. 그들은 승객이 아니었다.

적어도 디바인에게는.

적수. 악귀. 적병.

남자 둘은 디바인의 전방, 열차칸의 앞쪽 좌석에 자기들끼리 마주 보고 앉아 있었다. 여자는 디바인보다 2열 앞, 통로 건너편 좌석에 앉아 있었다. 학생처럼 보였다. 자리에 교재를 잔뜩 쌓아놓았고 의자 뒤 짐칸에는 뚱뚱한 배낭을 얹어두었다. 그리고 스케치북에 뭔가 그리고 있었다. 하지만 디바인은 학생인 척하는 사람에게 속은 적이 있었다.

남자들은 얇은 차창 바깥의 날씨에 대비해 두꺼운 외투를 걸치고 있었다. 안에 숨길 공간이 넉넉한 외투였다.

디바인은 일어나서 화장실을 두 번 다녀왔지만 그중 용변을 본 건 한 번뿐이었다. 다른 한 번은 순전히 정찰 목적이었다. 식당칸도 갔다가 먹을 걸 사 자리로 가져왔다. 다녀올 때마다 그의 좌석 뒤 수하물 선반에 있는 자기 기어백을 슬쩍 확인했다.

세 번째 확인했을 때, 보게 되리라 예상했던 것을 보았다.

그는 스마트폰에 이 열차의 여정을 띄우고 정확한 경로와 현 위치 그리고 가장 결정적인 타이밍을 확인했다. 특히 염두에 둘 건 열차가 스위스의 브리크라는 마을을 지난 후 들어갈 예정인 심플론 터널이었다. 그 터널에서 나오면 그들은 이탈리아에 있을 터였다. 지금 읽고 있는 기사에는 터널의 길이가 20킬로미터에 달하며 기차가 통과하는 데 8분이 걸린다고 나왔다. 1906년에 개통된 터널로, 어쩌면 세계에서 가장 유명한 열차라 할 수 있는 심플론 오리엔트 특급열차(파리-이스탄불을 왕복하는 '오리엔트 특급열차'와는 다른 노선—옮긴이)가 바로 이 터널에서 이름을 딴 거라고 했다.

디바인은 역사에는 관심이 없었고 오로지 터널에만 집중했다.

그는 관계자에게 문자로 긴급 메시지를 보낸 후 시간을 확인했다.

아까도 알파와 브라보가 각각 다른 타이밍에 그를 빤히 쳐다보는 걸 포착했지만 아무 반응도 하지 않았다. 그렇게 흘끔대는 걸 디바인의 세계에서는 **표적** 확인이라고 했다. 축구팀 레알 마드리드의 야구모자를 쓴 찰리는 한 번도 디바인을 보지 않았지만 대신 자기 가방에서 물건을 꺼내면서 다른 두 남자를 은근히 살폈다. 디바인이 눈여겨본바 여자의 움직임은 조금 뻣뻣하고 심지어 로봇 같기까지 했다. 아무렇지 않은 척하려고 너무 애써서 오히려 초조해진 탓이었다. 스트레스가 교감신경계를 활성화해, 현대 인류가 동굴에 살던 조상님들께 물려주셔서 감사하다고 넙죽 절해 마땅한 '도주-싸움-경직' 반응을 촉발한 것이다. 두려움은 신체에 생리적으로 영향을 미친다. 정신은 우리가 상상도 못 할 방식으로 우리를 뒤흔든다. 우리를 구하려다가 오히려 스트레스 자극 신호가 심장마비를 일으키거나 우리가 스스로를 구하지 못할 지경에 빠뜨리는 수가 있다. 아니면 이 경우처럼, 표적 제거 계획을 완전히 어그러뜨려 잠재적 희생자에게 목숨을 건질 기회를 주는 수도 있고.

디바인은 정확히 훈련받은 대로 상황을 분석해 모든 부수적 시나리오와 모든 약점을 파악했다. 두 남자는 실내 온도가 꽤 포근한데도 절대 외투를 벗지 않았다. 디바인은 더워서 진즉에 파카를 벗어버렸는데 말이다.

특히 손을 주머니에서 안 빼는 건 축적된 데이터에 근거한 적의의 징후였다. 손은 주요 화기, 주로 총의 사용에 필수로 동원되는 신체 부위니까. 게다가 두 남자는 디바인을 한 번도 아니고 두 번이나 표적 확인했다. 마지막으로 그들은 디바인이 아는 한 한 번도 자리를 뜨지 않았다. 그들 좌석의 간이테이블에 음식이나 음료 용기가 전혀 없었다. 그걸로 디바인의 3의 법칙이 완성되었다. 정상을 벗어난 행동 패턴 셋이 포착됐다는 건 디바인이 제 다리로 걸어 나가고 싶다면 재빨리 계획을 세워야 한다는 뜻이었다.

'내 기어백에서 발견한 것까지 하면 경고 신호가 최소 네 개니까 정신 바짝 차려야겠군.'

그는 한 번 더 손목시계를 확인한 후 가방을 슬쩍 살폈다. 식당칸에 다녀와서 보니 가방 지퍼가 그가 뒀던 상태에서 톱니 세 칸 위로가 있었다. 적절한 각도에서 보면 지퍼 손잡이에 찍힌 엄지 지문의 소용돌이까지 불빛에 비쳐 보였다. 디바인의 지문은 분명 아니었다. 가방 안에는 옷가지와 세면도구 외에 아무것도 없었다. 그렇지 않으면 그가 감시 장치도 없이 이렇게 방치할 리 없었다. 그는 이번 출장에 총을 가져오지 않은 자신을 속으로 두드려 팼다. 하지만 가져왔다면 여러 가지 이유로 문제가 됐을 것이었다.

국경역인 도모도솔라 역에서 스위스 경비대가 우르르 탑승해 세관 검사를 했다. 디바인에게도 신고할 물품이 있는지 그리고 현금은 얼마나 지니고 있는지 물었고, 그들에게 여권도 보여줘야 했다. 경비대가 다른 세 승객에게 똑같은 질문을 할 때 디바인은 그 셋을 티 안 나게 유심히 관찰했다. 남자 둘의 여권은 안 보였지만 여자의 여권은 1921년 이래로 줄곧 유지된 영국 여권 재킷의 고유 색상을 적당히 모방한, 푸른 바탕에 금박 장식의 브렉시트 이후 영국 여권인 것 같았다.

얼마 후 열차가 감속하기 시작하자 디바인이 창밖을 살폈다. 열차가 브리크에 도착했다. 일등칸에는 아무도 새로 탑승하지 않았고 스위스 경비대 말고는 아무도 내리지도 않았다. 디바인은 그들을 따라 내리거나 아니면 수상해 보이는 승객들이 있다고 신고할지 잠깐 고민했다. 하지만 나름의 계획이 섰기에 그걸 밀고 나가기로 했다. 그도 그렇지만 당장은 아무도, 스위스 경비대라 해도 믿을 수 없었다. 그가 싸우는 상대는 누구든 그리고 무엇이든 매수할 자원이 있는 이들이었으니까.

게다가 그 적수들은 그를 해칠 인센티브가 아주 강력했다. 순전히 자기들 이익을 위해 세계 정세 불안을 촉발하려는, 썩어빠졌지만 권세는 막강한 집단들의 의욕 넘치는 시도를 디바인이 미국을 대표해 저지했을 뿐 아니라 그 계략의 배후 장기말들에 적대적인 몇몇 정부를 전복시키는 예상치 못한 성과까지 올린 탓이었다. 인간이 부와 권력에 침 흘리는 한 이런 시도는 그치지 않을 성싶었다. 그러다 어느 날 성공해 정말로 세계를 정복할지도 모른다고 디바인은 생각했다.

열차가 미끄러지듯 역에서 벗어났다. 승무원 두 명이 들어오더니 새로 탑승한 승객이 없고 디바인이 식사 후 남은 쓰레기를 그중 한 명에게 넘긴 것 말고는 그들의 관심을 요하는 일도 없는 걸 확인하고는, 공적 업무가 끝난 후 그들 나름의 용무를 보러 그 칸의 반대편 문으로 나갔다.

열차 운행 속도가 차량 맨 앞 칸막이벽에 달린 전광판에 게시되고 있었다. 디바인은 속도가 시속 180킬로미터까지 올라갔다가 도로 떨어지는 것을 지켜보았다. 암산으로 마일을 킬로미터로 환산해 열차가 심플론 터널에 도달하기까지 걸릴 시간을 도출해봤다.

'12마일이 19킬로미터지. 그 거리를 8분에 주파하려면 시속을 꾸준히 얼마로 유지해야 하느냐면…… 음 알았어.'

화면을 다시 봤다. 160킬로미터…… 153킬로미터…… 142.5…….

열차가 터널에 막 들어선 순간 그는 파카를 걸치고 일어섰다. 이

제 유일한 광원은 열차칸의 실내조명뿐이었다. 디바인은 다음 칸과의 연결 통로에 있는 화장실을 향해 좌석 사이를 걸어갔다. 여자를 지나치면서 목탄으로 뭘 그리나 슬쩍 내려다봤다.

'흠, 말 되네. 의심의 일부나마 확인된 것도 소득이고. 하지만 진짜 증거는 곧 나타날 테고, 그건 명백한 증거일 거야.'

그는 전투용 호흡을 시작했다. 넷을 세면서 들이마시고 넷 셀 때까지 참았다가 다시 넷을 세면서 내뱉고 또 넷 셀 때까지 참고, 이걸 반복하는 호흡법이었다. 그러면 교감신경계가 활성화해 주변시를 지워버리고 우수한 운동 능력을 무용화해 그를 잡아먹히길 기다리는 덩치만 큰 멍청한 짐승으로 전락시키는 걸 막을 수 있었다. 그도 언젠가는 다른 사람들처럼 최후의 순간을 맞겠지만, 이렇게는 아니었다.

디바인이 알파와 브라보 옆을 지나갔지만 둘 다 그를 돌아보지 않았다. 자동문이 조용한 한숨을 쉬며 열렸고 디바인은 연결 통로로 나왔다. 화장실은 좌석에 앉은 승객의 시야에서 살짝 벗어난 각도로 오른쪽에 있었다.

곧 화장실 문이 열렸고 잠시 후 닫혔다.

덩치 큰 두 남자가 마치 끈으로 연결된 양 동시에 일어서더니 디바인을 쫓아갔다.

가면서 그들은 외투 주머니에서 꺼낸 화력이 조금 과하다 싶은 독일제 기관단총의 주둥이에 소음기를 돌려 끼웠다. 통로에 이른 그들의 귀에 물 흐르는 소리와 화장실 안에서 누군가 얘기하는 소리가 들려왔다. 그들은 총을 조준한 다음 그대로 종잇장 같은 화장실 문에 발사했다. 소음을 죽인 발사음은 터널을 통과하는 열차의 증폭된 굉음에 묻혀버렸다. 바로 그 이유로 이 타이밍을 노려 일을 벌인 거였다. 두 사람은 문 맨 위에서 저 아래까지 그리고 그 사이에도, 이어서 십자 모양으로도 촘촘히 탄환을 퍼부었다. 제한된 공간에 생존자를 남겨두지 않는 사계(射界)였다. 총 60발을 쏘았으니 표적 제거는 보장된 셈이었다.

브라보가 엄호하고 알파가 표적이 죽은 걸 확인하기 위해 너덜너덜해진 문을 밀어젖혔다. 그렇게 확인하고 아이폰으로 시신 사진까지 찍어 고용주에게 보내는 걸 청부 계약이 요구했기 때문이다.

한데 그가 발견한 건 수도꼭지를 열어놓은 텅 빈 화장실이었다. 그리고 바닥에는 벽에 기대놓은 핸드폰이 있었다. 그 핸드폰에서 팟캐스트가 재생되고 있었다.

그때 화장실 맞은편 창고 문이 벌컥 열리면서 브라보의 오른쪽 관자놀이를 때렸다.

둘이 탄창을 비울 때까지 기다렸기에 이제는 디바인이 우위였다. 두 남자가 각각 서 있는 자리를 빼앗는 게 디바인의 목표였다. 그렇게 하는 유일한 방법은 그 둘을 **제거하는** 것뿐이었다.

디바인은 양 엄지로 브라보의 눈을 찔러 시력을 상실시키는 것으로 작전을 개시했다. 그런 다음 한 손을 엄지와 나머지 네 손가락을 벌려 V자로 만들어 그 사이의 움푹 들어간 단단한 부위로 브라보의 목을 가격해 그의 기관지를 함몰시켰다. 이어서 양 팔꿈치를 브라보의 경추 오른쪽에 힘껏 꽂아 척추골을 으스러뜨려 그의 뇌를 몸뚱이에서 끊어냈다. 브라보는 바닥에 픽 쓰러지면서 싸움에서 그리고 인생에서 퇴장했다. 이 물 흐르듯 유려한 동작을 수행하는 데 4초밖에 안 걸렸다.

다음에는 벙찐 알파를, 그가 막 새 탄창을 끼우려는 순간 그 기관단총과 함께 화장실 문설주에 찍어 눌렀다. 그리고 총을 아래로, 이어서 연골이 으스러지는 회전각으로 옆으로 비틀어 알파의 손에서 떨어뜨렸다. 알파는 진즉에 탄창을 갈아 끼우고 디바인에게 겨눴어야 했지만 부신이 혈관에 코르티솔을 뿜어내 정신과 신체의 연결을 교란하는 바람에 거친 호흡을 하고 있었다. 마신 숨을 뱉기도 전에 동공이 2밀리미터에서 9밀리미터로 확장했고 주변시도 완전히 쓸모없어졌다. 디바인은 이 싸움이 다 된 밥이라는 걸 알았다. 왜냐면 그런 현상들이 자신에게서는 일어나지 않고 있으니까. 그의 인지 기능은, 그리고 자연히 그의 전투력 또한, 멀쩡히 작동했다.

알파가 어정쩡하게 휘두른 주먹이 디바인의 턱을 스쳤다. 하지만 제대로 타격을 주기엔 힘이 모자랐고, 패닉에 빠진 알파 본인만 몸의 중심을 잃고 말았다. 디바인이 노출된 알파의 오른쪽 신장 부위에 있는 힘껏 팔꿈치를 두 차례 내리꽂자 알파가 무릎을 쿵 찧으며 쓰러졌다. 디바인이 그의 옷깃을 그러쥐고 그의 머리를 열차 벽에 한 번, 그리고 또 한 번 박았다. 눈앞에 닥친 죽음을 직감했는지 절박해진 알파는 칼을 꺼내면서 몸을 홱 돌렸고 칼날이 디바인의 팔을 그었다. 하지만 겨냥이 엉성해서 빗나갔고 피해는 주로 디바인의 두터운 파카가 입었다.

'좋아, 이쯤 해서 쇼를 끝내야지. 이놈도 끝내고.'

디바인은 칼을 쥔 알파의 손을 억지로 벌렸고 그러자 칼이 쩽그랑 바닥에 떨어졌다. 이어서 손바닥으로 그의 오른쪽 귀를 고막이 터지도록 세게 갈겼다. 알파는 그대로 몸이 굳으면서 디바인과 마주 보고 서게 되었다. 디바인이 손바닥으로 그의 코를 한 차례, 이어서 동그랗게 모아 쥔 손으로 한 번 더 가격했다. 탄탄한 팔과 어깨, 넓은 등, 앞으로 내민 골반으로부터 끌어모은 운동에너지를 단번에 분출한 가격이었다. 이 군더더기 없는 공격이 만들어낸 엄청난 회전력에 연약하고 날카로운 코 연골이 알파의 연성 뇌 조직에 그대로 날아가 박혔다. 알파는 얼굴부터 바닥에 고꾸라졌다. 디바인은 확실히 끝내려고 육군에서 배운 방식 그대로 팔을 뻗어 알파의 목을 부러뜨렸다.

그는 죽은 두 남자와 그들의 화기를 화장실로 끌고 들어갔고 수도꼭지를 잠그고 자신의 핸드폰을 회수한 다음 탄환으로 벌집이 된 문을 꽉 닫았다.

격투는, 물론 테크닉도 중요하지만, 그저 테크닉을 마스터했다고 되는 게 아니었다. 그보다는 주로 한 단계 승화시킨 정신 상태에 달려 있었다. 그런 상태로 만들지 못하면 백병전 기술을 백날 강화해봐야 말짱 헛것이었다. 겁먹어서 써먹지도 못하게 되기 때문이다. **자기방어**라는 개념 자체가 패배를 약속하는 명제였다. 필드를 내주고 가만히 앉아 잡아먹힐 일만 기다리는 희생자로 만드니 말이다. 싸움은 방어가 아니다. 공격이다. 상대가 나를 해치거나 죽이려는 걸 막는 게 아니라 **내가 해치고 내가 죽여야 한다. 그들을.**

디바인은 멍든 턱을 문지르고 또 대단치 않은 걸 본능적으로 알아챈 팔의 자상도 살살 만져보면서 일등칸으로 돌아갔고, 들어가자마자 자신을 빤히 보는 찰리와 마주쳤다.

"무슨 일이에요?" 찰리가 흥분으로 눈을 빛내며 외쳤다. "웬 소란이에요?"

'좋아.' 디바인은 생각했다. '꿍꿍이가 드러날 순간이 왔군.'

찰리를 향해 걸어가면서 디바인은 실내가 비친 차창을 흘끔 봤다. 적어도 몇 분은 더 심플론 터널 속에 있을 테니까. 그리고 창에 비친 상에서 필요했던 정보를 확인했다.

그가 어깨를 으쓱하며 대꾸했다. "남자 두 놈이 사고 쳤어요. 화장

16

실이 아주 엉망입니다. 청소하려면 고역이겠는데요."

"세상에. 제가 뭐 도울 일 없을까요?"

디바인은 찰리의 목 근육이 지금은 이완되어 있고 동공도 보통 크기에 호흡도 정상인 걸 알아챘다. 세상을 뜬 두 덩치들과 다른 급이라는 뜻이었다.

디바인이 그녀의 옆에 멈춰 서서 그림을 내려다보며 대답했다. "있지요. 여기 두 시간 넘게 앉아 있었으면서 왜 스케치에 동그라미 하나 추가하지 않았는지 설명하면 되겠습니다."

그러자 찰리가 반쯤 몸을 일으켜 무릎에 얹어뒀던 날이 긴 칼을 휘둘렀다. 하지만 디바인은 창에 비친 칼을 이미 확인한 터였다. 그는 아예 방어용 블로킹에 시간을 낭비하지도 않았다. 바로 그녀의 턱에 주먹을 날린 후 자신보다 훨씬 왜소한 그녀의 몸을 번쩍 들어 벽에 꽂아버렸다. 찰리는 주먹 타격과 벽 충돌의 여파로 그대로 의식을 잃고 축 늘어졌다. 디바인은 일을 끝낼지 말지 잠시 고민했다. 하지만 그녀는 아직 젊었고 앞으로 자신의 죄를 회개할 여지도 있었다. 그는 칼은 챙기고 야구모자를 찰리의 머리에 푹 눌러 씌웠고 머리칼도 가냘픈 어깨에 드리운 다음 좌석에 일으켜 앉혀 그냥 잠든 것처럼 보이게 했다.

그런 다음 자기 기어백을 들고 식당칸으로 갔고 거기서 다시 이 등칸들을 통과해 맨 뒤 칸까지 이동했다. 거기서 챙겨온 칼을 쓰레기 수거함에 넣었다. 열차가 터널을 빠져나왔고, 밀라노 전 마지막 정차역인 스트레사에서 섰을 때 디바인은 하차했다. 아까 보내놓은 문자가 진가를 발휘해 때마침 검은 세단이 그를 데리러 왔다. 운전자가 그를 밀라노까지 데려다줄 것이다. 거기서 디바인은 항공편으로 미국으로 이동할 테고, 도착하면 필시 새로운 임무가 기다리고 있을 것이다.

기차역을 흘끔 돌아보는데 여자를 살려둔 게 실수였나 하는 생각
이 들었다.

그 답을 아는 데는 그리 오래 걸리지 않았다.

2장

    1960년대에 버지니아주 애넌데일에 지어진 어느 스트립몰의 허름한 사무실에 앉아 있는 에머슨 캠벨은 기분이 썩 좋지 않았다.

    퇴역한 육군 2성 장군 캠벨은 트래비스 디바인처럼 탭도 따고 스크롤도 단 레인저였다. 레인저스쿨을 졸업한 후 미 육군에서 가장 명망 높고 빡센 정예 특수부대인 제75레인저연대에 뽑혀 복무했다는 뜻이다. 바짝 깎은 암회색 머리와 세월의 무게가 묻어난 냉엄한 얼굴에서 절제하며 살아온 평생과 남달리 철저한 직업의식이 엿보였다. 하지만 아마도 가장 많은 이야기를 담고 있는 건 몇 차례의 참전과 일반 대중은 죽었다 깨도 모를 극비 임무에서 조국을 위해 싸우며 목격한 형언 불가한 참상들이 남긴 잔상일 터였다.

    디바인은 책상을 사이에 두고 마주 앉아 몇 달 전 자신을 국토안보부의 거대한 우산 아래 숨어 있는 특수프로젝트부의 요원으로 발탁한 남자를 찬찬히 뜯어보았다.

    '특수프로젝트부라.' 그는 속으로 곱씹었다. '코티용 댄스를 곁들

인 회사 파티를 준비하는 부서처럼 들리잖아.'

"한마디로 개판이야, 디바인. 이탈리아 정부와 스위스 정부 둘 다 공식적으로 항의했네. 두 국가 사이에서 총알로 벌집이 된 열차 화장실에 죽어 있는 남자 둘이라니. 모양새가 좋지 않아."

"한 남자가 죽은 채 발견되는 것보단 낫잖습니까. 저 말입니다. 사망자들 신원은 확인됐습니까?"

캠벨은 어깨를 으쓱했다. "카자흐스탄 용병, 그 이상도 이하도 아니네. 최소한 스무 명은 살해한 전적이 있는 놈들이야. 살인을 완수한 증거를 보낼 시 보수가 송금되는 형태였고, 신원 미상의 고용주와 교류한 흔적은 추적된 바 없네. 그 이상은 캐낼 방도가 없는데, 그러라고 그렇게 철저히 흔적을 지웠겠지."

"이력서에 스물한 번째 살인 완수라고 못 쓰게 한 것에 만족합니다. 여자는요?"

"현장에 여자는 없었네." 캠벨이 대답했다. "의식을 찾고 도주한 게 분명해."

"CCTV에 찍힌 것 없습니까?"

"알아보는 중인데 이탈리아와 스위스 당국이 지금으로선 순순히 협조를 안 해주고 있어."

디바인은 고개를 절레절레 저었다. '여자를 해치웠어야 했어. 하지만 의식을 잃었고 나한테 딱히 위협이 안 됐으니까.'

문득 캠벨이 자신을 살피고 있는 걸 알아챘다. "어려운 판단이었다는 것 알아, 디바인. 나라도 결정하기 힘들었을 거야."

"뭐, 인상착의는 알려드렸으니까요. 추후 팀원들이 여자의 신원을 알아낼 수도 있겠죠."

"이제 자네의 새 임무 얘기를 해보지."

"며칠 휴가도 안 주십니까?" 디바인이 반농담조로 던졌다.

"죽은 뒤에 실컷 쉬게."

"군대에서 많이 듣던 말이군요."

캠벨이 말했다. "작전 개요서를 이메일로 보내놨네. 열어봐."

핸드폰에서 이메일 첨부 파일을 연 디바인은 화면에 뜬 매력적인 30대 여성의 사진을 뚫어져라 들여다봤다. 매끈하고 창백한 피부에 금발이었고, 눈썹 아래 움푹 들어간 지적인 눈은 고해상도 사진 속에서 묘한 강렬함을 풍기며 형형히 빛나는 것 같았다.

캠벨이 입을 열었다. "제니퍼 실크웰이야. 실크웰 가문에 대해 들어봤나?"

"못 들어봤지만 이 브리핑이 끝나기 전 속속들이 알게 될 거라 믿습니다."

"커티스 실크웰은 메인주의 원로 상원의원이었네. 고조부가 해상 무역, 어업, 부동산, 농업으로 한 자산 일궜어. 지금은 그 자산 대부분이 사라졌지만. 가족이 메인의 옛 부지를 소유하고 있네만 그게 전부야."

"상원의원**이었다**고요?"

"3선 임기 중에 사임했네. 알츠하이머병에 걸렸는데 갈수록 증상이 심해졌거든. 월터 리드 육군의료센터에서 치료받다가 어느 날 더는 해줄 수 있는 치료가 없다는 게 분명해졌지. 현재 버지니아에 있는 사설 요양원에서 지내면서 마지막 날을 기다리고 있네."

"상원의원이었다는 이유로 월터 리드에서 치료받은 겁니까?"

"아니, 군 복무 이력 때문이야. 해병대에서 별 하나 달고 퇴역 후 정치판에 뛰어들었고 결혼해서 가정을 일궜지." 캠벨이 디바인의 의중을 간파하려는 듯 날카로운 시선을 던졌다. "까놓고 말하면 커트는 내 가장 가까운 친구 중 한 명이네. 베트남에서 나란히 싸웠거든. 두 번이나 내 목숨을 구해줬고."

"그렇군요."

"그래서 나한테는 개인적으로 중요한 사건이네, 디바인."

"알겠습니다."

"아내 클레어는 커트가 마지막으로 당선된 직후 이혼을 요구했어. 자네한테만 하는 얘긴데, 커트가 중병에 걸릴 낌새를 맡고 미리 발을 뺀 것 같네. 아플 때나 건강할 때나는 얼어죽을."

"지금 어디에 삽니까?"

"커트의 군화 닦을 깜냥도 못 되는 돈 많은 남자랑 진즉에 재혼해서 DC에서 잘 살고 있네."

"그래서, 어떤 사건입니까?" 캠벨이 어서 사감을 털어내고 임무에 집중하길 바라는 마음에 디바인이 불쑥 물었다.

"작전 개요서 5쪽으로 가보게. 제니퍼는 커티스와 클레어의 장녀야. CIA 요원이었고 주로 현장에서 뛰었지만 백악관 연락 담당으로 근무한 적도 있네. 초고속으로 승진했고 능력이 출중했어. 빈자리가 클 거야."

디바인은 5쪽을 재빨리 훑었다. "어떻게 된 겁니까?"

"나흘 전 살해당했네. 제니가 메인의 본가를 방문한 사이." 마지막에 가서 캠벨의 목소리가 갈라졌다.

디바인이 고개를 들었다. 캠벨의 얼굴이 붉으락푸르락하고 아랫입술이 떨렸다.

"아기 때 내가 안아준 적도 있는데. 내가 그 애 **대부**였단 말일세." 그는 눈물을 훔치고 숨을 고른 뒤 말을 이었다. "커트는 남들보다 늦게 가정을 이뤘어. 마흔이 다 돼서야 제니가 태어났지. 클레어는 커

22

트보다 훨씬 젊었어. 아직 대학생일 때 커트를 만나 결혼했으니까."

"범인에 대한 단서는 나왔습니까?"

"우리가 알기로는 없네."

"우리가 어떤 각도로 얽힌 겁니까?"

"제니 실크웰은 미국의 중요한 자산이었네. 정부의 거의 모든 일급 기밀에 접근할 자격이 있었어. 제니의 죽음이 그와 관련된 건지, 그리고 미국의 이해를 해칠 만한 정보를 누군가가 손에 넣었는지 알아내야 하네. 제니가 사적으로 쓰던 노트북은 제니의 집에서 발견됐고 정부가 지급한 핸드폰도 거기 있었네. 그런데 CIA가 지급한 노트북이 사무실에서도 집에서도 발견되지 않았고 개인용 핸드폰도 사라졌어. 기기들에 내장된 위치추적기는 다 꺼져 있는 상태고. 제니 같은 정부 요원은 그렇게 하는 게 관례지. 작전지역에 있어서 명령이나 임무 디테일 때문에 반드시 켜둬야 하는 게 아니라면. 요새는 데이터가 주로 클라우드에 저장되지만 제니가 하드드라이브나 핸드폰에 민감한 정보를 저장해뒀을 수도 있네. 그 기기들을 손에 넣은 자가 백도어로 우리 정부 기관의 클라우드에 접근하는 걸 막아야 해."

"그럼 저는 제니가 살해된 메인주의 어딘가로 가는 겁니까?"

"맞네. 메인주 퍼트넘. 그런데 아직은 아니야. 먼저 DC로 가서 클레어를 만나보게. 도움 될 정보를 가지고 있을지 모르니까. 그런 다음 메인으로 가게. 제니 사건에 관한 자세한 사항은 작전 개요서 8쪽부터 10쪽에 다 나와 있네."

디바인은 육군에서 훈련받은 대로 재빨리, 전체 내용을 파악해가며 내용을 훑었다. 전투에서는 시간이 결코 내 편이 아니다. 하지만 후에 결정적 단서가 될지 모를 세부사항을 건너뛰는 것 역시 득 될

게 없었다.

"저격범이 황동 탄피를 수거하지 않았다고요."

"그러네. 그리고 엄밀히는 황동이 아니라 폴리머 탄피야."

디바인의 얼굴에 놀란 기색이 어렸다. 진짜로 놀랐기 때문이었다.
"폴리머 탄피라고요?"

"맞아. 약실 안에서 팽창했다가 즉시 도로 수축하지. 자네도 잘 알
겠지만 황동 탄피는 팽창만 하잖나. 바로 수축하면 화기 상태 저하
가 적지. 약실이 발하는 열기를 폴리머가 막아주니까."

"열기와 마모가 덜하면 초킹 발생률도 줄고요." 디바인이 덧붙였다.
그러한 요소들로 인해 발포가 지연되는 현상을 가리키는 용어였다.

"육군은 서서히 황동 탄피와 작별하고 있어. 미서전쟁 때부터 붙
어 있었으니 헤어질 때도 됐지. 해병대도 .50구경 M2 기관총에 폴
리머 탄피를 시험하고 있네. 영국군도 5.56밀리 탄환에 폴리머를 장
착하려고 시동 걸고 있고."

"잘됐네요. 황동 탄피 때문에 장비 가방이 더 무거워지니까요."

"그래서 교체하려는 거야. 스마트폰이며 태블릿 컴퓨터에 새로
나온 무기랑 광학 기기까지 더하면 이제 육군 군장이 1인당 45킬로
그램에 달하거든. 황동에서 폴리머로 교체하는 건 군장 무게를 줄
이는, 비용 면에서 고효율적인 방편이지. 해병대의 경우 .50구경 폴
리머 탄피 48상자가 같은 양의 황동 탄피보다 거의 320킬로그램이
나 덜 나가. 게다가 재활용이 가능한 탄피라 현장에서 수리부속품을
3D로 프린트할 수 있을지도 모른다더군."

캠벨이 설명하는 동안 디바인은 개요서를 계속 읽어 내려갔다.
그러다 문득 고개를 들었다. ".300구경 노마 매그넘 탄환이 사용됐
네요."

"맞네." 캠벨이 대답했다.

"헤드스탬프(탄피 바닥면에 주로 제조사를 새긴 표시—옮긴이)를 보면 미 육군에서 쓰는 탄피고요."

"육군 저격병과 특전부대원 들이 배레트 MK22 소총에 노마 탄환을 장전하지."

디바인이 고개를 끄덕였다. "제가 전역한 **후에** 6.5 크리드무어에서 노마로 바꾸더군요. 그런데 육군이 .300 노마에 벌써 폴리머 탄피를 쓰고 있습니까?"

"그건 아니네. 노마를 비롯해 **폴리머** 부품을 장착한 다른 화기들을 미국 전역 군사시설에서 시험하고 있네만 정식으로 채택된 건 아니야. 군대가 어떤지 알잖나. 발생 가능한 모든 전투 시나리오를 상정해 수만 발을 쏴본 후에야 대량 보급 승인을 고려하겠지."

"제조사가 어딥니까?"

"워릭 아스널. 조지아주에 본사를 둔 작은 회사야."

"그렇다면 질문은 이게 되겠군요. 조지아에 있는 회사가 제조했고 아직 시험 중인 .300 노마 폴리머 탄피가 어쩌다가 메인의 범죄현장에서 발견되었는가?"

캠벨이 대꾸했다. "워릭사 담당자와 얘기해봤네. 재고를 몇 번이나 확인했지만 분실된 탄피는 없다더군. 하지만 내가 볼 때 그건 아무 의미 없어. 미국 전역의 군사시설에 탄피 수만 개를 보냈고 화력시험에 참여한 관계자만 해도 수백 명이니까. 단 한 개도 누락 없이 추적하는 건 불가능하지. 말 그대로 짚 더미에서 바늘 찾기야."

"그럼 누군가가 폴리머 탄피를 슬쩍했고 그걸 다른 누군가에게 넘겼는데 이후 여러 번 손바꿈이 일어났고 결국 제니 실크웰을 죽이는 데 사용됐다는 거군요. 그 탄피로 죽일 특별한 이유라도 있었을까요? 혹시 탄피 개발에 제니 실크웰이 어떤 식으로든 개입됐습니까?"

"전혀 아니네. 딱히 그 탄환을 써야 했을 이유도 모르겠고. 그건 자네가 조사에서 밝혀내야 할 부분이야. 그건 그렇고, 지역 경찰이 사건을 수사하고 있네. 그들과 협조해야 할 거야."

"그쪽이 저한테 협조해줄 이유는 있습니까?"

그러자 캠벨이 책상 서랍에서 검은색 가죽지갑으로 보이는 것을 꺼내 책상 위로 휙 미끄러뜨려 보냈다.

"이게 이유야."

열어보니 그건 반짝반짝한 배지까지 들어 있는 신분증지갑이었다. 디바인이 그걸 살펴보다가 놀라서 고개를 들었다.

"제가 국토안보부 특별수사관이라고요? 농담하십니까?"

"그만하면 물 샐 틈 없는 위장용 배경이지."

"제가 훈련받은 수사관이 아니라는 점만 빼면요."

캠벨이 신병 잡아먹는 교관의 눈빛으로 디바인을 쏘아봤다. "자신을 과소평가하지 말게. 자네는 전투 임무는 물론이고 중동에서 수사 임무도 몇 번 수행했잖나. 지난번 뉴욕에서 브래드 카울 건 때도 탐정 노릇을 썩 잘 해냈고. 내가 맡긴 다른 임무들에서도 우수한 수행력을 보여줬어. 이번에는 누가 제니를 죽였고 왜 죽였는지를 알아내게. 미국의 안보 이익이 침해당했는지도 알아보고. 제니의 노트북과 핸드폰도 찾아내고."

"누워서 껌 씹기네요." 디바인이 덤덤하게 뱉었다.

"포화 속에서 용기를 발휘하게, 일병." 캠벨이 받아쳤다.

"어째서 연방수사국이 다른 연방 기관들과 합동수사를 하지 않는 겁니까? CIA는 자기네 요원이 당하면 적진을 초토화할 기세로 덤벼들잖습니까. FBI도 그렇고요."

"CIA는 미 영토에서 수사관할권이 없네. 그리고 FBI 요원을 한 부대 파견하면 언론이 파헤치려 들 테고 삽시간에 소문이 퍼지겠지. 그러면 적들은 우리가 약화된 걸로 간주하고 기고만장해서 덤벼들 걸. 제니 실크웰은 CIA 요원이라는 지위와 전혀 무관한 이유로 살해당했을 수 있어. 만일 그렇다면 현장의 사정이 허락하는 한 위장 잠입해서 비밀리에 수사해야 해. 그러니 지금으로서는 디바인 **자네가 곧** 육군 당국이야."

"만약 '물 샐 틈 없는' 제 위장이 까발려지면요?"

"그럼 우리는 모르는 사이인 거네."

3장

 부슬비가 내리는 가운데 디바인은 워싱턴 DC 북서부 칼로라마 하이츠의 모처에서 클레어 로바즈가 사는 저택의 활짝 열린 대문으로 차를 몰아 들어갔다. DC에서도 최고 부촌 중 하나인 칼로라마의 집값은 중위값만 해도 수백만 달러를 훌쩍 넘었다. **칼로라마가 그리스어로 '아름다운 경치'**를 뜻한다는 걸 디바인은 검색해보고 알았다. 아름답기는 **정말** 아름다웠다. 두둑한 입장료를 치러야 볼 수 있는 경치지만.

 가까운 매사추세츠 애비뉴에는 외교관 거리가 있고, 근처에 네덜란드와 프랑스 외교공관 외에도 서른 개의 외국 대사관이 자리하고 있었다. 제프 베조스가 2천3백만 달러를 투자한 집이 이 근방에 있다는데, 그 바로 옆집도 5백만 달러를 들여 사들였다고 했다. 억만장자들은 방이 엄청나게 많이 필요하거나 아니면 평범한 부자들과의 사이에 넉넉한 완충공간을 둬야 안심이 되나 보다 싶었다.

 '그 정도 부자면 돈이 모노폴리 게임 돈처럼 느껴질 테니까.'

로바즈가 저택은 크고 견고했다. 석조와 큼지막한 통나무로 지은 본채에는 조그만 창들이 나 있고 상단이 원뿔형인 철재 탑들도 있었다. 부지에 널찍하고 경사진 잔디밭이 딸려 있고 거기에 다 자란 나무와 조경용 풀이며 꽃이 식재되어 있었다. 현명하게도 과한 과시로 주위를 압도하지 않는 동시에 대물림된 은근한 부를 전시하는데 한 푼도 아끼지 않은, 그러면서 어떤 디테일도 좌시하지 않은 티가 났다.

미리 전화를 해둔 터라, 직업의식이 투철해 보이는 잘 차려입은 여자가 문을 열어준 즉시 디바인을 대리석이 깔린 홀을 지나 오크 단일재의 위압적인 쌍여닫이문 앞으로 곧장 안내했다.

여자가 노크하자 안에서 교양 있는 여성의 목소리가 권위 있게 대답했다. "들어와요."

디바인은 어쩌면 암사자의 굴일지도 모르는 그 방으로 들어갔다.

벽마다 선반으로 꽉 차고 또 그 선반들은 가죽 제본한 책으로 꽉 찬 공간에 놓인 긴 안락의자에 클레어 로바즈가 위엄 있는 자세로 앉아 있었다. 한쪽 벽 앞에는 소소한 칵테일 바가 차려져 있었다. 로바즈의 시선이 순간 그리로 향한 건 디바인의 착각일까?

로바즈가 입은 연녹색 원피스는 그녀의 호리호리하고 자그마한 몸에 감탄스러울 만치 딱 맞게 재단된 옷이었다. 로바즈는 어깨에 닿는 길이의 머리칼을 염색하지 않고 우아한 흰 머리로 세도록 내버려두고 있었다.

그녀는 광택이 나는 목걸이의 조그만 진주알들을 만지작거리면서 디바인을 제외한 모든 것에 시선을 던졌다. 그가 찾아와서 불편한 기색이 역력했다. 화장은 거의 하지 않았는데, 붉게 충혈된 눈 밑의 다크서클로 최근 한참 동안 운 적이 있음을 알 수 있었다.

'내가 여기 없는 척하면 첫째 딸이 죽은 게 아닌 게 될 거라고 믿는지도 모르지.'

"로바즈 부인, 저는 국토안보부 소속 트래비스 디바인이라고 합니다."

"예, 압니다, 디바인 씨." 로바즈가 낮은 음성으로 대꾸했다. "앉으시죠."

그러더니 마침내—디바인이 보기에 체념한 기색으로—그를 똑바로 바라봤다.

"따뜻한 음료 드시겠어요? 오늘은 날이 좀 쌀쌀하네요."

"고맙지만 됐습니다." 그는 마주 놓인 윙체어에 앉았다. "따님 일은 진심으로 유감입니다."

로바즈가 그의 말에 움찔하더니 잠시 눈을 감았다. "우리 모두 제니가 무적이라고, 어디서든 생존할 애라고 믿었어요. 별별 일을 겪고도 살아남았는데…… 이런 추악하디 추악한 일에 말려들기 전까지는."

"경력도 흠잡을 데 없고 앞날이 창창했던 걸로 압니다."

"그 망할 직업이 걔의 목숨을 앗아갔어요." 로바즈가 격하게 내질렀다. 하지만 곧바로 품위 있는 안주인의 가면을 도로 썼다. "미안합니다." 그녀가 잦아든 목소리로 말했다.

"사과하실 일 아닙니다." 디바인이 방안을 둘러봤다. "남편분은 댁에 안 계십니까?"

"버논은 태국에 있어요. 적어도 내가 알기로는요. 일 때문에." 로바즈는 쓸쓸함을 감추지 못하며 덧붙였다. "어떤 사람한테는 일하고 돈 버는 게 세상에서 제일 중요한가 봐요. 심지어 자기 수양딸이 **살해당했는데도.**" 그녀는 자기 무릎으로 시선을 떨구고는 갑자기 감정을 다잡아야겠다 싶었는지 두 손을 단단히 깍지 꼈다. "참 우습죠, 디바인 씨."

"뭐가요?"

"커트랑 결혼했을 때 그 사람은 이미 전쟁 영웅이었어요. 어떤 적도 쓰러뜨리지 못할 크고 힘센 해병대원. 그런데 늘 집을 비웠어요. 돈 벌려고가 아니라 제니처럼 조국에 봉사하느라고요. 하지만 커트는 살아남았죠. 그러더니 정계에 입문하더군요. 사다리를 밟고 올라가 끝내 상원에 출마해 선출됐어요. 그러고는 또 늘상 집을 비우는 거예요. 이번에도 돈 벌려고가 아니라 공직에 봉사한다고. 우스운 건 이거예요." 로바즈가 말을 멈추고 손으로 비싼 진주를 살며시 쓰다듬으며 마음을 다잡았다. "뭐냐면, 뒤에 남은 사람들한테 동기는 상관없다는 거예요. 결과는 같으니까. 홀로 남겨지는 것."

"무슨 말씀인지 알겠습니다."

로바즈는 빼어난 경치 덕에 비싸고 수요도 많은 동네의 호화로운 저택 안에 세련되게 꾸며진 그 방을 둘러보았다. "많이들 그러듯 궁금해하실까 봐 말해드리는데요. 남의 집 잔디가 항상 더 푸른 건 아니더군요."

"따님이 이혼에 전적으로 찬성하진 않은 걸로 압니다만." 디바인이 조용히 운을 뗐다.

"한마디로, 이혼했다고 나를 미워했어요." 로바즈가 무릎에 두 손을 툭 떨어뜨렸다. "제니도 그렇고 다들 내가 커트가 병들었다고 버린 줄 압니다. 사실은 이혼하기 일 년 전에 이미 헤어지기로 합의 봤는데. 그런데 이혼 절차가 좀 늘어진 데다 커트도 상원의원 선거를 앞두고 있었어요. 그래서 상호 동의하에 기다리기로 했죠. 그러다 커트가 상원에 당선됐고 우리는 갈라섰어요. 그러곤 얼마 안 가 커트가 진단을 받았고 나는 비정한 전 아내가 돼 있더라고요."

"이혼 절차를 중단할 수도 있었을 것 같은데요." 디바인이 말했다.

"이미 버논을 만나서 약혼한 상태였어요. 최종 판결만 나면 며칠 안 남은 결혼을 발표하려고 기다리고 있었죠. 그게 아니어도 나는 커트에게 내 인생의 사십 년을 바치고 자녀도 셋이나 안겨줬어요. 그러는 새 커트는 군인으로 또 정치인으로 성공했고요. 근데 나는 어떤가요? 내 삶이라는 걸 미처 누려보지도 못했잖아요. 그래서 인생의 다음 장으로 넘어가 너무 늦기 전에 제대로 살아보기로 한 거예요. 이러나저러나 커트는 최고의 보살핌을 받을 테니까." 로바즈가 눈을 들었다. "디바인 씨도 내가 비정하다고 생각하겠죠?"

"남의 일로 왈가왈부하기를 즐기는 사람이 많지만 저는 딱히 재미를 느낀 적 없습니다."

로바즈는 고개를 끄덕였다. "자, 내가 뭘 도와드릴까요?"

"제니를 마지막으로 보거나 대화를 나눈 게 언제였습니까?"

"6개월쯤 전에 의사당 상원 청사에서 열린 커트 헌정 행사에서 봤어요."

"얘기 나눈 것도 그때가 마지막이었습니까?"

로바즈가 시선을 무릎으로 떨궜다. "아니요. 사실 얼마 전 제니가 전화를 걸어왔어요. 퍼트넘으로 가고 있다고. 다른 두 아이랑 거기서 자랐거든요. 커트의 선조 중 한 분인 하이럼 실크웰이 거기에 가족이 대대로 살 집을 지었어요. 고딕 양식의 집인데 개인적으로는 흉물이라고 생각해요. 커트가 병이 나기 전까지 그 집의 세금을 내고 있었어요. 도무지 팔아버릴 수가 없었나 봐요. 그이는 참 한결같이 추억에 매달리는 사람이었어요. 어떤 면에서는 과거에 굉장히 매여 살았죠."

"따님이 거기 가는 이유를 얘기했습니까?"

"매듭짓지 못한 일이 있다고 했습니다."

"어떤 종류의 일입니까?" 디바인이 날카롭게 물었다.

"그건 얘기 안 했어요. 나도 안 물었고."

디바인은 못 믿겠다는 얼굴로 로바즈를 봤다.

그녀가 그 눈길을 알아채고 덧붙였다. "우리 사이는 예전 같지 않아요, 디바인 요원. 제니는 다 커서 더 이상 내 조언이나 상담을 필요로 하지도 원하지도 않는답니다."

"그래도 두 분 사이가 그렇게 멀어졌는데도 불구하고 따님이 전화를 했잖습니까. 분명 이유가 있었을 텐데요."

"있었다 해도 나는 모르겠습니다."

"좋습니다, 그럼 따님이 뭘 두고 '매듭짓지 못한 일'이라고 했을지 **짐작이라도** 안 가십니까?"

"전혀요."

"다른 자제분들은요?"

"대크하고 알렉스예요. 둘은 아직 실크웰 저택에 살고 있어요."

"낡고 흉한 고딕 양식 건물에서 왜 계속 살고 싶어 할까요?"

"거기가 마음에 드나 보죠. 커트가 하원에 있었을 때 내가 애들 데리고 거기서 살았거든요. 우리 둘 다 애들까지 여기에 살면서 남의 시선에 시달리는 걸 원치 않았어요."

"두 자녀분들은 무슨 일을 합니까?"

"알렉스가 막내인데 화가예요. 에이전트만 얻으면 얼마든지 풍족하게 살 수 있을 정도로 재능이 뛰어나죠. 그곳 옛 지인들한테 그 애가 공립학교에서 파트타임으로 아이들을 가르친다는 얘기를 들었어요." 로바즈가 말을 멈추고 슬며시 미소 지었다. 하지만 이내 서글

프고 씁쓸한 표정이 뒤따랐다.

그녀가 말을 이었다. "셋 중에 제일 예쁨 받은 건 제니였어요. 영특하고 야망 넘치고 사랑스럽고, 하여간 다 가진 애였으니까. 근데 알렉스도 만만치 않게 잘났거든요. 제니보다 외모도 뛰어나고 똑똑하기까지 하니. 걔는 생일이 늦어서 늘 반에서 가장 어린 축이었어요. 한데 워낙 똑똑해서 초등학교 때 한 학년 월반까지 했으니. 제니도 월반은 못 했어요."

"아드님은요?"

"대크는 타투숍을 운영하면서 그 지역 사업체 몇 군데에 투자하고 있어요. 아주 기업가 정신이 넘치는 애죠. 억만장자가 돼서 부모 도움이 필요 없다는 걸 증명하고 싶어 하는 것 같아요. 육군에 입대했다가 전역했어요."

"이유를 여쭤도 되겠습니까?"

"그건 대크가 말해줄 거예요, 걔가 원한다면."

"제니가 동생들을 보러 간 걸 수도 있지 않습니까?"

"그랬을 수도 있죠. 내가 걔들한테 계속 연락했는데 둘 다 여태 회신이 없네요."

"남매가 서로 친했습니까?"

"한때는 그랬어요. 그런데 살다 보면 사람은 변하잖아요. 어떤지 아시죠?"

"그럼요. 그래도 대크와 알렉스는 서로 잘 지내나 봅니다, 같이 사는 걸 보니."

"집이 크니까요." 로바즈는 그냥 이렇게 대꾸했다. "혼자 사는 기분이 들 만큼 큰 집이라."

"장례식은 언제 어디서 열릴 예정입니까?"

"장례식은 없을 겁니다. 제니가 유언에 화장해서 유골을 바다에 뿌려달라고 명기해놨거든요. 격식 차리지 말고 호들갑 떨지도 말고."

"앞날을 미리 계획하는 타입이었군요."

"그딴 것보다 내가 죽어 묻히고도 한참 더 살아주는 걸 원한다고요!"

"그건 따님에게 선택권이 없는 것 같습니다." 디바인이 넌지시 짚었다.

로바즈가 코를 훌쩍이며 말했다. "커트는 제니가 간 것도 몰라요."

디바인이 말했다. "어쩌면 그편이 나을지도 모릅니다. 알렉스나 대크를 마지막으로 본 건 언젭니까?"

"솔직히 몇 년 됐어요. 이런 걸 소원해졌다고 하나요?" 로바즈는 괴로운 표정으로 눈을 감으며 덧붙였다.

"이혼 후에 그렇게 된 겁니까?"

"아무래도 그것도 상관이 있겠죠." 그녀가 눈을 뜨고 아득한 곳을 응시하며 무감정하게 대꾸했다.

디바인이 자리에서 일어섰다. "시간 내주셔서 감사합니다. 다른 게 생각나면 이리로 연락 주십쇼." 그러면서 막 인쇄되어 잉크가 번들거리는 것 같은 명함을 내밀었다.

클레어 로바즈는 팔을 뻗어 명함을 받더니 뜻밖에 강한 손아귀 힘으로 그의 손을 꽉 잡았다. "우리 애 목숨을 누가 앗아갔는지 밝혀주세요, 디바인 씨. 부탁입니다."

디바인이 로바즈를 내려다보며 대답했다. "최대한 노력하겠습니다, 선생님. 그건 약속할 수 있습니다."

4장

　이튿날 아침 디바인은 에머슨 캠벨과 함께 버지니아주 북부에 있
는 사설 요양원으로 커티스 실크웰을 찾아갔다.
　"클레어가 아직도 매주 보러 온다더군." 캠벨이 디바인을 위해 문
을 잡아주며 말했다.
　"그렇게 비정한 사람은 아닌가 보군요." 디바인의 말에 캠벨이 벌
레 씹은 얼굴을 했다.
　"그 정도면 비정하지." 그가 받아쳤다.
　간호사가 두 사람을 보안 구역인 '기억 병동'의 환자실로 안내했
다. 좁고 가구도 별로 없는 그 방에는 적어도 디바인이 느끼기에는
슬로모션으로 행진하는 기분이 들게 하는 뭔가, 죽음이라는 불가
항력의 미래를 무작정 기다리는 분위기가 어려 있었다.
　간호사가 나간 후 두 남자는 침대 위 연약한 형체로 시선을 돌렸
다. 튜브가 삽관되어 있지는 않지만 몸에 연결된 기계가 활력 징후
를 모니터링하고 있었다.

"통증도 없고 편안한 상태라고 하더군. 그래도 조만간 급식튜브를 삽관해야 할 거야." 캠벨이 심각한 투로 말했다. 디바인이 그에게서 들어본 적 없는 정도의 스트레스가 묻어난 어조였다. "음식을 전혀 안 먹고 있어. 깨어 있어도 먹을 생각조차 안 하고. 앞에 놓인 음식을 멍하니 보다가 다시 잠들 뿐이지. 겨우 음식을 삼키게 하면 어딘가에서 막혀서 흡인기로 빨아내야 하고. 연명처치 거부에 서명한 상태고 얼마 후면 시설 측도 처치를 단계적으로 축소할 거야."

두 사람은 한껏 쪼그라든 채 잠든 환자를 내려다봤다.

"내가 기억하는 이 양반은 키 189센티미터에 100킬로그램은 나가는 거구인데." 캠벨이 공허한 목소리로 덧붙였다. "부대원들을 이끌고 몇 번이고 지옥불에 뛰어들었다가 매번 당당히 살아 돌아온 영웅. 해병대가 수여하는 훈장과 표창은 전부 받았지. 어깨에 별 여럿 달았어야 마땅한데, 그러는 데 필요한 정치 놀음을 거부했어."

"장군님처럼요." 디바인이 한마디 했다.

"나보다 커트가 더 별 달 자격이 있어." 캠벨이 대꾸했다.

"제 생각엔 조국을 위해 총 드는 사람은 전부 별 달 자격이 있는 것 같습니다."

실크웰이 이불 속에서 기척을 하나 싶더니 눈을 떴다. 하지만 두 사람 중 누구에게도 초점을 맞추지 않았고, 멍한 두 눈이 잠시 천장 어딘가를 보더니 다시 스르륵 감겼다.

"몇 달 전부터 나를 못 알아봐." 캠벨이 말했다. "의사들 말로는 상태가 악화하고 있다는군. 회복될 가망이 없다고. 빌어먹을 알츠하이머."

캠벨은 디바인을 방에서 데리고 나온 후 살며시 문을 닫더니 그를 마주 보고 섰다.

"자네를 여기 데려온 건 미국의 진짜 영웅을 똑똑히 보라고 그런 거네. 커트는 딸의 살해범이 법의 심판을 받게 할 자격이 있어."

"현지 경찰은 그러지 못할 거라고 보시는 겁니까?"

"부서에 경관이 단 두 명이고 가용 자원도 얼마 안 되니, 맞네, 그리 믿음이 가지 않아. 그리고 제니의 죽음이 CIA 임무와 관련 **있다면** 이 사건은 연방수사국의 관할권에 속해, 현지 경찰이 아니라. 그렇다 해도 자네가 먼저 조사해보고 우리가 관할권을 주장할 여지를 찾아내야 해."

"그러니까 살인범을 찾아내서 국가 기밀을 훔치지 않았는지 알아내라는 거죠?"

"자네가 일단 살인범을 찾아내면 기밀 유출 여부나 제니의 죽음이 국가안보 관련 임무에 대한 보복으로 일어난 건지를 판별할 전문요원은 우리 부서에 많네."

"고향집에 산다는 동생들도 용의자겠죠? 제니가 매듭짓지 못한 일을 처리하러 간 거라고 로바즈 부인한테 전해들은 건 제가 말씀드렸죠?"

"맞네, 가족이고 친구고 모르는 사람이고 외국인이고 지금으로선 전부 다 용의자야."

"살해범이 진즉에 그곳을 떴다면요?"

"그건 사실로 확인되면 그때 가서 해결하기로 하지."

요양원 밖에서 캠벨은 디바인과 악수하며 당부했다. "지금 나한테는 이보다 중요한 사건은 없어. 행운을 비네. 운이 많이 따라야 할 것 같으니."

그러더니 그는 관용 SUV를 몰고 가버렸다.

디바인은 잠시 주차장에 서서, 자신의 첫째 딸이 먼저 저세상으로 간 줄도 모른 채 죽을 날만 기다리는 남자가 잠들어 있는 곳을 돌아봤다.

이번 사건이 캠벨에게 개인적으로 중요한 건 그도 잘 알았다. 더불어, 물론 직업적 객관성은 유지해야겠지만, 이번 임무의 일정 부분이 이제 디바인 자신에게도 개인적 의미를 띠게 되었다는 것도 알았다.

죽음을 앞둔 노병에게 이 정도는 해줘야 한다는 것이 그의 신조니까.

5장

비행기는 짧은 시간 강풍에 간담 서늘하게 요동치더니 메인주 뱅고어의 활주로에 덜컹 착륙했다. 거기서 내린 디바인은 렌트한 쉐보레 타호에 올라타 퍼트넘을 향해 동쪽으로 두 시간 반 걸리는 운전에 나섰다. 대서양의 바위투성이 해안을 끼고 자리한 조그마한 마을 퍼트넘은 인구가 디바인이 이탈리아에서 귀국할 때 탄 유나이티드 항공 점보제트기의 승객보다 적었다.

나뭇잎들은 벌써 다른 색 옷으로 갈아입고 그간 매달려 있던 나무와 관목의 가지를 버린 지 오래였다. 디바인의 뇌리에 남아 있던 뉴욕의 타는 듯한 여름과 유럽의 온화한 가을은 살을 에는 이곳 추위에 싹 지워졌다. 입고 있는 케이블니트 스웨터는 보온력이 영 시원찮았다.

마키어즈에 이른 그는 1번 도로로 진입해 북쪽으로 한동안 달리다가 다시, 동쪽에 자리한 세계에서 두 번째로 큰 대양으로 연결된 다른 도로로 접어들었다. 벌써부터 공기에서 짠 내가 났고 줄곧 차체를 흔들어대는 거센 바람의 기세가 느껴졌다. 바다가 바위 해안을 침식해 파고든 작은 만을 내다본 순간, 임무에 대한 부담에도 불구하고 그 고요한 경치에 마음이 가라앉았다.

'폭풍 전야인 걸까?'

기어백을 흘끔 돌아봤다. 그 안에는 다른 필요 물품들과 함께 그의 9밀리 글록과 예비 화기 한 자루 그리고 그 둘에 끼울 여분의 탄약이 들어 있었다.

디바인은 운전하면서 속으로 조사 개요서의 세부 내용을 다시 한번 곱씹었다.

제니 실크웰은 CIA의 작전장교였다. 지난 몇 년간 주로 중동과 관련된 임무를 수행했다. 그 전에는 러시아연방과 얽힌 임무를 담당했었고 그 전에는 남아메리카였다. 뛰어난 언어능력을 타고나 다국어 능통자였던 실크웰은 스페인어와 포르투갈어, 러시아어, 폴란드어를 유창히 구사했고 언어몰입 과정을 밟아 아랍어와 페르시아어까지 익힌 후 중동 지역으로 갔다. 일의 특성상 전 세계를 돌면서, 미국을 위해 일할 스파이로 직접 발탁해 심어둔 현지 정보원들을 만나고 다녔다.

어쩌면 그러고 다닌 게 얄궂게 그녀의 등에 과녁을 그려넣은 셈이됐는지도 모른다. 러시아인들은, 그리고 중동의 몇몇 파벌도, 일단 적으로 인지한 상대를 반격하는 데 주저함이 없었기 때문이다. 그러니 실크웰 살인에 대한 단서는 어쩌면 메인주 파트넘이 아니라 모스크바나 테헤란 아니면 다마스쿠스에서 찾아야 하는지도 몰랐다.

디바인은 실크웰 살인을 다룬 기사를 전국 발행 매체와 지역 매체 가리지 않고 다 읽어보았다. 주요 언론들은 현장 취재팀을 파견해 며칠간 소식을 전하더니 더 자극적인 뉴스거리를 찾아 떠났다.

만약 범인을 찾아내 체포했다면 대형 방송사들이 다시 와서 보도하고 있을 거라 짐작됐다.

반면 지역 언론들은, 그렇게 부르기도 민망하지만, 주야장천 이 사건만 보도했다. 전쟁 영웅이자 전 상원의원이며 그 자신도 지역 유지 겸 명망가 자손인 아버지를 둔 CIA 요원의 미해결 살인사건이라니, 과연 퍼트넘에서 일어난 일 중 가장 큰 뉴스거리이겠다 싶었다.

가는 길에 볼드 코스트(절벽 해안이라는 뜻—옮긴이) 경관도로임을 알리는 표지판들을 지나쳤다. 과연 딱 어울리는 이름이었다. 이동 경로가 메인만의 해안선에 더 가까워질수록 간간이 모래와 자갈이 펼쳐진 좁다란 해변들이, 그리고 자갈이 널린 돌출 곳들과 염수로 맨들맨들해진 돌마저 우직하게 파고든 튼튼하고 질긴 잡초가 잔뜩 낀 바위투성이 작은 만들을 따라 보초 서듯 우뚝 솟은 화강암 절벽들이 점점 더 눈에 들어왔다.

그러다 마침내, 다 썩어가는 기둥에 고정해놓은 비바람에 풍화된 판자 표지가 이곳이 퍼트넘의 법적 경계임을 알렸다. 더불어 퍼트넘 인구가 250명이 채 안 된다는 것도 알려주었다. 억센 사람들이겠군. 디바인은 생각했다. 이곳의 거친 지형과 냉혹한 날씨는 마음 약한 사람이라면 견딜 수 없을 것 같았다.

뉴잉글랜드 패트리어츠팀의 스키모자를 쓰고서 안장이 없는 녹슨 자전거를 모는 젊은 남자를 지나쳐갔다. 그 뒤로 각자 진흙을 뒤집어쓴 ATV를 모는 여자 둘이 엔진을 털털거리며 지나갔다. 반대편 차선에서 1980년대에 출시된 낡은 스테이션왜건 한 대가 천천히 달려와 지나쳐갔다. 왜건 운전자는 얼굴에 주름이 깊이 패고 그레이트데인 종처럼 볼이 축 늘어졌으며 가느다란 머리칼이 하얗게 센 노인이었다. 그는 심각한 얼굴로 디바인을 슥 훑어보더니 가버렸다.

퍼트넘 여관은 차 두 대가 겨우 달릴 수 있을 정도로 폭이 좁은 주도로를 끼고 서 있었다. 디바인은 핸들을 꺾어 주차장으로 들어가 차를 댄 후 짐을 내렸다.

길 건너편에는 깎아지른 화강암 절벽들에 둘러싸이다시피 한 작은 항만이 있고 메인만 쪽 바다를 향해 나가는 가느다란 물길이 나 있었다. 폭풍에 대비해 추가로 방어벽을 제공하려고 지은 인공 방파제로 보이는 것도 있었다. 무자비한 비바람에 닳고 닳은 잔교의 정박용 슬롯에 수많은 배들이 대어져 있는가 하면 어떤 배들은 수면이 거울처럼 매끈한 항만 앞바다에 계류 중이었다. 두꺼운 작업복 차림에 종아리를 다 덮는 방수 장화를 신은 남자들이 부두에서, 그리고 배 위에서도, 밧줄을 매거나 무거운 상자와 철제 우리를 나르거나 아니면 공중에 띄운 선체에서 기름때며 따개비를 벗겨내는 등 힘들게 일하고 있었다. 모르긴 몰라도 이 해안 곳곳에서 이런 분주한 광경이 똑같이 펼쳐지고 있을 것 같았다.

접수대 뒤의 미소 띤 여성이 자기가 여관 주인인 퍼트리샤 킹먼이라고 소개했다.

"퍼트넘에 잘 오셨습니다. 미리 사과드리는데, 우리 서비스가 썩 만족스럽지 못할 수도 있어요. 지금 일손이 모자라서요. 그래서 접수도 내가 맡고 있고. 요즘은 다들 일을 안 하려고 해요. 코로나 때문이라고들 하는데. 내 보기엔 그냥 게을러서 그렇구먼. X세대니 Y세대 Z세대 어쩌고 하는 요즘 애들 있잖아요? 하나같이 직업윤리가 없어요."

빼도 박도 못할 밀레니얼 세대인 디바인은 그저 입 다물고 명부에 서명한 후 신분증과 신용카드를 내밀었다. 그리고 방 열쇠를 받아들었다. 1파운드(0.45킬로그램) 무게의 납덩이가 달린 옛날식 열쇠였다.

"외출할 때 그 흉기는 맡기고 가도 돼요." 킹먼이 재밌어하는 표정으로 열쇠를 흘깃거리며 농을 던졌다. "아령 대용으로 쓰려면 가져가고."

"괜찮으시다면 그냥 가져가겠습니다." 디바인이 대답했다. 사적 공간에 아무나 쉽게 들어오게 할 생각은 추호도 없었다.

킹먼의 얼굴에서 재밌어하는 표정이 싹 가셨고 대신 놀란 기색이, 이어서 의심하는 빛이 어렸다.

"이 동네는 무슨 일로 오셨수, 디바인 씨? 냉동고에 들어가는 걸 즐기는 게 아니라면 휴양 차 오셨을 리는 없고."

"용무가 있어서 왔습니다." 디바인이 흔들림 없는 눈으로 킹먼을 바라봤다. "최근에 문제가 조금 있었다고 들었습니다."

"불쌍한 젊은이가 살해된 걸 문제라고 부를 수 있다면, 예, 맞습니다."

"그 젊은이의 이름이 뭐라고 하셨죠?"

"제니 실크웰이요."

"잠깐, 실크웰이라는 상원의원이 이 지역에 살지 않았습니까?"

"커티스 실크웰. 제니가 그 양반 딸이었지. 실크웰 씨는 병이 나서 사임했고요. 제니가 갈래머리 하고 무릎까지 오는 양말 신고 다닐 때부터 알고 지냈는데. 총명하기가 그지없고 예쁘장한 데다 아주 다정한 애였어요. 워싱턴 디시에서 일했지." 그러더니 킹먼은 근처에 엿들을 사람이라도 있는 양 신중히 주변을 살폈다. "사람들이 그러는데 걔가 첩보원인지 뭔지였다네요."

"그 '사람들'이 제니가 그 일 때문에 살해당했다던가요?"

그 말에 킹먼의 얼굴에 냉랭한 기운이 서렸다. "이 동네 토박이 중에는 제니의 머리카락 한 올이라도 해칠 사람 없어요. 다들 걔를 얼마나 예뻐했는데."

'적어도 한 사람은 예뻐하지 않았을 텐데.' 디바인이 속으로 뇌까렸다. "제니가 이 마을에서 자랐나 보죠?"

킹먼이 고개를 끄덕였다. "실크웰가가 대대로 살았던 조슬린 포인트에서요. 하이럼 실크웰의 부인 이름을 딴 저택이죠. 그 양반이 한 세기 전에 돈을 억수로 벌어서 그 집을 지어 올렸어요."

"실크웰가 사람들이 아직도 여기 사나요?"

"제니의 여동생 알렉스하고 남동생 대크가 아직 살아요. 조슬린 포인트에서."

"제니가 동생들을 만나러 왔다가 살해당한 건가요?"

킹먼이 가슴팍에 팔짱을 끼더니 상징적으로 한발 물러섰다. "나 좀 봐, 웬 주책이야. 생판 모르는 사람한테 실크웰가 이야기를 떠벌렸네. 그럼 잘 지내다 가시유, 디바인 씨. 미리 말해두는데 외부인은 여기서 별로 환대 못 받아요."

"숙박업은 정확히 그 반대되는 태도로 굴러가는 줄 알았는데요."

킹먼은 못마땅한 듯 입매를 일그러뜨렸다. "이 건물 바로 뒤가 디바인 씨 방이에요, 오른쪽 첫 번째 별채."

그러더니 접수대 뒤편에 드리운 푸른색 커튼 뒤로 성큼성큼 들어가버렸다.

딱히 낯선 이를 반기지 않는 곳에서 또 한 명의 낯선 이가 된 디바인은 가방들을 챙겨 접수데스크 앞을 떴다.

'내 인생이 이렇지 뭐.'

6장

별채는 안락하게 꾸며져 있었다. 사주 프레임의 커다란 침대가 가장 먼저 눈에 들어왔고, 이불과 캐노피는 똑같이 바다 경치와 바닷가재 그림이 그려진 게 한 세트인 듯했다. 나무가 타닥타닥 타오르는, 표면이 새카만 난로와 통나무 받침대에 소복이 쌓여 있는 향나무 땔감 그리고 불쏘시개 한 더미가 다른 쪽 벽을 거의 다 차지했다.

디바인은 짐을 정리한 다음 자기가 외출한 사이 누가 침입하면 알아챌 수 있도록 군데군데 덫을 설치했다. 그렇게 해놓고 창가의 작은 책상에 앉아 핸드폰으로 사건 개요서를 들여다봤다.

제니 실크웰은 CIA 작전장교로 일하면서 적을 만들었을 여지가 많았다. 하지만 타국 정부가 살인의 배후에 있는 게 아니라면 대체 누구에게 동기가 있을까?

'뭐, 그걸 알아내려고 여기 온 거잖아. 어서 일이나 하자고.'

그는 벨트에 찬 총집에 글록을 장착하고 문을 잠근 후 1파운드 나가는 납덩이 열쇠를 주머니에 넣고 타호에 올라타 출발했다.

46

항만을 천천히 지나면서 자연이 암벽을 깎아 만든 절경에 감탄이 절로 나왔다. 털털거리며 들어오는 보트가 몇 대 보였다. 배 위의 사내들은 눈을 게슴츠레 뜨고서 몹시 지친 얼굴로 담배를 피우거나 추운 날씨에도 불구하고 물을 벌컥벌컥 들이켰다.

'고된 직업이로군. 뭘 잡으러 나간 거든 잔뜩 잡아 왔기를.'

디바인은 해안을 따라 구불구불 난 길을 달려 조슬린 포인트로 갔다. 석양이 내려앉으면서 아직 불그스레한 해 그림자들을 짊어진 고동치는 어둠 곳곳을 음산하고도 그림처럼 아름다운 풍경이 조금씩 잠식해갔다. 디바인은 챙겨온 군용 고배율 쌍안경을 꺼내 주변을 살폈다.

도로에서 한참 들어가 달리 인적이 없는 너른 터에 자리한 조슬린 포인트는 대서양이 쉬지 않고 때려대는 바위투성이의 험준하고 시커먼 해안선을 배경으로 우뚝 서 있었다.

사진으로 봐두긴 했지만 실물은 사뭇 달랐다. 영화나 TV에 하고한 날 등장하는 귀신 들린 집 같았다. 음울하고 황량하고 을씨년스러운 그 집은 훨씬 암담하고 살기 힘들었던 시대를 고집스레 회상하듯 그렇게 서 있었다.

대충 자른 목재와 아마 이 근방에서 캐냈을 거칠고 색이 짙은 석재로 지어 올린 조슬린 포인트는 꼭대기 층에 망대까지 이고 있어, 까마득히 위에서 세상을 내려다보는 대리석 조각상 같은 형상이었다. 하나같이 비바람에 더럽혀진 슬레이트지붕을 얹은 원뿔형 또는 사각형의 부속탑들이 마치 삐져나온 머리 터럭처럼 집 전면의 여기저기에 튀어나와 있었다. 건물 외부는 이곳의 축축하고 염분 머금은 공기에 신이 나서 창궐한 이끼로 뭉텅뭉텅, 또 지의류로 듬성듬성 뒤덮이는 등 자연의 메이크업을 입고 있었다.

광활한 부지에는 다른 건물들도 점점이 흩어져 있었다. 버려진 듯한 건물들도 무너져가는 건물들도 있었지만 개중 몇 채는 어찌저찌 살 만해 보였다. 옛날에 몸종들이 쓰던 별채일지도 모르겠다는 생각이 들었다. 이런 저택에서 실제로 몸종을 부렸던 시대에는 그랬을 거라고.

부지는 거의 폐허 상태로 방치되어 있었다. 한때 튼튼한 석조 축받이—한쪽 돌에는 'J'가, 다른 쪽 돌에는 'P'가 새겨진—에 달려 있던 육중한 연철대문은 각각 한 개의 녹슨 경첩에 간신히 매달려 있었다.

창문이 셀 수 없이 많았는데 하나같이 거미 눈처럼 조그맣고 번들번들하며 중간문설주가 받친 형태라 햇빛 수용력은 별로 없고 거의 빛을 반사하기만 했다. 정문에 해당하는 커다란 나무문은 날씨에 시달리고 손상된 상태였다. 집 바로 옆에는 막 자라고 잎도 다 떨어진 나무들이 그 앙상한 가지로 지저분한 벽들을 바람을 타고 쓰다듬었다.

해가 서쪽 하늘의 산골짜기로 빠르게 넘어갈 무렵 디바인은 쌍안경을 내렸다. 북동풍이 기세를 더해가면서 시시각각 짙어지는 구름이 머리 위를 휙휙 지나갔다. 잠자코 지켜보는데 2층 창에 불이 들어왔다. 디바인이 다시 쌍안경을 눈에 갖다 댔다. 이 감시장비의 가시 범위와 선명도는 가히 놀라운 수준이었다. 세금이 얼마나 들어갔을지 생각하면 그래야 마땅하지만.

20분 후, 어둠이 짙어지는 가운데 불 밝힌 창가에 누군가가 나타났다. 디바인은 재빨리 그 사람에 쌍안경의 초점을 맞췄다.

알렉산드라, 그러니까 '알렉스' 실크웰은 선이 고운 얼굴을 양쪽에서 감싼 몇 가닥만 빼고 금발의 머리칼을 정수리에 말아 올리고 있었다. 그리고, 눈빛이 강렬했다. 아니, 디바인에게는 그렇게 보였다.

사실 그런 것들은 부차적으로 의식되었다. 알렉스가 옷을 안 입고 있다는 사실에 온 신경이 사로잡혔기 때문이다.

순간 민망해져서 그는 쌍안경을 내렸지만 여전히 맨눈으로, 세세한 디테일은 이제 식별할 수 없는데도, 그녀에게 시선을 고정했다.

'누가 자기를 보고 있는 걸 알까?'

근방에 차량이라고는 디바인이 몰고 온 차뿐이었다. 알렉스도 그 차와 헤드라이트 빛이 보일 터였다. 볼 테면 보라는 마음으로 기웃대는 놈들에게 쇼를 선보이는 건가? 아니면 누가 이런 쌍안경으로 자기를 볼 수 있다는 생각 자체를 못 하는 건가?

'그래, 그렇게 믿고 싶겠지.' 수치심을 느끼며 디바인이 속으로 중얼거렸다. '내가 차세대 장비로 무장한 관음증 변태 아니면 뭐란 말인가.'

그는 방 불이 다시 꺼질 때를 기다렸다가 그곳을 떴다.

가늘고 긴 톱날 같은 해안 도로를 따라 달리면서 그는 알렉스와 대크가 제니의 폭력적 죽음을 어떻게 받아들이고 있을지 궁금했다.

그리고 혹시 둘 중 하나가 제니를 죽인 건 아닐지도 궁금했다. 혹은 누가 죽였는지 알거나.

대크는 육군 사병이었고 군에서 분명 전반적인 무기 취급 훈련을 받았을 것이었다. 미 육군과 대크가 왜 갈라섰는지 알아내야 했다. 군은 신병을 쉽게 포기하지 않는다. 머릿수를 넉넉히 채울 만큼 지원병이 많은 게 아니기에, 그리 멀지 않은 과거에만 해도 당장 퇴짜놨을 면면을 요즘에는 못 본 척 넘어가곤 했다.

디바인은 차를 세우고 캠벨에게 그와 관련한 구체적 정보를 요청하는 문자를 보냈다.

북쪽으로 차 머리를 돌려 현지 경찰과 만나기로 약속한 장소로 가면서 진즉에 연한을 다하고 별로 우아하지 못하게 늙어가고 있는, 그런데도 두 청년이 여전히 살고 있는 오래된 저택의 창가에 나타난 여자를 다시금 떠올렸다.

이번 사건은 그가 생각했던 것보다 훨씬 더 복잡한 사건이 될지도 모르겠다는 느낌이 들었다.

디바인은 시간을 확인하고 액셀을 더 세게 밟았다. 죽어서는 안 되었을 여자의 시신을 들여다볼 시간이었다.

7장

디바인은 여러 나라에서 폭력적 죽음을 수없이 많이 목격했고 군인으로서 의무를 다하다가 그런 죽음을 몇 번 초래하기도 했다. 어떤 면에서는 끔찍한 죽음에 무감각해지기도 했다. 인간이 총 맞고 폭탄에 산산이 조각나고 칼로 도륙되는 걸 다 본 사람이 그걸 한 번 더 본다 한들 뭐가 다르겠는가? 피 흘리며 죽는 건 다 똑같은데.

디바인은 '빙 앤드 선즈'라는 장례업장의 주차장으로 차를 몰고 들어갔다. 순찰차 한 대가 정문 가까이 주차돼 있었다. '퍼트넘 경찰'이라는 글자가 독수리 그림과 함께 차체 측문에 새겨져 있는 게 눈에 들어왔다. 위풍당당한 그 독수리는 굳은 결의의 표정을 하고서 발톱으로 화살대를 꽉 쥐고 있었다.

그 건물은 본래 1950년대에 지어진 것으로 보였다. 그랬다가 리모델링과 증축을 거친 것을 디바인은 알아챘다. 비교적 최근에 지어진 별관 두 동 그리고 높은 굴뚝이 달린 화장장인 듯한 건물이 후미에 따로 있었다.

디바인은 한 발 내디딜 때마다 몸을 밀어대는 사나운 바람과 싸워가며 아스팔트도로를 건넜다.

그가 당기기도 전에 문이 벌컥 열리더니 경찰 정복을 입고 경찰모를 쓴 여자가 문 바로 안쪽에서 모습을 드러냈다. 디바인을 기다리고 있었던 게 틀림없었다.

나이 삼십 대로 보이는 그 경관은 키는 작은 편에 두툼한 체격이었고, 언뜻 보기에 체육관에서 무게깨나 치는 것 같았다. 긴소매셔츠 위에 외투나 재킷은 안 걸치고 있었다. 갈색 머리칼은 뒤로 넘겨핀으로 고정한 스타일이었다. 허리춤의 총집에 든 스미스 앤드 웨슨 .44 매그넘 리볼버가 눈에 띄었다. 경찰이 아직도 리볼버를 사용하는 줄은 몰랐는데. 그렇지만 저 바주카로 쏘면 상대가 다시 일어날 일은 없을 것 같으니까 뭐.

"국토안보부에서 나온 트래비스 디바인 맞습니까?" 경관이 퉁명스레 물었다.

"맞습니다."

"신분증 좀 봅시다." 경관이 명령조로 말했다.

디바인이 신분증을 제시하고는 물었다. "그쪽은요?"

"웬디 퍼스 경사입니다. 서장님은 프랑수아즈와 시신을 보고 계십니다. 가시죠."

두 사람은 복도를 따라 걷기 시작했다.

"프랑수아즈라고요?"

"프랑수아즈 기욤 박사. 이 지역 담당 법의관이십니다. 그분 할아버님이 동생이랑 이 장례업을 시작하셨죠. 아들들한테 물려줬고요. 지금은 프랑수아즈의 남동생 프레드가 맡아서 운영하고 있습니다. 프랑수아즈도 지역 개원의지만 여기서 일하기도 하고요."

"바쁘신 분이군요. 그럼 부검을 실시한 게 기욤 박사님입니까?"

그러자 경사가 걸음을 멈추고 그를 돌아봤다. "농담하는 거죠?"

"무슨 말씀이신지."

"그쪽 사람들하고 우리 쪽하고 기 싸움이 있었는데 모르시는 모양이네. DC에서 오거스타(메인주 주도―옮긴이) OCME, 그러니까 수석법의관사무소에 사람을 파견해서 부검을 시켰습니다. 그나마 메인주 수석법의관님이 고집해서 기욤 박사님이 보조했지요. 제니는 여기서 죽었고 그러니 **우리** 관할입니다, 연방 관할이 아니라."

"DC에서 온 사람들이 아직 여기 있습니까?"

"아니요, 전용기로 와서 부검하고 곧바로 전용기로 돌아가던데요. 내가 낸 세금이 그렇게 쓰이는 거 보니까 기분 차암 좋습디다." 경사가 티꺼운 표정으로 디바인을 위아래로 훑었다. "그러더니 오늘은 요원이 들이닥쳐서 우리가 진즉부터 하고 있던 일을 맡겠다질 않나."

"협업을 바라고 왔습니다만."

"그러시겠죠. 연방 요원들은 다 똑같다니까. 자기들이 현지인보다 우위에 있는 줄 알지."

"연방 기관이랑 부딪힌 경험이 많으신가 보죠?"

"국세청이랑은 부딪힌 적 있지요. 연방 기관이랑 엮이는 건 평생 그걸로 족합니다."

경사가 걸음을 빨리했고 디바인도 보조를 맞췄다. 그는 경사가 안짱다리이고 왼쪽 어깨가 오른쪽보다 살짝 아래로 기운 걸 알아챘다. 그래서 걸을 때마다 허리에 찬 권총집이, 리놀륨 바닥을 딛는 고무창 신발과 함께 끼익거렸다. 저러면 자기 위치가 탄로나 바로 적에게 제거당할 것 같았지만, 이 상황에서 퍼스 경사가 **연방 요원**의 그런 지적을 달가워하지는 않을 것 같았다.

53

짧은 복도 끝의 방 앞에 이르러 퍼스 경사가 문을 열어젖히고는 디바인에게 먼저 들어가라고 손짓했다.

그런데 디바인이 막 들어가려는 찰나 퍼스가 손을 뻗어 가로막았다. "시체 본 적 있습니까?" 그러고 딱딱한 어조로 물었다. "내 신발에 토하거나 기절할까 봐 그럽니다."

"그건 걱정 안 하셔도 됩니다." 디바인이 단호한 투로 대꾸했다.

그와 퍼스 경사가 들어간 공간에서 더 안쪽에 있는 방에서 두 사람이 기다리고 있었다. 그들은 시트로 덮은 시신이 놓인 철제 부검대 옆에 서 있었다. 방에는 죽음과 화학약품 냄새가 짙게 배어 있었다.

경사가 디바인을 경찰서장 리처드 웨인 하퍼에게 소개했고 서장은 자신을 '리치'도 '딕'도 아닌 리처드라고 부르라고 냉큼 당부했다.

"아니면 '서장님'도 좋습니다." 가볍게 말했지만 디바인에게 보내는 눈길에서 유머는 느껴지지 않았다.

사십 대 후반의 서장은 아랫배가 볼록 나왔고 키는 178센티쯤 돼 보였다. 하지만 움직임이 가벼웠고 한참 젊은 사람 모양 민첩했다. 숱이 풍성한 머리는 원래 갈색인데 희끗희끗 센 부분이 꽤 많았다. 총은 안 차고 있었지만 대신 벨트에 부착한 홀더에 금속제 경찰봉을 차고 있었다. 그의 두툼한 손이 줄곧 그 경찰봉 근처에 머물렀다. 하퍼 서장은 들숨 날숨마다 전기 펄스처럼 자신감을 발하는 사람 같았다.

프랑수아즈 기욤은 역시 사십 대에 하퍼보다 키가 2센티 정도 크고 운동선수처럼 몸이 늘씬했고, 적갈색 머리를 목덜미 부근에서 고무줄로 묶고 있었다. 활기차게 움직이는 지적인 눈이 합성재질의 끈에 달린 귀갑테 안경 너머에서 디바인을 스캔했다. 흰 실험실 가운은 그녀가 입은 짙은 청색 재킷과 바지를 일부만 가려주었다.

기욤은 허튼소리는 안 하는 사람으로 보였고 그걸 증명하듯 이렇게 말했다. "일할 준비 됐습니까, 디바인 요원?"

"부검은 오거스타에서 이루어진 줄 알았는데요?"

"그랬지요. 디바인 요원이 볼 수 있게 우리가 제니의 시신을 이리로 이송시켰습니다."

"그렇군요, 그럼 봅시다."

기욤이 CIA 작전장교였고 이제는 살인사건의 피해자가 된 제니 실크웰의 시신에서 시트를 휙 젖혔다.

디바인은 실크웰의 몸을 쭉 살펴봤다. 문득 벌거벗은 채 창가에 서 있던 그 동생이 떠올랐다. 하지만 자매의 닮은 점은 거기서 그쳤다. 알렉스 실크웰은 뒤통수에 뇌 한 움큼과 함께 생명을 앗아간 커다란 사출구가 나 있지 않으니까. 제니 실크웰의 이마 한가운데 조그맣게 난 까맣고 버석한 사입구는 사람을 죽일 만큼 치명적으로 보이지 않았다. 훨씬 참혹한 치명상을 많이 봤는데도 실크웰의 시신을 보고 있자니 생각했던 것보다 마음의 동요가 컸다.

그래도 사람은 잊고 범죄에 집중하자고 마음을 다잡았다. 하지만 그건 결코 쉬운 일은 아니었다. 군인이었을 때도, 지금도.

8장

    제니 실크웰은 동생과 이목구비가 비슷했다. 길고 얄쌍한 코, 넓고 매끈한 이마, 고전적인 턱선까지. 눈이 감겨 있어서 눈동자 색은 볼 수 없었다. 디바인이 물어보자 기욤은 회색에 가까운 연한 파란색이라고 알려주었다.

    기욤이 설명했다. "이건 원사 총상입니다. 박탈륜이 전형적 형태예요. 몸을 뚫고 들어가기 전 탄환의 변형이 없었음을 의미하죠. 접사 총상은 전혀 다르게 생겼어요. 피부가 삼각형으로 찢어지고 피부가 지져진 흔적과 검댕이 남습니다. 그런데 검댕이나 지져진 피부, 화약감입의 흔적이 전혀 없잖아요. 15센티 이내에서 입힌 근접사 총상은 보통 검댕을 남기거든요. 화약 잔사가 피부에 문신처럼 남는 건 **중거리** 총상의 특징입니다. 피부에 지져져서 제거할 수가 없죠. 중거리 총상 가능성을 배제한 건 그래서입니다. 총알이 옷을 관통하지는 않아서, 옷에서 오물륜이 채취되지 않았습니다." 기욤이 고개를 들어 디바인을 보며 덧붙였다. "탄환 표면에 묻어 있던 물질이 옷

56

가지에 옮겨 묻는 걸 말합니다."

"피해자가 염수에 잠겨 있었던 걸로 압니다." 디바인이 말했다.
"그럼 오물류이 묻었더라도 잔존하지 못했을 겁니다. 검댕과 함께
쓸려갔겠죠."

"하지만 원사 총상이라면 검댕이 안 남았을 테고 바닷물이 화약
감입에 별다른 영향을 주지도 않았겠죠." 기욤이 실크웰의 이마를
가리켰다. "저기 보이는 건 '혜성의 꼬리'라는 겁니다. 보통 탄환의
사입 방향을 알려주는데, 왼쪽에서 오른쪽으로 들어왔어요. 여기 꼬
리가 극도로 작게 남은 건 사입이 거의 수직으로 이루어졌음을 말
해줘요." 기욤은 사출구가 보이게끔 제니의 머리를 옆으로 돌렸다.
"흔히들 사출구가 항상 사입구보다 크다고 단정 짓지요." 그리고 설
명을 이어갔다. "하지만 구멍의 크기로만 사입구 사출구를 판별하는
건 잘못입니다. 그리고 박탈륜과 검댕, 화약감입은 사출구와 관련
된 흔적이 아닙니다. 보시다시피 제니의 박탈륜은 탄환이 몸의 정면
에서 들어갔음을 분명히 말해줍니다. 사출구가 벌어져 있는데, 그건
에너지가 이마뼈(전두골)을 지나고 뇌 연부조직을 거쳐 후두골로 이
어지는 경로로 이동했음을 뜻합니다. 두개골 파편이 강한 힘에 의해
사도(射道)를 따라 추진됐고 그로 인해 사출구가 더 넓어졌어요. 죽
음은 즉각적이었을 겁니다." 기욤이 여태까지의 사무적 어조를 조금
누그러뜨린 투로 덧붙였다. "무슨 일인지 알아채기도 전에 숨이 끊
겼을 거예요."

'죽음은 즉각적이었을 것이다. 무슨 일인지 알아채기도 전에 숨이
끊겼을 것이다.'

디바인은 그 말을 수없이 여러 번 들었고 어떤 생리학적 기전으로
그런 현상이 일어나는지도 잘 알았지만 진심으로 그걸 믿은 적은 없

었다. 그도 수차례 죽음의 문턱에 가봤지만 매번 마치 임박한 종말을 단 1초도 놓치지 않으려는 듯 뇌가 더욱 가속하는 것 같았었다.

'단지 천 분의 일 초 동안이라도 다 끝났다는 걸 알걸. 이게 마지막이라는 걸.'

디바인이 말했다. "독성물질 검사 결과는 아직 안 나왔겠죠?"

"맙소사, 그럼요. 혈액 검사도 그렇고, 좀 기다려야 할 겁니다. TV 드라마를 보면 금세 되는 것 같죠. 두 번째 광고가 나갈 때쯤이면 독성물질 검사랑 DNA 검사 결과가 나와 있으니까요. 현실은 훨씬 느리게 진행됩니다. 우리가 할리우드만큼 예산이 없어서 그런가 봐요."

"지금 말씀해주실 수 있는 건 뭐가 있습니까?"

"위장이 비어 있었고, 혈액 예비보고와 조직 검사 보고로는 체내에서 별다른 물질이 검출되지 않았습니다. 더 명확한 건 독성물질 검사에서 나올 겁니다. 메인주에서 의뢰하는 독성 검사는 전부 펜실베이니아의 공인 민간업체에서 분석되는데, 이번 건 연방 연구시설로 가는 걸로 압니다. 그러니 회신이 더 빨리 올지도 모르겠네요."

"법의사무소에서 조사를 도우러 MDI 두 명도 파견됐어요." 하퍼가 거들었다. "지금은 오거스타로 돌아갔지만."

"MDI라뇨?" 디바인이 물었다.

"법의조사관요." 기욤이 대답했다. "OCME 소속입니다. 메인주에 딱 세 명 있는데 이번 사건이 워낙 중요해서 둘이나 여기 온 거죠."

"하지만 전반적으로 큰 진전을 보지는 못했어요." 하퍼가 말했다. 그가 디바인을 슬쩍 쳐다봤는데 그 눈빛이 호의적이지는 않았다. "그러니까 요원을 보낸 거겠지만."

"이 사건을 해결하려면 한 사람으로는 안 되려나 봅니다." 디바인이 융통성 있게 받아쳤다.

58

하퍼가 대꾸했다. "하, 메인주 전체에서 살인이 일 년에 서른 건 미만인데. 갑자기 며칠 만에 두 건이 생기다니."

"두 건요?" 디바인이 물었다.

"뺑소니였습니다." 퍼스가 끼어들었다. "이 사건과는 무관해요."

"그 사건도 피해자 부검을 맡으셨습니까?" 디바인이 기욤을 보며 물었다.

"차석법의관이 실질적 검시를 맡았지만 나도 보조했습니다. 변사였고 하퍼 서장님이 즉시 OCME에 신고하셨어요. 정황을 고려하면 완전 부검이 필요하다는 데 이론의 여지가 없었습니다."

"전부 다 부검하지 않습니까?" 디바인이 물었다.

"그럴 리가요. 매년 메인 주민 만 5천 명이 사망하는데요. 절대다수가 사고사고요. 우리는 야외 활동을 좋아하는 독립적인 사람들이고 그런 생활에는 위험이 따르죠. 두 번째로 높은 사망원인은 자연사 그다음이 자살, 다음이 원인 미상, 그리고 감사하게도 살인에 의한 사망은 마지막입니다. 그래도 부검률이 올라가고 있긴 해요. 2000년에 6퍼센트였던 게 그 이듬해에는 11퍼센트가 되더니 작년에는 전체 사망 건의 15퍼센트를 완전 부검 했거든요."

"부검률을 올리는 가장 강력한 추동 요인이 뭡니까?" 디바인이 물었다.

"약물 과다사용입니다." 기욤이 즉각 대답했다.

"구체적으로는 빌어먹을 펜타닐이지." 하퍼가 이를 갈며 덧붙였다.

기욤이 고개를 끄덕였다. "그것 때문에 OCME 예산이 다 소진되고 있어요. 완전 부검에 전체 독성물질 검사, 혈액 검사까지 다 하려면 드는 비용이 결코 적지 않거든요. 오거스타에 수용력이 더 큰 OCME 시설을 새로 짓고 있지만 전산망까지 갖추려면 한참 걸릴 겁니다. 원래는 형사재판에 필요한 경우나 55세 미만인 주민의 갑작스러운 죽음 아니면 전염병 같은 공공 안전에 대한 우려가 있는 경우에만 완전 부검을 실시했었는데. 지금은 펜타닐 위기 때문에, 사망 요인이 의심스러울 경우 서른 살 아래의 모든 사망자를 완전 부검 하라는 결정이 내려졌어요. 반대로, 예를 들어 머리에 자해 총상을 입은 경우라면 부검을 진행하지 않습니다. 제니는 총상만 아니면 놀랍도록 건강한 상태였고 아마 백 살까지 거뜬히 살았을 겁니다."

"사망 시점은 어떻게 됩니까?" 디바인이 자신을 빤히 쳐다보는 하퍼와 퍼스를 보며 질문했다.

"시신이 발견된 날 밤 아홉 시에서 열한 시 사이입니다."

"그 판단에 이의 없으십니까?" 디바인이 물었다.

"차석법의관은 이의 없었고 저도 동의했습니다. 연방 당국이 파견한 법의관도 최종 결재했고요. 법의학 증거만 가지고 내린 결론이 아니라 피해자가 마지막으로 목격된 시점에서 사망한 채 발견된 시점까지의 시간대도 고려한 겁니다."

"군용 탄약이 현장에서 발견됐다고요."

하퍼가 대신 대꾸했다. "'연방' 기관에서 쓰는 탄약이에요. 동료가 살해한 거라고 보세요?"

디바인이 하퍼를 돌아보니 그는 조롱하는 표정을 짓고 있었다. 디바인은 그 발언에 **언짢음**을 표하고픈 충동을 애써 눌렀다.

"아직 판단하긴 이릅니다." 디바인은 그냥 이렇게 대꾸했다. "사도에서 확인된 손상을 좀 더 자세히 설명해주시겠습니까?"

"상당한 수준입니다."

"**상당한** 게 어느 정도인지 설명해주십쇼."

그 질문에 기욤은 다소 신경이 긁힌 것 같았다.

"일부러 재수 없게 구는 거 아닙니다." 디바인이 해명했다. "그런데 .300 노마 매그넘 탄은 탄약도 꽤 많이 들어가고 탄속이 빠른 화기거든요. 덩치 큰 짐승도 거뜬히 쓰러뜨릴 수 있을 정도로요."

"우리가 발견한 탄피가 피해자를 죽인 탄환과 일치하지 않을지도 모른다고 의심하는 거예요?" 하퍼가 물었다.

"실제 탄환이 발견되지 않은 상황에서 그저 만전을 기하는 겁니다." 그리고 디바인은 대답을 기대하는 표정으로 기욤을 돌아봤다.

"저도 고속탄이 사용됐다고 봅니다. 운동에너지가 상당했거든요, 사출구도 크고. 사출구에는 아까 보여드린 대로 총창에서 딸려 나온 뼈와 조직이 상당량 묻어 있었고요. 사용된 탄환은 덤덤탄(명중하면 터지면서 상처 구멍을 크게 하는 탄환─옮긴이)은 아니었습니다. 사도가 급격히 커진 흔적은 없었으니까요. 거의 직각으로 피해자의 머리에 들어갔다가 뒤로 나왔어요."

"그러면 풀 메탈 재킷(총탄의 납 탄두를 완전히 구리로 감싼 것─옮긴이) 탄환, 그러니까 군에서 흔히 말하는 소구경 실탄일 수도 있습니까?" 디바인이 말했다.

"아무래도 그럴 수 있죠."

"그게 왜 중요한데요?" 퍼스는 진심으로 궁금한 표정이었다.

디바인이 대답했다. "나토 동맹군들 대부분은 백 년도 더 전에 조인된 헤이그조약 국제협정 때문에 FMJ, 그러니까 풀 메탈 재킷만 사용합니다. 덤덤탄 사용을 금지했거든요. FMJ가 의도치 않은 목표물을 맞힐 위험성이 더 큰데도 불구하고 말입니다. 사도의 팽창이 신체 내부로 제한되는 경향이 있으니까요. 전 세계 경찰이 덤덤탄을 쓰는 이유도 그겁니다. 표적은 쓰러뜨리되 비표적에게 피해를 줄 위험은 최소화할 수 있어서요."

기욤이 끼어들었다. "그렇지만 탄의 텀블링 현상(탄환이 신체조직 같은 매개를 관통하면서 방향을 바꾸거나 회전하는 현상—옮긴이)이 표적에 엄청난 피해를 입힐 텐데요."

디바인이 설명을 이어갔다. "미국은 협약을 비준하지 않았는데도 대체로는 준수해왔습니다. 그건 그렇지만 미 육군은 현재 군수 체인 중 일부에서 할로우 포인트(탄두 앞부분을 파서 표적에 더 큰 위해를 가하게 만든 탄—옮긴이)를 사용하고 있습니다. 휴대용 무기든 뭐든요. 헤이그 협약은 전시에만 적용되니까—하지만 까놓고 말해 전쟁의 지형이 변했잖습니까. 이제는 상대국의 외떨어진 고립지역으로 대규모 군대가 쳐들어가기보다 도시와 시골에서 벌어지는 길거리 싸움에 가깝죠."

하퍼가 기욤을 보며 말했다. "그러니까 정리하자면, 제니가 덤덤탄에 맞은 건 아니라 이거죠? 이 .300 노마 탄환도 장전이 가능한 화기에 당했다는 거죠?"

"맞습니다." 기욤이 대답했다. "그 얘기는 이미 한 걸로 아는데요."

하퍼가 의기양양하게 디바인을 돌아다봤다. "이제 만족하세요?"

"일단은요. 제니가 여기 와 있는 동안 누굴 만났습니까? 여동생이나 남동생은 안 만났습니까?"

"모릅니다." 하퍼가 대꾸했다. "어쨌든 알렉스와 대크를 만났는지 여부는 우리도 몰라요."

"경찰이 아직 동생들을 면담하지도 않았다는 말씀입니까?" 디바인이 툭 내뱉었다. 그는 연륜 많은 조사관이 아닌데도 최대한 빨리 관계자들의 진술을 받아내는 게 얼마나 중요한지는 알았다. 기억이란 금세 휘발되고 왜곡되기 때문이었다. 혹은 이야기를 날조하고 연습하고 입을 맞출 수도 있고.

"상중이잖아요." 퍼스가 대꾸했다. "때가 되면 가서 진술 딸 겁니다. 여기서는 그렇게 해요."

디바인이 기욤을 흘끔 보니 그녀는 그가 일터에서 대놓고 지적받은 것에 어떻게 반응할지 궁금한 기색으로 그를 빤히 쳐다보고 있었다.

"좋습니다, 그럼 상중이 **아닌** 사람은 만나보셨습니까?" 디바인은 위험할 정도로 울분이 솟구치는 걸 누르며 물었다.

'성질 죽여, 트래비스─공조해야 할 사람들이잖아.'

"몇 사람이 동네에서 제니를 봤는데 그냥 인사만 하고 말았답디다." 하퍼가 불퉁하게 대꾸했다.

"실크웰은 어디에 묵었습니까? 조슬린 포인트요?"

"아니요." 하퍼가 대답했다. "퍼트넘 여관에요. 요원이 묵는 바로 그 숙소. 몰랐어요?"

퍼스는 당장이라도 깔깔 웃을 것 같은 얼굴이었다.

'작은 동네라 이거지.' 디바인이 속으로 뇌까렸다. '서로의 사정을 낱낱이 아는. 심지어 외부인의 사정까지.'

"그럼 실크웰이 여관 주인하고는 얘기를 나눴겠군요?"

"그럼요, 패트를 오랫동안 알고 지냈으니까. 하지만 별건 없었습니다. 둘이 나눈 대화요. 그냥 '어떻게 지냈느냐' 정도지. 여기 왜 왔는지는 일언반구 없었답디다."

"실크웰이 초조해했다거나 평소와 달라 보였다는 얘기는 없었습니까?"

"그런 얘기 전혀 없었습니다. 제니는 거의 매년 이곳을 찾는걸요." 퍼스가 대답했다.

"실크웰의 숙소를 수색하면서 단서가 될 만한 건 발견하셨습니까?"

그러자 퍼스가 말했다. "수색 **안** 했습니다." 그리고 디바인이 뭐라고 하기 전에 얼른 덧붙였다. "출입을 막고 출입 저지용 테이프를 쳐둔 다음 요원님 쪽 사람들이 도착하기를 기다렸습니다. 처음부터 그렇게 하라고 지시가 떨어졌으니까. **그쪽**에서요."

하퍼도 그 조치를 언짢게 여기는 기색이었고, 디바인도 뭐라고 할 수는 없었다. 사정을 알고 보니 두 사람의 적대적 태도가 어느 정도 이해가 됐다.

"실크웰이 왜 왔는지 짚이는 거 없으십니까?" 클레어 로바즈에게 들은—제니가 매듭짓지 못한 일을 끝내러 온다고 한—얘기는 일부러 꺼내지 않았다.

"당장은 없습니다. 하지만 요원도 말했듯이 아직은 이르니까요." 퍼스가 대답했고 그사이 기욤은 시신을 시트로 덮은 뒤 돌아서서 철제 작업대에 부검 도구를 가지런히 정돈했다. 하지만 긴장된 몸짓으로 그녀가 한 마디 한 마디 주의 깊게 듣고 있음을 알 수 있었다.

"시신을 발견한 얼 파머는 어떤 사람인지 말씀해주십쇼."

퍼스와 하퍼는 디바인이 쉽게 해석할 수 없는 묘한 눈짓을 재빨리 주고받았다. 그런데 파머의 이름이 언급된 순간 기욤도 어깨가 흠칫 굳었다가 곧바로 풀렸다.

하퍼가 짐짓 목을 가다듬었고 퍼스는 시선을 돌렸다. 그 이야기는 상관인 하퍼가 하게 놔둘 요량인 듯했다. "얼은 이 동네에서 평생 살았어요. 바닷가재잡이로 일하다 은퇴했는데, 왕년에 바다를 아주 휩쓸었죠. 아내 앨버타를 최근에 잃었고요. 그 일로 굉장히 힘들어했습니다. 세상에 소금 같은 존재가 있다면 바로 얼일 겁니다. 앨버타도 마찬가지였고."

"그렇군요. 시신은 어쩌다 발견하셨답니까? 실크웰이 밤 아홉 시

64

에서 열한 시에서 사망했는데 말입니다. 파머 씨가 경찰에 신고한 게 새벽 한 시 45분이었잖습니까. 그 시간에 뭘 하고 계셨던 겁니까?"

"하, 바닷가재잡이는 낙농업자들처럼 잠이 없어요." 퍼스가 일부러 씩 미소 지으며 헛웃음을 섞어 말했다. "은퇴한 바닷가재잡이도요." 그는 디바인이 한마디 하려는 걸 보고 얼른 그렇게 덧붙였다.

"뭐 그렇겠죠, 그런데 시신을 어떻게 발견했답니까? 굉장히 외진 데 있었다고 들었는데."

하퍼가 대답했다. "얼은 해안선을 따라 산책하기를 좋아해요. 버티가—다들 앨버타를 그렇게 불렀어요—죽은 뒤로 통 잠을 못 이루는 모양이에요. 차를 몰고 정처 없이 돌아다니거나 무작정 걸어다녀요. 바닷소리 듣는 걸 좋아해서. 물 위에서 하도 많은 시간을 보내서 그 양반 DNA에 새겨졌나 봅니다."

디바인은 천천히 고개를 끄덕이면서, 이 문제에 대해서는 더 진전이 없겠다고 결론 내렸다. "실크웰이 차를 렌트했습니까?"

"그랬죠." 퍼스가 선선히 대답했다.

"차가 범죄 현장 근처에서 발견됐습니까? 실크웰이 거기로 차를 몰고 갔나요?"

"아니요. 퍼트넘 여관에 주차돼 있었습니다. 흰색 투 도어 혼다인데, 보셨을지도 모르겠네. 뉴욕 번호판을 달고 있어요."

그런 차를 분명 보기는 했다. "그럼 숙소 방처럼 차도 아직 수색 안 하신 건가요?"

"지시가 그렇게 내려왔으니까요." 하퍼가 뾰족하게 대꾸했다. "**연방** 당국에서."

"사망 당일 밤에 실크웰을 본 사람이 있습니까?" 디바인이 질문을 이어갔다. "기욤 박사님이 아까 시간대를 말씀하셨는데."

"패트 킹먼이 제니가 일곱 시 반쯤 여관에서 나가는 걸 봤답니다."
퍼스가 답했다. "어느 방향으로 갔는지는 보지 못했다고 하고요."

"거기서 시신이 발견된 곳까지는 거리가 얼마나 됩니까?"

"5.15킬로미터요. 제가 차로 가면서 미터기 확인했습니다." 퍼스
가 대답했다.

"그날 밤 날씨는요?"

"비가 억수로 쏟아졌죠." 퍼스가 대답했다.

디바인이 기욤에게로 시선을 돌렸다. "제가 또 알아야 할 건 없습
니까? 몸싸움 흔적이라든가. 방어흔이라든가. 손톱 밑에서 가해자
피부조직이 발견됐다든가. 다른 법의학 증거가 전혀 없습니까?"

"없습니다." 기욤이 대답했다. "탄피뿐이에요."

"탄환은 아직 찾는 중입니까?"

퍼스가 말했다. "제니의 몸을 관통한 후 바다 쪽으로 날아갔잖아
요. 애저녁에 떠내려가지 않았겠어요?"

돌아다보니 퍼스 경사는 거들먹거리는 표정을 짓고 있었다. 디바
인이 상관들에게서, 현지 사정과 백만 광년 동떨어진 주제에 자기가
제일 잘 안다고 생각하는 치들에게서 종종 본 표정이었다. 그때도
속이 뒤틀렸었는데 지금도 뒤틀리긴 매한가지였다.

"실크웰과 같이 있었던 사람을 찾아내는 건 어떻게 됐습니까?"

"아니 아니 잠깐, 제니가 다른 사람이랑 **같이 있었다**고 누가 그럽
디까?" 하퍼가 소리쳤다.

"비가 억수로 오는데 사망 지점까지 5킬로미터를 걸어갔을 것 같
지는 않은데요. 직접 차를 몰고 간 건 아닌 것 같으니까요."

그러자 하퍼가 눈을 부라리며 대꾸했다. "뭐야 그럼, 제니가 다른
사람 차를 타고 갔다고 생각하는 거예요?"

"그걸 알아내는 게 우리 일이죠, 안 그렇습니까? 그러니 현장에 같이 가봅시다."

디바인이 기욤을 슬쩍 보자 그녀가 슬며시 미소를 지어 보였다. 디바인도 마주 미소 지었다.

'지금은 누구의 응원이든 감사히 받겠어.'

아프가니스탄에서 조금이라도 호의적인 사람을 찾아 헤매던 때로 돌아간 것 같았다.

'결국 많이 만나진 못했지. 미국 땅에서는 그때보다 잘 되기를 빌어보자고.'

9장

　부슬비가 내리는 가운데 디바인은 앞범퍼가드가 찌그러진 진흙 투성이 순찰차를 탄 두 사람을 차로 따라갔다. 어두워서 현장에 가 봤자 새로 발견할 게 별로 없으리라는 걸 잘 알았다. 하지만 범죄 현장의 지형, 그곳의 특징과 가능성 들을 파악해둬야 했다.

　캠벨에게 자신이 훈련받은 조사관이 아님을 상기시킨 건 충분히 근거 있는 지적이었지만, 장군이 그에게 스스로 수사관으로서의 여력을 과소평가하지 말라고 한 것 또한 옳은 소리였다. 뉴욕에서 그 겹겹이 꼬인 사건도 풀지 않았나. 하지만 그때는 조력자가 있었고, 방심해서 총에 맞기까지 했다. 그것도 본인의 총에! 그 일은 아직도 떠올리면 자존심이 쓰렸다.

　중동에 있을 때는 전장 평가를 수없이 여러 번 했다. 육군은 모든 걸 기록한다. 전투평가 기법, 민간 피해 평가, 탄약 효과, 재공격 권고 판단 체계, 군사작전 후 후속 작전. 어떤 작전이 왜 계획대로 흘러가지 않았는지 혹은 왜 피해가 예상치를 넘어섰는지에 대한 아주 작은 단서나 징후라도 찾아내기 위해 수행하는 평가였다. 혹은 사제 폭탄이 어쩌다가 목표물을 살해할 수 있을 만큼 접근이 가능했는지 알아내기 위해서라든가. 아무튼 그 덕에 디바인의 뇌는 특정 단서를 포착하도록 훈련되어 있었다.

때로 순전히 운이 없어서 일이 틀어지기도 한다는 걸 그는 잘 알았다. 다수가 좁은 공간에서 서로 죽이려고 달려들 경우, 발생 가능한 모든 돌발사태와 결과를 커버할 수 있는 보고서나 체계는 세계 어느 나라에도 존재하지 않는다. 죽음의 위협 앞에 선 인간이란 너무나 예측 불가의 존재이기 때문이다. 어떤 이는 겁쟁이가 되고 어떤 이는 영웅이 되며, 둘 다 되는 사람도 있다.

디바인은 자기편이라고 판단한 이들 그리고 반대편임을 알았던 이들 모두를 성공적으로 심문해 결정적 정보를 알아낸 적이 한두 번이 아니었다. 주먹을 쓰지는 않았지만, 상대방 얼굴에서 가당찮은 우월감이 묻어난 의기양양한 표정을 보고 그렇게 하고 싶었던 적도 때때로 있었다. 그건 상대에게 도움 될 짓은 절대 안 할, 그리고 그 반대될 짓은 기를 쓰고 할 각오가 된 자들의 얼굴에 단단히 박인 표정이었다. 디바인은 자신이 이런 종류의 일에 어떤 재주를 가지고 있건 이번 사건을 해결하는 데 충분하기를 빌었다. 어쨌거나 캠벨은, 그 믿음이 당위성이 있건 없건 간에, 충분하다고 믿는 것 같았다.

저 앞을 내다보니 조슬린 포인트가 해안의 등대처럼 서 있었다. 하지만 사위를 밝힐 정도의 빛은 발하지 않았다. 앞바다 상공에 시커먼 구름이 시시각각 모여들고 있었는데, 기어이 상륙해서 거기 흩어져 사는 보잘것없는 인간들에게 비를 퍼부을지 말지 고민하는 것처럼 보였다.

잠시 후 순찰차가 타이어로 진흙을 뭉개며 갓길로 빠지더니 멈춰 섰다. 디바인도 타호를 그 뒤에 대고 차에서 내렸다.

'제니 실크웰은 고향집에서 그리 멀지 않은 데서 죽었군.'

그새 바람이 한층 세졌다. 몰려오는 폭풍 때문인지 아니면 이곳 지형에 따른 유별난 기후인지는 알 수 없었다. 다만 두 경관과 합류하러 걸어가면서 디바인은 이곳이 폭력적 죽음에 딱 들어맞는 섬뜩한 배경이라는 생각이 들었다. 마음 깊은 곳에 도사린 사악한 호기심을 건드린다는 점에서 한마디로 에드거 앨런 포스러웠다.

디바인은 잠시 가만히 서서 풍경을 한눈에 훑으면서 중요하다고 판단되는 디테일을 전부 머리에 담았다. 퍼스가 빛이 강렬한 손전등을 켜 들었고, 차에서 하나를 더 가져와 디바인에게 건넸다. 디바인은 그걸로 왼쪽에 몰려 있는 키 작은 소나무들을 비추었다. 매서운 추위에도 잘 자라는 듯한 풀과 야생식물로 가득한 들판도 보였다. 오른편 저 멀리에 또 다른 무리의 낙엽수가 서 있었는데, 그 줄기와 헐벗은 가지들은 어둠 속에서 그림자로 존재를 알렸다. 사방에 두툼하고 튼실한 관목이 있었지만 대개는 잎이 다 떨어진 상태였다.

디바인은 레인저부대에 있을 당시 야외기동훈련 때문에 메인에 와본 적 있었다. 메인은 삼림지대가 거의 90퍼센트에 달해 그 어느 주보다 비율이 높다는 걸 알고 있었다. 그는 적의 포화를 받거나 적에게 몰래 접근할 때 적절한 엄폐가 되어줄 나무와 관목 종류를 식별하느라, 또 식량이 바닥났을 때 먹어도 안전한 식물을 식별하면서, 아마추어 원예사 비슷한 게 되어버렸다. 당장 의약품이 떨어졌을 때 부상 처치에 쓸 나무껍질과 약초, 꽃을 식별하는 법을 배운 것도 도움이 되었다. 그래서 그는 메인주 상징목이 스트로부스소나무인 것을 알고 있었고, 당장 여기서도 몇 그루를 알아봤다. 메인주 상징화는 스트로부스소나무의 솔방울이었다.

그가 단호한 표정으로 자신을 빤히 보고 있는 두 일행을 돌아다 봤다.

'식물학에서 살인으로 넘어갈 차례야.'

"시신이 발견된 지점이 어딥니까?" 그가 물었다.

두 사람은 나무들 사이로 바퀴 자국이 깊이 팬, 폭이 꽤 넓은 길로 그를 안내했고 이윽고 그들은 육지의 끝에 이르렀다.

거기서 한 3.5미터 남짓 아래에는 해안을 때리는 파도에 자연 방조제 역할을 하는 시커멓게 변색되고 침식된 암석과 거석으로 이루어진 선반 모양의 지층 말고 아무것도 없었다. 마침 만조가 다 돼서 밀려든 바닷물이 거센 포말을 뿌려댔고 이 꿈쩍 않는 돌 벽에 부딪혀 튀어오른 물길이 그들의 발치에 닿을락 말락 했다.

퍼스가 한 지점에 전등을 비추고 빛을 고정했다.

"저쪽입니다." 퍼스가 말했다.

"제니가 총에 맞고서 여기서 저기로 떨어진 거죠." 하퍼가 설명했다.

디바인은 일행이 선 지점과 저 밑의 바위를 번갈아 봤다. "그렇게 된 게 확실합니까? 총에 맞은 후 저리로 떨어졌다고요?"

"거의 확실해요. 아니면 뭐겠어요?" 하퍼가 말했다.

"시신의 얼굴이 어디를 향하고 있었습니까?"

하퍼가 퍼스를 쳐다봤고 퍼스가 대답했다. "내가 기억하는 한 머리가 해변 쪽, 다리는 바다 쪽으로 뻗은 상태였습니다. 떨어지면서 뒤집어졌는지도 모르죠, 전면에서 저격당했으니까."

"기억하는 한이라고요? 아무도 사진을 안 찍어둔 겁니까? 시신을 옮기기 전에 연방수사관들이 사진증거 채취 안 했어요?"

그러자 퍼스가 버럭 소리 질렀다. "참나, 제니를 거기 놔둘 수가 없었다고요. 만조인데 폭풍까지 몰아치지. 1분이라도 지체했다간 시신이 바닷물에 쓸려갔을 겁니다.”

“그래도 시신을 옮기기 전에 사진은 찍었을 거 아닙니까?”

“이봐요, 디바인 요원은 그때 여기 없었잖아요?” 퍼스가 받아쳤다. “우리가 도착했을 때 벌써 제니가 물에 잠겨가고 있었습니다. 기욤 박사님 말씀 들었잖아요. 사망 추정 시각이 아홉 시에서 열한 시 사이라고. 우리가 도착한 게 새벽 두 시 넘어서였습니다. 그래서 되도록 빨리, 신속하게 움직여야 했어요. 그리고 우리가 무슨 CSI인 줄 아시나. 퍼트넘에 구급차가 딱 한 대에 자원 응급구조사도 두 명뿐인데. 동원 가능한 인력은 다 불러냈고 카운티에 사는 등반 경험자들까지 호출해서 저기 내려보내 시신을 인양하게 했다고요. 그 사람들이 도착하기 전에는 파도에 쓸려가지 않게 제니의 시신을 밧줄로 묶어뒀고요. 다들 쫄딱 젖었는데 물이 어찌나 찬지 동상 걸릴 뻔했습니다. 윈치 달린 트럭 불러와서 시신을 인양했는데 그 와중에 또 시신에 최대한 손상 안 입히려고 얼마나 조심했는데요. 인양 계획을 짤 시간이 몇 시간, 아니 며칠씩 있었는지 아나. 고작 몇 분이었다고요.” 퍼스는 한껏 방어적이고 짜증을 숨기지 않는 태도로, 마지막엔 거의 고함을 치다시피 말했다.

“알겠습니다, 알겠어요.” 디바인이 말했다. “이해했습니다. 탄피는 어디서 발견됐습니까?”

그들은 제니가 총에 맞아 절벽 아래로 떨어진 곳과 일직선을 이루는 한 지점으로 그를 데려갔다. 디바인이 눈대중으로 가늠하기에 제니가 총에 맞았다는 지점에서 270미터가량 떨어진 것 같았다. 이쪽에 늘어선 나무들 사이로 한 군데 틈이 있어서 장애물 없이 절벽 가장자리를 조망할 수 있었다.

그가 조준 거리에 대한 의견을 말하자 퍼스가 말했다. “294미터예요. 직접 재봤습니다."

디바인은 속으로 조준선과 탄도를 계산했다. 육군에서 장교는 저격수가 될 수 없지만 디바인은 저격수와 감적수 조를 감독한 경험이 여러 번 있었다. 그래서 총신이 긴 라이플과 조준경으로 상당한 거리에서 한 인간의 목숨을 끊는 데 어떤 화기와 탄약이 사용되는지, 어떤 생리학적 과정이 일어나는지, 어떤 탄도학 계산이 동원되는지 아주 잘 알았다. 그리고 계산 결과 말이 안 된다는 결론을 내렸다. "여기서 발견된 게 맞습니까?" 그가 물었다.

퍼스가 격분해서 대꾸했다. "내가 직접 마크했습니다! 육지 현장을 조사할 시간은 있었으니까요. 거기가 탄피가 발견된 지점이고 나는 법정에서도 그렇게 증언할 겁니다."

연방 요원들이 들이닥쳐 감시하면서 수사와 증거 처리를 일일이 통제한 걸 그들이 못마땅해하고 있음을 디바인도 모르진 않았다. 그렇다 해도, 퍼스의 신랄한 태도 이면에 혹시 **다른 이유**가 숨어 있는 건 아닐까?

"강도를 당한 흔적은 없었습니까?"

"전혀요. 제니는 반지 두 개랑 목걸이 하나 그리고 고급 손목시계 하나를 가지고 있었습니다. 브라이틀링이요." 퍼스가 공격성이 한결 꺾인 투로 대답했다. "제니의 다른 소지품들과 함께 우리 서 증거 보관실에 잘 갖다놨습니다."

"백이나 지갑은요?"

"숙소 방에 있겠죠. 요원이 승인만 해주면 **드디어** 방을 수색할 수 있겠네요." 하퍼가 말했다.

"내일 아침 괜찮습니까?" 디바인이 제안했다. "아홉 시 어떠세요? 제가 커피 사 오겠습니다. 여관 근처에 한 군데 봐뒀거든요. 메인 브루라는 커피숍인데. 어떻습니까?"

"예, 좋습니다." 하퍼가 디바인이 내민 화해의 손길을 받아들여 한결 누그러진 투로 대꾸했다. "우리 둘 다 블랙으로 마십니다."

"날씨가 이러니 발자국이나 타이어 자국은 물 건너갔겠죠?"

"우리가 다 둘러봤습니다." 퍼스가 말했다. "그때 이미 진창이었어요. 시신 인양에 동원한 트럭마저 바퀴가 진흙에 빠질 정도로요. 그거 빼내려고 견인차까지 불러야 했습니다. 그렇게 뭉그러진 땅에서 흔적을 어떻게 찾아냅니까."

디바인은 제니가 떨어졌다는 절벽을 되돌아봤다. "파머 씨는 시신을 어떻게 발견했답니까? 가장자리에 바짝 가서 내려다봐야 했을 텐데요."

하퍼가 대답했다. "얼 얘기로는 그날 밤 늦게 산책하러 나갔답니다. 잠이 안 와서."

"비가 억수로 퍼붓는데 산책하러 갔다고요?"

퍼스가 냉큼 끼어들었다. "얼 파머는 제니가 당한 일하고 아무 상관없어요."

디바인은 시선을 하퍼에게 고정한 채 말했다. "상관있다고 한 적 없습니다. 그냥 당시 상황을 파악하려는 것뿐입니다. 저도 보고할 상관들이 있는데, 지금 제가 던지는 것 같은 아주 예리한 질문들을 던질 거라서요."

하퍼와 퍼스가 걱정 어린 시선을 주고받았다.

하퍼가 입을 열었다. "얼은 가재잡이였어요. 궂은 날씨쯤 그 양반한텐 아무것도 아니죠. 그리고 아내를 먼저 보냈다고 했잖아요. 아마 자기가 뭘 하는지도 몰랐을걸요. 그냥 정처 없이 헤매고 다닌 거죠."

"집에서 걸어갔습니까, 차를 몰고 갔습니까?"

"걸어갔어요. 그러다 우연히 이 지점에 왔고 바다를 내다본 거죠. 자기 인생의 대부분을 보낸 곳을요. 어느 순간 아래를 봤고 제니를 발견한 겁니다. 그리고 바로 119에 신고했고."

"그러니까 하고많은 장소 중 딱 이 지점을 택해 걸어와서는 바다를 내다봤고 그러다 우연히 아래를 봤고 시신을 발견했다는 겁니까?" 디바인은 자기 입에서 나오는 말이 한 마디 한 마디 뱉을수록 점점 더 가당찮게 들렸다.

"살다 보면 그런 우연이 일어나기도 합니다, 디바인 요원." 퍼스가 말했다.

'소설에서나 그렇겠지.' 디바인이 속으로 대꾸했다. '하지만 현실에서는 절대 아니라고.'

그들은 이튿날 아침 여관 앞에서 만나기로 하고 헤어졌다.

다시 마을로 돌아가던 중 디바인은 갑자기 속도를 줄이고 차를 연석에 바짝 붙여 세웠다.

사건 개요서에서 사진을 봐뒀기에 알아본 대크 실크웰이 방금 더 홉스라는 술집으로 들어갔기 때문이었다.

10장

　디바인은 직업 군인으로 사는 동안 수없이 많은 나라의 수없이 많은 술집에 가봤다. 거의 다 비슷하게 생겼고 기능도 비슷했다. 개중에 한국에서 들른 한 곳만 조금 특이했다. 여종업원들이 가슴에서 엑스자로 교차하는 탄띠를 두르고 탄약함에 오렌지맛이 나는 테킬라 샷을 차고 있었다. 아예 그것 말고는 거의 아무것도 안 걸치고 있었다.

　더 홉스가 제공하는 서비스는 훨씬 도식적이었다. 적당히 배치된 테이블과 의자, 구둣발에 닳은, 쪽매널 세공한 단출한 댄스플로어, 지금은 비어 있지만 라이브 연주를 위해 단을 올린 조그만 무대, 그리고 나무 스툴과 커다란 거울, 도수 높은 술들을 계단식으로 진열한 장과 여섯 종류의 생맥주 탭을 갖춘 기다란 바까지.

　구식 주크박스에서 재니스 조플린의 노래가 흘러나왔다. 이제는 이 세상에 없는 가수의 독특한 음색이 꽃핀 초지를 천둥이 우르릉 뒤덮듯 그곳의 공기를 진동시켰다. 디바인이 태어나기 20여 년 전에 죽은 가수지만, 아버지 친구 중 한 분이 그 시대 록 앤드 롤 연주자들을 소개해준 덕에 알게 되었다. 재니스 조플린은 금세 그가 가장 좋아하는 가수 중 한 명이 되었다. 해외에 파병되어 복무하는 동안에도 자주 들어서 자기 세대 가수들에 훨씬 더 관심 있는 동료 병사들이 재미있어했었다.

'오 주여, 나한테 메르세데스 벤츠 한 대 사주지 않으시렵니까…….'

더 홉스는 거의 만석이었다. 이 마을에 손님이 들어찬 유일한 업장일 것 같았다. 한구석의 작은 공간에 당구대 두 개가 마련되어 있어서 남녀 손님들이 조준한 공을 딱 딱 쳐대면서 이런 사회적 환경이 끌어내곤 하는 '어쩌면 이따가 같이 갈 수도?'라는 메시지가 담긴 야릇한 말과 눈빛을 주고받는 의식을 거행하고 있었다. 사용감이 다소 있는 터미네이터 테마의 핀볼 머신은 딱 붙는 진바지에 풍만한 가슴골이 아찔하게 들여다보이는 헐렁한 검은색 블라우스 차림의 삼십 대 중반 금발 여성이 차지하고 있었다. 그 근처에는 이십 대 초반의 남자 둘이 가열차게 테이블축구를 하면서 욕정과 젊은이다운 희망이 반씩 섞인 눈빛으로 그 여자를 내내 홀끔거렸다.

대크 실크웰은 키와 몸무게 덕에 찾기 쉬웠다. 디바인은 그의 육군 기록을 훑어본 터라 그의 주요 신체조건을 꿰고 있었다. 키 193센티미터에 현재 몸무게는 105킬로그램쯤 나가 보였다. 진바지 차림에 진흙투성이 부츠를 신었고 가죽 재킷을 걸치고 있었다. 디바인은 대크가 재킷을 벗어 벽의 옷걸이못에 거는 걸 지켜봤다. 재킷 안에는 근사한 이두박근과 삼각근뿐 아니라 조각한 듯한 등과 잘 쪼개진 활배근, 능형근을 뽐낼 수 있는 딱 붙는 흰 셔츠를 받쳐 입었다. 양팔 모두 그리고 흉근 맨 윗부분도 문신이 뒤덮고 있었다. 선녹색 뱀이 혈관이 툭 불거진 두툼한 그의 목을 감고 올라간 디자인이었다.

대크가 스툴 하나를 잡고 앉더니 바 뒤에서 일하는 여자에게 손가락을 들어 보였다. 그 젊은 여성이 탭에서 잉링 라거를 따라서 그에게 건넸다. 대크가 다른 손님 몇에게 손을 흔들며 고개를 끄덕이자 그들도 똑같이 했다.

'단골이군.'

대크 옆자리의 노인이 충분히 목을 축인 모양인지 자기 술값을 치르고 스툴에서 일어섰고 외투를 걸치고 그곳을 떴다.

디바인이 빈자리에 냉큼 앉아 바에서 일하는 다른 여자에게 손짓했다. 사십 대의 그 바텐더는 연한 갈색 머리에 몸이 아주 탄탄했다. 바지 한쪽 뒷주머니에 스마트폰이 꽂혀 있고 다른 쪽 주머니에는 보라색 전자담배 끄트머리가 비죽 나온 게 거울로 보였다.

"잉링 생맥요." 디바인이 주문했다.

바텐더가 고개를 끄덕이고는 맥주를 따라 건넸다. "5달러입니다."

디바인은 10달러짜리를 건네면서 거스름돈은 사양했다.

대크는 맥주를 홀짝이면서 정면만 주시했지만 디바인은 이 게임이 어떻게 흘러가는지 잘 알았다. 그는 대크의 눈동자가 그의 쪽으로 휙 움직이는 걸 거울로 두 번이나 확인했다. 아예 이곳의 모든 손님이 자기들 가운데 불쑥 나타난 외부인을 한 번씩 쳐다봤다.

사실 디바인은 자리에 앉기 전 대크가 아까 그 옆자리 노인에게 뭐라고 하자 노인이 펄쩍 뛰다시피 자리를 비우는 걸 거울로 봤다. 디바인이 독순술로 읽은 게 맞는다면 '꺼져요, 조. 누가 그 자리에 앉겠다잖아요.'라고 하는 것 같았다.

디바인은 맥주를 조금씩 마시며 어떻게 할지 고민했다. 험한 적지에서 자기와 똑같이 머리를 굴리는 약삭빠른 적수를 상대로 싸울 때 그랬던 것처럼 전략 전술이 머릿속에 쉴 새 없이 떠올랐다.

마침내 이렇게 말했다. "내가 누군지 알겠지요. 퍼트리샤 킹먼이 마을에 낯선 사람이 나타났다고 전화 돌렸을 때부터 알았을 겁니다. 그다음엔 아마 경찰 지구대에서 조심하라고 경고 줬겠죠."

대크는 고개를 돌리지 않았지만 두 사람은 이제 거울 속에서 서로를 흘끔거리고 있었다. 디바인은 상대방의 근육에 움찔 힘이 들어가는 걸 봤다. 디바인의 근육은 그대로였다. 긴장할 이유가 없었다. 아직은. 그리고 디바인의 호흡은 오히려 더 느려진 반면 상대의 호흡은 눈에 띄게 가빠졌다. 대크 실크웰은 군대가 애써 가르쳐준 것을 일부 또는 전부 잊은 모양이었다. 아니면 애초에 가르침을 진지하게 받아들이지 않았거나. 어쩌면 그래서 육군과 갈라선 건지도 몰랐다. 디바인의 핸드폰이 진동했다. 그는 주머니에서 폰을 꺼내 캠벨이 방금 보낸 문자를 확인했다.

일병 대크 실크웰, OTH.

'비명예제대(Other Than Honorable)'라는 뜻의 군대 용어였다. 그건 곧 대크가 나쁜 짓을 저지르긴 했지만 군사법 통일법전에 따라 군사법원에 회부되어 영창에 수감될 정도로 지독한 짓은 아니었다는 뜻이었다. 그리고 육군에 재입대할 수 없으며 군인 혜택을 전부는 아니어도 거의 다 박탈당했다는 뜻이기도 했다.

캠벨은 비명예제대의 이유는 언급하지 않았지만, 디바인은 거기에 해당하는 이유를 거의 다 읊을 수 있었다. 군인 혹은 민간인에게 폭력 행사, 간통, 약물 또는 알코올 남용. 그리고 보안규정 위반. 그보다 심각한 사안이었다면 비명예제대로 끝났을 리 없었다.

'그래서, 그중에 뭐야, 대크?'

상념의 주인공이 마침내 움직였다. 하지만 그냥 맥주 한 잔 더 주문하는 거였다. 맥주가 나오자 비로소 침묵을 깼다. "트래비스 디바인. 국토안보부. 여기 왜 오셨는지도 알죠."

디바인이 말했다. "누님 일은 유감입니다."

대크가 어쩌면 거울이라는 완충재 없이 디바인이 얼마나 진심인지 판단하기 위해, 그를 돌아봤다. "누나는 그렇게 죽어선 안 되는 사람이었어요. 좋은 사람이었다고요."

"혹시 누님에게 대크도 아는 적이 있었습니까?"

"그건 디바인 요원이 나보다 더 잘 알 텐데요, 누나 직업을 감안하면."

"그게 말이 되려면 마을에 못 보던 사람이 나타났어야 하는데. 혹시 그런 사람 누가 못 봤답니까?"

대크가 그 질문을 곱씹어보는 듯 고개를 천천히 저었다. "저는 본 적 없습니다. 그건 요원님이 직접 탐문하셔야겠습니다."

"다들 내가 나타나자마자 알아차리더군요. 나 같은 외부인이 다녀갔다면 진즉에 소문이 돌았을 것 같아서 하는 말입니다."

대크는 어깨는 으쓱했다. "딱히 드릴 말씀이 없네요."

'문자 그대로 하는 말이야, 아니면 다른 꿍꿍이가 있는 거야?'

"누님이 여기 와 있는 동안 만나거나 대화했습니까?"

대크는 간단한 질문치고 한참 뜸을 들여 대답했다. "누나가 온 줄도 몰랐어요. 그래서 죽었다는 얘길 들었을 때 우리는 충격이 컸죠."

"'우리'라면 본인하고 여동생 말입니까?" 디바인이 물었다.

대크는 고개를 끄덕이고 맥주를 한 모금 마셨다.

"누님이 여기 와 있는 동안 여동생이랑은 만나거나 대화했습니까?"

"동생은 그런 말 없었어요. 직접 물어보셔야 할 겁니다."

"그럴 작정입니다. 얼 파머를 압니까?"

"그럼요, 좋으신 분이에요. 누나의 시신을 발견하셨어요." 대크가 대답했다.

"얼마 전 아내를 먼저 보내셨다던데. 밤중에 잘 돌아다니신다고요."

"우리한텐 다행이었죠. 안 그랬으면 누나는 바닷물에 쓸려갔을지도 모르니까."

"정식 면담은 언제 할 수 있습니까? 여동생도 물론 만나볼 거지만."

"이건 정식 면담이 아닌가요?" 대크가 물었다.

"미안하지만 아닙니다."

"일주일에 엿새 일해요. 열 시부터 여덟 시까지. 제가 운영하는 타투숍이 바로 길모퉁이 돌아서 있어요. 잉크 웰이라고. 알아들으셨어요(Ink Well은 '잉크병'과 '문신을 잘하다'는 뜻이 있다─옮긴이)?"

"흠, 머리 잘 썼네요. 작은 마을인데 손님이 그렇게 많습니까?"

"잘한다고 소문이 나서요. 존스포트랑 머차이어스, 커틀러에서 많이 받으러 와요. 뉴잉글랜드 전역에도 단골이 있고요. 심지어 캐나다에서도 옵니다."

"뿌듯하겠네요." 디바인이 대꾸했다.

대크가 디바인을 슥 훑어보더니 물었다. "문신 있으십니까? 있을 것 같은데."

"자진해서 받은 건 없고. 발목하고 종아리 부근에 죽여주는 게 하나 있습니다. 중동에 있을 때 사제폭탄에 물려서 생긴 거."

대크가 묘한 표정으로 그를 쳐다봤다. "육군요, 해병대요?"

"육군요."

"말도 안 돼, 해외 파병 퇴역군인이라니. 그러기엔 너무 젊으신데."

"일찌감치 관두고 다른 길을 가기로 했거든요."

대크는 남은 맥주를 쭉 들이켰다. "예, 저도요." 그의 관자놀이에

핏줄이 불끈 섰다.

'이 자식, 내가 비명예제대에 대해 안다는 걸 아네.'

"아침이나 늦은 저녁 먹으면서 얘기하면 되겠네요. 정하시죠. 내가 쏘겠습니다."

"저는 아침형 인간이 아닙니다." 대크가 말했다.

"그럼 저녁 먹는 걸로."

"저는 유기농만 먹습니다."

"여기에 그런 식당도 있습니까?" 디바인이 회의적인 투로 물었다.

"있죠. '온리 리얼 푸드'라는 덴데. 제가 투자한 곳입니다. 메인주 전역에서 먹으러 와요. 어루스터크, 피스카타키스, 왈도, 케네벡, 요크(전부 메인주의 카운티─옮긴이). 캐나다에서도 오고요. 내 타투숍처럼. 이유가 있어요. 제가 투자한 사업은 전부 타투숍 고객한테 홍보하거든요."

"축하합니다. 그럼 내일 저녁 아홉 시 어떻습니까?"

"뭐 괜찮겠네요." 대크가 말했다.

"좀 더 명확한 답변을 듣고 싶은데."

"예, 아홉 시에 뵙겠습니다. 여기서 남쪽으로 두 블록 가면 있는 덴데, 하이럼 실크웰가에서 좌회전하면 됩니다."

"그게 진짜 도로명이라고요?"

"여기서 나고 자라 한 재산 일군 사람 이름을 딴 겁니다."

"지금은 주민이 3백 명도 안 되던데. 어떻게 된 겁니까?"

"원래부터 시시한 마을이었어요. 근데 마을 경계 외곽이 바로 우리 버전의 교외에 해당하는데 거기 주민이 한 4천 명 되거든요."

"여동생은요? 어디 가면 만날 수 있습니까?"

"보통은 집에 있어요."

"전화번호 좀 알아야겠습니다. 약속을 잡으려면."

대크는 번호를 알려주며 한마디 덧붙였다. "전화 잘 안 받아요, 특히 모르는 번호면."

디바인은 대크에게 명함을 건넸다. "내 번호는 여기 있습니다. 동생한테 내가 이 번호로 걸면 받으라고 말해주면 되겠네요."

"알렉스는 남의 명령에 따르는 사람이 아니고 충고도 잘 안 들어서요."

"나도 쉽게 포기하지 않는 사람이라. 여동생이 뛰어난 화가라면서요."

"누가 그래요?" 대크가 말했다.

"뛰어난 화가가 아니라는 겁니까?"

"아뇨, 잘하긴 잘해요. 솔직히 잘 그리는 정도가 아니죠. 근데 취향이 좀…… 독특해서. 게다가 돈이 필요할 때만 작품을 팔아요."

"집이 크던데. 그럼 당연히 돈도 많이 필요하겠군요."

"나도 타투숍에서 꽤 법니다. 투자금 환수도 쏠쏠하고요. 뭐 하이럼 실크웰 수준은 아니지만. 그래도 두고 보십쇼."

"아버님을 뵙고 왔습니다." 디바인이 넌지시 말했다.

그러자 표정이 풍부한 대크의 얼굴에 처음으로 강렬하다고 할 만한 감정이 비쳤다. "상태가 별로 좋지 않으세요." 대크가 말했다.

"상황을 계속 알고 있었습니까?"

대크가 고개를 끄덕였다. "아버지 뵈러 다녀왔어요. 최대한 시간 날 때마다 갑니다. 무슨 말씀 없으셨어요?"

"의식이 또렷하지 않으셔서."

"의사들 말로는 얼마 안 남았다는데."

"노병은 더 장렬히 퇴장해야 하는데 말입니다." 디바인이 말했다.

대크는 어울리지 않게 섬세한 손가락으로 빈 맥주잔을 톡톡 두드렸다. 손톱 손질까지 받은 것 같았다. 디바인은 자신의 너덜너덜한 손톱을 내려다보고 눈살을 찌푸렸다.

"뭐, 그렇게들 생각하겠죠." 이윽고 대크가 말했다.

"생각이 다릅니까?"

"제가 태어났을 때 아버지의 군 경력은 이미 막바지였어요. 그러다 정계로 넘어가셨고요. 어릴 때 별로 우리 곁에 안 계셨어요."

디바인은 그 부분을 파고들어보기로 했다. "그런데 **대크**도 제복을 입었잖습니까. 육군 제복을."

대크가 그를 곁눈질했다. "예, 아주 재미난 시절을 보냈죠." 그는 맥줏값으로 지폐 몇 장을 툭 던져놓고 일어섰다. "피곤하네요. 가봐야겠습니다."

"태워줄까요?"

"됐습니다. 할리가 있거든요. 제가 엄청 예뻐하는 녀석이죠."

디바인은 대크가 떠나는 모습을 한 걸음 한 걸음 놓치지 않고 지켜봤다. 집까지 따라갈까 하고 진지하게 고민하는데 콧대를 쥔 덩치 큰 남자 셋이 그를 빤히 보고 있는 걸 알아챘다.

디바인이 자리를 뜨자 그들도 그렇게 했다. 대크의 할리가 내는 걸로 추정되는 굉음이 어둠 속에 멀어져갔고 그는 메인에서 새로 사귄 절친 셋과 덩그러니 남겨졌다.

'생산성 없이 저문 하루의 끝내주는 마무리가 되겠군.'

11장

'마음이 가보지 않은 곳은 몸도 가지 않으려고 한다.'

대부분의 사람들이 피해자가 되는 건 바로 그 때문이라는 걸 디바인은 잘 알았다. 어떤 이유로든, 심지어 자기 목숨을 지키기 위해서도, 남을 심각하게 해치거나 죽일 생각을 아예 못 하는 것이다. 그래서 도주를 시도하느라 아니면 봐줄 생각이 없는 사람에게 봐달라고 비느라 귀중한 시간을 낭비한다.

한 사람이 다른 사람을 폭행하는 사진을 보여주고 어떤 생각이 드는지 물으면 99퍼센트는 자신이 그런 일을 당하면 목숨을 잃을까 봐 두려울 것 같다고 한다. 나머지 1퍼센트 그러니까 범죄형 인간은 다른 반응을 보인다. 그들은 이렇게 말한다. "나라면 더 세게 때리겠어요." 자신을 피해자로 생각한 적이 한 번도 없고 오직 포식자로만 보기 때문이다. 마음속으로 그런 상상을 해봤기에 몸도 그렇게 할 준비가 되어 있고, 하려고 하고, 얼마든지 할 수 있는 것이다.

하지만 모든 인간은 포식자가 될 조건을 갖추고 태어난다. 뾰족하고 튼튼한 이, 사냥에 훨씬 효율적인 전면을 향한 눈, 다른 손가락들을 향해 구부러지는 엄지, 그리고 무엇보다 모든 종을 통틀어 최고의 뇌를 갖추고 있지 않은가.

'게다가 우리 모두 피를 볼 때까지 싸울 원초적 능력이 잠재돼 있지.'

디바인은 남자들이 따라오는 소리가 들리는데도 태연하게 타호를 세워둔 데로 걸어갔다. 다 가서야 돌아봤다. 그들은 잔뜩 성나서 가슴팍을 부풀리고 있었다. 그것만으로 그들의 의도와 디바인을 두려워하고 있다는 사실을 알 수 있었다. 얼굴이 벌게져서 버럭대는 덩치 큰 놈들은 걱정할 필요 없었다. 속으로는 겁에 질려 오줌을 지리고 있을 놈들이니까. 그보다는 조용하고 무표정하고 비쩍 마른 놈들이야말로 순간 돌변해 칼로 배를 쑤시거나 머리에 총알을 박고는 뛰지도 않고 차분히 걸어서 자취를 감추고 다음번에 또 그들을 얕잡아볼 만큼 멍청한 인간을 만나면 그런 짓을 반복하는 부류였다.

디바인의 온 감각이 기본 계산을 마치고 그 수치를 뇌 안의 전투 연산 장치에 입력했다. 싸움은, 안전하게 그럴 수만 있다면, 피하는 게 상책이었다. 눈앞의 세 남자를 보면서 디바인은 그건 선택지에 없음을 깨달았다. 그가 창의적으로 대응한다면 모를까. 싸우고 싶지도 않았다. 질까 봐 그러는 게 아니었다. 이길 게 확실한데 딱히 상대를 해치고 싶지 않아서였다.

그리고 애초에 왜 따라 나왔는지도 궁금했다.

"뭐 도와드릴 거 있습니까?" 디바인이 말했다.

제일 덩치 큰 남자가 대꾸했다. "있지, 이 마을을 떠나는 것. 일단 그거부터 하시지." 그러고는 제 친구들을 보며 씩 웃었다.

"그럼 미안하게 됐습니다. 할 일이 있는데 원격으로는 할 수 없어서."

"그럼 우리, 문제가 있군. 더 정확히는 **그쪽한테** 문제가 있지." 같은 남자가 말했다.

디바인은 길 이쪽저쪽을 살폈다. 쥐새끼 한 마리 안 보였다. 술집을 제외하고 건물 전면은 어두컴컴했다. 남자 셋의 숨소리 말고는 항만에 부딪히는 조수의 꿀음만 들려왔다. 셋 다 한 덩치 하고 힘세고 알코올에 잔뜩 취한 상태였다. 알코올 말고 또 뭘 했을지 누가 아나. 개중 둘은 뼈까지 시린 날씨에도 짧은 소매를 입고 있었다. 디바인은 그들의 두툼한 팔에 난 약물 주사 자국을 보고 전략을 세웠다.

그가 제일 먼저 입을 연 남자를 가리키며 말했다. "아는 얼굴인데?"

나이 사십 대에 키가 디바인보다 10센티쯤 크고 몸무게는 15킬로그램 정도 더 나가는 듯한 그 남자는 심히 당황한 표정이었다. "나는 **너** 모르는데." 그가 이를 갈며 대꾸했다.

"다시 생각해봐." 디바인이 받아쳤다. 그러고는 재킷 자락을 벌려 글록을 내보였다. 세 남자가 그걸 봤고 순식간에 분위기가 반전됐다. 디바인이 배지가 든 신분증 지갑을 꺼내 그걸 들어 보였다.

"국토안보부 소속이다. 하지만 이미 알고 있겠지. 네가 이 지역에 터 잡고 마약 팔아서 자금을 마련하는 국내 테러 조직망이 있다고 신고했잖아. 나는 한번 본 얼굴은 잊지 않아. 브리핑을 극비리에 하려고 뱅고어까지 갔었잖아."

그러자 남자는 당장 뒷목 잡고 쓰러질 것처럼 어버버했다. "미친, 나는 연방 요원 따위랑 말 섞은 적 없어!"

디바인은 다른 두 남자가 동지를 미심쩍게 흘끔거리는 걸 지켜봤다.

"너, 이름이 뭐지?" 디바인이 물었다.

"나는 그런 거 알려줄 의무 없어."

"괜찮아. 우리 파일에 다 있을 테니까. 그런데 내 기억이 맞는다면, 네 증언이 큰 도움 됐어. 고마워. 덕분에 **현지** 조직원 몇 명 잡아들였거든."

남자는 문득 일행들이 자기를 빤히 보고 있는 걸, 그리고 그 눈길이 곱지 않은 걸 알아챘다.

"거짓말이야. 그딴 짓 한 적 없어. 알잖아. 나 알면서 그래."

디바인은 기껏 얻은 유리한 고지를 내줄 생각이 없었다. "바로 그래서 우리가 너 같은 사람을 포섭하는 거야. 이미 내부인이고, 남들 사정을 샅샅이 꿰고 있으니까."

"날조 집어치워." 남자가 버럭 내질렀다.

디바인은 권총 머리에 손을 얹었다. 총이 거기 있으며 별로 힘 안 들이고 셋 다 죽일 수 있음을 상기시키는 제스처였다. "다시 묻지. 내가 뭘 도와드릴까? 아니, 취소해야겠다, 시간이 없으니까. 너희 중 제니 실크웰이 죽기 전에 그녀를 본 사람이 있나?"

세 남자는, 어쨌든 겉보기에는, 대화의 방향이 또 한 번 갑작스레 바뀐 것에 당황해서 서로를 멀뚱멀뚱 쳐다봤다.

"우린 아무것도 몰라." 첫 번째 남자보다 키는 좀 작지만 근육은 더 우락부락한 남자가 입을 열었다. 왼팔의 주삿바늘 자국들이 붓고 벌겋게 덧나고 쓰라려 보이는 게 꼭 홍역 흉터 같았다.

"너희들이 살인에 가담했다고 뭐라 하는 게 아니야. 제니 실크웰이 여기 왜 왔고 누구를 만나서 대화했는지 알아야 해서 그래. 아는 사이였나?"

세 남자는 긍정이든 부정이든 선뜻 내뱉기 싫어서 머뭇거렸고 그러다 세 번째 남자가 불쑥 말했다. 다른 둘보다 젊어 보였다. 많아 봐야 삼십 대 후반일까.

"고등학교를 같이 다녔어. 나는 미식축구 선수였고 제니는 육상이랑 체조 선수였는데. 제니는 머리도 좋았어. 동기 중 성적 톱으로 졸업했지. 그 뭐냐…… 그런 걸 뭐라고 하더라?"

"졸업생대표."

"맞아. 그거."

"네가 보기에 제니는 어떤 사람이었지?"

"걔는…… 모두가 좋아했어, 나도 포함해서." 그는 솔직하게 마음을 드러낸 게 민망한지 일행을 흘끔흘끔 곁눈질했다.

"제니가 여기 왔을 때 봤나?"

그가 고개를 끄덕였다. "지나가는 걸 봤어. 내가 손을 흔드니까 제니도 손을 흔들어주데. 내가 좀 변했는데도 알아보고 이름을 부르더라고. 살찌고 머리도 빠졌는데. 그런데도 **나를** 기억해줬어."

그게 자못 자랑스러운 모양이었다.

"제니가…… 괜찮아 보이던가?"

"그럼. 어, 내가 보기엔 그랬어. 가끔 여기 오긴 하는데, 이번엔 몇 년 만에 본 거야."

"동생들 보러 오는 건가?"

그가 코 밑을 슥 훔치며 대꾸했다. "그런가 보지. 잘 몰라. 그 집안이랑 안 친해서."

디바인이 다른 두 남자의 문신을 살폈다. "그쪽들도, 알렉스나 대크를 아나? 문신을 대크한테서 받은 것 같은데."

키 작은 사내가 대답했다. "맞아, 그 자식 완전 예술가야. 가격 눈탱이도 없고."

"대크가 제니 얘기 한 적 있나?"

세 남자는 서로를 쳐다봤다. "아니, 별로." 디바인이 정보원으로 몰아간 남자가 대답했다. 그는 인상을 확 쓰며 덧붙였다. "이 구역에서 연방 요원은 **그 여자**였어."

"너희들, 제니의 여동생도 아나? 여동생도 예술가라던데."

"알렉스는 좀…… 남달라." 같은 남자가 말했다.

"자기 세계에서만 산달까." 다른 남자가 거들었다. "생긴 건 끝내주는데 좀…… 왜 아직도 여기 사는지 모르겠다니까. 엘에이나 뭐 그런 데로 가면 돈 억수로 벌 텐데."

"아니면 돈 많은 남자랑 결혼해서 전용기 타고 해외여행 다니거나." 정보원으로 몰렸던 남자가 말했다. "이딴 촌구석에서 으스스한 낡은 집에 처박혀 사는 대신."

"알렉스가 왜 그러지 않았을까?" 디바인이 물었다.

남자는 어깨를 으쓱했다. "말했잖아, 걔는 좀 남다른 구석이 있다고. 돈이나 뭐 그런 데 별로 관심 없는 것 같던데."

"알렉스를 마지막으로 본 게 언제지?"

"한 6개월 전인가, 걔가 바이크 타고 시내에 나온 걸 봤어."

"오토바이?"

"아니, 자전거."

"말 걸었어?"

"아니, 알렉스는…… 다른 사람하고 **교류**하는 걸 싫어해. 혼자 있으려고 하지. 아무하고도 안 엮이고."

"그렇군. 얼 파머에 대해서는 아는 거 있나? 시신을 발견했다던데."

세 남자가 시선을 주고받았다. 이번에도 정보원으로 몰렸던 자가 대답했다. "선량한 노인네야, 좀 구식이지만. 요새 많이 힘들어해. 홀아비 된 지 얼마 안 됐거든. 그런데 제니까지 발견하고. 씨팔, 운이 더럽게 나빴지."

"얼 파머가 사는 데가 정확히 어디지? 진술만 받으면 되는데."

남자가 주소를 읊고는 한마디 덧붙였다. "길에서 좀 벗어난 데 있는 오두막집이야. 초록색 덧문이 달린 하얀 집. 딱 보면 알걸. 그 근처에 집이 하나뿐이니까."

"바닷가재잡이였다고 들었는데."

"가재잡이 중 최고였지." 같은 남자가 말했다. "내가 잘 알아. 나도 가재잡이거든. 고생은 세 빠지게 하는데 버는 건 쥐꼬리. 가재는 또 요새 어떤지 알아? 행방불명되고 있어. 기후변화랑 수온 상승 때문에 점점 북쪽으로 간다나. 하여간 벌이가 반 토막 났어. 투잡을 뛰게 됐지. 거의 매일 녹초가 돼서 하선하면 곧장 다른 일 하러 가야 된다고."

"오늘도 그러고서 더 홉에서 한잔이 절실했던 거로군." 디바인이 넘겨짚었다.

남자가 씩 웃었다. "잘 아네."

디바인이 다른 두 남자를 보며 말했다. "가기 전에 말해두는데, 이 사람이 연방 당국에 협조했다는 건 내가 지어낸 소리였어."

"대체 왜 그딴 짓을 한 거야?" 누명을 썼던 남자가 버럭 질렀다.

"셋이 나한테 달려들 걸 알았으니까. 총을 쓰고 싶지 않았거든. 그래서 거짓말로 주의를 돌렸지. 어때? 내가 상황 제대로 봤지?"

"제대로 봤네." 남자가 이제 멋쩍은 얼굴이 되어 대꾸했다. "우린 그냥 취해서 멍청하게 군 것뿐이야."

디바인이 말했다. "나한테 시비 건 특별한 이유라도 있어? 취해서 멍청해진 것 말고."

세 남자는 또 서로 시선을 주고받았다. 첫 번째 남자가 대답했다. "아니. 그게 다야."

"그렇군." 이렇게 대꾸하면서도 디바인은 그 말을 믿지 않았다. "도와줘서 고마워. 또 생각나는 것 있으면 여기로." 그는 셋에게 핸드폰 번호가 찍힌 명함을 돌렸다.

제니와 동창이었다는 남자가 말했다. "누가 제니를 해치고 싶어 했을 이유가 도무지 안 떠오르는데."

"그걸 알아내는 건 내 일이야. 그리고 나는 그 일을 아주 잘해."

'어쨌든 내 바람은 그래.'

12장

숙소로 가던 디바인은 마음을 바꿔 어디 잠깐 들르기로 했다. 조금 전 들은 대로, 가다 보니 지선도로로 빠지는 지점과 '파머'라고 쓰여 있는 우편함을 쉽게 찾을 수 있었다.

집 앞에 차를 대는 대신 멀찌감치 내려서 자갈이 깔린 구불구불한 진입로를 걸어 들어갔고, 이윽고 퍼트넘의 다른 집들과 영 동떨어져 있는 듯한 작은 집에 다다랐다. 잎이 다 진 채진목이 조그만 오두막 옆에 한데 몰려 서 있었다. 실내에 켜진 조명이 하나도 안 보였지만 디바인이 처음 마을로 들어오면서 봤던 오래된 스테이션왜건이, 후방 윈치가 달린 낡은 포드 F150과 나란히 집 앞에 주차돼 있었다.

그날 본 운전자의 생김새를 떠올렸다.

새하얗고 가는 머리카락, 가죽처럼 질긴 피부, 움푹 꺼진 눈, 아래턱이 처진 얼굴선, 그리고 무심함이 깔린 상처 입은 표정.

사정을 알고 나니 그날 파머는 소중한 사람을 잃고 세상과 단절

된, 망연자실한 사람의 모습이었구나 싶었다. 그런 사람이라면 밤중에 돌아다닐 법도 했다. 하지만 숲길을 뚫고 제니 실크웰의 시신이 떨어져 있던 그 지점까지 간다? 그건 믿기지 않았다. 게다가 경찰이 파머를 향한 의심을 다른 데로 돌리려고 애쓰는 것처럼 보였다. 그런가 하면 대크도 그리고 술집에서 마주친 동료 가재잡이도 시신을 발견했다는 노인네 진술의 진위를 조금도 의심하지 않고 그저 그의 인성을 추어올리고 아내를 잃은 데 대한 연민만 늘어놓았다.

두 차량은 문이 잠겨 있지 않았다. 스테이션왜건의 가속 페달과 브레이크 둘 다 운전자가 핸들축에 부착된 핸드 콘트롤로 조종하도록 변형된 걸 디바인은 바로 눈치챘다. 왜 그렇게 했는지는 모르겠지만. 하지만 곧 차의 내부에도 창틀 바로 위와 대시보드 위에 하나씩 손잡이가 추가로 달려 있는 것을 발견했다.

디바인은 돌아서서 타호로 돌아갔고, 차를 몰아 조슬린 포인트를 한 번 더 지나쳐갔다. 가는 길에 헬멧도 안 쓴 대크가 할리를 몰고 진입로로 들어가 집으로 가는 걸 봤다.

이상하군. 대크는 한참 전에 집에 도착했어야 하는데. 어딘가 들렀다 오는 게 아니라면. 혹시 디바인과 나눈 대화 때문에 그 어딘가에 들르기로 한 걸까?

이 마을에 온 지 한나절도 채 지나지 않았는데 의문점들이 차곡차곡 쌓이고 있었다.

디바인은 여관 앞에 차를 대놓고 접수 구역으로 들어갔다. 접수대에서 서류를 정돈하고 있던 킹먼이 쌀쌀맞은 눈초리로 그를 쏘아보며 한마디 했다. "처음부터 수사관이라고 얘기했어야죠."

"저도 그렇게 생각합니다." 디바인이 화를 달래는 투로 말했다. "이젠 수사관인 걸 아셨으니 더 말씀해주실 것 없습니까?"

"이미 하퍼 서장한테 아는 건 다 말했어요."

"수고로우시겠지만 저한테도 얘기해주시면 감사하겠습니다. 그러면 제가 다른 사람 입을 거치지 않은 진술을 들을 수 있고, 어쩌면 선생님도 새로운 게 떠오르실 수 있으니까요. 그저 제니한테 무슨 일이 생긴 건지 밝히고 싶어서 그러는 겁니다."

마음이 녹은 킹먼이 한숨을 내쉬었다. "코코아 한 잔 드시려우?"

"어유, 그럼요. 아직 추운 날씨에 적응이 안 되네요."

그러자 킹먼은 골반에 손을 얹으며 히죽 웃었다. "젊은 양반, 이건 추운 축에 속하지도 않아요. 좀 쌀쌀한 정도지. 따라와요."

킹먼을 따라 커튼 뒤로 들어가자 아늑한 가정집으로 꾸민 공간이 나왔다. 킹먼이 컵과 코코아 분말, 새로 장만한 듯한 전기포트를 꺼내는 사이 디바인은 그곳을 둘러봤다.

석조 난로 안에 아직 태우지 않은 통나무가 쌓여 있었다. 가구들은 낡은 티는 나도 안락해 보였다. 테이블이며 선반마다 자질구레한 장식이 가득했고, 한쪽 벽에 걸어놓은 사진들로 킹먼에게 손자가 많음을 알 수 있었다.

"보기 좋은 한 팀이네요." 디바인이 말했다.

고개를 든 킹먼이 그가 뭘 보고 그러는지 알아채고 활짝 웃었다. "여덟 명 됐는데 곧 또 하나 나와요. 제일 큰 애가 열 살. 월버 영감도 살아서 손자들 얼굴 봤으면 얼마나 좋았을까 싶지."

"남편분을 먼저 보내신 줄은 몰랐습니다."

"월버는 바닷가재잡이였어요. 물에 나갔다가 사고가 났는데 배가 뒤집히면서 바다가 그이도 같이 삼켰어."

"정말 안됐습니다."

"고마워요. 딴 게 아니라 운이 억수로 나빴어."

"아무리 좋은 마음으로 애써도 인간의 힘으로 어쩔 수 없는 일이 있더군요. 게다가 완벽한 사람 같은 것도 없고요. 물론 저도 마찬가지고요."

"연방 수사관에 대한 내 선입관을 망치려고 아주 작정했네."

디바인이 미소 지었다. "많이 만나보셨나 보죠?"

"TV에서 본 게 다예요. 아, 그리고 제니도 있었지. 근데 제니는 우리 사람이니까. 어디로 가든, 무슨 일을 하든."

두 사람은 난로 앞 흔들의자에 앉아 뜨거운 코코아를 마셨다.

"그렇게 애석한 일이 또 있었을까." 킹먼이 갑자기 눈물을 글썽이며 말했다. "난 설마 그렇게 될 줄은……. 제니한테 그런 일이 생길 줄은 꿈에도 몰랐지." 그러더니 주머니에서 휴지를 꺼내 눈가를 훔쳤다. 그리고 디바인을 바라봤다. "제니는 정말 좋은 애였어요."

"제가 만나본 사람들은 공통적으로 그런 의견인 것 같습니다."

"그 애가 하던 일과 관련 있는 것 같아요?"

"그 일에 대해 얼마나 아십니까?"

"그냥 이것저것 주워들은 정도예요. 그리고 국방부에서 일하는 사촌이 있어서. 내가 물어볼 때마다 사촌은 '모르는 게 나아. 알면 밤에 잠 못 잘걸.' 이러지 뭐유. 무섭게시리."

"질문에 답하자면, 누가 제니를 죽였고 왜 죽였는지 저도 모릅니다. 여기서 죽었다고 해서 이곳 사람이 개입됐다는 얘기도 아니고요."

"맙소사, 제발 아니었으면 좋겠네요."

"제니가 죽은 날 제니를 보셨다고 들었습니다."

그 말에 킹먼은 조금 전보다 더 침울해 보였다. "그렇게 될 줄 알았으면 꼭 붙들고 못 가게 하는 건데."

"왜 아니겠습니까. 그날 제니가 평소처럼 보이던가요? 기억나는

96

건 뭐든 말씀해주십쇼."

"제니가 사무실 앞을 지나가는 걸 내가 창문으로 내다봤어요. 뒷길을 말하는 거예요, 여관 별채들로 이어지는."

"그렇군요."

"여덟 시 15분 전이었어요. 그때 시계를 본 기억이 나요. 저녁을 먹으러 가나 보다 했지. 제니는 진바지랑 벙벙한 파카 차림이었어요. 머리는 포니테일로 묶었는데, 저렇게 묶은 건 참 오랜만에 본다고 생각했던 기억이 나네. 뭔 생각에 골똘히 빠져 있는 것 빼고는 괜찮아 보였어요. 다른 데 안 보고 앞만 보고 가더라고. 그런데 걔는 늘 뭔가에 골똘히 집중하던 애였어. 아주 어릴 때부터."

"그 후에는 못 보셨고요? 차가 지나가는 소리도 못 들으셨습니까? 제니의 차가 여기 있었던 걸로 봐서 누군가 데리러 와서 같이 간 거 아닐까요?"

"내가 텔레비전을 틀어놔서, 차가 왔어도 못 들었을 거예요. 하여간 제니를 본 건 그때가 마지막이었어요." 킹먼이 참담한 목소리로 말을 맺었다.

디바인은 킹먼의 이야기를 머리에서 소화시키고는 말했다. "오늘 저녁 늦게 우연히 대크를 만났습니다. 속을 잘 터놓지 않는 사람 같던데, 그래도 누나 일로 충격이 큰가 봅니다."

"그렇겠지."

"서로 친했습니까? 대크랑 제니랑 알렉스요."

킹먼은 바로 대답하지 않고 코코아를 한 모금 마시더니 머그잔을 내려놓고는 두 손을 무릎에 얹고 그를 바라봤다. "수사 때문에 알아야 하니까 물어보는 거겠죠. 대부분의 살인은 친구나 가족 같은 면식범이 저지른다고 어디선가 읽었는데."

"불행히도 맞습니다."

"세 남매가 어렸을 때부터 사이가 좋았어요. 내가 산 증인이에요. 대크는 늘 운동에 빠져 있었지. 덩치 크고 힘도 셌거든. 왼갖 운동에 다 빠삭하고. 프로 미식축구나 야구 선수가 될 줄 알았는데 잘 안 풀린 모양이더라고. 그런 건 대부분 허황된 꿈으로 끝나나 봐. 제니는 장녀이기도 하고 자식 중 제일 예쁨 받는 애였어요. 뭘 하든 다 잘하고. 총명하기 그지없었으니까. 마음도 따뜻하고. 예쁘고. 우리 다 걔라면 뭐가 되도 될 줄 알았다니까."

"알렉스는요?"

"알렉스가 막내인데 외모가 아주 근사해요. 그냥 하는 소리가 아니야. 제니만큼 똑똑하진 않지만, 적어도 어떤 면에서는. 근데 아주 어릴 때부터 뭐든 잘 그렸어요. 무섭도록 재능 있었지. 가족들은 걔가 UCLA든 시카고대학이든 리치먼드에 있는 버지니아커먼웰스대학이든 하여간 최고의 미대에 가기를 원했어요. 그 대학들에 다 합격하기도 했고."

"그런데 안 갔습니까?"

"안 갔어."

"왜 그랬을까요?"

킹먼은 한숨을 푹 쉬었고 그 한숨에서 디바인은 응축된 회한을 느꼈다. 킹먼 자신을 위한 것도 실크웰 가족을 위한 것도 아닌, 어쩌면 퍼트넘 전체를 위한 감정인 것 같았다.

"알렉스도 옛날에는 외향적인 애였어요. 장난도 잘 치고 재미있고 욕심도 많고, 그런 면에서는 제니랑 비슷했지. 그런데 갑자기 조명이 꺼진 것처럼 애가 내성적으로 변하더니 침울해지고 겁을 내게 됐어…… 사는 걸."

"무슨 일이 있었던 겁니까?"

킹먼은 자기 자신과 속으로 다투듯 잠시 머뭇거렸다. "나도 몰라요."

"알렉스가 그렇게 극단적으로 변했는데 무슨 일인지 모르신다고요?"

"오래전 일이라. 그리고 그게 뭐였건 가족이 말 안 새어나가게 단속하기도 했고."

디바인은 클레어 로바즈가 이 얘기를 왜 안 했는지 궁금했다.

"아무튼 알렉스랑 대크는 여기, 옛날에 살던 집에서 계속 사는 겁니까?"

킹먼이 멍하니 고개를 끄덕였다. "대크는 한동안 육군에서 복무하더니 어느 날 다시 민간인이 됐더라고. 이유는 모르겠고. 아무도 얘기를 안 해서." 킹먼이 궁금해하는 표정으로 그를 봤지만 디바인은 그저 어깨만 추어올렸다. "아무튼 고향으로 돌아오더니 타투를 배우더라고. 그러더니 거기에 아주 매진했지. 자기 숍도 열었는데, 영업이 잘돼. 그러고 마을 다른 사업들에도 투자하더라고. 조그만 연못에서 대왕 물고기 노릇을 하고 싶은가 봐. 이 마을이 그러기 딱 좋은 데고."

"알렉스랑은 사이가 좋은가 봅니다, 같이 사는 걸 보니?"

"둘이 실제로 얼마나 대화를 나누는지는 나도 모르겠어요."

"작은 마을에서는 소문이 제트기보다 빠르게 도는 줄 알았는데요."

킹먼이 쿡쿡 웃었다. "그렇긴 하지. 근데 또 그렇다고 누군가의 생활이 속속들이 알려지는 건 아니거든."

"알렉스가 시내에 나오긴 합니까?" 술집 밖에서 시비 붙은 남자가 알렉스가 자전거를 타고 시내에 나오긴 하지만 남과 교류하지는 않는다고 한 건 그도 알고 있었다. 그렇지만 킹먼의 관점에서 얘기를 듣고 싶었다.

"거의 안 나와요. 나와도 딱 필요한 것만 구해서 후다닥 자기 동굴로 돌아가버리고."

'동굴? 흥미로운 표현이군.' "앞날이 창창한데 인생을 그냥 흘려보내는 느낌이네요."

"내 생각도 그래요." 킹먼이 정색하고 디바인에게 온 신경을 집중하더니 이렇게 말했다. "요원이 여기서 밝혀낼 진실 목록에 그것도 넣으면 좋겠네요. 밝혀낸다면 요원이 퍼트넘에 온 게 우리 모두에게 이로운 일이 되겠지요."

'모두는 아니죠.' 디바인이 남은 코코아를 마시면서 속으로 대꾸했다.

13장

킹먼을 아늑한 그 집에 두고 여관 밖으로 나온 디바인은 제니 실크웰이 묵었던 별채 옆을 지나갔다. 실크웰이 렌트한 차가 철저한 수색을 위해 여관 전면의 주차장에서 대기 중인 건 이미 봐두었다. 부디 그 차나 숙소 방에서 실크웰의 노트북과 핸드폰이 발견되기를 바랐다.

실크웰의 방은 조명이 꺼져 있고 유일한 출입구에는 접근금지 테이프가 둘러쳐져 있었다.

디바인은 양손을 주머니에 찔러넣고 차가운 공기 속에 서서 그 작은 별채를 빤히 쳐다봤다. 그가 묵고 있는 방과 똑같은 형태로 보였다. 제니 실크웰이 마지막인 줄 모르고 보낸 이 세상에서의 마지막 밤에 무슨 생각을 했을지 궁금했다.

'매듭짓지 못한 일이라. 해당 범위가 너무 넓은데.'

실크웰의 숙소와 차에 몰래 들어가서 전자기기가 남아 있는지 확인해야 할지도 고민됐다. 그러면 현지 경찰의 심기를 거스르겠지만 국가안보가 모든 것에 우선하니까. 하지만 기기들이 그 안에 **있었다면** 미국의 적들은, 만약 실크웰을 살해한 게 그들이라면, 당연히 그것들을 진즉에 가져갔을 것이다.

순간 무슨 소리가 들렸다. 손이 저절로 글록으로 갔다. 디바인은 앞으로 몇 발짝 나가 별채 옆구리로 돌아갔다. 글록에서 한 손을 떼고 외투 주머니에서 고휘도 집속 빔 기능이 있는 소형 손전등을 꺼냈다. 그걸 켠 다음 양손으로 쥔 글록 위에 얹은 채 소리 난 곳으로 다가갔다.

세 걸음 더 가서 소리의 정체와 조우했다.

웬 여자가 바닥에 주저앉아 있었다. 여자는 흐느껴 울고 있었다.

"선생님, 괜찮으십니까?"

빔 조명에 여자의 얼굴이 잡혔고 빛을 거기 고정한 순간 여자를 알아본 디바인이 놀란 숨을 들이마셨다.

"그 빌어먹을 불빛 치워." 알렉스 실크웰이 사납게 내뱉었다.

디바인은 손전등을 끄고 멍하니 서서 그녀를 쳐다봤다. 이게 무슨 상황인지 파악하느라 머리가 팽팽 돌았다. 그는 혹시 실크웰이 묵었던 방의 창문이 깨졌는지, 동생이 살인사건 수사의 증거가 될 수도 있는 물품이 잔뜩 있을지 모를 장소를 침범한 흔적은 없는지 확인하려고 주위를 둘러봤다. 그런 흔적은 없었다.

"괜찮으십니까?" 그가 다시 물었다.

알렉스가 일어섰다. 키가 173센티미터 정도로 꽤 컸고 체격은 호리호리했다.

"누구신데 그러세요?" 알렉스가 조금 차분해진 투로 물었다.

"트래비스 디바인이라고 합니다."

"아. 제니 실크웰 사건 조사하러 온 사람이군요."

"제니의 동생 맞으시죠?"

"그걸 알아내다니 참 똑똑하시네요. 당신이 형사인지 뭔지 됐을 때 동료들이 좋아 날뛰었겠어요."

디바인이 신분증 지갑을 꺼내 거기에 조명을 비췄다. "국토안보부 소속입니다."

"그러시군요. 신분증은 누구나 프린트해서 조작할 수 있어요. 아예 내가 만들어드릴 수도 있는데. 몇 개나 더 필요하세요?"

"여기서 뭐 하시는 겁니까?"

알렉스 실크웰은 **정말로** 아름다웠지만 표정에 너무나 진한 비참함이 어려 있어서 외모는 부차적으로 눈에 들어왔다. 알렉스가 가쁜 숨을 내쉴 때마다 밤하늘에 하얀 입김이 그려졌다. 디바인의 호흡은 그보다는 덜 가빴지만 썩 차분한 건 아니었다. 알렉스는 제네바 열차의 두 암살범과 아까 술집에서 마주친 멍청한 취객 세 놈이 하지 못한 일을 해냈다. 디바인의 평정을 잃게 한 것이다.

"언니는……." 알렉스가 입을 열었다.

"예, 압니다. 훌륭한 사람이었다고 다들 입을 모아 칭찬하더군요. 진심으로 유감입니다."

"다 그렇게 생각한 건 아니에요, 디바인 씨. 아직 나하고는 얘기 안 했잖아요."

어안이 벙벙해지는 그 한마디를 남기고 알렉스는 그를 지나쳐 성큼성큼 가버렸다.

디바인은 쫓아가야 한다는 걸 알았지만 그러지 않았다. 어쨌든 당장은. 그러다 마침내 그를 마비시켰던 충격이 가시자 몸을 돌려 아까 왔던 길을 달려갔다. 주도로에 이르러 길 양쪽을 살폈다. 차 시동 소리는 듣지 못했는데, 문득 알렉스가 자전거를 타고 다닌다는 얘기를 들은 게 떠올랐다.

그는 자기 방으로 터덜터덜 돌아와, 설치해둔 덫들이 건드려지지 않았는지 확인했다. 전부 그대로였다. 옷을 속옷만 남기고 다 벗고 서 욕실 거울에 비친 자기 몸을 훑어봤다. 글록의 탄환이 찢고 지나간 어깨의 생생한 수술 자국을 손으로 쓸었다.

다른 쪽 어깨에도 중동에 있을 때 저격병이 쏜 탄환이 방탄복의 결함 부위를 관통하면서 남긴 비슷한 흉터가 있었다. 그 이라크 병사가 반격을 못 하게 된 디바인의 머리를 쏴 끝장낼 수도 있었을 텐데, 아무래도 그날은 디바인에게 운이 좋은 날이었나 보다—의식이 가물가물한 상태에서 피를 철철 흘리며 헬기로 이송되면서는 별로운 좋은 기분이 들지 않았지만.

사제폭탄이 만나서 반갑다며 살갗에 영구적으로 폭발 패턴을 남긴 종아리도 들여다봤다.

'과연 네 번째 조우는 이승 퇴장 티켓이 될까, 디바인? 그럴지도 모르지.'

한껏 기지개를 켜는데 총 맞은 쪽 팔이 욱신거려 미간을 찌푸렸다. 또 다른 낯선 침대에 누운 그는 천장을 올려다봤다. 그는 단연코 천장을 응시하며 상념에 빠지는 타입이었다. 인생의 장면들과 수많은 실수들이 거기 투사돼 흘러가는 걸 멍하니 바라보곤 했다. 그 나름의 매우 저렴한 심리치료였다. 다른 군인들이 그렇듯 그도 내면의 감정은—그게 뭘 뜻하든 간에—고사하고, 어떤 얘기도 남에게 털어놓는 걸 힘들어했다.

한때 디바인의 세상은 흑과 백으로 엄연히 구분되었다. 착한 놈들 대 나쁜 놈들. 그 구분은 참이고 논쟁의 여지가 없었으며, 나누기도 쉬웠다.

한데 지금은?

지금 그는 오직 자기 자신에게만 의지했다. 바로 그래서 꼭두새벽의 고강도 체력 단련을 지속하고 천장을 보며 과거의 행동을 분석하는 것이었다. 살아남아야 하니까. 어떤 어려움에서도. 오른쪽이 아닌 왼쪽으로 방향을 틀라고, 어떤 타이밍에 고개를 숙이라고 알려주는 예리하게 벼려진 군인으로서의 직감만 믿었다. 날아온 산탄이 그를 죽이지 않고 비껴가도록 문 옆에서 1초 더 기다리라고 말해주는 직감을.

종종 그러듯 오늘도 생각의 파편이 투사된 천장에 다른 두 사람의 얼굴이 나타났다.

케네스 호킨스 대위, 로이 블랑켄십 중위.

디바인이 함께 복무했던, 그리고 이제는 똑같이 죽고 없는 두 사람. 호킨스는 블랑켄십을 살해하고 자살로 위장했다. 살해 동기는 인류의 역사만큼이나 오래된 것이었다. 블랑켄십의 아름다운 아내를 탐해 그녀와 은밀히 외도를 이어가고 있었던 것.

육군 범죄수사사령부는 내부 정치에 휘둘려 수사를 말아먹었고 호킨스는 아무런 처벌도 받지 않았다. 블랑켄십에게서 외도 이야기를 진작에 들어 알고 있었고 그래서 결과에 의심을 품은 디바인이 수사사령부가 사건을 재조사하게 하려고 백방으로 애쓰기 전까지는 말이다. 그러다 벽에 부딪힌 디바인은 사적 청산으로 방향을 돌렸다. 호킨스를 아프가니스탄의 산중으로 꼬여냈고 거기서 둘은 난투를 벌였다. 호킨스를 죽일 생각은 없었다. 하지만 의도와 무관하게 호킨스는 죽고 말았다.

그러더니 어느 날 에머슨 캠벨이 그를 캔자스주 레번워스의 육군교도소에 처넣기에 충분한 증거를 싸그리 모아들고 나타났다. 그래도 캠벨은 디바인에게 선택권을 주었다.

교도소냐.

이거냐.

상담 치료가 종료되자 디바인은 눈을 감았고, 군대에서 배운 대로 1분 만에 잠들었다.

14장

새벽 5시에 핸드폰 알람이 울렸다.

디바인은 운동복 하의를 입고 튼튼한 테니스화를 신고 두툼한 후드티를 걸친 다음 컴컴하고 텅 빈 주도로로 가볍게 달려 나가 왼쪽으로 방향을 틀었다.

항만 앞에 잠시 멈춰 서서 바다로 나가는 고기잡이배들을 구경했다. 남자들이 선창에서 철제어망과 커다란 나무 상자 들을 번쩍 들어 올렸고, 정박 슬롯의 말뚝에 밧줄로 묶여 있는 배에 더러 실었다. 어떤 이들은 모터가 달린 작은 배로, 아니면 거룻배를 노 저어, 정박된 큰 배로 나아갔다. 바다에서 일하는 이들의 하루는 꼭두새벽에 시작되는 모양이었다. 항만을 비추는 조명 덕에 디바인은 술집 앞에서 시비를 걸었던, 디바인이 정보원으로 몰아갔던 남자를 알아봤다. 그는 항구에서 멀어져가는 꽤 큰 어선의 고물에 앉아 있었다. 지난밤이 남긴 숙취에서 아직 회복되지 못한 것 같았다.

디바인은 가던 길로 다시 걸음을 옮겼다. 주요 상업지구가 끝나는 지점에서 약 400미터 떨어진 곳에 잔디가 휴면상태이고 낙엽을 다 떨군 나무들이 늘어서 있는 공터를 봐둔 터였다. 거기 도착한 그는 심박수를 올리고 혈행을 촉진하려고 20분간 HIIT, 즉 고강도 인터벌 트레이닝을 실시했다. 이어서 푸시업과 나뭇가지를 활용한 풀업, 스쿼트, 런지, 팔벌려뛰기, 그리고 등척 운동을 했다. 1분이 채 안 되는 시간 동안 조각상처럼 정자세를 유지하느라 몸이 바들바들 떨렸다. 추가로 코어 강화 운동을 하고, 더욱 강도 높은 하체 강화 운동도 실시했다. 육군 보병이라면 진짜 힘이 나오는 부위는 하체라는 걸 잘 아니까.

윈드 스프린트(스퍼트를 위한 폐활량을 증진하는 단거리 달리기 훈련—옮긴이)를 앞으로 달리기, 이어서 뒤로 달리기로 실시했다. 총력 공격은 같은 강도의 후퇴로 이어질 때가 많은데 그런 때에도 나에게 총질하는 적에게서 눈을 완전히 뗄 수는 없는 법이니까.

호흡은 항상 정확한 박자에, 동작과 힘주는 타이밍에 맞춰 마시고 뱉었다.

마무리로 젖은 풀밭에서 육군식 낮은 포복, 하이킥, 이어서 몸이 기진맥진해지는 버피 세트를 수행했다.

그런 다음 천천히 쿨다운 하면서 심박과 호흡을 가라앉힌 후 숙소로 돌아갔다. 샤워 물줄기로 들어갔을 때는 여섯 시 반이 거의 다 되어 있었다.

몸의 물기를 닦아내고 깨끗한 옷으로 갈아입은 후 밖으로 나갔다. 숙소가 커피를 곁들인 가벼운 아침식사를 제공했지만, 하퍼와 퍼스에게 말해뒀듯 길 저쪽에 봐둔 조식을 파는 식당이 있었다. 메인 브루라는 곳이었다. 현지 경찰을 상대하기 전 혼자 생각을 정리할 시간이 필요했다. 지금까지 뭘 알아냈고 뭘 알아내지 못했는지 짚어보고 싶었다.

차가운 바람을 맞으며 몇 분 걸으니 파란 페인트로 칠한 식당 문 앞에 다다랐다. 일곱 시를 갓 넘겼을 뿐인데도 거의 만석이었다. 최근에 식당을 리노베이션한 것 같았다. 견고한 합성목재를 깐 바닥의 한복판에 배치한 테이블과 의자 들, 공간의 가장자리를 빙 둘러 배열한 빨간 비닐을 씌운 부스들 전부 새 걸로 보였다. 긴 카운터는 델리 식당 스타일로 전면이 유리인 냉동 진열장이 딸려 있고 그 안에 갖가지 육가공품과 샐러드, 샌드위치, 그 밖에 다양한 조리 음식이 가득했다.

종업원 둘이 플로어 테이블의 주문을 받고 있었다. 카운터에서는 또 다른 종업원이 바닥에 고정된 회전 스툴을 차지한 손님 대여섯의 주문을 받고 있었다. 확실히 북적거리긴 했지만 마을에 아침을 때울 만한 다른 곳이 없어서 그런지도 몰랐다.

입구의 철제 입간판에 아무 데나 착석하라고 안내문이 쓰여 있어서 디바인은 한쪽 벽면의 제일 끄트머리, 주방에서 제일 먼 부스에 자리 잡았다.

젊은 종업원이 나무보드에 클립으로 고정한 코팅 메뉴판을 들고 허겁지겁 와 물었다. "음료는 뭘로 하시겠어요?"

"블랙커피하고, 얼음 뺀 물 큰 잔으로 하나 주십쇼."

"바로 갖다 드리겠습니다."

디바인이 메뉴를 들여다보는 사이 종업원은 바삐 가버렸다. 메뉴에는 아보카도 토스트나 과일을 곁들인 분쇄귀리죽 같은 건강식도 있었지만 그는 이곳에서 오랫동안 사랑받은 메뉴를 한 가지 옵션만 달리해서 먹어보기로 했다.

종업원이 김이 풀풀 나도록 뜨겁고 구수한 향을 풍기는 커피를 내왔을 때 그는 주요 영양소를 골고루 갖춘 듯한 '바닷가재잡이의 아침식사'를—옵션만 대구 튀김으로 바꿔서—시켰다.

그는 종업원이 주문을 받은 후 놓고 간 메뉴판을 내려다봤다. 식당 주인이 애니⋯⋯ 파머라고? 깜짝 놀라 이름을 한 번 더 확인했다. 파머는 꽤 흔한 성이긴 하지만, 인구가 3백 명도 안 되는 마을이니 얼 파머와 가족일 수도 있지 않나?

디바인은 핸드폰을 꺼내 구글에 식당을 검색했다. 홈페이지에 미소 띤 젊은 여자 사진이 떴다. 고개를 들자 사진 속 여자가 카운터 뒤에서 일하고 있는 게 보였다.

이십 대 후반의 애니 파머는 짙은 색 머리에 눈동자는 갈색이고 키는 평균쯤 돼 보였다. 지방은 1그램도 붙어 있지 않은 듯했다. 하는 일의 특성상 쉴 새 없이 움직여야 할 것 같았다. 홈페이지에는 얼 파머와의 관계에 대해 일언반구도 없었지만, 그런 걸 꼭 기재하란 법은 없었다.

이윽고 음식이 나왔고, 과연 커피만큼 맛이 좋았다. 대구 튀김과 에그 스크램블, 베이컨과 햄, 그리고 버터를 발라 구운 두툼한 토스트의 조합이 생각보다 만족스러워서 놀라웠다. 그는 천천히 식사하면서 티 내지 않고 주변 사람들을 관찰했다. 그러다 몇 사람이 감추려고 하지도 않고 그를 빤히 쳐다보는 걸 알아챘다.

디바인은 대크와, 그다음엔 알렉스와 마주친 일을 떠올렸다. 알렉스는 언니의 죽음에 진심으로 비통해하는 것 같았다. 하지만 그렇다면 마지막에 던지고 간 한마디는 무슨 의미일까?

'모두가 제니를 좋은 사람으로 여긴 건 아니고 자신도 그렇다는 뜻일까?'

꼬리에 꼬리를 무는 의문은 누군가 그의 테이블로 다가오는 바람에 끊겼다.

애니 파머가 머리카락 한 가닥을 귀 뒤로 넘기더니 새로 따른 커피잔을 내려놓고 그에게 밀었다. 자기가 마실 커피도 들고 있었다. 가까이서 보니 두 뺨과 콧잔등에 사탕가루처럼 흩뿌려진 주근깨가 보였다. 그녀가 맞은편 좌석에 앉았다.

저쪽을 내다보니 카운터를 꽉 채웠던 손님들이 거의 다 자리를 뜬 후였다. 아예 식당 전체에 손님이 남아 있는 테이블이 몇 개 없었다. 그는 손목시계를 내려다봤다. 온 지 거의 50분이 지나 있었다. 5초밖에 안 된 것 같은데.

"고맙습니다." 디바인이 말했다. "보통 사장이 직접 서빙하나요?"

그 말에 애니가 미소 지었다. 진심에서 우러난 따뜻한 미소였다. 평소에도 자주 미소 짓는 사람처럼 보였다. "사장은 사업을 유지하는 데 필요한 일은 다 한답니다."

"흠, 보니까 순풍이고 파도도 잘되라고 밀어주는 것 같은데요."

"메인에서는 그게 한순간에 뒤집힐 수 있거든요."

"그렇겠군요. 사업을 하기엔 좀 젊으신 것 같은데요. 제가 뭘 알겠습니까마는."

"2년 후면 서른인데, 어떤 날엔 몇 배는 늙은 기분이에요."

"그 기분 잘 압니다."

인사치레로 나누는 한담이 끝나자 애니가 커피를 한 모금 마시고 진지한 눈빛으로 그를 바라봤다. 표정이 변하자 주근깨도 덩달아 커지는 것 같았다. "제니 일인가요?"

"맞습니다."

애니가 고개를 숙였지만 디바인은 그녀의 입술이 떨리는 걸 놓치지 않았다.

"너무 충격이었어요." 애니가 고개를 들며 말했다.

"그랬겠죠."

"하퍼 서장님이랑 웬디랑 공조 수사하시는 거 맞죠?"

"그렇습니다."

"좋은 분들이지만 이런 일에는 경험이 많지 않으실 거예요. 우린…… 퍼트넘에는 살인사건이 많이 안 일어나서요, 다행히도."

"그래도 두 분은 현지 사정을 잘 아시잖습니까. 저도 그걸 파악해야 하거든요."

"제니를 죽인 게 퍼트넘 주민일 거라는 얘긴가요?"

직설적인 질문이었고 디바인은 애니가 원하는 것 또한 직설적인 답변이라는 느낌을 받았다.

하지만 그런 답변은 줄 수 없었다.

"모르겠습니다. 제가 여기 온 지 24시간도 안 돼서요. 아직 사태 파악도 못 했는걸요."

"한시도 지체하지 않으셨다고 들었어요. 도착하자마자 수사에 뛰어드셨다고."

"제가 하는 일이 그렇습니다. 그런데 빨리 움직인다고 항상 좋은 건 아니더군요. 섣불리 결론을 냈다가 나중에 틀렸다는 게 밝혀지기도 하니까요. 가능하면 그런 일은 피하려고 합니다. 그건 그렇고, 제 이름은 트래비스 디바인입니다. 이미 아시겠지만."

"저는 애니 파머입니다. 제가 이곳 사장인 건 이미 아시는 것 같지만요."

디바인이 스마트폰을 들어 보였다. "더 이상 프라이버시라고는 없는 세상이라서요."

"그렇죠." 애니의 얼굴이 확 달아올랐는데, 그 이유를 디바인은 짐작할 수 없었다.

"혹시 얼하고 혈연관계인가요?"

"저의 할아버지세요."

"부모님은요?"

"집에 불이 났어요, 15년 전에. 두 분 다 살아남지 못하셨죠."

"진심으로 유감입니다."

"저는 여름 캠프에 가서 집에 없었어요." 애니가 손으로 입을 틀어막았고 참으려고 기를 쓰는데도 한순간 눈에 눈물이 고였다.

"미안합니다." 디바인이 이렇게 말하며 테이블 위의 통에서 냅킨을 한 장 뽑아 건넸다. "아픈 기억을 상기시키려던 건 아니었어요."

"괜찮아요." 애니가 눈가를 훔치고는 마음을 정화하듯 긴 숨을 내뱉었다. "그런데 또 몇 주 전에는 버티, 그러니까 저의 할머니가 돌아가셨어요. 할아버지가 먼저 가실 줄 알았는데. 아마 할아버지도 그렇게 생각하셨을걸요."

"정말 견디기 힘들었겠네요. **애니도**, 할아버님도요." 디바인은 잠시 말을 멈췄다. "할아버님이 제니의 시신을 발견하셨다면서요?"

디바인이 그걸 알고 있었던 걸 애니도 분명 알았을 텐데, 그럼에도 그녀는 그 질문에 무척 심란해하는 것 같았다. "우연히 발견하셨어요. 그런 게 아니면 뭐겠어요? 아무튼 끔찍했죠."

디바인은 일부러 무표정한 얼굴로 고개만 끄덕였다. "할아버님이 제니를 알아보셨나 보죠?"

"네, 알아보셨어요. 제니가 어렸을 때부터 알고 지내셨으니까."

디바인은 절벽 가장자리부터 그 한참 아래 제니의 시체가 어둠 속에서, 그것도 일부 바닷물에 잠긴 채 널브러져 있었던 바위까지 거리를 떠올리고는 속으로 애니의 말에 고개를 저었다. 그것 말고도 마음에 걸리는 부분이 있었다.

"할아버님 댁에 들렀었는데, 스테이션왜건에 가속 감속 제어장치를 따로 다셨더군요. 그리고 추가로 손잡이도 다셨던데."

"맞아요. 할아버지는 관절염을 앓고 계시고 척추에도 이상이 있으시거든요. 경추 수술을 받으셨는데 결과가 좋지 않았어요. 그래서 다리로 가속 감속 페달을 작동하지 못하시는데, 대신 손으로는 가능하세요. 상체는 아직 튼튼하시거든요. 손잡이는 차에서 내리실 때 사용하시고요. 그래도 예전만큼 운전을 많이 하진 않으세요. 꼭 필요할 때 아니면 오늘은 꼭 차 끌고 나가야겠다 할 때만 하시죠. 트럭은 이제 못 모시고요. 타고 내리기 너무 힘들어서. 보통은 그냥 걸어 다니세요…… 천천히."

"실크웰 가족과는 친했습니까?"

"네. 실크웰가는 이 마을 유지였어요." 애니는 애써 웃음 지었다. "물론 같은 사교 집단에서 어울린 건 아니고요. 퍼트넘에 그런 게 있기나 하다면. 그래도 알렉스가 저보다 겨우 몇 살 위였거든요. 어렸을 때 한동안 같이 놀았어요. 알렉스는 대단한 화가예요."

"마지막으로 여기 왔을 때 제니를 보거나 만나서 얘기하지는 않았고요?"

"네, 제니가 온 줄도 몰랐는걸요."

"제니는 성품이 훌륭했다고들 얘기하더군요."

애니는 대답하기 전 커피를 한 모금 마셨다. "맞아요, 그랬어요. 활발하고 다정했어요."

"여동생하고는 많이 달랐나 보군요. 알렉스를 안다고 했죠?"

애니가 잠시 콧잔등을 찌푸리더니 단도직입적으로 대답했다. "누구든 자기가 알렉스를 안다고 하면 무슨 생각이 드는지 아세요?"

"무슨 생각이 드는데요?"

"그 사람은 자기를 기만하고 있다고요."

그건 오늘 애니가 한 가장 진솔한 말일 거라고 디바인은 생각했다. "흥미롭군요. 왜 그렇게 생각합니까?"

애니는 어깨를 으쓱했다. "알렉스는 누구에게도 곁을 허락하지 않으니까요."

"대크는요?"

"대크가 뭐요?"

"좋은 사람입니까?"

"그건 물어볼 사람을 잘못 고르신 것 같네요." 그러더니 애니는 일어섰다. "이제 매장 좀 치워야겠어요. 소규모 사업자의 화려한 현실이 이렇답니다."

그러고는 식당의 네 벽을 둘러보는데, 즐거워 죽을 것 같은 표정은 결코 아니었다. "제가 필요하면 어디로 오실지 아시겠죠. 하루 24시간 거의 내내 여기 있으니까요."

그녀의 손을 흘끔 보니 반지가 없었다. "남편은 없습니까? 아이는요?"

부적절한 질문인 건 알지만 사실 범죄 수사관이 던지는 질문 중에는 그렇지 않은 게 거의 없었다.

"좋은 하루 보내세요, 디바인 씨."

디바인에게 퍼트넘은 시시각각 더 흥미롭고 아리송한 곳이 되어가고 있었다.

15장

제니 실크웰의 숙소를 수색하러 온 하퍼와 퍼스에게 디바인은 커피를 한 잔씩 건넸다. 메인 브루를 나서기 전에 산 커피였다.

두 사람은 고맙다며 받아들었고 디바인이 어젯밤 알렉스가 제니가 묵었던 방 밖에서 흐느껴 울고 있는 걸 발견했다고 하자 벙찐 얼굴이 되었다.

"거기서 뭘 하고 있었대요?" 퍼스가 물었다.

"그건 말 안 했습니다. 언니 일로 크게 상심했나 보죠."

하퍼가 커피를 한 모금 마시고 고개를 끄덕였다. "그런 이유라면 말이 되지요."

"어쩌면 방에 들어가려고 했을지도 모릅니다." 디바인이 찔러봤다. 그 가능성에 두 경관이 어떤 반응을 보일지 보고 싶었다.

퍼스가 고개를 갸우뚱하고 그를 쳐다봤다. "들어가서 언니를 추억할 유품이나 아니면 다른 물건이라도 가지고 나오려고요?"

"후자였겠죠." 디바인이 넌지시 말했다.

"그러니까 뭐냐, 법 집행관이 절차에 따라 처리하기 **전에** 살인사건 피해자가 마지막으로 있었던 장소에서 고의로 증거를 입수하려고 했다는 뜻입니까?" 하퍼가 공개 법정에서 최대한 반론의 여지를 허하지 않는 적확한 언어로 진술하듯 또박또박 이야기했다.

"예." 디바인의 대꾸는 단답형이었다.

"방이 잠겨 있고 접근금지 테이프도 쳐져 있었는데요."

"여기 오기 전에는 그렇다는 걸 몰랐겠죠." 디바인이 지적했다. "그리고 여기가 제니의 방인 건 어떻게 알았겠어요? 둘이 전에도 여기서 만난 거 아닐까요?"

하퍼는 그가 제기한 의문을 대수롭지 않게 취급했다. "작은 마을이니까 다른 사람한테 들었겠지요. 패트가 말해줬을 수도 있고."

"운 것 말고는 어때 보이던가요?" 퍼스가 물었다. "알렉스하고 대화는 했습니까?"

디바인은 알렉스와 나눈 대화의 축약 버전을 들려주면서, 언니가 '어쩌면 그리 훌륭한 사람이 아니었을지도 모른다'고 한 건 빼놓았다. 그래도 알렉스가 매서운 몇 마디로 그를 정신 번쩍 들게 한 건 얘기해주었다.

"음, 그건 우리가 아는 알렉스 맞네." 퍼스가 단언했다.

하퍼가 말했다. "수색을 시작할까요?"

"렌터카 열쇠 갖고 계십니까?" 디바인이 물었다.

"숙소 안에 있었어요. 출입 차단하기 전에 얼른 둘러봤거든요." 하퍼가 대답했다.

그들은 차부터 수색했다. 새 차 냄새가 났고 실크웰의 소지품은 단 한 점도 없었다. 트렁크 내부를 감싼 천을 벗겨내고 차 밑을 살피고 또 바퀴집 안쪽, 차 바닥과 좌석 밑, 심지어 엔진실과 후부 배기관까지 들여다봤는데도 아무것도 없었다.

"안으로 들어갑시다." 하퍼가 말했다. 디바인은 따뜻한 데로 들어가게 돼서 내심 안도했다.

하퍼 서장이 출입차단 테이프를 자르고는 묵직한 납덩이가 달린 열쇠로 문을 땄다. 디바인은 그게 실크웰이 지니고 있던 열쇠인지 물었다.

"아니에요." 하퍼가 대답했다. "이건 패트가 준 마스터키예요. 자, 들어갑시다."

그들은 침대 옆에 바퀴 달린 소형 트렁크가 놓여 있는 걸 발견했다. 그 안에 든 건 옷가지와 스니커즈 운동화 한 켤레뿐이었다. 욕실에는 실크웰의 세면용품 파우치가 있고 용품 몇 개는 싱크대 위 선반에 가지런히 놓여 있었다. 실크웰이 일찍 도착해 그날 하루만 머물렀기에 침구는 흐트러지지 않은 상태 그대로였다. 서류가방은 보이지 않았다. 대신 그들은 지갑이 든 핸드백을 찾아냈다. 하지만 노트북이나 핸드폰은 없었다.

"실크웰이 입고 있었던 옷은 보관하고 계시죠?" 디바인이 물었다.

"경찰서 증거 보관실에요." 퍼스가 대답했다.

"지금 증거 목록 갖고 계십니까?"

퍼스가 핸드폰을 꺼내 액정을 몇 번 터치했다. 그리고 폰을 내밀었다.

디바인이 목록을 읊었다. "파카, 진바지, 스웨터, 부츠, 양말, 속옷." 그러다 고개를 들었다. "귀중품은요?"

"반지 두 개랑 목걸이 하나, 그리고 전에 말한 브라이틀링 시계 하나가 답니다. 오늘 여기서 핸드백이랑 지갑도 찾았으니 강도당했을 가능성은 확실히 배제할 수 있겠네요."

"핸드폰은요? 핸드폰 안 갖고 다니는 사람은 없잖습니까."

"시신 옷가지에서는 핸드폰을 발견하지 못했습니다." 퍼스가 말했다.

"핸드폰이 여기 없다면 누가 가져갔다는 뜻일까요?"

"절벽 아래로 떨어졌을 때 바다에 떠내려갔을 수도 있죠." 하퍼가 말했다. "저번에도 말했지만 우리가 도착했을 때 시신이 떠내려가기 직전이었으니까요."

디바인은 그랬을 거라고 생각하지 않았지만 입 밖으로 꺼내진 않았다.

하퍼가 방 안을 둘러보더니 말했다. "뭐, 별거 없어 보이는데. 그럼 있는 것들은 봉투에 넣고 증거 처리 하겠습니다."

"과학수사팀은 호출하지 않으십니까?" 디바인이 물었다.

"여기에서 제일 가까이 있는 그나마 믿을 만한 팀이 출동에 최소 두 시간 걸려요." 퍼스가 말했다. "그리고 이건 범죄 현장이 **아니**잖습니까. 명백히 범죄가 일어난 증거―예를 들면 혈흔이나 몸싸움 흔적 같은 거―를 발견했으면 호출하죠. 근데 여기는 대도시가 아니거든요, 디바인 요원. CSI 같은 거 없습니다. 자원은 한정돼 있지, 경찰 예산은 쥐꼬리지. 손짓 한번 하면 수사팀이 짠 나타나는 게 아니라고요. 심지어 이번처럼 해결 과제 일순위인 사건에도요. 다들 바쁜 와중에 이미 최대한 인력을 쥐어짜서 이번 사건에 붙여준 상태입니다."

"이 지역에 범죄가 그렇게 많습니까?"

"실상을 알면 놀라실걸요. 이 일대가 너무 광범위한 게 문제예요. 일자리는 갈수록 줄지, 펜타닐 사용은 감당 불가능한 수준이지. 주민들은 이등 시민 취급당하는 데 넌더리가 난 상태고, 거기에다 다들 총기를 소지하고 있습니다. 그것도 여러 자루씩. 별로 좋은 조합은 아니죠."

"퍼트넘은 그럭저럭 잘 돌아가는 것 같던데요."

"그럴싸한 상점 몇 군데랑 새로 생긴 술집 하나, 고급 레스토랑 몇 개 있다고 모두가 행복하게 잘 사는 건 아니에요." 하퍼가 끼어들었다. "메인에서는 아직 어업이 주 업종인데 최근 상황이 좋지 않았고 앞으로 더 어려워지기만 할 거예요."

두 경관은 제니 실크웰의 소지품을 체계적으로 증거물 처리하는 작업에 착수했다.

디바인은 잠시 그들이 일하는 걸 지켜보다가 방 안을 슬슬 돌아다녔다. 그곳이 카불 외곽에서 찾아낸 흙집 군락 중 한 곳, 알고 보니 철저히 은폐된 사제폭탄 제조업장이었던 곳이라고 상상해봤다. 아니면 주민들이 똘똘 뭉쳐 ISIS 우두머리를 숨겨준 다후크(이라크 북동부 다후크주 주도—옮긴이)에서 20킬로미터 떨어진 시골 마을이라고 상상했다. 당시 마을을 이 잡듯 뒤져 우두머리를 찾아냈는데, 뒤이은 총격전은 디바인도 몇 번 경험하지 못한 강도였다. 노인네와 어린이를 포함해 모든 주민이 구소련 시절 쓰던 AK-47 돌격용 소총부터 스테츠킨 기관단총까지 온갖 무기를 꺼내 들고 마구잡이로 갈겨댔다. 디바인의 부대장이 지원병력을 요청해야 했고 그 도움으로 간신히 전투에서 승리했다. ISIS 우두머리는 이어진 혼전에서 사망했고, 그래서 그에게서 정보를 알아내지는 못했다. 그 격전에서 미군 병사 둘이 목숨을 잃었고 마을 주민 가운데도 아이 넷과 노파 셋이 죽었다.

디바인은 조각나고 곤죽이 된 아이들과 여자들 시체를 보고 배 속에 든 걸 게워냈다. 토한 건 그만이 아니었다.

그는 창가에 딱 붙여놓은, 자기 방에 있는 것과 똑같은 작은 책상과 의자를 살폈다. 창유리로 환한 햇빛이 쏟아져 들어왔고, 디바인은 조금이나마 온기를 얻으려고 볕이 드는 자리에 가 섰다. 그러다 무심코 책상 위를 내려다봤는데 뭔가가 눈에 들어왔다.

희미한 먼지 자국. 딱 노트북 컴퓨터 크기였다.

머릿속으로 여러 시나리오를 떠올렸다. 실크웰이 노트북을 가져간 걸까? 살인범이 가져갔을까? 아니면 디바인이 어젯밤 추측한 대로, 실크웰이 죽은 후 살인범이 와서 가져간 걸까?

살인범이 실크웰의 노트북과 핸드폰을 가져갔다 해도 두 기기의 보안이 뚫릴 가능성은 희박했다.

'하지만 죽이기 전에 그녀에게서 패스워드를 알아냈다면?'

실크웰이 마지막으로 목격된 시각과 사망 추정 시각 사이에는 몇 시간의 공백이 있었다. 그사이 무슨 일이든 일어났을 수 있었다.

'기욤은 부검에서 고문의 흔적이 발견됐다는 말은 없었지만, 그렇다 해도 말이지. 미국의 적들이 실크웰이 노트북이나 핸드폰에 저장해둔 정보를 지금 손에 넣었다면?'

정부 지급 기기에 기밀 정보를 보관하는 엄격한 프로토콜과 절차가 있다는 건 그도 잘 알았다. 그 정보는 민간 기관들과 다를 바 없이 클라우드에 저장되었다. 하지만 그는 일부 정부 조직원들이 편법을 쓴다는 것, 그리고 항상 프로토콜을 엄수하지는 않는다는 것도 알고 있었다.

디바인은 볕에 서 있는 그를 경계하듯 흘끔거리는 퍼스를 건너다봤다.

"왜 그러고 서 계십니까?" 퍼스가 물었다.

"그냥 몸을 따뜻하게 하려고요."

퍼스가 헛웃음을 뱉었다. "허이구, 일월에 한번 와보십쇼." 그러더니 하던 일로 돌아갔다.

디바인은 그의 속을 헤집어놓고 있는 먼지 패턴을 다시금 내려다
봤다.

16장

경관들과 헤어진 디바인은 걸어서 자기 숙소로 간 다음 실크웰의 노트북이 도난당했을 가능성과 핸드폰의 행방이 오리무중인 정황을 포함해, 마지막 보고 후 알아낸 모든 사실이 담긴 장문의 이메일을 캠벨에게 보냈다. 이메일을 쓰다 보니 짧은 시간 안에 보고할 거리가 참 많이도 생겼다는 생각이 스쳤다. 게다가 앞으로는 더 많이 생길 것 같은 직감이 들었다.

그러고서 타호를 몰고 해안 도로를 탔다. 오늘 밤 대크와 저녁 약속이 있었지만 먼저 그의 여동생과 한 번 더 만나보기로 했다. 첫 번째 조우를 과연 만남이라고 부를 수 있을지 모르겠지만. 시계를 확인하니 대크가 타투숍에 출근한 지 두어 시간 됐을 때였다.

조슬린 포인트에 도착한 그는 한때 고상하고 풍성했겠지만 자연이 제 영역을 수복하면서 거대한 폐허로 전락한 조경을 지나쳐 여기저기 갈라지고 파인 아스팔트 진입로를 올라갔다. 집 앞에 차를 대놓고 건물을 찬찬히 뜯어봤다.

짐작했던 만큼 상태가 나쁘지는 않았다. 외벽 일부는 비록 지저분하고 자연에 마모된 채 방치되긴 했지만 비교적 최근에 고압 세척을 한 걸로 보였다. 정문을 지탱하는 토대의 표면은 새 판돌과 갓 바른 모르타르로 보강했고, 현관문 상단의 박공지붕을 받친 목재기둥들도 새것으로 보였다.

창 몇 개는 유리를 새로 끼운 것 같았다. 잔디밭도 지금은 휴면기이지만 펫장은 가을에 깐 걸로 보였다. 높다란 벽돌 굴뚝 중 하나를 올려다보니 거기서 연기가 피어오르는 게 보였다.

집 바로 뒤에는 삼나무 지붕널로 박공을 높이 올리고 지붕 양면에 큼직한 채광창을 낸, 물막이판으로 지은 커다란 구조물이 있었다. 측벽들을 따라 창이 여럿 나 있고 뒷벽에는 바깥으로 뺀 커다란 배기관이 하나 있었다. 창으로 들여다보니 내부는 화실로 꾸려져 있었다. 작업 중인 그림이 얹힌 이젤들, 붓을 꽂은 깡통과 조그만 물감통 들을 조르륵 늘어놓은 긴 작업대가 여럿 있고 스케치북, 제도용 연필이나 차콜 스틱 따위가 꽂혀 있는 단지들, 물감 묻은 크고 작은 팔레트 들도 보였다. 한쪽 구석에는 도요 물레가 있고 다른 구석에는 작은 가마가 있었다. 용접 장비로 보이는 것 옆에는 대형 철제 물 탱크가 있고, 커다란 작업용 싱크대와 톱질용 모탕 위에 놓인 철제 양동이도 눈에 들어왔다.

문을 열려고 해봤지만 단단히 잠겨 있었다.

시선을 왼쪽으로 돌리니 저 멀리 부지 끄트머리에 어젯밤 지나가며 봤던 부속건물들 몇 채가 보였다.

이어서 해안선 쪽으로 나가봤다. 절벽 아래 바위를 슬쩍 내려다보니 부지가 상당히 고지대에 있는 게 느껴졌지만, 사람들이 많이 이용한 걸로 보이는, 바닷가로 이어진 길이 따로 나 있었다. 튀어나온 거석들 몇 개는 거의 에이브럼스 탱크만 했다. 파도가 그 거석들에 부딪혀 디바인이 서 있는 절벽의 절반 높이까지 거센 물보라를 뿌려댔다.

메인주의 해안선이 전국에서 네 번째 갈 정도로 길다는 걸 그도 알고 있었다. 자잘한 만과 하구가 하도 많아서 심지어 캘리포니아 해안선보다 길었다. 한데 그런 해안에서 그것도 오밤중에 비가 장대처럼 퍼붓는데 얼 파머가 숲을 뚫고서 제니 실크웰이 까마득한 저 밑의 바위에 떨어져 있는 바로 그 지점까지 갔다고? 그랬을 공산은 터무니없을 만치 희박했다. 아니, 불가능하다는 말로도 부족했다.

'본인과 만나서 얘기해봐야 해. 되도록 빨리.'

디바인은 몸을 돌려 조슬린 포인트 본체로 돌아가 문을 두드렸다.

응답이 없었다. 그는 다시 노크했고, 이내 나무문을 쾅쾅 두드렸다.

"꺼져." 알렉스 실크웰이 소리쳤다.

"트래비스 디바인입니다. 어제 만났죠."

"그럼 **당장** 꺼져요. 할 말 없으니까."

비바람에 풍화된 문을 물끄러미 보고 있자니 문 바로 안쪽에 반항적이고 열 받은 표정으로 서 있을 알렉스 실크웰이 그려졌다. 그녀와 반드시 얘기해야 하는데 영장이 없으니 딱히 할 수 있는 일이 없었다.

"도어매트 밑에 명함 놔두고 가겠습니다."

대답 대신 침묵이 돌아왔다. 알렉스가 자진해서 그에게 전화하는 상황이 도무지 그려지지 않았다.

디바인은 차로 돌아와 일단 그곳을 떴다. 해안 도로에 이르러서는 왼쪽으로 꺾어 가속페달을 밟았다. 가다가 커브 지점에서 도로변으로 빠져 차를 세워놓고 조슬린 포인트로 걸어서 돌아갔다.

그는 물푸레나무와 자작나무, 단풍나무에 둘러싸인 한 무리의 스트로부스소나무 뒤에 자리 잡고 감시에 들어갔다. 고배율 쌍안경으로 본채를, 그리고 작업실도 찬찬히 살폈다.

30분 후 인내에 보상을 받았다. 알렉스가 뭔가가 담긴 컵을 들고 나오더니 서둘러 작업실로 가 문을 따고 들어갔다.

디바인은 쌍안경을 집어넣고 성큼성큼 화실로 갔다. 창으로 슬쩍 들여다보니 알렉스가 외투를 벗고 있었다. 외투 안에는 진소재의 멜빵바지에 긴소매 내복 상의를 받쳐 입고 있었다. 머리는 느슨하게 묶어 정수리에 얹고 핀과 끈으로 고정했다.

알렉스가 큼지막한 팔레트를 집어들고 튜브 몇 개에서 물감을 짜 올린 다음 이젤에 얹어둔 캔버스로 다가갔다.

디바인은 문으로 살며시 다가가 문고리를 돌렸다. 문고리가 수월히 돌아갔다. 왠지 중동에서 그의 목숨을 노리는 적들이 잠복해 있을 게 빤한 적진에 침투할 때보다 몇 배 긴장됐다. 사실 왜 그런지 잘 알았다.

'후자의 상황에 대비해서는 장기간 고강도 훈련을 받았으니까. 하지만 지금 저지르려는 짓에 대해서는 훈련받지 않았거든.'

그는 문을 열고 안으로 들어갔다.

17장

알렉스가 비명을 지르거나 그에게 뭘 던지거나 아니면 그를 지져 버릴 기세로 용접용 블로토치에서 불을 뿜으며 달려들 줄 알았다.

하지만 그녀는 한 손에 팔레트를 다른 손에는 가는 붓을 들고 그 냥 그림 앞에 서 있었다. "참 끈질기네요."

"직업상 그래야 합니다." 디바인이 화실 안을 둘러봤다. "여기가 마법이 이루어지는 곳이로군요."

"마법이 아니라 노력과 운에 약간의 창의력과 재능이 더해진 결과예요."

디바인은 완성도가 제각각인 유화와 아크릴화, 수채화, 그리고 점 토로 빚은 조소 작품들을 하나씩 들여다봤다. 화실 둘레를 따라 열 과 압력을 가해 매혹적인 형태로 휘고 구부려낸, 황동을 비롯해 다 양한 금속으로 만든 상들이 진열되어 있었다.

"약간의 재능이 아닌 것 같은데요. 나는 작대기도 제대로 못 긋는 데. 이건…… 이것들은 정말 엄청난 수준입니다, 미스 실크웰."

그의 침입에 불붙었던 분노가 그 진솔함에 어느 정도 녹은 것 같았다. "그냥 알렉스예요. 미스 누구로 불린 적 없어요."

"그럼 저도 트래비스로 불러주십쇼."

"국민의 안전과 아메리칸드림을 수호하는 국토안보부 요원 트래비스라. 요원 선발하는 기준 좀 높여야겠는데요?"

그러더니 알렉스는 다시 캔버스로 주의를 돌렸다.

디바인이 그녀의 뒤로 가서 작품을 들여다봤다.

화실에 진열된 작품 중 상당수가 인물과 풍경, 동물을 묘사한 그림인 반면 지금 이 그림은 딱 봐도 좀 더 인상주의풍이었다. 주황색 불꽃에서 노란 구(球)가 터져 나오고 주황색 불꽃은 또 푸르스름한 파도로 변해 지붕들 그리고 균형을 깰 만큼 높이 하늘로 치솟은 뾰족한 교회 탑처럼 보이는 것을 향해, 자못 격하게, 덮쳐 내리기 직전인 걸로 보였다.

"그건 뭐죠?" 디바인이 물었다.

"아침에 잠에서 깰 때마다 머릿속에 떠오르는 거요." 알렉스는 대꾸하면서 불꽃에 음영을 조금 더했다.

"그게 본인에게 뭘 상징합니까?"

알렉스가 그를 흘끔 봤다. "더 중요한 건 이거겠죠. **당신에게 뭘 상징하느냐.**"

지체 없는 반격에 디바인은 당황했다. "어…… 모르겠습니다. 무슨 아마겟돈처럼 보이기도 하고."

"와, 나는 내 표현이 은근한 줄 알았는데."

디바인은 주위를 둘러보다가 뭔가를 깨달았다. "내가 돌아올 걸 알았군요. 알렉스가 여기로 들어오는 걸 내가 볼 걸 알았어요. 그래서 이 그림을 그리기 시작한 거예요."

"무슨 소린지 모르겠네요."

하지만 알렉스는 뺨을 붉혔고 그와 눈을 안 마주치려고 했다.

"훨씬 더 작업 초기 단계인 그림이 많은데 이 작품은 완성된 걸로 보여요. 그래서 묻는데 이 작품이 뭐 그리 중요하기에 작업하는 과정을 내가 봤으면 한 거죠? 퍼트넘에 아마겟돈이 닥칠 거라고 믿는 겁니까?"

"상상력도 풍부하시네. 소설을 써보시는 건 어때요?"

"좋습니다, 그럼 알렉스에게는 이 그림이 뭘 의미합니까? 그리고 왜 아침마다 머릿속에 이 광경이 떠오르는 겁니까?"

"그건 내 소관이지 그쪽이 알 바 아니에요. 그리고, 우리 언니 일로 질문하러 온 거 아니었어요?"

그때 알렉스의 핸드폰이 울렸다. 알렉스는 붓을 내려놓고 주머니에서 핸드폰을 꺼내 액정을 확인했다. "잠깐만요." 그러더니 답장을 작성하기 시작했다.

그 틈에 디바인은 화실 내부를 더 샅샅이 둘러봤다. 그러던 중 커다란 액자에 넣은 한 완성작에 눈이 갔다. 정가운데에 큼지막한 붉은 점이 있는 흰 드레스 그림인 것 같았다. 무슨 기법을 썼는지 몰라도 붉은 점이 점점 커지는 것처럼 보였다. 절묘한 착시효과로군, 그는 생각했다. 문득 액자에 붙어 있는 놋쇠판에 시선이 갔다. '그녀의 첫 생리.'

'음, 이건 정말 예상 못 했는데.'

다른 구석에도 한동안 눈을 못 떼게 하는 작품이 있었다.

그는 허리를 숙이고 바짝 들여다봤다.

'맙소사.'

그것은 쇠사슬로 칭칭 동여맨, 혈관이 불거진 채 꼿꼿이 발기한 성기로 보이는 청동 조각상이었다. 게다가 그 아래 고환을 감싸고 있는 건…… 수갑이었다.

"살래요? 가격 잘 쳐줄게요. 거실에 놔두면 아주 좋겠어요."

디바인이 돌아다보니 알렉스가 핸드폰을 도로 주머니에 넣으면서 그를 빤히 보고 있었다.

"이건 뭘 상징하는지 대충 알겠군요." 디바인이 말했다.

"그래요?" 알렉스가 작업용 테이블 끄트머리에 엉덩이를 걸치고 긴 한쪽 다리를 꼬아 다른 다리에 얹었다. "발표해볼래요?"

"너무 자세한 묘사는 자제하는 선에서, 아마도 남자의…… 원초적 충동들에 족쇄를 채우거나 아니면 적어도 그에 저항하려는 의미라고 생각합니다."

"그렇게 보면 삶은 예술을 모방하지 않는다고 말할 수 있겠네요. 실제로는 그렇게 할 방법이 존재하지 않으니까."

"어떤 것들은 변화하잖습니까. 바라건대 좋은 쪽으로요."

"누군가는 변화가 너무 느리다고 하겠죠. 어쩔 땐 너무 우울해져요." 알렉스는 자기 화실을 둘러봤다. "그런데 위대한 예술가 중 일부는 항상 우울했어요. 그들은 그걸 창작의 땔감으로 삼았죠."

"이해됩니다."

"그래요? 진짜요?"

"중동에 있을 때 하루가 멀다 하고 격전이 벌어지는 와중에도 모래사장에 큼직하게 그림을 그리는 부대원이 있었습니다. 매일 전우가 죽어 나갔고 매일 사람을 죽여야 했는데도요. 게다가 우리가 죽인 건 적군만이 아니었습니다. 온갖 부류의 사람들이 덤벼들었거든요. 그런데 임무를 마치고 돌아오면 그 친구는 전투 장비를 치워놓고 자기가 깎은 노를 꺼내와서는 모래에 뭔가를, 그러니까 작품이

130

라고 불러야 될 것 같은 걸 새겼습니다. 며칠 가지도 않을 작품을요. 폭풍이 몰아쳐서 싹 지워버리곤 했거든요. 그런데도 그 친구는 계속 그렸습니다. 뭘 의미하는지 나는 한 번도 이해하지 못했고 그 녀석 도 말해주지 않았지만, 하여간 굉장히 정교했습니다."

"왜 그리는지 물어봤어요?"

"그럼요."

"뭐라던가요?" 알렉스가 진심으로 흥미가 발동한 기색으로 물었다.

"그걸 하든가 아니면 자기 머리를 날려버리든가 둘 중 하나라고 했습니다."

"사람을 죽여본 적은 없지만 친구분이 무슨 뜻으로 한 말인지 알 겠어요." 알렉스는 천천히 그림을 향해 돌아서서 붓질을 더하기 시 작했다.

"이름난 미대 여러 군데에 붙었는데 거부했다고 들었습니다."

그러자 알렉스가 짜증 어린 표정으로 그를 흘끔 봤다. "시기가 안 맞았어요."

"지금은요?"

"지금은 갈 필요가 없으니까, 그렇지 않나요? 독학했어요. 여기 퍼트넘에 전 세계 저자들이 내가 알고 싶은 모든 것에 대해 쓴 책들 이 가득한 훌륭한 도서관이 있거든요."

"정식 미술 교육은 별로 필요가 없었나 보군요."

"실은 여기에 훌륭한 스승이자 지도자가 계셨어요."

"누군데요?" 디바인이 놀라서 물었다.

"그걸 그쪽이 알 필요는 없죠."

"아 그렇군요." 디바인은 왜 알렉스가 그 정보를 알려주기를 꺼리 는지 궁금했다. "근처 공립학교에서 파트타임으로 미술을 가르친다고 들었습니다."

알렉스의 표정이 즉시 환해졌다. "맞아요. 일주일에 두 번, 마지막 교시에요. 시간대를 그렇게밖에 배정하지 못하겠대요. 학교 도서관에 장서도 부족하고 학생들이 쓸 컴퓨터 마련할 예산도 간당간당해서요. 정부는 세수가 부족하면 늘 교육 예산부터 깎죠. 학생들은 투표권이 없으니까."

"언젠가 투표할 나이가 될 텐데 말입니다." 디바인이 말했다.

"아이들이 처음엔 미술에 심드렁했어요. 솜씨가 늘면서 열의도 커졌죠." 알렉스가 자기 화실을 둘러봤다. "하지만 상황은 그 애들한테 불리해요. 메인의 이쪽 지방에는 일자리는 물론이고 기회도 한정돼 있으니까. 대신 약물은 도처에 널렸고 그것 때문에 조부모 손에 자라는 애들이 많아요. 전체 가정의 90퍼센트가 한 종류 이상의 정부 보조금을 받아요. 그렇게 자란 애들 대다수가 어느 순간 커다란 블랙홀에 빠져버리고 다시는 거기서 헤어나지 못하죠."

"알렉스가 예술가를 발굴해서 더 나은 미래로 이끌어줄 수도 있잖아요."

"나한테 그런 능력이 있다고는 생각하지 않아요."

"그 말, 안 믿기는데요?"

알렉스가 붓을 내려놓고 그를 바라봤다. "마음대로 생각하세요."

"언니 얘기를 해봅시다."

"언니가 여기 온 줄도 몰랐어요." 알렉스가 반사적으로 내뱉었다.

'자기 오빠가 한 말이랑 똑같군. 동생의 말은 더더욱 믿음이 안 가는데.'

"원래도 종종 말도 없이 고향에 다녀가곤 했습니까?"

"아예 그렇게 자주 오지를 않았어요. 일 년에 한두 번 될까."

"마지막으로 온 게 언제였습니까?"

"올여름요."

"왜 더 자주 안 왔을까요?" 디바인이 물었다.

"모르죠. 그건 언니한테 물어봐야 하는데, 그럴 수 없게 됐네요."

"마지막으로 언니랑 얘기하거나 얼굴 본 게 언제였습니까?"

알렉스는 숨을 길게 토하며 고개를 저었다. "여름에 왔을 때 잠깐 봤어요. 마지막으로 얘기했을 때요? 그건 기억도 안 나네요."

"어림잡아서요. 몇 달 전, 몇 주 전, 아니면 며칠 전?"

"한 달 넘었어요." 알렉스가 대답했다.

"무슨 얘기를 했습니까?"

"별 얘기 안 했어요."

"자매가 안 친했나요?"

"언니는 언니의 삶이 있고 나는 내 삶이 있는데 겹치는 부분이 거의 없었으니까요. 언니는 해외 어딘가에 가 있고 또 나는 여기 퍼트넘에 처박혀 있곤 했죠."

"처박혀요? 본인 선택인데?"

"단어를 잘못 선택했네요. 퍼트넘에는 내가 화가로서 원하는 모든 게 있답니다. 한적함, 예사롭지 않은 아름다움, 매혹적인 풍광, 사색을 자극하는 장소. 얼마나 영감을 주는지 몰라요."

"어머님과 얘기 나눴습니다. 알렉스가 뉴욕, 캘리포니아나 유럽에 갔어야 한다고 하시더군요."

"그러시겠죠."

"어머니를 자주 뵙나요?"

"본 지 몇 년 됐어요." 알렉스가 대꾸했다.

"아버님도 뵙고 왔습니다."

그 말에 알렉스는 표정이 굳으면서 마음까지 닫히는 것 같았다. "그럴 수 있는 줄 몰랐는데요."

"데크는 간간이 찾아뵙는다고 하던데요."

"그 둘은 군대라는 연결점이 있으니까요." 알렉스의 대답이었다. "나는 없고."

"아버님께 남은 시간이 많지 않은 것 같습니다."

"자기한테 남은 시간이 얼마만큼인지는 아무도 몰라요." 알렉스가 받아쳤다.

"그러니까, 언니가 여기 온 줄 몰랐고 꽤 오랫동안 언니를 보거나 만나서 얘기한 적 없다 이거죠?"

"맞아요. 그러니 도와드릴 수 없겠네요." 알렉스가 캔버스를 향해 돌아섰다. "그리고 제가 할 일이 좀 많아서."

"작품을 팔기 시작한 겁니까? 어머님은 그런 줄 모르시던데."

"에이전트가 생겼거든요. 지난 몇 년간 의뢰받고 그림이랑 조각 여러 점 팔았어요. 어머니한테 내가 뉴욕하고 캘리포니아에, **심지어** 대륙 건너에도 고객을 두고 있다고 전하세요."

"직접 전하면 더 좋을 것 같습니다. 분명 어머니가 몹시 기뻐하실 겁니다."

"나는 당신만큼 확신이 안 드는데요."

"언니가 더는 살아 있지 않아서 슬픈가요?" 이건 알렉스에게서 미리 정해두지 않은 반응을 유도하려고 작심하고 생각해놓은 도발적인 질문이었다.

"그게 무슨 거지 같은 질문이에요?" 알렉스가 다시금 달아오른 얼굴을 숱 많은 눈썹이 서로 닿을락 말락 할 정도로 일그러뜨리며 받아쳤다.

"그냥 질문입니다."

"여관에서 펑펑 울고 있는 거 봤잖아요."

"**왜** 울고 있었는지는 모르니까 그렇죠. 얘기할 새도 없이 가버렸잖습니까."

"언니 때문에 운 거였어요. 이제 알았으니까 됐죠?"

"그럼 왜 언니가 주민들한테 별로 사랑받은 사람이 아니었던 것처럼 말했습니까?"

"그런 말 한 기억 없는데요."

디바인이 자신의 아이폰에 저장해둔 메모를 보면서 알렉스의 말을 그대로 읊어줬다.

"이제 기억납니까?"

"아니요."

"좋습니다, 마지막으로 하나만 더요."

"뭔데요?" 알렉스가 딱딱한 투로 대꾸했다.

"언니의 시체가 발견된 곳으로 저랑 같이 가주셨으면 합니다."

"내가 거기 왜 가요?" 알렉스가 천천히 말했다. "그리고 왜 내가 같이 가주기를 **원하는** 거죠?"

"저보다 이 지역을 훨씬 잘 알잖습니까. 그리고 저한테 도움 될 수도 있는 걸 확실히 가지고 있으니까요."

"그게 뭔데요? 어디 들어나 봅시다."

"인간의 마음을 간파하는 예술가의 통찰력."

"여전히 내가 어떻게 도움 될지 모르겠는데요." 이렇게 대답하는 알렉스의 말투나 목소리에 별로 확신이 없었다.

"가서 확인해봅시다." 디바인이 입을 다물었다가 덧붙였다. "부탁입니다."

18장

　디바인은 렌트한 차를 픽업해 다시 조슬린 포인트로 알렉스를 데리러 갔다. 거기서부터 제니 실크웰의 시신이 발견된 곳까지는 그리 멀지 않았다. 두 사람은 제니가 아마도 살아생전 마지막 밤에 밟았을 차갑고 울퉁불퉁한 땅을 걸어갔다.

　디바인은 그곳에서 알렉스가 어떤 반응을 보일지 보고 싶었다. 알렉스를 더 잘 이해하는 데 실제로 도움 될 것 같아서였다. 무슨 일이 벌어지고 있는지 알아내기 위해서는 그렇게 해야 할 것 같았다.

　알렉스는 외투에 목도리를 두르고 스키모자를 귀까지 푹 눌러쓰고 나왔다. 바람이 아까보다 거셌고, 앞바다 상공에 시커먼 구름까지 몰려드는 것을 두 사람은 가만히 지켜봤다.

　"눈이나 진눈깨비가 내릴 것 같은데요." 디바인이 말했다.

　"안 왔으면 좋겠네요." 알렉스가 말했다.

　"눈 오는 거 싫어합니까?"

　"오후 늦게 수업이 있거든요. 수업 빼먹기 싫어요."

들판을 가로질러 숲으로, 또 그 너머 바다가 보이는 절벽까지 곧장 이어진 폭 넓은 오솔길을 걸으면서 알렉스는 주위를 두리번거렸다.

그런데 어느 순간 기이한 일이 벌어졌다. 알렉스가 갑자기 휘청대더니 외마디 비명을 내질렀고, 그러다 풀썩 고꾸라지기 직전에 디바인이 겨우 받아냈다.

"괜찮아요?" 디바인이 외쳤다. "여기 데려와서 미안해요. 이 장소가 어떤 영향을 미칠지 미처 생각 못 했어요."

알렉스가 그를 올려다봤지만 눈에 초점이 풀려 있고 멍한 표정이었다. 이윽고 서서히 정신이 든 그녀는 그의 부축을 물리치고 힘겹게 일어섰다.

"그냥 돌아가도 됩니다." 디바인이 제안했다.

알렉스가 탁 트인 들판을 보며 몸을 부르르 떨었다. "아뇨, 이미 왔잖아요. 얼른 해치워버려요."

숲길로 들어서는데 알렉스는 다시 원기를 회복한 것 같았고 걸음걸이가 활기마저 띠었다. 디바인은 그 이유가 궁금했다. 언니의 시신이 발견된 지점으로부터 멀어지는 게 아니라 거기에 더 가까워지고 있는데.

그는 알렉스를 절벽가로 데려갔고 두 사람은 그 밑의 바위와 바다를 내려다봤다.

"여기가 언니가 살해당한 곳인가요?" 알렉스가 물었다.

"그런 것 같습니다."

알렉스가 어리둥절한 얼굴로 그를 쳐다봤다. "'그런 것 같다'니, 무슨 뜻이에요?"

"말 그대롭니다." 알렉스가 아래의 바위를 가리켰다.

"언니의 시체가 저 아래서 발견됐잖아요."

"예, **그건** 사실입니다. 나머지는 전부 추측이고요."

"무슨 소린지 못 알아듣겠어요."

디바인은 대꾸하지 않았다. 대신 진실에 다가가기 위해 먼저 분석해야 할 어떤 가능성들을 곱씹고 있었다.

실크웰은 이마에 총탄을 맞았고 탄환은 후두부로 나와 바다로 사라진 걸로 보였다. 그건 곧 실크웰이 육지 쪽을 보고 서 있었다는 얘기였다. 그렇지만 누구든 이렇게 절벽 가장자리까지 왔다면 바다를 내다보고 있지 않았을까? 그러려고 여기까지 온 걸 테니까. 탄피는 실크웰이 추락한 지점에서 270미터 이상 떨어진 곳에서 발견됐다. 밤중이었으니 실크웰은 그 거리에서 저격범을 식별할 수도 없었을 것이다. 그리고 만약 그곳을 뜨려고 돌아섰고 그 후 이마 한가운데 총을 맞은 거라면, 과연 절벽 아래로 떨어질 만큼 가장자리 가까이에 서 있었을까?

"왜 내가 여기 와봤으면 한 거예요?" 알렉스의 물음에 그는 상념에서 벗어났다.

"이 장소가 제니에게 특별한 의미가 있었는지 알아야 해서요."

"내가 아는 한은 없어요. 언니가 생각을 정리하러 여기 왔을 수도 있지 않나요?"

"한밤중에 비가 그렇게 쏟아지는데요? 그건 아닌 것 같습니다."

"그러면 다른 사람이랑 같이 왔을까요? 혹시 살인범이랑?"

디바인은 대답하지 않았다. 질문을 던지는 건 알렉스가 아니라 그니까. "언니가 일 얘기를 한 적 있습니까?"

"아니요. 기밀 아니었나요?"

"기밀이라고 하던가요?"

"아뇨, 내 쪽에서도 묻지 않았어요. 아버지가 정치 관련해서는 함

138

구하시는 데 익숙해서."

"그렇죠. 아버님이 상원 정보위원회 일원이셨죠."

"저는 그쪽 일에 관심 있었던 적 없어요. 아버지랑은—."

"—안 가까웠다고요?"

"아버지가 예뻐한 건 언니였어요. 그다음이 대크고 나는 비교도 안 되게 관심 밖이었죠."

"언니는 정치에 관심 있었나요?"

"언니는 모든 것에 관심 있었어요." 알렉스가 지친 말투로 대답했다.

"알렉스는요? 뭐에 관심 있나요?"

"그림 그리는 거요. 이제는 내 학생들도."

디바인은 패트 킹먼이 한 말을 떠올렸다. 알렉스가 몇 년 전 백팔십도 변했다는 말. 활발하고 재미있는 사람이었는데 내향적이고…… 겁먹은 사람으로, 잠깐씩 바깥에 얼굴을 비쳤다가 얼른 은신처인 조슬린 포인트로 숨어드는 사람으로 변했다고. 하지만 지역 학교에서 아이들을 가르치는 걸 보니 뭔지 몰라도 그 변화를 초래한 사건을 극복하기 시작했는지도 몰랐다.

"오늘 밤 대크랑 저녁식사 하기로 돼 있습니다. 같이 갈래요? 내가 사는 겁니다."

알렉스는 미간에 주름을 잡으며 시선을 돌렸다. "고맙지만 사양할게요."

차를 세워둔 곳으로 함께 걸어가면서 디바인이 물었다. "언니가 여기에 적을 많이 뒀습니까?"

"내가 아는 한은 없었어요. 언니는 퍼트넘에서 두루 사랑받았어요."

"그렇지만 다시 말하는데 알렉스는, 그렇게 말한 걸 기억하든 못하든, 언니가 훌륭한 사람이라는 이곳 사람들 의견에 동의하지 않는다는 뜻을 비췄잖습니까. 정말로 그렇게 말했잖아요."

그러자 알렉스가 싸움 한판 벌일 기세로 그를 향해 홱 돌아섰다.
"내 말은 그런 의견을 가진 사람들이 언니랑 같이 **살아본** 건 아니라
는 뜻이었고, 거기서 보탤 것도 뺄 것도 없어요. 언니는 옆에 있으면
너무 비교되는 사람이었어요. 그렇다고 내가 언니를 사랑하지 않았
거나 언니가 죽은 게 안 슬프다는 건 아니잖아요. 그러니 내가 하지
도 않은 말로 멋대로 단정 짓지 마요."

"비교당하는 게 얼마나 힘든지는 저도 잘 압니다."

"아 그러세요?" 알렉스가 회의적인 투로 말했다.

"저희 누나랑 형도 각자 고연봉 업계에서 아주 잘나가고 있거든
요. 저는 발끝도 못 따라가고요."

그러자 알렉스가 전에 없이 공감하는 눈빛으로 그를 봤다. "어,
뭐…… 연방 수사요원도 아무나 되는 건 아니니까……." 그녀의 목
소리가 잦아들었고 두 사람은 잠자코 걸었다.

디바인은 알렉스를 조슬린 포인트에 도로 데려다주었다. 차에서
내린 알렉스가 차창으로 들여다보며 말했다. "더 도와드리지 못해서
미안해요."

"생각보다 더 도움 됐을지도 모르죠." 디바인이 대꾸했다.

"오빠 만나러 가는 건가요?"

"그러면 어쩌게요? 마음 바꿔서 같이 갈 건가요?"

"아뇨. 대신 충고 하나 드리죠. 오빠가 뭐라고 하든 곧이곧대로 믿
지는 마세요."

그러더니 알렉스는 화실로 천천히 들어갔다.

19장

    닥쳐오는 폭풍우보다 먼저 당도하길 바라며 실크웰의 시신이 발견된 지점으로 서둘러 차를 몰고 돌아간 디바인은 세세한 단서를 발견하도록 훈련된 병사의 눈으로 주변을 살폈다.

    탄피가 발견된 위치에 서보았다. 300 노마 매그넘탄은 주로 군에서 그리고 저격병들이 사용했지만 그들만 쓰는 건 아니었다. 탄피는 그럭저럭 괜찮은 엄폐를 제공했을 낙엽 진 나무들 한 무리 옆에 떨어져 있었다. 여기까지는 전부 지난번에 왔을 때 알아챈 거였다. 그는 사출된 탄피와 실크웰이 서 있다가 총에 맞아 절벽 너머로 떨어진 지점 간에 조준선을 그려보았다.

    '어쨌든 얘기로는 일이 그렇게 됐다고 하니까.'

    땅에 납작 엎드려 제니 실크웰을 조준하는 시늉을 해보았다.

    투명 방아쇠를 당긴 후 셋을 셌다. 이 거리에서 탄환은 눈 깜빡할 새 실크웰을 맞혔겠지만 그녀가 절벽에서 떨어져 저 아래 바위에 부딪히기까지는 몇 초가 걸렸을 것이다.

디바인은 일어나서 핸드폰을 꺼냈다. 법의관 프랑수아즈 기욤 박사에게 예비 검시 보고서를 이메일로 보내달라고 해둔 터였다. 그 보고서를 읽는데, 앞바다에서 몰려온 기단이 기온을 높인 탓에 진눈깨비나 눈 대신 비가 내리기 시작했다.

저도 모르게 얼굴에 미소가 번졌다. 알렉스 실크웰이 오늘 수업을 할 수 있게 됐군.

그는 황급히 타호로 걸음을 옮겨 빗줄기가 굵어지기 전에 얼른 탔다. 차 안에 앉아 범죄 현장을 물끄러미 내다봤다. 아무리 봐도 윤곽이, 또 그에 따라 실체 또한 모호했다.

그는 캠벨에게 몇 가지 의견을 문자로 보내고 회신을 기다렸다.

5분 뒤 답장이 왔다. 디바인이 맡은 것과 같은 임무 열댓 개를 감독하는 바쁜 사람이 이 사건 하나에 얼마나 촉각을 곤두세우고 있는지 방증하는 반응속도였다. 하지만 캠벨이 감독하는 임무 중 그의 목숨을 구해준 사람이 엮인 건 이 건이 유일할 것이었다. 디바인도 전직 군인으로서 충분히 이해됐다. 전장에서 함께 살아남으면 삶의 세상 무엇보다 끈끈한 연대가 생기기 마련이니까.

캠벨이 권고하는 바는 명쾌했다.

자네의 직관을 따르고, 섣불리 속을 드러내지 말게. 대크 실크웰의 군 인사 자료는 봉인돼 있네. 아직 접근하지 못했어. 커트도 아들의 군 경력이나 제대 이유에 대해 나한테 얘기한 적 없고 나도 굳이 묻지 않았네. 계속 촉각을 곤두세우도록. 실크웰의 관용 컴퓨터와 개인 핸드폰을 찾는 게 가장 중요하네, 디바인. 여러 사람이 심기 불편해하고 있어.

만약 누군가 그 기기들을 훔쳐간 거라면 비면식범이 기밀 정보를 빼내려고 실크웰을 살해했을 공산이 컸다. 캠벨의 팀이 실크웰의 정부 지급 컴퓨터와 개인 핸드폰에 연계된 보안 클라우드를 확인해봤지만 이상한 점은 발견되지 않았고 해킹 시도의 흔적도 없었다. 실크웰이 살해됐음을 암시하는 전화나 이메일, 문자도 온 기록이 없었다. 실크웰이 누군가에게 여기 온다고 얘기했다면 적어도 개인 전자기기나 정부 지급 전자기기로 소통하지는 않은 걸로 보였다.

작전장교로서 제니 실크웰은 뭐든 인터넷으로 전송하는 데 따르는 위험을 잘 알고 있었다. 그래도 대포폰이나 선불 전화카드를 사용한 후 흔적을 철저히 지웠을지도 모를 일이었다. 소셜미디어 계정은 하나도 없었는데, 국가정보기관에 종사하는 사람치고 이상한 일은 아니었다.

디바인은 캠벨에게 짧은 답장을 보낸 후 차 시동을 걸고 바람과 비를 뚫고서 다음 목적지로 향했다.

얼 파머의 집이었다.

20장

디바인이 자갈 깔린 긴 진입로로 들어섰을 때쯤에는 비도 잦아들고 있었다. 환한 대낮에 낙엽 떨군 나무들과 중구난방으로 자란 관목들 사이로 구불구불 들어가면서 보니 모든 게 달라 보였다. 기다란 나뭇가지들이 그가 퍼트넘에 발을 들인 이래 한시도 멎지 않은 거센 바람에 휘청이다가 푹 꺾이고 비명을 질러댔다.

파머의 작은 오두막집이 수풀 한가운데서 모습을 드러냈다. 사나운 날씨까지 더해지니 행복한 동화인 척 가장한 그림 형제의 괴담에 등장하는 집처럼 음산한 분위기를 풍겼다. 밝을 때 보니 술집 앞에서 마주친 남자가 말한 그대로 벽을 흰색 비막이판자로 댄, 빛바랜 녹색 덧문이 달린 집이었다. 디바인은 오래된 스테이션왜건을 다시 살펴봤다. 옆의 F150는 그보다 더 오래돼 보였다. 트럭 짐칸은 낡은 연장들과 기다란 쇠막대들, 소형 콘크리트 믹서로 보이는 기계한 대, 어망과 밧줄 뭉치들, 때 낀 부표들로 가득했다.

집 옆에는 측면에 깔끔하게 스텐실로 이름을 새긴 소형 나무배가 작고 녹슨 트레일러에 얹혀 있었다.

디바인은 이름을 읽으려고 차에서 내려 가까이 다가갔다.

'버티의 배.'

죽은 아내의 이름을 붙인 배였다.

집 뒤편에는 지난번 밤중에 정찰 왔을 때는 미처 알아채지 못한 작은 건물이 하나 더 있고 창마다 커튼이 드리워져 있었다.

현관 테라스로 올라서 문을 두드리려는 순간 문이 왈칵 열렸다. 다음 순간 디바인은 수직 이연식 엽총의 총구를 마주하고 있었다.

빨간색 내복 윗도리와 더러운 멜빵작업복 차림에 신발 없이 흰 양말만 신은 얼 파머가 거기 서 있었다. 파머는 디바인보다 3센티 정도 더 컸고 떡 벌어진 흉통에서부터 기다란 팔, 좁은 골반, 여윈 안짱다리까지 점점 좁아지는 체형이었다. 70대 후반치고 나쁘지 않 다고 디바인은 생각했다. 바닷가재잡이를 하려면 육체적 힘이 많이 요구될 테니까.

가까이서 보니 키가 조금 더 크고 어깨도 조금 더 벌어진 로버트 프로스트 같다는 인상을 받았다. 디바인은 웨스트포인트 사관학교 시절 프로스트의 시를 많이 읽었다. 동료들은 시 나부랭이나 읽는다 고 그를 놀려댔다. 어느 날 시내로 나가서 만난 예쁜 여자들이 남자 가 시를 좋아하면 미치도록 매력적이라는 말을 하기 전까지는. 훈련 소로 복귀하는 길 내내 그들은 여자 꼬실 때 써먹을 만한 가장 유명 한 프로스트 시구 좀 알려달라고 디바인을 들들 볶아댔다.

"숲속에 두 갈래 길 있었고 나는, 사람들이 덜 밟은 길을 택했네." 그래서 이 시를 가르쳐줬다. 디바인은 프로스트가 인생에서 후회하 는 것들이 있었고 실제로는 시 속의 그 길을 가지 않았다고, 해당 구 절이 종종 잘못 해석된다고 들은 바 있었다. 그래서 동료들이 무슨 뜻이냐고 물었을 때 그는 진심을 담아 이렇게 말했다. "우리는 거의 아무도 가지 않은 길을 택했어. 조국을 지키고 조국의 삶의 방식을 지키기 위해 목숨을 걸 거잖아. 가장 명예로운 동시에 가장 위험한 길을 택한 셈이지. 그건 번번이 집단보다 개인주의를 숭배하는 나라에서 굉장히 이타적인 자기희생 행위야."

그 누구도 예상치 못한 대답이었음을 느낄 수 있었다. 망할, 그 자신도 그런 말이 어디서 나왔는지 당최 알 수 없었다. 그러고서 복귀하는 길 내내 침묵이 내려앉았다. 동기들 모두 디바인이 한 말을 각자 곱씹어보는 것 같았다.

디바인은 그날 밤 함께했던 한 명을 포함해 동기 넷을 전장에서 잃었고, 인간이 결코 보거나 해서는 안 될 일을 보고 행할 수밖에 없었던 해외 파병을 마친 후 자살한 동기도 셋이나 되었다.

"누구시오?" 파머가, 소리치는 것보다 묘하게 더 디바인을 긴장시키는 차분하고 흔들림 없는 목소리로 말했다. "모르는 사람인데. 내 땅에서 뭐 하는 거요?"

"트래비스 디바인이라고 합니다. 국토안보부 소속입니다. 제니 실크웰 살인사건을 조사하러 나왔는데요. 괜찮으시다면 몇 가지 여쭤보고 싶습니다."

"신분증 보여주시오. 천천히." 파머가 한마디를 덧붙였다.

디바인이 조심스럽게 외투 주머니에 손을 넣어 신분증을 꺼냈다.

"내가 볼 수 있게 들어보시오."

디바인이 그렇게 했고 파머가 눈높이에 있는 신분증을 찬찬히 뜯어보더니 마지못해 총구를 내렸다.

"뭘 알고 싶으신가?"

"안에서 얘기하면 안 되겠습니까?" 빗줄기가 굵어지기 시작하는 걸 보고 디바인이 물었다. 테라스에는 지붕이 없었고 그래서 디바인은 비를 고스란히 맞고 있었다.

파머가 옆으로 물러서면서 총구로 그에게 들어오라고 신호했다. 그러고는 문을 닫고 디바인에게 앞마당이 내다보이는 응접실을 가리켰다.

비좁고 장식이 거의 없지만 깔끔하고 잘 정돈된 것이, 뭐랄까, 꼭 배의 선실 같은 느낌이 들었다. 화목난로가 상당한 정도의 반가운 열기를 발하고 있었다. 벽에 고정된 목재선반에는 여러 인물의 사진이 진열되어 있었다. 지금보다 어린 애니와 애니의 부모로 추정되는 이들의 사진이 보였다. 사진 속에서 얼 파머를 꼭 껴안은 건 그의 아내 앨버타임이 분명했다. 부부란 저런 거구나 싶을 만큼 서로 사랑하는 게 뚜렷이 보였다. 더불어 꽤 최근에 찍은 사진이라는 것도 디바인은 알아챘다.

파머가 약실을 철컥 꺾더니 총을 창가 테이블에 조심스레 올려놓았다. 디바인은 난로 옆 낡고 주름 잡힌 의자에 앉았다. 움직임이 뻣뻣한 파머가 난로 창살을 열고는 나무 펠릿을 더 던져 넣었다. 그러고 새것으로 보이는 리클라이너로 가 리모컨을 집어들었다. 그가 무릎을 거의 구부리지 않고도 앉을 수 있을 정도로 의자가 올라갔다. 거기 앉은 파머가 다른 버튼을 누르자 의자가 내려갔다.

"실용적이네요." 디바인이 한마디 했다.

"망할 몸뚱이가 다 망가져서. 갓난아기가 된 기분이오. 얼마 안 가 기저귀도 차겠지."

파머는 리모컨을 내려놓고 관절이 툭툭 불거진 두꺼운 손으로 의자 팔걸이를 움켜쥐었다. 그의 눈은 은은한 회색이었고, 부스스하지만 고운 흰 머리칼은 그 바로 아래, 바깥바람과 햇빛을 받아 불그스

름해진 얼굴과 극명한 대조를 이루었다. "뭐가 궁금하시오? 내가 제니를 발견했고, 그게 다요. 더는 나도 모르오."

"그날 밤 집을 나서서 시신을 발견하기까지 순서대로 얘기해주시겠습니까?"

"그건 왜?"

"그러면서 새로운 게 떠오르기도 하거든요. 부탁드립니다." 디바인이 덧붙였다. "살인범을 찾는 데 도움 될 얘기면 뭐든지 좋습니다."

"하퍼 서장하고 웬디가 이미—."

디바인이 말했다. "제니 실크웰은 연방 기관 소속이었습니다. 그래서 이 사건은 저희 관할이고요. 어떤지 아시잖습니까. 그래도 현지 경찰과 공조하고 **있긴** 합니다."

파머가 천천히 고개를 끄덕였다. "제니가 하는 일에 대해 늘 소문이 무성했지. 일급 기밀을 다루는 일이었던 것 같은데. 그러니까 요원이 와 있는 거 아니오?"

"그렇다고 치고 얘기해주십쇼."

파머는 등받이에 깊숙이 기대앉아 긴 검지로 입가를 쓸었다. 한 번도 아래를 내려다보지 않고 시선을 꼿꼿이 정면에 두었다.

"그날 밤 나는…… 산책을 나갔소. 요즘 자주 그래."

"얼마 전 상처하셨다고 들었습니다. 정말 유감입니다."

두툼하고 숱 많은 하얀 눈썹이 마치 심장박동처럼 한 번 솟구쳤다 내려왔다. "버티는 긴 인생 여정을 거뜬히 버틸 수 있는 사람이야…… 아니, 그런 사람이었어. 곰처럼 튼튼하고 아픈 데도 없고 정신도 또렷하고. 자연의 섭리에 따랐다면 내 장담하는데 버티보다 내가 한참 먼저 갔을 거요. 버티의 양친도 구순 지나고 한참을 더 사셨으니까."

"여쭙기 송구하지만, 어떻게 된 겁니까?"

파머는 이제부터 하려는 이야기에 단단히 대비하듯 뼈가 앙상히 불거진 무릎을 두 손으로 지그시 눌렀다.

"어떻게 **된** 거냐면, 산책하던 버티를 누가 차로 쳐서 덤불 뒤 물길에 팬 도랑으로 날려버리고는 거기 그냥 두고 가버렸소. 죽으라고 버려둔 거지. 아무도 볼 수 없는 데에. 근데 듣기로는 버티가…… 기어서 도랑에서 나오려고 했다는군…… 도움을 구하려고. 그렇지만 아무도 도와주지 않았어. 결국…… 버티는 죽었고. 그놈이 내 아내를 죽인 거야."

파머는 눈을 감고 잠시 그대로 있었고, 고공에서 만난 난기류를 버티듯 그의 손가락이 허벅지를 힘껏 그러쥐었다.

'하퍼가 조사 중이라던 다른 살인사건이 이걸 말하는 거였군.' 디바인이 속으로 정리했다. "범인은 못 잡았습니까?" 디바인은 답을 알면서도 물었다.

파머가 눈을 떴다. 그리고 허벅지를 움켜쥐었던 손을 다시 의자 팔걸이에 얹었다. "그렇소, 못 잡았소. 지나가던 외지인일 공산이 커. 퍼트넘 주민이라면 차를 세우고 버티를 도와줬을 테니까. 그러면 버티도 지금 살아 있을 텐데. 그렇게 고통스럽게 가진 않았을 텐데."

"정말 유감입니다."

"그래, 다들 그렇게 말하지. 그거 말고는 할 말이 **없으니까.**" 파머가 덧붙였다.

"아까 손녀분 만나서 얘기했습니다. 손녀분이 운영하는 식당에서요."

파머는 고개를 끄덕이며 말했다. "애니는 커피를 참 맛있게 내려. 나한테는 공짜로 준다오. 장사가 그럭저럭 잘되는데, 여기서는 쉬운 일이 아니야. 뭐, 다른 데도 마찬가지겠지."

"그날 밤 산책하러 나가셨고 이후 어떻게 됐습니까?"

"이제는 이 집에 처박혀 있으면 숨을 못 쉬겠어. 내가 자란 집인
데. 어떤 건 보기만 해도 과거가 떠올라서. 다른…… 기억들 말이오.
좋았던 시절의 기억들."

"어떨지 짐작이 갑니다."

"그래서 무작정 도로까지 나가서 어떤 날은 왼쪽으로 가고 또 어
떤 날은 오른쪽으로 간다오. 그날 밤엔 왼쪽으로 틀었지. 회중전등
하나 들고. 형광 안전재킷도 입고. 애니가 사줬거든."

"그대로 쭉 걸어가셨고요?"

"조슬린 포인트 쪽으로 갔소. 거기 찍고 집에 돌아와서 잠 좀 청할
요량이었지. 요새는 잠이 통 안 들지만. 버티가 옆에 있을 땐 스위치
끈 것마냥 십 초 만에 잠들었는데."

"그러셨군요. 제니가 퍼트넘에 온 건 알고 계셨습니까?"

"바로 그날 마을로 들어오는 걸 봤소. 나도 시내에서 운전 중이었
거든. 가끔 그래, 그냥—." 파머는 방 안을 둘러봤다. "여기서 벗어나
려고. 제니가 여관으로 들어가데. 거기서 묵으려나 보다 했지."

"본가에서 묵지 않고요?" 디바인이 물었다.

"이제는 자기 집이 아닌가 보지. 대크랑 알렉스의 집이지."

"제니가 그 집에서 환영받지 못한 겁니까?" 디바인이 다시 말을
멈췄다.

파머가 고개를 기계처럼 뻣뻣하게 저었다. 화목난로의 유리문 안
에서 펠릿이 파박 튀면서 빨갛게 타올랐다. "그건 나도 모르오. 걔들
한테 물어봐야지, 안 그렇소?"

"알겠습니다. 계속하시죠."

"나는 가끔 해안가에 나가서 바다를 내다본다오. 노바스코샤까지 보일락 말락 하지. 어쨌든 보이는 것 같기는 해. 내가 거의 일생을 바다에서 보낸 사람이라. 바다 보는 걸 좋아해. 마음이 평온해지거든."

"바닷가재잡이셨습니까?"

그 말에 파머는 살짝 화색이 돌았다. "오십 년 넘게 바다에 나갔어. 바다가 거칠어도 잔잔해도 한결같이. 부자는 못 됐지만 그럭저럭 먹고살았소. 이제는 그것도 만만치 않아. 바닷가재들이 더 먼 바다, 더 북쪽 바다로 이동하고 있어서. 뒤에 올 사람들이 불쌍하지. 지금은 훨씬 힘들거든. 이 지역에는 벌어먹을 괜찮은 일자리가 많지 않아."

"해안가로 가서 바다를 내다보셨다고요?"

"그렇소, 선생. 그날도 또 그리했지. 그랬는데……." 그의 입술이 떨렸고 긴 손가락이 떨림을 억누르려고 입가로 올라갔다.

"해안가의 그 지점으로 가셨습니까?"

파머가 손을 치우고 고개를 끄덕였다. "그날 밤은 유독 추웠소. 비도 왔고. 긴 방수 코트 입고 모자도 쓰고 나갔어. 사실 물기는 별로 신경 안 써, 바닷물이건 하늘에서 내리는 물이건. 그 숲길은 내가 몇 번을 지나다녔는지 몰라. 그리로 나가면 경치가 좋거든. 남쪽으로 퍼트넘만이 훤히 내다보인다오. 물론 밤에는 안 보이지만. 그래도 거기 있는 건 알지. 그 길을 뻔질나게 드나들었으니까. 거기 가면 옛날 생각이 나서. 바다 위 상공에 낀 구름을 내다봤어. 얼마나 아름다운지. 빗소리는 또 얼마나 듣기 좋고. 아, 번개는 안 쳤어. 만약 쳤으면 나는 똥줄 빠지게 도망갔을 거요. 번개는 질색이라."

"그리고 어떻게 됐습니까?"

"그러다가…… 내려다봤는데." 파머가 머뭇거리면서도 간결하게

151

말했다. "그러다 내려다봤고." 그는 혹 디바인이 못 들었을까 봐 걱정되는 듯 다시 한번 말했다. "제니가 보였소."

"잠깐만요, 그렇게 높은 데 서 계셨는데 제니를 알아보셨다고요?"

디바인은 다시 그 장소에 갔을 때 목격자와 시신의 거리가 4미터 이상은 될 것으로, 좀 더 정확히 파악했다. 게다가 시신은 검은색 바위에 널브러진 채 일부는 바닷물에 잠겨 있었다.

파머는 잠시 혼란에 빠진 듯했다. "아니, 난…… 내 말은, 나중에 그게 제니인 걸 알았다는 거요. 그 시점에는 그냥 **어떤** 시체를 본 거지. 핸드폰을 가지고 있어서 경찰에 신고했소. 경찰이 도착할 때까지 기다렸고. 서둘러서 시신을 끌어올리더군. 웬 젊은이가 제 몸에 밧줄을 감고 내려갔어. 물이 빠르게 들어오고 있었거든. 윈치 달린 트럭을 가져왔더라고. 그 애는 물에 반쯤 잠겨 있었소. 조금 더 있었으면 바다에 떠내려갔을 거요. 하지만 그 애를 무사히 건져냈지. 아니, 적어도 시신은. 숨이 끊긴 지 오래였으니까."

"그러니까 순전히 우연으로 바로 그 자리에 가셨고 아래를 내려다보셨다는 거죠?"

"그렇소, 선생. 한데 나한테 그런 일이 생기지 않았으면 더 좋았을 거요. 몇 년 전 아들 부부를 망할 화재로 잃었고 얼마 전엔 버티도 보냈는데. 죽음은 너무 많이 봤소. 그냥…… 너무 많이 봤어……."

파머의 목소리가 잦아들었고, 그는 고개를 돌려 화목난로 안의 불꽃을 물끄러미 응시했다.

디바인은 잠시 그를 보면서 그의 됨됨이를 온전히 파악해보려 했다. "그게 제니인 걸 알고 나선 어떤 생각이 들었습니까?"

"솔직히 아무 생각 안 들었소. 믿기지 않았지. 대체 누가 그 애를 해치려 든단 말이오?"

"그게 제 다음 질문이었습니다."

"외지인이 틀림없어, 버티를 죽인 사람처럼."

디바인은 파머가 그렇게 굳게 믿고 싶어 한다고 느꼈다. "또 도움될 만한 얘기 없으십니까?"

"딱히 떠오르는 게 없소, 젊은이. 댁이 낱낱이 밝혀내기를 바라오."

"그러려고 온 거니까요." 디바인이 답했다.

디바인은 파머에게 뭐든 떠오르면 연락 달라는 부탁과 함께 명함을 건넸다. 그렇지만 아무래도 파머가 연락할 것 같지는 않았다.

디바인이 현관에 거의 다다랐을 때쯤 파머가 기척을 했다.

"선생 눈에는 보잘것없을지 몰라도 퍼트넘은 내 전부요. 내 집이고. 단 하나뿐인 집. 버티도 여기 묻혔고. 내 아들도 여기 묻혔소. 나는 이곳을 떠날 수 없소. 절대로."

"알겠습니다." 디바인이 대꾸했다.

파머는 다시 고개를 돌려 유리창 안에 갇힌 불타는 펠릿에 주의를 쏟았다. 디바인이 보기에는 파머도 일종의 감옥에 갇혀 있는 것 같았다. 자신이 만든 게 아니라 삶이 그의 손에 쥐여준·명운이 만든 감옥에.

디바인은 오두막을 빙 돌아 그 뒤편에, 커튼이 드리운 작은 건물로 갔다. 문이 잠겨 있고 창문 가리개들 때문에 안을 들여다볼 수 없었다. 다시 가서 파머에게 저 안에 뭐가 있느냐고 단도직입적으로 물을 수도 있지만 직감이 그러지 말라고 경고했다. 적어도 지금은.

차를 몰고 떠나면서 그는 파머가 진술한 제니의 시신을 발견한 경위가 전부는 아니어도 거의 다 거짓이라고 확신했다.

이제 문제는 왜 거짓말을 하는가였다.

21장

여관으로 돌아온 디바인은 비를 맞으며 자기 방으로 걸음을 재촉
했다. 함정 장치들을 확인했고, 이번에도 누가 건드린 흔적은 없었
다. 그는 창가의 책상 앞에 앉아 이런 어둑어둑한 날 조금이나마 불
을 밝히도록 한구석에 마련된 램프를 켠 후 노트북을 열었다.

제니의 CIA 이력을 더 파고들어야 했다. 디바인은 군에 있을 때
일급비밀 취급 권한을 승인받았지만 캠벨의 특수프로젝트부에 합
류하고서 한 계단 높여 SCI(최고 등급의 특수정보─옮긴이) 취급 승인
을 받아 자격을 보강한 터였다.

뉴욕에서 카울 앤드 컴리 투자회사의 음모를 파헤친 이래로 디바
인은 캠벨의 팀에서 맡은 새로운 역할에 부응해, 단 몇 달간 5개국
을 돌며 세 건의 임무를 완수했다. 중국에서는 경영분석 기술을 발
휘해 미 정보기관들의 레이더망에 빨간 불을 켠, 중국 공산당과 커
넥션이 있는 수상쩍은 암호화폐 거래상을 잡아들이는 데 일조했다.
월가에서 노예처럼 일하던 시절 암호화폐에 대해 조금이나마 지식

을 쌓은 게 도움이 됐다. 그 임무 후 자신이 어엿한 전문가가 된 기분이 들었다.

다음 임무는 중동이 무대였는데, 미국 경제를 무너뜨리려 기를 쓰는 모 아랍국가 정부가 관련되어 있었다. 그 정부는 석유화학제품 주요 생산국인 형제국들에게 석유 생산을 하루 3백만 배럴로 제한하는 딜에 동의하라고 압박하고 있었다. 그렇게 되면 원유가격이 치솟아 미국을 비롯해 석유에 의존하는 여타 서방 국가들에 심각한 타격을 줄 테고 불량 산유국들의 부를 수천조 달러 불려주는 동시에 치솟은 에너지 가격으로 전 세계를 비극에 몰아넣을 것이었다. 디바인과 팀 동료들이 알아낸바, 그들은 단지 돈만 노리고 그러는 게 아니었다. 서방 민주국가들의 국민이 치솟은 물가에 봉기하도록 유도해 각국에 불안을 야기하는 게 목표였다. 보아하니 모든 것을 무기화하는 게 요즘 추세인 듯했다.

디바인은 그 음모에 대응하기 위해 정보 및 금융 전문가로 구성된 팀과 공조해 국제 대출창구와 금융전산기관 들에 대한 그들의 접근을 막았고 금융 지원 단체들과 다국적 통화위원회들로부터 그들을 고립시켰다. 해당 불량 국가를 국제 금융 공동체에서 왕따로 만드는 전략이었다. 아무리 석유화학산업으로 수천조 달러를 좌지우지한다 해도, 그렇게 되면 해당 국가의 향후 사업 건전성에 엄청난 타격을 입을 것이었다. 그렇게 몰아간 결과 상대는 백기를 들었다.

제네바에서는 금융 전문기술은 넣어두고 총을 들었다. 결과는 조국에 1승 추가였고, 덤으로 밀라노행 열차에서 그의 등에 과녁이 그려졌다.

디바인은 실크웰의 CIA 행적을 천천히 그리고 꼼꼼히 읽으면서 이런저런 메모를 추가했다. 이어서 약 2개월 전 실시된 실크웰의 정신감정 평가서를 열어 읽어 내려갔다.

가감 없이 작성된 결론만 보면 제니 실크웰은 그다지 좋은 인간으로 보이지 않았다. 통제욕이 강하고 남을 조종하려 들고 가벼운 편집증 수준으로 비밀스러우며 누가 혹은 무엇이 가로막건 임무를 성사하겠다는 욕구가 모든 것을 초월하는 인물로 그려져 있었다. 하지만 그건 작전장교로서는 완벽한 성격 조합이었다. 실크웰은 주로 본인이 거느린 첩자들 그리고 그들과의 관계에서 최대한 단물을 뽑아낸 결과, 동기생 여럿을 훌쩍 제치고 빠르게 진급했다. 물론 백악관 CIA 연락책으로 활동한 이력도 한몫했으리란 걸 디바인도 잘 알았다. 혹 아버지가 전쟁 영웅에다 유권자들의 신뢰를 받는 상원의원이라는 사실이 백악관 연락책 지명에 영향을 미쳤을지 궁금했다.

'당연히 미쳤겠지. 이 나라 정부가 원래 그렇게 작동하잖아. 어쨌든 막후에서는.'

디바인은 컴퓨터를 끄고 등을 털썩 기댔다. 하늘이 갤 기미를 안 보였다. 앞으로 새벽 체력 단련은 비를 피해 따뜻한 숙소 안에서 해야 하나 싶었다.

그는 난로의 통풍조절판이 열려 있는지 확인하고 옆의 장작더미에서 몇 개를 집어넣었다. 딱 그런 용도로 여관이 제공하는 종이쪼가리를 이용해 장작에 불을 붙였다. 그러고는 난로문 앞에 무릎 꿇고 앉아 온기에 몸을 맡겼다. 극서와 극한의 혹독함을 모두 견디도록 훈련받았지만 늘 추위보다 열기를 더 잘 참았다. 매서운 코네티컷의 겨울을 견디며 자랐는데도 그랬다.

불 앞에 의자를 끌어다 놓고 앉아 에머슨 캠벨과의 대화부터 클레어 로바즈와의 면담, 얼 파머와의 대면까지 여태껏 나눈 대화들을 속으로 복기해봤다.

그다음엔 범죄 현장을 머릿속에 그려봤다. 저격수는 땅에 엎드린 상태에서 서 있는 실크웰을 향해 발사했고, 노마 탄환이 실크웰의 두부 전면에서 후면으로 관통해 구멍을 냈으며, 탄환은 대서양이 삼켜버렸다.

법의관이 부검에서 도출한 사입각도 고려해야 했다. 사실 어떤 면에서는 가장 마음에 걸리는 요소였다.

'93도라.'

그리고, 아마도 두개골과 충돌한 힘 때문에 하방 102도 각도로 사출되었다고 했다.

그 이론의 유일한 문제점은 사수가 땅에 엎드린 채로는 절대로 실크웰의 뇌를 그 각도로 관통하게끔 탄환을 발사할 수 없었으리라는 거였다. 물리학 법칙을 거스른다면 모를까. 40도, 어쩌면 45도만큼. 하지만 탄환은 아무리 중력의 작용을 받는다 해도 목표물에 들어가기 **전에** 스스로 하향으로 틀 수 없었다.

장거리 사격에서는 지구의 자전축이 탄도에 영향을 준다. 코리올리 효과라는 것인데, 어느 반구에서 작전을 수행하느냐에 따라 결과가 다르다. 북반구의 장거리 사수는 발사된 탄환이 왼쪽으로 살짝 쏠리는 것을, 남반구의 사수는 오른쪽으로 쏠리는 것을 확인할 수 있다. 더불어, 그 정도 거리라면 지축의 수직축 기울어짐도 계산에 함께 넣어야 한다. 이러한 저격을 위한 수치 계산은 사람이 직접 했었는데 이제는 탄도학 애플리케이션이 대신해주었다. 필요한 데이터만 입력하면 알고리듬이 적절한 사격 좌표를 뱉어냈다. 그렇지만 감적수도 반드시 함께 보내 저격수에게 데이터와 관측 결과를 알려주게 했다. 오히려 감적수가 대개 총을 든 사람보다 더 노련했다. 감적이 몇 가지 중요한 면에서 방아쇠를 당기는 것보다 더 어렵기 때문이었다.

요는 실크웰의 저격범이 270여 미터 거리에서 저격용 소총으로 쏘지 않았으리라는 것이었다. 다른 화기들도 노마 탄환을 장착한다는 점은 차치하고 실크웰이 저격용 소총에 당했을 가능성을 고려한다 해도 저격범은 분명 바닥에 엎드린 게 아니라 서 있었을 것이다. 게다가 저격범은 머리에 거의 직각으로 탄환을 맞히기 위해 그보다 훨씬 가까이서 쏘았을 것이었다. 또한 사입 각도는 범인이 실크웰보다 약간 키가 컸음을 말해주었고, 그러면 탄환이 약간 하방으로 두 개골에 사입된 것도 설명됐다. 키가 더 큰 사람은 자기보다 작은 사람을 쏠 때 당연히 아래로 조준할 테니까.

범인이 실크웰을 절벽 가로 데려가 돌아서게 한 다음 쏘았나? '총살부대가 하듯이?' 그다지 있을 법하지 않은 시나리오였다.

하지만 실크웰이 진술된 지점의 거석에 떨어진 채 발견된 건 **사실**이었다. 그 지점에서 실크웰을 끌어올리기 위해 많은 인력이 동원됐으니까. 그 많은 사람이 웬 거대한 음모에 전부 가담했을 리 없었다.

따라서 실크웰이 다른 곳에서 살해당했고 범인이 시신을 옮겨와 파머가 발견한 그 바위에 갖다 놨다고 결론 내리는 게 합리적인 것 같았다.

노마 탄피는 얼마든지 장거리 저격으로 가장하기 위해 발견 장소에 버려졌을 수 있었다. 그러면 실크웰의 죽음이 그녀의 CIA 행적과 관련 있으며 퍼트넘 토박이의 소행이 아니라는 주장에도 힘이 실린다.

하지만 실크웰이 이곳 사람에게 살해당했고 그게 아닌 것처럼 위장된 거라면? 누가 범행 동기를 가지고 있을까? 또 그걸 실행할 자원은?

매듭짓지 못한 일. 클레어 로바즈는 자기 딸이 고향집에 가는 이유가 그거라고 말했다고 했다.

'그 매듭짓지 못한 일이란 게 뭐였습니까, 제니? 그것 때문에 살해당한 겁니까?'

디바인은 의자를 도로 테이블 앞에 갖다 놓고 창밖을 내다봤다. 마침 비가 그치고 구름 사이로 해가 나와 다시 메인에 볕이 내리쬐고 있었다.

빛이 여관의 철제지붕에 반사되고 창들에 부딪혀 반짝였다.

기분 좋아지는 광경이었다. 벌새가 꽃송이 위에서 날갯짓하는 걸 목격한 순간처럼. 적당한 온기와 햇살은 늘 인간의 정신을 고양해주니까.

그가 길 저편으로 시선을 던지는데 덤불 바로 위에서 마치 하늘의 별처럼 불빛이 반짝했다. 햇빛이 반사면에 닿아 반짝인 것이었다. 그런 걸 봐도 가볍게 지나치는 이들에게는 그저 감탄스러운 순간이었을 것이다. 하지만 트래비스 디바인은 그런 부류가 아니었고 앞으로도 그렇게 될 일은 없었다.

디바인은 총탄이 날아들면서 창이 폭발하듯 깨지기 0.1초 전 몸을 날렸고 탄환은 그의 머리통 대신 창 반대편 벽에 박혔다.

그는 총을 뽑아 들고 벽에 딱 붙어서 깨진 창 옆으로 이동했다. 도망가는 발소리 비슷한 게 들렸다. 문에 이르러 잽싸게 고개를 내밀었다 다시 몸을 숨겼고, 아무도 없는 걸 확인한 후 밖으로 달려 나가 몸을 굴려 무릎쏴 자세를 취했다. 차에 시동 거는 소리가 들렸다. 그가 도로로 뛰어나갔을 때는 길 양쪽에 사람도 차도 남아 있지 않았다. 디바인은 라이플 조준경에 부딪힌 빛이 번쩍했던 지점으로 즉시 돌아갔다. 거기 쭈그리고 앉아 풀을 손으로 쓸어봤다. 손에 뭔가 닿은 순간 멈칫했다. 주워 든 탄피의 헤드스탬프에는 특수한 각인이 찍혀 있었다.

'이건 .300 노마가 아니잖아. 나토군 범용 탄이야.'

일이 대체 어떻게 돼가는 거지?

22장

"아무도 못 봤다고요?" 하퍼 서장이 물었다.

하퍼는 디바인과 같이 그의 숙소 밖에서 창에 난 커다란 구멍을 들여다보고 있었다.

"예, 조준경 반사광만 봤습니다." 디바인이 대답했다. "제가 창밖을 내다보지 않고 또 마침 그때 해가 나지 않았다면 우리는 이 대화를 나누고 있지 않았을 거고 대신 퍼트넘 법의관이 제 시체를 갈라 탄환을 꺼내고 있었을 겁니다."

"그렇게 되지 않아서 다행이군요." 그러면서 하퍼는 증거수집용 봉투에 넣은 탄피를 들어 올렸다.

디바인이 설명했다. "원 안에 십자표 무늬가 각인돼 있습니다. 나토 사양에 부합하는 탄이라는 뜻입니다. 그런데 구경도 각인돼 있어요. 군용이 아니라 민간용이라는 뜻이죠."

"흠, 그럼 범위가 좁혀지긴 하지만 아주 미미한 정도네요."

"누가 도망가는 소리를 들었습니다. 곧바로 차 시동 거는 소리가 들렸고요. 제가 도로로 나갔을 땐 이미 차가 가버린 뒤였습니다."

퍼스가 숨을 몰아쉬며 다가왔다. "근방을 신속히 훑었습니다. 총든 사람을 봤다는 목격자는 없는데 조 마틴이 철물점에서 나오다가 밴 한 대가 여기를 급히 뜨는 걸 봤답니다. 대충 디바인 요원이 총이 발사됐다고 한 그때쯤요."

"번호판은 봐뒀답니까?" 디바인이 물었다.

퍼스는 고개를 저었다. "아니요, 볼 이유가 없었잖아요. 마틴은 무슨 일이 생겼는지 몰랐으니까."

디바인은 한숨을 쉬며 주변을 둘러봤다. '백주대낮에 누군가 나한테 총질을 했는데 다들 아무것도 못 봤다고?'

퍼스가 그의 마음을 읽었는지 이렇게 말했다. "패트 킹먼은 볼일 보러 출타 중이고 대실된 방은 요원의 방뿐입니다. 성수기가 아니라서요. 그리고 이 시간이면 시내는 활기가 거의 죽어 있어요."

'총 맞았을 경우의 내 운명처럼 말이지.' 디바인이 속으로 대꾸했다.

"벽에서 탄환 빼봅시다. 잘하면 매치하는 라이플을 찾을 수 있겠죠."

"구경이 다르긴 하지만, 혹시 제니를 죽인 화기에서 발사된 걸 수도 있을까요?" 하퍼가 물었다.

"탄환별로 약실 강내 압력이 다른데, 언뜻 똑같아 보여도 탄피 두께와 두격이 각각 다르기 때문입니다. 동의하지 않을 사람도 있겠지만, 저라면 두 종류의 탄환 모두 장전하도록 특수 제작된 게 아니라면 나토 탄환용 라이플로 .300이나 .308탄을 쏘지 않을 겁니다. 쏘기도 전에 내 손에서 터지거나 아니면 탄피가 너무 부풀어서 차개가 막힐 수도 있으니까요."

"그렇군요, 근데 대체 누가 요원님을 죽이려는 걸까요?" 퍼스가 물었다.

"누가 제니 실크웰을 죽였는지 제가 알아내기를 원치 않는 사람이 제 생각엔 첫 번째 후보이자 유일한 후보입니다."

"**우리도** 제니의 죽음을 수사하고 있잖습니까." 퍼스가 지적했다.

"그럼 뒤를 조심하시는 게 좋을 겁니다." 그렇게 말하고 디바인은 자리를 떴다.

그길로 메인 브루로 갔는데 마침 애니 파머가 카운터를 닦고 있었다.

"그냥 드릴 테니 커피 한 잔 드실래요?" 애니가 물었다.

"고맙습니다."

디바인은 카운터 스툴 하나를 차지하고서 애니가 가득 찬 커피포트에서 잔 두 개에 커피를 따르는 걸 지켜봤다. 애니가 그중 한 잔을 그의 앞에 놓고 말했다. "방금 내린 거라 진짜 신선해요."

"30분쯤 전에 무슨 소리 못 들었습니까?" 디바인이 한 모금 마시고 물었다.

애니는 카운터에 기대서서 자기 커피잔을 쓰다듬었다. "소리를 들어요? 무슨 소리요?"

"화약 터지는 것 같은 소리."

"아뇨, 근데 주방에서 한 시간 동안 귀에 에어팟 꽂고 남은 식자재 정리하고 있었거든요. 리한나 노래 말고는 무슨 소리가 났어도 못 들었을 거예요. 왜요?"

"그냥 좀 알아볼 게 있어서요." 디바인은 잔을 내려놓고, 할 말을 그냥 해버리기로 했다. "오늘 아침에 할아버님 댁에 다녀왔습니다."

커피를 천천히 한 모금 마시는 애니의 목이 긴장으로 굳는 걸 그는 놓치지 않았다. "그래요? 왜요? 할아버지가 제니의 시체를 발견하셔서요?"

"맞습니다."

"뭐라고 하시던가요?" 애니의 목소리에 초조함이 어렸고, 디바인은 그게 왠지 신경 쓰였다.

"평소에 자주 그러듯 그날도 밤늦게 산책 중이셨다고요. 걷다가 간간이 멈춰서 바다를 내다보셨다더군요. 마지막으로 멈춘 데서 내려다봤는데 제니가 있더랍니다. 그래서 경찰에 연락하셨답니다."

"저한테도 그렇게 얘기하셨어요. 할아버지가 발견하지 않으셨으면 제니는 바다로 떠내려갔겠죠. 그럼 제니가 어떻게 됐는지 아무도 몰랐을 거예요."

"할머님께서 산책 가셨다가 뺑소니차에 당하셨다는 건 저한테 얘기 안 했죠."

애니가 커피잔을 내려다봤다. "미처 생각을 못 했어요. 근데 우리 할머니가 어떻게 됐는지가 요원님한테 무슨 상관이죠?"

"그냥 참 안되셨다고요."

"그래요." 애니가 굳은 어조로 대꾸했다. "그 짓을 저지른 미친 새끼만 빼고 다들 안됐다고 하죠." 그러더니 이내 뺨을 붉히며 목을 가다듬었다. "죄송해요, 원래는 그런 말 안 쓰는데."

"저, 육군 출신입니다. 훨씬 심한 말도 많이 들어봤습니다."

"할머니가 돌아가시기 전에 도움을 청하려고 기어 나왔다고 할아버지가 얘기하시던가요?"

"예, 그 얘기도 하셨습니다."

"작은 마을에 살면 좋은 점도 많지만 이렇게 외떨어져 있는 게 마냥 좋지만은 않아요."

"그렇죠."

"제니의 살해범을 찾는 데 진전은 있나요?"

"수사 시작한 지 얼마 안 돼서요. 탐문하고, 진술 받고, 범죄 현장 탐사하고, 법의학 증거 들여다본 정도입니다. 흥미진진하진 않지만 꼭 필요한 작업이죠."

'가짜 국토안보부 수사관이 말은 잘하네.'

"알렉스 실크웰도 만나봤습니다. 알렉스를 제대로 아는 사람은 없다고 지난번에 그랬죠?"

애니가 행주로 카운터의 한구석을 눌러 닦았다. "어, 그렇게 말하면 안 되는 건데 그랬어요. 내 일도 아닌데 왜 그랬을까? 아무튼 알렉스가 뭐래요?"

"별 얘기 없었습니다. 간 김에 화실 구경 좀 했죠. 대단한 화가던데요."

"당연하죠. 우리 할머니가 가르치셨는데."

"버티가 알렉스를 지도했다고요?"

"예. 알렉스가 고등학교 다닐 때요. 요원님이 모르시는 게 당연하죠. 할머니는 재능이 넘치셨어요. 원한다면 그 길로 나가서 성공하실 수도 있었는데. 젊었을 때 파리의 미술 대학에서 입학 제의까지 받으셨거든요."

"와. 근데 어떻게 된 겁니까?"

애니는 어깨를 으쓱했다. "할아버지를 더 사랑하신 거죠. 고등학교 때부터 커플이었어요. 두 분은 고향에 머물면서 가정을 이루기로 하셨어요. 그래도 할머니는 그림을 놓지 않으셨죠. 알렉스 같은 동네 아이들도 지도하시고."

"오두막집 뒤편에 있는 건물 말입니다. 할머님의 화실 맞습니까?"

"맞아요."

"알렉스도 버티를 본받아 고향에 머물기로 했나 보네요. 똑같이 미대 입학 제의도 받았다던데."

"예, 그러게요." 애니가 미간을 접으며 멍하니 대꾸했다. "나라면 일 초도 고민 안 하고 떴을 텐데."

"작은 동네를 별로 안 좋아하나 보죠?"

"고향이야 언제든 들를 수 있잖아요." 애니가 식당 안을 둘러보며 말을 이었다. "요원님한테는 충격적인 얘기일 수 있지만, 나고 자란 마을에서 밥과 커피를 서빙하는 게 제 어릴 적 꿈 중에 우선순위는 아니었어요." 애니는 서글픈 미소를 지으며 덧붙였다. "대학은 타지로 진학했고, 고향에 돌아오지 않을 줄 알았어요. 그런데 여기서 이러고 살고 있네요."

"아직 젊잖습니까. 얼마든지 꿈꿀 수 있고 그 꿈을 위해 뭐든 할 수 있는 나이죠."

"말은 쉽죠."

"꿈이 그래서 꿈인가 봅니다."

"한 잔 더 드릴까요?"

"아뇨, 오늘의 카페인 한계치를 채운 것 같습니다. 아, 오늘 저녁에 대크 실크웰이랑 식사하기로 했는데요."

"그래요? 둘이 절친 되기로 한 거예요?" 애니가 농담조로 말했다.

"면담해야 할 사람 중 하나라서요."

"흠, 저도 다시 일하러 가봐야겠어요. 대크랑 좋은 시간 보내세요. 근데 아무리 술 권해도 취하도록 마시지는 마세요. 아침에 땅을 치고 후회할 테니까. 제 말 믿으세요."

그러더니 애니는 가버렸고, 디바인은 그게 무슨 뜻으로 한 말일지 궁금해졌다.

23장

여관으로 돌아와보니 하퍼와 퍼스는 떠난 뒤였다. 디바인은 조준경 반사광이 번쩍했던 자리에 서서 숙소 창을 이리저리 살펴봤다.

조준은 어렵지 않았을 것이다. 엄폐도 충분하고. 사수가 자리를 잘 고른 듯했다. 땅바닥의 풀도 발자국이 남기에는 너무 푹 젖어 있었다.

"이런 일이 생기다니 믿을 수가 없네요."

뒤돌아보니 패트 킹먼이 서 있었다.

"저도 기분이 썩 좋지는 않습니다."

"다른 방으로 옮겨드릴 수 있는데."

"아뇨, 괜찮습니다. 구멍은 유리창 수리가 가능할 때까지 테이프로 막아두면 됩니다. 별로 크지 않으니까요. 제 몸에 구멍을 냈다면 훨씬 컸을걸요."

킹먼이 토할 듯 사색이 되는 걸 보고 디바인이 황급히 덧붙였다. "저 괜찮습니다, 사장님. 범인은 금세 잡힐 테고 그럼 더는 이런 일

없을 겁니다."

"그랬으면 좋겠네요. 그럼 필요한 거 있으면 바로 얘기해요."

"그러겠습니다."

킹먼은 돌아서 황급히 여관으로 들어가버렸다.

디바인은 차를 몰고 조슬린 포인트로 갔다. 알렉스에게 물어볼 게 남아 있었다.

도착하니 알렉스가 큼지막한 바구니가 달린 청록색 자전거를 타고 막 길을 나서고 있었다. 자전거 프레임에 손으로 그린 꽤 멋진 번개 그림이 눈에 들어왔다. 바구니에는 큼직한 방수 배낭이 들어 있었다.

알렉스는 모직 바지와 두꺼운 흰 스웨터 위에 트위드 재킷을 걸치고 장갑을 끼고 있었다. 머리는 포니테일로 올려 묶었고, 귀마개까지 하고 있었다. 상기된 표정이었다.

"어디 가십니까?" 디바인이 물었다.

"미술 수업 하러요, 잊었어요?" 알렉스가 되물었다.

"아, 맞다. 자전거 타기엔 쌀쌀한 날씬데요."

"몇 킬로미터밖에 안 돼요."

"제가 태워다드릴까요? 가면서 얘기할 수 있고, 제가 기다렸다가 도로 데려다드리면 되잖습니까."

"그렇게까지 하실 필요 없어요."

"저는 괜찮습니다."

"뭐, 시간 절약돼서 좋긴 하겠네요. 그리고 이 무거운 배낭 때문에 회전도 힘든데."

알렉스가 현관 앞 테라스에 자전거를 세워두는 동안 디바인은 배낭을 차 뒷좌석에 실었다.

가면서 알렉스가 길을 알려줬다. 학교는 버려진 창고들, 판자로 문을 막아놓은 사무실들이 모여 있는 오피스 지구, 그리고 잡초 무성한 텅 빈 주차장들만 있는 블록에 자리하고 있었다.

차가 학교 경내로 진입할 때쯤 알렉스가 입을 열었다. "내가 어렸을 때 지역 경제가 나빠지기 시작했어요. 그러다 어느 날 다들 폐업하고 일자리는 해외로 이전됐고, 안전장치라고는 하나도 없었죠. 메인에서도 시골은 인구가 확 줄었어요. 주민들이 관광에 크게 의존하는데 팬데믹까지 덮쳐서 관광객 수마저 대폭 줄었고 그때 이후로 회복을 못 하고 있어요."

"짐작이 갑니다."

"보스턴이나 뉴욕에 비하면 생활비는 저렴하지만 식비랑 기름값 따지면 그렇게 적게 드는 건 또 아닌데 최저생활비마저 안 주는 일자리가 많아요." 알렉스는 창밖을 바라봤다. "게다가 때로는 날씨마저…… 사람을 힘들게 하죠. 아예 향후 20년간 인구가 더 감소할 전망이래요. 지도자들이 정신 좀 차려야 해요. 우리 주에, 여기 사람들한테 투자해야지, 뒷짐 지고 있는데 전망이 저절로 나아지지는 않을 거예요. 메인주 주민들한테 그 정도는 해줘야죠. 아니, 전 국민한테 그 정도는 해줘야 한다고 생각해요."

"꽤나 자세히 알고 계시네요."

"내 고향이고 내 나라니까요." 알렉스가 대꾸했다. "알고 **있어야**죠. 디바인 요원은 어디 사세요?"

"현재는 여기저기 떠돌고 있습니다. 그렇게 관심을 갖게 된 건 아버지의 영향인가요?"

그러자 알렉스가 경계하는 눈빛으로 그를 봤다. "나는 정치인이 **아니**에요. 그 바닥에는 전혀 관심 없어요."

"꼭 정치인이어야만 자기 공동체를 돕는 건 아니잖습니까."

"지금은 그냥 우리 반 아이들이나 돕고 싶어요." 알렉스가 차 문을 열었다. "들어올 거예요, 여기서 기다릴 거예요?"

"들어가도 **됩니까?**"

"안내데스크에서 서명하고 내가 신원 보증해주면 돼요." 알렉스가 그의 허리춤에 시선을 던졌다. "총 반입은 모르겠네요."

"학교에 경비가 있습니까?"

"옛날엔 있었는데 예산 때문에 유지 못 하게 됐어요."

"오늘은 제 연방 요원 신분증 덕 좀 보겠네요."

실제로 그렇게 됐다.

이후 한 시간 20분 동안 디바인은 알렉스가 창 없고 천장고 높은, 난방도 잘 안 되는 가교실에서 6학년 두 반을 가르치는 걸 구석에서 지켜봤다. 환경이 그런데도 아이들은 몹시 즐거워했다. 아이들이 보이는 열의와 던지는 질문들, 교실을 돌며 작품을 일일이 봐주는 알렉스의 한마디 한마디에 진지하게 귀 기울이는 모습에서 그걸 알 수 있었다. 알렉스는 단 한 번의 예외 없이 긍정적이고 구체적인 평가를 제시했고, 제안을 해도 진심과 유머, 가벼운 자조를 섞어 사려 깊게 전달했다.

그리고 미소도 지었다―자주. 디바인이 그녀를 알고 얼마 안 되는 시간 동안 한 번도 보지 못한 모습이었다. 수업 시작할 때 알렉스는 그래놀라바와 주스팩을 아이들에게 나눠주었다. 자비로 준비한 거라고 했다. 그것 때문에 배낭이 그렇게 묵직했던 거였다.

나중에 차를 세워둔 데로 같이 가면서 알렉스가 말했다. "전교생이 다 130퍼센트에 걸리는 애들이에요."

"그게 무슨 뜻이죠?"

"정부는 가구 소득이 연방 빈곤선의 130퍼센트에 딱 걸리거나 그 이하인 가정의 애들에게만 점심 급식을 제공해요. 4인 가구의 연소득 3만 6천 달러가 그 선이에요."

"한 가족이 생활하기에 턱없이 낮은 액수 같은데요. 자식은 없지만 제가 어렸을 때 얼마나 많이 먹어댔는지 기억합니다. 소득이 그 두 배여도 먹고살기 빠듯할 것 같은데."

"맞아요, 그런데 법이 그래요. 게다가 팬데믹 때 뿌린 연방 기금도 씨가 말랐어요. 그때는 긴급 자금이라 소득 기준도 적용하지 않아서 모든 아이가 무상으로 급식을 먹을 수 있었어요. 이제는 못 먹어요. 그런데 굶주린 아동은 학습에 어려움을 겪어요. 그래서 수업 전에 간식을 나눠주는 거예요. 학교 끝날 때쯤이면 애들은 열량이 바닥나요. 미술 수업을 좀 앞으로 당겨주면 좋을 텐데, 미술은 부차적인 과목 취급을 받아서요. 수업을 하게 해주는 것만도 감지덕지겠죠."

디바인이 조수석 문을 열어준 다음 배낭을 받아 뒷좌석에 실었다.

"정말 좋은 일 하시네요."

"이게 무슨 소용인가 싶을 때가 많아요." 알렉스가 말했다. "바닷물에 조약돌 던지기 같고."

"아무리 사소한 것도 분명 도움이 됩니다. 그리고 아이들 마음을 얻었잖아요."

"정말 그렇게 생각해요?"

"확신합니다. 내가 똑똑히 봤어요. 하, 알렉스 같은 선생님한테 배웠으면 나도 미술에 훨씬 흥미가 생겼을 겁니다. 게다가 그 이유가 꼭 알렉스가…… 내 말은 그러니까……."

'젠장.'

SUV의 시동을 거는 디바인의 팔에 알렉스가 지그시 손을 얹었

171

다. "고마워요." 그리고 담백하게 이렇게 말했다.

돌아가는 길에 디바인이 말했다. "쓸데없이 놀라게 하려는 건 아닌데, 아까 누가 나를 저격했습니다."

"뭐라고요?! 어디서요?" 알렉스는 다급하게 디바인의 몸을 아래위로 훑었다. "혹시…… 다친 건……?"

"아뇨, 빗나갔습니다. 아슬아슬하긴 했지만."

"범인은 잡았겠죠?!"

"아뇨, 못 잡았습니다."

"제니가 총에 맞아 죽더니 이젠 당신까지. 이런 일은 퍼트넘에서는 안 일어나는데."

"폭력은 어디서든 일어납니다, 알렉스. 심지어 퍼트넘에서도요. 앨버타 파머를 보십쇼. 굉장히 폭력적인 죽음을 맞으셨잖아요. 범인은 벌도 안 받았고요."

디바인은 반응을 살피려고 알렉스를 봤다.

알렉스는 창밖만 똑바로 응시하면서 마치 얼음물 세례를 받은 듯몸을 떨고 움찔거렸다.

"앨버타한테 미술 지도를 받았다면서요?"

몸의 떨림이 멈춘 알렉스가 눈을 감더니 마음을 가라앉히듯 긴숨을 들이마시면서 뭐라고 읊조렸다. 디바인은 입술을 읽거나 뭐라고 하는지 들어보려고 했지만 그러지 못했다. 눈을 뜬 알렉스는 평소 모습으로 돌아와 있었다. "버티는 오롯이 혼자 힘으로 성공한 훌륭한 화가였어요. 내가 만나본 사람 중 가장 마음이 따뜻한 분이기도 했고요."

"그렇게 돌아가셨을 때 충격이 심했겠군요."

"그 정도 표현으론 그때의 심정을 충분히 대변하지 못해요. 말하

172

기 좀 그렇지만 언니의 죽음조차 버티의 죽음만큼 충격적이진 않았어요." 알렉스가 그를 흘끔 봤다. "그런 말을 하다니 내가 막돼먹은 사람이라고 생각하겠죠."

"감정은 자기 고유의 것이잖아요. 그리고 가족이라고 무조건 더 사랑해야 한다는 법도 없고요. 그 부분에서는 경험도 제각각이잖습니까."

알렉스는 그렇게 말해줘서 고마운 듯 고개를 끄덕이더니 말했다. "사실 내가 아이들을 가르치게 된 것도 버티 때문이었어요. 버티는 수십 년 동안 미술 지도를 해왔어요. 그런데 어느 날 시력이 떨어지기 시작하더니 손가락도 더는 맘대로 안 움직였고, 그래서 버티는……. 다른 사람한테 넘길 때가 됐던 거예요. 그 사람이 바로 나였고."

"버티가 좋아했겠네요."

"그랬어요, 아주 많이. 그래서 나도 진심으로 기뻤죠."

그들은 잠시 침묵 속에 이동했다.

"오늘 저녁식사에 합류할 마지막 기회입니다." 디바인이 말했다.

알렉스는 잠깐 머뭇거리다가 결국 고개를 저었다. "가서 할 일도 있고, 그거 마치면 일찍 자려고요. 그래도 고마워요."

디바인은 알렉스를 내려주고 그녀가 집으로 들어가는 걸 지켜봤다. 그러고 차를 돌렸다. 오늘 밤 대크를 만나기 전 해야 할 일이 있었다.

하지만 최근의 상황 전개를 고려하면 당장 최우선 목표는 죽지 않는 거였다.

24장

    디바인은 철물점에 들러 덕트테이프를 몇 개 샀다. 여관방에 도착해서는 덫들을 확인한 다음 창의 구멍을 테이프로 막고 커튼을 쳤다. 탄환이 날아가 박힌 반대편 벽을 보면서, 현지 경찰들이 범인 색출에 진전을 봤을지 문득 궁금해졌다.

    이어서 캠벨에게 지난번 연락 후 알아낸 바를 전부 담은 보고서를 이메일로 보냈다.

    잠시 후 핸드폰이 진동했다. 캠벨이었다.

    "자네가 벌집을 단단히 건드렸군." 캠벨이 말했다.

    "그런 것 같습니다."

    "제니가 활동했던 지역들의 현지 소문에 촉각을 곤두세우고 있었네."

    "그런데요?"

    "묘하게 조용해." 캠벨이 대답했다. "그런 사건이 있었으니 어느 정도 소음이 발생할 거라 기대했는데."

"입 다물고 있으려고 너무 애쓰는 것처럼요?"

"바로 그거야."

"그러면 살인이 실크웰이 하던 일과 관련 있다는 쪽으로 기우는 겁니까?"

"아직은 아니야. 어쩌면 그냥 잠잠한 걸 수도 있어."

"살인 현장은 조작된 거였습니다."

"자세히 말해보게."

디바인은 조목조목 설명 후 이렇게 끝맺었다. "실크웰은 총에 맞아 죽은 후 그곳으로 옮겨졌고 바위에 던져진 것 같습니다. 사입 각도 하나만으로도 공식 가설이 반박됩니다."

"나도 같은 의견이네."

"탄피는 얼마든지 그 지점에 일부러 버려졌을 수 있습니다. 그런데 이 계략을 짠 사람은 사입 각도나 사수가 땅에 엎드려 쐈을 경우 어떻게 될지는 계산에 넣지 않은 모양입니다."

캠벨이 말했다. "사수가 개머리판을 나뭇가지에 괴고 얼굴 높이에서 저격했을 만한 지점은 없나? 아니면 그 각도로 조준이 가능하도록 표준 크기의 삼각대를 사용했을 가능성은?"

"그 근방의 나무들은 가지가 전부 지면보다 한참 높았습니다. 그리고 표준 삼각대로 270여 미터 밖에서 머리에 수평 조준해 쏜다고요? 뭐 하러 그렇게 합니까? 그냥 땅에서 엎드려 쏴 하지 않고요. 그래도 얼마든지 목표물은 맞힐 수 있는데 말입니다."

"좋아, 제니가 다른 곳에서 살해된 후 발견 장소에 버려졌고 현장은 다르게 보이게끔 조작됐다고 치지. 왜 그랬을까?"

"뻔하죠, 실제 범행 장소와 살인범의 정체를 은폐하기 위해서요. 살해 추정 시각의 범위가 넉넉해서 알리바이를 댈 여지가 많고, 그러니 그 부분은 별 도움이 안 될 것 같습니다."

"환경적 요소가 시신 상태를 크게 훼손했다고 들었네."

"그래도 시신을 그리로 옮겨야 했을 테고 차량을 이용해야 했을 겁니다. 그 차를 찾아내면 거기에 실크웰의 흔적이 아직 남아 있을지 모릅니다. 이쯤 해서 실크웰을 발견한 남자 얘기를 안 할 수 없는데요. 이곳 사람들은 다들 얼 파머가 우연히 그쪽 해안가로 가서 우연히 아래를 봤다가 제니를 발견한 걸로 믿는 것 같더군요. 제 의견을 물으신다면, 그건 로또 당첨 확률과 같다고 봅니다."

"로또도 더러 당첨되기는 하잖나, 디바인."

"예, 하지만 수백만 명이 로또에 참여하죠. 이번 판의 참여자는 파머뿐이었습니다."

"사주받고 거짓말했다는 건가?"

"의뭉스러운 사람들이 가득한 마을에서 의뭉스러운 일이 잔뜩 일어나고 있는 것 같습니다. 그런데 그게 다 뭘 의미하는지는 모르겠단 말이죠. 아직은요. 대크 실크웰의 비명예제대에 대해서는 알아내신 것 있습니까?"

"과거를 아주 깊이 파묻었더군. 부친의 입김이 작용한 느낌이 강하게 들어. 전에도 말했지만 커트는 아들의 복무에 대해 입대했다는 것 말고는 나한테 아무 얘기도 안 했네. 아무튼 자네의 잠정 평가는 어떤가? 살인을 촉발한 게 내부 요인인 것 같나, 외부 요인인 것 같나?"

"한 가지만 아니면 해외라고 봤을 겁니다."

"그게 뭐지?"

"실크웰이 어머니에게 이곳에 매듭짓지 못한 일이 있다고 했답니다."

잠시 후 통화가 마무리됐고 디바인은 핸드폰을 내려놓았다. 그때 누군가 문을 두드렸다.

디바인이 글록에 손을 얹은 채 문을 아주 조금만 열고 내다봤더니 문 앞에 회색 수염을 기르고 안경을 쓴 오십 대 남자가 서 있었다.

"무슨 일이십니까?" 디바인이 남자와 좀 거리를 둔 채 물었다.

남자는 움찔 놀라더니 주위를 두리번거렸다. "디바인 씨? 지역 방송사 기자 하비 왓킨스입니다. 괜찮으시면 몇 가지 여쭙고 싶은데요."

디바인이 문을 조금 더 열었다.

왓킨스는 자기가 〈퍼트넘 신문〉 소속의 기자임을 증명하는 신분증을 들어 보였다.

"어떤 질문입니까?"

왓킨스가 다 알지 않느냐는 표정을 지었다. "제니 실크웰 살인 말고 뭐겠어요? 그거 수사하러 와 계신 거잖아요."

"그걸 알 정도면 제가 진행 중인 수사에 대해 어떤 말도 할 수 없다는 것도 잘 아실 텐데요."

"하퍼 서장하고 퍼스 경사는 이미 인터뷰했습니다."

"그럼 기삿거리는 이미 나왔겠네요."

"하지만 저희 독자들은 요원님 이야기를 듣고 싶어 할 거예요."

"이렇게 작은 마을에 지역 신문이 있는 것부터가 놀랍군요."

"뭐, 디지털 버전만 발행하고 있긴 하지만 지역 언론이 슬슬 되살아나고 있거든요. 그럴 때도 됐죠. 저는 기자 일은 파트타임으로만 하고 있습니다. 철물점에서 근무하면서요. 아까 덕트테이프 사러 오셨을 때 누가 요원님이 누군지 말해줬어요." 그러더니 왓킨스는 창을 흘긋 봤다. "누가 총을 쐈다고요."

"그 얘기를 이미 들으셨다면, 부인하진 않겠습니다."

"범인이 누군지 짐작 가십니까?"

"누군지 알았다면 그자는 지금 구치소에 있겠죠."

"그래서, 수사는 어떻게 돼갑니까?" 왓킨스가 물었다.

"현재 지역 경찰과 공조 중이고 경찰 측도 철저히 프로답게 도와주고 계십니다. 곧 진전을 봐서 진실이 밝혀지기를 바랍니다."

"공보관처럼 말씀하시네요." 왓킨스가 실실 웃으며 말했다.

"제 의도가 잘 전달됐군요."

"뭐라도 좋으니 얘기해주시면 안 될까요? 제가 뱅고어에서는 전업 기자였거든요. 이런 기삿거리가 저한테 뚝 떨어진 적은 단 한 번도 없었어요. 그런데 나이만 먹고 있어서요."

왓킨스는 녹음 앱을 띄운 핸드폰을 쳐들면서 애원하는 표정을 지었다.

디바인은 문설주에 등을 기댔다. "좋습니다, 녹음 버튼 켜시죠." 그는 왓킨스가 그렇게 할 때까지 기다렸다. "예, 누군가 나한테 총을 쏜 건 사실입니다. 이유는 왓킨스 씨나 독자분들 각자의 추측에 맡기겠습니다. 적어도 제가 보기에 가장 그럴듯한 이유는 우리 수사가 진실에 근접하고 있고 누군가는 그게 마음에 안 들었다는 겁니다." 다른 종류의 탄환이 사용됐다는 건 말하지 않을 작정이었다.

"이곳 사람의 소행이라고 보세요?" 왓킨스가 질문했다.

"모르겠습니다. 하지만 지금으로선 어떤 가능성도 배제할 수 없습니다."

"제니가 연방 정부의 그 뭐냐, 극비 임무를 수행했다는 건 다들 아는데요. 혹시 그것 때문에 살해당한 걸 수도 있을까요?"

"다시 말하지만, 아무것도 배제할 수 없습니다. 하지만 어떤 정보든 적절한 시기에 지역 언론에 공개될 겁니다. 숨김없이 임무에 임하고자 하지만 그렇다고 수사 전체를 위험에 빠뜨릴 수는 없으니까요. 구독자분들도 이해하시리라 믿습니다."

왓킨스가 녹음 앱을 끄고 씩 웃었다. "말씀 고맙습니다."

"이제 내가 뭣 좀 물어봐도 되겠습니까?"

"그러세요."

"제니를 알았습니까?"

"상원의원님 포함해서 실크웰가 사람들은 다 알았죠. 제가 30여 년 전에 뱅고어에서 여기로 이주했거든요. 원래 처가 쪽 사람들이 여기 살고 있었던 데다 뱅고어의 직장보다 좀 나은 일간지에 티오가 났어요. 뭐 세월이 흘러 세상도 변하고 그 일자리도 결국 사라졌지만. 그래도 우리는 여기가 마음에 들어서 눌러앉았죠."

"그러면 제니가 어렸을 때부터 아신 겁니까?"

"그럼요. 조숙하고 뭐든 궁금해하는 애였어요."

"다들 그렇게 말하더군요."

"제니는 더 큰 물에서 더 대단한 일을 할 줄 우리 다 알았어요. 실제로도 그렇게 됐고. 하지만 이렇게 일찍 갈 줄은 아무도 예상 못 했죠."

"제니의 부모님도 알고 지내셨습니까?"

"아 그럼요. 커트의 선거운동은 전부 다 내가 기사로 다뤘는걸요. 전쟁 영웅 출신, 무소속으로 출마하다. 여기 주민들이 커트를 얼마나 좋아했는데요. 커트도 제대로 보답했고요. 메인은 몇 차례 힘겨운 시기를 겪었어요. 그런데 우리도 꽤나 단단한 사람들이라 꿋꿋이 버텼죠. 커트도 여기 사람이잖아요. 그 양반도 누구 못지않게 질겨서 잘 버티더라고요. 지금 상태가 그렇게나 심각하다니 마음이 안 좋아요."

"클레어는 어떻게 보십니까?"

"커트에게 훌륭한 반려자였어요. 아내로서나 엄마로서, 정치가의 배우자로서 다요. 각기 다른 역할인데 보통 사람은 그중 적어도 하나는 잘 못 해내거든요. 클레어는 달랐죠."

"자녀들은 어땠습니까?"

"착하고 예의 바르고 각자의 분야에서 재능이 뛰어난 애들이었어요."

"몇 년 전 알렉스가 성격이 백팔십도 변했다고 들었습니다. 혹시 아시는 것 있습니까? 지금껏 얘기 나눈 사람들은 별다른 말을 안 해 줘서요."

그러자 왓킨스가 불안한 듯 두리번거렸다. "이 얘기는 어디 가서 제가 했다고 하시면 안 됩니다."

디바인이 등을 꼿꼿이 폈고 표정에도 긴장이 어렸다. "지금 하시는 얘기는 철저히 비밀에 부치겠습니다. 좀 들어오시겠습니까?"

왓킨스가 고개를 끄덕이고는 방으로 들어왔다.

디바인이 침대에 앉고 왓킨스는 책상 앞 의자 끄트머리에 걸터앉았다.

"여름에 있었던 일이에요. 알렉스는 가을 학기에 고등학교 3학년에 올라갈 예정이었죠."

"무슨 일이 있었던 겁니까?" 디바인이 물었다.

"알렉스가 폭행당해서 병원에 실려 갔어요. 거의 죽을 뻔했을걸요."

디바인은 충격으로 멍해졌다. "범인은 잡았습니까?"

"아뇨, 결국 못 잡았어요."

"알렉스도 범인을 몰랐다는 겁니까? 왜 폭행당했는지도요?"

"예. 모르는 사람이었거나 아니면 무슨 이유에선지 알렉스가 못 알아본 거죠. 까놓고 말하자면, 사건 자체가 은밀히 무마됐어요. 커트가 처음 상원에 출마했을 때였어요. 퍼트넘 주민 대부분은 무슨 일이 있었는지도 모를걸요. 나도 기자라서 알게 된 거지. 당시에 우리 팀장이 내가 더 깊이 취재하는 데, 심지어 그 이야기를 하고 다니는 데에도 제동을 걸었어요."

"그 일로 알렉스가…… 은둔자가 된 겁니까?"

"아예 인생 자체를 개조했어요. 예전 자기 자신의 그림자 버전이 된 것 같았죠. 정말 지켜보기 안타깝더라고요."

"그런 일을 겪었으면 멀리 떠나고 싶었을 법도 한데 말입니다."

왓킨스가 안경을 벗어 외투 소매로 닦았다. "내가 보기엔 그냥 겁을 먹게 된 것 같습니다, 디바인 씨. 익숙한 것도 **그리고** 새로운 것도 다요. 이 동네는 적어도 친숙하기라도 하죠. 다른 장소들은 언제든 악몽으로 돌변할 수 있는 견디기 힘든 곳이었겠죠. 그렇게 시간이 흐르면서 본인이 쌓아 올린 벽이 더 굳건해진 것 같아요. 옛날에 살던 집이 있고 이제 화실도 생겼고 거기다 가르치는 아이들도 있고, 그게 다겠죠. 뭐 내가 제시할 수 있는 싸구려 정신 분석은 이겁니다."

"알렉스가 상담은 받았습니까?"

"받지 않았을까요."

"가족은 지지해줬나요?"

"제니가 그때 워싱턴 디시에서 근무하고 있었는데요. 당장 달려와서 매일 병원에 붙어 있었어요. 동생이 퇴원한 후에도 곁에서 안 떨어졌고. 진정시키고, 괜찮다고 달래주고, 힘이 돼줬겠죠. 제니는 그런 애였어요."

"데크는요?"

"당시 군대에 있었어요."

디바인은 고개를 끄덕이면서 속으로는 그날 창가에 반항하듯 나체로 서 있던 알렉스를 떠올렸다. '거기서는 안전하다고 느끼는 걸까? 누구도 자신을 해칠 수 없다고? 혹시 내 생각이 과한 걸까?'

"디바인 씨, 괜찮으십니까?"

퍼뜩 정신을 차리니 왓킨스가 걱정 어린 얼굴로 그를 쳐다보고 있었다.

"너무 끔찍한 일이군요." 디바인은 그냥 이렇게 대꾸했다. 말해놓고 보니 실제 사건에 비해 참 빈약한 표현으로 느껴졌다.

"너무 많은 여자들이 그런 일을 겪죠." 왓킨스가 말했다. "단 한 명도 당해선 안 되는 일인데. 우리 사회가 워낙에 암울하고 세상일이 겉보기와 다른 걸 어쩝니까, 사람도 포함해서요. 뱅고어에서도 어떤 이웃을 사귀었었죠. 사람이 그렇게 살가울 수가 없었어요, 도움이 필요하면 만사 제치고 달려오고. 근데 우리가 여기 오려고 뱅고어를 떠나던 해에 아동 포르노 소지로 체포됐어요. 누군가를 좀 안다 싶다가도 아 나는 저 사람을 손톱만큼도 모르고 있었구나, 깨닫는다니까요."

왓킨스가 가고 나서도 디바인은 방에 앉아 그의 마지막 한마디가 살면서 들은 말 중 가장 진실한 말이라고 생각했다.

25장

디바인은 빙 앤드 선즈 장례식장으로 가 출입문 옆에 차를 댔다. 건물 측문 앞에 검은색 기다란 운구차가 뒷좌석 문을 연 채 대기하고 있었다. 안내데스크의 젊은 여직원이 디바인의 신분증을 확인한 후 어디론가 전화를 걸었고 이내 뒤편의 작은 사무실로 그를 안내했다. 들어가니 프랑수아즈 기욤이 책상 앞에 앉아 있었다.

"오거스타로 아직 안 돌아가셨네요?" 디바인이 말했다.

"사실 거주지가 여깁니다." 기욤이 일어서서 그와 악수했다. "오거스타에는 그냥 아파트 하나를 가지고 있고요. 제가 법무장관실 산하 수석법의관이 임명한 법의관 서른다섯 명 중의 하나라서요. 자원직입니다. 저는 메인주의 이쪽 지역에 배정받았죠. 그런데 시내에서 개원의로도 일하고 있어요. 남동생 프레드랑 이곳 일도 하고요. 우리 둘 다 장의학 학위가 있고 방부처리사 자격증도 있거든요. 동생은 장례학 학위도 있어요. 게다가 우리는 시신 화장 자격증도 있는데, 요새는 많이들 화장을 택하는 추세예요."

"참 공사다망한 분이시군요."

"동시에 여러 가지 일 하는 데 익숙합니다. 그래야 기운도 나고 더 열심히 살아요."

기윰이 앉으면서 다른 의자를 가리켰고 디바인이 거기 앉았다. "어떻게 도와드릴까요?"

"제니 실크웰의 탄환 사입 각도 말인데요."

기윰이 턱에 힘을 주자 광대뼈가 불끈했다. "그게 왜요?"

디바인은 그저 기윰을 빤히 바라봤고, 이내 기윰은 시선을 떨어뜨리고 데스크패드 위의 펜을 만지작거리기 시작했다.

"정확히는 탄이 피해자의 두부를 관통한 사도(射道)를 말씀하시는 거겠죠."

"제가 화기랑 사격에 일가견이 좀 있습니다. 기본적으로 사격에는 네 가지 자세가 있죠. 엎드려쏴, 앉아쏴, 무릎쏴, 서서쏴. 마지막 건, 특히 장거리 저격에는 단연 최악입니다. 가장 부정확하거든요. 가장 좋은 건 첫 번째고요. 저격을 망칠 수 있는 생리학적 떨림 요소를 대부분 제거해주니까요. 한밤중에 비 오고 바람도 부는데 270여 미터 밖에서 쏘는 게 노련한 사수에게 세상에서 가장 어려운 일은 아닐지라도 쉬운 일 또한 아니죠. 게다가 서서쏴로는 맞힐 수도 없습니다."

"그래요?" 기윰이 별로 확신이 안 드는 투로 되물었다.

"그렇습니다. 사수가 자기 힘만으로 화기를 지지할 경우 몸의 떨림을 방지할 안정적인 기반을 갖추지 못하게 됩니다. 저격용 라이플은 막상 들면 거의 바벨만큼 육중합니다. 저격수가 얼마나 건장하건 상관없고, 라이플이랑 팔 사이에 장력을 만들려고 지지용으로 거는 헤이스티 슬링을 차도 마찬가지로 몸은 흔들리게 돼 있습니다.

그래서 어떤 사냥꾼들은 무릎 높이의 풀밭에서 무릎쏴 자세를 취하고 팔꿈치를 사두근 하부에 꾑니다. 무릎뼈에는 괴지 않는데, 뼈에 뼈를 괴면 불안정하기 때문이죠. 앉아쏴 자세도 마찬가집니다. 이런 것들 다 단거리라면 상관없는데 장거리면 아주 결정적입니다. 그런데 **이** 사건에서 사입 각도가 말이 되는 유일한 시나리오는 사수가 실크웰과 아마도 3미터 이내 거리에 **서 있었을** 경우뿐입니다. 270미터 밖에서 엎드려 있는 게 아니라."

이 정보는 위험을 감수하고 얘기하는 것이었다. 기욤이 얼마든지 하퍼에게 달려가 디바인이 방금 한 말을 다 고해바칠 수 있기 때문이었다. 하지만 그는 첫 번째 만남이 파할 무렵 기욤이 보여준 미소를 기억했다. 어쩌면 기욤이 그의 편이 되어줄지 모른다는 느낌이 들었다. 그 생각이 옳았는지 틀렸는지는 곧 알게 될 테니까.

"이 문제를 여러 각도로 생각해보신 것 같네요."

"중요한 일이면 늘 그러려고 노력합니다."

"**그쪽** 법의관이 내린 결론입니까?"

"그리 어려운 추론도 아니잖습니까?"

기욤은 손가락을 맞대 삼각형을 만들고는 상체를 앞으로 숙였고, 팔꿈치로 책상 위를 하도 세게 눌러서 손가락이 부들부들 떨리기 시작했다.

"솔직히 말하면, 디바인 요원이 방금 얘기한 사항들 중 제가 **공식적**으로 결론 내린 부분은 하나도 없습니다. 사입과 사출 각도는 정확히 측정했습니다. 탄피가 발견된 장소에 대해서는 아예 언급하지 않았고 저격수와 피해자 간의 정확한 거리라든가 저격수가 취한 사격 자세와 관련해서 제 소견이나 결론을 제시한 바도 없습니다."

"증언대에 서는 훈련을 받은 사람처럼 말씀하시네요."

"**저는** 정확히 하려고 신경 쓰거든요."

"저도 그렇습니다. 문제는 지난번에 저랑 얘기할 때 하퍼 서장님과 퍼스 경사님한테서 그런 얘기가 없었다는 겁니다. 저로서는 탄환이 탄피가 발견된 지점에서 발사됐다는 게 이곳 경찰의 공식 입장이라고 생각할 수밖에 없습니다."

"더 이상 무슨 말씀을 드려야 좋을지 모르겠군요."

디바인은 단도직입적으로 나가기로 했다. "저만의 생각입니까, 아니면 실제로 이 마을에 모종의 비밀이 있는 겁니까?"

"비밀이 없는 곳은 없습니다." 기욤이 받아쳤다.

"퍼트넘은 유독 심한 것 같은데요."

"그런지도 모르죠." 기욤이 인정했다.

"저는 그저 제니 실크웰을 죽인 자를 찾아내려는 것뿐입니다."

"알아요." 기욤의 대꾸는 속삭임에 가까웠다.

디바인은 그 순간 두 사람의 관계 역학이 변하는 걸 느꼈다.

"알고 계시는 게 뭐든 말씀해주시면 감사히 듣겠습니다."

기욤이 괴로운 표정으로 고개를 들었다. "여기는 제 고향이기도 해요, 디바인 씨."

"무슨 뜻입니까?"

"물어볼 사람을 잘못 택했다는 뜻이에요."

"법의관은 망자의 이야기에 귀 기울여 진실을 밝혀내는 사람인 줄 알았는데요? 피해자가 누구건 응당 그렇게 해줘야 하는 거 아닙니까?"

"그렇……죠."

"제니를 알았습니까?"

"제가 제니보다 몇 살 위이지만 예, 생전에 알았어요."

'그러면 아는 걸 어서 얘기해주시죠.'

그런데 기욤이 입을 열기 전에 문이 벌컥 열리더니 한 남자가 고개를 들이밀었다. 키가 후리후리하고 나이는 서른 후반에 이목구비가 기욤을 쏙 빼닮은 남자였다.

디바인이 말했다. "프레드 빙 씨 맞죠?"

"맞습니다. 우리, 만난 적 있나요?"

디바인이 자기 이름을 말한 뒤 두 남자는 악수를 나눴다.

프레드는 갈색 머리를 남자치고 다소 긴 스타일로 기르고 있었다. 키는 대략 190센티에 깨끗이 면도한 얼굴, 길쭉하고 군살 없는 육상선수의 체격이었고 회색이 감도는 눈은 상대를 꿰뚫어 볼 것 같았다. 흰 와이셔츠 소매를 둘둘 감아올려서 창백하고 근육이 불거진 전완이 드러났다. 그는 피곤해 보였다.

"무슨 일인데?" 기욤이 물었다.

프레드가 서류를 들어 보였다. "누나 서명이 필요해." 그러고 디바인에게 시선을 옮겼다. "저희 사업운용자금 대출을 차환하느라고요. 필요한 문서 읽다 보면 아무리 심한 불면증도 싹 나을걸요."

디바인은 씩 웃었다. "짐작이 갑니다."

"몇 가지 항목은 누나랑 의논 좀 해봐야겠어." 프레드가 말했다. "서명해서 보내기 전에 누나 의견 듣고 싶어."

기욤이 디바인을 흘끔 보며 말했다. "그래, 마침 이야기 끝난 참이었어. 그렇죠, 디바인 씨?" 기욤은 득의양양하기보다 애원에 가까운 표정으로 말했다.

디바인이 일어서며 명함을 건넸다. "도움 될 만한 게 생각나면 연락주십쇼."

"물론이죠." 기욤은 서둘러 명함을 주머니에 넣었다.

"제니 일로 오셨다고요?" 프레드가 말했다. "정말 끔찍한 일이에요."

"아는 사이였습니까?"

"그럼요. 고등학교 때 한 반이었는걸요. 저는 대학 가서 교사자격 증 따고 돌아와서 한동안 과학을 가르쳤어요. 그러다 다시 이것저것 필요한 학위 따서 여기서 일하고 있고요. 제니는 우리 학년에서 제일 뛰는 애였어요. 우리는 걔가 언젠가 더 크고 더 대단한 일을 하게 될 줄 알았죠."

"다들 그렇게 말하더군요. 제니가 마지막으로 왔을 때 봤습니까?"

"아뇨. 온 줄도 몰랐어요."

'그래, 다른 주민들이랑 똑같이 말이지.' "알겠습니다. 고맙습니다." 디바인은 나가려다 말고 멈칫 돌아봤다. "'앤드 선즈'라고요?"

"예?" 기욤이 되물었다.

"건물 전면에 '빙 앤드 선즈'라고 돼 있잖습니까. 아들 중 한 명은 어디 갔나 궁금해서요."

프레드가 대답했다. "아, 저희 삼촌 존하고 아버지 테드 빙을 말하는 거예요. 저희 할아버지 프레데릭 빙 씨가—저한테 이름을 물려주신 분이죠—창업하셨거든요. 아버지랑 삼촌이 할아버지 돌아가실 때까지 그 밑에서 일하다가 사업을 물려받았고 그러다 두 분도 은퇴하셨어요. 그때 저희가 인수했고요. 아무래도 표지판을 '빙과 조합원들'로 바꿔야겠어요."

"아니면 '빙과 기욤'이나." 디바인이 제안했다. "남편분 성 맞죠?"

"맞습니다, 근데 지금은 헤어졌어요."

"그럼 이제 두 분만 남으신 겁니까?"

"그렇죠." 기욤이 남동생이 뭐라고 하기 전에 얼른 대답했다.

디바인이 프레드를 흘끔 보자 그가 어리둥절한 얼굴로 누나를 처다보고 있었다. "그렇군요. 고맙습니다."

디바인은 거기서 나왔다. 많은 데이터를 수집했지만 그중 말이 되는 건 별로 없었다. 그래도 어떻게든 말이 되게 맞춰봐야 했다. 그것도 누군가 그를 겨누고 있는 와중에.

'왜 갑자기 이라크 파병 갔을 때가 그립지? 적어도 거기서는 적이 누군지는 알았지. 여기서는 통 모르겠군.'

26장

    온리 리얼 푸드가 장사가 아주 잘된다는 건 퍼트넘 여관에서 걸어와 하이럼 실크웰 대로에서 모퉁이를 돌자마자 단박에 알 수 있었다. 도로 양쪽에 차들이 줄지어 주차돼 있고 출입구도 드나드는 손님으로 북적였다. 식당이 들어선 벽돌 건물은 블록의 절반을 차지하고 있었는데, 옛날에 창고 아니면 공장이었던 걸로 보였다. 두툼한 용접 금속으로 조형한 판에 알파벳 캘리그래피로 멋들여 쓴 간판이 붙어 있었다. 두 개의 유리등 속 가스불이 나무 쌍여닫이문 양쪽에서 펄럭거렸다.

    내부는 탁 트인 오픈 플랜 공간으로, 장식적으로 구부린 연철 배관과 다른 철제 부품들이 벽과 천장을 장악한 거대한 조명들에 연결되어 있는가 하면 천장은 서까래들이 훤히 보이도록 뚫려 있었다. 크기가 제각각인 서른 개가량의 테이블이 플로어에 배치되어 있고 대부분은 배고픈 손님들과 그들이 나누는 대화 소리, 잔과 식기가 부딪는 소음으로 왁자지껄했다. 커다란 창이 여럿 나 있어서 주방이 훤히 들여다보였는데, 복장을 갖춘 요리사와 직원 들이 대형 가스레인지 뒤에서 또 업소용 오븐 앞에서 큼지막한 프라이팬과 무쇠 팬, 요리를 올린 접시 따위를 들고 서 있는 모습이라든지 컴퓨터 화면에 주문 목록이 줄줄이 뜨는 광경을 다 볼 수 있었다.

주방 쌍여닫이문으로 커다란 접시나 음료를 팔 한가득 든 웨이터들이 드나들었다. 스피커에서 흘러나오는 음악이 식사하는 공간을 부드럽게 감쌌고, 한쪽 벽을 따라 마련된 작은 바도 바쁘게 손님을 맞고 있었다.

'인구 삼백 명도 안 되는 마을인데?' 디바인은 속으로 중얼거렸다. '하지만 뭐 대크 실크웰이 외곽 주민 수천 명이 이리로 몰려든댔으니까.'

그렇다 해도, 무엇이 퍼트넘을 이렇게 핫한 곳으로 만든 걸까?

대크 실크웰을 찾아 실내를 둘러보는데 한쪽 벽에 걸린 대형 그림 두 점이 눈에 들어왔다. 그리로 가 자세히 들여다봤다. 하나는 어부가 어망 가득 뭘 잡아들이는 그림인데, 물고기가 아니라…… 음, 인어가 맞군. 다른 한 점은 바다에서 해안으로 폭풍이 불어닥치고 있고 그 앞에 지붕 위에 망대를 올린 커다란 집이 우뚝 서 있는 그림이었다. 그리고 그 망대에는 한 여인이 초조하게 바다를 내다보며 서 있었다.

그 집이 조슬린 포인트인 건 한눈에 알 수 있었다. 디바인은 그림들 하단의 서명을 확인했다.

ADS라는 이니셜이 쓰여 있었다. 알렉산드라 실크웰? D는 아마 알렉스의 중간 이름인 듯했다. 확실히 알렉스의 화풍이었다. 단 몇 점 봤을 뿐인데도 알 수 있었다.

"오셨군요."

돌아보니 대크가 성큼성큼 걸어오고 있었다. 몸에 딱 붙는 티셔츠와 진바지 대신 어두운 색의 맞춤 투피스 정장에 흰색 스포츠칼라 셔츠를 받쳐 입은 차림이었다. 머리는 깔끔히 빗어 뒤로 넘겨 포니테일로 묶었다. 전에 봤을 때와 완전히 다른 사람 같았다. 어쩌면 그게 대크의 의도인지도 몰랐다.

"마음에 드세요?" 대크가 그림을 가리키며 물었다.

"예. 알렉스가 그린 거죠?"

"어떻게 아셨죠?"

"화실에서 알렉스랑 얘기 나눴는데 그때 몇 점 봤습니다. 그런데 이것들은 좀 다르네요. 인어는 알렉스가 그렸다고 상상하기 힘들어요. 저렇게 어망에 잡아들인 인어를 상상했다고는, 저건 꼭—."

"—물고기 같다고요? 맞아요. 사실 알렉스는 별로 안 그리고 싶어했어요. 여기 주인의 아이디어였는데, 제시한 보수가 워낙 셌어요."

"저 집은요? 조슬린 포인트 맞죠?"

"맞습니다."

"폭풍이 닥쳐오는 걸 지켜보는 여자는요?"

"전형적인 뉴잉글랜드 지방 풍경이에요. 우리 조상들이 아마 저러고 서 있었을 겁니다. 알렉스는 상상력이 풍부하지만 커미션 맡기는 고객을 상대로는 좀 더 전통적인 테마를 그리는 편이에요."

대크는 디바인을 '예약' 표지가 놓여 있는 빈 테이블로 안내했다. 그들이 앉자마자 종업원이 물과 메뉴판을 들고 나타났다.

"어서 오세요, 실크웰 씨." 종업원이 말했다.

"베스, 이쪽은 트래비스 디바인 씨야. 내 친구니까 신경 좀 써줘요, 알겠죠?"

"그럼요."

'그야말로 조그만 연못의 대장 물고기 노릇이군.' 디바인이 속으로 뇌까렸다. 정장을 차려입은 이유도 설명이 되었다.

대크는 카베르네 한 잔을 주문했고 디바인은 IPA 생맥주를 골랐다.

"사람이 많네요." 디바인이 말문을 열었다.

"그럼요, 장사가 얼마나 잘되는지 몰라요."

디바인이 메뉴를 살피는데 가격이 눈에 들어왔다.

"기분 나쁘라고 하는 말은 아닌데, 아이들은 무상급식을 먹는 한적한 마을에서 어떻게 이런 가격을 매기고도 손님이 꽉 차는 겁니까?"

"동생이 그 얘기 했나 보네, 맞죠? 130퍼센트 가정 얘기요."

"예. 알렉스 얘기만 들어서는 이곳 경기가 그닥 좋지 않은 것 같던데요."

"걔는 옛날부터 부정적인 면만 보는 애였어요. 실은 코로나 때문에 모든 게 변했어요. 보스턴이랑 뉴욕, 마이애미, 시애틀, 시카고, 엘에이, 샌프란시스코뿐 아니라 생활물가가 엄청 높은 다른 대도시들에서도 거의 천 가구 가까이 이리로 이주해왔어요. 원격 근무가 가능한 사람들이고, 그러면서 메인 토박이들 대부분이 버는 것의 몇 배 수입을 벌고, 여기서 헐값에 집을 짓거나 사들여요. 여기가 미국에서 가장 싼 바닷가라나. 부동산 중개인 말로는 그래요."

"이쪽 해안에 뭘 짓는 건 못 봤는데요."

"여기서 한 1.5킬로미터 떨어진 데서 부동산 붐이 시작됐지만 언젠간 여기까지 닿을 거예요. 일부는 내륙에서 진행 중이고요." 대크가 주위를 둘러봤다. "오늘 밤 여기 손님들 대부분은 제가 '원격근무자'라고 부르는 부류예요. 정부가 연방 예산으로 어마무시하게 빠른 광대역을 깔았거든요. 그게 이 고학력 고수입 인구를 불러들이는 데 결정적이었어요. 게다가 그렇게 온 사람들이 뿌리를 내리고 있어요.

이 식당 직원들은 다 여기 출신이거든요. 그런데 리얼 푸드는 생활이 가능한 수준의 임금을 지급하고, 직원들은 건강보험이랑 퇴직금도 보장받아요."

"잘된 일이군요. 날씨는요?"

"하, 시카고나 보스턴, 뉴욕은 뭐 안 춥나요? 그리고 여름에 마이애미나 피닉스, 휴스턴에 있고 싶어 하는 사람 있어요? 여기도 여름엔 덥긴 하지만 그 정도까진 아니고, 바다에 인접해서 오히려 겨울에 더 견딜 만해요. 거기다 돈까지 왕창 모을 수 있다? 그럼 고민할 것도 없죠. 게다가 해변 호텔이며 스파 리조트, 그리고 새로 주거용 단지까지 지으려고 개발업자들이 몰려들고 있어요. 그게 성사되면 이 지역은 호황을 맞을 거고 그러면 그 전에 부동산을 사놓은 사람들은 떼부자가 될 겁니다. 여기는 침식되는 모래사장 대신 견고한 바위 해안이라서 해수면이 상승해도 집들이 무너져서 바다에 잠기지는 않을 거예요. 적어도 꽤 오랫동안은. 그러니 그런 걱정 없이 최저 가격으로 들어와서 오션뷰를 즐기며 살 수 있는 거죠. 초등학교랑 고등학교도 새로 지을 거래요. 스타트업 창업도 연중 활발하고, 저도 이 식당처럼 제가 성장 전망을 점친 사업들에 투자하고 있어요. 벌써 투자금의 열 배를 회수했어요. 제가 보기엔 코로나 터지고 유일하게 좋은 점이에요."

"제니도 그런 일들에 개입했습니까?"

"아니요. 제가 얘기는 꺼내봤는데, 누나는 정부 쪽 사람이잖아요. 이쪽에 흘러드는 돈 일부는 연방 기금이거든요. 누나는 이해충돌의 위험을 감수할 입장이 아니었어요."

"그렇군요, 이해됩니다."

"아까 말한 바닷가 호텔 있잖아요? 그걸 어디에 지으려고 간 보는 중인지 아세요?"

"설마 조슬린 포인트?"

대크가 자못 의기양양한 웃음을 지으며 고개를 끄덕였다. "개발자들하고 사전 미팅도 이미 진행했어요. 집 자체는 값이 많이 안 나가지만 바다 바로 앞에 우리 땅이 엄청 많아서 상당히 그럴싸한 건물에 편의시설까지 들일 견적이 나와요. 심지어 주거단지랑 소매 점포들도 들어올 수 있어요. 그쪽에서 제시한 금액이 어느 수준인 줄 아세요? 하이럼 실크웰도 제 그림자에 가려질 정도예요."

"잘됐군요. 그럼 제니가 죽었으니 당신하고 알렉스가 그 재산을 나눠 갖겠네요."

그러자 대크가 디바인을 노려봤다. "무슨 소리를 하려는 겁니까?"

"딱히 무슨 소리를 하려는 건 아니고. 그냥 상황을 파악하려는 겁니다."

대크가 받아쳤다. "그럼 이거나 **파악**하시죠. 집 팔고 나온 누나의 몫은, 만약 팔게 된다면 말인데, 멸종위기동물 보존보호기금에 기부될 겁니다."

"왜죠?"

"누나가 그걸 원했을 걸 아니까요. 그러니 내가 돈 때문에 누나를 제거했을 거란 생각은 추호도 마십쇼. 그 건만 성사돼도 우리 남매가 평생 다 쓰지도 못할 돈이 생길 텐데 뭐 하러 그럽니까."

"확실히 해줘서 고맙습니다. 제니가 죽었다는 얘기는 언제 들었습니까?"

"그날 밤엔 보스턴에 있었어요. 퍼트넘에 지점을 내고 싶은 사업이 있어서 미팅 차 출장 갔거든요. 흔한 헬스클럽 프랜차이즈예요. 건강한 사람들이 건강한 공동체를 만드니까. 근데 하퍼 서장님한테 전화가 온 겁니다. 호텔방에서 자고 있는데 전화가 울렸어요. 정말 무서웠죠. 새벽 세 시인가 그랬을걸요." 대크는 술잔으로 시선을 떨궜다. "처음엔 아버지가 가셨다는 건 줄 알았어요. 한동안 각오하고 있었거든요."

"그랬겠군요." 디바인이 조용히 말했다.

대크가 고개를 저으며 말을 이었다. "누나일 줄은 꿈에도 몰랐어요. 도저히 믿기지 않았어요. 서장님이 정신 나간 줄 알았어요. 누나가 고향에 온 줄도 몰랐으니까. 우리가 어릴 때만큼 친하진 않지만 누나는 보통 집에 오면 온다고 알려줬다고요."

"이번엔 왜 말을 안 했는지 짐작되는 바 있습니까?"

대크는 고개를 저었다. "그 전화를 받은 이후로 계속 왜 그랬을까 생각했어요. 사실 누나는 연중 이맘때에는 집에 잘 안 와요. 와서 딱히 할 것도 없으니까. 가끔 앞바다로 보트 타고 나가는 정도? 누나는 바다낚시도 좋아했어요. 그런데 이맘때는 원래 아무도 바다낚시 안 해요. 아니면 산책 가거나 자전거 타고 돌아다니거나 하이킹을 갔죠. 근데 그것들도 마찬가지로 여름이나 가을에 하는 게 나아요. 누나도 보통은 여름에 왔어요. 몇 번 만나서 아버지 얘기도 하고 옛날 얘기도 하고 그랬죠. 진짜 잘 지내는 것 같았는데."

"평소와 다른 얘기는 없었습니까? 여기 매듭짓지 못한 일이 있다거나."

"매듭짓지 못한 일요? 예를 들면 뭐요?"

"나야 모르죠. 그래서 묻는 거 아닙니까."

"아뇨, 그런 얘기 없었어요. 누나는 뭐랄까, 그냥 늘 봐오던 누나 같았어요."

"알렉스는요? 제니가 죽었을 때 알렉스는 어디에 있었죠?"

디바인은 그걸 알렉스에게 묻는 걸 깜빡했는데, 나중에 물어보고 대크의 답변과 비교해보는 것도 좋을 성싶었다.

"밤에 그 시간이면 집에서 잠들어 있었을걸요."

"동생이랑 그 얘기 안 했습니까?"

"솔직히 말하면 알렉스랑 대화를 잘 안 해요."

"알렉스한테 무슨 일이 있었던 겁니까?"

대크가 심란한 표정을 지었다. "무슨 뜻입니까?"

"알렉스가 몇 년 전 폭행을 당했다고 들었습니다. 범인은 끝내 잡히지 않았다고요. 그 일로 알렉스가 많이 변했다고."

"누구한테 들으셨습니까?"

"사실이 아닙니까?"

대크는 남은 술을 마저 마셨다. "사실 맞습니다. 그런데 알렉스는 그냥 폭행만 당한 게 아닙니다. **강간당하고** 죽도록 맞고 그대로 버려졌어요."

디바인은 움찔했다. 하비 왓킨스는 알렉스가 **강간당했다**는 말은 하지 않았는데. 어쩌면 왓킨스도 몰랐을 수 있었다. 사건 자체가 조용히 묻혔다고 했으니까.

"알렉스가 범인을 특정하지 못했나요?"

"왜인지 모르겠지만, 그러지 못했어요. 저도 이유를 알아내지 못했고요."

"안 물어봤습니까?"

"저희 부대가 독일에 배치돼 있었거든요. 시간대가 다르니 여기 상황을 계속 파악하고 있기가 어려웠어요. 휴가를 받아서 집에 오려고 했는데 동생이 성폭행당한 건 육군이 보기에 휴가를 허가할 만큼 큰일이 아니었나 봐요. 한참 후 겨우 나왔을 때는 다들 입을 꾹 다물고 그 얘기를 피했어요. 눈치만 보면서 쉬쉬하더라고요."

"알렉스는 달려져 있었고요?"

"예, 달려져도 그렇게 달라질 수가 없었죠. 내 언젠가 그 새끼를 잡기만 하면—."

"단서도 뭣도 없었습니까?"

"그랬나 봅니다. 경찰은 외지인 소행이라고 결론 내렸어요."

디바인은 대화의 방향을 바꿔보기로 했다. "애니 파머를 압니까?"

대크가 의심 어린 얼굴로 그를 봤다. "그건 왜 물으시죠?"

"이 마을하고 돌아가는 분위기를 최대한 파악하려고 그럽니다."

"애니 알죠. 사실 몇 년 전 만나다 말다 한 사이예요."

"잘 안 됐나 보죠?"

"무슨 결혼 전제로 만난 것도 아니고 그냥 재미 좀 보려고 그런 건데요."

"그래서 재미 봤습니까?"

"그럼요, 애니는 쿨한 여자였다구요. 착한 여자. 왜요, 애니가 다르게 얘기해요?"

"아니요, 애니하고는 당신 얘기를 하지도 않았습니다." 디바인이 말했다.

"제가 여자를 좀 많이 만났습니다. 누구를 만나든 서로 만족스러운 시간을 보냈고요. 여기서는 그게 중요해요. 그런 즐거움조차 없으면 미쳐버리거든요."

"투자한 사업도 여럿 있잖습니까."

"사업은 사업이고 즐기는 건 즐기는 거죠."

디바인은 이쯤 해서 이야기의 물꼬를 돌렸다. "어떤 기준으로 투자합니까? 잉여현금흐름을 몇 년 치를 봅니까? 최소 투자수익률은요? 성장 전망은? 보통의 엑시트 전략을 따르나요, 아니면 주기적으로 포트폴리오를 재구성합니까? 스톱로스 계획은 어떻게 됩니까? 단독으로 투자합니까, 아니면 펀드나 조합을 통해서 합니까?"

"재무제표랑 손익계산서깨나 들여다본 분처럼 말씀하시네요."

"MBA 땄고 한동안 월가에서 일했습니다."

"대체 그 바닥을 왜 떠난 거예요? 월가에 입성했으면 돈을 억수로 벌었다는 얘긴데."

"일이 나한테 안 맞아서요."

"그렇군요." 대크가 믿을 수 없다는 투로 대꾸했다. "재정 후원자들이 좀 있습니다. 보스턴에 출장 간 다른 이유가 그거였어요. 여태 투자 성과가 받쳐줘서 그쪽도 저를 믿어주거든요. 우리는 18개월 안에 이익을 내는 걸 선호합니다. 단, 건별로 조정의 여지는 있죠. 더 빨리 발을 빼거나 더 오래 투자할 설득력 있는 이유가 있지 않은 한 5년 안에 엑시트한다는 주의예요. 유연한 대처가 핵심입니다. 투자수익에 대한 기대치가 높아요. 최소가 백 퍼센트예요. 목표를 크게 세우는 편이죠."

"주총 의석도 요구합니까?"

"우리는 항상 최소 1석을 차지하고, 투자 비율에 따라 늘리기도 합니다. 근데 아셔야 할 게, 애플이나 구글이 아니고 스타트업들이잖아요. 그쪽에서 우리의 전문성을 필요로 한다고요. 저는 보통 직접 개입하는 걸 선호하는데, 지난달에 벌써 스무 번째 투자 계약을 맺었어요. 나머지 열아홉 건은 딱 두 개만 빼고 다 대박 났고요."

"월가 금융맨들보다 성공률이 훨씬 높은데요?"

"실제로 돈을 투자하기 전에 사업계획을 철저히 분석하고 사람들도 직접 만나보거든요. 그런 다음 여기서 내가 투자한 사업을 지켜보다가 필요할 때 개입하거나 투자금을 빼죠."

"다른 데로 갈 생각은 해본 적 없습니까?"

"매일 매시간 해요. 하지만 시간은 내 편이고 계획도 있으니까. 아
주 원대한 계획요."

"새로운 실크웰 제국을 일굴 작정인가요?"

"새로운 대크 제국요."

두 남자는 식사를 마친 뒤 각자 갈 길을 갔다.

여관으로 걸어서 돌아가는 길에 디바인은 구름이 몰려드는 하늘
을 올려다봤다. 바람도 거세지고 있었다. 폭풍 전선이 다가오면서
기압이 떨어지는 게 느껴졌다. 한데 절반쯤 갔을 때 퍼트넘에서도
유독 외진 구석의 그림자 속에서 세 남자가 튀어나와 그를 막아섰
다. 술집에서 따라 나왔던 치들처럼 술에 잔뜩 취한 멍청한 동네 한
량들이 아니었다. 한 가지 이유로 그들은 즉시 디바인의 주의를 끌
었다.

'전투에 임하기 직전의 나를 보는 것 같군. 침착하고 초집중한 상
태에 인간병기 모드라는 점에서.'

27장

    총 세 자루 대 한 자루는 실현되지도 않은 싸움을 시작과 동시에 끝내버렸다. 디바인은 무기를 빼앗기고 골목길로 끌려간 후 손이 등 뒤에서 케이블 타이로 결박당했고 이어서 거기 주차돼 있던 창이 코팅된 SUV에 강제로 태워졌다. 머리에 주머니가 씌워지거나 눈이 가려지지는 않았다.

    '내가 돌아오지 못할 걸 아니까 가는 길을 봐둬도 개의치 않는다는 거지.'

    디바인은 세 남자를 관찰했다. 한 명이 운전하고 둘은 디바인의 양옆에 앉았다. 그들은 말을 한마디도 하지 않았다. 무기와 수신호로만 의사를 전달했다.

    셋 중 둘은 중동 출신인 듯했고 나머지 한 명은 확실히 아시아인이었다. 이건 그들에게 일이었고 그들은 일을 해치우는 데 가장 이상적인 기술을 동원했다. 셋 모두 키 183센티 정도에 몸은 보통 사람들이 힘과 전투력을 상징한다고 믿는 툭 불거진 과시적 근육 없이 호리호리하고 탄탄했다.

그런 믿음은 사실과 더 이상 멀 수 없다는 걸 디바인은 잘 알았다. 물론 힘이 세면 그만큼 튼튼하고 오래 살겠지만, 키 195센티미터에 식스팩 복근은 물론이요 볼링공만 한 이두근 사두근을 자랑하는 치들이 키 작고 비쩍 말랐으면서 손톱만큼의 가책도 느끼지 않고 사람을 망가뜨릴 정확한 방법을 알고 있는 이에게 깨지는 걸 수없이 여러 번 목격했다. 그런 마음가짐 덕분에 그들은 예측 불가한 방식으로 위험하며, 결정적으로는, 0.1초 더 빠르게 움직였다. 목숨을 건 싸움에서 그건 정말이지 치명적인 차이였다.

세 남자 중 누구도 디바인을 쳐다보지 않았다. 디바인이 나중에 그들을 알아볼까 봐 그런 게 아니라 아마 지루해서 그런 듯했다. 이건 어디까지나 일이고 어려운 부분—납치—은 이미 순조롭게 해치웠으니 말이다. 이제 처형 단계가 남았는데, 그건 이 일에서 가장 쉬운 요소일 것이었다. 다 해치우면 그들은 다음 임무로 넘어갈 것이다. 제네바발 열차에서 만난 알파와 브라보 2인조와 이보다 더 다를 수 없었다. 2인조는 총에 의존했다. 그게 뜻대로 안 풀리자 그 순간부터 그들은 디바인 같은 사람, 즉 싸움에 도가 튼 사람에게 다 된 밥이나 마찬가지였다.

차는 어느새 마을을 벗어났고, 짐작컨대 해안도로를 따라 남쪽으로 가는 것 같았다. 그렇게 20분쯤 달리더니 도로를 벗어나 울퉁불퉁한 비포장도로를 달리기 시작했다. 거기서 한 번 더 옆길로 빠져 150미터쯤 잘그락대는 자갈길을 달린 후에야 멈췄다.

디바인은 똑바로 서 있다기보다 무너지고 있는 쪽에 가까운 작은 목조가옥 안으로 끌려갔다. 외벽의 갈라진 틈으로 찬 공기가 솔솔 들어오는 게 느껴졌다. 그는 걸음을 재촉당해 양측이 막힌 계단을 올라가 다시 복도를 따라갔고, 한복판에 의자 하나 말고는 가구나 장식이 전혀 없는 방으로 떠밀려 들어갔다. 그 의자에 주저앉혀지고 덕트테이프로 의자에 묶였다. 이미 양손이 케이블 타이로 묶여 있으니 이제 완전히 옴짝달싹 못 하게 된 꼴이었다.

그는 '뇌리에 각인하기' 정찰법으로 방 안을 둘러봤다. 짧은 시간 안에 최대한 많은 디테일을 관찰하고 나중에 필요에 따라 기억해내는 기술이었다. 정찰 결과 그는 방에는 활짝 열려 있거나 유리가 없어서 커튼이 펄럭이는 창이 하나 있음을 인식했다. 바닥은 나무판자로 시공되어 있었다. 유일한 출입구는 그들이 들어온 문이었다. 벽들은 전부 석회 미장 벽으로 보였다. 못 하나가 석회벽에서 툭 튀어나와 있었는데 아마 사진이 걸려 있었던 것 같았다. 의자는 팔걸이가 가느다란 흔한 나무 의자였다. 원래 이 집에 있었을 수도 있고 아니면 디바인의 처형대로 쓰려고 저들이 고물상에서 사다 놓은 것일 수도 있었다. 그의 100킬로그램 체중을 지탱하기엔 너무 연약하게 느껴졌다.

무기로 동원할 만한 게 거의 없었는데, 아마 그런 선택지는 애초에 기대하지 말아야 할 것 같았다. 세 남자를 보고 있자니 웨스트포인트 시절 어느 교관이 가르쳐준 마크 트웨인 인용구가 떠올랐다. '모든 동물 중 인간만이 유일하게 잔인하다. 인간은 남에게 고통을 주면서 쾌락을 얻는 유일한 종이다.'

저들이 이런 일을 하면서 쾌락을 얻는지는 모르겠지만 디바인의 목숨을 끊은 대가로 받을 보수에서 쾌락을 얻으리라는 것은 알 수 있었다.

움직이는 표적의 명중률은 4퍼센트도 안 되고 살상률은 100분의 1 미만이었다. 문제는 디바인이 정지한 표적이라는 것이었다. 그는 자신에 대한 살상률을 거의 100퍼센트로 산출했다.

　디바인은 때로 천장 응시하기 테라피를 하면서 이런 시나리오를 머릿속에 영사해보곤 했다. 탈출로 없음. 최후의 발악. 끝. 그래도 보통 사람들이 맞이하는 별로 폭력적이지 않은 종말을 그렸었는데. 살려달라고 빌지 않을 건 이미 알고 있었다. 무용한 짓에 마지막 숨을 낭비할 생각은 추호도 없었다.

　그는 군 복무 시절 두 번 죽음의 문턱까지 갔었고 민간인이 되어서도 한 차례 그런 경험을 했다. 매번 생의 기운이 서서히 빠져나가면서 그 순간이 생생히 의식됐던 게 떠올랐다. 통증을 느낀 건 당연하고 죽어가는 사람이 갑자기 느낀다는, 끝이 목전에 닥친 느낌을 생생히 경험했다. 그것은 뇌가 제 존재의 종말을, 그리고 그 인간의 종말을 어떻게든 유예하려고 온갖 종류의 화학물질을 혈중에 분비해서 생기는 현상이었다. 그러다 모든 희망이 사라지면 뇌는 신체의 장기를 차례대로 착착 끄기 시작하고 마지막 순간에는 전원을 꺼버린다. 이 과정은 몇 분이 아닌 몇 초 만에 이루어진다.

　디바인은 그 모든 단계를 이미 세 차례나 겪어봤고, 그런 경험 덕에 더욱 단단해진 정신력으로 곧 닥치리라 예상되는 일에 대비했다.

　기욤 박사가 뭐라고 했더라? 실크웰의 죽음이 즉각적이었다고 했지. 뇌가 생이 끝난 걸 알아채기도 전에 숨이 끊어졌을 거라고.

　하지만 실제로는 그렇게 전개되지 않았다. 제니 실크웰은 저격수를, 자신의 살인범을 똑바로 바라보고 있었다. 지금 디바인이 앞의 세 냉혈한을 보고 있는 것처럼. 실크웰은 곧 어떤 일이 벌어질지 알았다. 우리의 뇌는, 그에 따라 **우리는**, 자신의 종말이 닥쳤음을 알기 마련이다. 디바인은 실크웰이 무슨 생각을 했을지 궁금했다. 패닉에 빠져 살려달라고 빌었을까? 감정을 주체 못 하고 흐느껴 울었을까?

아니, 실크웰은 그런 모습은 보이지 않았을 것이다. 그 순간까지 쌓아온 세월의 모든 행적이 실크웰이 통제를 놓지 않는 인간임을 말해주었다. 자신을 죽이려는 사람을 침착하게, 심지어 반항기 어린 냉담함으로, 어쩌면 의도했던 순간보다 더 일찍 방아쇠를 당기도록 부추기면서 똑바로 바라봤을 것이다. 그 사람이 자신의 종말을 불러올 도구가 될 텐데도 마지막으로 한 번 더, 상대방보다 우위를, 일말의 통제권을 차지하기 위해.

디바인도 현실에서 한 발 떨어진 차분한 태도로 세 남자를 마주 봤다. 자기들이 하려는 짓이 그를 흔들어놓았다는 만족감을 한 방울도 맛보지 못하게 할 작정이었다.

'탭 달고 스크롤도 딴 레인저답게 가라.'

한데 그들은 방아쇠를 당겨 그를 끝장내지 않았다. 그를 그냥 거기에 버려뒀다.

디바인은 세 쌍의 발이 복도를 지나 아래층으로 내려가는 소리를 들었다.

그것만 빼면 흠잡을 데 없었을 임무에 그들은 오늘 밤 첫 번째 실책을 얻어버렸다.

하지만 디바인이 보기에는 엄청난 실책이었다.

그를 혼자 남겨둔 것이다.

산 채로.

28장

　보통 사람들은 덕트테이프로 꽁꽁 묶이면 결박 테이프를 잡아당기느라 온 힘을 소진하는데, 그러면 마치 거미줄에 걸려든 파리처럼 결박을 더 단단히 조이는 결과를 초래할 뿐이다. 하지만 덕트테이프는, 그런 물건들이 으레 그렇듯, 취약점이 하나 있었다.

　한 점에 집중된 즉각적 회전력.

　그걸 염두에 두고서 디바인은 몸을 최대한 뒤로 뺐다가 끌어모을 수 있는 최대의 힘을 가해 상체를 앞으로 내던졌다.

　덕트테이프가 몇 군데 약한 지점에서 찢어졌다. 디바인은 그 소음을 누가 듣지는 않았는지 확인하느라 지체하지 않았다. 그럴 시간에 다른 걸 하는 게 나았다.

　일어선 그는 몸을 홱 비틀어 아직 붙어 있는 테이프 조각들을 떼어냈다.

　그런 다음 바닥에 앉았다. 디바인은 덩치와 근육에도 불구하고 몸이 꽤 부드럽고 관절이 유연했다. 타고난 건 아니고 어쩌다 보니 그런 것도 아니었다. 노력해서 그렇게 된 거였다.

그는 두 손을 엉덩이 밑으로 내린 다음 무릎 뒤 오금과 장딴지를 지나 발밑으로 통과시켰고 마침내 앞으로 빼냈다. 팔을 들어 케이블 타이를 잘 살펴봤다. 검은색이고 경찰이 쓰는 수준의 품질이었다. 즉, 흔히 떠올리는 유의 장비보다 두꺼운 케이블 타이였다.

이런 종류는 회전력에 잘 끊어지기도 했는데, 단 약한 지점을 잘 찾아 힘을 가해야 했다.

디바인은 이로 타이 매듭을 당겨 그 부분이 맞닿은 손목의 가운데에 오게 했다. 그런 다음 한 번 더 이를 사용해 타이를 최대한 꽉 조였다. 그러고 다시 의자에 앉아 팔을 머리 위로 쳐들었다가 아드레날린 때문에 순간적으로 솟은 힘을 있는 대로 끌어모아 아래로 휙 내렸다. 두 팔이 양 옆구리를 지나 등 뒤로 빠졌다. 가장 취약한 지점에 집중된 비틀림을 견디지 못한 케이블 타이가 맞물린 부위에서 뚝 끊긴 것이다.

잇따른 성공을 기뻐할 여유 따위 없었다. 디바인은 바로 창가로 가 밖을 내다봤다. 창의 하단은 무슨 이유에선지 제거되었지만 상단은 아직 달려 있었다. 하지만 디바인이 주목한 건 그게 아니었다.

누군가 새것으로 보이는 막대들을 외벽에 덧대서 그가 있는 방을 사실상 감방으로 만들어놓았다. 그리로는 나가지 못하게 생겼으니 힘든 방법으로 빠져나가야 할 듯했다.

그는 돌아서 덕트테이프를 버려둔 곳으로 가 테이프를 길게 몇 가닥 뜯어냈고 그걸 동원해 힘을 좀 써서 벽에 박힌 긴 못을 뽑아낸 다음 도로 창가로 달려갔다. 폭풍이 본격적으로 몰아닥치고 있었고 근처에서 번개도 번쩍 쳤다. 디바인은 팔꿈치를 창 높이로 들고 잠시 기다렸다. 그러다 귀가 멀 듯 천둥이 치는 순간 팔꿈치로 유리를 쳤다. 유리가 와장창 깨졌고 디바인은 테이프로 길고 뾰족한 조각 하나를 떼어냈다. 손을 베지 않고도 거머쥘 수 있도록 조각 상단에 테이프를 둘둘 감았다.

그는 못을 뾰족한 부분이 비죽 튀어나오도록 손가락 사이에 끼웠다.

그러고는 천천히 문을 열었다. 아까 문에서 끼익 소리가 나는 걸 들었기에 아주 조금씩 열었다. 아까 끌려 올라왔을 때 복도를 따라 난 다른 방의 문이 살짝 열려 있는 걸 봐둔 터였다. 등 뒤로 문을 닫고 기어서 복도 저편의 문으로 갔다. 문을 조금만 더 열고 그 틈으로 방에 들어간 후 원래 위치로 밀어놓았다.

문틈으로 복도를 내다봤다. 계단을 올라오는 사람이 시야에 완벽히 들어오는 각도였고, 그 사람이 디바인이 잡혀 있던 방 쪽으로 돌아서면 디바인에게 등을 보이게 되어 있었다.

밖에 다른 차가 와서 서는 소리가 들렸다. 디바인이 지금 있는 방은 창이 없었다. 하지만 빗속에 달려오는 발소리와 현관문이 열리는 소리가 들렸다. 목소리도 들렸는데 몇 사람은 영어로 말하고 또 어떤 사람은 외국어로 이야기했다. 디바인은 페르시아어와 아랍어를 회화가 가능한 수준으로 알았지만 오랫동안 쓰지 않아 실력이 녹슨 상태였다. 상관없었다. 상대는 나지막한 음성으로 아주 빠르게 얘기하고 있었으니까.

디바인이 몸의 긴장을 풀고 전투용 호흡을 하는데 마침 계단을 오르는 발소리가 들렸다. 두 쌍의 발걸음, 두 명이었다.

문틈으로 맨 앞에 선 아시아인의 얼굴과 바로 뒤따라오는, 중동인 중 한 명이 보였다. 그들이 층계참에 이르러 오른쪽으로, 그러니까 디바인에게 등을 보이게 돌아섰다. 정확히 그가 의도한 대로.

디바인은 이제 완전히 자동조종 모드였다. 비인지 능력 발휘라고

하는 상태였다. 분석과 그 분석에 기반한 행동을 둘 다 무수히 반복하고 또 실전에서도 수없이 여러 번 실행한 덕에 뇌 기억과 근육 기억이 완벽의 경지에 가까워진 것이다.

인간의 몸에는 신체 기능을 무력화하는 반사작용 손상을 야기하는 부위가 대략 75군데 있음을 그는 알고 있었다. 이제 그가 해야 할 일은 이 상황에서 바로 그런 부위 몇 군데를 판별해 바로 그런 손상을 가하는 것이었다. 그것도 신속하고, 기습적이고, 압도적인 파괴력으로.

사자가 항상 목을 노리는 데에는 다 이유가 있었다.

철저히 소리 안 나게 해치우고 싶지만 상대가 두 명인 게 문제였다. 게다가 아래층에 최소 두 명 더, 그러니까 세 번째 인물과 누군지 몰라도 방금 막 들어온 사람이 있었다.

디바인은 일부러 자신이 중동인의 주변시에 잡히는 각도로 복도로 나갔다. 그렇게 하면 디바인이 노리는 표적 부위를 노출시킬 수 있어서였다.

중동인이 몸을 돌린 순간 유리조각 칼이 그의 목을 그어 비명도 못 지르게 숨통을 끊어버렸다. 푹 들어간 칼은 목혈관신경집도 절단했다. 피의 분수가 맞은편 벽을 붉은 물감을 흩뿌린 듯 장식했고 디바인도 온몸에 피를 뒤집어썼다.

앞장선 남자가 총을 뽑았을 때 이미 디바인은 공격에 나서고 있었고, 이번에는 못이 그의 숨통을 찔렀다. 남자가 움찔하며 총을 떨어뜨렸고, 소리는 못 내고 숨만 헐떡거렸다. 이어서 디바인은 먼저 처치한 놈의 목에서 유리칼을 뽑아낸 뒤 몸을 빙글 돌려 그걸로 두 번째 놈의 경동맥을 끊어버렸다. 그리고 쓰러지는 그를 붙잡아, 마지막 컥컥대는 숨을 뱉으며 짝꿍과 죽음 너머에서 조우하는 그를 살며시 바닥에 눕혔다.

타격 소음과 바닥에 쓰러지는 소리는 다행히 거센 폭풍의 굉음에 대부분 가려졌다.

디바인은 두 남자의 몸을 수색해 자신의 핸드폰과 총을 되찾았다.

그는 하퍼와 퍼스에게 재빨리 문자를 보내 무슨 일이 있었는지 그리고 현재 대강의 위치가 어디인지 알렸고 핸드폰을 추적하면 알 수 있을 거라고 덧붙였다. 캠벨에게도 메시지를 보내려는 찰나 아래층에서 다른 남자가 페르시아어로 동료를 불렀다.

디바인은 목소리를 깔고 페르시아어로 대충 "금방 내려갈게"라고 대꾸했다.

그러고 다른 중동인이 계단 위로 머리를 내밀자마자 그의 머리에 총알 두 방을 박았다. 죽은 자는 뒤 벽에 자기 피를 칠하며 푹 쓰러졌다.

그러자—여자가 낸 듯한—비명이 들려왔고, 곧 MP5 총구가 계단에 빼꼼 나타나 자동사격 모드로 탄을 마구 분사하는 바람에 디바인은 옆으로 몸을 날렸다.

갑자기 누군가 달아나는 소리가 들렸고 디바인은 벌떡 일어섰다.

그는 조심조심 층계를 내려와 모퉁이 너머를 슬쩍 내다봤다. 또 총성이 터지자 몸을 확 낮추었다. 이윽고 차가 출발하는 소리를 듣고서 디바인은 현관으로 냅다 튀어가 테라스로 뛰쳐나갔지만 하늘에서 폭풍이 여전히 기승을 부리는 가운데 전속력으로 도주하는 SUV의 미등 불빛만 겨우 보였다.

디바인은 계단 아래 죽어 있는 남자에게 달려갔다. 여기 오는 길에 운전했던 자였다. 그의 호주머니에서 자동차 열쇠를 뽑아 들고 다시 뛰쳐나갔다. 곧바로 SUV에 올라타 시동을 걸고 후진하기 시작했다. 그러나 차가 심하게 휘청거려 기어를 주차로 해놓고 즉시 내려야 했다.

차를 빙 돌아 뒤로 가는데 분노가 점점 끓어올랐다.

상대방이 도주하기 전에 타이어 네 개를 다 총으로 쏴버린 것이었다. 아까 들은 총성이 그거였다.

디바인은 SUV의 펜더에 축 늘어져 기댄 채 비가 몸을 흠뻑 적시게 내버려두었다.

놈들을 놓쳤지만 한 가지 만족할 점은 있었다.

'나는 살아남았어.'

29장

디바인은 안에 사람 셋이 죽어 있는 집의 현관 앞 계단에 앉아 있었다.

그리고 그 낡은 판잣집 오른편에 막 자란 덤불 뒤에서 누군가 토하는 소리를 듣고 있었다.

곧 웬디 퍼스 경사가 탈진한 얼굴로 입가를 훔치며 나타났다.

"맙소사, 디바인." 퍼스가 바닥에 침을 탁 뱉고는 남의 피로 흠뻑 젖은 그의 옷을 훑어봤다.

현관으로 나온 하퍼가 니트릴 장갑을 신경질적으로 벗고 디바인을 노려봤다.

"어떻게 **저 난리에서** 살아 나온 겁니까?"

"이 나라 육군의 빡센 훈련 덕분입니다."

하퍼가 집 쪽을 흘긋 보며 말했다. "카운티 경찰이랑 주 경찰에 보고해야겠어요. 우리 관할권을 넘어선 일 같으니."

"얼마든지 그러십쇼."

"요원도 그쪽에 연락할 겁니까?" 하퍼가 물었다. "왜냐면, 저 시체들을 보니 왠지…… **연방 당국**이 나설 일 같아서요."

"이미 했고, 오고 있답니다."

"그럼 우리는 현장 봉쇄하고 그쪽 사람들을 기다리면 되는 겁니까?"

"저라면 그렇게 하겠습니다." 디바인이 말했다. "그리고, 시내까지 태워줄 사람이 필요합니다."

"요원한테 진술 받아야 하는데요." 퍼스가 말하더니 콧잔등을 찡그리며 배를 살살 문질렀다.

"진술은 시내에 가서 드리겠습니다."

하퍼가 재빨리 말했다. "그럼 내가 데려다 드리지요. 웬디, 저쪽 사람들 올 때까지 현장을 지켜."

퍼스는 세상에서 제일 하기 싫은 일을 지시받은 표정이었지만 근성 있게 고개를 끄덕이고 대답했다. "알겠습니다. 서장님."

"나는 카운티랑 주 경찰에 무선 연락해서 상황을 알리지." 그러더니 하퍼는 서둘러 순찰차로 가버렸다.

퍼스가 디바인에게 다가와 그를 올려다봤다. "**정말로** 저 사람들을 다 죽였습니까?"

"안 그랬다면 여기 서서 얘기하고 있지 못 했겠죠."

"살아 나온 게 기적이네요."

"아뇨, 기적이 아니라 꾸준한 훈련과 심도 있는 반복연습, 주저 없는 실행 덕입니다."

"하, 주저 없이 **처단**한 건 분명해 보이네요."

하지만 디바인은 듣고 있지 않았다. 하나의 가능성에서 다른 가능성으로 비약하며 한 수 앞을 예측하고 있었다. '제니 실크웰 사건

수사와 관련된 걸까? 숙소 창밖에서 나를 저격한 자가 이번 일에도 개입돼 있을까?

아니면 실크웰과 전혀 상관없고 나하고만 엮인 사건인가?'

. . .

퍼트넘에 돌아온 디바인은 하퍼에게 사건 진술을 했다. 그리고 숙소로 돌아가 특별히 몸을 박박 밀면서 샤워하고 깨끗한 옷으로 갈아입은 다음 더 자세히 보고하기 위해 캠벨에게 전화했다. 늦은 시간이었지만 음성 메시지를 남기면 되니까. 하지만 캠벨은 두 번째 신호음에 전화를 받았다.

"흠, 갈수록 미궁이로군." 보고를 마치자 캠벨이 말했다.

"중요한 건 이거겠죠. 실크웰 사건과 관련 있는가 아니면 전혀 다른 사건, 그러니까 저를 노린 사건인가?"

"제네바에서 마주친 일당을 염두에 두고 하는 말인가?"

"놈들은 페르시아어를 썼고, 이번 현장에서 여자 목소리를 들었습니다."

"열차의 그 여자라고 생각하는 건가?"

"그럴 가능성이 있습니다."

"놈들이 어떻게 그렇게 빨리 추적해냈지?"

"한 가지 가능성밖에 없습니다."

캠벨이 말했다. "잠깐, **우리** 조직에 **스파이**가 있다는 건가?"

"종종 있는 일이잖습니까."

"그런 일은―."

디바인이 캠벨의 말을 끊었다. 첫째, 너무너무 피곤했고 둘째, 열

214

받았기 때문이었다. "제가 분명히 아는 건 중동인 둘과 아시아인 하나가 제가 정확히 어디 있는지 알았고 저를 없애는 데 성공할 뻔했다는 겁니다. 이유를 알아야겠습니다. 장군님도 알려고 하셔야 마땅하고요."

캠벨은 훌륭한 상관답게 그냥 이렇게만 말했다. "자네 말이 맞네. 당장 착수하지. 연락망 계속 열어두고, 뒤를 조심하게."

디바인은 핸드폰을 내려놓고 방 안을 둘러봤다. '그래. 뒤를 살펴야겠지. 하지만 그럼 내 앞은 누가 지켜주지?'

가장 좋은 시나리오는 이거였다. 디바인이 오늘 상대측 화력에 큰 데미지를 입혀서 상대가 전열을 가다듬으려고 후퇴하는 것. 그러면 이쪽도 시간을 벌 수 있었다. 게다가 상대는 연방 수사관들이 이번 일에 수사력을 집중할 걸 아마 알 테고, 그건 그들이 납작 엎드려 있을 또 하나의 이유였다.

최악의 시나리오는 상대가 더 독기를 품고서, 그렇게 빠른 반격은 디바인이 예상하지 못할 테니 못다 한 일을 끝내려고 오늘 밤 들이닥치는 것이었다.

대비해야 할 건 항상 최악의 시나리오였다.

디바인은 렌트한 차로 가 기어백을 꺼내 방으로 가지고 들어왔다. 10분 기다렸다가 방 불을 껐다. 어느새 비가 멎고 하늘도 개어 있었다. 아까보다 공기가 푸근하기까지 했다.

디바인은 누가 자기를 감시하고 있지 않나 해서 끊임없이 문과 창들을 살폈다. 그렇게 한 시간이 흘렀다. 그는 욕실 창을 열고 그 앞에 무릎 꿇고 앉아 자신에게 위해를 가할 만한 건 뭐든 포착하기 위해 5분간 눈과 귀를 열고 후각까지 총동원했다.

결과에 만족한 그는 창을 닫고 욕실에서 포복으로 빠져나왔다.

숙소 바깥으로 나와서 주도로와 나란히 400미터쯤 이동하다가 도로 쪽으로 방향을 틀면서 속도를 올렸다. 너무 빠르지도 않고 너무 느리지도 않은, 적정 페이스로 이동하는 데 최적화된 육군식 속보였다. 이렇게 하면 30킬로그램 군장을 등에 지고도 한도 끝도 없이 걸을 수 있었다.

조슬린 포인트에 이른 디바인은 주 진입로를 가볍게 달려 올라갔다. 여기까지, 기를 쓰고 또 모든 수법을 동원해 차나 사람에게 미행당하지 않도록 확실히 했다. 드론이 따라오지 않을까 해서 하늘까지 살폈다. 집 앞에 주문 제작한 방수커버가 씌워져 있는 대크의 할리가 보였다. 알렉스의 자전거는 여전히 지붕 덮인 테라스에 세워져 있었다.

디바인은 화실로 가 문고리를 돌려보았다. 잠겨 있었다. 그는 장비 가방에서 자물쇠를 따는 장비인 락픽 건을 꺼냈고, 20초 후 문을 열고 안으로 들어갔다.

어두컴컴한 실내를 둘러보면서 물감과 목탄연필 냄새 그리고 말라가는 점토 특유의 향이 배어 있는 걸 알아챘다. 여성용 샴푸와 보디워시 향도 났다. 나중에 혹시 중요하게 쓰일 정보일까 봐 지난번에 왔을 때 뇌에 각인해둔 냄새였다.

그 향이 난다는 건 알렉스가 화실에서 나간 지 얼마 안 됐다는 뜻이기도 했다.

디바인은 시간을 확인했다. 새벽 3시가 넘어 있었다.

사람들이 예술가를 두고 뭐라고 했더라? 뮤즈가 몇 시에 찾아오건 무조건 응해야 한다고 했지. 한창 작업 중인 작품들을 핸드폰 불빛을 비춰 둘러보면서 그는 한눈에 봐도 뛰어난 알렉스의 기술과 상상력에 감탄했다. 어느 작품이 더 낫다 할 것 없이 다 대단해 보였다.

그러다 전에는 못 본 스케치에 시선이 닿았다. 지난번에 왔을 때는 없었던 그림이었다.

턱선을 제대로 표현했고 눈매도 마찬가지였다. 움푹 팬 생각에 잠긴 눈. 화가 안 났는데도 노기를 띤 눈빛. 목은 그가 생각한 것보다, 어쨌든 머리와의 비율을 감안하면, 살짝 굵었지만 누구나 자기만의 해석이 있으니까.

그렇다 해도 당사자와 그리 오랜 시간을 보내지 않은 것치고 알렉스는 귀신같이 인물의 정수를 포착해냈다.

'나의 정수를.'

30장

"여기서 대체 뭐 하는 거예요?"

잠에서 깬 디바인이 일어나 앉았다. 천창으로 아침 햇살이 비쳐 들었다.

그는 바닥의 침낭에서 후다닥 일어나 알렉스 실크웰을 마주했다. 알렉스는 방금 한 말이 무색하게 별로 화나 보이지 않았고, 그보다는 그냥 궁금해하는 표정이었다.

그리고 약간 재밌어하는 것도 같았다.

알렉스는 지난번 화실에서 봤을 때와 똑같은 옷차림이었다. 그리고 젖은 머리칼이 얼굴을 감싸고 있었다. 디바인은 올린 머리보다 이쪽이 더 마음에 들었다. 올린 머리는 뭐랄까, 굳이 말하자면 일부러 꾸민 느낌이었다. 내린 머리는 더…… **본연의 모습**이라고 할까?

'그런 생각은 왜 하는 건데?'

"그래서, 뭐예요?" 알렉스가 이렇게 물으며 한쪽 눈썹을 치켜올렸다.

"시내에서 약간의 문제를 만났는데 숙소가 위험에 노출됐다고 판

218

단해서요."

"그래서 대신 **내** 화실을 위험에 노출하기로 한 거예요?"

"선택지가 많지 않았어요. 하지만 미행 안 당하게 확실히 했습니다."

"알았어요, 근데 하도 깊이 잠들어서 내가 아주 느긋하게 죽일 수도 있겠던데요."

디바인은 아무 대꾸도 하지 않았다. 알렉스의 말이 옳은 걸 알았기 때문이다.

그녀가 작업대 끄트머리에 엉덩이를 걸쳤다. "어떤 문젠데요?"

"웬 놈들이 내가 원치 않는 걸 억지로 시키려고 했어요."

"예를 들면?"

죽는다든가, 디바인은 속으로 대꾸했지만 겉으로는 이렇게 말했다. "별것 아닙니다."

"그 말이 왜 안 믿길까요?"

"그건 나도 모르지만, 얘기하고 싶다면 얼마든지 듣겠습니다."

알렉스가 그의 가벼운 말투에 미간을 찌푸렸다. "당신은 누가 뭘 시킨다고 할 사람이 아닌 것 같은데요."

"그건 모르죠. 아무튼 그래서 이리로 온 겁니다."

"문은 잠겨 있었어요. 내가 **항상** 잠근다고요."

디바인이 락픽 건을 꺼냈다. "그럼 더 튼튼한 잠금장치를 달아야겠네요."

알렉스의 미간 주름이 깊어졌다. "경찰을 불러야 하나요? 남의 집 문을 부수고 침입하는 건 불법 아니에요?"

"맹세코 아무것도 안 부쉈습니다."

문득 알렉스가 뭔가를 떠올리고는 디바인을 그린 그림이 놓인 이젤을 흘끔 봤다.

그녀의 얼굴이 확 달아올랐다. "어…… 저걸 보고 혹시 내가 이상한……." 하지만 이내 해명을 포기했다.

"그저 알렉스가 보이는 모든 것과 만나는 모든 사람한테서 창의력을 자극받는 예술가라고 생각할 뿐입니다."

알렉스의 얼굴에서 홍조가 가라앉았고 찌푸림이, **그리고** 거리 두는 태도도 가셨다. 대신 미소가 적어도 디바인이 느끼기에는 햇빛보다 더 환하게 화실을 밝혔다.

"커피가 간절해 보이네요. 식사도."

"맞습니다." 디바인이 말했다.

"따라와요. 아침 차려줄게요."

"그럴 필요 없─."

"문 안 부수고 들어온 사람한테 그 정도는 해줄 수 있어요. 그리고 내 화실을…… 나만큼 안전한 피난처로 생각해주는 사람한테."

그 말과 함께 알렉스의 얼굴에서 미소가 잦아들었고, 그걸 보면서 디바인은 스스로도 의아할 만큼 심란해졌다. 잘 알지도 못하는 여자인데 행복하게 해주고 싶고 다시 온전히 서게 해주고 싶었다.

그들은 화실을 나섰고 알렉스가 그를 본채 뒷문을 통해 거기서 곧바로 펼쳐진 성당 크기의 주방으로 안내했다.

"맙소사." 디바인이 말했다. "냉장고에서 가스레인지까지 어떻게 길 안 잃고 찾아가요?"

"길 안내서가 딸려 왔거든요." 알렉스가 가볍게 대꾸했다. "근데 진짜로, 이 집은 하인 열댓 명 딸린 가정을 염두에 두고 설계됐어요."

"현재 몇 명이나 두고 있습니까?"

"지금 그 한 명을 보고 계십니다. 달걀이랑 신선한 베리류, 햄, 아보카도, 그리고 집에서 만든 사워도가 있어요."

"다 맛있을 것 같네요."

알렉스가 찬장을 가리켰다. "접시랑 포크, 컵은 저기 있어요. 달걀 어떻게 해줄까요?"

"해주는 대로 먹겠습니다."

그녀는 새로 커피를 한 주전자 내렸고 디바인도 냉장고에서 식재료 꺼내는 걸 도왔다.

"이건 새것 같은데요." 디바인이 서브-제로 양문형 와이드 냉장고를 보며 말했다.

"사업가 정신이 투철한 우리 오빠가 들인 거예요. 오빠가 이 집을 천천히 손보고 있거든요."

두 사람은 오믈렛으로 메뉴를 정했다. 디바인은 양파와 파프리카, 토마토, 버섯을 썰고 다졌고 알렉스는 아보카도를 쪼개 과육을 스푼으로 도려내고 과일을 볼에 한데 모으고 사워도 빵을 두 조각 썰어 토스터에 넣었다. 그런 다음 달걀과 다른 재료들을 한데 섞어 가스레인지에 올린 팬에 붓고 부쳤다.

얼마 후, 알렉스는 구석의 아침식사용 테이블에 디바인과 마주 앉아 커피를 홀짝이면서 오믈렛을 허겁지겁 먹는 그를 가만히 지켜보고 있었다.

"**진짜** 배고팠나 보네요." 알렉스가 한마디 했다.

디바인은 손목시계를 흘끔 봤다. 열 시가 넘어 있었다. **젠장.**

"보통은 이것보단 일찍 먹습니다. 대크는 어디 있어요?"

"아마 출근했을 거예요."

"했을 거라고요?"

"집이 워낙 커서요. 오빠는 건물의 저쪽에 살고 나는 이쪽에 살고."

"그런 생활방식이 잘 맞습니까?"

"지금까지는요." 알렉스가 테이블을 똑똑 두드렸다. "그래서, 어젯밤에 무슨 일이 있었던 거예요? 웬 놈들하고 문제가 있었다고 했죠. 어떤 문젠데요?"

"꽤 골치 아픈 문젭니다."

"그럼 원하는 만큼 오래 여기 있어요."

"고맙습니다." 디바인은 그 제안에 놀란 한편 마음이 겸허해졌다.

"그들이 당신을 노리는 거예요?" 알렉스가 물었다.

"세 명은 더 이상 안 그럽니다."

"그러니까, 체포하거나 뭐 어쨌다는 거예요?"

"체포한 건 아니고."

"무슨 일이 있었는지 말 안 해줄 거예요?"

"방금 말했잖아요."

알렉스는 상체를 뒤로 빼고 그를 찬찬히 살폈다. 안팎으로 조목조목 뜯어보는 느낌이었다.

'예술가의 관찰자적 면모로군.' 디바인은 생각했다. 거죽과 뼈를 뚫고 지금 그의 머릿속에 떠오른 생각들을 곧장 들여다보는 느낌이어서 약간 기가 죽었다.

"내가 미술 작품 만드는 걸 좋아하는 제일 큰 이유가 뭔지 알아요?"

"모르겠는데, 뭔데요?" 디바인이 물었다.

"모든 게 관점에 달렸다는 거예요. 창작자와 감상자 둘 다의 관점."

디바인은 커피를 다 마시고 한 잔 더 따르러 일어서면서 알렉스의 빈 잔도 같이 챙겼다. "왜 그렇죠?"

"저번에, 거대 음경이 밧줄에 묶이고 고환은 수갑이 채워진 내 조각상을 보고 남성의 원초적 충동에 대한 여성의 저항을 상징하는 거라고 했죠."

디바인은 알렉스에게 커피를 가득 따른 잔을 건넨 후 도로 앉았다. "그게 아니었습니까?"

"트래비스의 관점에서 보면 확실히 그거였죠. 그래서 그 의견을 내놓은 거고요."

"그럼 **알렉스**의 관점에서는 뭔데요?"

"트래비스는 남성의 관점에서 그 작품을 봤어요. 예술 창작자로서 나는 다르게 봐요."

"**여자**의 관점에서라는 뜻입니까?"

"중립적 관찰자의 관점이라는 뜻이에요."

"그런 게 존재하는 줄 몰랐는데요." 디바인이 반농담조로 받아쳤다.

"존재할 수 있어요, 노력하면." 알렉스가 음조를 조절한 나지막한 투로 진지하게 말했다.

"그래서, 중립적 관찰자의 관점에서 보면 뭔데요?" 디바인도 재미있다는 표정을 지우고 진지하게 이야기했다.

알렉스가 테이블 상판을 손가락으로 쓸며 말했다. "인생은 남성기를 가졌건 안 가졌건 때로 모두에게 불공평하다는 거요."

"그럼 왜—"

"남자는 자신의 남성성에, 아니면 남성성으로 간주되는 것에 갇힐 수 있어요. 사슬에 묶인 음경, 수갑이 채워진 고환처럼. 남자들은 사회가 집단으로 그런 걸 기대하니까 특정한 방식으로 행동해야 한다고 믿죠. 어떤 남자들에게는 그게 문제가 안 돼요. 원래 그런 사람이니까. 람보니 뭐니 하는 부류. 하지만 대다수가 그런 건 아니에요. 그래서 남성 대부분은 실제로는…… 자기 것이 아닌 삶을 살게 돼요. 사회적 기대에 부응한 삶."

"여자들은요?"

"여자에게는 닿기 불가능한 전혀 다른 종류의 문제와 과제, 기대치 들이 있지요. 덕분에 일부 사람들이 여자들에게 얼굴에 아니면 입술이나 눈에 처바를 쓰레기 같은 제품들을 팔아서, 뱃살과 엉덩잇살 지방을 제거하는 기기를 팔아서, 또 더 큰 가슴 더 큰 엉덩이, 더 매끈한 얼굴, 아니면 돈에 환장한 인플루언서들의 시시각각 변하는 취향에 따라 더 작은 가슴 작은 엉덩이를 가지려면 성형수술을 받으라고 부추기면서 엄청난 돈을 벌어요. 아니면 여성의 자기결정권을 높인다는 명목으로, 개인 식단 관리자나 운동 트레이너의 도움 없이 라텍스 미니스커트랑 가슴골 훤히 보이는 상의에 맞춘 앙상한 몸으로 재탄생하라고 부추기거나. 내가 볼 땐 그보다 더 기가 찬 위선도 없는데 여전히 사람들은 여성들, 특히 남의 말에 좌우되기 쉬운 어린 여자들한테 **자기들이** 정의하는 외모의 매력 기준에 철저히 부합하지 않으면 온 사회가 너희를 못생겼다고 손가락질할 거라고 겁주는 그런 치들을 찬양하고 우상시하고 더 부자로 만들어주고 있어요. 마치 아름다움과 자신감과 자기결정권이 다양한 형태와 크기, 색으로 존재할 수 없는 것처럼. 다 그 대단하신 돈 때문이고 사람들도 돈 때문에 서로에게 몹쓸 짓을 하면서 완벽하지 않은 사람들을 **완벽해**지게 도와주는 거라고 합리화하죠. 그래서 전부 관점에 달렸다는 거예요."

디바인은 포크를 내려놨다. "좋아요, 이제 남성의 딜레마도 들어봤고 중립적 관찰자 입장도 또 여성에게 주어진 난제들도 다 나왔어요. 이제 **알렉스의** 관점을 들어봅시다."

"나한테 그런 게 있다고 누가 그래요?"

"내가 화실에서 본 모든 작품이요. 잘못 본 건가요?"

알렉스가 자리에서 일어섰다. "네, 잘못 봤어요. 다 먹었어요? 이 제 작업하러 가봐야 해요. 숙소가 더는 **위험하지** 않을 때까지 여기 있어도 돼요. 그리고 나는 단순히 어젯밤에 무슨 일이 있었느냐고 물었을 뿐인데 당신은 나에 대한 존중이 얼마나 없으면 개소리만 늘 어놨을까도 한번 고민해보세요. 자, 이게 **내** 관점이에요. 만족해요?"

그리고 알렉스는 나가버렸고 디바인은 거기 앉아 첫째, 알렉스가 한 말이 절대적으로 옳다고 수긍했고 자신이 그런 짓을 해서 기분 이 더러웠다. 둘째로는 알렉스와 함께 있을수록 그녀를 더 모르겠다 는 생각이 들었다.

여태 이런 적은 없었는데.

'사람을 평가하는 내 재능이 녹슬고 있는 건가? 아니면 알렉스 실 크웰이라는 맞수를 만난 건가?'

31장

디바인이 그 집을 나섰을 때 알렉스는 화실에 있었다. 인사는 하지 않았다. 창으로 들여다봤는데 그녀는 작업에 완전히 몰입해서 그를 보지도 못했다. 디바인은 이젤에서 그의 그림이 내려진 걸 알아챘다. 쓰레기통에 처박혔을 성싶었다. 어젯밤 무슨 일이 있었는지 사실대로 말할까 고민했다. 양심을 건드리는 그녀의 지적을 받은 뒤로는 더더욱 고민됐다. 온당한 지적이기도 했다. 하지만 임무에 충실하려면 그럴 수 없었다. 이 마을에서 누구를 믿어도 되는지 아직은 알 수가 없었다. 그에게 피난처를 제공하고 근사한 아침까지 대접한 여자라도. 그리고 그가, 아직 자신도 알 수 없는 이유로, 치유되도록 돕고 싶은 여자라도.

그는 여관까지 가볍게 뛰어갔다. 하퍼 서장이 입구에서 기다리고 있었다.

하퍼는 열이 단단히 받은 듯했다. "어디 있었던 겁니까? 계속 전

226

화하고 문자했는데."

"죄송합니다, 전화기를 꺼놨습니다." 디바인은 거짓말로 둘러댔다. 사실 경찰과 이야기하고 싶은 기분이 아니었다. "무슨 일입니까?"

하퍼의 발끈한 표정이 금방이라도 폭발할 듯 험악한 표정으로 변했다. "무슨 일이냐면, 그쪽 사람들이 시체가 드글대는 그 망할 판잣집에 몰려와서는 출입을 완전히 차단했다고요. 심지어 주 경찰도 못 드나들게."

"왜 그러는지는 얘기하던가요?"

"이유고 자시고 한마디도 없었어요. 그냥 연방 수사관 배지 들이밀면서 우리한테 꺼지라고 했지. 시체도 싹 회수하고, 안에서 뭘 하는지 몰라도 무장한 경비로 집을 아주 둘러쳤어요. 확실한 건 주 경찰이 아주 단단히 열받았다는 겁니다. 이 정도면 주지사한테까지 보고가 들어갈지도 몰라요."

"전화해서 어떻게 된 건지 알아보겠습니다."

하퍼는 그 말에도 전혀 분이 풀리지 않은 기색이었다. "개인적 감정은 없는데요, 디바인 요원. 요원도 그저 자기 일을 할 뿐인 걸 아니까. 근데 요원이 애초에 퍼트넘에 안 왔더라면 좋았을 걸 싶습니다."

'예, 뭐 저도 같은 생각입니다.' 디바인이 속으로 대꾸했다.

그는 하퍼를 놔두고 자기 방으로 갔다. 가보니 그의 방에 누가 들어와 있었다.

안보부 소속이라고 외치는 듯한 행색의 두 남자가 디바인을 기다리고 있었다. 특징 없는 정장, 특징 없는 구두, 특징 없는 넥타이, 단체로 맞춘 듯한 헤어스타일, 속을 알 수 없는 무표정. 한 명은 키가 후리후리하고 농구선수처럼 늘씬했고 다른 한 명은 중간키에 역도

선수 같은 두꺼운 몸매를 자랑했다.

"맨 요원입니다." 키 작은 쪽이 자기를 가리켰다. "이쪽은 색슨 요원." 그리고 동료를 턱짓하며 덧붙였다.

두 남자는 신분증을 들어 보였다. 그들은 외부의 적 내부의 적 모두에 대항하는 미국의 가장 든든한 국방 기구 핵심부라 할 만한, 대중에 거의 안 알려진 모처의 소속이었고 그들이 와 있는 것에 디바인은 긴장하지 않을 수 없었다.

"요원에게 상세 진술을 받아야겠습니다." 맨 요원이 말했다.

"먼저 하나 물어봐도 되겠습니까?"

"뭡니까?"

"내 방엔 어떻게 들어왔습니까?" 맨 요원이 색슨 요원을 쳐다보더니 다시 디바인을 돌아봤다.

"신분증을 보여주니 여관 주인이 마스터키로 바로 열어주던데요."

"고맙습니다, 앞으로 명심하죠."

"우리는 요원과 같은 팀입니다." 색슨이 자기 키처럼 길게 늘인 투로 말했다.

"다들 말은 그렇게 하죠. 그래도 결국엔 각자의 경기를 치르고 있다고 봐야 할 것 같습니다."

"그런 얘기는 정부 지원 상담사한테나 늘어놓으십쇼." 맨 요원이 쏘아붙였다. "그래서 진술은요?"

"캠벨 장군님께도 알렸습니까?"

"캠벨 장군의 요청으로 온 겁니다. 이 바닥에서 영향력이 상당한 분이죠."

"그렇군요."

이후 5분 동안 디바인은 자신이 납치된 순간부터 그 집에서 빠져

나왔는데 SUV 타이어 네 개가 다 터져 있는 걸 발견한 순간 사이에 있었던 모든 일을 이야기했다. 간밤에 알렉스 실크웰의 화실에서 잔 건 말하지 않았다.

"그럼 그 이후로 어디에 있었습니까?" 색슨이 디바인의 속을 읽었는지 대뜸 물었다. "우리가 여기 온 게 몇 시간 전입니다. 요원은 다른 데서 잤잖아요."

"그렇습니다. 여긴 안전하지 않은 것 같아서요."

"어디로 갔습니까?"

"다른 데요. 그게 왜 중요합니까? 이렇게 살아남아서 진술하고 있으면 됐지. 자, 얘기했으니 그쪽도 나를 납치한 게 누군지 말해주시죠."

맨이 색슨을 쳐다봤고 색슨은 어깨를 으쓱했다. 그리고 말했다. "우리도 모릅니다."

"개소리." 디바인이 받아쳤다.

"시체 수습이야 했죠. 지문을 떴는데 그 어떤 데이터베이스에도 매치하는 결과가 안 떴습니다. DNA도 채취해서 지금 가장 긴급한 건으로 분석 중인데 아직 건진 게 없습니다." 색슨이 말했다.

"별로 놀라운 일도 아니잖아요, 디바인 요원. 국제 청부꾼들로 보이던데. 적어도 이 나라에서는 체포된 적이 없나 보죠. 아니면 우리가 이용하는 전 세계 '나쁜 놈들 신원 등록' 클라우드에 정보를 제공하는 국가들에서는요. 지금 뭐라도 건지길 바라면서 여기저기 사진 돌리고 있습니다."

"시신에서 신분증은 안 나왔습니까?"

"단 한 개도요."

"어떤 식으로든 출입국 사무소를 거쳤을 텐데요." 디바인이 지적했다.

색슨이 말했다. "가명으로 입국한 후 위조신분증을 버렸는지도 모르죠. 일이 틀어질 걸 감안해서 그쪽을 납치했을 때 일부러 추적 당할 수 있는 건 아무것도 안 가져온 게 틀림없습니다. 주요 입국 루트에 있는 감시카메라 영상을 죄다 확인 중인데 작업이 더뎌요."

"SUV는요?"

"유령회사 이름을 대고 위조신분증과 도용된 신용카드로 렌트했는데, 우리 쪽 기술팀 말로는 위조 수준이 최상급이랍니다."

맨이 딱 봐도 할 말이 많지만 참는 얼굴로 디바인을 쏘아봤다. "이 질문을 안 할 수 없겠군요. 왜 요원을 노린 거죠?" 맨이 물었다.

"캠벨하고는 얘기해봤습니까?"

"아니요, 지금 요원하고 얘기하고 있잖습니까. 제니 실크웰 사건에 대해선 알고 있습니다. 사실 예전에 실크웰하고 합동 특수임무부대에서 같이 뛴 적도 있습니다."

"실크웰 사건의 단서는 좀 찾았습니까?" 색슨이 불쑥 물었다.

"사건을 맡은 지 얼마 안 됐습니다만."

"질문에 대한 대답은 아니군요."

"단서 아직 없습니다."

"이 자들이 요원이 실크웰 사건을 수사하는 걸 막으러 온 거라고 보십니까?"

"그럴 수도 있고 아닐 수도 있고."

"다른 이유로는 뭐가 있습니까?" 맨 요원이 물었다.

"캠벨한테 물어보십쇼. 나는 얘기할 입장이 아닙니다."

"안 그래도 물어볼 겁니다."

"현장에 다른 차가 있었고 여자 목소리가 들렸습니다. 그에 대해 밝혀진 건 없습니까?"

색슨이 어깨를 으쓱했다. "아직요. 전국 수사망에 수배 전단을 뿌렸지만 딱히 건진 건 없습니다. 지금쯤 멀리 도주했겠죠."

"아니면 등잔 밑에 숨었거나." 디바인이 말했다.

"이런 작고 썩은 시골에요?" 맨이 한마디 던졌다.

"이 작고 썩은 시골에 전국에서 이주민이 몰려든답니다."

"대체 뭘 보고요?" 색슨이 궁금한 투로 물었다.

"인구 밀집 지역에서 탈출하고 싶은데 원격 근무가 가능한 사람들이 낮은 생활물가 보고 온답니다."

색슨은 생각에 잠겨 고개를 끄덕였다. "코로나 때문에 많은 게 변했죠."

"어떻게 보면 모든 양상을 바꿔놓은 것 같습니다." 디바인이 말했다.

그가 일어서자 색슨이 말했다. "어딜 가시려고?"

"하던 일 해야죠."

"댁을 노리는 사람들이 있는데요?"

"숨어서 웅크리고 있는 건 제 선택지에 없습니다. 일단 전투에 임하면 임무가 개인 안전보다 우선이고요. 적어도 나는 육군에서 그렇게 배웠습니다."

"새로운 정보 하나 알려드리죠. 요원은 더 이상 전장에 있지 않습니다." 색슨이 험악한 말투로 말했다.

"정보 업데이트는 그쪽이 해야겠는데." 디바인이 나가면서 툭 던졌다.

32장

디바인은 이미 두 번이나 가본 장소로 차를 몰았다. 이번에는 대답을, 진실한 대답을 듣기 전에는 떠나지 않을 작정이었다.

얼 파머가 문을 열었다. 창백하고 몸이 안 좋아 보였다. 흰 스웨터는 얼룩이 져 있고 바지는 깡마른 골반과 둔근에 간신히 걸쳐져 있었다.

"어디 안 좋으십니까, 파머 씨?" 디바인이 진심으로 걱정돼서 물었다.

"아아, 뭐, 잠깐 앓고 나을 감기요. 거의 나아가고. 무슨 일로 왔소?"

"몇 가지 더 여쭤보려고요."

파머의 표정이 일그러졌다. "이보시오, 젊은이. 내가 아는 건 다 말했소."

"한 번 더 짚어봐서 나쁠 건 없죠. 그리고 몸 상태가 괜찮으시면 저랑 같이 어디 좀 가주셨으면 합니다."

"어디?" 파머가 경계하며 물었다.

232

"시신을 발견하신 곳요."

파머가 고개를 저었다. "거긴 다시는 가고 싶지 않소. 그때도 심장마비 올 뻔했는데."

"부탁입니다, 선생님, 오래 안 걸려요. 제가 차로 모셔가고 댁에도 모셔다드리겠습니다."

"거기 또 가봤자—."

"선생님께서도 범인을 찾아 단죄하는 정도는 제니에게 해줘야 한다고 생각하시잖습니까."

노인은 조금 충격을 받은 듯 허옇게 센 굵은 눈썹을 움찔거리면서 그를 빤히 바라봤다. "가서 외투랑 지팡이 가져오리다."

파머가 부축받아 SUV에 탑승한 후 그들은 한동안 침묵 속에 이동했고, 이윽고 디바인이 입을 열었다. "사모님께서 알렉스 실크웰을 화가로 키우셨다고요?"

"버티가 가르친 사람이 한두 명이 아니오. 한데 알렉스는 남다르다고 했어."

"어떻게요?" 디바인이 물었다. 단순히 한담이나 나누려고 묻는 게 아니라 실크웰가의 막내를 더 잘 이해하기 위해서라도 알고 싶었다.

"버티는 어떤 사람들은 소명을 타고난다고 했지. 작가나 화가나— 뭐, 바닷가재잡이도 마찬가지겠고. 버티는 알렉스가 자기 도움 없이도 화가가 됐을 애라고 했소. 마침맞게 인연이 닿아서 가르쳤을 뿐이라고."

"알렉스는 사모님이 댁에 마련하신 것처럼 집 뒤편에 화실을 꾸렸더군요."

파머는 잠잠해질지 휘몰아칠지 마음을 못 정하고 있는 듯한 하늘을 물끄러미 내다봤다.

"아주 오래전에 내 장비 보관용 창고였던 곳이오." 파머가 입을 열었다. "그러다 한 20년 전 작업 공간으로 쓰라고 내가 싹 고쳐줬지. 진즉에 해줬어야 했는데 내가 꾸물거렸고 그래도 버티는 불평 한마디 안 했어. 단 한 번도. 그랬는데……." 파머는 말할 기운이 다 빠져나간 것 같았다.

"바닷가재잡이 일이 그립지는 않으십니까?" 잠시 조용히 있다가 디바인이 물었다.

파머가 입가를 훔치고 대답했다. "나는 스턴맨이었소. 성격하고 아무 관계 없고(stern은 '근엄한', '엄격한'이라는 뜻도 있다—옮긴이), 뱃고물을 말하는 거요. 스턴맨이 힘쓰는 일을 도맡아 하지만 대개는 일을 서로 나눠가며 했소. 1969년에 건조된 9미터짜리 캘빈 빌(메인주를 본거지로 하는 보트 제조사 SW 보트웍스의 대표 모델—옮긴이) 선장이랑 나랑 둘이서. 아주 훌륭한 선박이었지. 어떤 날씨에도, 어떤 바다에도 끄떡없었어. 매일 동트자마자 우리는 커피 담은 보온병이랑 점심 도시락통 챙겨서 나룻배로 우리 배까지 노 저어갔어. 그리고 만을 벗어나 탁 트인 바다로 나가는 거야. 커다란 널이 치는 바다로. 멀미하는 사람 같으면 토하지. 나는 한 번도 토한 적 없지만. 수평선이 안 보이도록 짙은 안개 속에서도, 사방에서 생선 내장 비린내며 디젤 냄새가 덮쳐도 말이오."

"저는 바닷가재 잡는 건 쥐뿔도 모르지만 먹는 건 좋아합니다."

그 말에 파머의 입이 환한 미소로 벌어지면서 눈빛마저 밝아졌고 그 미소는 한동안 머물렀다. "내가 어렸을 때 레저 어획 허가증을 땄고 바닷가재잡이 통발을 다섯 개 가지고 있었소. 가진 것 중에 그만큼 뿌듯한 게 없었어. 그러다 견습생 허가증을 땄고 통발은 열 개로 늘었지. 그다음엔 남의 밑에 들어가 일하기 시작했고. 통발 8백 개

허가증을 가진 어부들 밑에서."

"그 정도면 바닷가재를 엄청 많이 잡으셨겠는데요."

"아무렴, 그때는 돈도 잘 벌었소. 매일 통발을 돌아가며 담갔다니까. 잡은 가재를 수거한 다음 청어 미끼를 다시 달아서 메시 주머니에 넣어 통발에 묶거나 아니면 통발 안의 쇠막대에 꽂거나 해서 담그는 거요. 하루에 통발을 2백 개쯤 수거했어. 부표 하나당 꼬리표라고 부르는 밧줄로 묶인 통발 두 개가 달려 있다고 보면 돼. 내가 하나 건지고 선장이 하나 건지고 그랬지. 그런데 통발 하나가 20킬로그램이 넘거든. 거기다가 시멘트벽돌 대여섯 개로 이루어진 밸러스트도 있지, 바닷가재 무게도 더해지지, 딸려 오는 바닷물도 있지, 하여간 등골 휘는 노동이야. 그래도 하다 보면 체력이 늘어. 나도 얼마나 건장했게. 어쨌든 옛날에는 그랬지." 파머가 이렇게 덧붙였고, 끝에 가서는 목소리가 점점 잦아들었다.

"그랬겠네요. 자기 통발은 어떻게 알아봅니까?"

"부표마다 고유색이 있는 데다 통발마다 허가증이랑 일치하는 표를 반드시 달아야 하거든. 허가증은 또 부표에 부착하고. 매년 그 표 딱지를 갱신해야 한다오. 자기 색깔을 고르는데, 당연히 남의 색깔하고 겹치면 안 돼. 그리고 정해진 색깔의 부표를 남들이 잘 볼 수 있게 갑판에 내놓고 다녀야 해. 아무튼 통발을 끌어올려서 거기서 가재를 꺼내. 그런 다음 칸이 나뉜 상자에 녀석들을 담아."

"칸은 왜 나누죠?"

"벌레놈들이 아주 사납거든. 기회만 있으면 서로 공격하고 잡아먹어."

"벌레요?"

"우리는 바닷가재를 그렇게 부른다오. 아무튼 돌아가며 통발 담갔다가 다 수거했으면 이제 집에 가. 고물 담당은 그때 배를 청소하지. 항만 선창에 배를 대면 물을 뺀 보류탱크에서 가재를 꺼내 배 바로 뒤에 띄우는 대형 상자에 넣는다오. 그 상자에 충분히 쌓이면 갖다 파는 거고. 가재잡이는 그렇게 이루어진다오, 젊은이. 평생 몸 바칠 일은 아닌 것 같겠지만 나는 그리 했다오. 후회는 없소."

파머의 표정이 일그러지더니 디바인에게서 고개를 돌렸다. "지금 메인만이 지구상의 어느 바다보다 빠르게 뜨거워지고 있다는구먼. 그럼 내가 했던 일을 하는 사람들한테 좋지 않은데. 이미 이 근방 대구랑 새우 개체수가 씨가 말랐다고 하고. 바닷가재랑 굴도 뜨뜻한 물은 안 좋아해. 아마 지구상에 더 이상 갈 데가 없을 데까지 북쪽으로 이동하겠지. 한동안은 캐나다인들이 웃음 짓겠지만 벌레놈들은 결국 거기도 버릴 거요." 파머는 씁쓸한 미소를 지었다. "우리가 몇 세기 동안 게, 새우, 가재를 잡아먹었는데. 최후에 웃는 건 그놈들이네."

"아직은 바다에 가재가 있는 것 같던데요." 디바인이 말했다. "어선들이 들고나는 걸 봤습니다."

"음, 있긴 있지. 다만 예전만 못할 뿐이지. 식당들이 더는 메뉴에 안 올리는 것도 그래서요—영 안 잡히거든. 잡힌다 해도 대체 누가 바닷가재 한 마리를 80달러나 주고 먹겠소? 게다가 망할, 규제는 또 얼마나 많은지. 메인에는 어업 구역이 여러 개 있소. 우리 구역에는 조수가 센데, 파고가 거의 5미터는 되고 저류도 엄청 강해. 그래서 통발을 고정한 밧줄이 이리저리 움직여. 그런데 멸종위기 고래들이 수평 밧줄에 걸린다나 뭐라나, 그래서 지나가는 고래가 끊고 갈 수 있게 다른 종류의 장비를 쓰고 다른 방식으로 줄을 치래. 고래가 끊어먹으면 장비는 그대로 날리는 거야. 게다가 저 밑에서는 밧줄이 돌이니 뭐니에 걸리기도 하거든. 밧줄도 잃고 통발도 잃고 거기 잡혀든 가재도 다 놓치는 거지. 그것 때문에 어떤 어부들은 특정 구역에서는 통발을 안 내려. 밧줄 안 걸리게 하려고 흙탕물이나 모랫바닥에 내린대. 근데 웃긴 건 가재들도 암반 해저를 좋아해서, 그런 데서는 많이 못 잡거든. 진퇴양난인 거지."

"그렇겠군요." 디바인이 말했다. "군에서도 진퇴양난 상황을 종종 겪습니다. 동트자마자 움직이는 경우도 많고요."

"나가서 활동하기 가장 좋은 때 아니겠소. 태양보다 먼저 일어나서 새로운 날이 눈앞의 바다에 펼쳐지는 걸 보는 거요. 누구든 얼마를 가졌든 내일 또 하루를 산다는 보장은 없잖소. 기왕 그런 거 일찌감치 일어나 주어진 시간 누리면 얼마나 좋아."

그러고 파머는 창밖을 내다봤다. 그가 아내와 아내를 치고 달아난 차를 떠올리고 있음은 어렵지 않게 짐작할 수 있었다.

"그럼요, 선생님, 지당하신 말씀입니다." 디바인도 어젯밤이 그가 이승에서 보내는 마지막 밤이 될 뻔했던 걸 떠올리며 맞장구쳤다. "제니를 해친 놈을 찾아내는 데 도움 주셔서 감사합니다." 그는 파머의 주의를 현안으로 돌리려고 덧붙였다.

하지만 파머는 그 말에 반응하지 않았다. 그저 창밖만 멍하니 내다볼 뿐이었다.

차가 목적지에 도착했고 디바인이 내리는 파머를 부축했다. 챙겨 온 튼튼한 지팡이를 짚고도 파머가 안정적으로 그리고 신속하게 움직이지 못해서 디바인도 덩달아 느릿느릿 걸었다.

"무릎하고 골반 때문이오." 그의 시선을 눈치채고 파머가 말했다. "전부 다 인공관절로 대체해야 하는데 그럴 돈이 어디 있겠소. 비용의 큰 부분을 메디케어(65세 이상 노인 의료보험제도—옮긴이)가 메워주는데도 말이오. 내가 부수입이 전혀 없거든. 공제액하고 공동부담

237

금만 해도 내 복지수당으로 감당하기 힘든데 가진 게 복지수당뿐이니 원. 한쪽 골반이랑 한쪽 무릎 정도는 수술받을 수 있겠지만, 그러면 재활은 누가 지원해준답니까? 이 지역 거점병원은 10년 전에 문을 닫았고 제일 가까운 곳도 여기서 60킬로미터는 가야 하는데. 게다가 이제 왕진은 아무도 안 해, 적어도 이 동네는."

"그럼 주민들은 건강에 이상이 생기면 어디로 갑니까?"

"기윰 박사가 최대한 애써주고 있소. 전에도 박사가 내 보험이며 뭐며 손써준 적 있는데. 오래전 백방으로 힘써서 나한테 정말 필요했던 수술을 받게 해준 적이 있다오. 지금도 와서 한 번씩 들여다봐주고, 버티가 살아 있을 때는 버티도 봐줬어. 다른 사람들도 다 봐주고. 참 마음씨 고운 여자야. 나는 기윰 박사의 모친하고 부친도, 숙부도 알았지. 하, 그 양반들의 부모도 알았는걸. 빙 가족은 아주 오래전에 장례업을 시작했어."

"손녀분은요? 애니가 선생님을 도와드릴 순 없을까요?"

"애니도 제 인생이 있고 사업도 운영해야 하는데 뭘. 걔가 내 밥해주고 망할 기저귀 갈아주고 앉았을 이유가 없어."

그들은 절벽 가로 천천히 걸어갔고 두 사람 모두 바다를 내다봤다.

"버티 말고 내가 본 제일 예쁜 애였어." 파머가 중얼거렸다.

디바인은 실크웰의 시체가 떨어졌던 바위를 내려다봤다.

'아니면 시체가 놓인 바위.'

그는 파머가 한 번도 아래를 보지 않는 걸 알아챘다. 파머는 줄곧 시선을 수평선에 고정하고 있었다.

'어쩌면 내가 응시하는 천장들처럼 이곳이 파머의 안전한 장소인지도 모르지.'

"그러니까 여기 와서 내려다보니 거기 제니가 있었다는 거죠?"

"그렇소." 파머가 여전히 아래를 안 본 채 대답했다. 이상했다. 사람들은 방금 디바인이 한 말을 들으면 **보통은** 내려다볼 텐데.

"여기가 선생님께 특별한 곳입니까?"

그 말에 파머는 고개를 오른쪽으로 돌리더니 경계하는 눈빛으로 디바인을 봤다. "이 해안선의 모든 지점이 나한테는 특별하오. 그날 밤 갔던 데가 우연히 여기였을 뿐이지. 하지만 그날 간 데가 여기만은 아니었소. 여기는 그날 밤 세 번째로 온 데요."

"전에는 그런 말씀 없으셨잖습니까?"

"그래서 **지금** 얘기하잖소." 파머가 그게 그렇게 화낼 일인가 싶게 매섭게 받아쳤다.

디바인은 파머를, 특히 그의 목을 유심히 쳐다봤다.

"골반이랑 무릎 상태가 그렇게 안 좋은데 밤중에 돌아다니기 힘들지 않으십니까?"

"사람은 움직여야 써. 실제로 나한테 도움이 돼. 온종일 앉아만 있으면 몸이 뻣뻣해지거든. 걷기가 관절에 윤활유를 쳐준다니까. 어쨌든 나는 그렇다오."

'흠, 이번 대답은 정말 그럴싸하군.' 디바인은 생각했다.

파머가 다시 바다를 바라봤다. "페놉스콧만이 대륙의 동해안에서 제일 풍부한 바닷가재 서식지가 있는 곳이지만 우리 쪽 해안도 꽤 괜찮았다오." 그는 하늘을 올려다봤지만 고개를 아주 조금만 들었다. "내 손바닥 들여다보듯 하늘과 조수를 읽고 수심과 수온을 읽었지. 이쪽 해안의 암초란 암초, 바위란 바위는 다 꿰고 있었어. 벌레 놈들이 제일 숨기 좋아하는 데가 바다 속 바위틈이라. 최대한 가까이 통발을 드리우고 녀석들이 청어를 물기를 기도하는 거야." 그러더니 그는 고개를 뻣뻣하게 돌려 디바인을 곁눈질했다. "매일 대자연과 소통하고 겨룬다고 할까."

"그렇군요." 디바인은 이렇게 대꾸했지만 파머가 하는 말에 그다지 주의를 쏟고 있지 않았다. 그가 집중한 건 파머의 뻣뻣한 움직임이었다. 발치를 내려다본 디바인은 아이디어를 떠올렸다.

"어, 선생님 오른발 옆에 저거 뭐죠? 뭘 떨어뜨리셨습니까?"

파머는 내려다보지 않았다. 대신 천천히 뒤로 몇 발짝 물러났다.

"뭐요? 뭔지 보이시오?"

디바인이 말했다. "아닙니다, 아무것도 아니네요. 제가 잘못 봤습니다. 아무튼 제니의 시신을 거두러 올 때까지 여기 남아계셨습니까?"

파머가 머뭇거리다 대답했다. "나는…… 그렇소, 한데 제니를 끌어올린 후에는 여기를 떴소. 날씨가 점점 험해지고 있었거든."

"초저녁부터 비가 심하게 온 줄 알았는데요."

"번개도 치고 하여간 더 심해졌어." 파머가 말했다. "경찰이 나를 집까지 태워줬소. 뜨거운 물에 샤워하고 그냥 앉아 있었지. 잘 수가 없어서."

"그러면 그때쯤엔 제니인 걸 아셨던 겁니까?"

"어……그렇지, 알았지."

"누가 얘기해줬습니까?"

"시신 수습하러 내려갔던 청년 중 하나가. 제니를 아는 사람이었거든. 우리 모두가 제니를 알았소."

"그렇군요. 혹시 또 생각나는 것 없으십니까?"

파머가 천천히 고개를 저었다. "아니, 하나도 없소, 젊은이."

'최소한 그건 순순히 말해주시네요.' 디바인이 속으로 중얼거렸다.

33장

파머를 집까지 도로 데려다준 디바인은 핸드폰에서 뭔가를 확인한 후 곧장 빙 앤드 선즈로 갔다. 프랑수아즈 기욤이 사무실에서 나오고 있었다.

"미안한데 지금 얘기할 시간 없습니다. 급하게 방부처리 할 시신이 있어서요." 기욤이 굳은 말투로 말했다.

"하나만 물어봅시다."

"뭔데요?"

"얼 파머가 고개를 아래로 전혀 숙일 수가 없는데 어떻게 절벽 밑 바위에 있는 시체를 본 겁니까?"

기욤은 그 자리에 얼어붙더니 자기 몸을 지탱하려는 듯 손으로 벽을 짚었다. "나는 잘…… 무슨 소릴 하는 거예요?"

"얼이 몇 년 전 수술을 받아야 했는데 박사님이 도와줬다고 하더 군요. 경추 수술이었을 거라는 생각이 드는 건 왜일까요? 얼이 수십 년 동안 어떤 일을 해왔는지 생각하면 그 부위에 문제가 생기는 것도 무리가 아니죠. 제 군 동기 중에도 낙하산 오작동 사고를 당한 친구가 하나 있었습니다. 목숨은 건졌지만 척추 유합술을 몇 차례나 받아야 했죠. 한 번은 수술 때문에 목 가동 범위에 **제한**이 생겼습니다. 그 친구가 워낙 젊어서 거의 정상치까지 회복한 게 다행이죠. 그러니 다시 묻겠습니다. 얼이 자기 발치도 못 내려다보는데 어떻게 6미터 아래 있는 시신을 본 겁니까?"

"그건…… 사무실로 들어가서 얘기하면 어떨까요?"

"그럽시다, 제 질문에 답변만 해주신다면야."

들어가서 기욤을 마주 보고 앉은 디바인은 그녀가 생각을 가다듬을 시간을 주었다.

"얼은 옛날에 가재잡이배 사고로 크게 다치신 적이 있어요. 제가 실력 있다고 믿었던 전문의한테 경추 유합술을 받았죠. 그런데 수술이 잘못됐고 합병증도 발현됐어요. 가장 심한 건 가재잡이 일로 반흔조직이 차곡차곡 쌓인 데다가 관절염까지 생긴 거였어요. 후속 수술을 받았지만 문제를 바로잡기는커녕 악화시키기만 했죠. 그것 때문에 얼은 은퇴해야 했어요. 그러고 나서 몇 년에 걸쳐 신체 가동 범위를 거의 다 잃었고요."

"정말 유감입니다. 그런데 그렇다면 얼이 시체를 어떻게 본 겁니까?"

"저도 모르겠습니다. 어쩌면 무릎을 꿇고 봤을 수도 있죠. 그랬다면 얼굴이 아래를 향했을 테니까요."

"왜 무릎을 꿇었을까요? 어떻게 그럴 수 있었죠? 그리고 어떻게 일어났을까요?"

"저도 모릅니다. 얼한테 물어보셨어요?"

"제가 물어볼 때쯤 그럴싸한 이야기가 준비돼 있을 거라는 느낌이 드는 건 왜일까요?"

기욤은 불쾌한 동시에 심히 당황한 듯했다. "이야기라뇨? 누가 지어낸다는 겁니까?"

"이 마을에서 무슨 일이 벌어지고 있는 겁니까, 기욤 박사님?"

"대체 무슨 소릴 하는 건지 모르겠네요!"

"저한테 얘기하는 것보다 훨씬 많이 알고 계신 것 같은데요."

"제니를 죽인 범인을 찾는 게 요원의 일인 줄 알았는데요." 기욤이 받아쳤다.

"그러려면 모든 사실을 정확히 파악해야 합니다. 거짓말은 도움이 안 돼요."

"누가 요원한테 거짓말한다고 그러세요?"

"거의 모두가요." 디바인이 대답했다.

기욤이 벌떡 일어섰다. "일하러 가봐야겠습니다."

디바인도 일어섰다. "저도 마찬가집니다. 한 가지는 분명히 말씀드리죠. 저는 반드시 진실을 밝혀낼 겁니다. 아무리 많은 장애물이 가로막아도요."

기욤이 슬픔과 반항기가 섞인 표정으로 그를 봤다. "잘 되길 빕니다."

나가는 길에 디바인은 프레드 빙과 마주쳤다. 프레드는 바쁘고 정신없어 보였지만 걸음을 멈추고 말을 걸었다. "디바인 요원, 뭐 물어보실 게 있었나 보죠?"

"누님하고 벌써 이야기했습니다."

"도움이 되던가요?"

"별로요."

프레드는 그 말에 별로 놀라지 않은 것 같았고 그 반응에 디바인은 호기심이 솟았다.

"제가 도울 일은 없나요?" 프레드가 물었다.

"얼 파머를 아십니까?"

"얼 아저씨요, 그럼요. 다들 알죠. 얼 아저씨가 제니의 시체를 발견하셨다면서요."

'그랬을 수도 있고 아닐 수도 있고.' 디바인이 속으로 대꾸했다. "저번에 얘기했을 때 제니가 고향에 온 줄 이번에는 몰랐다고 했죠. 그럼 제니를 마지막으로 본 건 언제였습니까?"

프레드가 손가락으로 머리를 쓸어 넘기며 잠시 기억을 되짚었다. "작년 아니면 재작년이었을 거예요. 일이 바쁜가 보다 했어요."

"무슨 일을 하는 줄 알고요?"

"어떤 조직에서 조국을 섬기는 일요. 그러잖아도 제니가 구체적으로 무슨 일을 하는가를 두고 동네 술집들에서 한바탕 토론이 벌어진 적이 있어요."

"대크한테 들었는데 새로 유입된 원격근무자들 덕분에 지역 전망이 밝다고 하더군요."

"그 덕을 보긴 했죠." 프레드가 짓궂은 미소를 지었다. "최근 유입인구는 대부분 너무 젊어서 저희 사업은 별로 필요로 하지 않지만요. 아직은."

"누가 제니를 죽였을지 혹시 짐작 가는 것 있습니까?"

프레드가 벽에 몸을 기대고 늘씬한 흉곽 위로 팔짱을 꼈다. "저는 그냥 제니가 하던 일과 관련 있나 보다 하고 넘겨짚었어요. 그게 아니면 여기서 누가 제니를 죽이고 싶어 하겠어요? 제니는 더 이상 여기 살지도 않았는데. 남은 연결점이라고는 동생들하고 그 거대한 부동산밖에 없었잖아요."

"누군가 개발하려고 눈독 들이고 있는 부동산이죠. 거액의 돈을 주고."

프레드는 놀란 기색이었다. "진짜요? 누구한테 들으셨어요?"

"그게 중요합니까?"

"뭐, 별 상관없겠죠." 프레드는 혼란스러워 보였고 디바인의 눈에는 초조해 보이기도 했다.

"파머 부인의 장례를 담당했죠?"

"예, 저희가 했어요. 버티 아주머니의 죽음은 모두에게 충격이었어요. 그렇게 가셨는데 아무도 대가를 안 치르다니. 그래서 더 끔찍했죠."

"아들 부부도 집에서 불이 나서 죽었다던데."

"예. 그게 언제더라, 가만있자, 15년 전이네요."

"어떻게 된 겁니까?"

"아무도 확실히는 몰라요. 스티브가 흡연자여서 다들 담뱃불 때문에 불이 났나 보다 추측했어요. 적어도 처음에는요. 근데 그때가 초여름이었는데 일시적으로 한파가 닥쳤고, 알고 보니 그 집 보일러가 고장났었대요. 그래서 안전장치인가 가스 차단장치인가가 없는 구식 이동식 난로를 쓰고 있었다나. 넘어져서 어디 불붙으면 순식간에 온 집 안에 옮겨붙는 그런 종류 있잖아요. 그러니 스티브가 피운 담배 때문이 아닐 수도 있어요. 그 당시 저는 장례업장에서 일하고 있지 않았는데, 삼촌이 시신들을 유족이 봐도 괜찮을 정도로 수습하는 게 참 힘들었다고 했어요. 결국 닫힌 관으로 식을 진행하기로 했죠. 아무도 두 분을 그런 끔찍한 모습으로 기억하고 싶어 하지 않았으니까요. 두 분의 딸은 제 기억에 어디 먼 데 가 있거나 그랬을 거예요." 프레드는 잠시 말을 멈췄다. "그런데 그 일은 왜 물어보세요?"

"아귀가 안 맞는 부분이 있어서 그럽니다. 파머 부인을 치고 달아

난 사람이라든가."

"그 두 사건은 15년의 간극이 있잖아요. 그리고 하나는 비극적인 사고인데 다른 하나는 뺑소니고요."

"그리고 이제는 제니까지 살해됐죠."

"그것도, 무슨 상관이 있는지 모르겠는데요."

"솔직히 나도 모르겠습니다. 어쩌면 관계가 없을지도 모르죠."

"없을 것 같아요. 제 말은, 그런 일은 늘상 일어나잖아요."

"그건 그렇지만 이곳은 작은 마을치고 '그런 일'이 꽤 많이 일어나는 것 같은데요. 안 그렇습니까?"

프레드는 그저 어깨를 으쓱했다. "아무튼 수사 잘 되길 바랍니다. 제가 도와드릴 일 있으면 연락주세요."

"그러겠습니다."

디바인은 밖으로 나와 SUV를 몰고 여관으로 돌아갔다. 가는 내내 도대체 왜 얼 파머가, 그걸 내려다봤을 수가 없는 사람인데도, 실크웰의 시신을 발견할 사람으로 간택됐을까 곰곰 생각했다. 배후에 있는 게 누구이건 그 점을 충분히 고려하지 못한 듯했다. 그렇지만 또, 디바인이 나타나기 전까지는 마을 사람들 다 그 노인네가 하는 말을 액면 그대로 받아들였으니까.

'어쩌면 내가 이 일을 정말 잘해서 그런지도 모르지. 아니면 아무도 진실이 밝혀지길 진심으로 원치 않거나.'

34장

숙소에 돌아오니 하퍼와 퍼스가 기다리고 있었다. 기분이 썩 좋지는 않아 보였는데, 이유를 곧 알게 될 것 같은 예감이 들었다.

하퍼가 입을 열었다. "오늘 얼 파머를 만나러 갔다면서요."

"소문이 참 빨리 퍼지네요."

"왜 갔는지 물어도 됩니까?"

"실크웰의 시신을 발견한 당사자잖습니까. 추가적으로 물어볼 게 있었습니다."

"예를 들면요?" 퍼스가 디바인이 느끼기에 조금 거슬리는 눈길을 던지며 물었다.

"그냥 기본적인 것들입니다."

"새로 알아낸 것 있어요?" 하퍼가 한 손을 경봉에 얹은 채 물었다.

"글쎄요. 생각 좀 해봐야겠습니다."

"아까 빙 앤드 선즈에도 갔었죠?" 퍼스가 말했다.

"얼마 안 됐는데 벌써 아시네. 두 분, CIA에 지원해보셔도 되겠어요."

"말장난 집어치워요, 디바인. 뭘 노리고 이러는 겁니까?" 하퍼가 사납게 물었다.

"두 분과 같습니다, 진실을 밝히는 거요. 그러기 위해 우리 각자 다른 방법을 쓰고 있을 뿐입니다."

"얼이 시체를 발견한 걸 의심하는 걸로 보이는데요." 퍼스가 말했다.

"아예 내려다볼 수 없는 양반이 아래를 보고 시신을 발견한 게 이상하다고 생각하느냐고 묻는 거라면, 예 맞습니다, 의구심이 들긴 듭니다. 두 분도 그러셔야 마땅하고요."

하퍼가 퍼스를 흘끔 보더니 말했다. "무슨 뜻이에요, 아예 내려다볼 수가 없다니?"

디바인은 하퍼가 진심으로 의아해하는 것 같다는 인상을 받았다. 아니면 노련한 거짓말쟁이거나. "경추 유합술을 두 차례 받았는데 수술이 잘못됐답니다. 그래서 신체 가동 범위에 심한 제한이 있습니다. 그런 얘기는 기욤 박사가 했을 줄 알았는데요. 좀 전에 빙 앤드 선즈에서 기욤을 만나셨고 기욤이 우리가 만난 얘기를 한 것 같아서요."

"잘못 짚으셨습니다. 우리는 기욤 박사랑 얘기하지 않았습니다." 퍼스가 대답했다. "여기 오는 길에 빙 앤드 선즈를 지나쳤는데 건물 주차장에 두 사람 차가 있는 걸 봤을 뿐이죠."

"그렇군요."

"어쨌든, 얼 얘기는 뭡니까?" 하퍼가 물었다.

"실크웰의 시신을 발견했다는 지점에 가서 테스트를 해봤습니다." 디바인은 자신이 어떤 테스트로 파머가 아래를 볼 수 없는 걸 확인했는지 두 경관에게 설명했다.

"확실해요?" 하퍼가 물었다.

"직접 시험해보십쇼." 디바인이 말했다. "게다가 얼은 걷는 것조차 힘들어합니다. 아니, 걷는다고 할 수도 없고 발을 질질 끌면서 움직이세요. 그런 양반이 비가 몬순처럼 쏟아지는 데다 간간이 진창 구간도 있는 몇 킬로미터 거리를 발을 끌며 이동해 절벽 끝까지 갔다고요?"

"요원의 말이 사실이라면 일이 아주 까다로워질 텐데요." 하퍼가 말했다.

"아예 모든 게 뒤집히겠죠." 디바인이 말했다.

"무슨 소립니까?" 하퍼가 물었다.

"얼이 절벽 아래를 봤다가 발견한 게 아니라면 실크웰은 어떻게 발견됐을까요? 정말로 총에 맞은 후 바위로 떨어진 걸까요, 아니면 다른 데서 살해당한 후 거기로 옮겨진 걸까요?"

"잠깐, 잠깐." 퍼스가 가로막았다. "너무 앞서가는 것 같은데요."

"제 생각은 다릅니다. 얼이 119에 신고했을 때 그 지점에 시신이 있었던 건 사실입니까?"

"그렇습니다." 하퍼가 대답했다. "말했잖아요. 야간 사건배치 담당자가 나한테 연락했고 내가 웬디한테 전화했다고. 우리가 곧장 그리로 출동했다니까요."

"얼이 거기 있었고요?"

"그렇다니까요, 절벽 가장자리에. 그 양반이 제니가 있는 곳을 가리켰고요."

"가리킬 때 아래를 봤습니까?"

"그건 기억 안 납니다." 하퍼가 버럭 대꾸했다. "신경 쓸 일이 얼마나 많았는데."

"하지만 얼이 시신을 발견한 게 아니라면 실제로는 거기서 뭘 하고 있었던 걸까요?" 디바인이 질문을 던졌다.

"그렇게 주장하는 건 우리가 아니라 **요원**이잖아요?"

"그럼 **시험해**보시라니까요."

"그러면 우리가 얼의 말을 안 믿는다고 하는 거나 다름없잖습니까."

디바인이 받아쳤다. "우리가 하는 일이 사실을 밝혀내는 거지 남의 기분 살피는 건 줄은 몰랐는데요."

"우리한테 이래라저래라하지 마십쇼." 퍼스가 발끈해서 대꾸했다. "오히려 요원이 제니의 숙소랑 차를 즉시 수색하지 못하게 해서 일을 더 어렵게 만들었으면서."

"그건 저랑 관계없는 일입니다."

"아무튼 **그쪽** 사람들이잖아요." 퍼스가 꼬집었다.

"이래 가지고는 아무것도 안 되겠습니다." 디바인이 말했다. "얼이랑 얘기해보실 겁니까?"

하퍼가 바지춤을 추켜 올렸다. "어떻게 됐는지 나중에 알려드리죠. 그건 그렇고, 요원이 죽인 그 세 남자에 대해서는 말해줄 수 있는 거 없습니까? 그쪽에서 뭐 알아낸 것 없어요?"

"알아냈다 해도 저한테는 안 알려줬습니다."

"그럼 듣는 대로 우리한테도 반드시 알려주십쇼."

"저도 똑같이 해주시면 감사하겠습니다." 디바인이 말했다.

경관들은 그러겠다 말겠다 말도 없이 휑하니 가버렸다.

그런데 두 사람이 그곳을 뜨자마자 알렉스가 자전거를 타고 나타나 디바인의 앞에 멈춰 섰다.

"얘기 좀 할 수 있어요?" 알렉스가 물었다.

"그럼요. 무슨 얘깁니까?"

"어…… 내 얘기요. 그리고 언니 얘기도."

35장

알렉스는 메인 브루에 앉아 커피잔을 손으로 감쌌다 놨다 했다.

디바인은 그 길고 생동감 있는 손가락을 가만히 보면서 그 생김이나 기능이, 손가락 주인의 정신세계처럼, 영락없이 예술가적이라고 생각했다.

"알렉스하고 제니에 대해 할 얘기가 있다고요?" 그가 부드럽게 재촉했다.

알렉스가 고개를 들고 고통이 뚜렷이 어린 표정으로 그를 바라봤다. 그리고 목에 두른 화려한 색의 목도리를 만지작거렸다. "그……무슨 일이 있었는지 들었어요. 트래비스가 어젯밤 죽을 뻔했다고. 그래서 화실에 온 거였죠?"

"누구한테 들었습니까?"

"웬디 퍼스요. 당신을 납치한 세 명을 죽였다면서요."

디바인이 천천히 고개를 끄덕였다. "예. 그런데 그 얘기 하러 온 거 아니잖아요." 그는 커피를 한 모금 마신 뒤 창밖을 내다봤다. 어느덧 차가운 비가 내리고 있었다. 알렉스가 아무 말이 없자 디바인은 다시 그녀를 바라봤다. "알렉스에 관해서 들은 얘기가 있어요."

"뭔데요?" 알렉스가 바로 물었다.

"고등학교 때 폭행을 당했다는 얘기요. 범인이 끝내 안 잡혔다는 것도."

"그…… 그건……." 알렉스가 하도 심란해 보여서 디바인이 손을 뻗어 그녀의 손을 꽉 잡았다.

"얘기하고 싶지 않으면 안 해도 돼요. 그건 알렉스 마음이에요. 신경 쓰지 마요. 그 이야기를 꺼내는 게 아니었는데. 미안합니다. 멍청한 짓이었어요."

그는 손을 놓은 뒤 상체를 뒤로 빼고 잠자코 기다렸다.

알렉스는 커피를 한 모금 마시고 잔을 내려놓더니 결심한 듯 이야기를 시작했다. "의사들 말로는 육체적 부상 말고도…… 외상성 쇼크가 왔대요. 그리고 그 쇼크 때문에 부분적 해리성 기억상실 아니면 상황 특정 해리성 기억상실이라는 게 생겼대요. 그때는 무슨 소린가 했는데 시간이 지나면서 내가 특정 기억을 떠올리지 못한다는 뜻이라는 걸 알게 됐어요. 내 경우 그 사건이 일어나기 전에 내가 뭘 하고 있었는지는 기억하는데 이후로는 전혀 기억이 없어요."

"그러면 사건의 디테일을 **전혀** 기억 못 합니까?"

알렉스는 고개를 끄덕였다. "병원에서 두개골절이 생긴 채 깨어나지 않았다면 그런 일이 일어난 줄도 몰랐을 거예요. 그리고…… 경찰도 와 있었고." 알렉스가 머리 중앙의 두피를 만지며 말을 이었다. "수술하려고 그 부위 머리를 밀어야 했어요. 그리고 듣기로는 내가 폭행뿐 아니라—"

"압니다." 디바인이 재빨리 말했다. "기억을 회복하긴 할까요?"

"의사들도 모른대요. 들어보니까 대부분은 기억이 적어도 어느 정도는 돌아온대요. 근데…… 내 기억은 돌아오지 않았고, 그 일이 일어난 지 벌써 15년이 넘었어요."

"기억을 되찾기 위해 의료진이 해줄 수 있는 건 없답니까?"

"정신과 상담도 받아봤지만 소용없었어요. 우리 정신이 너무…… 마주하기 괴로운 건 막아버린대요. 창의적 치료라는 것도 있는데, 그건 내가 실제로 매일 하고 있는 거고 이런 일이 생기지 않았어도 어차피 했을 거라서요."

"미술 작업을 말하는 건가요?"

알렉스는 서글픈 미소를 지으며 고개를 끄덕였다. "맞아요. 나만의 누에고치 같은 거예요. 내 피난처. 그림을 그리고 있으면 세상에 아무 문제도 없는 것처럼 느껴져요. 적어도 **내** 세상은."

"폭행당한 후 누구한테 발견됐는지는 알아요?"

"경찰이 말해줬는지 모르겠지만, 기억이 안 나요. 어떻게 된 건지 말해줬을 때 내가 너무…… 충격을 받은 상태여서. 그리고 머리도 깨질 듯이 아팠거든요."

"경찰이 추적할 단서가 전혀 없었나요? 뭘 본 사람도 없답니까?"

"없었어요."

"그 일이 어디서 일어났습니까?"

알렉스는 고개를 저었다. "난…… 기억 안 나요."

"그런 일이 일어나서 정말 유감입니다, 알렉스."

알렉스는 테이블로 시선을 떨구며 고개를 끄덕였고 이내 눈가를 훔쳤다.

"근데 그 얘기를 하러 온 건 아니잖아요. 그 얘긴 내가 꺼냈으니까."

알렉스가 그를 바라봤다. "언니가 여기 왔을 때 **실은** 나를 만나러 왔었다고 말해주러 온 거예요." 그녀는 말을 멈추고 그를 봤다. "내가 지난번에 말 안 해서 화났어요?"

"아니요. 이유가 있어서 그랬겠거니 합니다."

알렉스의 표정이 풀어졌다. "나를 계속 놀라게 하네요, 트래비스. 어떤 사람인지 간파했다 싶으면 또 의외의 모습을 보이고."

"괜찮습니다. 나도 알렉스에게 똑같이 느끼고 있던 참이거든요."

알렉스가 손가락에 묻은 물감을 손톱으로 긁어내며 말했다. "언니가 죽은 날 오후에 만났어요."

"언니가 뭘 원하던가요?"

"폭행 사건에 관해 기억나는 게 있는지 알고 싶어 했어요."

"그래서 뭐라고 했습니까?"

"방금 트래비스한테 한 거랑 똑같은 말요. 기억나는 게 없다고."

"이렇게 시간이 흘렀는데 왜 이제 와서 그 얘기를 또 꺼냈을까요? 아니면, 원래 주기적으로 물어봤었나요?"

"아뇨, 전에는 한 번도 그 얘기를 입에 올린 적 없었어요. 사건 직후에 나를 도와주러 왔을 때 빼고는. 그때 아주 오랫동안 내 곁에 있어줬어요. 그때는 내가 뭐라도 떠올리게 하려고 계속 얘기를 꺼냈죠. 근데 너무 몰아붙였나 봐요. 효과가 없었던 걸 보면. 그래서 언니가 가끔 화도 냈던 기억이 나요."

"왜요? 알렉스도 말했지만 그런 일을 겪은 사람한테 종종 일어나는 현상이잖아요?"

"언니라면 다 극복하고 모든 디테일을 기억해내서 그 자식을 감방에 처넣을 만큼 강했을 테니까요. 어쨌든 **내가** 그렇게 하지 못했을 때 언니가 한 말은 그래요."

"부담스러운 언니였군요."

254

"말도 안 되게 완벽한 언니였죠." 그러더니 알렉스는 머뭇거렸다. "그래도 언니는…… 나를 많이 아꼈어요, 트래비스. 그랬다는 걸 나는 알아요. 말로 항상 표현하진 못했어도 행동으로는 분명히 그랬어요."

"하지만 마음껏 사랑하기는 힘든 언니였군요. 지난번 제니에 대해 알렉스가 한 말이 이제 좀 이해됩니다."

"그런 면들에도 불구하고 나도 언니를 **사랑하긴** 했어요." 알렉스가 너무 조용히 말해서 디바인은 그 말을 못 들을 뻔했다.

"그때부터 버티 파머가 지도해주기 시작한 건가요?"

"맞아요. 언니는 일 때문에 워싱턴에 복귀해야 했어요. 어머니 아버지는…… 뭐, 나름대로 해결해야 할 문제가 많았으니까."

"딸이 그런 일을 당해서 두 분도 많이 심란해하셨겠네요."

"어쩔 줄 모르셨던 것 같아요. 아버지는 늘 화가 나 있었어요. 나를 지켜주지 못했다고 스스로를 책망하신 것 같아요. 어머니는 넋이 나가 있다가는 정신 차리고 숨 막힐 정도로 나를 챙기기를 반복하셨고요." 알렉스는 시커먼 하늘이 비를 퍼붓고 있는 창밖을 내다봤다. 하지만 음산한 날씨에도 불구하고 표정이 밝아졌다.

"버티는 신이 내린 선물 같았어요. 진짜 대단한 분이고 한없이 베푸는 분이었어요. 미술만 가르쳐주신 게 아니에요. 나는 재능은 타고났지만 기본기가 엉망이었거든요. 특히 선화는 더 심했죠. 버티는 인생에 대해서도 많은 걸 가르쳐주셨어요. 내가 누구인지, 어떤 사람이 될 수 있는지, 그런 거요."

"명문대 여러 곳에 합격했다고 들었는데. 지원하려면 자기 작품으로 만든 포트폴리오를 제출해야 하지 않나요?"

"그것도 버티가 도와줬어요. 그 학교들에 지원할 용기도, **그리고** 제출하기에 부끄럽지 않은 작품을 만들 용기도 다 버티 덕분에 낼 수 있었어요. 내가 겪은 일을 감당하게 해줄 일종의 치료였어요. 버티는 내가 극복하려는 감정을 그림에, 캔버스에 쏟아내라고 하셨어요. 해보니 도움이 됐죠. 엄청나게."

"그런데 결국에는 미대에 안 갔잖아요. 왜죠?"

알렉스는 아까보다 더 세차게 내리는 빗줄기를 물끄러미 내다봤다. 그러더니, 날씨를 모방이라도 하듯 눈에서 방울방울 솟은 눈물이 떨리는 두 뺨을 타고 흘러내렸다.

그걸 지켜보는 디바인은 숨 쉬는 법을 잊은 것 같았다. 그가 팔을 뻗어 다시 한번 그녀의 손을 꽉 잡았다. 그녀를, 그리고 자기 자신도 안심시키기 위해서였다.

"이유를 나도 모르겠다고 하면 말도 안 되는 소리라고 생각할 건가요?" 알렉스가 거의 속삭이듯 말했다.

"아니요, 안 그럴 겁니다. 하지만 탐험할 세상이 이렇게나 크게 펼쳐져 있잖아요. 작품에 담을 세상이요."

알렉스가 그에게로 시선을 옮겼다. "나도 알아요." 낮은 목소리로 이렇게 말했지만 자신의 대답을 진실이라고 믿지 않고 그 말에 대한 믿음도 없다는 걸 디바인은 알 수 있었다. 이 시점에서는 그냥 하는 말, 남들이 어련히 기대하는 대답, 디바인이 듣고 싶어 할 거라 짐작해서 뱉은 말일 뿐이었다.

디바인이 자기 손을 거두며 말했다. "그래서 어렸을 때 살았던 집에 계속 머물렀어요?"

"그때가 우리한텐 행복한 시간이었거든요. 대체로는요. 적어도 나는 그렇게 기억해요." 알렉스가 그를 흘끔 봤다. "트래비스도 행복한 장소가 있었나요?"

디바인이 고개를 끄덕였다. "나한텐 이 나라 육군이 그런 곳입니다."

256

"그럼 왜 지금은 군에 있지 않죠?"

"인생이 강펀치를 날렸는데 제때 피하지 못했거든요. 그래서 지금 여기 있는 거죠."

"우리 둘 다 그렇죠." 알렉스가 덧붙였다. "어…… 가봐야겠어요."

일어서는 알렉스에게 디바인이 말했다. "기억이 돌아오건 말건 그 일은 당신이 어떤 사람인지 규정짓지 않아요, 알렉스."

"나도 전에는 그렇게 생각했어요."

"지금도 그렇게 믿을 수 있어요."

"그것도 전에는 믿었어요, 트래비스."

그녀를 붙잡아둘 어떤 말도 떠올릴 수 없어서 디바인은 거기서 나가는 그녀를 잠자코 지켜보기만 했다.

하지만 이런 생각은 들었다.

'알렉스에게서 삶을 앗아간 놈을 찾기만 하면 반드시 대가를 치르게 만들겠어.'

36장

이튿날 아침, 디바인은 늘 하는 체력 단련을 마치고 숙소에서 제공하는 아침까지 챙겨 먹은 후 경찰서로 갔다. 하퍼와 퍼스 둘 다 하퍼의 작은 집무실에 있었다. 디바인은 벽을 장식한 사진들 속 터프해 보이는 정복 경관들을 들여다봤다.

하퍼가 그걸 보더니 말했다. "전임 서장들이에요. 정규직 경관이 여섯 명 다 있었을 때의 얘기죠. 믿으실지 모르겠지만. 그랬는데 마을 인구수가 급격히 곤두박질쳤죠."

"대크 실크웰의 말로는 다시 증가하고 있다던데요."

"맞아요." 하퍼가 수긍했다. "대크가 '원격근무자'라고 부르는 사람들이에요. 떼로 몰려들고 있긴 해요. 언제까지 지속될지 모르겠지만 우리야 감지덕지죠. 우리로선 코로나로 유일하게 덕 본 부분입니다."

"제니 실크웰의 핸드폰이나 노트북 찾았다는 소식 없습니까?"

"제니가 노트북을 가지고 왔는지 아닌지도 모르는데요." 퍼스가 말했다.

디바인이 자기 핸드폰을 꺼내 첫째 날 찍은 사진을 보여주었다.

"숙소 책상의 먼지 자국입니다. 이게 노트북 아니면 뭐겠습니까?"

"그걸 언제 알았습니까?" 하퍼가 물었다.

"숙소를 수색한 날에요."

"그런데 이제야 말해주는 겁니까?" 하퍼가 따지고 들었다.

"서장님도 알아채신 줄 알았죠."

그 말에 하퍼는 더 열 받은 것 같았다. 그가 분노를 터뜨리지 않으려고 애쓰며 물었다. "그쪽 사람들은요? 전산상으로 찾아낸 단서 없답니까?"

디바인은 고개를 저었다. "아뇨, 그런데 다른 질문이 있습니다."

"말해보세요." 하퍼가 다가올 무언가에 대비하듯 말했다.

"오래전 알렉스 실크웰이 폭행당한 곳이 어딥니까?"

하퍼가 퍼스를 쳐다봤고, 퍼스는 흠집 난 나무 바닥만 쳐다보고 있었다.

"그때 내가 경사였는데요." 하퍼가 말했다. "지금 웬디처럼요. 근데 그때는 아까도 말했듯이 다른 경관들도 있었거든요."

"그렇군요. 서장님도 최초 출동자 중 한 명이었습니까? 그리고 누가 신고했습니까? 알렉스가 하지 않은 건 저도 압니다. 병원에서 의식을 찾았다니까."

"그런 건 왜 물어보는 겁니까?" 퍼스가 디바인을 빤히 보며 물었다.

"제니가 알렉스한테 그 사건에 대해 기억나는 거 있느냐고 물어봤답니다."

"뭐라고요?" 하퍼가 소리쳤다. "**이번에 왔을** 때요? 그건 누구한테 들었습니까?"

"알렉스가 말해줬습니다."

"우리한텐 그런 얘기 없었는데요." 하퍼가 대꾸했다.

"저한테는 말해줬고, 그래서 지금 두 분께 얘기하고 있잖습니까. 그러니 알렉스가 발견된 장소가 어딘지 말씀해주십쇼. 지금 보니까 제니 실크웰이 동생한테 일어난 일을 조사하러 여기 왔던 것 같아서 그럽니다."

"시간이 이렇게나 흘렀는데 왜요?" 퍼스가 말했다.

"저도 모르지만 알아내려고요. 그래서, 어디였습니까?"

"제가 경찰이 되기 전의 일입니다." 퍼스가 재빨리 대답했다.

디바인이 하퍼에게 시선을 옮겼고 하퍼는 그와 눈을 안 마주치려고 했다. "서장님?"

"그게…… 음, 실은 제니의 시신이 발견된 장소 근처였습니다. 숲으로 들어가 해안 절벽으로 가는 산책로를 통과하기 전에 있는 그 들판에서요."

디바인의 표정이 서서히 험악해졌다. "그런데도 그 두 사건을 연관 짓지 못하신 겁니까?"

"그래요, 못 했습니다. 참나, 오랫동안 알렉스 사건은 떠올린 적도 없는데요. 지금도 요원이 물어봐서 생각난 거지."

"아니 정말로, 그 두 사건이 연관이 있다고 보시는 거예요?" 퍼스가 끼어들었다. "거기서 발견된 군용 탄피는요? 그리고 요원을 저격한 놈들은요? 요원을 납치한 놈들은 또 뭐고요? 그놈들은 전부 외국인이었잖습니까. 그놈들, 알렉스 사건이 일어났을 땐 이 동네에 없었거든요."

"그건 나도 어떻게 판단할지 모르겠습니다, 아직은요." 디바인이 한 수 접고 들어갔다. "그래도 알렉스의 폭행 건이랑 제니의 살인 **둘 다** 한 장소에서 일어났다? 뭔가 있을지 모릅니다. 조사해봐야 합니다."

"원하시면 그렇게 하세요." 하퍼가 말했다. "나는 그런 데 시간 쏟기엔 바빠서요."

"알겠습니다. 저한테 발사된 탄환이 나토군 탄환인 건 확인됐습니까? 제가 탄피를 발견하긴 했지만 이번 사건이 탄도학 면에서 하도 뒤죽박죽이라 탄피가 탄환과 일치하는지 확실히 하고 싶어서 그럽니다."

"예, 확인됐습니다. 다른 연방 수사관들, 색슨 요원하고 맨 요원한테도 그렇게 알렸고요."

"제니가 살해됐을 당시 대크의 알리바이는 확인하셨습니까?"

하퍼가 소리쳤다. "대크가 뭣 때문에 자기 누나를 죽이려고 든다고 그러세요?"

"인류 역사상 가장 오래된 동기죠—돈."

"무슨 돈요?"

"대크가 개발업자들이 조슬린 포인트를 매입하고 싶어 한다고 그러던데요. 수백만 달러는 될 거라고. 제니가 그림에서 빠졌으니 이제 대크의 몫이 몇 배 커졌죠."

하퍼가 디바인을 의뭉스럽게 쳐다봤다. "좋습니다, 확인해보죠. 정보 감사합니다."

"뭘요."

37장

그날 늦게 숙소 방에서 수사 메모와 사건 요약 파일을 다시 한번 훑은 후, 그리고 그것들이 지금까지 알아낸 바와 어떻게 연결되는지도 곰곰 생각해본 후 디바인은 제니 실크웰의 시신이 발견된, **그리고** 알렉스가 폭행당한 장소로 비바람을 뚫고 운전해 갔다. 그곳의 험한 지형을 둘러보면서, 두 사건이 어떻게든 엮여 있을 수밖에 없다고 판단했다. 그건 곧 제니 실크웰의 살인범이 알렉스도 덮쳤거나 혹은 적어도 알렉스 사건에 대해 뭔가 알고 있었음을 뜻했다.

하지만 디바인을 납치한 놈들은 어떻게 설명해야 할까? 그리고 그가 들은 여자 목소리의 정체는? 퍼스의 말이 맞았다. 그들은 외국인일 공산이 매우 컸고, 그들이 실크웰을 CIA와의 연관성 때문에 죽일 이유가 있을지 모른다 쳐도 15년 전 알렉스에게 일어난 일에 개입됐을 리 없음은 거의 확실했다.

디바인은 누가 자기를 겨누고 있지 않나 해서 본능적으로 뒤를 힐끗 돌아봤다. 중동에 있을 때는 그러는 게 일상이었다. 거기서는 뒤에서 살금살금 다가와 죽이려는 사람이 늘 있었으니까.

이 사건의 열쇠는 결국 하나의 핵심 인물로 귀결되고 있었다.

얼 파머. 그는 시신을 발견한 것에 대해 거짓말을 하고 있었다. 디바인은 그 점만큼은 확신했다. 그리고 경찰은 그 진술의 진위를 조사하는 데 전혀 관심이 없어 보였다. 경찰이 반은 무능하고 반은 멍청해서 무턱대고 현지인을 감싸는 걸까, 아니면 모종의 은폐 작업에 가담하고 있는 걸까?

마음에 걸리는 점은 파머가 거짓말할 사람으로는 안 보인다는 거였다. 마을 사람들이 하나같이 묘사한 인물상 그대로, 건실한 동네 어르신이자 어쩌면 인간이 감내할 수 있는 가장 고통스러운 상실을 견뎌내고 있는 사람으로 보였다.

그런 상황에서 왜 거짓말을 한단 말인가?

'누군가 거짓말을 하도록 종용하고 있습니까, 얼?'

디바인은 줄기차게 쏟아지는 비를 뚫고 차를 몰았고, 어느 순간 비는 진눈깨비로 변했다. 그러더니 또 느닷없이 진눈깨비가 멎고 하늘이 개기 시작했다. 이곳 날씨는 진짜 미친 것 같았다.

주도로로 진입하는데 핸드폰이 진동했다.

캠벨이었다. 디바인이 스피커 통화 버튼을 눌렀다.

"중요한 것부터 얘기하지. 색슨 요원과 맨 요원이 자네를 납치한 놈들을 추적하는 데 일부 성공했네."

"뭘 알아냈습니까?"

"자네를 덮친 바로 그날 미국에 들어왔더군. 런던에서 비행기로. 그 전에는 브뤼셀에 있었던 걸로 추적되고. 이 바닥에서 알려진 놈들이네, 청부살인업자로."

"제네바 열차에서 마주친 놈들처럼요?"

"맞네, 그런데 더 높은 레벨이야. 그런 놈들한테서 용케 살아남았군, 디바인."

"고용주가 누군지 짚이는 데 있습니까?"

"아직 없네. 자네가 제네바에서 추적했던 조직이 워낙 가용 자원이 많아서 말이야. 우리가 상당한 타격을 주긴 했지만 제거하진 못한 것 같네. 지금 우리도 철저한 내부 보안 감사를 실시하고 있네. 자네가 메인에서 수행 중인 임무에 대해 아는 사람을 가려내려고."

"상당히 짧은 명단이 되겠는데요."

"맞네, 디바인. 그래도 일단 증거부터 찾아야 해. 만약 우리 중에 첩자가 있다면 찾아내서 적절히 조처할 걸세."

"제가 살아남아서 그걸 볼 수 있었으면 좋겠습니다." 디바인이 대꾸했다. "열차의 여자에 대해서는 밝혀진 것 없습니까? 그날 밤 그 집에 왔던 여자일지도 모릅니다."

"가면을 여러 개 돌려 쓰는 여자더군. 그중 몇 개를 지금 추적 중이네. 제네바에서 마주친 놈들이 자네가 그 조직에 한 방 먹인 걸 보복하려고 그 여자를 고용했을 공산이 크네."

"그럼 그 여자는 프리랜서인 건가요?"

"예비조사 결론은 그렇지만 사실 여부는 확인되지 않았어. 용병 업계에 새 얼굴이 떴다는 소문이 돌았는데, 그게 그 여자인지는 우리도 아직 모르네. 그건 그렇고, 자네는 알아낸 것 없나?"

디바인은 얼 파머에 대한 의심, 그리고 제니 실크웰 살인과 오래전 일어난 그 여동생 폭행 사건의 연관성에 대한 의심을 조목조목 전달했다.

"맙소사. 커트는 알렉스가 그런 일을 당한 기미를 전혀 비치지 않았는데."

"전부 조용히 묻어버린 모양입니다. 이유는 모르겠지만."

"제니의 살해 현장에서 노마 탄피가 발견됐는데 자네를 죽일 뻔한 탄환은 나토군 공식 탄환인 걸 어떻게 생각하나?" 캠벨이 물었다.

"딱히 의견이 없습니다. 아직은요. 범인이 군 관계자일 수도 있고 아니면 민간인인데 일부러 의심을 그쪽으로 유도하려는 걸 수도 있겠죠. 그리고 실크웰이 노마탄으로 살해된 것도 확실치는 않잖습니까. 정작 탄환은 발견되지 않았으니까요."

"특별히 의심스러운 인물은 없나?"

"대크 실크웰이 아주 야심찬 새끼 거물인데, 누나가 죽었으니 옛날 집을 팔면 수백만 달러를 더 챙기게 생겼습니다. 사건 당시 자기는 보스턴에 있었다는데, 남한테 사주했을 수도 있지요. 그 정도 돈이면 일급 범행 동기니까."

"자네한테 얘기하려고 했던 다른 소식이 바로 그걸세. 오늘 실크웰가 부동산 담당 변호사들과, 그 저택과 부동산을 자녀에게 상속하는 신탁에 대해 얘기해봤네." 캠벨이 말했다. "들어보니 대크는 자네 생각 이상으로 강력한 동기가 있었을지도 모르겠더군."

"무슨 뜻입니까?"

"신탁 조건에 따르면 부동산을 매각하려면 **만장일치로** 찬성이 나와야 해. 그러니 제니가 팔기를 원치 않았다면 대크는 그 수백만 달러를 못 챙기게 되는 거였지. 그리고 **알렉스가** 팔기를 원치 않는다면 대크는 제니 때문에 생겼을지 모르는 것과 똑같은 문제를 마주하게 되는 거고."

"끊어야겠습니다." 디바인은 통화를 종료하고 가속 페달을 힘껏 밟았다.

38장

　디바인이 조슬린 포인트의 현관문을 쾅쾅 두드렸지만 안에서는
응답이 없었다. 알렉스의 자전거는 집 앞에 있었다. 하지만 대크의
할리는 안 보였다. 하루 중 이맘때면 대크는 남의 살갗에 잉크를 새
기고 있을 시간이었다.

　문고리를 돌려봤지만 잠겨 있었다. 집 뒤편 화실로 달려가 창으
로 슬쩍 들여다보니 거기도 비어 있었다. 얼른 본채로 돌아온 그는
뒷문이 잠겨 있지 않은 걸 발견했다.

　"알렉스?" 그가 외쳤다. "여기 있죠? 할 얘기가 있어요. 알렉스?"

　그는 먼저 1층을 훑고 이어서 2층도 뒤졌다. 대크의 침실을 발견
했는데 돼지우리가 따로 없었다. 건물의 반대편에는 알렉스의 침실
이 있었는데 깔끔하고 잘 정돈되어 있었다.

　'벽장 속 괴물을 피하려고 자기 주변에 벽을 둘러쳐놓은 걸까.'

　세 번째 방 문을 열고 들여다봤다. 가구들에 먼지가 앉는 걸 막기
위해 천이 덮여 있었지만 딱 봐도 또 다른 침실인 걸 알 수 있었다.

266

벽에는 액자를 씌운 저화질의 옛날 신문 기사가 여러 개 걸려 있었다. 디바인은 그리로 가까이 갔다. 지역신문이 제니 실크웰의 학업 성취와 운동선수로 달성한 업적에 대해 쓴 기사들이었는데, 이룬 것도 많고 수준 또한 대단했다. 선반에는 각종 트로피와 수료증 등이 방의 전 주인이 청소년 시절 이룬 대단한 업적을 찬양하는 기념물들이 추가로 전시되어 있었다.

디바인은 고개를 절레절레 저으며 제니 실크웰의 형제로 사는 게 어떤 삶이었을지 상상해봤다. '쉽지 않았겠지. 쉬웠을 리 없어.'

방문을 닫고 나오는데 위층으로 연결된 또 다른 계단이 눈에 들어왔다.

그리로 올라가봤다. 계단은 곳곳이 곰팡이 슬고 부식되어 있었다. 계단을 다 올라가니 집의 옥상층에 해당하는 망대가 나왔다.

옥외로 나오자마자 찬 공기가 얼굴을 후려쳤지만 다행히 바람만 불었다. 비는 해변 저 멀리 앞바다에만 내리고 있었다.

높은 데 올라오니 공기가 더 상쾌하고 깨끗한 게 곧바로 느껴졌다.

주위를 살피던 디바인의 시선이 마지막으로 꽂힌 곳은 대서양 바다였다. 바람이 바닷물을 마구 휘저었고, 해수면에서 하얀 파도가 슬로모션으로 요동치는데도 여전히 광란적으로 느껴졌다. 시야에 몇 척의 배가 있었지만 그게 다였다. 날이 저물고 있었고, 등 뒤의 지는 해가 보이는 모든 것을 파도만큼이나 천천히 쌓여가는 색채의 향연으로 물들였다.

시선이 해안선을 따라 펼쳐진 시커먼 바위들로 내려간 순간 디바인은 숨이 턱 막히면서 심장이 얼어붙어 파삭 부서질 것 같았다. 그는 불안감에 외마디 소리를 지르며 허겁지겁 일층으로 내려가 뒷문으로 뛰쳐나갔다. 그리고 심장을 토할 것 같은 기분으로, 떠오르는 기도란 기도는 다 중얼거리면서 바닷가로 전력질주했다.

너른 바위들을 내려다봤을 때쯤 막 밀물이 들어오기 시작했다.

그 바위 중 하나에 알렉스가 널브러져 있었다.

디바인은 바위 무더기로 이어지는 험한 길을 재빨리 타고 내려간 후 어서 알렉스에게 닿으려고 바위들을 훌쩍 뛰어넘었다.

'죽지 마, 죽지 마.'

119에 전화하려고 핸드폰을 꺼내 들었다.

알렉스 옆에 다다른 그가 무릎을 꿇고 그녀의 동맥을 짚었다.

순간 알렉스가 비명을 지르며 벌떡 일어나 앉았고 그 바람에 디바인은 옆의 바위에 쿵 주저앉았다.

"뭐 하는 거예요?" 알렉스가 냅다 물었다.

디바인은 자신이 그 광경을 잘못 해석했다는 사실에 너무 마음이 놓여서 대답하는 것조차 잊었다. 갑자기 닥친 안도감에 그는 잠시 발작하듯 웃어댔고 그러다 민망한 침묵에 빠져들었다. 갑자기 밀려드는 오만 가지 감정에 가슴이 터질 듯 들썩였다.

알렉스가 걱정 어린 얼굴로 빤히 보자 그가 말했다. "망대에서 내다봤는데 알렉스가 바위에 널브러져 있었어요. 나는…… 나는 알렉스가……" 차마 말을 맺지 못했지만, 그럴 필요도 없었다.

"세상에, 정말 미안해요." 알렉스가 말했다. 그녀가 팔을 뻗어 그의 손을 잡았다. "거기서는 내가…… 꼭…… 우리 언니처럼 보였겠군요."

디바인은 고개를 끄덕이고 저 멀리 밀려드는 바닷물로 시선을 옮겼다. 눈을 꼭 감고, 죽어 있는 알렉스의 이미지를 머릿속에서 밀어내려 애썼다. 별 소용없었다.

"일주일에 몇 번은 여기 나와서 밀물 오기 전에 이 납작바위에 누

위 있어요. 심리치료의 일환이에요. 비가 와서 오늘은 안 하려고 했
는데 날이 개는 걸 보고⋯⋯."

"아직도 치료받는 줄 몰랐는데요."

"자가 처방이에요. 여기저기서 조금씩 배워서 이제는 혼자 실천
해요. 호흡요법, 명상, 진정 효과 있는 구절 반복하기, 지금 여기에
집중하기, 신경 체계에서 코르티솔을 최대한 많이 내보내고 도파민
으로 대체하기." 알렉스가 디바인을 슥 훑더니 덧붙였다. "트래비스
도 한번 해봐요. 스트레스를 심하게 받은 것 같은데. 몇 가지 가르쳐
줄 수 있어요."

"고마워요. 나중에 정말로 가르쳐달라고 할지도 몰라요. 그런데
먼저 물어볼 게 있어요."

"그래요? 뭔데요?"

"오빠가 조슬린 포인트를 팔려고 협상 중인 거 알고 있었습니까?
알렉스도 파는 데 동의하나요? 그리고 언니가 파는 데 동의를 표했
는지, 집을 내놓을 수도 있다는 데 찬성했는지 알아요?"

그러자 알렉스는 먼바다를 물끄러미 보며 한참 동안 말이 없었고
디바인은 긴장한 채 그녀를 지켜봤다.

"오빠가 그 얘기를 하긴 했어요. 언니가 팔고 싶어 했는지는 모르
겠네요. 언니가 그 일에 대해 알았는지조차 모르겠어요."

"마지막으로 여기 왔을 때 그 얘기는 안 했습니까?"

"아뇨, 꺼내지도 않았어요. 언니는 그냥⋯⋯ 내가 폭행당했을 때
의 일에 대해 기억나는 게 있는지만 알고 싶어 했어요."

"그래서, 오빠가 집을 팔아도 괜찮나요?"

"내가 어떻게 생각하는지 오빠랑 제대로 얘기 안 해봤어요. 아직
고민도 안 해봤고."

"신탁에는 둘 다 동의해야만 매각할 수 있다던데. 제니가 살아 있었을 때도, 집을 팔려면 제니의 동의도 필요했을 겁니다."

알렉스가 천천히 고개를 돌려 그를 봤다. "설마 지금 그것 때문에 언니가……?"

"나는 모든 각도에서 사건을 봐야 해요, 알렉스. 말했지만 대크는 이 집을 팔려고 협상 중이에요. 알렉스가 매각에 동의하지 않았다면 대크가 어떻게 협상을 진행 중인 거죠?"

"모르겠어요. 그건 오빠한테 물어봐야 해요."

디바인이 더 바짝 다가와 앉았다. "알렉스, 이곳을 떠나고 싶어요?"

"내가 그림에 담을 수 있는 넓은 세상이 있다고 그랬죠."

"그랬죠. 진심으로 한 말입니다. 하지만 그 집을 팔지 않고도 다른 곳들을 여행할 수 있잖아요. 알렉스의 집을 팔지 않고도요."

"눈치 못 챘나 본데 내가 그렇게 돈이 넘치는 사람이 아니라서요. 가끔 그림을 팔긴 하지만 피카소 수준으로 값을 쳐 받진 못해요."

"대크가 돈을 잘 버는 줄 알았는데요."

"나는 오빠가 아니에요. 그래도 어쨌든 오빠가 부동산세를 내지 않았으면 우린 진즉에 집을 처분해야 했을 거예요."

"알렉스는 어차피 그 문제에 결정권이 없다는 얘긴가요?"

"오빠가 세금을 안 내겠다면 나는 이 집을 유지할 수 없어요."

"집을 팔면 알렉스는 부자가 될 겁니다. 대크 말로는 수백만 달러는 받을 수 있다던데요."

디바인은 그 말에 알렉스가 어떻게 반응하나 유심히 살폈다.

알렉스는 아득히 어딘가를 응시하기만 했다. "아버지는 아마 올해를 못 넘기시겠죠?"

갑작스러운 대화 전환에 디바인은 내심 놀랐다. "아마 못 넘기시

270

지 싶습니다. 그 문제에 대해 어머니와 얘기해봤어요?"

"아버지를 버렸다고 다들 어머니를 미워하지만 나는 그렇게 생각하지 않아요."

"그럼 **알렉스**는 어떻게 생각하는데요?"

"따끈한 차 한 잔 할래요? 아버지가 쓰시던 서재 벽난로에 불을 때면 좋겠어요. 뼛속까지 시려요. 날씨 때문만은 아닌 것 같은데."

"그거 좋겠네요. 나도 돕겠습니다."

두 사람은 뒷문으로 들어갔다. 문간에서 알렉스가 멈춰 서서 말했다. "망대에 올라갔었다고 했죠?"

디바인은 민망한 표정을 지었다. "알렉스가 걱정돼서 그랬어요. 자전거는 보이는데 대답이 없어서— 문이 안 잠겨 있었거든요."

"이해해요, 트래비스."

부엌에서 왔다 갔다 하며 차를 준비하는 알렉스를 보면서 디바인은 그녀의 취약함에, 더 결정적으로는 그녀가 그걸 다루는 방식에 새삼 놀랐다. 존경심이 들 정도로 용기 있는 여자였다. 그날 하루를 살아내고 그 이상은 생각하지 않는 식으로 한 걸음 한 걸음 나아가고 있는 듯했다. 그 하루를 견디는 것만도 버거울 것 같았다.

디바인이 쟁반을 나르고 알렉스가 서재 문을 열었다. 그는 벌레 먹은 호두나무 마루널과 거무스름하게 오일을 칠한 천장 들보를 둘러봤다. 방 한복판에는 사용감이 뚜렷한 초록색 가죽등받이 의자를 받쳐놓은, 서랍이 앞뒤 양쪽에 달린 사무용 책상이 배치되어 있고 그 위에 큼지막한 만년필이 꽂혀 있는 목재 만년필꽂이 그리고 파이프담배 두 개를 걸쳐놓은 받침대 하나가 놓여 있었다. 벽 두 면은 책꽂이가 가득 메웠다. 세 번째 벽에는 커다란 창이 하나 나 있어서 바다가 내다보였다. 네 번째 벽에는 벽돌을 쌓아 만든 벽난로가 있고 나무로 된 상단 선반에는 액자에 끼운 사진들이 진열되어 있었다. 그리고, 풍화처리된 두툼한 나무 상판을 철제 띠가 가로지르고 받침대 대신 녹슨 철제 바퀴가 달린 인더스트리얼 스타일의 커피테이블을 빙 둘러 오래된 붉은색 가죽 소파와 안락의자 두 개가 배치되어 있었다.

"왠지 추억이 많이 깃들었을 것 같은 공간이네요."

알렉스가 슬며시 웃으며 차를 따랐고 접시에 바나나브레드를 덜어냈다. "좋은 추억들이에요. 적어도 나한테는."

디바인이 난로 안에 불쏘시개를 한 줌 넣고 나무토막을 특정한 형태로 쌓았다. 그리고 옛날 신문 한 장을 대충 구겨 거기에 불을 붙인 다음 불길이 커지도록 연통 입구에 갖다 댔다.

"많이 해본 솜씨네요." 알렉스가 한마디 했다.

"군대랑 보이스카우트 활동할 때 배웠습니다. 공통으로 하는 훈련들이 있더군요."

불길이 웬만큼 커지자 두 사람은 난로에 바짝 와 앉았다. 디바인이 바나나브레드를 한입 베어 물더니 외쳤다. "와, 진짜 맛있네요."

"직접 만든 거예요. 버티가 가르쳐준 레시피로."

"재주가 많은 여자네요."

"버티는 정말 그랬어요."

"버티 얘기한 거 아닌데." 디바인이 말했다.

둘은 어색하게 서로를 쳐다보다가 디바인이 먼저 시선을 돌렸다.

알렉스가 머뭇머뭇 운을 뗐다. "어렸을 때 이 방에 들어오는 걸 좋아했어요. 원래 하이럼 실크웰의 서재였는데 세대를 불문하고 실크웰가 남자들은 전부 개인 서재로 사용했어요. 저 파이프담배들은 할아버지인 토바이어스 실크웰의 유품이에요. 우리 아버지도 이 책상

에 앉아서 아직도 저 받침대에 걸쳐져 있는 저 두꺼운 만년필로 뭔
가 쓰시곤 했고요. 아버지는 문구마다 모노그램을 새기셨는데, 글씨
체가 흠잡을 데 없었어요. 나는 편지 쓸 때 늘 아버지가 쓰시던 형식
을 모방해서 쓰려고 했어요. 아버지는 연설문도 직접 작성하셨는데
이 방에서 작업하는 걸 좋아하셨죠. 그걸 언니한테 읽어주면 언니는
비평을 제시하곤 했어요. 아버지는 보통은 언니의 평에 동의했고요.
뭐, 언니 말로는 그랬대요."

"저것도 알렉스 작품인가요?" 디바인이 창 옆에 걸린 그림을 가리
키며 물었다. 범선 위의 네 사람을 묘사한 그림이었다.

"네. 우리예요. 우리 아버지랑 세 자녀. 어머니는 배 타는 걸 좋아
하지 않으셨어요. 멀미 난다고. 언니는 툭하면 소형 요트 몰고 메인
만으로 나가서 질주하곤 했어요. 겁이 없었죠."

알렉스의 말투에 디바인은 조금 슬퍼졌다. 제니가 여동생을 기죽
게 한 건 분명하지만 제니의 죽음이 여동생의 삶에 커다란 구멍을
남긴 것도 사실인 것 같았다.

알렉스가 일어나서 벽난로 선반에서 액자에 끼운 사진 하나를 집
어들어 그에게 내밀었다. "저 그림은 이걸 보고 그린 거예요."

디바인은 사진을 들여다봤다. 돛이 두 개 달리고 선실이 선체 하
부에 있는 파란색과 흰색의 미끈한 범선이었다. 키를 쥔 건 커티스
실크웰과 그 옆에 선 훨씬 어린 제니였고, 제니의 한 손이 아버지 손
과 나란히 키에 얹혀 있었다. 한쪽 옆에는 알렉스와 대크가 보였다.

"해변에 있던 사람이 사진을 찍어줬어요."

"아버님이 그림이 마음에 드셨나 봅니다. 여기 걸린 걸 보면."

"그…… 일이 있고서 2년 후에 그린 거예요. 치료의 일환으로."

"효과가 있었겠네요. 안전한 시기 안전한 장소로 데려다줬을 테

니까."

알렉스가 미소 지었다. "아버지도 보트를 무모하게 모셨는데. 언니보다 더했어요."

디바인도 따라서 미소 지었다. "다들 어떻게 대처했어요?"

"언니는 무섭지 않은 척했어요. 오빠는 겁에 질려서 처음 몇 번은, 특히 바다가 험할 때는 소리를 꽥꽥 질러댔는데 그러다 차차 적응하더라고요."

"알렉스는요?"

"아버지를 믿었어요." 알렉스는 이렇게만 대답했다. 그러더니 디바인에게 찻잔을 건네며 그를 바라봤다. "아버지가 우리를 해칠 행동은 절대 하지 않으실 걸 알았거든요. 아닌 것 같은 순간에도 항상 상황의 통제권을 쥐고 있던 분이니까. 아버지는 뭐든 할 수 있는 사람이었어요."

"아버지를 진정으로 사랑했군요." 디바인이 말했다.

"한때 대단한 전쟁 영웅이셨던 거 나도 알아요. 근데 나는 아버지의 그런 면을 본 적 없어요. 이 집에 기념품도 일절 안 두셨잖아요. 훈장도 뭣도 없고 그때 이야기를 입에 올리지도 않으셨죠. 우리가 물어봐도. 아니다, 언니하고 오빠는 물어봤어요. 나는 관심 없었고."

"제 경험상 전쟁에서 활약을 많이 한 사람일수록 무용담을 잘 안 늘어놓더군요. 그 반대도 마찬가지고요."

알렉스는 고개를 끄덕이고 창밖으로 시선을 던졌다. 바람이 한층 거세져 있었다. 거대한 괴물의 손이 유리창을 묵직하게 밀어대는 것 같았다. 다음 순간 아마도 나뭇가지가 부러지면서 쩍 하는 큰 소리가 났다. 디바인은 저도 모르게 손이 총으로 갔다.

'정신 차려, 멍청아.'

274

알렉스가 다시 입을 열었다. "아버지는 상원에서도 하원에서도 훌륭한 의원이었어요. 주지사들, 특히 지금은 상원의원인 앵거스 킹이나 당시 주지사였던 존 발다치 같은 사람들하고 자주 손잡으셨죠. 아버지는 이곳 주민들을 진심으로 생각하셨어요."

"아버님을 만나뵐 건가요?" 디바인이 물었다. "어머님도요. 어머님이 계속 연락을 시도했는데 응답이 없었다고 하시더군요. 이혼 후 알렉스를 본 적도 만나서 대화한 적도 없다고요."

"그렇게 단순한 문제가 아니에요, 트래비스." 알렉스의 표정이 긴장으로 팽팽해졌다. "나는 예전의 내가 아니에요. 나도 다른 사람이고 싶지 않아요. 행복한 사람이고 싶고, 가끔은 행복해요. 그런데 문득 뭔가 치밀어올라서 내 얼굴에서 웃음을 지워버려요. 불안이 극도로 치솟고. 숨을 못 쉬겠어요. 세상이 점점 좁혀드는 것 같아요. 진짜로, 엄마 때문이 아니라 그건…… 내 문제예요. 엄마가 나를…… 그런 상태의 나를 보는 걸 원치 않아요."

그녀는 찻잔을 잡은 손에 더 힘을 주는가 싶더니 난롯불로 시선을 던졌다. 불안을 완화하는 심호흡을 하며 뭐라고 중얼대는 것 같았다. 조금 전 언급한 마음을 가라앉히는 구절이나 주문인 듯했다.

"나랑 있으면 안전해요, 알렉스. 내가 아무도 해치게 못하게 할게요."

알렉스가 서글픈 미소를 지었다. "하지만 어느 날 트래비스는 여기 없을 거고 나는 남을 거잖아요."

'그렇지, 참 바보 같은 말을 했군.'

디바인은 불꽃을 멍하니 응시하면서, 마음 깊은 데서 튀어나온 그녀의 진솔한 말에 적절한 대꾸를 떠올려보려 했지만 좀처럼 떠오르지 않았다.

39장

디바인은 알렉스를 난롯불 앞에 두고 나왔다.

그리고 SUV에 앉아 날씨만큼 황량한 마음으로 그 집을 물끄러미 바라봤다.

이번 사건에는 다소 난관이 있지만, 그건 여태 맞닥뜨린 수많은 과제도 다를 바 없었다. 아니, 그의 마음을 이토록 괴롭히는 건 사건 자체가 아니었다. 그가 뭘 어찌하건 온전치 못한 사람을 온전케 해줄 수 없다는 걸 아는 것이었다. 알렉스도. 커티스 실크웰도. 그의 전 아내도. 얼 파머나 애니 파머도. 살면서 제니 실크웰에게 어떤 식으로든 영향을 받은 그 누구라도.

'나도 포함해서 말이지. 개인적으로 알던 사이도 아닌데.'

그는 경찰서로 갔다. 퍼스도 하퍼도 자리에 없었지만 대신 전에 한번 인사 나눴던 여자가 있었다. 이름은 밀드레드 제임스이고 사건 배치와 부서의 모든 행정 업무를 담당하는 직원이었다.

"언제 돌아오실지 몰라요." 제임스가 말했다. "혹시 제가 해드릴 수 있는 거 있나요?"

디바인이 제임스의 맞은편에 앉았다. "여기 오래 사셨습니까?"

"다음 주면 여기서 태어난 지 59년이 되네요."

"좀 이르지만 생신 축하드립니다. 그럼 실크웰 가족을 아시겠네요?"

"아유, 그럼요. 훌륭한 집안이죠. 제니한테 그런 끔찍한 일이 일어나다니 너무 안됐어요. 부모님이 몹시 충격받으셨을 거예요. 아니다, 실크웰 의원님은 상태가 좋지 않으시다고 들었으니까, 그분은…… 알지도 못하실지 모르겠네요."

"여기서 일하는 건 마음에 드십니까?"

"안 그랬으면 붙어 있지도 않았을 거예요. 일이 별로 없어요. 그러니까, 흥분되는 일 말이에요. 오해는 마세요, 그게 나쁘다는 건 아니니까. 그런데 이 지역에 사람이 점점 더 유입되면서 신고니 뭐니 점점 많이 들어오고 있거든요. 경찰관을 한두 명 더 고용하자는 얘기가 나올 정도로."

"알렉스가 폭행당했을 때도 여기서 근무하고 계셨습니까?"

"그럼요. 여기서 20년 넘게 일했으니까. 범인이 알렉스를 죽이지 않은 게 천만다행이랄까요."

'알렉스의 일부는 죽인 것 같은데요.' 디바인이 속으로 대꾸했다.

"그 사건에 대해 말씀해주실 수 있는 것 있습니까?" 디바인이 물었다.

"보자, 그날 당직이었는데 웬 여자가 폭행당했다는 신고를 접수했어요. 기본적인 정보를 취한 다음 대응팀을 파견했죠."

"잠깐만요, 신고를 누가 했습니까?"

"알렉스를 발견한 사람들이요."

"**어떻게** 발견했답니까?"

"가만있자. 아 맞다, 차로 해안가의 어딘가를 지나다가 바다 쪽을 내다봤는데 뭔가 널브러져 있는 걸 봤댔어요. 둘 중 남편이 뭔지 확인하려고 차에서 내렸고 아내는 차에 남아 있었죠. 남편이 알렉스를 알아보고는 다시 차로 달려와 아내한테 경찰에 신고하라고 했고 아내분이 그렇게 했어요."

"그런 다음 알렉스가 병원으로 이송됐는데 의식을 찾고도 아무것도 기억하지 못했고요?"

"맞아요. 그 병원은 나중에 문을 닫았는데, 여기서 십 분 거리에 있었어요. 천만다행이었죠. 안 그랬으면 알렉스는 살아남지 못했을 거예요. 근데 뭐 진술을 하거나 수사에 도움을 주지는 못했어요. 쇼크 상태인 건 확실했고 두개골절도 있었으니까. 의료진이 상태를 안정시키기 전까진 목숨이 위태로운 지경이었어요. 경찰이 알렉스가 발견된 곳 일대를 샅샅이 수색했지만 단서가 될 만한 건 하나도 찾지 못했어요. 목격자도 백방으로 수소문했지만 뭘 봤다는 사람도 안 나왔고요."

"사건 당시 부모님이 여기 계셨나요?"

"실크웰 부인은 마침 계셔서 우리한테 연락받자마자 병원으로 달려가셨어요. 밤새 병상을 지키셨죠. 제니도 어떻게든 도와주러 워싱턴에서 바로 달려왔고."

"대크는 해외 파병 나가 있었고요?"

"아마 그럴걸요."

"실크웰 의원은요?"

"친구분이 급히 마련해준 전세기로 곧장 오셨어요. 공항에서 그분을 픽업해서 병원까지 모셔다드린 게 바로 나예요. 분노며 죄책감에, 하여간 감정의 폭풍으로 거의 제정신이 아니셨어요."

"알렉스가 성폭행도 당한 걸로 아는데, 맞습니까?" 디바인이 목소리를 낮게 깔고 물었다.

제임스가 괴로운 표정을 지었다. "맞아요. 알렉스가 그 부분을, 아니 다른 부분도 기억하려나 싶어요. 사람의 정신이라는 게 참 신기하죠. 검사 결과는 분명히 성폭행당한 걸로 나왔거든요. 꽤 오래전인데도 우리는 아직도 성폭행 증거채취 키트를 보관하고 있어요. 그걸 대조해볼 용의자는 나오지 않았지만. 으레 돌리는 데이터베이스 몇 군데에 넣어봤지만 매치하는 사람이 나오지 않았어요. 다들 알렉스가 기억을 되찾아서 혹시 면식범이라면 범인을 지목해주기를, 아니면 최소한 생김새라도 알려주기를 바랐지만 알렉스는 끝내 기억을 회복하지 못했어요. 이제 그 사건은 아주 오래 묵은 미해결 사건이 됐죠."

"제가 파일이랑 증거물 좀 봐도 되겠습니까?"

"왜요? 혹시 제니한테 일어난 일과 연관이 있다고 보세요?"

"제니는 매듭짓지 못한 일이 있어서 여기 온 거였고, 알렉스하고 옛날의 그 사건에 대해 얘기했습니다. 게다가 제니의 시신이 알렉스가 폭행당한 곳 근처에서 발견됐다면서요."

제임스가 미간에 주름을 잡았다. "맞아요, 참 이상하다 했어요. 뭐, 제3자의 눈으로 한번 봐보는 것도 나쁘지 않겠죠."

제임스는 작은 경찰서 건물 뒤편의 잠겨 있는 방으로 그를 안내했고, 해당 파일과 증거가 보관된 구역을 가리켰다. 그리고 출입일지에 서명하게 했다.

"저 문으로 들어가면 테이블이 있는 작은 방이 나오는데 그 방을 쓰시면 돼요. 다 끝나면 불러주세요."

디바인이 고맙다고 인사했고 제임스는 그를 놔두고 자리로 돌아갔다.

증거물 상자와 사건 파일들을 모아 안고 그 방으로 간 디바인은 테이블에 그걸 전부 펼쳐놓았다. 제일 먼저 증거물 봉투의 밀봉을 뜯고 핸드폰으로 그 안에 든 물품들 사진을 찍었다. 알렉스의 옷가지와 찢어지고 더러워진 속옷, 머리카락 표본, 여성용 스니커즈 한 켤레 그리고 작은 가방에 들어 있던 물건들이었다. 가방 속 물건은 물감 튜브 두 개, 붓과 연필 각각 한 자루, 작은 스케치북 등 주로 미술 도구였다.

스케치북을 펼치니 알렉스가 그린 연필화 몇 점이 나왔다. 전부 해안 풍경 아니면 육지에서 내다본 바다 풍경이었다. 상당히 수작이었고 아직 십대였던 알렉스의 천부적 재능을 고스란히 보여주었다.

한데 성폭행 증거 키트가 안 보였다. 증거물 목록을 확인하니 분명 키트가 있다고 돼 있는데 그 비슷한 것도 보이지 않았다. 디바인은 해외 주둔지에서 그의 부대원들이 현지 여자를 강간한 혐의를 받았을 때 육군 범죄수사국에 협조한 적이 있어서 성폭행 증거 키트가 어떻게 생겼는지 잘 알았다. 당시 두 명은 무죄로 판명됐고 한 명은 아니었다. 강간범은 현재 포트 레번워스의 군 교도소에서 죄의 대가를 치르고 있었다.

디바인은 증거 봉투를 밀봉하고 도로 상자에 넣었다. 창밖을 보니 어느새 다시 비가 내리고 있었다. 저 정도면 길만 건너도 바다에 뛰어든 것만큼 쫄딱 젖을 것 같았다.

그는 사건 파일과 공식 진술을 꼼꼼히 읽어봤다. 알렉스는 조사관들에게 그날 밤 자전거를 타고 해안의 그 구역을 지나간 기억이 난다고 진술했다. 시내에서 친구들을 만나고 조슬린 포인트로 돌아가는 길이었다. 정신 차려보니 생각보다 늦어서, 완전히 캄캄해지기 전에 집에 도착하려고 서둘렀다고 했다. 그게 병원에서 깨어나기 전 그녀가 기억하는 마지막 순간이었다. 알렉스의 몸에서 범인의 정액과 체모, 그 외 다른 흔적들이 채취됐지만 경찰은 그걸 대조할 용의자를 끝내 찾아내지 못했다. 목격자도 없었다. 이어서 알렉스를 발견한 부부의 진술이 나왔다.

순간 그들의 이름이 종이에서 3D로 튀어나오는 것 같았다.

알렉스를 발견하고 신고한 건 다름 아닌 스티브와 발레리 파머였다.

디바인은 날짜를 확인한 후 핸드폰으로 구글에 뭔가 검색했다.

기사가 떴다.

알렉스를 발견하고 사흘 후 스티브와 발레리 파머 부부는 집에서 화재로 사망했다. 기사는 화재가 사고였고 이동식 난로가 아마 부부가 키우던 고양이의 발에 차여 넘어가면서 발생한 것으로 추정되며 고양이 역시 화재로 죽었다고 했다. 커튼에 불이 옮겨붙었고 부부가 세상모르게 자는 사이 방 전체가 화염에 휩싸인 것 같았다. 새카맣게 탄 두 사람 시신이 침대에서 발견된 걸로 보아 그들은 연기 흡입으로 의식을 잃은 걸로 보였다.

디바인은 제임스에게 돌아가 성폭행 증거채취 키트는 어떻게 됐느냐고 물었다. 제임스가 상자를 뒤져봤고 곧 증거 보관실 전체를 뒤집어엎었다.

"이럴 수가, 없잖아." 제임스가 말했다.

디바인은 마지막으로 증거를 본 게 누군지 확인하려고 출입기록을 들여다봤다. 누군가 증거에 손 댄 날짜는 10년도 더 전이었고, 잉크가 바랬지만 디바인은 이름과 서명을 분명히 알아볼 수 있었다.

'리처드 웨인 하퍼 경사.'

40장

메인 브루로 곧장 운전해 간 디바인은 막 퇴근하는 애니 파머를 발견했다. 손목시계를 확인했다. 저녁 8시가 넘어 있었다. 애니한테 는 기나긴 하루였을 터였다. 그녀가 방수재킷을 걸치고 한 손에 오 토바이 헬멧을 들고서 막 스쿠터에 올라타는데 디바인이 연석에 바 짝 차를 댔다.

"잠깐 얘기할 시간 됩니까?" 그가 창을 내리고 물었다.

애니는 당황한 것 같았다. "집에 가기 전에 할아버지 댁 들러서 들 여다보려고 하는데요."

"오래 안 걸립니다. 몇 가지만 물어보면 돼요."

그래도 애니는 머뭇거렸다. "좋아요, 어디서요?"

"이 안에서요. 비바람을 피해."

잠시 후 두 사람은 빗방울이 지붕을 때리는 소리를 들으며 SUV 안에 앉아 있었다.

"질문이 뭔데요?" 애니가 젖은 머리칼 가닥을 귀 뒤로 넘기며 물었다.

"과거 일을 끄집어내려고 하는데, 애니한테는 괴로운 일일 수 있어요."

"무슨…… 무슨 소린지 모르겠는데요." 이렇게 대꾸하는 애니의 눈에 패닉의 기색이 떠올랐다.

"애니의 부모님하고 관련된 겁니다."

"무슨 일인데요?"

"폭행당한 알렉스를 발견한 게 애니의 부모님이었잖습니까."

그러자 애니는 잠시 멍하니 그를 쳐다봤다. "무슨 소리예요?"

"알고 있었던 거 아닙니까?"

"몰랐어요!"

"부모님이 얘기 안 해주셨어요?"

"화재로 돌아가셨을 때 저는 어린이캠프에 가 있었어요. 일주일 내내 거기 있었고요. 사고가 나고서 경찰이 집에 데려다줬어요. 정말 끔찍했어요." 애니가 대시보드를 쾅 쳤다. "내가 집에 있었어야 했는데. 내가 구할 수도 있었는데."

"그 일로 자기 탓을 하는 건 말도 안 돼요, 애니. 모르긴 몰라도 거기 있었으면 애니도 죽었을지 모르는데요."

"그럼 최소한 다 같이 갔겠죠."

"부모님이 그걸 원하시진 않았을 것 같은데요."

애니는 차창 밖을 물끄러미 내다봤다. "할머니 할아버지가 저를 데려가서 성인 될 때까지 키워주셨어요. 그런데 부모님이 알렉스를 발견한 건 전혀 몰랐어요. 얘기를 안 해주셨거든요. 두 분이 알고 계셨는지조차 모르겠어요."

"알렉스가 괴한에게 습격당한 건 알고 있었습니까?"

"소문이 돌았고 저도 이런저런 얘기를 듣긴 했죠."

"알렉스는 성폭행도 당했습니다."

애니의 눈에 또다시 눈물이 고였다. "**그건** 몰랐어요."

"마을 사람 중 아무도 애니의 부모님이 알렉스를 발견했다는 얘기를 안 해줬어요?"

"네. 또 누가 알았죠?" 애니가 물었다.

"뭐, 경찰은 당연히 알았죠."

"너무 기가 차서 믿을 수가 없네." 애니는 말하다 말고 디바인을 찬찬히 살폈다. "근데 그게 지금 왜 중요하죠? 제가 아는지 모르는지가."

"알렉스가 괴한한테 습격당했고 애니의 부모님이 알렉스를 발견했습니다. 그런데 사건 발생 시간을 보니 거의 폭행 **직후**에 발견하셨더군요. 그리고 사흘 후 화재로 사망한다?"

"내가 머리가 나쁜가, 무슨 소리를 하려는 건지 모르겠는데요."

"두 분이 알렉스를 강간한 놈을 **봤을** 수도 있다는 겁니다. 길에서 지나쳤을 수도 있고. 달려가거나 차로 도주하는 놈을요. 중요한 건, 거긴 외진 곳입니다. 날이 어두워지고 있었고요. 근처에 다른 사람이 한 명도 없었을 수 있습니다."

"두 분이 강간범을 봤다면 왜 경찰에 얘기 안 한 거죠?"

"그건 아직 알아내지 못했습니다. 두 분이 알렉스를 발견하고 신고한 당사자라는 것도 방금 알았거든요."

"그러니까 우리 엄마 아빠가, 뭐, 살해당했다는 거예요?"

"그랬을 수 있습니다."

애니는 단호하게 고개를 저었다. "아무리 생각해도 어떻게 그랬을지 모르겠는데요. 엄마 아빠는 실크웰 가족하고 친하게 지냈어요.

현장에서 달아나거나 차로 도주하는 남자를 봤다면 경찰에 얘기했을 거예요. 그리고 경찰에 말했다면, 뭣 하러 두 분을 죽여서 입막음하려고 들겠어요? 경찰이 그 사람을 체포하거나 적어도 만나서 취조했을 텐데."

그 점에서는 애니의 말이 옳을 거라는 걸 디바인도 알았다.

"경찰 보고서에는 이동식 난로가 넘어져서 커튼에 불씨가 옮겨붙으면서 화재가 났다고 되어 있더군요."

애니가 고개를 끄덕였다. "저도 그렇게 들었어요. 그 낡아빠진 난로 기억나요. 위험한 물건이었어요. 엄마가 매번 아빠한테 새로 사라고 했는데……."

"그런데요?"

"솔직히 말하면 부모님이 그때 재정적으로 좀 힘들어하셨어요. 아빠가 어떤 사업에 저축한 걸 몽땅 털어 넣었는데 그 사업이 망했거든요. 엄마는 일하던 데서 얼마 전 잘렸고요. 집이 넘어갈지도 모른다고 얘기하는 걸 들었어요. 내가 이것저것 캐묻기 전에 캠프에 보내버린 게 아닌가 싶어요. 나중에, 부모님이 캠프 회비로 낸 수표가 지불 거절된 걸 알았죠."

"그러고 어떻게 됐습니까?"

"담보로 잡힌 집이 은행에 넘어갔어요. 다행히 저는 조부모님 댁에 들어가서 살게 됐죠. 알고 보니 아빠가 아무도 모르게 여기저기 빚을 졌더라고요. 난리도 아니었어요. 나는 땡전 한 푼 없이 남겨졌어요."

"이런 거 물어봐도 될지 모르겠는데, 그럼 식당은 어떻게 연 겁니까? 다만 얼마라도 자본금이 있어야 했을 거 아닙니까. 조부모님도 그런 거액의 돈을 숨겨두셨을 분들로는 안 보이는데요."

그러자 애니는 민망한 표정을 지었다. "그건…… 대크가 메인 브루를 오픈하는 자금을 대줬어요. 우리가 사귄 지 좀 됐을 때였는데……."

"대크가 애니를 좋아하기만 한 게 아니라 사업의 귀재로 봤다는 겁니까?"

그녀가 코웃음을 뱉었다. "뭐, 대충 그랬나 봐요."

"대크랑 식사할 때 취하지 말라고 경고했죠? 나중에 후회할지 모른다고."

"그 말은 하지 말았어야 하는데. 대크가 알면—."

"나한테서 들을 일은 **절대** 없을 겁니다." 디바인이 말했다.

그를 찬찬히 뜯어보던 애니의 얼굴에서 패닉의 기색이 가라앉았다.

"왜 그런 경고를 한 겁니까?" 디바인이 물었다.

"하루는 대크랑 데이트를 했는데 제가 너무 많이 마셨어요. 그러고 5주 지나서 임신한 걸 알게 됐죠."

"대크가 강간한 겁니까?"

"아뇨, 그러진 않았어요." 애니가 힘주어 말했다. "대크는…… 그런 사람 아니에요. 근데 대크가 피임 도구를 안 쓰는 경우는 미처 고려하질 못했어요. 그런 데다 제가 그날 너무 맛이 가서 똑바로 생각할 정신머리가 없었던 거죠."

"그럼 아기는요?"

"그런…… 일을 처리해주는 데로 가서……."

"그 비용도 대크가 댔습니까?"

애니가 고개를 끄덕였다.

"실크웰가의 자산이 이미 몇 세대 전에 씨가 말랐다고 들었습니다. 대크는 애니를 도와주고 낙태 비용도 대고 그 많은 사업에 투자할 돈을 어디서 구했을까요? 본인 말로는 보스턴에 무슨 재정 후원자들이 있다는데. 누군지 혹시 압니까?"

"대크가 저한테는 얘기한 적 없어요. 근데 대크는 돈을 아주 잘 벌고 있어요. 조슬린 포인트도 여기저기 손봤고 알렉스를 위해 그 화실도 지어줬는걸요."

"대크가 알렉스한테 **지어준** 거라고요?" 디바인이 놀라서 외쳤다.

"네, 한 2년 전쯤에요. 몰랐어요?"

디바인은 고개를 저었다. "알렉스는 그런 얘기 없던데요."

"흠, 알렉스를 안다고 하는 사람은 거짓말하는 거라고 전에 내가 말했잖아요. 대크도 마찬가지예요. 문신으로 뒤덮인 아둔한 건달 같지만 실제로는 아주 세심한 사람이에요."

"제니는요? 이곳 사람 중에 **제니를** 진짜로 안 사람이 있긴 있습니까?"

"제니는 나보다 열 살쯤 많았지만 저도 제니를 알고 지내긴 했어요. 그렇게 잘 알았다고는 할 수 없지만, 좀 놀라긴 했죠."

"놀라요? 뭐에요?"

"그게, 소문으로는 제니가 무슨 첩자였다면서요. 뭔가 숨기는 게 있고, 늘 포커페이스고, 자기가 아닌 다른 사람인 척하는 그런 거. 그런데 제니는 속이 다 들여다보이는 사람이었거든요. 내가 보기엔 남매 중 속을 제일 투명하게 드러내는 사람이었어요. 그러니 어떻게 감쪽같이 첩자 노릇을 했을지 잘 상상이 안 가서요."

디바인은 폭우가 여전하니 얼 파머의 집까지 데려다주겠다고 했고 애니도 좋다고 했다.

"다시 여기로 데려다주시면 스쿠터 타고 집에 가면 되겠네요." 애니가 말했다.

얼마 후 그는 얼 파머의 오두막집 앞에 차를 댔고, 두 사람은 비를 맞으며 현관 앞 테라스까지 냅다 뛰었다. 애니가 열쇠를 가지고 있어서 문을 따고 들어갔다. 한데 둘이 집을 구석구석 뒤졌는데도 얼이 보이지 않았다.

"산책 가셨을까요?" 디바인이 물었다.

애니가 현관 쪽을 바라봤다. "지팡이가 벽에 기대져 있는데. 할아버지는 지팡이 없이 아무 데도 안 가세요." 그리고 벽의 옷걸이못을 가리켰다. "저기 할아버지 외투랑 제가 사드린 형광 안전조끼도 있네요. 저것들 없이도 아무 데도 안 가세요."

"그럼 어디 계신 걸까요?" 디바인이 창으로 좁은 작업실을 내다봤다. "잠깐, 커튼 뒤에서 불빛이 비치는 것 같아요."

"예? 정말요?" 애니는 안심한 목소리였다. "거기 계신가 보네요. 할머니의 그림을 들여다보고 계실지도 몰라요. 그러면 슬픔을 극복하는 데 도움 될 거라고 제가 말씀드렸거든요."

두 사람은 서둘러 오두막에서 나와 작업실로 갔다.

애니가 잠겨 있지 않은 작업실 문을 열었다. "할아버지, 저예요. 집에 계셔서 다행—"

그리고 곧 비명을 질렀다.

디바인이 총을 꺼내 들고 애니를 밀치며 들어가 큰 호를 그리며 총구를 휘둘렀다.

다음 순간 멈춰 서서 총구를 내리고는, 숨이 끊긴 게 분명한 상태로 천장 들보에 매달려 있는 얼 파머를 올려다봤다.

41장

하퍼와 퍼스가 자원 응급구조대의 도움을 받아 현장을 조사하고 프랑수아즈 기욤이 시신의 일차적 검시를 위해 검안 도구를 준비하는 동안 디바인은 아직 보에 매달려 있는 얼 파머를 올려다봤다.

세라 유즈의 이미지가 떠올랐다. 뉴욕에 살면서 카울 앤드 컴리 투자사에 다닐 때 몇 번 만났던 여자였다. 세라는 회사의 한 비품창고에서 목을 매단 채 발견됐다. 최초 추정 사인은 자살이었다. 그러나 곧 판정은 살해로 바뀌었다.

'선생님은 어떤 경우입니까? 스스로 목을 매다셨습니까, 아니면 다른 누가 그랬습니까?'

모두가 힘을 합쳐 얼 파머의 시신을 올가미에서 빼내 바닥에 내렸고, 두 경관이 먼저 시신을 살펴봤다.

다음으로 니트릴 장갑을 낀 하퍼가 사다리에 올라서서, 사용된 밧줄을 매듭이 손상되지 않게 조심조심 잘라냈다.

디바인은 시신 옆에 무릎 꿇은 기욤에게로 은근슬쩍 다가갔다.

시신은 흔적 증거를 철저히 포착하도록 특수제작된 합성소재 방수포에 뉘어 있었다. 기욤은 디지털 온도계로 주변온도를 잰 다음 항문 체온계로 시신 체온을 쟀다.

"얼마나 됐죠, 박사님?" 디바인이 물었다.

"이 방 안의 주변온도가 2.8도입니다. 파머 씨는 두꺼운 옷을 입고 있는데 그게 주변온도를 어느 정도 막아줬겠죠. 인간의 신체는 사망 후 열두 시간까지는 시간당 대략 17도씩 떨어지다가 이후에는 시간당 약 17.4도씩 떨어집니다." 기욤이 항문 체온계를 읽었다. "그런 점들을 다 감안하면 이 수치는 파머 씨가 새벽 한 시에서 세 시 사이에 사망했다고 말해줍니다."

디바인이 파머의 목에 난 끈 자국을 들여다봤다. "저건 중력이 작용한 걸로 보이네요." 그가 기욤에게 말했다. "목이 졸렸음을 말해주는 직선 자국과 비교해서요."

"좀 아시나 봐요?"

"예, 경험이 있습니다."

기욤이 니트릴 장갑을 낀 두 손으로 파머의 큼직한 머리를 붙잡고 설명했다. "눈에 보이는 출혈이나 둔기로 인한 외상의 흔적은 없습니다."

"그럼 맞아서 의식을 잃은 뒤 매달린 건 아닌 거죠?"

"대체 그런 생각은 어디서 튀어나온 거예요?"

뒤를 보자 하퍼가 노기 어린 얼굴로 그를 노려보고 있었다. 디바인은 퍼스는 어떤 표정을 짓고 있을지 궁금해서 그녀를 돌아봤다. 퍼스는 상관을—디바인이 보기에는 초조한 표정으로—쳐다보고 있었다.

"제 말은 이게 자살이 아닐 수도 있다는 겁니다."

"사랑하는 아내를 끔찍한 사고로 잃은 양반이에요." 하퍼가 이렇게 말하면서 다가왔다. 그리 크지 않은 공간을 성큼성큼 가로질러 온 그는 자기보다 키가 큰 디바인을 올려다봤다. "넋이 나갈 정도로 슬퍼했던 사람인데. 오죽하면 오밤중에 혼자 돌아다니면서…… 젠장, 그러면서 뭘 찾아 헤맸을지 누가 압니까? 마음의 평화가 간절했겠죠. 그러다 또 다른 아는 사람의 시체를 발견했단 말입니다." 그가 얼 파머가 매달려 있던 들보를 가리켰다. "그리고 결국 이렇게 됐고요. 내가 보기엔 앞뒤가 딱딱 맞고 빤해 보이는구먼. 한 사람이 감당할 수 있는 비극에도 한계라는 게 있어요."

"얼 파머가 스스로 목숨을 끊었다고 확신하시는 겁니까?" 디바인이 물었다.

"저기 저 박사님이 판결을 내릴 때까지는 어느 쪽으로도 확신하지 않습니다. 그래도, 대체 누가 얼을 죽이려고 든단 말입니까?"

"그게 우리 일이잖습니까—그걸 알아내는 것."

하퍼가 디바인의 왼쪽 가슴팍을 쿡 찔렀다. "해결해야 할 살인사건이 이미 하나 있습니다. 디바인 요원이 그딴 쓸데없는 소리 지껄이고 다니면서 하나 더 얹어주지 않아도 충분하다고요."

하지만 하퍼를 가만히 들여다보는 디바인의 머릿속에는 증거 보관실의 출입 기록 서명과 사라진 성폭행 증거 키트만 아른거릴 뿐이었다. 밀드레드 제임스가 디바인이 알렉스의 증거 파일을 들여다본 걸 하퍼에게 얘기한 게 분명했다. 하퍼는 그게 못마땅한 게 틀림없었다.

"글쎄요, 실제로는 살인사건이 **두 건**인데요. 앨버타 파머 사건이 있잖습니까. 얼 파머까지 하면 세 건이고. 그래도 방금 얘기하신 것처럼 기욤 박사님이 판결을 내릴 때까지 기다려봅시다, **서장님**." 그러고 디바인은 기욤을 돌아봤다. "최우선으로 처리해주실 거죠, 박사님?"

"예, 그럼요." 기욤이 심란한 표정과 목소리로 대꾸했다. "아침에 출근해서 일순위로 처리하겠습니다." 그러고는 응급구조대원들을 보며 말했다. "시신을 밴에 싣고 장례업장 안치소로 이송해주세요. 오거스타 사무소에서 승인이 떨어지는 대로 거기서 부검을 진행하면 되니까. 그쪽 사무소도 부검이 밀린 걸로 아는데, 마냥 기다리고 싶지 않거든요. 그리고 내가 컨디션 좋은 상태에서 부검을 진행하고 싶기도 하고."

"현장을 폐쇄해야 할 겁니다." 디바인이 말했다.

"카운티에 연락해서 밤새 현장을 지킬 보안관보 한 명 보내라고 하겠습니다." 하퍼는 이렇게 말하면서 한발 물러섰고 그러면서 방금 전의 격한 감정과 신랄함도 김이 빠진 듯했다.

"좋습니다." 디바인이 대꾸하고 거기서 나가려고 걸음을 뗐다.

"어디로 가시게요?" 퍼스가 물었다.

"애니를 집에 데려다주려고요. 우리 둘의 진술은 받으셨잖습니까. 다른 건 내일 하겠습니다."

디바인은 밖으로 나가 타호에 탔다. 애니는 차 안에서 화재가 부모님을 앗아간 뒤 조부모님이 자신을 키워준 오두막집을 황망히 바라보고 있었다. 부모님을 그렇게 잃은 뒤 할머니도 죽임을 당했다. 그런데 또…… 이렇게 되다니.

"진심으로 유감입니다." 디바인이 벌써 몇 번째인지 모르게 말했다.

안에 들어가 시신을 발견했을 때 애니는 당장 달려가서 할아버지의 다리를 붙잡고는 디바인에게 할아버지를 내리게 도와달라고, CPR을 해야 한다고, 할아버지를 살려달라고 소리 질렀다.

하지만 디바인은 시체를 수없이 많이 봐왔기에 지금 보고 있는 게 죽은 지 오래된 시신임을 즉시 알아챘다. 애니를 겨우 얼에게서 떼어내고 바깥의 차로 데려가 앉히는 데 온 힘이 들었다. 그런 다음 경찰에 신고했다. 경찰이 올 때까지 애니 옆에 앉아 있었다. 어떻게 든 그녀를 달래주려고, 그런 충격적인 광경을 목격한 고통을 덜어줄 말을 떠올리려고 애를 썼다. 그러다 어느 순간 그런 말은 존재하지 않는다는 게 생각났다.

그래서 그냥 애니를 꼭 안고서 그녀가 그의 어깨에 얼굴을 파묻 고 마음껏 울게 했고, 괜찮아지지 않을 걸 알면서 다 괜찮아질 거라 고 다독였다. 애니가 하도 심하게 흐느껴서 과호흡으로 숨을 제대로 못 쉬자 두 손을 동그랗게 오므리고 거기에 입을 대고 호흡하게 했 다. 한꺼번에 공급된 이산화탄소가 경련하던 폐를 진정시켜주었다.

"오늘 밤 같이 있어줄 사람 있어요? 혼자 있으면 안 될 것 같은 데." 대답이 없자 그가 재차 물었다. 말을 끝내기도 전에 애니가 대 답했다. "조슬린 포인트. 대크랑 알렉스."

디바인은, 특히나 애니가 대크와 어떤 사이였는지 얘기해준 후라 내심 놀랐지만 그냥 고개를 끄덕였고 그들은 죽은 자가 차디찬 바 닥에 누워 있는 그곳을 떠났다.

42장

　알렉스가 문을 열었다. 디바인은 얼른 상황을 설명했고, 알렉스가 애니의 어깨를 팔로 감싼 채 안으로 데려가는 걸 보자 비로소 한숨 놓였다.

　"우리 언니가 쓰던 방에서 자면 돼." 알렉스가 애니에게 말했다. "어딘지 알지? 내가 좀 이따 가서 잠자리 봐줄게."

　애니가 위층으로 올라갔고 알렉스는 디바인을 돌아봤다. 남성용 잠옷 바지와 청록색 스웨터를 입고 분홍색 양말을 신고 있었다. 머리는 어깨를 감싸도록 늘어뜨렸고 엄지와 검지 사이에는 목탄이 묻어 있었다.

　"어떻게 된 거예요?" 알렉스는 목소리에 지친 기색이 묻어났지만 표정에는 걱정이 어려 있었다.

　디바인이 그날 있었던 일을 짤막하게 전했고 그가 얘기하는 동안 알렉스의 표정에 고통이 점점 더 진하게 배어났다.

　"맙소사, 언제까지 이런 일이 반복돼야 해요? 애니는 이제 모두를 잃었어요."

"애니가 여기로 오고 싶다고 한 걸 보면 적어도 당신은 안 잃은 것 같네요."

"원하는 만큼 오래 있어도 돼요. 우리가 아침에 애니의 아파트로 가서 필요한 물건을 가져오면 되니까."

"내가 애니의 스쿠터를 SUV에 실어서 아침에 여기로 가져다줄게요."

"고마워요. 커피나 차 마실래요?"

"됐습니다, 알렉스랑 애니는 좀 쉬어야죠. 나도 할 일이 있고."

그 말에 알렉스가 미간을 찌푸렸다. "할 일요? 지금이 몇 신지 알아요?"

"내 일도 알렉스의 일이랑 비슷해요. 나인 투 파이브가 아니에요."

그러자 그녀가 설핏 웃었고 디바인은 기분이 한결 나아졌다. "알겠어요, 그래도 조심해요."

"도와줘서 고마워요, 알렉스. 애니도 분명 고마워할 겁니다."

"여기서는 다 이래요. 알고 보면 가진 게 서로밖에 없어서 만사 제쳐놓고 돕죠."

"대크는 어디 있습니까? 할리를 못 봤는데."

"나는 오빠의 보호자가 아니에요."

그러고서 두 사람은 잠시 서로를 지그시 바라봤다. 디바인은 그 순간이 계속되기를 바랐지만…….

"잘 자요." 알렉스가 말했다.

그녀가 문을 닫았고 디바인은 서둘러 타호로 돌아가 그곳을 떴다.

상황이 급물살을 타고 전개되는 게 느껴졌고 그래서 정보가, 그것도 많이 필요했다.

그는 운전하면서 핸드폰 단축키를 눌렀다. 두 번째 신호음에 캠벨이 전화를 받았다.

디바인은 얼 파머의 시신을 발견한 정황을 보고했고, 이어서 사라진 성폭행 증거 키트와 그걸 마지막으로 살펴본 사람이 하퍼 서장이라는 것도 이야기했다.

"애니 파머의 부모는 알렉스가 습격당한 직후 그녀를 발견했잖습니까. 그리고 사흘 후 집에서 불이 나 사망했고요."

"두 사람이 범인을 목격했는데 무슨 이유에선지 신고하지 않았고, 영원한 침묵을 보장받기 위해 알렉스를 강간한 놈한테 살해당했다는 건가?"

"합리적인 가설입니다."

"하지만 증거가 없잖나."

"의아스러운 점은, 제 가설이 옳다면 말입니다, 그들이 왜 신고하지 **않았느냐**는 겁니다."

"퍼트넘은 작은 마을이야."

"그러니까, 두 사람이 범인을 알았을 수 있고 모종의 이유로 범인의 정체를 폭로하기를 꺼렸다는 뜻입니까?"

"그것 또한 합리적인 가설이지." 캠벨이 대꾸했다. "그건 그렇다치고, 얼 파머의 죽음에 집중해보지."

"만약 얼 파머가 살해된 거라면, 아직 증거가 없긴 한데, 가능한 시나리오 하나는 얼이 제니 실크웰의 시신을 발견한 척하도록 누군가에게 매수됐거나 종용당했다는 겁니다."

"범인이 얼이 변심해서 다 불어버릴까 봐 입막음했다?"

"그거죠."

"애초에 왜 얼을 끌어들였을까?" 캠벨이 질문을 던졌다.

"저는 제니가 시신이 발견된 장소에서 살해당한 게 아니라고 봅니다. 거기로 옮겨졌을 겁니다. 게다가 거긴 무작위로 고른 장소가 아닙니다. 알렉스가 강간당한 후 발견됐던 곳 근처잖습니까."

"그러니까 자네는 15년의 간극이 있지만 알렉스의 폭행 사건과 제니의 살인사건이 연관됐다고 보는 건가?"

"슬슬 그런 생각이 들고 있습니다. 그게 아니라면 두 장소가 겹치는 게 너무 억지스럽습니다. 제니가 발견된 장소가 연출된 거라면 더더욱요. 살인범이 의도적으로 골랐다는 뜻이니까요."

"마을 주민 대부분이 거기가 알렉스가 발견된 곳인 걸 알지 않나?"

"아니요, 모를 겁니다. 사건을 조용히 묻었더라고요. 하지만 당장은 마을 주민 누구든 용의자일 수 있습니다. 장군님, 제니가 모친한테 여기 **매듭짓지 못한 일**이 있다고 했잖습니까. 그런데 제가 나중에 알아낸 바로는 제니가 알렉스를 찾아왔고 그날 밤 사건에 대해 기억나는 게 있느냐고 물어봤답니다. 제 생각엔 그 매듭짓지 못한 일이 알렉스의 성폭행 사건과 관련된 것 같습니다."

"자네는 제니가 뭔가 알아냈다고 생각하나?"

"예, 그런 것 같습니다. 장군님이 제니의 CIA 동료들한테 제니가 우리 수사에 도움 될 말이나 행동을 하진 않았는지 알아봐주셨으면 합니다."

캠벨이 말했다. "흠, 제니가 정부 기관의 자원을 활용해서 사적인 첩보 활동을 벌였을 수도 있겠군."

"듣기로 제니 실크웰은 뼈다귀를 문 개처럼 끈질긴 사람이었다더군요."

"그건 자네한테도 적용되는 말이네."

"잘 아시겠지만 육군에서 배운 겁니다. 말이 나왔으니 말인데, 대크의 군 기록은 봉인을 뚫으셨습니까?"

"음. 부대장의 아내와 외도하다가 들켰네."

디바인이 말했다. "그렇군요. 불명예제대가 아닌 비명예제대 처분을 받은 게 이해가 갑니다. 육군은 상급 장교가 아내한테 배신당했다는 소문이 퍼지는 걸 원치 않았겠죠."

"그게 수사에 어떤 도움이 될지 모르겠군."

"대크가 보상이 충분히 크다고 여기면 큰 위험도 무릅쓰는 성격인 걸 말해주죠."

"어느 정도 무모한 면이 있다는 것도 보여주지." 캠벨이 받아쳤다.

"그건 또 대크가 그만큼 예측이 어렵고 생각보다 위험한 놈이라는 뜻이고요."

"바로 그거야."

"내부 첩자는요?" 디바인이 물었다.

"감사를 90퍼센트쯤 마쳤네."

"다 끝나면 답이 나오든 안 나오든 연락주십쇼."

"이제 어쩔 텐가?" 캠벨이 물었다.

"메인주 퍼트넘의 야간 기행을 좀 해볼까 합니다."

"뭘 찾을 걸 기대하고?" 캠벨이 물었다.

"찾으면 알겠죠."

43장

    디바인은 자매 중 한 명이 강간당하고 다른 한 명은 살해당한 곳으로 운전해 갔다. 차에서 내려 서성대면서 머리로는 제니의 살인사건에 관해 알고 있는 사항들을 차근차근 되짚었다. 그리고 여기서 알렉스에게 어떤 일이 있었을지도 추측해봤다.

    머리에 라이플이 겨눠진 제니를 떠올렸다. 자신에게 곧 무슨 일이 닥칠지 깨달은 알렉스도. 상상 속의 두 장면이 그를 뼛속까지 뒤흔들었다. 더 이상 어떤 일에도 동요하지 않을 줄 알았는데. 절벽 끄트머리까지 걸어가 저 밑의 바위를 내려다봤고, 거센 파도가 엎치락뒤치락하며 우르릉대는 바다를 내다봤다.

    그는 폭력과 인간의 타락한 면을 보통 사람들보다 훨씬 많이 목격했다. 그러면 인간이 보여줄 수 있는 경악할 수준의 잔인함에 어느 정도 무뎌진다. 하지만 한편으로 그는 자신이 보통 사람보다 공감력이 더 높은 것 또한 알게 되었다. 어쩌면 사랑하는 이를 잃은 동료, 친구, 가족 들을 자기가 할 수 있는 선에서 최대한 위로해봤기에 그런지도 몰랐다. 같은 미국인뿐만 아니라 타국의 병사들도, 사랑했던 모든 것과 모든 사람을 전쟁에 잃은 민간인들도 수없이 많이 위로했으니까.

죽음은 늘, 심지어 예상했던 경우라도, 마음을 뒤흔들어놓는다. 한데 폭력적이고 예상치 못한 죽음이라면? 그 경우엔 끔찍한 공포, 보통 사람은 도저히 이해할 수 없는 수준의 기괴함까지 보태진다. 그런 죽음에는 논리적인 부분, 이해되는 부분이 전혀 없기에 그렇다.

디바인은 취약한 두 여성이 웅크리고 있는 조슬린 포인트 쪽을 바라봤다. 어쩌면 각각 혼자였을 때는 그러지 못했을 텐데 둘이 함께이기에 버티고 있는지도 몰랐다. 그러기를 적어도 그는 바랐다.

다시 바다를 내다보는데 해변과 아주 가까운 지점, 디바인이 있는 곳으로부터 북쪽 어딘가에서 한 척의 배가 빛을 발하고 있었다. 손목시계를 확인한 그는 오밤중에 대체 누가 바다에 나갔을까 의아스러웠다.

SUV에 올라타 배가 이동하는 방향인 듯한 쪽으로 달렸다. 배의 경로를 좇기 위해 중간중간 바다를 내다봤다. 어느 순간 빛이 사라졌고, 그러자 더더욱 수상하게 느껴졌다. 디바인은 차의 속도를 늦췄다가 길가로 빠져서 아예 멈춰 섰다. 가방에서 고배율 쌍안경을 꺼낸 후 내려서 차의 지붕에 쌍안경을 괴고 렌즈를 들여다봤다. 선박의 일부라도 보일까 해서 수평선을 훑었다. 하지만 마치 배가 어둠 속으로 삼켜진 것 같았다.

다시 차에 타 도로로 진입하려는데 다른 차 한 대가 빠른 속도로 지나갔다. 재빨리 그쪽을 돌아본 덕에 회색 BMW 세단의 운전자가 기욤 박사인 걸 알아볼 수 있었다. 그는 그 차 뒤에 따라붙어 적당한 간격을 두고 좇아갔다. 지금이면 기욤이 얼 파머의 집에서 검안을 마쳤거나 아니면 장례업장에서 내일 아침 부검을 위한 준비를 마쳤을 시간이었다. 집이 어딘지 몰라도 그리로 가는 길일 수 있었다. 디바인에게 자기가 이 지역에 산다고, 하지만 오거스타에도 집이 있다고 하지 않았던가.

디바인은 덥기도 하고 좁은 공간이 답답해져서 창을 약간 내렸다. 공기를 타고 온 대서양의 짠 내가 차 안을 메우면서 웨스트포인트에서 보낸 시간과 소금기 섞인 허드슨강에서 배를 타던 기억을 소환했다.

공식 명칭은 미 육군 사관학교인 웨스트포인트는 조지 워싱턴이 미국 독립전쟁 당시 전략적으로 가장 우수한 위치로 꼽았던 곳이다. 원래는 포트 클린턴이라 명명됐는데, 미국에서 가장 오래되고 가장 오래 유지된 군사 기지이기도 하다. 웨스트포인트로 불리게 된 건 허드슨강의 서안에 있어서였다. 미 조폐국의 지점 중 하나도 거기 있었다. 무기를 잔뜩 쟁이고 그 무기를 다룰 줄 아는 사람도 잔뜩 모여 있는 군사 시설 옆에 있으니 보안은 걱정 없을 성싶었다.

디바인은 인생 최고의 4년을 웨스트포인트에서 보냈다. 평생 갈 줄 알았던 우정도 거기서 다졌다. 전장에서 스러진 전우들은 그 평생의 연대를 누릴 수 없게 됐으니까. 하지만 그건 자발적으로 걸어 들어간 운명이었다. 그들은 다 함께 세상을 더 나은 곳, 더 자유로운 곳, 혹은 더 안전한 곳으로 만들고자 했다. 실제로 그렇게 됐는지 여부는 아직 평결이 나지 않았지만.

'하지만 어쨌거나 우리는 의무를 다했고 최선을 다했어.'

BMW가 속도를 줄이자 디바인도 따라서 감속했다. 이내 앞차가 디바인은 처음 보는, 쭉 뻗은 해안도로에서 이어진 아스팔트도로로 진입했다. 연철대문이 열리더니 BMW가 들어가고 차 뒤로 문이 닫했다.

디바인은 타호를 길가로 뺀 뒤 기욤의 차가 대저택이라고밖에 표현할 수 없는 건물의 옆구리로 들어가는 것을 지켜봤다. 차가 측면에 출입구가 있는 차고로 들어가자 집이 차를 완전히 삼켜버렸다.

디바인은 저택을 정면으로 향하게 타호를 대고 라이트로 대문을 비췄다. 맞물린 상태의 연철대문이 대형 알파벳 'B'를 이루었다.

'빙'의 'B'인가?

조슬린 포인트를 보고 대단하다는, 아니 적어도 한창때는 대단했을 거라는 인상을 받았었다. 그런데 이 저택은 잘해야 지은 지 10년도 안 됐을 텐데 조슬린 포인트보다 훨씬 컸다. 기욤이 저기서 혼자 살지, 아니면 한 50명 정도와 함께 살지 궁금했다. 집보다 호텔에 가까우니까.

차를 돌려 그곳을 뜨는데 머릿속에 온갖 시나리오가 꼬리를 물고 떠올랐다. 이렇게 작은 마을이 이토록 큰 비밀들을 간직하고 있을 줄 누가 알았겠나? 이토록 커다란 문제들도.

그날 푹 자고 다음 날 일찍 일어난 디바인은 수사에 진전을 보지 못한 자신을 벌하듯 유독 강도 높은 체력 단련을 했다. 다이아몬드 푸시업(엄지와 검지로 다이아몬드 모양을 만들어 바닥에 괸 채로 하는 푸시업 변형 자세—옮긴이) 하나 할 때마다 자신을 질책했다. 단거리 전력 질주 한 번 할 때마다 아직 아무것도 해결하지 못한 자신을 책망하며 땅을 더욱 힘껏 찼다. 버피 1회 할 때마다 자신의 능력 부족을 탓하며 근육을 조금 더 혹사했다.

숙소로 걸어 돌아와 샤워하고 옷을 갈아입은 후 애니 파머의 스쿠터를 픽업해 SUV에 싣고 조슬린 포인트로 갔다. 문을 두드렸을 때는 7시 정각이었다. 그는 할리가 여전히 안 보이는 걸 알아챘다.

대크가 일찍 출근했거나 아니면 아예 귀가하지 않은 모양이었다.

진바지에 길게 내려오는 스웨트셔츠를 걸친 알렉스가 문을 열었다. 그리고 그를 부엌으로 데려가 커피를 한 잔 따라주었다. 두 사람은 작은 온실에 놓인 테이블에 마주 앉았다.

"애니는 어때요?"

"아직 자고 있어요." 알렉스가 대답했다. "깨우고 싶지 않았어요."

"애니의 스쿠터는 요 앞에 갖다 놨습니다."

"그렇게까지 해주다니 친절하네요."

"별거 아닙니다. 애니가 힘든 시간을 보내고 있는데 이 정도야 뭐."

"어젯밤엔 어쩌다가 애니랑 같이 있게 된 거예요?"

디바인은 그 질문에 마음이 조금 불편했다. 알렉스가 왜 그걸 알고 싶어 하는지 궁금하기도 했다. 하지만 다시 생각해보니 완전히 타당한 질문이었다. 그래서 대답했다. "애니한테 몇 가지 물어볼 게 있었는데 애니가 할아버지가 잘 계신지 확인하고 싶다고 해서 얼의 집까지 태워다 줬습니다. 비가 많이 오는데 스쿠터 타고 가게 하는 게 말이 안 되는 것 같아서요. 그랬다가 얼을 발견한 겁니다."

"아직도 얼이 자살한 게 안 믿겨요."

디바인은 얼 파머가 살해됐을지 모른다는 의견은 군이 밝히지 않았다. 증거도 없고 순전히 추측이었으니까. 하지만 그것 말고 알렉스에게 해줄 얘기가 있었다.

"나는 제니가 시신으로 발견된 장소에서 죽었다고 생각하지 않습니다. 탄환이 들어간 각도로 보건대 다른 데서 살해된 후 딱 그 지점의 그 바위로 옮겨진 것 같습니다. 의미가 있을지 모르겠지만, 메인주 법의관도 내 사입 각도 가설에 동의하고요."

알렉스가 애써 침착한 어조로 물었다. "범인이 왜 그 장소를 택해서 언니의 시신을 갖다 놨을까요?"

"알렉스가 폭행당한 곳이라서요."

"네?" 알렉스가 날카롭게 물었다. "거기가요?"

"내 생각엔 그래서 알렉스가, 내가 거기 데려갔을 때 일종의 '사건'을 겪은 것 같아요. 언니의 죽음과는 상관없었던 거죠. 알렉스는 자신이 발견됐던 들판에서 정신이 혼미해졌어요. 숲으로 들어가서는 괜찮아졌고요. 그러니 그날 밤 있었던 일에 대해 의식적으로는 아무것도 기억하지 못한다 해도 알렉스의 무의식은 기억을 하는 겁니다."

듣고 있던 알렉스의 눈이 울멍울멍해졌다. "같은 장소라니. 그러니까 나를 덮친 놈이 언니도 죽였다는 거예요?"

"그냥, 그럴 가능성이 있다는 겁니다. 그런데 알렉스도 제니가 그 일에 대해 물어보러 왔었다고 했잖아요. 그리고 제니는 어머님께 매듭짓지 못한 일이 있어서 온다고 했고요. 그게 이 일 아니면 뭐겠어요."

"모르겠어요, 트래비스. 제기랄 나도 모르겠다고요."

그러더니 알렉스는 온실에서 뛰쳐나갔다.

디바인은 한숨을 내쉬고 남은 커피를 마신 뒤 컵을 헹궈 식기세척기에 넣어놓고 그 집에서 나왔다.

'반드시 진실을 밝혀내야 해, 디바인. 그래야만 하는 이유가 너무 많아.'

44장

디바인은 차를 몰아 경찰서로 갔다. 하퍼는 출타 중이고 퍼스는 자리에 있었다.

디바인이 맞은편 의자에 앉자 퍼스가 속을 알 수 없는 표정으로 그를 빤히 봤다. "밀드레드하고 얘기했습니다. 다녀가셨다고요."

"그렇습니다." 디바인이 흔들림 없는 말투로 답했다.

"증거 일부가 사라졌다는 얘기도 들었습니다."

"증거가 사라지는 일이 **종종** 있죠." 디바인이 퍼스를 빤히 보며 대꾸했다. "여러 가지 이유로요."

"잡소리는 생략합시다, 디바인 요원. 증거 보관실 출입기록 봤습니다. 요원도 본 거 압니다."

"안 봤다는 말 안 했습니다."

"그 당시에 하퍼 서장님이 증거 키트를 빼돌렸을 리가 없어요."

"마찬가지로, 서장님이 그랬다고 말한 적 없습니다." 퍼스가 뭐라고 하기 전에 디바인이 말을 이었다. "스티브와 발레리 파머 부부가 사망한 화재는요?"

퍼스의 눈썹이 서로 겹칠 듯 드라마틱하게 휘었다. "예?"

"파머 가족이 당한 화재 말입니다."

"예, 무슨 사건인지 압니다. 그때는 내가 경찰이 아니었지만. 근데 내 기억에 그건 사고였는데요."

"공식 결론이 그렇다는 말이죠?"

"**실제로** 사고였습니다." 퍼스가 사납게 대꾸했다.

"그냥 이런저런 가능성을 따져보는 겁니다. 일단 들어보십쇼. 파머 부부는 알렉스가 성폭행당한 직후 그녀를 발견했고 그리고서 사흘 후에 죽었습니다. 묘한 우연이죠."

"엄연히 다른 사건이에요. 내 기억이 맞는다면 이동식 난로의 결함 때문이었습니다. 당시엔 그런 사고가 부지기수였어요. 내 사촌이 의용소방대원인데, 난로 넘어짐은 아직도 겨울 화재의 가장 흔한 원인 중 하나랍디다."

"알겠습니다."

"아뇨, 아는 것 같지 **않은데요.**" 퍼스가 내뱉었다.

"법의관한테 부검 결과 들으셨습니까?" 디바인은 대화의 방향을 돌리기로 하고, 불쑥 물었다.

"서장님이 가 계신 데가 거깁니다. 참관하시느라."

디바인이 화가 나서 벌떡 일어났다. "왜 저를 안 불렀습니까?"

"요원이 여기서 수사 중인 사건과 무관한 자살 사건이라서요."

디바인은 퍼스가 마치 각본에 쓰인 대로 읊는 것 같다고 느꼈다.

"헛소리. 얼 파머는 내가 조사 중인 살인사건의 피해자 시신을 발견한 사람입니다. 부검은 원래 계획대로 장례업장 시체안치실에서 진행 중입니까?"

"예, 근데一."

디바인은 퍼스가 말을 끝내기도 전에 문을 나서고 있었다.

잠시 후 장례업장에 도착한 그는 안으로 뛰어 들어가 직원 하나를 붙잡고 신분증을 보여준 뒤 전에 실크웰의 시신을 확인했던 건물 뒤편의 안치실로 빠른 걸음으로 이동했다. 그리고 노크 따위 생략하고 문을 벌컥 열고 들어갔다.

기욤이 하던 작업, 그러니까 얼 파머의 흉부를 메스로 가르던 작업에서 눈을 떼고 그를 올려다봤다. 기욤의 맞은편에 선 하퍼 서장은 살짝 메스꺼워하는 낯빛이었다.

"다른 사람도 참관해도 됩니까, 아니면 철저히 외부인 출입금지입니까?" 디바인이 감정이 실린 말투로 물었다.

기욤이 의아스러운 얼굴로 하퍼를 슬쩍 봤다. "아시는 줄 알았는데요." 그리고 이렇게 말했다.

하퍼가 불만 섞인 목소리로 말했다. "웬디한테 알려주라고 말한 것 같은데, 어쩌면 내가 깜빡했을 수도 있어요."

"오히려 퍼스 경사는 제가 참관할 이유가 없다고 생각하는 것 같던데요." 디바인이 대꾸했다.

"어차피 오셨으니 그냥 진행합시다. **요원이** 여기 와 있는 이유하고는 전혀 상관**없는** 부검이지만." 하퍼가 퉁명스레 말했다. 그리고 기욤을 보며 고개를 끄덕였다.

이후 한 시간 동안 기욤은 시신을 부검하면서, 옆에 자석 거치대에 고정해둔 자신의 아이폰에 음성으로 메모했다. 디바인과 하퍼 둘다 중간중간 기욤에게 질문을 던졌다.

"목이 졸린 후 매달린 건 아닙니다." 기욤이 디바인이 던진 질문 중 하나에 대답했다. "전에 요원도 지적했듯이 끈 자국이 중력에 영향을 받은 형태고 그 아래 직선형 묶음실징후가 없어요. 위장에 소화 안 된 음식이 남아 있지 않았는데, 새벽에 살해당한 거라면 말이 되죠. 그런데 배 속에 다른 물질이 있었어요."

"얼이 복약 중이었습니까?" 디바인이 물었다.

기욤이 고개를 끄덕였다. "제가 얼의 1차 의료 제공자였습니다. 그래서 얼이 스타틴(혈관 내 콜레스테롤 억제제—옮긴이)이랑 고혈압약 그리고 관절염이랑 다른 통증들에 먹는 몇 가지 진통제를 복용 중이었던 걸 알아요. 안타깝게도 그 나이대 분들은 보통 약을 굉장히 많이 복용하세요."

"그래도 그 약 때문에 사망한 건 아니죠?" 하퍼가 말했다.

"아닐 겁니다, 얼이 과량투여한 게 아닌 한. 과량투여했다면 스스로 목을 매달 수 없었겠죠. 게다가 조직 표본검사 결과 신체에 어떤 종류든 독성 물질이 남아 있음을 보여주는 증거는 없었습니다."

"시신 바로 아래 옆으로 넘어진 의자가 있었어요." 하퍼가 말했다. "얼이 위에 올가미를 설치한 다음 의자에 올라가서 차버린 게 틀림없어요. 더 얘기할 것도 없습니다."

디바인은 그렇게 된 거라고 믿지 않았지만 하퍼 앞에서 말하지는 않을 작정이었다.

"그래도 혈액 검사랑 독성 물질 검사는 하실 거죠?" 디바인이 물었다.

기욤이 하퍼를 쳐다봤고 하퍼가 대꾸했다. "그런 거 다 비용이 듭니다, 디바인. 한두 푼도 아니고요. 그리고 굳이 뭐 하려요? 얼 파머는 자살했어요. 자살이 아니면 뭐겠어요?"

"저도 같은 의견입니다. 저는 사인을 자살로 결론 내리겠습니다." 기욤이 말했다.

"잘됐군요." 하퍼가 말했다. "오해 마십쇼. 나도 얼을 좋아했으니까. 근데 퍼트넘에 또 다른 살인사건은 필요없습니다. 수고하셨습니다, 박사님." 그는 디바인에게 뻣뻣하게 묵례한 뒤 가버렸다.

기욤이 장기들을 부검후 처리용 두꺼운 비닐봉투에 담아 홍강에 집어넣는 동안 디바인은 활짝 열린 시신을 물끄러미 내려다봤다. 두개골 내부를 살펴보고 뇌를 들어내기 위해 벗겨냈던 얼굴 가죽과 두피는 기욤이 도로 원상 복구한 후였다. 이제 그녀는 아까 흉골을 따라 낸 Y절개를 도로 봉합하기 시작했다.

"결국 이상한 점은 발견되지 않은 겁니까?" 디바인이 물었다.

"아까 보셨다시피 장기별로 3센티 크기의 조직 표본을 채취했어요. 말했지만 예상을 벗어난 이상점은 없었고요. 얼은 심장질환이 있었는데, 그건 저도 이미 알고 있었던 거고. 그래도 나이에 비해 상태가 그리 나쁘진 않았어요."

"저하고 같이 나갔을 때 얼은 걷는 걸 몹시 힘들어했습니다—걷는다기보다 그냥 발을 끌면서 이동하는 수준이었죠."

"얼이 척추 유합술 받은 건 이미 아시잖아요. 지난번에 말했지만 그 수술 때문에 신체 가동 범위가 확 줄었어요. 게다가 양쪽 무릎과 골반에 심한 관절염까지 있어서 보행이 힘들어졌고요."

"그럼 그런 여러 가지 신체적 한계에도 불구하고 박사님은 얼이 스스로 목을 매달 수 있었을 거라고 보시는 건가요?"

"순간적으로 아드레날린이 분출되면 평소라면 하지 못했을 일들을 해내기도 하거든요. 얼이 정말로 자살하고 싶었다면 그럴 수 있었을 겁니다. 사실 누구나 마찬가지예요. 그리고 얼은 비록 신체적 제약이 있었지만 평생에 걸친 노동으로 상체가 놀랍도록 발달한 덩치 크고 건장한 남자였잖아요."

디바인은 고개를 끄덕였지만 도무지 납득이 가지 않았다. 아무리 생각해도 **아드레날린**으로는 설명이 되지 않았다. "그건 그렇고, 어젯밤에 박사님을 봤습니다."

기욤이 어리둥절한 얼굴로 고개를 들었다. "알아요, 얼의 집에서 봤잖아요."

"아뇨, 나중에요. 박사님이 차로 퇴근하시는데 바로 뒤에 제 차가 있었거든요. 와, 집이 정말 으리으리하던데요."

"엄밀히는 제집이 아니에요." 기욤이 재빨리 대꾸하고 봉합 작업으로 다시 시선을 옮겼다.

"그래요?"

"아버지가 한 10년 전에 지으신 거예요."

"장례업이 그렇게 돈이 되는 줄 몰랐네요." 디바인이 말했다.

"돈 안 돼요. 제가 잘 알아요. 근데 워런 버핏이라고, 들어보셨어요?"

"당연하죠."

"아주 아주 오래전에 저희 할아버지가 버핏의 뉴스레터를 구독하셨어요. 그리고 버핏이 투자하는 곳에 할아버지도 똑같이, 마지막한 푼까지 탈탈 털어서 투자하셨죠. 사적인 소비에는 지독할 정도로 검약한 분이었는데, 그렇게 몇십 년 흐르니 이익이 꽤 커졌어요—아니, 어마어마했죠. 우리 중 누구도 짐작하지 못했을 정도로. 할아버지가 돌아가시고 저의 아버지랑 작은아버지가 전부 물려받으셨어요. 작은아버지는 그길로 은퇴해서 플로리다로 이주하셨지만 아버지는 한동안 여기 살면서 그 저택을 지으셨죠. 그때는 어머니도 아직 살아계셨는데, 사실 배후의 실세는 어머니였어요. 하나 아셔야할 게, 어머니는 결혼하고 거의 평생을 좁아터진 방 둘짜리 랜치하우스(폭이 좁고 길며 지붕이 낮은 단층집—옮긴이)에서 사셨거든요. 동생하고 제가 태어난 후 미치도록 집이 답답해졌는데도 아버지는 한 사코 새집을 장만할 생각을 안 하셨어요.”

“방 두 개요? 그럼 나이 좀 들고서는 동생이랑 어떻게 했습니까?”

“걔가 거실 구석에서 잤죠. 내가 침실 쓰고. 내가 누나니까.” 기욤이 씩 웃었다. “아무튼, 그 저택은 말하자면 어머니의 복수였어요. 거기서 딱 2년 살고 암에 걸려서 돌아가셨어요.”

“유감입니다.”

“아뇨, 괜찮아요. 어머니가 그 2년간 평생 치의 행복을 누리셨거든요. 그리고 아버지는 작은아버지랑 가까이 살려고 플로리다로 가셨고요. 그래서 제가 동생이랑 둘이 그 저택에 살게 된 겁니다. 우리 둘 앞으로 신탁 기금도 마련돼 있어요.”

“그럼 정말로 일을 안 해도 되는 겁니까?”

그러자 기욤이 한숨을 토해냈다. “흠, 바로 거기에 함정이 있어요.”

“뭔데요?”

“할아버지가 당신 아들들을 위해 신탁 조건을 달아두셨는데 저희 아버지도 제 동생이랑 제 앞으로 남긴 그 저택이랑 다른 유산에 똑같이 해두셨거든요.”

“똑같이 해두셨다니요? 무슨 소린지 모르겠는데요.”

“아버지랑 작은아버지는 그 많은 유산을 물려받기 위해 65세 될 때까지 장례업을 유지해야 했어요. 저희 아버지도 저랑 동생한테 비슷한 조건을 지우셨는데, 그래도 다행인 게 우리는 60살까지만 하면 돼요. 그때까진 신탁에서 약간의 돈이 나오고 그 집에서 살 수는 있는데 생활비를 벌려면 우리 둘 다 가업을 운영해야 하고, 뭐 제가 개원의로 일하고 있긴 하지만 솔직히 그건 큰 수입이 못 되거든요. 게다가 남은 유산이 그리 많지도 않고. 그 집은 유지하는 데만도 돈이 엄청 들어요."

"기한 전에 가업을 포기하면 어떻게 되는 겁니까?"

"60세까지 업을 이어간 자녀가 유산을 몽땅 물려받아요. 우리 둘다 포기하면 신탁 기금을 잃는 데다 그 집에서 나와야 하고 집을 매각할 경우 수익금도 못 받고요. 전부 자선단체에 기부될 거예요. 둘다 끝까지 남으면 재산을 나눠 갖고요."

"박사님은 기한을 채워서 묶인 신탁 기금을 받을 겁니까?"

기욤은 생각에 잠긴 표정이었고 갈등하는 것 같았다. "버틸 수 있을지 모르겠어요. 자식도 없고 하니. 그리고 다른 주로 이주할까 생각 중이었거든요. 노스캐롤라이나주 샬럿으로. 이제 추운 건 지긋지긋해요. 게다가 그 저택은 둘이 살기에 너무 너무 커요. 그것도 그렇지만 인생의 결정들이 오로지 내가 기여한 바도 없는 부를 차지하겠다는 의식에 좌우되는 것도 마음에 들지 않아요."

"동생은요?"

"프레드는 장례업 운영하는 걸 진심으로 좋아하는 것 같아요. 그러니 걔한테는 그렇게 힘든 일이 아니겠죠. 게다가 걔는 남는 시간에 야외 스포츠를 엄청 즐기거든요. 하이킹하고 암벽 등반을 좋아해요. 뉴잉글랜드에는 그런 활동을 할 데가 많으니까. 카약하고 사이클링도 좋아하고."

"프레드는 결혼한 적 없습니까?"

"내 꼴을 보고 절대 안 하겠다고 다짐한 것 같아요."

"그렇게 끔찍했나요?"

"전남편이 내 돈을 몽땅 빼돌리고 자기 빚만 떠넘기고는 내가 절친이라고 믿었던 애랑 바람나서 도망갔어요."

"맙소사, 마음고생 많았겠네요."

312

"오래전 일인데요 뭐. 언젠가 길에서 마주치는 상상을 해요. 그랬다간 아주……. 연방 요원을 앞에 두고 더 얘기 안 하는 게 좋겠네요. 아무튼 거액이 걸려 있는 건 맞습니다. 그러니 일단은 너무 큰 그 집에서 남동생이랑 계속 살아보려고요."

"조슬린 포인트에서 사는 대크랑 알렉스 남매와 비슷하네요."

"한 번도 생각해본 적 없는데, 듣고 보니 그렇군요. 그건 그렇고, 실크웰 의원님은 저희 가족하고 친분이 두터우셨어요. 저희 할아버지랑 아버지가 의원님이 선거운동 할 때마다 지원해주셨는데, 메인에서 빙 가문이라면 상당히 영향력이 있거든요. 주 정부에도 친척들이 있고, 종조부 한 분은 다선 하원의원이셨어요."

그 말에 뭔가가 떠올랐다. "15년 전 알렉스가 폭행당했을 때 워싱턴에서 전세기로 실크웰 의원을 모셔온 게 빙 가족이었나요?"

"예. 저의 작은아버지나 할아버지였을 거예요. 어떻게 아세요?"

디바인은 어깨를 으쓱했다. "그냥 들은 얘기가 있어서 짐작한 겁니다."

"누군지 몰라도 알렉스에게 그런 짓을 하다니, 너무 충격이었어요."

"그 일이 있었을 때 박사님도 여기 살고 있었습니까?"

"아니요, 다른 주에서 레지던트 과정 밟고 있었어요."

"그렇군요. 얼의 부검 결과를 각 부위 사진과 함께 이메일로 보내주시겠습니까?"

"물론이죠. 바로 보내드리겠습니다."

"샬럿이 살기 정말 좋다던데. 거기라면 유산 포기하고 남이 하라는 대로가 아닌 박사님이 원하는 대로 살 가치가 있을지도 모릅니다."

"그러게요." 기욤이 멍하니 대꾸했다. "정말 그럴지도 모르죠."

디바인은 시신을 멍하니 내려다보는 기욤을 두고 그곳을 나왔다.

45장

나가는 길에 그는 심란해 보이는 프레드 빙과 마주쳤다.

디바인이 그에 대해 한마디 하자 프레드가 말했다. "소규모 업체를 운영하는 건 그냥 빛 좋은 개살구예요. 두 명이 병가를 냈고, 정말 정말 필요한 물건은 배달이 안 됐어요."

"누님한테서 아버님이 남기셨다는 특이한 신탁 이야기 들었습니다."

프레드가 한숨을 푹 쉬더니 벽에 툭 기댔다. "아버지한테는 그리 특이한 게 아니었어요. 그저 하나부터 열까지 알력 자랑이었죠. 가업을 잇는 데는 별 관심이 없으셨어요. 아버지도 유산 때문에 하신 거지. 그런데도 누나랑 저도 똑같이 할 수밖에 없도록 그렇게 해놓으신 거예요."

"자기 자식한테 하기엔 좀 몹쓸 짓 같은데요."

"다행인 건 제가 이 일을 실제로 좋아한다는 거예요. 뭐, 매일 사소한 문젯거리가 생기긴 하지만."

"누님 말로는 야외 활동을 좋아한다면서요."

프레드의 표정이 밝아졌다. "평일을 매일 지하에서 시체하고, 아니면 슬픔에 빠진 유족하고 같이 보내잖아요. 그래서 여가 시간은 햇빛 받으면서 자연 속에서 보내는 걸 좋아해요. 그래야 균형이 잘 맞아요."

"누님의 끔찍했던 결혼 이야기도 들었습니다."

프레드의 미소가 잦아들었다. "스튜어트 기욤은 세상에서 가장 야비한 새끼예요. 누나한테 한 짓을 생각하면 죽여도 시원찮아요." 다음 순간 그의 얼굴에서 핏기가 가셨다. "내 말은…… 내가 죽이겠단 게 아니……."

"긴장 풀어요, 프레드, 남 죽이는 생각 했다고 처벌하는 법은 없으니까. 그 사람이 내 누나한테 그런 짓을 했다면 **나도** 똑같이 그런 **생각** 했을 겁니다."

프레드의 표정이 심각해졌다. "얼 아저씨 얘기 들었어요."

"기욤 박사랑 하퍼 서장님은 얼이 자살했다고 보더군요."

"자살? 얼 아저씨가요? 참나, 요원님께 이래라저래라 훈수 두려는 건 아니지만 이것만은 말씀드릴게요. 얼 파머는 제가 아는 한 가장 자살할 것 같지 않은 사람이에요."

"자살이 아니면 다른 가능성은 하나뿐이잖습니까."

고개를 끄덕이는 프레드는 몹시 심란한 얼굴이었다. 그가 바짝 다가서며 말했다. "여긴 작고 외진 마을이에요. 그런데 작건 크건 비밀이 없는 마을은 없잖아요, 디바인 요원. 어떤 사람들은 목숨 걸고 묻어두려는 비밀요."

"좀 더 구체적으로 말해줄 순 없습니까?"

"그럴 수 있으면 좋겠지만 제가 아는 건 그 정도예요. 그냥 느낌이 안 좋아요."

"제니가 그 비밀의 어떤 구체적인 부분을 알게 돼서 죽었다고 생각하는 겁니까?"

"저는 도박하는 부류가 아닌데요, 디바인 요원. 그런 걸 왜 하는지 모르겠더라고요. 근데 제가 그런 사람이었다면 제니가 그래서 죽었을 거라는 데 돈을 걸겠어요. 제가 아는 한 제니는 연중 이맘때 온 적이 없었거든요. 분명 이유가 있었을 거예요."

"솔직히 말해줘서 고맙습니다. 아무튼 프레드는 그럼 기한을 다 채울 건가요?"

"그럴 것 같아요."

"누님은 그 전에 발을 뺄 것 같던데."

"내가 누나라면 그러겠어요. 돈 문제라면 신경 쓸 것 없다고 누나한테 말해뒀어요."

"무슨 뜻입니까?" 디바인이 놀라서 물었다.

"누나가 가업에서 발을 빼고 권리를 포기하면, 제가 유산을 물려받았을 때 누나한테 반을 떼 주려고요. 둘이 나눠 가지기에 충분한 액수거든요. 심지어 제가 나중에 결혼해서 가정을 이루더라도요. 점점 더 먼 일이 돼가고 있지만. 그래도 사람 일 어떻게 될지 모르죠."

"누나한테 그렇게 말했습니까? 유산을 나누겠다고요."

"그럼요. 아예 서면으로 남겼는걸요. 제가 결혼한 후 신상에 변화가 생길 경우 오해를 막기 위해서라도요. 아, 이만 가보겠습니다. 발등에 떨어진 불 좀 꺼야 해서."

그리고 프레드는 급히 가버렸고 남은 디바인은 대체 이 마을에서 무슨 일이 벌어지고 있는 건지 의아해졌다.

벌써 몇 번째인지 모르게.

이윽고 디바인은 대크 실크웰의 타투숍 '잉크 웰' 앞에 차를 대고 있었다. 전에 그의 야망과 성취에 대해 한바탕 듣고서 기대한 것에 비하면 그리 크고 화려하지는 않았다.

하지만 업장 전면의 판유리에 전시된 타투 샘플들을 보고 있자니 대크의 창의력에 감탄하지 않을 수 없었다. 숍에 들어가려고 했는데 문이 잠겨 있었다. 문 옆의 버저를 누르자 여자 목소리가 대꾸했다. "네?"

"대크 실크웰을 만나러 온 트래비스 디바인입니다."

"잠시만요."

20초 후 문이 지잉 소리를 내며 열렸고 디바인은 안으로 들어갔다. 대크가 나와서 악수로 그를 맞았다.

안을 둘러보니 네 사람이 특수제작된 의자에 앉아 있고 타투 아티스트 두 명이 그들을 번갈아 들여다보고 있었다.

"타투 받으러 오신 거 맞죠?" 대크가 씩 웃으며 말했다. "유혹을 거부하지 못하겠나 봐요?" 바깥의 추위에도 아랑곳없이 그는 노란색 탱크톱과 얇은 카고바지 차림이었다.

"지금은 말고 나중에 받을지도 모르겠습니다. 얘기할 시간 있습니까?"

"손님이 꽉 찼고 오늘은 대기자도 많아서요."

"지금 있는 손님들은 다 누가 봐주고 있는 것 같은데요."

"그래도 감독은 다 제가 하거든요. 10분만 주세요. 메인 브루로 나갈게요."

"오늘 문 안 엽니다."

"왜요?"

"못 들은 모양이군요. 얼 파머 씨가 죽었어요. 실은 내가 어젯밤에 애니를 조슬린 포인트에 데려다줬습니다. 아는 줄 알았는데."

대크는 그 소식에 충격을 받은 것 같았다. "난…… 어젯밤 집에 안 들어갔어요. 시내에 있었죠. 친구네 집에요." 그가 황급히 덧붙였다. "어떻게 된 겁니까? 심장마비라도 온 거예요?"

"얼이 버티의 화실에 목매달려 죽어 있는 걸 애니랑 내가 발견했습니다."

대크는 당장 토할 것 같은 낯빛이 되었다. "목을 매달았다고요? 자살한 거예요? 얼 아저씨가요?"

이쯤 되자 손님들과 다른 타투 아티스트들이 다 이쪽을 쳐다봤고, 그래서 대크가 디바인에게 숍 뒤편의 작은 사무실로 따라오라고 손짓했다. 대크가 사무실 문을 닫고 책상 뒤에 앉았고 디바인도 마주 앉았다.

"어떻게 된 건지 정확히는 모릅니다." 디바인이 말했다. "아직 수사 중이에요."

"이 동네에 대체 무슨 일이 벌어지고 있는 거죠? 처음엔 누나가 죽더니 이제는 얼 아저씨까지?"

"마지막으로 얼을 본 게 언젭니까?"

"모르겠어요. 한 일주일 전인가, 얼 아저씨가 차 몰고 시내를 돌아다니는 걸 봤어요. 최근엔 잘 안 돌아다니셨어요. 버티 아주머니가 돌아가신 후로는요." 갑자기 그가 고개를 들고 공감하는 표정으로 디바인을 봤다. 왜 그러는지 디바인도 어느 정도 이해됐다. "그래서 그런 걸 수도 있겠네요. 버티 아주머니가 돌아가셔서요."

"그랬을 수도 있죠."

대크가 고개를 저었다. "아무튼 뭘 물어보고 싶으신데요?"

"보스턴에 재정 후원자들이 있다고 했죠?"

"그랬죠."

"누굽니까?"

"그게 무슨 상관이죠?" 데크는 대화가 그리로 흐르는 게 거슬리는지 낯선 어조로 되물었다.

"뭐든 아는 게 모르는 것보다 나으니까요."

"내가 뭘 하건 그건 **내 소관**입니다."

"그러시다면야. 조슬린 포인트 매각 협상은 어떻게 돼가고 있습니까?"

"솔직히 잘 돼갑니다."

"알렉스도 관여하고 있고요?"

"때가 되면 관여할 겁니다."

"자신만만하네요."

"고작 몇 번 만나보고 내 여동생을 잘 안다고 생각한다면 그건 착각입니다. 알렉스는 나보다 더 여기를 벗어나고 싶어 해요."

"그래요? 알렉스가 이곳을 안전한 은신처로 여기는 줄 알았는데요. 그리고 아이들 가르치는 것도 좋아하잖습니까."

"가르치는 거야 어디서든 할 수 있죠. 퍼트넘은 누군가 걔를 강간하고 죽이려고 했던 곳이에요. 걔라고 매일 자기 의지랑 상관없이 그걸 떠올리는 게 좋겠어요?"

"재밌는 단어 선택이군요. 알렉스가 그 사건을 **기억조차** 못 하는 걸 감안하면."

"무슨 일이 있었는지는 알렉스도 다른 사람들한테 다 들어서 알아요. 거길 지날 때마다 그날의 끔찍한 기분이 매번 덮칠 겁니다. 엄밀히 말해 '기억'은 못 하더라도요."

"알렉스는 **아주** 최근까지도 그 일이 어디서 일어났는지 몰랐는데요. 게다가 이제 그 장소는 앞으로 늘 언니의 시신이 발견된 곳으로도 인식될 겁니다. 이상하지 않습니까? 제니의 시신을 버려둘 곳이한두 군데가 아니었을 텐데 하필 **거기**를 택한 게?"

"그건 저도 어떻게 생각해야 할지 모르겠네요. 이상하긴 한데, 젠장, 인생이란 게 원래 이상하잖아요."

"그것보다는 더 명확한 설명이 필요한데요."

대크가 일어섰다. "그렇다면 뭐, 행운을 빕니다. 저는 돈 벌러 이만 가봐야겠습니다."

타투숍 밖으로 나온 디바인은 그의 SUV 옆에서 기다리고 있던 하퍼와 퍼스를 마주쳤다. 두 사람은 표정이 굳어 있고, 어떤 목적이 있는 듯했으며, 심각해 보였다. 셋 다 디바인에게는 좋은 신호가 아니었다. 단 하나도.

"무슨 일입니까?" 혹시 또 누가 죽었다는 소식이려나 저어하며 그가 물었다.

하퍼가 퍼스에게 고갯짓하자 퍼스가 천천히 수갑을 꺼내 들며 말했다. "트래비스 디바인, 당신을 체포합니다. 당신은 묵비권을 행사할 권리가 있습니다."

"예?" 디바인이 놀라서 뒤로 한 걸음 물러섰다.

"지금 하는 말은 법정에서 당신에게 불리하게 작용할 수 있습니다."

디바인이 한 걸음 더 물러났다. "이게 대체 무슨 경웁니까?"

하퍼가 말했다. "저항하지 마세요, 디바인, 그래봤자 상황이 악화만 될 테니까."

"정확히 무슨 혐의로 체포되는 겁니까?"

"경찰 증거물 절도 혐의입니다." 하퍼가 대답했다.

"무슨 증거물요?"

"알렉스 실크웰의 성폭행 증거채취 키트요."

"개소리!"

하퍼가 경봉 머리에 한 손을 지그시 얹었다. "바보짓 하지 마요. 다치게 하고 싶진 않으니까."

그 말에 디바인은 실소를 터뜨릴 뻔했다.

퍼스가 그의 마음을 읽었는지 불안하게 말했다. "이봐요, 요원이 맨손으로 우리 둘 다 죽일 수 있는 거 아는데 우리는 그냥 할 일을 하는 겁니다."

디바인이 하퍼를 노려보면서 천천히 양손을 등 뒤로 가져갔다. 퍼스가 미란다 경고를 마저 읊으면서 그에게 수갑을 채웠다. "단단히 실수하는 겁니다." 디바인이 하퍼에게 말했다.

"그냥 내 일을 하는 것뿐입니다."

"그럼 나도 내 일을 하겠습니다." 디바인이 받아쳤다. "그때는 그쪽이 수갑을 차게 될지도 모릅니다."

46장

두 남자는 경찰서의 비좁은 취조실에서 테이블을 사이에 두고 서로를 노려봤다. 1980년대산으로 보이는 벨 앤드 하월 감시카메라가 바람 빠진 파티용 풍선처럼 모서리에 달려 있었다.

하퍼는 숨기는 게 있는 듯하면서도 생각에 잠긴 얼굴로 녹음기 버튼을 누르고 날짜와 시간 그리고 방에 있는 두 사람의 인적 사항을 읊었다.

디바인이 입을 열었다. "왜 이러시는 겁니까?"

"알렉스 실크웰과 관계를 맺고 있습니까?"

"대체 무슨 뜻으로 하는 질문입니까?"

"알렉스의 집에서 하룻밤 잔 걸로 아는데요, 총격을 당한 날 밤."

"그건 누구한테 들었습니까?"

"사실입니까?" 하퍼가 따지고 들었다.

"그날 밤 알렉스의 화실에서 잤습니다. 거기가 내 숙소보다 더 안전할 것 같아서요. 누군가 나를 두 번이나 죽이려고 했으니까. 그중

한 번은 바로 그 숙소에서였고요!"

"알렉스의 허락을 받고 거기서 잤습니까?" 하퍼가 무감정하게 물었다.

"알렉스는 나중에 알았습니다."

"그럼 문을 강제로 따고 들어간 거네요?"

디바인이 주먹으로 테이블을 쾅 내리쳤다. "**그렇게** 나오겠다 이겁니까?"

"주거지 강제 침입은 범죄입니다, 디바인." 하퍼가 차분하게 말했다.

디바인은 치솟는 화를 억누르느라 복장이 터질 것 같았지만 하퍼의 얼굴에 떠오른 의기양양한 표정을 보니 그나마 참을 만해졌다. 게다가 디바인은 육군 범죄수사국의 가장 고약한 요원들에게 취조당해본 경험이 있었다.

"알렉스가 나중에 알고 괜찮다고 했으니 문제 될 건 없어 보입니다. 그리고, 성폭행 증거 키트를 훔쳤다는 혐의로 잡아온 줄 알았는데요?"

"범죄 혐의 하나만 가지고 잡아넣으라는 법 있습니까?"

"나는 범죄를 저지르지 않았습니다."

"증거 파일은 왜 들여다본 겁니까?"

"제니를 죽인 사람이 15년 전 알렉스도 폭행했다고 생각해서요. 그 의견은 이미 제시했는데요."

"나는 그 의견에 동의하지 않습니다."

"동의하실 필요 없습니다. 그렇다고 날조된 혐의로 나를 여기 끌고 올 필요는 없었잖습니까."

"성폭행 증거 키트가 사라졌습니다."

"예, 압니다. 내가 상자를 열었을 때 이미 없었으니까요. 그건 밀드레드 제임스도 알고 있습니다."

"아니요, 밀드레드는 당신이 그게 사라졌다고 얘기한 **후에** 상자를 들여다봤습니다."

"내가 그걸 왜 훔치겠습니까?"

"글쎄요. 여기서 얘기해보시죠."

"그러는 **서장님**은 10년 전에 상자를 왜 들여다보셨습니까? 내가 퍼트넘에 오기 전 마지막으로 증거물을 꺼내본 게 서장님이었잖습니까."

"질문은 **내가** 합니다, 당신이 아니라!"

이번에는 하퍼가 분노를 터뜨리지 않으려고 씩씩대는 동안 디바인은 그를 차분히 바라봤다.

"대답이나 하시죠." 하퍼가 말했다.

"이미 했습니다. 내가 안 가져갔고, 그러니 이유를 댈 수도 없습니다. 그런데 의아하긴 하네요."

"뭐가요?"

"사건에 미심쩍은 부분이 있으셨나 보죠? 왜 끝내 해결이 안 됐는지 궁금하셨습니까? 법의학 증거를 대조해볼 용의자가 왜 한 명도 안 나왔는지 의구심이 들었나요?"

"이거, 남의 말을 아예 듣지를 않네."

"서장님이 증거채취 키트를 가져가셨습니까?"

"안 가져갔습니다." 하퍼가 기가 찬 듯 대답했다.

"잘됐군요, 저도 안 가져갔으니까. 이제 마무리해도 될 것 같습니다."

하퍼가 손가락으로 디바인을 가리키며 말했다. "요원은 그 상자에 마지막으로 손댄 사람이잖습니까."

"아주 오래전에, 아직 경사였을 때 서장님이 손댄 다음에 그랬죠."

하퍼가 자세를 고쳐 앉더니 어깨를 으쓱했다. "좋아요, 당신 말이 맞습니다. 그 사건은 미제로 남아 있었습니다. 뭐라도 새롭게 떠오르는 게 있을까 해서 들여다본 거예요. 그런 걸 찾는 것도 내 일이니까."

"떠오른 게 있었습니까?"

"아니요."

문득 어떤 생각이 떠올랐다. "서장님이 상자를 열어봤을 땐 증거 채취 키트가 있었습니까?"

하퍼는 뜸을 들이다 대답했다. "있었죠."

"증인석에서 진실만을 말하겠다고 맹세하고도 그렇게 말할 수 있습니까?" 못 믿는 게 분명한 투로 디바인이 물었다.

"나는 지금 빌어먹을 증인석에 서 있지 않습니다." 하퍼가 사납게 내뱉었다.

"언젠가 설지도 모르죠." 디바인이 지지 않고 대꾸했다. "계속 이렇게 나가신다면요."

하퍼는 잠시 가만히 있다가 취조를 종료하고 녹음기를 껐다. "가 보십쇼."

"나한테 미란다까지 읊었잖습니까. 정식으로 기소하는 겁니까?"

"아직 기소 절차를 밟지 않아서 요원이 공식 용의자로 기록되지도, 기소인정여부 절차에 회부되지도 않았습니다. 하지만 우리는 언제든 요원을 체포할 수 있습니다. 주차 위반으로도요."

디바인이 일어섰다. "나는 두 분의 적이 아닙니다."

"내가 적이라고 하면 적인 겁니다."

디바인은 거기서 나왔다. 로비에 밀드레드 제임스가 있었다. 제임스가 찔리는 표정으로 그를 올려다봤다. 그리고 목소리를 낮게 깔고 이렇게 말했다. "이렇게 돼서 정말 죄송해요." 그녀의 시선이 취조실이 있는 복도 저편으로 향했다. "요원님이 키트를 가져가지 않으신 거 알아요. 뒷문들 다 경보기가 설치돼 있거든요. 키트를 가지고 저를 지나쳐가셨어야 했을 텐데, 그러지 않으셨잖아요. 그걸 바지 속에 감출 수도 없는 노릇이고. 서장님한테도 그렇게 얘기했어요."

"생각해주셔서 고맙습니다. 뭐, 일단은 풀려났으니까 됐습니다. 퍼스 경사는 어디 있습니까?"

"일이 생겨서 나갔어요."

디바인은 고개를 끄덕이고는 유리파티션 너머 하퍼의 사무실을 흘끔 들여다봤다. 전에도 봤던, 한쪽 벽을 장식한 전임 서장들 사진에 시선이 갔다. 자세히 보니 사진 속 하퍼 옆의 남자가 왠지 낯익어 보였다.

디바인이 그를 가리키며 물었다. "저 사람은 누굽니까? 하퍼 바로 전에 서장이었던 사람요."

제임스가 흘깃 보더니 대답했다. "아, 벤저민 빙이에요."

디바인의 입이 쩍 벌어졌다. "빙 앤드 선즈의 빙요?"

"예, 삼형제 중 막내예요. 두 형은 부친과 숙부의 뒤를 이어 장례업을 물려받았지만 벤은 경찰이 됐어요. 조직의 사다리를 타고 올라가서 서장까지 됐죠. 저는 좀 고압적이고 거만한 사람이라고 느꼈어요. 자기 체면을 구긴 사람은 분이 풀릴 때까지 괴롭혔죠."

"그분은 어떻게 됐습니까?"

"은퇴해서 형들이랑 가까이 살겠다고 플로리다로 갔어요."

"플로리다 어디요?"

"네이플스요. 집 사진을 한번 봤는데. 바로 해변에 있더라고요. 경치가 아주 근사하던데요."

"흥미로운 얘기군요. 살아 있습니까?"

326

"그럴걸요. 아직 젊어요, 저보다 겨우 한두 살 많을까. 정확한 건 프랑수아즈랑 프레드가 알겠네요. 아니면 서장님이나. 서장님은 아마 아직도 연락 주고받으실 거예요. 두 분이 친했거든요."

"그러셨겠죠." 디바인이 대꾸했다. 이제 전혀 새로운 방향으로 찔러볼 거리가 생겼다.

47장

디바인은 캠벨에게 전화해 자신이 체포된 것과 성폭행 증거 키트가 사라진 것, 벤저민 빙이 알렉스가 폭행당했을 당시 경찰서장이었다는 사실, 그리고 프랑수아즈 기욤이 거짓말을 하고 있다는 강한 의심을 보고했다.

"기욤은 샬럿으로 이사 갈까 고민 중이라면서, 동생이 어떻게 되건 유산 절반을 나눠주겠다고 했는데도 돈을 다 잃게 생겼다고 개소리를 하더군요."

"자네는 벤저민 빙이 증거 키트를 가져갔다고 보는 건가? 아니면 하퍼를 의심하나?"

"자기가 아는 사람이 범인으로 지목될 경우를 대비해서 그렇게 오랫동안 증거 보관실에 내버려둔다고요? 제 생각에 하퍼는 본인이 말한 그 이유로 증거를 살펴보려고 했는데 키트가 사라진 걸 발견했고, 그런데도 입 다물고 있었거나 아니면 빙한테 얘기했다가 험한 소리만 듣고 끝난 것 같습니다. 빙이 아직 살아 있는지 알아내야 합니다. 실크웰이 매듭짓지 못한 일을 마무리하러 여기 왔고 범인은 그게 마음에 안 들었던 게 틀림없습니다."

"자네는 스티브와 밸러리 파머가 알렉스의 성폭행범을 목격했거나 최소한 누군지 짐작했고 그것 때문에 죽었다고 했지?"

"그렇습니다." 디바인이 말했다.

"하지만 왜 즉시 신고하지 않았을까? 그 의문에 대한 답은 찾지 못했잖나."

"파머 부부는 재정적으로 곤경에 처해 있었습니다." 디바인이 말했다. "사망 후 그들 소유의 집이 담보로 넘어갔을 정도로요."

"그 정보가 왜 중요하지?"

"이건 뒷받침할 증거가 없다는 걸 감안하고 들어주셔야 하는데요. 한 가지 가능성은 그 둘이 강간범과 아는 사이였고 필요한 돈을 마련하기 위해 그를 **협박하는** 쪽을 택했을 수 있다는 겁니다. 그런데 강간범이 돈을 내놓는 대신 반격한 거죠, 거세게."

"얼 파머는 어떻게 된 건가? 왜 제거돼야 했는지는 알겠네. 제니의 시신을 발견했다고 거짓말하도록 강요받았다면 범인의 취약점으로 남았을 테니까. 하지만 애초에 어떻게 얼이 제니의 시신을 발견한 척하게 할 수 있었지? 들은 얘기를 종합해보면 얼 파머는 정직한 사람이었던 것 같은데."

"상대가 얼의 약점을 잡았을 수 있습니다. 그런 거라면 그 약점이 뭔지 알아내야 합니다."

"나도 자네한테 도움 될 만한 제니의 행적을 알아냈네." 캠벨이 말했다.

"뭡니까?"

"알렉스의 폭행 사건을 조사하는 데 **실제로** CIA 자원을 활용했더군."

"어떻게요?" 디바인이 외쳤다.

"사건 당일 밤의 위성 정찰 사진."

"그런 게 어떻게 존재할 수 있는 거죠?"

"자네도 알다시피 위성 여러 대가 24시간 내내 지구 상공을 돌고 있잖나. 게다가 그 지역은 꽤나 중요한 지역이야. 캐나다 국경이 지척에 있지. 그 경로로 해외발 항공기가 끊임없이 들어오지. 또 그 구역은 미국으로 향하거나 미국에서 쏜 핵미사일의 탄도 궤적과도 겹치거든. 그래서 메인주 퍼트넘의 위성 촬영 사진들이 데이터베이스에 있었던 거네."

"왜 아무도 그 생각을 못 한 거죠?" 디바인이 말했다.

"그건 모르겠지만, 고백하자면 나도 생각 못 했네."

"실크웰은 왜 여태 뭉개고 있다가 이제야 그 자료를 찾아본 겁니까?"

"그건 대답해줄 수 있네. 제니가 CIA 내에서 그런 정보에 무제한으로 접근할 수 있는 지위에 오른 게 3개월 전이야. 내가 아는 제니라면 이전에도 접근을 시도했다가 퇴짜 맞았을 거야. 그러다 대략 3주 전 이 데이터를 요청하고 거기에 접근한 디지털 흔적이 남아 있어. 15년 전 알렉스가 폭행당한 바로 그날 찍힌 위성사진들에서 추려낸 데이터."

"그렇게 오래된 자료를 보관하고 있단 말입니까?"

"CIA는 수많은 자료를 무기한 보관하네, 디바인. 특정 패턴이나 기존 패턴에 생긴 변화를 찾기 위해 검토하는 경우가 있거든. 그런데 그런 걸 찾아내려면 오직 **시간**만이 부여하는 맥락이 필요해. 그런 면에서 미국 정부는 세상에서 가장 지독한 데이터 저장강박자인

셈이지."

"위성이 알렉스가 당한 폭행 자체를 포착했습니까?"

"아니, 그렇게까지 운이 좋진 않았네. 위성이 그걸 포착할 각도에 있지 않았어."

"그럼 뭘 포착한 겁니까?"

"문제의 그 시각에 범행 장소에서 벗어나는 차량을 찍었네. 미리 말해두는데, 차 번호판은 찍히지 않았어. 마찬가지로, 그렇게 쉽게 풀릴 리가 없지."

"별로 도움이 안 되는데요."

"아, 하지만 찍힌 게 그게 다가 아니거든. 해당 차량이 맞은편에서 오던 차와 스쳐지나갔어. 커브길이어서 두 차 모두 속도를 늦춰야 했지. 맞은편 차량이, 위치한 각도 때문에 해당 차량을 위성 카메라들의 촬영각에서 거의 가려버렸네. 위성이 한자리에 있지 않다는 걸 명심하게. 궤적을 따라 계속 돈다는 걸."

"그런데요?" 디바인이 기대에 차 재촉했다.

"그 위성이 맞은편 차량의 번호판을 캡처**했어**."

"제가 맞혀보죠―스티브와 밸러리 파머의 차였군요."

"맞네." 캠벨이 대답했다. "자네가 방금 이야기한 협박 시나리오가 훨씬 더 설득력이 생겼군."

"그뿐 아니라 파머 부부가 상대방을 **알아봤다**는 거잖아요. 그 말은 곧 범인이 **현지인**일 거라는 거고요."

"그리고 제니의 살인범이기도 하다면, 아직 퍼트넘에 남아 있다는 말도 되지." 캠벨이 지적했다.

"위성사진에 해당 차량을 식별하는 데 도움 될 다른 정보는 없었습니까?"

"그런 단서는 없었네."

"사진 보내주실 수 있습니까?" 디바인이 말했다.

"물론이지. 그나저나 한 가지 의아스러운 게 있는데, 자네도 마찬가지일 거라 생각하네." 캠벨이 말했다.

"뭡니까?"

"제니는 어머니와 소원해졌잖나. 그런 마당에 왜 클레어에게 자신이 뭘 하려는지 말했을까? 그 매듭짓지 못한 일 운운한 것 말이야."

"제가 로바즈 부인한테 전화해서 물어보면 되겠군요." 디바인이 말했다.

"이건 일대일로 만나서 묻는 게 나을 것 같군."

"그럼 항공편으로 가서—"

캠벨이 말을 끊었다. "자네는 거기서 할 일이 많잖나. 자네를 빼내는 건 비생산적인 결정이 될 거야. **내가** 가서 만나보지."

"그게 현명한 결정이라고 보십니까? 장군님께는 개인적인 일인 걸로 아는데요."

"개인적인 일 맞네, 디바인. 그런데 내가 할 일이기도 해. 뭔가 알아내면 연락하지."

48장

"오랜만이네요, 에머슨." 클레어 로바즈가 말했다.

저녁이었고, 로바즈와 캠벨은 활활 타오르는 난롯불 앞에 앉아 있었다. 불은 늙은 장군의 뼈에 스민 한기를 조금은 덜어주었다.

"예, 오랜만입니다." 에머슨이 맞장구쳤다. 가만히 로바즈를 살피는 그의 두툼한 눈썹이 위아래로 꿈틀거렸다. "사람들은 저마다 나름의 의견이 있지요, 클레어. 하지만 이건 클레어의 인생이고 남이 왈가왈부할 게 아니라는 것, 잘 압니다."

그 말에도 분위기는 전혀 풀리지 않았다. 오히려 로바즈의 표정이 더 험악해졌다.

그걸 알아채고 에머슨이 재빨리 말했다. "음, 커트를 주기적으로 보러 가는 걸로 압니다. 잘하고 계십니다."

로바즈가 냉엄한 눈길을 그에게 꽂으면서 가시 돋친 투로 대꾸했다. "**잘하고 있다고요?** 우리는 오랫동안 부부였고 자식도 셋이나 뒀어요. 내가 그이를 냉큼 버릴 줄 알았어요, 에머슨? 뭐, 사람들은 그렇게 생각하겠죠. **당신도** 포함해서. 하지만 이혼은 커트도 원했어요.
우리는 이미 각자의 길로 갈라선 상태였다고요. 결혼 상태를 유지한
건 오로지 그이가 앞둔 선거 때문이었어요."

"압니다." 캠벨이 시선을 떨구고 짧게 대꾸했다.

로바즈는 거기서 멈추지 않았다. "하지만 믿기 싫은 거죠, 그렇죠?
나를 못된 년으로 만들고 **완벽한** 커트는 그림에서 빼는 게 마음 편
하니까. 근데 그이도 다른 여자 만나고 있었어요. 알고 있었나요?"

캠벨은 움찔 몸이 굳었고, 조심스러운 눈빛으로 그녀를 살폈다.
"아니요, 몰랐습니다."

"**그 여자**는 커트가 건강이 악화하자마자 발을 빼더군요. 나는 그
때 이미 버넌과 약혼 상태였어요. 당신은 그것 또한 몰랐겠죠. **알고
싶지** 않았거나."

캠벨이 목을 가다듬고 말했다. "사실을 짚는 것만으로 내 분수를
알게 해주는군요, 클레어. 내가…… 잘못했습니다. 진심으로 미안합
니다."

"고마워요." 로바즈가 고조된 감정으로 뺨을 붉힌 채 대꾸했다. 캠
벨의 마지막 한마디에 마침내 한이 풀린 듯했다. "그래, 내가 어떻게
도와드릴까요?"

"디바인 요원 말로는 제니가 메인에 다녀오겠다고 얘기했다면서
요. 무슨 매듭짓지 못한 일 때문에 간다고 했다고."

"맞아요. 내가…… 요원한테 제니가 전화했다고 했어요. 하지만
사실은…… 제니가 여기로 직접 찾아왔었어요. 바로 이 방에 같이
앉아 있었죠." 로바즈의 시선이 서재를 훑었고, 첫째 아이를 잃은 고
통이 얼굴에 생생하게 어렸다. "그게…… 제니를 보는 마지막이 될
줄은 꿈에도 몰랐어요."

334

"괜한 질문으로 아픈 데를 건드려서 죄송합니다."

"제니를 죽인 놈이 체포되고 벌 받게 할 수만 있다면 얼마든지 건 드려도 돼요." 로바즈가 울부짖듯 말했다.

캠벨은 잠시 기다렸다가 말을 이었다. "제니와 사이가 멀어졌던 걸로 압니다. 그래서 좀 의아했던 게, 제니가 왜—."

로바즈가 한 손을 들어 저지했다. "왜 굳이 여기까지 와서 뭘 할 건지 말했느냐 이거죠?"

"예."

로바즈는 손을 무릎에 툭 떨구고 난롯불을 물끄러미 바라봤다. "자기는 알렉스를 덮친 놈을 추적하기를 포기한 적 없다는 걸 내가 알기를 바랐던 것 같아요."

"그게 제니한테 왜 중요했을까요? 클레어가 그걸 아는 게요."

그러자 로바즈의 표정에 어린 괴로움이 한층 짙어졌다. "왜냐면 걔는 커트랑 내가 범인을 잡으려고 충분히 노력하지 않았다고 생각 했으니까요. 심지어 나한테 부모로서 의무를 다하지 않았다고 비난 하기까지 했어요. 커트도 똑같다면서. 아비한테는 면전에 대고 말하 지 못했을 뿐이죠, 어쨌든 상황이 이렇게 된 마당에는요."

"제니가 왜 그렇게 생각한 겁니까?" 캠벨이 물었다.

"어떤 면에서는 사실이거든요. 오해는 마요, 알렉스한테 생긴 일 때문에 우리도 억장이 무너졌으니까. 커트는 그놈이 잡혔다면 죽여 놨을 겁니다. 그런데…… 알렉스는 살아남아 회복했는데 경찰은 단 서가 없다지…… 계속 물고 늘어지는 건 커트의 정치 경력에 안 좋 게 작용했을 거예요."

"그 일로 클레어와 커트를 비난할 사람은 아무도 없습니다." 캠벨 이 힘주어 말했다.

"정치는 추악한 게임이잖아요, 에머슨. 그때도 그랬고 지금은 더 더럽죠. 사람들은 딸을 지켜주지 못했다고 커트를 손가락질했을 거예요. 십대 여자애가 밤중에 혼자 돌아다니게 내버려뒀다고. '지가 자초한 일이다'. 이 소리가 백 프로 나왔을 거라고요."

"그런 각도로 생각해보진 못했습니다."

"그건 당신이 군인이고 명예를 아는 사람이라 그래요." 로바즈는 원피스 단을 만지작대며 앉은자리에서 꼼지락거렸다. "아무튼 그런 이유로 우리는…… 아무도 죄의 대가를 치르지 않았는데도 알렉스 일을 그렇게 묻어버렸어요. 제니가 보기엔 그게 명백한 배신이었나 봐요. 하지만 우린 그냥 예전의 삶으로 돌아갔고 다시는 그 얘기를 꺼내지 않았어요."

마지막 몇 마디를 하면서 급기야 볼을 타고 눈물이 후두둑 흘러내렸다. 하지만 이내 로바즈는 애써 평정을 되찾았다. "맙소사, 이렇게 말하니 피도 눈물도 없는 냉혈한처럼 들리네요. 특히나 알렉스가 끝내 회복하지 **못한** 마당에. 완전히 회복한 게 아니잖아요. 여전히 그 빌어먹을 마을, 그 빌어먹을 집에 갇혀 있으니까. 아직은…… 세상에 나가 자기 인생을 살기 두려워서. 그 아이는 아직 그놈이 활보하고 있을까 봐 무서워서 끊임없이 등 뒤를 살피며 살아요."

"그 정도면 거기서 최대한 멀리 떠나고 싶어 할 만도 한데 말입니다."

"두려움은 전혀 논리적이지 않은 감정이라 그래요, 에머슨. 인간의 마음은 놀랍도록 잔인한 장난을 친답니다. 예전의 나라면 상상도 못 했을 행동을 하게 하거나 하지 않게 만들죠."

"경험에서 나온 소리로 들립니다."

"커트랑 그리 오랜 세월 같이했는데 평탄하기만 했을 것 같아요?"

"커트를 아는 사람은 감히 그렇게 말하지 못할 겁니다. 그래도 클레어가 뭘 더 할 수 있었겠습니까? 그건 경찰이 할 일이지요." 캠벨이 넌지시 일렀다.

"아, 에머슨, 더 할 수 있는 건 늘 있어요. 제니의 눈에 제 아비는 물 위를 걷는 사람이었어요. 커티스 실크웰은 원하는 게 있으면 어떻게든 손에 넣는 사람이라고 믿었죠." 로바즈가 잠시 말을 멈췄다. "이것만은 말해줄 수 있어요. 그 사건 이후 커트는 예전의 그이가 아니었어요. 눈에 넣어도 안 아플 어여쁜 자식에게 아비 노릇을 못 했다는 죄책감 때문에. 그이한테 그보다 중한 죄는 없었던 거예요."

"그러니까 제니는 여기까지 찾아와서 대놓고 비난을 퍼부은 다음 자기가 메인으로 가서 끝끝내 진실을 밝히겠다고 선포한 겁니까?"

"대충 맞아요."

"제니가 뭘 하려는지를 혹시 다른 사람한테 얘기했습니까? 누구한테든요."

"아니요, 에머슨, 맹세코 아무한테도 말 안 했어요." 그러더니 로바즈가 덧붙였다. "그렇지만 우리가 그때 마땅히 도리를 다했더라면 제니가 해결하려고 나설 일도 없었겠죠. 그럼 그 아이는 아직 살아 있었을 거예요. 우리 잘못이에요, 에머슨. 커트하고 내 잘못." 로바즈가 떨리는 손을 들어 눈물을 훔쳤다.

에머슨이 손을 뻗어 그녀의 팔을 잡았다. "제니한테 일어난 일은 한 사람의 잘못입니다. 오직 그 한 사람의 잘못이요. 맹세코 우리가 그놈을 찾아내겠습니다."

마음이 가라앉은 로바즈가 고개를 끄덕였다. "그 디바인이라는 사람을 철석같이 믿으시는 모양이군요."

"그렇습니다. 어쩌면 디바인 **본인이** 생각하는 것보다 더요."

49장

　이튿날 디바인은 숙소 방에서 캠벨에게 받은 위성사진들을 노트
북으로 들여다봤다. 사진들을 화면에 최대 크기로 띄워놓았다.

　답답하게도 해당 차량에서 눈에 확 들어오는 디테일은 없었고 파
머 부부의 차가 가리고 있어서 운전자도 제대로 찍히지 않았다. 이
사진이 위성이 유일하게 포착한, 두 차량이 서로 지나치는 사진이라
고 캠벨이 확인해주었다. 위성은 그렇게 지구에 미스터리를 남겨둔
채 빙글빙글 회전하며 다른 구역으로 가버렸다.

　'아니, 잠깐만.'

　사진을 더 뚫어지게 들여다보니 해당 차량의 문짝에 짙은 색의
조그만 피라미드 무늬 같은 게 보일락 말락 했다.

　'피라미드? 저게 뭘까?'

　파머 부부의 차는 지프였고 지나가면서 번호판이 정면으로 찍힌
반면에 해당 차량은 일단 지프를 지나친 후에는 아무것도 찍히지
않았다. 그 순간 위성이 회전해서 파머 부부가 향한 방향을 비춘 데

다 궤적 경로도 워낙에 좁았기 때문이다. 위성이 그 컴퓨터 눈알을 조금만 이쪽으로 돌려줬더라면 해당 차량의 번호판이 포착됐을지 모르는데. 단서 포착이란 미식축구처럼 실로 간발의 차로 좌지우지되는 게임이었고, 허용되는 오차 범위도 종잇장만 했다.

지프에 탑승한 남자와 여자의 이미지도 차가 지나쳐가기 전에 비교적 선명히 찍혔다. 안면 인식 프로그램을 가동해 그들이 스티브와 밸러리 파머임이 확인되었다.

디바인은 그 둘의 얼굴을 최대한 바짝 들여다봤다. 그들은 지나치는 순간 상대 차량을 보고 있는 듯했다. 놀란 표정을 짓고 있나? 그런 것 같았다. 하지만 그들은 그 차와 마주친 **후에** 알렉스를 발견하지 않았나. 의심도 그 후에야 일었을 것이다. 그럼에도 상대 운전자의 표정에 그가 방금 저지른 짓을 은연중에 드러내는 뭔가가 어려 있었던 걸까?

디바인은 파머 부부가 상대 운전자가 누군지도 알았을 거라고 확신했다. 만약 알렉스를 덮친 게 모르는 사람, 퍼트넘에 거주하지 않는 사람이었다면, 잠시 후 맞닥뜨릴 범죄 현장에서 도주한 차량의 운전자를 목격했다고 분명 신고했을 것이었다. 하지만 그러지 않았다. 디바인의 추측처럼, 그자를 협박하려고 했을까? 그랬다가 그 **대가**로 집이 불타고 자신들도 같이 불타버린 걸까?

디바인은 SUV를 세워둔 데로 가다가 여관 앞에서 패트 킹먼과 마주쳤다. 킹먼은 심란해 보였다.

"괜찮으십니까?" 디바인이 물었다.

"얼 얘기 들었어요."

"정말 안됐습니다."

"그 양반, 나한테 속을 털어놨으면 좋았을걸. 내가 도와줬을 텐데.

그 양반이 나한테 해준 걸 생각해서라도."

"무슨 말씀입니까, 해준 거라뇨?" 디바인이 호기심 어린 투로 물었다.

"내가 오래전 우리 바깥양반이 타고 나간 배가 사고로 난파됐다는 얘기 했죠?"

"예, 그러셨죠."

"그때 얼도 그 배에 타고 있었거든. 몇십 년을 같이 탔는데 뭐. 그만큼 든든한 스턴맨이 없었어요. 얼이 구하려고 기를 썼는데도 윌버는 결국 익사하고 말았어요. 그 일로 마을 전체가 충격을 받았지. 나중에 그이 시체를 건져내서 장례도 치르고 다 했어요. 그리고 윌버를 위해, 그이를 기린다고, 바다에서 추모식까지 하고. 내가 그때 한 반년간 눈알 쏙 빠지게 울었어. 얼도 그랬고. 불쌍한 양반. 그 차가운 물에서 몇 시간이나 배 잔해에 매달려 있었대요 글쎄. 거의 죽을 뻔했지. 목하고 등을 다치고. 그 후로 일을 못 하게 됐어요. 무튼, 나는 윌버 없이는 내가 못 살 줄 알았거든. 근데 그이가 남긴 보험금으로 여길 사들여서 싹 고쳤어요. 어떻게든 살아야 하니까, 안 그래요?"

"그럼요." 디바인이 대꾸했다. "그러기를 윌버 씨도 바라셨을 겁니다."

"흠, 그러고서 얼이랑 진짜 친해졌어요. 내가 보험금 일부를 떼어주기까지 했다니까. 물론 그 양반은 한사코 안 받으려고 했지만. 원래 내가 버티랑도 몇십 년째 친구 사이였거든요. 가재잡이 철이 돌아오기 전에 같이 앉아서 철망에서 따개비 떼어내고, 딱지 새로 달고, 러너(도르래로 감는 갈고리 달린 밧줄—옮긴이) 상태 확인하고, 부표 새로 칠하고, 호그 링(한쪽이 트인 쇠고리로, 가재잡이 어망을 고정하는 데 쓰인다—옮긴이) 수리하고 그랬어. 근데 그 사건 이후로는 얼하고도 친구가 됐지. 우리 바깥양반을 구하려고 그렇게 애쓰다니 영웅이라고 불러도 부족한데, 그 얘기는 영 안 하려고 들더라고요. 자기는 운이 좋아서 살았는데 자기 대신 윌버가 살았어야 한다는 말만 하고."

"어떤 심정일지 짐작이 갑니다." 군에서도 같은 사고방식이 깔려 있는 걸 떠올리며 디바인이 대꾸했다.

킹먼이 말했다. "그런 사람이면 언젠가는 마음의 평안을 찾을 것 같고 주님이 위안을 주실 것 같죠. 그런데 위안은커녕 아들 부부를 잃고 그다음엔 아내까지 잃었어요. 그러더니 이런 일까지."

"인생이 우리가 원하는 대로 풀리는 경우는 드물더군요."

"내 비록 가톨릭 신자로 자랐지만 성당은 안 가거든요. 한데 오늘은 가서 얼의 영혼을 위해 기도 좀 하려고. 왜냐면 자기 목숨을 스스로 끊는 건 용서받지 못할 대죄거든. 그런 죄를 저지르고는 천국에 못 가요. 축성 받은 땅에 묻히지도 못하고. 적어도 옛날엔 그랬어요. 그런데 나는 신이 얼은 좀 봐줘야 한다고 생각해요." 킹먼이 한쪽 눈썹을 치켜올리며 덧붙였다. "우리는 나약한 인간이잖아요."

"그럼요." 디바인이 맞장구쳤다.

50장

"여기서 뭐 하는 거예요?" 알렉스가 화실 문을 열며 말했다. 양손에 물감이 묻어 있고 코에는 넓게 목탄 검댕이 묻어 있었다.

디바인이 그녀를 내려다봤다. "내가 이 동네에서 제일 좋아하는 화가가 잘 있나 보러 왔습니다."

알렉스가 씩 웃더니 의심스러운 표정을 지었다. "그 말은 믿음이 안 가는데요?"

"들어가도 돼요? 밖이 좀 춥네요."

"나 작업하는 거 구경이나 하고 있어야 하는데요. 마감이 코앞이라."

"얼마든지요."

디바인은 가로세로 120센티짜리 캔버스가 놓인 이젤을 쳐다봤다.

"커피, 방금 내린 거예요." 알렉스가 전기 플레이트 위의 커피포트와 그 옆의 컵을 가리키며 말했다.

디바인은 커피를 한 컵 따라와서는 테이블에 기댄 채 알렉스가 다시 작업에 몰두하는 걸 구경했다.

342

"알렉스의 그림치고 꽤 얌전하네요." 그가 색색의 수련이 떠 있는 호수 수면을 담은 그림을 들여다보며 한마디 했다. "남자 성기 같은 것도 없고."

알렉스가 웃음을 터뜨렸다. "의뢰인이 모네를 좋아하는데 진품을 살 여력이 없대요. 요즘은 원한다고 어디 가서 모네 진품을 사지도 못하지만. 다 미술관에 있거나 억만장자들이 소유하고 있으니까. 그런데 내가 모사 실력이 꽤 괜찮아서요. 어떤 작풍이든 따라 할 수 있어요."

"그래도 자신의 작풍을 더 좋아하죠?"

"모든 예술가가 그렇지만, 먹고사는 데는 돈이 드니까요."

"혹시 내가 어젯밤 여기서 잤다고 누구한테 얘기했어요?"

알렉스가 그를 흘깃 봤다. "아뇨, 왜요?"

"하퍼가 알고 있더라고요. 나를 무단침입으로 체포했어요—뭐, 그건 여러 혐의 중 하나였지만."

알렉스가 팔레트와 붓을 든 팔을 내렸다. "농담이죠?"

"농담이었으면 좋겠습니다. 풀어주긴 했지만 언제든 다시 체포할 수 있다네요."

"내가 서장님한테 가서 트래비스가 들어온 거 문제없다고 얘기할게요."

"방금 말했지만, 혐의가 그거 하나가 아니라서요."

"또 뭐가 있는데요? 노상 방뇨? 내가 여태껏 본 것만 따져도 이 동네 주민 절반은 그 혐의에 해당할걸요." 알렉스가 농담조로 말했다.

디바인은 말할지 말지 고심하다 털어놓았다. "사실…… 알렉스 사건의 증거 일부하고 관련 있어요."

알렉스는 흠칫 놀랐다. "내 사건요?"

"하퍼가 내가 그걸 훔쳤대요."

"트래비스가 그걸 왜 훔쳐요?"

"훔칠 이유가 없죠. 그리고 훔치지 않았어요. 그런데 증거가 **사라지긴** 했거든요. 누가 빼돌린 겁니다."

알렉스가 팔레트와 붓을 완전히 내려놓고 그에게 다가갔다. "무슨 증거였어요?"

디바인은 대답하기 전에 그녀를 살폈다. 알렉스는 화난 만큼…… 겁에 질려 보였다. "성폭행 증거채취 키트였어요."

알렉스가 딱딱하게 굳은 표정으로 시선을 떨어뜨렸고, 그림 그리는 동안 이완되고 부드러웠던 몸도 잔뜩 긴장했다. "그걸 왜 가져갔을까요?" 알렉스가 여전히 시선을 다른 데 둔 채 물었다.

"모르겠습니다. 그런데 이제 누구의 DNA와도 대조해볼 수 없게 됐으니 그걸 노린 건지도 모르죠." 그는 알렉스가 무슨 말이라도 하길 기다렸지만 아무 대꾸가 없는 걸 보고 이렇게 덧붙였다. "내 생각에 제니가 여기 온 건 알렉스를 덮친 사람이 누군지 알아냈기 때문인 것 같습니다."

"그걸…… 언니가 무슨 수로 알아낸 거죠? 그것도 시간이 이렇게나 흘렀는데."

"CIA에서 접근 가능한 자원을 활용해서 알아낸 것 같습니다."

"뭐라고요?!"

"제니가 어머님께 매듭짓지 못한 일 때문에 여기 다녀오겠다고 했답니다. 그리고 알렉스한테도 그 사건에 대해 물어봤잖아요."

알렉스가 평정을 잃기 시작했다. "하지만…… 언니는 나한테는 아무 말도…… 언니가…… 누군지 알고 있다는 말은……."

그녀가 새로 알게 된 사실에 극도로 동요하는 걸 보고 디바인이 얼른 덧붙였다. "제니가 확실하게 알았다는 건 아닙니다. 그래도 짚이는 바는 있었던 것 같아요."

알렉스가 묘하게 소름 돋는 표정으로 그를 올려다봤다. 그녀는 불안하게 몸이 흔들거리고 멍해 보였고, 디바인은 이 얘기를 꺼낸 자신이 둔감한 멍청이로 느껴졌다.

"내 말은, 제니가 그게 누군지 알았고 증거도 있었다면 그냥 법 기관에 신고했을 겁니다. 메인주의 공소시효가 어떻게 되는지 모르겠지만 알렉스가 당한 것과 같은 범죄는 15년까지는 안 될 것 같긴 해요."

알렉스는 듣고 있는 것 같지 않았다. 그런데 다음 순간, 디바인이 무슨 말을 할지 고민하는데 알렉스가 바닥에 푹 쓰러졌다.

"알렉스!" 디바인이 외치며 그녀의 옆에 무릎을 꿇고 앉았다. 알렉스의 눈꺼풀이 파르르 떨렸고 호흡도 불규칙했다. 그가 멋모르고 폭행 현장에 그녀를 데려갔을 때와 비슷했는데, 이번이 더 심했다.

디바인이 그녀의 손을 꽉 잡았다. "숨을 천천히, 차분하게 들이쉬고 내쉬어요. 마시고 내쉬고. 어서요, 해봐요."

하지만 오히려 알렉스의 몸이 완전히 경직되더니 눈꺼풀이 파닥거리기를 멈추고 완전히 감겼다.

"이거 놔." 갑자기 그녀가 악을 썼다.

디바인은 그녀의 손을 놓고 너무 놀라 뒤로 펄쩍 물러났다. "알렉스, 나는 그냥 도와주려고—"

"그만, 그만해! 나를 놔줘. 놔달라고. 아프잖아. 난…… 이러기 싫어! 놓으라고!" 알렉스가 비명을 질러댔다.

그리고 바닥에서 몸부림치며 팔을 마구 휘두르고 다리로 허공을 차댔다.

"알렉스, 나 손 안 대고 있어요. 여기 떨어져 있—"

"죽여버릴 거야. 놓으라고…… 그만해, 하지 마, 하지 말라고! 그만…… 제발!" 알렉스가 다시 소리 질렀다. 그러더니 곧 잠잠해졌고 몸부림도 멎었다. 하지만 이내 조용히, 고통스럽게 흐느끼기 시작했다. 흐느낌에 몸까지 들썩였다.

"알렉스, 나는……." 디바인은 말을 멈추고 무기력하게 그녀를 내려다봤다.

이윽고 알렉스의 떨림이 멈추고 흐느낌도 멎었다. 그녀가 눈을 뜨고 멍하니 주위를 둘러봤다.

그러다 디바인을 발견하고 조용히 말했다. "어떻게 된 거예요?" 그러고 주변을 살피더니 자신이 바닥에 누워 있는 걸 알아챘다. 천천히 일어선 그녀는 후들거리는 다리로 몸을 지탱하기 위해 한 손으로 테이블을 짚었고, 디바인은 너무 놀라서 그저 서 있기만 했다. "내가 왜 바닥에 있었던 거죠? 얘기하고 있었던 건 알겠는데, 그다음은……기억이 없어요."

디바인이 그녀의 안색을 살폈다. "알렉스가 갑자기 기절했어요. 혹시 몸이 안 좋아요? 목 안 말라요?"

"아뇨, 물이랑 커피를 계속 마셨어요. 요 며칠 몸이 안 좋긴 했는데. 그게 아니어도 때때로 불안해지긴 해요. 어쩌면 기절하는 게 내 몸의 자기방어 기제인지도 모르죠."

"지금은 괜찮아요?"

"예, 지금은 멀쩡해요."

디바인은 쓸데없이 알렉스를 동요시키고 싶지 않았고, 그래서 알렉스가 쓰러졌을 때 무슨 소리를 했는지 얘기하지 않았다. 탈수 증상이나 불안증 때문에 기절한 게 아닌 것 같았다. 폭행당했을 때의 일을 다시 경험하고 있는 것 같았다.

순간 머릿속에서 여러 가지 단서가 서로 맞아떨어지면서 어떤 생각이 떠올랐다. "알렉스, 혹시 전에도 이런 일 있었어요? 그러니까…… 갑자기 기절하고 깨어나서 전혀 기억이 안 나는 거요."

"예? 아니요. 그게, 내 기억엔 없는데……. 아니 잠깐, 전에 한번 버티의 화실에 있었을 땐데. 나중에 채색할 작품의 밑그림 작업을 하고 있었어요. 버티가 3점 투시랑 소실점 잡기를 도와주고 있었어요. 건물 앞에 사람들이 지나가는 구도였는데 선 궤적 잡기가 너무 까다롭고 내가 3D 박스로 인체 형태 잡는 기술이, 특히 중심점 잡는 기술이 별로여서요. 그렇게 복잡한 구도를 그려본 적이 없었으니까."

"무슨 소린지 하나도 못 알아듣겠지만 그냥 가만히 있을게요."

알렉스가 설핏 웃었다. "그림 그리는 덴 수학이 생각보다 많이 적용돼요. 세상이 3차원이라 그림도 3차원이어야 하거든요. 미술에 그걸 제대로 잡는 기술들이 있는데, 기하학이랑 다른 몇몇 과목을 배워두면 도움이 돼요. 아무튼, 밑그림을 그리고 있었는데 버티가 뭔가 물어봤어요."

"뭘 물어봤습니까?"

"솔직히 기억이 안 나요. 버티 말로는 내가 그냥 기절했대요."

"언제였는지는 기억납니까?"

"아주 오래전이에요. 고등학교 졸업반이었던 건 기억나요. 그 그림이 학교 미술대회에 출품하려던 거였거든요."

"방금 나랑 있다가 그런 걸 제외하고 그게 유일하게 기절했던 때인가요?"

알렉스가 미간을 찌푸렸다. "아니요, 생각해보니 여기서 똑같은 일이 있었어요. 그때도 버티랑 같이 있었는데. 내가 조각상 만드는 걸 도와주러 오셨거든요. 작품이 혼자 들기에 너무 무거웠는데 버티가 워낙 힘이 좋아서요. 근데 스위치 꺼진 것처럼 내가 기절했고, 다음으로 기억나는 건 버티가 내 옆에 쪼그려 앉아서 나를 흔들어 깨운 거예요."

"기절하기 전에 버티하고 이야기하고 있었어요?"

알렉스는 잠시 기억을 더듬었다. "버티가 나한테 퍼트넘을 떠날 생각은 있느냐고 물었어요. 어, 근데 아마 물감의 화학성분을 너무 들이마셔서 그랬을 거예요." 디바인의 걱정 어린 표정을 보고 알렉스가 덧붙였다. "걱정 마요. 병원 가서 검사도 받았으니까. 뇌 이상이나 뭐 그런 건 전혀 없대요. 그리고 여기 공기정화 장치랑 환풍 시스템도 업그레이드했어요. 화학물질 같은 거 조심해야 하니까. 독성이잖아요."

"어느 의사한테 갔습니까?"

"프랑수아즈 기욤 박사님요. 꼼꼼히 봐주셨어요. 아주 건강하대요."

"그렇군요, 그럼 버티랑 있을 때 마지막으로 그렇게 기절한 게 언제였습니까?"

알렉스가 길게 한숨을 토해냈고 표정도 어두워졌다. "사실 마지막으로 버티를 본 게 그날이었어요. 그러고 이틀 후 버티가 뺑소니 운전자한테 치여 돌아가셨거든요."

51장

 디바인은 차를 몰고 여관으로 돌아갔다. 숙소 문을 여는데 핸드폰이 울렸다.

 캠벨이었다. 그는 전날 저녁 클레어 로바즈를 찾아간 얘기를 해주었다.

 "그럼 제니는 부모님이 알렉스를 덮친 놈을 잡으려고 충분히 노력하지 않았다고 생각했다는 겁니까?"

 "맞네. 그 생각을 어머니에게 분명히 밝히고 또 **자기는** 가서 범인을 잡겠다는 걸 알리고 싶었던 거야. 그건 그렇고 클레어는 제니가 죽은 걸 두고 자기 탓을 하더군. 자신과 커트가 범인을 잡으려고 더 애썼다면 제니가 나설 필요는 없었을 테고 목숨을 잃지도 않았을 거라고."

 디바인이 말했다. "남은 평생 지고 가기에는 너무 큰 가책이군요. 게다가 이미 남편이 힘들 때 매정하게 버렸다고 손가락질받는 마당에."

 "그 점에 관해서 클레어가 내가 몰랐던 사실들을 말해줬네." 나직이 말하는 캠벨의 목소리에는 자기 자신을 향한 유감이 뚜렷이 배어 있었다.

"클레어 로바즈에 대한 의견을 재고하시는 겁니까?"

"클레어는 거의 일평생을 남편에게 헌신했네, 디바인. 자녀 셋을 낳아 길렀고 커트의 모든 정치적 싸움을 함께했어." 캠벨은 잠시 말을 멈췄다. "나는 클레어를 판단할 자격이 없네. 한 번도 그 입장에 서본 적 없으니까. 중요한 건 클레어가 오랜 세월 커트에게 아내로서 할 수 있는 건 다해준 좋은 사람이라는 거야. 커트가 함께 살기 그리 쉬운 사람이 아니었는데도. 그건 내가 확실히 말할 수 있지. 그 양반을 안 게 수십 년이니. 커트는 누구보다 충성스러운 친구지만 한번 눈 밖에 나면 죽음을 각오하고 싸워야 할 만큼 집요한 사람이거든. 그리고 정치인으로서는 무자비할 만치 야심이 컸어. 때로 판단력이 흐려질 정도로. 정계의 먹이사슬 상부로 올라갈수록 거기 머무르기 위해 뭐든 불사하려고 들었던 것 같네. 그 문제로 나하고도 날 선 말이 오갔지만 그래도 우리는 친구로 남았지."

"전장에서 패배를 절대 못 받아들이던 해병이 공직에서도 똑같은 기준을 고집한 케이스로 보입니다." 디바인이 조심스레 의견을 말했다.

"맞네. 하지만 거기다가 자기만의 원칙까지 허문다? 그건 명예 없는 승리지. 적어도 내가 보기엔 그래."

"잘 알겠습니다."

"그래, 새로 보고할 건 없나?" 캠벨이 말했다.

"알렉스를 만났는데요. 제니가 CIA의 자원을 이용해 알렉스의 성폭행범을 찾아내려고 했다고 얘기해줬습니다."

"그랬더니 뭐라던가?" 캠벨이 재촉했다.

"뭐라고 한 건 아니고, 행동으로 보여줬다고 할까요."

"무슨 소린지 모르겠군. 뭘 어쨌기에 그러나?"

디바인은 알렉스가 기절한 순간을 묘사했다. "처음에는 그냥 의식을 잃은 줄 알았습니다. 그런데 도와주려고 다가가니까 자기를 내버려두라고, 놓으라고 비명을 지르더군요. 그러더니 팔다리를 휘두르면서 몸부림치기 시작했습니다."

"맙소사, 발작이라도 일으킨 건가? 자네가 공격하는 게 아니라는 걸 이해시켰나?"

"그게 말이죠, 알렉스가 **저한테** 소리 지른 게 아닌 것 같습니다."

"그럼 누구한테?" 혼란스러운 목소리로 캠벨이 물었다.

"제가 한 얘기가 뭔가를 건드려서 무의식적인 기억 소환 같은 게 촉발된 게 아닌가 싶습니다. 저로서는 그렇게밖에 설명할 수 없습니다." 디바인이 말했다.

"잠깐, 그날의 사건을 다시 입에 올린 게 뭐, 그 순간을 다시 경험하게 했다는 건가?"

"예. 제 생각엔 알렉스가 폭행범에 맞서서 자신을 지키려고 한 것 같습니다. 다시 정신을 차렸을 땐 전혀 기억하지 못했고요. 알렉스가 무슨 말을 했고 어떤 행동을 보였는지 굳이 말해주지 않았습니다. 제가 정신과 전문의도 아니고. 더 혼란스럽게 하고 싶지 않아서요."

"그래, 잘했네. 헌데 디바인, 혹시 알렉스가 이름을 말하거나 범인의 신원에 대한 단서를 주진 않았나?"

"아니요, 그런 건 없었습니다."

"제니를 죽인 자가 알렉스도 덮친 거라고 자네는 확신하나?" 캠벨이 물었다.

"확신할 뿐만 아니라, 알렉스가 한 어떤 말을 근거로, 알렉스를 폭행하고 제니를 죽인 놈이 앨버타 파머도 살해했다고 거의 확신합니다."

캠벨이 대놓고 물었다. "어떻게 그런 결론에 이르렀지?"

"알렉스가 버티랑 있었을 때도 오늘 제 앞에서 일으킨 것 같은 발작 사건을 겪었답니다. 버티가 사망하기 이틀 전에요. 그런데 들어보니 버티는 저와 다르게 뭔가를 알아낸 것 같습니다."

"알렉스가 자신을 덮친 놈을 **지명했다는** 건가?" 캠벨이 물었다.

"아니면 적어도 버티가 추측할 수 있을 정도의 정보를 흘렸을 겁니다."

"그래서 버티가 그자를 찾아가서 대면했다고?"

"그렇습니다. 그리고 제 추측이 맞는다면, 그에 대한 반응으로 그자가 살인을 저지른 거죠." 디바인이 설명했다.

"두 건의 살인이 알렉스의 성폭행과 엮여 있군. 그 말은 **자네도** 표적이 될 수 있다는 뜻이야." 캠벨이 덧붙였다.

"저는 이 동네에 발을 들인 순간부터 표적이었습니다. 아, 말 나왔으니 말인데 내부 첩자 색출은 진전이 있습니까? 제네바에서 마주친 여자에 대한 정보는요?"

"있기도 하고 없기도 해." 캠벨이 잠시 머뭇거렸다. "아무래도 내 탓인 것 같네."

"무슨 말씀이십니까?" 디바인이 날카롭게 물었다.

"내 행정보좌관이 사라졌어."

"이름이 뭐고 어떻게 된 겁니까?" 디바인이 캐물었다.

"돈 슈먼. 그녀에게 무슨 일이 생긴 건지는 우리도 모르네. 어제 출근을 안 했어. 전화했는데 응답이 없어서 집으로 수색팀을 보냈네. 차가 사라졌고, 짐을 챙겨서 떠난 것 같네. 전국에 경보를 발령했는데 아직 입수된 정보는 없어."

"왜 장군님 탓이라는 겁니까?"

"뭔가 잘못된 낌새가 있었는데 아무 조치도 취하지 않았거든. 슈먼은 이혼했고 자녀들 양육권을 놓고 분쟁 중이었어. 재정적으로도 어려운 상태였고. 몇 가지 문제는 나한테 와서 털어놨네. 진즉에 보안부서에 귀띔해서 슈먼을 주시하라고 했어야 하는데 그러질 않았어."

"개인적 곤경 때문에 유혹에 취약한 입장이 됐을 거라는 얘깁니까?"

"맞네, 게다가 지금 이렇게 자취를 감췄으니 유혹에 넘어갔을 거라고 보네."

"슈먼이 제 움직임에 대한 제반 사항을 알고 있었습니까?" 디바인이 물었다.

"자네가 해외에 나갈 때 예약을 잡아준 것도, 이번 메인 수사의 이동 경로를 짠 것도 슈먼이었네."

"하지만 왜 이제 와서 도망쳤을까요?" 디바인이 물었다.

"상대방이 슈먼이 선뜻 내놓지 않으려는 걸 요구했을지도 모르지. 아니면 슈먼이 가책을 느꼈거나, 그것도 아니면 내부 감사에 돌입하면 다 발각될까 봐 겁먹었는지도 모르고. 아이러니하게도 슈먼이 도주하는 바람에 그녀를 예의주시하게 됐지."

"그자들이 슈먼을 납치한 다음 제 발로 도망친 것처럼 꾸몄을지도 모릅니다."

"그럴 가능성은 당연히 나도 고려했네. 자네한테 증원군을 보냈으면 하나?"

"아닙니다. 그러면 범인이 겁먹고 더 깊숙이 숨어버릴 겁니다."

"흠, 그럼 몸조심하게."

"몸 사려서는 일이 될 것 같지 않은데요." 디바인은 이렇게 대꾸하고 통화를 종료했다.

52장

그날 밤 디바인은 좀처럼 잠들지 못했다. 지붕을 때리는 빗소리는 평소 같으면 마음을 가라앉히는 백색 소음이었을 텐데 지금은 그저 머릿속을, 그리고 생각들을 파고들어 헤집어놓기만 했다.

아무래도 캠벨이 이끄는 팀의 첩자가 그가 움직이는 표적이 되는데 일조한 것 같았다. 게다가 이곳에도 그가 죽기를 원하는 자들이 있었다. 개중에 바라건대 그가 수사망을 좁혀가고 있는 살인범도 있었다. 다수의 적을 동시에 상대한 적은 전에도 있었지만, 이런 상황은 처음이었다.

디바인은 자려는 시도를 포기하고 아예 옷을 입고 총을 챙겨 밖으로 나갔고 비를 맞으며 SUV로 달려갔다. 그리고 타자마자 히터를 최대치로 틀었다. 지금 가려는 곳은 불면의 요인과 별 상관없었다. 그보다는 전에 끝을 보지 못한 잠재적 단서의 추적을 이어가볼 작정이었다.

어둠이 내려앉은 도로를 내달렸다. 전에 딱 한 번 스치듯 본 걸 다시 본다는 보장은 없었지만, 부디 보게 되기를 간절히 바랐다. 실크웰의 죽음과 관련이 없을 수도 있지만, 정보를 충분히 얻기 전까지는 관련됐을 가능성을 배제할 수 없었다. 모든 걸 차치하고라도 호기심이 동할 정도로 이상했고 그것만으로 더 조사해볼 가치가 있었다.

전에 목격한 선박을 놓친 지점으로 접근해 갔다. 그때는 마침 그곳을 지나가는 프랑수아즈 기욤의 차를 보고 그녀가 동생과 같이 사는 저택까지 쫓아가느라 정신이 팔렸었다.

'오늘 밤엔 정신 팔릴 거리가 없으니까. 아니, 부디 없기를.'

그는 도로를 벗어나 차를 세우고 라이트를 끈 다음 기다렸다. 한 시간을 그러고 있다가 막 포기하고 숙소로 돌아가려던 순간 그게 보였다.

불빛은 상당히 먼 바다에 있었지만, 유심히 지켜보던 디바인은 그 불빛이 분명 해변을 향해 다가오고 있다고 판단했다.

그는 SUV에 시동을 건 후 라이트를 끈 채, 배가 상륙할 지점이라고 대충 계산한 곳을 향해 천천히 이동했다.

바다의 불빛에 신경을 쏟은 채로 아주 천천히 가느라 한참 걸렸다. 잠시 후 거세진 바람이 빽빽한 구름을 걷어냈고, 그러자 조금 전 잠깐 놓쳤던 불빛이 해안 저만치에 다시 나타났다. 디바인은 그리로 방향을 틀었고, 얼마 후 불빛이 수면 위로 떨어지는 유성처럼 점점 선명해졌다.

마침내 그는 어느 외딴 해변과 나란히 난 길에 차를 세웠다. 퍼트넘에서 북쪽으로 10킬로미터쯤 올라간 지점인 것으로 짐작됐다.

정동 방향, 메인만 너머는 노바스코샤였다. 정북으로는 뉴브런즈윅이 있고, 그가 알기로 뉴브런즈윅은 노바스코샤와 펀디만을 사이에 두고 있었다.

점점 가까워지는 배의 조명에서 눈을 떼지 않은 채 타호에서 내린 그는 바위투성이 해변으로 재빨리 달려가 거친 해풍에 시달리고 변형된 한 무리의 백송을 엄폐 삼아 자리 잡았다. 그 호리호리하고 까칠한 줄기를 한 손으로 짚었다.

문득 이런 생각이 들었다. '저게 그냥 어선이고, 내가 잠을 포기해 가며 시간 낭비만 하는 거라면?'

배가 해안으로 더 가까이 오자 디바인은 긴장했다. 이곳 해안선이 퍼트넘 못지않게 바위투성이고 쇄파도 감당하기가 만만치 않을 텐데 어떻게 배를 댈 셈인지 궁금했다.

다시 한번 군용 고배율 쌍안경을 꺼내 들었다. 최신 기술이 적용된 이 감시 장비는 가격도 무시무시하지만 무엇보다 돈값을 했다.

그걸로 배를 정조준했다. 바닷가재잡이 어선은 아닌 것 같았다. 적어도 디바인이 퍼트넘 항구에서 본 배들과는 달랐다. 더 크고 선이 날렵했고 조타실 지붕에 고성능 위성 내비게이션 송신탑 모듈까지 달려 있었다. 갑판에 사람이 보이지 않았고 조타실 유리는 짙게 코팅되어 있었다. 배 이름을 확인하려고 좌현을 살폈지만 아무것도 쓰여 있지 않았다. 줄곧 속력을 내 달려오던 배가 해안에 가까워지자 갑자기 감속하더니 너무 급작스레 멈춰서 선미 쪽에 인 반류에 선체가 출렁였다.

디바인이 지켜보는 가운데 좌현에서 더 작은 배가 내려졌고, 거기에 세 사람이 승선하는 게 쌍안경 렌즈에 잡혔다. 이어서 작은 배에 탄 사람들에게 나무상자 여러 개가 전달됐다. 셋 중 한 명이 선미에 앉아 선외모터와 방향 제어 장치를 조작했다. 곧 작은 배가 해안으로 곧장 다가오기 시작했다.

디바인은 핸드폰을 꺼내, 최대한 확대되어 찍히도록 쌍안경에 대고 그 장면을 녹화했다. 그러다 작은 배가 향하는 지점으로 시선을 옮겼는데 거기서 움직임이 포착됐다. 쌍안경으로 살펴보니 해변 근처에 사람이 적어도 한 명 서 있는 게 보였다. 그자가 손전등을 위아래로 흔들었다. 배에 신호를 주는 게 분명했다.

배가 해안에 부딪히는 파도에 막 닿았을 때쯤 디바인의 뒤에서 무슨 소리가 들렸다. 차량 한 대가 어둠을 뚫고 달려오면서 도로 남쪽에서 쌍라이트가 나타났다. 쌍안경으로 확인하니 검은색 캐딜락 에스컬레이드, 디바인이 납치당했을 때 태워졌던 것과 같은 모델이었다.

'빌어먹을.'

디바인은 전력으로 SUV로 달려가 차에 뛰어올라 시동을 걸었다. 백미러로 에스컬레이드가 그를 향해 더 빨리 돌진하는 게 보였다. 디바인은 도로로 진입해 가속 페달을 밟았고, 타이어가 접지력을 얻느라 회전하면서 아스팔트와 마찰해 찢어지는 소리를 냈다. 에스컬레이드도 따라서 속도를 올렸다.

타호는 에스컬레이드보다 가볍고 민첩하지만 마력은 비교가 안되게 달렸다. 그걸 분명히 알게 된 건, 그가 가속 페달을 있는 힘껏 밟았는데도 에스컬레이드가 아무렇지 않게 간격을 좁히더니 뒤에서 들이받았을 때였다.

디바인은 핸들 통제력을 잃지 않으려고 기를 썼지만 비에 젖은 도로에서 그러기란 쉽지 않았다. 그 와중에 갑자기 강풍이 불어와 낙엽과 온갖 쓰레기를 휙 날려 보내 일순간 시야를 막았다. 그 정도는 방해가 돼도 그럭저럭 감당할 수 있었다. 훨씬 큰 문제는 차 뒷유리를 와장창 깨부수면서 쏟아진 총알 세례였다. 탄환들은 피가 식을 정도로 아슬아슬하게 그의 양옆을 스쳐 지나 앞유리창으로 나가면서 작은 구멍 세 개와 조금 큰 구멍 하나를 남겼고, 더불어 총탄이 지나갔음을 알려주는 소름 돋는 증거로 유리에 기다란 크랙을 남겼다.

디바인은 총집에서 글록을 뽑고 운전석 창을 내린 뒤 왼손으로 총을 뒤로 겨눠 에스컬레이드를 향해 마구잡이로 여섯 발 발사했다.

아무 도움도 되지 않았다. 오히려 더 많은 총탄이 차량 내부에 날아들어 사방에 튀는 바람에 디바인은 고개를 푹 숙이고 간신히 전방을 살피며 운전해야 했다. 사수의 조준선에서 벗어나려고 기를 쓰다가 순간적으로 차가 도로를 이탈하는 바람에 다시 바로잡기까지 했다.

간신히 핸들을 바로잡는데 에스컬레이드가 갑자기 가속해 따라잡더니 그와 나란히 달렸다. 타호의 운전석이 이제 에스컬레이드의 조수석과 나란히 맞춰졌다.

그 조수석 창이 스르륵 내려가더니 검은색 스키마스크를 쓴 남자가 모습을 드러냈다. 디바인은 그자에게 시선을 오래 두지 않았다. 대신 자기 머리를 겨누고 있는 쌍열총의 총구로 재빨리 주의를 돌렸다.

그리고 쌍열총이 포효하기 직전에 브레이크를 콱 밟았다. 발사된 산탄은 아무런 해도 가하지 않고 타호의 앞유리 앞을 휙 가로질러 갔다.

디바인은 기어를 후진에 놓고 가속 페달을 힘껏 밟아 차를 약 50미터 뒤로 튀어나가게 했다. 그런 다음 군에서 회피기동 훈련 때 배운 그대로 가속 페달과 감속 페달을 정확한 순간에 살짝 밟아가며 핸들을 돌려 J턴을 했다. 훈련 당시에는 몸집이 하마만 하고 무게도 3톤은 나가는 무장 험비로 했었다. 그에 비하면 타호는 껌이었다. J턴 후에는 다시 퍼트넘을 향해 남쪽으로 내달렸다.

하지만 에스컬레이드 운전자가 똑같은 기술을 유려하게, 그것도 디바인이 한 것보다 더 타이트하게 선보였다. 전속력으로 따라붙는 에스컬레이드의 운전석 뒷좌석의 창이 스르륵 내려오고 거기로 MP5 총구가 쏙 나오는 게 백미러로 보였다.

이 새로운 국면에 어떻게 대처해야 할지 감도 안 잡혔지만 조용히 당해줄 생각은 추호도 없었다. 일단 속도를 줄이고 거의 따라붙은 뒤 차를 들이받으려는데 순간 연달아 총성이 울렸다. 에스컬레이드에서 발사된 게 아니었다.

육중한 에스컬레이드의 바퀴가 삐끗하면서 차가 진흙과 나뭇잎을 흩뿌리며 도로에서 이탈했다. 디바인은 백미러를 한 번 더 확인했다. 상대 차량은 추격전에서 떨어져나간 걸로 보였다.

그는 가속 페달을 힘껏 밟아 퍼트넘으로 곧장 내달렸다. 숙소 방에 도착해서 캠벨에게 문자로 보고했다. 회신을 기대하지 않았는데 잠시 후 답장이 왔다.

괜찮다니 다행이군. 오늘 밤은 가만히 있게.

디바인은 답장을 보낸 뒤 그를 살린 총탄을 발사한 게 누구였을지 따져보기 시작했다.

그러다 문득 해변의 선박에 대해 까맣게 잊은 걸 깨달았다.

그는 침대에 털썩 주저앉아 신음을 뱉었다.

그때 핸드폰이 울렸다. 캠벨이 또 뭔가 떠올린 모양이었다.

그런데 발신자가 캠벨이 아니었다.

오늘 밤 가만히 있는 선택지는 물 건너간 것 같았다.

53장

애니 파머는 극도로 스트레스를 받은 목소리였다.

"트래비스, 여기 와줄 수 있어요? 늦은 건 알지만 아무래도 와줘야겠어요."

"알겠습니다. 집 주소가 어떻게 됩니까?"

"우리 집 말고요. 아직 알렉스네 있어요. 알렉스가 그냥 있으라고 해서요."

"무슨 일입니까? 알렉스는 괜찮아요?"

"그래서 전화한 거예요. 알렉스가…… 어떻게 표현해야 할지 모르겠는데. 별로 좋은 상태가 아니에요."

"119에 신고해야 하는 거 아닙니까?" 디바인이 날선 투로 말했다.

"아프거나 다친 건 아니에요. 그냥…… 정신적으로 무슨 문제가 생긴 것 같아요. 부탁이에요, 와줄 수 있어요?"

"지금 출발하겠습니다. 대크는 어딨습니까?"

"몰라요. 확인해봤는데 자기 방에서 자고 있지는 않더라고요. 오토바이도 없고요. 아마 나가서 진탕 마시고 여자랑 뒹굴고 있을 거예요. 빨리 와줘요!" 애니가 애타게 말했다.

디바인은 사고를 낼 만큼 위험하지 않은 선에서 최대한 빠르게 SUV를 몰았다. 뒷유리창이 다 날아가서 뼈가 시리도록 추웠고 앞유리창의 크랙도 점점 번지고 있었다. 그는 히터를 최대치로 올리고 한기는 애써 모르는 척했다.

조슬린 포인트에 도착해서는 집 앞에 차를 대자마자 뛰어내려 빠른 걸음으로 현관으로 갔다.

애니가 거기서 기다리고 있었다.

"어디 있어요?" 디바인이 대뜸 물었다.

"자기 방에요."

애니가 앞장서서 이층으로 올라가 방문을 열려고 했지만 문이 꿈쩍도 안 했다. 그녀는 두려움이 어린 눈으로 디바인을 봤다. "내가 안 잠긴 채로 뒀는데."

디바인이 그녀를 지나쳐 문으로 다가가 두드렸다. "알렉스, 트래비스예요. 방에 있어요? 괜찮아요?"

대답은 없었지만 안에서 이상한 소리가 들려왔다.

"그냥 얘기 좀 했으면 해서요. 말해줄 게 있어요. 새로 알아낸 정보예요. 문 좀 열어볼래요?"

여전히 반응이 없었다.

디바인이 문에 귀를 붙이고 온 신경을 집중했고, 옆에서 얼어붙은 애니는 눈에 눈물이 그렁그렁 고이기 시작했다.

"알렉스!" 디바인이 큰소리로 불렀다.

"혹시…… 무슨 일이……." 애니가 머뭇머뭇 말했지만 디바인은 듣고 있지 않았다.

그가 몇 발짝 물러났다가 달려들면서 온몸을 문에 부딪쳤다. 그러자 문이 왈칵 열렸고 다음 순간 그는 방 안에 있었다. 구석구석 둘러보다가 활짝 열린 창문과 바람에 나부끼는 커튼에 시선이 꽂혔다. 아까 들은 소리의 정체인 게 틀림없었다. 그는 심장이 튀어나올 것 같은 기분으로 창가로 달려가 내려다봤다.

'제발, 안 돼. 안 돼.'

알렉스는 거기 없었다. 디바인은 안도의 숨을 내쉬고는 옆에 서 있는 애니를 돌아봤다.

"나 문 열어주러 나왔을 때 알렉스가 이 방에 있었어요?"

"네, 침대에 웅크리고 누워 있었어요."

"욕실은 어딥니까?"

"이쪽이에요."

복도로 달려 나간 순간 두 사람 다 무슨 소리를 들었다. 머리 위쪽에서 나는 소리였다.

"뭐죠?" 애니가 숨죽여 물었다.

디바인이 천장을 올려다봤다. 그리고 퍼뜩 깨달았다.

"이런 제길!"

"왜요? 뭔데 그래요?" 애니가 외쳤고, 디바인은 황급히 계단으로 가 뛰어 올라갔다. "어디 가는 거예요?" 애니가 소리치며 따라갔다.

외부로 통하는 문을 벌컥 열어젖히고 나간 디바인이 우뚝 멈춰 섰다.

뒤따라온 애니가 그의 몸에 부딪혀 마치 벽과 충돌한 양 튕겨 나갔다.

디바인은 애니와 충돌한 걸 알아채지도 못한 것 같았다. 온 신경이 앞쪽에 쏠려 있었다.

"여기 있었군요, 알렉스."

알렉스는 흰 나이트가운 차림으로 서 있었다. 가운 자락이 세찬 바람에 펄럭이며 길고 창백한 다리를 휘감았다. 그녀는 뒤를 돌아보지도 그를 아는 체하지도 않았다. 애니가 다가와 디바인의 옆에 섰다.

"세상에." 그녀가 두려움 어린 목소리로 나지막하게 내뱉었다.

겁먹을 만도 했다.

두 사람과 달리 알렉스는 망대의 **바깥쪽**, 옥상 가장자리에 아슬아슬하게 서 있었기 때문이다. 땅바닥에서부터 높이가 최소한 12미터는 되었다.

"알렉스, 나예요, 트래비스. 얘기 좀 할래요?"

알렉스는 여전히 돌아보지 않았지만 바람 소리를 뚫고 그의 목소리를 캐치한 듯 고개를 약간 돌렸다.

디바인이 그녀에게 몇 발짝 다가갔다. "말해줄 게 있어요. 제니에 대해서요. 들으면 만족할 거예요. 진전이 있었거든요. 진짭니다. 그런데 알렉스가 좀 도와줘야겠어요."

알렉스가 끄트머리로 한 발 더 나가자 애니가 디바인의 소맷자락을 꽉 움켜잡았다.

디바인이 칸다하르에 있을 때 웬 젊은 여자가 그에게 접근했었다. 그는 여자가 음식이나 물 혹은 그 둘 다 구걸하려고 온 줄 알았다. 현지인들은 다 미국인 병사라면 식량과 물을 넉넉히 가지고 있을 거라 여겼으니까. 그리고 바로 그런 이유로 디바인은 여분의 배급 식량을 지니고 다녔다.

그가 주머니에 손을 넣었다가 다시 고개를 들었을 때 여자는 바들바들 떨리는 손에 기폭장치를 쥐고 있었다. 버튼만 누르면 둘 다 저세상으로 가는 거였다.

그 상황에서 그가 취할 수 있는 행동은 몇 가지가 있었다. 여자가 폭탄 꾸러미를 터뜨리기 전에 여자를 총으로 쏘든가 칼로 찌르든가 덮쳐 넘어뜨릴 수도 있고, 비록 그의 사전에는 없는 선택지이지만 살려달라고 빌 수도 있었다. 아니면 지원군을 요청한 후 그들이 제때 와주기를 바라거나. 그도 아니면 결국에 그가 선택한 행동을 하거나.

그는 배급 식량 몇 팩과 생수 두 병을 내밀었고, 마치 그가 처음 짐작한 게 맞았고 여자가 C4 폭탄으로 둘 다 제 명보다 앞서 무덤으로 보낼 리 없다는 듯 미소까지 지었다.

그리고 현지어로 말했다. "당신하고 당신의 가족 몫입니다. 신의 가호가 있기를."

여자는 물과 식량을 받아들었고 둘 다 그날 하루 더 죽음을 면했다.

이번에도 그는 침착한 목소리로 말을 걸었다. "알렉스, 내가 이 얘기는 한 적 없죠. 내가 정말 좋아했던 여자가 나랑 같이 일하던 회사 창고에서 목매달아 죽은 채 발견됐어요."

그는 알렉스의 맨 어깨가 움찔 굳는 걸 보고 그녀가 그의 말에 귀를 기울이고 있음을 알았다.

옆에서 애니가 놀란 숨을 들이마셨다.

"그런데 자살이 아니라는 게 밝혀졌어요. 누군가 살해한 거예요." 디바인은 애니를 흘끔 돌아봤다. "누군가 얼 파머를 죽인 것과 똑같이."

그 말에 애니 파머의 입이 쩍 벌어졌고, 알렉스도 몸을 살짝 틀어 이제 디바인이 그녀의 시야에 들어오고 또 디바인도 그녀를, 특히 그녀의 눈을 볼 수 있게 되었다.

"뭐-뭐라고요?" 알렉스가 말했다. "얼 아저씨요?"

"기억이 안 나는 게 얼마나 미치도록 답답한 일일지 알아요, 알렉스. 나도 중동에 파병됐을 때의 기억을 잊으려고 오랫동안 노력했어요. 그런데 안 잊혀요. 아마 영영 못 잊을지도 모르죠." 그는 자기 머리를 톡톡 두드리며 말을 이었다. "그런데 여기 있는 걸 분명 아는데 도무지 기억이 안 난다면." 그가 고개를 절레절레 저었다. "그것만큼 가혹한 일도 없겠죠."

알렉스가 몸을 앞뒤로 흔들기 시작했다. "나는…… 내가 기억만 했더라면 언니는 주-죽지 아-않았을 거예요……. 내가 기억만…… 다 내 잘못이야……."

디바인이 그녀에게 한 발짝 다가갔다. "알렉스는 피해자였어요, 문제를 일으킨 쪽이 아니라. 폭행을 당했고 죽든 말든 그 자리에 버려졌어요. 그래서 알렉스가 무사히 정신적 충격을 버텨내라고 뇌가 수작을 부렸어요. 그런데 어쩌다 보니 문제를 더 악화시키고 만 거예요."

알렉스의 감은 눈 아래로 굵은 눈물방울이 맺혔다. 그녀가 고개를 젓자 눈물이 볼을 타고 후드득 흘러내렸다. "언니는 죽어서는 안 되는 거였어요. 언니가 얼마나…… 완벽한 사람이었는데."

그녀는 돌아서서 가장자리를 향해 의도적으로 한 걸음을 더 나갔다. 이제 더는 갈 곳이 없었다. 아래로밖에는.

애니가 신음을 뱉으며 겁에 질려 디바인의 팔을 부여잡았다.

디바인이 말했다. "제니는 당신을 사랑했어요. 너무 사랑해서 십여 년이 흘렀는데도 진실을 파헤치기를 포기하지 않았어요. 당신을 도와주려고 자기 목숨까지 걸었어요. 그런…… 그런 큰 사랑에, 그런 헌신에…… 자기 목숨을 끊는 걸로 보답할 수는 없는 거잖아요, 제니의 목숨은 **강탈당했는데.** 알렉스도 마음 깊은 데서는 그걸 아는 거 알아요."

가장자리에서 머뭇거리던 알렉스가 눈을 번쩍 뜨고 아래를 내려다봤고, 때마침 지층보다 훨씬 강한 바람이 몰아쳐 가늘고 여린 그녀의 몸을 휘감고 흔들어댔다.

"그럴 수는 없어요, 알렉스." 디바인이 재차 말했다. "알잖아요. 제니는 투사였어요. 알렉스도 그래요. 그렇다는 거 내가 알아요. 나는 당신을 믿어요. **당신을** 믿는다고요."

디바인과 애니 둘 다 숨을 참고 기다리는 동안 영겁 같은 몇 초가 흘렀다.

어느 순간 알렉스가 옥상 끄트머리에서 상징적으로 한 걸음 물러섰다. 잠시 후에는 아예 그들을 향해 돌아섰다. 디바인이 얼른 망대의 가드레일을 뛰어넘어 알렉스에게 달려갔고 한 팔을 그녀의 허리에 감고 다른 손으로 그녀의 손을 꼭 잡았다.

"들어가요." 그가 말했다. "많이 지쳤을 텐데. 그리고 몸도 얼었겠어요."

디바인이 알렉스를 데리고 옥상에서 2층으로 내려왔고, 애니와 함께 그녀를 침대에 눕히고 이불을 덮어주었다.

문간에서 디바인이 애니에게 물었다. "혹시 뭣 때문에 촉발됐는지 압니까?"

애니는 확신이 안 서는 표정이었다. "뭐라고 외치는 소리가 들려서, 내가 도와줄 게 있나 해서 와봤어요. 근데 알렉스가 깨어 있었던 것 같지는 않아요. 그게, 누워 있기는 했는데 발작하듯이 움찔거렸고 뭐라고 중얼거리고 있었어요."

"뭐라고요?" 디바인이 재빨리 물었다.

"모르겠어요. 악몽을 꾸는 것 같았는데, 허공에 주먹질하고 발길질할 정도로 생생한 악몽이랄까? 뭔지 알아요?"

디바인이 이제는 잠든 알렉스에게 시선을 던졌다. "예, 압니다."
그가 다시 애니를 돌아봤다. "뭐라고 말했는지는 기억나요? 중요한
문젭니다."

심란해진 애니가 잠시 기억을 더듬었다. "알렉스가 '나한테 왜 이러
는 거야? 우린 친구인 줄 알았는데.' 뭐 이런 말을 했던 게 기억나요."

디바인이 초조함에 저도 모르게 애니의 어깨를 꽉 붙잡았다. "그
렇게 말한 거 확실해요? **친구**라고요?"

"예. 왜요?" 애니가 혼란한 동시에 마음이 불편한 표정으로 되물
었다.

디바인은 대꾸하지 않았다. 그저 돌아서서 알렉스를 물끄러미 바
라봤다.

'당신을 죽이려고 한 어떤 친구라.'

54장

　움찔하며 잠에서 깬 디바인은 어쩐지 낯익은 공간을 둘러봤다. 제니가 예전에 쓰던 방이었다. 거기서 쓰러져 잠든 게 고작—그는 손목시계를 확인했다—네 시간 전이었다.

　하품을 쩌억 하고 천천히 일어서서 구겨진 옷을 가다듬었다. 너무 피곤하고 방도 너무 추워서 굳이 옷을 벗지 않고 잠자리에 들었던 모양이다.

　복도 끝에 있는 욕실에서 세수하고 부스스한 머리를 가라앉히려다 실패한 후 알렉스의 방문을 조용히 두드렸고, 대답이 없기에 문을 살며시 열었다. 알렉스는 아직 잠들어 있는 걸로 보였다. 디바인은 상체를 바짝 숙여 그녀의 가슴팍이 규칙적으로 오르내리는 걸 확인했다.

　이어서 애니 파머가 두꺼운 이불을 덮고 곯아떨어져 있는, 한쪽 벽에 바짝 붙인 긴 의자를 흘끔 봤다. 애니는 알렉스의 방에서 자겠다고 고집을 부렸고 디바인도 또다시 무슨 일이 일어날 경우를 대비해 그 집에서 자기로 했었다.

그는 조용히 문을 닫고 부엌으로 내려갔다. 대크는 안 보였다. 디바인은 자기 몫의 커피를 내려, 집 후면에 난 창으로 바다를 내다보며 마셨다. 조수가 밀려들면서 흰 파도가 바위투성이 해안에 부딪혀 폭발하듯 부서졌다.

"일찍 일어났네요."

뒤를 돌아보니 알렉스가 맨발에 어제 입었던 흰 나이트가운 차림으로 서 있었다. 머리는 자는 동안 헝클어져 부스스했고 눈과 얼굴은 부어 있었다.

"조금 전에 깼는데 잠이 다시 안 들어서요." 디바인이 커피를 들어 보이며 물었다. "마실래요?"

알렉스는 고개를 젓고 그의 옆에 와 섰다. 그리고 고뇌에 찬 표정으로 창밖을 봤다. 그녀의 눈이…… 저 바깥의 뭔가를 찾아 헤매는 것 같았다.

"고마워요." 이윽고 그녀가 말했다.

"뭐가요?"

"막아줘서요, 내가……."

"내가 있건 없건 알렉스는 그러지 않았을 겁니다."

그러자 알렉스가 그를 올려다봤다. "왜요? 왜 그렇게 말하는 거예요?"

"왜냐면 알렉스는 자신이 생각하는 것보다 강한 사람이니까요. 임계점에 도달했지만 무너지지 않았잖아요."

"왜 그런 것 같아요?"

"살면서 성취하고 싶은 게 아직 많아서."

그 순간 알렉스가 보인 표정은, 인생의 환멸을 맛볼 만큼 맛본 전직 군인의 영혼도 갈기갈기 찢어놓을 법했다.

"나는 망가질 대로 망가졌어요, 트래비스." 알렉스의 뺨을 타고 눈물이 흘러내렸다. "내가…… 출발선으로 다시 돌아갈 수 있을지 모르겠어요."

디바인이 커피잔을 내려놓고 돌아서서 알렉스의 어깨를 살며시 잡았다. "확실히 해두자면, 이건 그냥 하는 소리가 아닌데요, 우리는 다 망가졌어요, 알렉스. 나를 포함해서 전부 다요. 정도만 다를 뿐이죠. 알렉스에게 일어난 일은 끔찍하고 충격적이고 말도 안 되게 억울한 일이에요. 전부 다 알렉스와 관계없이 순전히 그걸 저지른 놈의 탓입니다. 일단 그 말은 했으니, 질문에 대답해볼게요. 출발선으로 돌아갈 수 있느냐. 그럴 수 없어요."

알렉스는 몸을 떨며 뭐라고 대꾸하려 했지만 디바인이 그녀의 입술에 손가락을 대며 말을 막았다.

"**더 나은** 사람이 될 겁니다. 더 강한 사람이 될 거예요. 이 정도도 가능할까 싶은 일까지 감당할 수 있는 사람이 될 겁니다. 인생이 그렇더라고요, 알렉스. 매일 우리를 시험하죠. 네가 어디까지 감당하나 보자, 얼마나 해야 무너지나 보자 하는 식이죠."

"경험에서 나온 말로 들리네요." 알렉스가 허탈한 목소리로 말했다.

"군대는 모든 병사를 그 사람의 무엇도, 정말이지 아무것도 안 남을 때까지 해체한다는 정신으로 훈련시켜요. 그렇게 해체한 병사를 군이 원하고 임무 수행에 필요한 형태의 인간 병기로 재구축하는 겁니다. 그게 완벽하다거나 옳다는 얘기가 아니에요. 그냥 그런 식이라는 거죠. 내 경우 다른 점은 그 전환에 **자원했다**는 겁니다. 알렉스가 겪은 일은 알렉스의 동의 없이 일어났죠. 그래도 비슷한 결과가 나올 수 있어요. 겪고 나면 다른 사람이 된다는 거요. 단, 더 터프한 사람이 되는 겁니다. 삶이 던질 수 있는 최악의 커브볼을 맞고도 무너지지 않았으니까요."

"지금 나는 별로 터프하지 못한 기분인데요."

"그럼 그리고, 아이들 가르치고, 매일 일어나서 하루를 성실하게 살잖아요. 정 넘치고 사려 깊고 너그러운 마음을 지닌 사람이잖아요. 그러지 않을 이유가 차고 넘치는데도. 그건 엄청난 승리라고요, 알렉스. 달리 얘기하는 사람의 말은 절대 듣지 말아요."

알렉스는 확신이 가지 않는 표정이었지만, 그의 팔을 붙잡고 이렇게 말했다. "기억이 되살아나기 시작한 것 같아요…… 그날 밤 있었던 일요."

"내 생각에도 그런 것 같아요." 디바인이 나직이 대꾸했다.

"그런데 아직은 뚜렷하지 않아요. 나는 도저히…… 모르겠어요…… 누가……." 알렉스가 괴로운 표정으로 그를 바라봤다.

"서두를 것 없어요, 알렉스, 전혀요. 시간을 두고 자연스럽게 떠오르게 내버려둬요. 그런 종류의 일이 자연스럽게 떠오를 수 있는 만큼만." 그가 한 발 더 다가섰다. "그런데 절대로 하면 안 되는 한 가지는 남들한테 기억이 나기 시작했다고 말하는 거예요, 알았죠?"

알렉스가 고개를 들어 그를 봤고 디바인은 자신이 굳이 하지 않은 말이 뭔지 알렉스가 정확히 알아챈 걸 알 수 있었다. 말하지 않는 이유는 지금 입 밖에 내면 그녀에게 해를, 그것도 심각한 해를 입힐 수 있을 것 같아서였다. 그렇지만 누구든 그녀의 기억이 온전히 되살아나는 걸 막는 것 또한 원치 않았다. 아주 정교한 균형이 필요한 사안인데 디바인은 자신이 그 균형점을 찾을 수 있을지 자신 없었다.

"뭐가 기억났어요?" 애니 파머한테 들었기에 알렉스가 뭐라고 할지 이미 알았다. 하지만 알렉스가 뭔가 기억해냈다면 그녀에게서 직접 듣고 싶었다.

"**친구**였다는 거요. 나를…… 해친 게 내가 아는 사람이었다는 것."
그녀는 관자놀이를 손가락으로 문질렀다. "여기 다 들어 있어요, 트
래비스. 그 사람 이름. 여기 있는 거 알아요. 그걸 *끄*집어낼 수만 있
다면."

"때로 뭔가 이루어지게 하려고, 특히나 인간의 정신이 어떤 작용
을 하게 하려고 애쓰면 애쓸수록 원하는 결과에 닿기가 더 힘들어
져요. 알렉스는 누군지 기억해낼 겁니다. 기억나면 나한테 말해요.
그 사람은 대가를 치를 거예요."

"정말로 그 사람이 언니의 살인범이라고 생각해요?"

디바인은 머뭇거렸지만 알렉스에게 도저히 거짓말할 수 없었다.
이제 와서는. 더구나 알렉스가 이렇게 아슬아슬한 상태인데. "예, 그
렇게 생각합니다."

"일이 터졌을 때 너무 충격이었어요. 믿을 수가 없었죠. 누가, 그
게 누구든…… 언니한테 그런 짓을 할 수 있다는 게. 언니는 정말 강
한 사람이었고, 정말로……."

"……천하무적일 것 같았다고요?" 디바인이 넌지시 말했다.

알렉스가 슬픔이 어린 커다란 눈망울로 그를 바라봤다. "맞아요."

"사실 우리 중 누구도 천하무적이 아니에요, 알렉스. 단 한 명도.
그런데 그건 당신을 해치고 제니를 죽인 그놈도 마찬가지입니다. 우리
한테 잡히면 그놈도 그걸 뼈저리게 알게 될 겁니다. 그건 내가 약속
해요."

"트래비스 같은 사람은 처음 봐요." 알렉스가 음울한 얼굴에 드디
어 미소를 살짝 보이며 말했다.

"나도 당신 같은 사람 처음이에요."

알렉스는 두 팔로 천천히 그를 감싸안고 그의 가슴팍에 머리를 기댔다. "고마워요, 트래비스."

디바인도 있는 힘껏 그녀를 끌어안았다. 둘 중 누구라도 내일 여기 없을 수 있다는 걸, 내일은 누구에게도 보장되지 않는다는 걸 누구보다 잘 아니까.

55장

"맙소사, 디바인, 어떻게 한 사람이 이렇게 끊임없이 문젯거리를 불러올 수 있죠?" 퍼스가 경찰서 앞에 주차된, 총알로 벌집이 된 디바인의 렌터카를 이리저리 살피며 외쳤다. "상대방 인상착의는 봐뒀습니까?"

"내가 본 저격범은 스키마스크를 쓰고 있었습니다. 어떤 차였는지는 이미 진술했고요. 차번호는 확인하지 못했는데 번호판을 안 달고 있어서였습니다. 최소한 샷건 한 자루, MP5 한 자루를 가지고 있었습니다."

"그런데도 어떻게 벗어났다고 했죠?"

디바인은 어디서 왔는지 모를 이들에게 받은 뜻밖의 도움에 대해 털어놓기 싫어서 그냥 이렇게 말했다. "그 차보다 빨리 달려서요."

"근데 어젯밤에 일어난 일인데 우리한테 신고도 안 했잖아요." 퍼스가 말했다. "왜 안 했습니까?"

"두 분을 머릿수도 화력도 달리는 함정에 끌어들이고 싶지 않아서 그랬습니다. 그래도 저희 쪽 윗선에는 보고했습니다. 지금 조사 중입니다."

"지난번에 덮친 그 무리인 것 같습니까?"

"아마도요, 팀원은 바뀌었겠지만." 디바인이 말했다. "가장 가까운 공항이 어딥니까?"

"제일 가까운 큰 공항은 바 하버(메인주 핸콕 카운티의 항구도시—옮긴이)에 있습니다. 2차로 활주로가 있고 여객기랑 전세기 둘 다 착륙 가능해요."

"그럼 저희 쪽 사람들이 지난 며칠간 그 공항의 이용객 데이터를 들여다보고 뭐라도 건질 게 있나 보면 되겠네요."

"요원은 뭘 타고 다니게요? 저거 타고 다니다간 얼어 죽을걸요? 그리고 앞유리창 크랙이 너무 커져서, 그대로 몰고 다니면 나는 딱지 떼야 합니다. 근처에 렌터카 업소도 없고."

"이미 손을 써뒀습니다."

그가 이렇게 말하자마자 마침 애니 파머가 할아버지의 낡은 픽업 트럭을 몰고 도착했다. 스쿠터는 트럭 짐칸에 고정되어 있었다.

애니가 차창을 내렸다. "보기엔 이래도 잘 굴러가고 히터도 작동해요. 그리고 옛날식 테이프 플레이어랑 테이프가 잔뜩 든 상자도 있어요. 할아버지가 헨드릭스라는 가수랑 뭔 밴드 왕팬이셨는데…… 더 도어스랬나?"

디바인이 씩 웃었다. "지미 헨드릭스랑 짐 모리슨이라니, 더 바랄 게 없군요. 내가 메인 브루까지 태워주고 거기서 스쿠터 내려줄게요."

"고마워요."

디바인이 퍼스를 돌아보며 말했다. "알아내는 거 있으면 연락드리겠습니다."

"고맙습니다. **그 트럭**까지 벌집 만들지 마세요." 퍼스가 경고했다.

그 말에 흠칫 놀란 애니가 그제야 찌그러진 고철이 된 타호를 알아채고 앞유리의 조그만 구멍들을 유심히 봤다.

"잠깐, 저거 혹시—."

디바인이 운전석 문을 열었다. "옆으로 가요. 카페인을 갈망하는 굶주린 손님들이 애니를 기다리고 있고 나도 그중 하나니까."

막 출발하는데 애니가 말했다. "어젯밤에, 누가 할아버지를 살해했다는 얘기가 무슨 소리예요?"

"나중에 전부 말해줄게요, 약속해요. 근데 일단 전체적으로 단서를 맞춰보고 사실관계를 더 확인해야 해요. 이해하죠?"

"알았어요." 애니는 비록 만족한 표정도 목소리도 아니었지만 일단 수긍했다.

디바인은 애니와 스쿠터를 메인 브루 앞에 내려주고 아침식사를 해결한 뒤 다시 트럭에 올라탔다.

그리고 바닥에 있는 얼의 테이프 상자를 발견했다. "이야, 이런." 그는 가히 시대의 아이콘이라 할 만한 뮤지션들의 명반을 훑어보며 중얼거렸다.

해외에 함께 파병 나갔던 한 육군 상사가 60년대 록 앤드 롤을 소개해줬고, 그 후로 그건 디바인이 가장 좋아하는 장르가 되었다. 잠시 후 그는 지미 헨드릭스가 왼손잡이인데도 불구하고 오른손잡이용 기타를 거꾸로 들고 연주하면서 감히 누구도 흉내 내지 못할 스타일로 뽑아내는 〈스타 스팽글드 배너〉를 감상하고 있었다. 다음으로는 더 킹크스, 더 후, 더 그레이트풀 데드가 기다리고 있었다.

그는 노래 박자에 맞춰 핸들을 두드리면서 어젯밤 해변의 불빛을 목격했던 곳으로 갔다. 갓길에 차를 대고 내려서 그리로 걸어갔다. 그리고 그들이 왜 그 지점을 택했는지 바로 이해했다. 바위들 사이에 짧게 모래사장이 있었다. 바위투성이인 구간에서는 소형 배가 더 이상 나아가지 못하니, 누구든 허리까지 오는 얼음장 같은 물을 헤치며 해변까지 오려고 들지 않을 게 뻔했다. 하지만 이 구간에서라면 얼마든지 해변에 접근해 뭔지 몰라도 물건을 내려놓은 다음 소형배가 다시 메인만의 큰 선박으로 돌아갔을 법했다. 디바인은 담배꽁초나 발자국 등 전날 밤 여기 왔던 자들이 남긴 증거를 찾아 돌아다녔지만 그런 건 전혀 없었다. 그들은 흔적 하나 없이 왔다가 떠났다. 뭘 했는지 몰라도 처음 해본 솜씨가 아니었다.

다시 트럭에 탄 디바인은 에스컬레이드가 타호를 들이받고 그에게 총알을 퍼부은 지점까지 짧은 거리를 이동해갔다. 타호의 뒤창과 앞창에서 부서져 나온 반짝이는 유리조각이 잔뜩 흩어져 있고 두 중형차가 충돌하면서 충격으로 떨어져나간 타호의 후면 범퍼 조각도 나뒹굴었다. 디바인은 탄피 몇 개를 발견하고 주머니에 넣었다. 매치하는 총기를 찾아낼 거라는 기대는 없었지만 앞일은 아무도 모르는 거니까.

다음으로 에스컬레이드가 도로에서 이탈한 지점으로 갔다. 땅이 엉망으로 짓이겨졌지만 타이어 자국은 선명했다. 차가 다시 도로로 진입한 지점도 보였다. 상대 차량이 망가진 건 아니고 신원 불상의 무리가 쏜 총탄에 추격전에서 떨어져나간 것일 뿐임을 알 수 있었다.

디바인은 길 한쪽으로 비켜서서 그 장면을 머릿속에 재생해봤다.

그가 J턴을 한 뒤 반대 방향으로 질주했다. 에스컬레이드도 따라서 J턴을 한 뒤 그를 쫓아왔고 그때 그 차량에 탄환이 퍼부어졌다.

디바인은 앞과 뒤를 번갈아 보면서 그 제3의 차량의 저격선 궤도를 머릿속에서 대충이나마 설정해봤다.

도로를 따라 90미터쯤 걸어가다 멈춰 서서 길 이쪽저쪽을 둘러봤다. 사방이 탁 트인 길인데 딱 이 지점에만 가지가 무성한 상록수 한 그루가 떡하니 서 있었다.

나무 가까이 가서 주변을 살폈다. 몸을 숨긴 채 저격하기에 썩 괜찮은 곳으로 보였다. 탄피가 한 개도 안 보이는 걸 보니 그들이 황동 탄피를, 아니 어쩌면 폴리머 탄피를 철저히 챙겨간 모양이었다. 하지만 여기까지는 어떻게 온 걸까? 다른 차량은 보지도 듣지도 못했는데. 그렇게 어둡고 외딴 데서 차가 접근하는데 그가 알아채지 못했을 리 없었다. 제3의 저격수가 거기서 총을 겨눈 채 디바인과 추격 차량이 우연히 지나가기를 마냥 기다렸을 리 만무했다.

분명 눈에 보이는 것 이상의 뭔가가 있었다. 문득 어떤 생각이 떠올랐다.

디바인은 캠벨에게 전화했다. "저의 여섯 시 방향을 봐줄 지원군을 보내신 걸 함구하신 특별한 이유가 있습니까?"

"자네 머리가 복잡할 것 같아서."

"아무것도 보지도 듣지도 못했는데요. 게다가 저격병이 숨었을 만한 유일한 장소에는 흔적도 전혀 안 남았습니다."

"사람이 아니었네."

"뭐라고 하셨습니까?"

"목표물에 기관총을 발사하도록 AI로 프로그램된 무장 드론이었네, 디바인."

"농담 아니고요?" 디바인이 물었다.

"그래."

"이러다간 얼마 안 가 인간 병사는 구시대의 폐물이 되겠군요. 어쨌든, 범인들은 잡았답니까?"

"색슨 요원하고 맨 요원이 근처에 있었네만 아무것도 발견하지 못했다는군."

"드론이 추격하거나 타이어를 터뜨릴 순 없었답니까?"

"그러려고 했지만 기계 결함이 발생해서 회수해야 했네. 어쩌면 탄을 맞았을 수도 있는데, 드론 한 대가 한두 푼이 아니라서. 어쨌든 지금 조사 중이야. 드론이 촬영한 영상도 살펴봤지만 도움 될 만한 건 없었네. 그건 그렇고, 운전 실력이 좋더군."

"그놈들, 바 하버 공항으로 들어왔을지도 모릅니다. 전용기가 착륙할 수 있는 제일 가까운 공항이 거기거든요."

"이미 비행기록 일지를 조사하고 있네. 새로운 정보는 없나?"

디바인은 알렉스가 그날 밤 일에 관한 디테일을 떠올리기 시작했다고 전했다. "친구였답니다, 알렉스가 아는 사람요."

"그자가 아직 그 동네에 살까?"

"얼 파머가 살아 있었다면 그렇다고 대답했을 겁니다."

"그럼 그자가 대체 어떤 약점을 잡았기에 얼 파머가 제니의 시신을 발견했다고 거짓말하게 했느냐는 의문으로 돌아오는군. 얼 파머 한테 숨겨진 어두운 비밀이 있나?"

"어느 모로 보나 정직한 사람이었습니다."

"냄새나는 과거 없는 사람은 없네, 디바인. 예외는 없어. 그러니 파머의 과거를 파보게. 그럼 가야 할 곳으로 안내해줄지 모르지. 아 그리고 어젯밤 자네 목숨 구해준 거, 감사 인사는 넣어두게. 자네가 특별해서 구해준 거라는 착각은 말고. 새 요원 훈련하기 귀찮아서 그런 거니까."

그러더니 캠벨은 전화를 뚝 끊어버렸다.

56장

디바인은 오후에 트럭을 몰고 퍼트넘 항구로 가 주위를 둘러봤다. 오늘은 공기가 약간은 푸근하고 하늘도 맑았다. 그는 짠 내가 밴 그 공기로 폐를 한껏 채우면서 아직 정박해 있는 선박들 위에서 작업 중인 사내들을 관찰했다. 바닷가재잡이 어망을 잔뜩 실은 작은 배를 계류 중인 선박으로 몰고 가는 남자도 있었다.

누군가 부르는 소리에 디바인이 뒤를 돌아봤다. 이곳에 온 첫째 날 밤 그가 정부 첩자라고 몰아갔던 남자였다.

"아이고, 어떻게 지내십니까?" 그 남자가 다가오며 말을 걸었다. "그나저나 제 이름은 필 쿠퍼입니다. 사람들이 쿠프라고 부르죠."

"그렇군요, 쿠프, 트래비스입니다. 며칠 전 아침에 가재잡이선 타고 나가시는 거 봤습니다."

"꼭두새벽에 일어나신 모양이네요." 쿠프가 씩 웃으며 대꾸했다.

"오늘도 바다에 나가 있을 줄 알았는데요." 디바인이 말했다.

쿠퍼의 얼굴에서 웃음기가 가셨다. "망할 배 모터가 맛이 갔어요.

선주한테 모터를 갈아야 한다고 했죠. 그랬더니 선주 말이, 그러려면 돈이 든대요. 하, 배를 놀리느라 가재잡이 쉬어도 돈이 드는데."

"그 배가 쉬는 동안 다른 배 타고 나갈 수는 없습니까?"

"아마 가능할 거예요, 최소한 내일은. 요즘은 일손이 부족하거든요. 가재잡이 하려는 사람이 별로 없어서. 요새는 선장 혼자 나가서 잡기도 해요. 뼈가 갈리는 중노동에 돈도 예전만큼 못 벌죠."

"얼 파머 씨도 전에 그런 얘기를 하시더군요."

"얼 아저씨 일은 참 안됐어요. 목을 맸다면서요. 젠장. 버티 아줌마 때문에 우울해하신 건 알았지만. 그래도 애니가 있잖아요. 친구들도 있고. 이렇게 되고 보니 얼 아저씨하고 같이 시간을 더 보낼걸, 후회가 들어요. 더 자주 찾아뵙고 옛날이야기도 하고 그럴걸. 맥주도 한잔 하고."

"다들 그런 후회 한두 개쯤 안고 살아가잖습니까, 쿠프. 아참, 물어볼 게 하나 있는데."

"얼마든지 물어보세요, 트래비스."

"그날 밤 술집 앞에서 있었던 일 말인데요. 대크가 나보다 먼저 술집에서 나가면서 그쪽 일행을 지나쳤잖습니까. 근데 그 전에 자기 옆 스툴에 앉아 있던 노인한테 내가 거기 앉게 비키라고 비밀 신호를 보내는 걸 봤거든요. 혹시 대크가 그쪽에도 나를 따라 나가라고 신호를 줬습니까?"

이 질문은 쿠프의 얼굴에서 미소를 싹 지워버렸다. "어, 연방 요원한테 책잡히고 싶진 않은데."

"그럴 일 없습니다, 방금 내 질문에 답했으니까. 질문이 하나 더 있습니다."

"어, 하세요." 쿠퍼가 조심스레 대꾸했다.

"한밤중에 큰 배에서 작은 배를 내려서 해변에 댄 다음 뭔가를 하역할 만한 일이 뭐가 있습니까?"

"대체 그런 걸 어디서 봤어요?" 쿠퍼가 놀라서 되물었다.

디바인이 대강의 위치를 말했다. 쿠퍼가 천천히 고개를 저었다. "글쎄요. 바닷가재잡이나 굴 양식하고는 확실히 관계없고요. 어쩌면 정부 당국인지도 모르는데. 해안경비대 아닐까요?"

"저도 그 생각이 들어서 찾아봤는데요. 부스베이 하버(메인주 링컨 카운티에 있는 항구도시—옮긴이)에 해안경비대가 있는데 그쪽 경비대가 맡은 2,500제곱킬로미터쯤 되는 수역은 경계가 이 해안에서 한참 남쪽이더라고요."

쿠퍼가 머리를 긁적였다. "예, 그건 그렇죠."

"사우스 포틀랜드(메인주 컴벌랜드에 있는 도시—옮긴이)에도 해안경비대가 하나 있는데. 섹터 노던 뉴잉글랜드(메인, 뉴햄프셔, 버몬트, 뉴욕주 북동부를 아우르는 미 해안경비대USCG 경비 구역—옮긴이) 소속입니다. 다수의 주를 관할하면서 국토부와도 공조해 수색작업을 펼치고 해양 항로를 쾌적하게 유지하는 임무를 맡고 있더군요. 우리 쪽 요원들이 그 경비대에 접촉해서 해당 구역에서 작전이 있었는지 확인해볼 수 있지만, 아무래도 그런 유의 일이 아닌 것 같아서요."

쿠퍼가 바다 쪽을 흘긋 봤다. "누가 밀수를 하고 있다고 보시는 거예요?"

"글쎄요. 그럴 수도 있죠." 디바인도 바다를 내다봤고, 순간 어떤 의문이 떠올랐다. "윌버 킹먼의 배가 난파된 사건에 대해 아는 것 있습니까?"

"정말 가슴 아픈 일이었어요. 아니 잠깐, 지금 생각해보니 **얼** 아저씨도 그 배가 가라앉았을 때 거기 타고 계셨네요. 얼 아저씨랑 윌버 아저씨는 수십 년을 같이 일하셨거든요."

"압니다. 사고가 정확히 어떻게 벌어졌습니까?"

쿠퍼가 벤치에 앉더니 이야기를 늘어놓았다. "안개가 짙게 긴 새벽이었어요. 한 치 앞도 안 보일 정도로요. 다른 어선들은 대부분 출항도 하지 않았는데 윌버 아저씨는 앞바다를 손바닥처럼 꿰고 계셨거든요. 어쨌든 우리는 그런 줄 알았죠."

"그게 무슨 뜻입니까?"

"이쪽 해안을 쭉 따라서 바위 돌출부들이 있어요. 일부는 보통 짐작하는 것보다 더 튀어나와 있고요. 메인주 해양지형의 별난 점이랄까." 쿠퍼가 씩 웃었다. "내 입에서 그런 허세 용어가 나올 줄 몰랐죠? 아무튼 우리 다, 다른 선박을 포함해서 충돌하면 안 될 것들을 잘 피해 다니려고 배에 초음파 탐지기며 수심 측정기 같은 걸 탑재하고 있거든요. 근데 어찌 된 일인지 윌버 아저씨의 배가 그런 돌출 암석에 부딪힌 거예요. 선체가 움푹 팰 정도로 세게. 웬만한 상업용 가재잡이선은 선체 길이가 대략 7미터부터 큰 거는 12미터까지 돼요. 근데 윌버 아저씨네 배 **더 킹핀**은 선체 9미터에 선미판이 달린 빌 모델이었어요. 그 정도면 꽤 큰 편이고 바다에 나가서도 잘 버텼죠. 그런데 또 유압식 하역장비는 없어서 어부들이 옛날식으로, 그러니까 몸빵으로 가재잡이 어망을 끌어올렸어요."

"바다에서 잘 버틴 건 어떻게 알죠?"

"얼 아저씨가 아프거나 다른 이유로 못 나갈 때마다 내가 아저씨네 배의 스턴맨을 했거든요. 윌버 아저씨는 선장 노릇을 참 잘하셨어요. 배를 아주 안전하게 모셨죠."

"어느 날 그러지 못할 때까지는." 디바인이 한마디 했다.

"맞아요. 아무튼, 짠물 가득한 탱크에 바닷가재까지 잔뜩 들어 있었던 모양이에요. 굉장히 빠르게 가라앉았거든요. 조난신호도 뭣도 발신 못 한 걸 보면."

"구명조끼를 안 입고 있었습니까?"

쿠퍼가 대답했다. "원래는 입게 돼 있어요. 근데 하루 종일 무거운 어망을 끌어올리는데 그런 거추장스러운 걸 입고 있기 싫거든요. 나도 주황색 작업복하고 작업용 장갑만 착용하는데. 그래도 모든 어선이 구명 장비를 탑재하고 있기는 해요. 필수라서."

"당시 얼은 뭐라고 해명했습니까?"

"별말씀 없으셨어요. 얼 아저씨가 원래 그래요. 근데 충돌하면서 아저씨는 물에 빠졌고 윌버 아저씨는 정신을 잃으셨다는 얘긴 하셨어요. 배로 다시 헤엄쳐 와서 윌버 아저씨한테 구명조끼를 입히려고 했는데 배가 워낙 빨리 가라앉았고 조끼는 또 너무 미끄덩거려서 도저히 입힐 수가 없었대요. 게다가 윌버 아저씨가 덩치가 좀 컸거든요—물에서 그렇게 무거운 몸뚱이를 붙잡기가 얼마나 힘든데요. 얼 아저씨도 아주 아슬아슬한 순간에 튜브를 잡았고, 그 후 배가 순식간에 가라앉으면서 윌버 아저씨도 사라져버렸대요."

"그런데 윌버가 바다를 그렇게 잘 알고 또 운항 장비도 다 갖추고 있었는데 어떻게 돌출암에 부딪힌 겁니까?"

쿠퍼가 어깨를 으쓱했다. "일어나선 안 되는 일인데 가끔 일어나요. 집중을 잃거나, 모니터를 주시해야 하는데 그러지 않거나 하면요. 안개가 닥치면 자기가 어디 있는지 주변에 뭐가 있는지 파악이안 되는 거예요. 조종사가 구름 낀 날 야간비행 나가서 위아래 분간 못 하고 자기 신체감각을 못 믿게 되는 거랑 비슷해요."

"공간적 방향상실이라고 합니다." 디바인이 말했다. "아마 JFK 주니어가 조종하던 비행기가 추락해서 아내랑 처제랑 다 같이 사망한 것도 그것 때문이었을 겁니다.”

“흠, 윌버 아저씨도 잠깐 주의를 잃었는데 하필 안개까지 꼈고 아니면 운항 장치가 고장 났든지 해서 고속으로 암석에 충돌한 것 같아요. 젠장, 그날 새벽엔 바다에 나가지 말았어야 했는데. 그렇게 속력을 내지도 말았어야 했고. 근데 인간이 완벽하지가 않잖아요. 때로 실수도 저지르고 더군다나 그런 상황에서는 더하죠. 그렇게 최고의 장비를 갖추고도 심해에서는, 게다가 안개까지 끼면 운항이 그리 쉽지 않습니다. 나도 날씨 진짜 구릴 때 나가면 선장조차 우리가 어디 있는지 모르는 것 같을 때도 많았어요. 아슬아슬하게 사고를 면한 적도 많고. 그래도 난파는 안 당했죠. 그냥 윌버 아저씨가 운이 나빴어요. 심하게 나빴죠.”

“얼은 어떻게 구조됐습니까?”

“안개가 걷혀서 배들이 출항하기 시작했어요. 나갔다가 얼 아저씨를 발견해서 건져 올린 거예요. 불쌍한 아저씨, 물에 몇 시간을 있었대요. 저체온증 안 온 게 다행이지. 그래도 쇼크 오고 외상성 충격도 세게 왔어요. 듣기로는 그때까지도 윌버 아저씨를 찾아 헤매고 있었대요. 선장 찾기 전에는 물에서 안 나간다고. 구조해서 배에 올리려는 사람들 손을 자꾸만 물리치고. 하도 그래서 아저씨 손발을 결박한 후에야 겨우 끌어올릴 수 있었대요. 그러고 윌버 아저씨 시신도 건져내서 제대로 장례 치러드렸죠. 빙 앤드 선즈가 특별히 신경 써서 최고로 모시고 킹먼 아주머니한테 한 푼도 안 받았어요.”

“좋은 일 했네요.” 디바인이 말했다.

“이 마을이 좋은 분을 잃었어요. 아무리 제 손바닥마냥 꿰뚫고 있어도 바다는 언제고 배를 뒤흔들 준비가 돼 있다는 걸 보여주죠.”

‘이 마을처럼 말이지.’ 디바인이 속으로 대꾸했다.

57장

"필 쿠퍼라는 사람한테 남편분께서 타셨던 배가 조난당한 경위를 들었습니다."

디바인은 여관 안내데스크를 사이에 두고 패트 킹먼과 마주 서 있었다. 킹먼은 데스크 저편에서 서류를 정리하고 있던 차였다.

킹먼이 고개를 들고 아득히 생각에 잠긴 표정으로 안경을 벗었다. "그러잖아도 얼이 괴로워한 게 버티를 그렇게 보내서만은 아닐 거라는 생각을 하고 있었어요. 윌버한테 일어난 일도 한몫했던 거예요. 이렇게나 세월이 흘렀는데도."

"파머 씨가 할 수 있는 건 다 하셨다고 지난번에 그러셨잖습니까."

"그 양반을 몰라서 하는 소리예요. 그렇게 충직한 사람이 또 없거든. 윌버를 살리기 위해 자기가 뭔가 더 했더라면 좋았을 거라고 나한테 수없이 여러 번 말했어요. 나는 얼이 인간적으로 할 수 있는 건 다 했다고 했지. 그런데 못 받아들이겠다는 눈치더라고. 그러다 버티가 죽고 나서는 더 이상 견딜 수 없었던 게지."

"그래서 자살한 거라고 보십니까?"

"딱히 다른 이유가 안 떠오르네."

"파머 씨한테 적이 있었습니까?"

"얼한테? 농담이겠죠. 얼은 모두가 좋아했어요. 버티도 그렇고."

"원한을 품은 사람이 없었다는 거죠? 이 마을에 다녀갔을지 모르는 외부인 중에는요?"

"그런 질문들은 왜 하는 거유? 얼은 자살했는데. 살해당한 게 아니잖아요. 꼭 그런 것처럼 말하네."

"그냥 제 안의 수사 본능이 모든 각도에서 사건을 살피려고 그러는 겁니다."

킹먼이 눈살을 찌푸렸다. "안 그래도 될 것 같아요. 더군다나 얼의 일이라면. 불쌍한 양반. 혼이라도 편히 쉬었으면 좋겠네."

"남편분 사고 얘기로 돌아가서요. 듣자 하니 바다에서 방향감각을 잃었거나 아니면 운항 시스템이 고장났거나 그도 아니면 둘 다였을 거라고 하던데. 어떻게 된 일 같습니까?"

킹먼은 안내데스크에 몸을 기대고 고개를 절레절레 저었다. "정말로 내 솔직한 생각을 듣고 싶다면, 나는 윌버가 키를 잡고 있다가 심장마비나 뇌졸중이 온 게 아닐까 해요. 조절판 레버 위에 쓰러져서 더 킹먼 속도가 붙은 채로 그 망할 바위에 갖다 박았는지도 모르지. 선체의 페인트가 바위에 아주 선명하게 묻어 있었다니. 벽돌벽마냥 튼튼한 배였는데. 살짝 부딪힌 걸로는 절대로 선체가 그리 망가지지 않았을 거예요."

"윌버 씨에게 건강 문제가 있었습니까?"

"과체중에 술 담배도 엄청 했어요. 혈압도 높고 협심증까지 앓았죠. 병원 가서 검진받으라고 내가 그렇게 잔소리했는데 한 번을 안 받더라고. 의사들이란 그저 돈독 올라서 없는 문제도 만들어내는 치들이라나. 내 보기엔 바로 그런 태도 때문에 목숨을 잃은 거예요."

"부검을 했습니까?"

"아니요. 익사한 걸 모두가 아는데 뭘. 그리고 그 전에 심장마비가 왔다 해도 그게 무슨 상관이래. 이미 죽은 거."

"그래도 사고 원인이 궁금했을 것 같은데요."

"흠, 내가 아는 한 수사기관이 얼하고 면담했고 얼이 어떻게 된 건지 다 얘기했대요. 만약 얼이 살아남지 못했으면 두 양반 시신을 건져내는 대로 둘 다 부검을 진행했겠지. 하지만 얼은 **살았으니까**." 킹먼이 힘주어 말했다.

"윌버 씨가 어떤 증상을 일으키거나 쓰러지는 걸 얼이 봤답니까?"

"아니요. 선미에서 갑판을 청소 중이었대요. 조종실을 등지고. 그런데 어느 순간 자기가 물에 빠져 있었대요—충돌 때문에 배에서 튀어 나간 거지. 얼은 그때 목을 다쳤어요. 이후 수술을 받아야 했지. 보니까 허리하고 무릎도 그때 망가진 것 같던데—튕겨 나갈 때 뱃전에 부딪혀서."

디바인은 킹먼을 놔두고 여관에서 나와 경찰서로 차를 몰았다. 다행히 하퍼와 퍼스는 출타 중이었다.

밀드레스 제임스가 미소 띤 얼굴로 그를 맞이했고 디바인은 스티브와 밸러리 파머 사건의 파일을 볼 수 있느냐고 물었다.

"뭐 때문인지 물어봐도 될까요?" 제임스가 경계하는 투로 물었다.

디바인은 몸을 숙이고 낮은 목소리로 말했다. "얼이 죽었는데 버티가 사망한 것도 얼마 안 됐고 해서, 이런저런 의심이 들어서 그렇습니다."

"하지만 얼은 자살했는데요."

"얼을 아셨습니까?"

"그럼요. 평생 알고 지냈는걸요."

디바인은 다음 질문에 큰 위험이 따르리라는 걸 알았지만 다른 선택지가 별로 없었다. 그 파일은 반드시 봐야 했다. "얼이 그렇게 여기저기 성치 않은 몸으로 의자에 올라가 단단히 딛고 서서 올가미를 걸치고 자기 목에 두른 다음 의자를 발로 차는 게 가능했을 거라고 생각하세요?"

"그렇게 된 거예요?"

"모르셨습니까?"

"자세한 건 몰랐어요."

"그래서, 어떻게 생각하십니까?"

"얼은 집 안에 리프트 체어인가 뭔가가 있었어요."

"예, 저도 거기 갔을 때 쓰시는 걸 봤습니다."

"게다가 더는 계단을 이용하지 못해서 일층에, 원래는 식당으로 쓰던 방에서 주무셨어요. 차에도 별의별 특수 장치를 다 달고. 그런 걸 생각하면, 아뇨, 얼이 그렇게 하지 못했을 것 같네요, 디바인 요원." 제임스는 뭔가를 깨달은 듯 눈이 휘둥그레졌다. "설마 얼이…… 누군가 얼을 죽였다고 생각하시는 거예요?"

"그냥 가능성을 배제해야 해서 그럽니다. 아니면 포함하거나요. 그것도 그렇지만 한 가족 안에서 변사 사건이 네 명에게 일어난다? 지나치게 많은 것 같지 않으세요?"

제임스가 고개를 끄덕였다. "예, 그렇게 말씀하시니 그러네요. 파일 찾아서 갖고 올게요."

제임스는 디바인을 예의 그 방으로 안내한 후 파일을 주고 나갔다.

디바인은 부검 보고서를 꼼꼼히 읽어 내려갔다. 보고서에는 사인이 연기 흡입이라고 되어 있었다. 시신에 폭력을 암시하는 다른 흔적은 없었고, 다만 둘 다 시신이 탄 정도가 심했다. 그런 것에 무감각해진 디바인조차 두 시신의 적나라한 사진을 보고 구역질이 일 정도였다. 공식적인 결론은 사고사였다.

그런데 보고서 말미의 공식 부검의 서명에 눈길이 갔고, 그 순간 의심은 몇 배 강해졌다.

'프랑수아즈 빙.'

58장

디바인은 장례업장으로 들어가 안내데스크를 지키고 있는 여자에게 용건을 말한 후 기욤의 사무실로 안내받았다.

기욤은 막 자리에서 일어나던 차였다. "방부처리 해야 할 시신이 있는데요."

"급한 일입니다."

기욤은 무게중심을 이 발 저 발로 옮기면서 잠시 그를 뜯어봤다. "그럼 따라오세요." 그러더니 복도를 지나 문을 패스키로 여는 방으로 그를 데려갔다.

안에는 긴 금속 테이블과 그 바로 옆에 각종 장비가 놓인 선반트롤리가 있었다. 테이블 위에는 시트로 덮어놓은 시신이 있었다—방부처리 해야 하는 시신인가 보다고 디바인은 추측했다.

"이건 자살이나 살해가 아니었으면 좋겠네요." 그가 말했다.

"아니에요. 자다가 평온하게 가신 아흔 살 노인입니다. 우리 모두 이분처럼 운이 좋으면 얼마나 좋겠어요." 기욤은 각종 장비와 필요한 도구들을 착착 준비했다. "방부 과정을 정말로 지켜보고 싶은 게 아니라면, 질문거리가 많지 않았으면 좋겠습니다. 실제로 보고 싶어 하는 일반인은 여태 한 명도 없었거든요."

대답 대신 디바인은 파머 부부의 부검 보고서 사본을 꺼냈다. 그리고 서명란을 펼쳐 들어 보였다. "15년 전 타 주에서 아직 레지던트 과정을 밟는 중이라고 했죠. 그런데 왜 스티브와 밸러리 파머의 부검 보고서에 박사님의 서명이 있는 겁니까? 서명란에 미혼 때의 성을 쓴 걸 보니 결혼 전의 일인 게 분명한데요."

기욤은 해당 페이지를 잠시 뚫어져라 쳐다봤다. 디바인은 기욤의 뇌 속 기계장치가 상황을 처리하느라 풀가동되는 게 눈에 보이는 것 같았다.

"아, 이제 기억나네요. 그때 휴가라 집에 와 있었어요. 당시 메인 주에 그 부검을 할 수 있는 사람이 없었어요. 그래서 나한테 요청했고, 하겠다고 했죠. 아직 부검의 자격은 못 땄고 취임 선서도 하기 전이었지만 메인주에서 의료 활동을 할 수 있는 면허는 있었거든요. 필요하면 수석법의관이 임시 임명을 할 수 있는데, 파머 사건 때가 바로 그런 경우였어요. 다 떠나서 범죄 행위의 증거가 없는 비교적 명백한 사건이었지만 정황상 일종의 부검 절차가 법적으로 요구됐습니다."

"'일종의 부검 절차'라니요? 정확히 무슨 뜻입니까?"

"**본격적인** 부검이 요구되지는 않았다는 뜻입니다. 사인은 내가 판단했어요. 내 기억이 맞는다면 연기 흡입이었죠. 파머 부부는 불길이 닿기 전에 사망했습니다. 운이 좋았죠."

"나라면 운이 좋다고 하지는 않겠습니다." 디바인이 대꾸했다. "부검자로 박사님을 추천한 건 누굽니까?"

"기억이 안 납니다."

"혹시 삼촌인 벤저민 빙 아니었습니까? 당시 경찰서장이었던 걸로 아는데요."

"아, 맞아요. 말 되네요. 벤 삼촌이라면 그러셨을 거예요. 아닌 게 아니라 **실제로** 삼촌이 연락해서 상황을 설명하신 게 기억나요. 내가 집에 와 있는 걸 삼촌이 알고 계신 덕분에 그 일을 맡을 수 있었어요." 기욤이 긴장감 어린 미소를 지었다. "바로 떠올리지 못해서 죄송합니다. 하도 오래전 일이라."

"문제는, 독성물질 검사나 혈액 검사를 하지 않으셨잖습니까."

"말했지만 본격적인 부검이 진행되지 않아서 그렇습니다. 그럴 필요가 없었다고요, 디바인 요원. 파머 부부는 독살당하지 않았으니까."

"필요한 정밀검사를 진행하지 않았으니 그건 확실히 모르는 거 아닙니까?"

여태 무감정으로 일관하던 기욤의 표정이 확 구겨졌다. "그 말에 숨은 의도가 상당히 불쾌합니다만."

"그냥 사실을 이야기하는 겁니다. 숨은 뜻은 나중에 논하기로 하죠."

"이제 일해야 하니 자리 피해주시죠." 그러더니 기욤은 시트를 확 젖혔고 그러자 노인의 시체가 드러났다.

하지만 디바인은 남은 용건이 있었다. "당시에 여기 와 있었다면 알렉스가 폭행당했을 때도 퍼트넘에 있었습니까? 아마 그랬겠죠, 그 사건과 파머 부부 사망 건은 고작 사흘 차로 일어났으니까."

"뭡니까, 이젠 나한테 알렉스를 성폭행했다는 혐의도 뒤집어씌우려고요? 알리바이 댈까요? 근데 공소시효는 진즉에 끝났을 텐데요."

"공소시효까지 찾아보셨다?"

"됐어요, 나가요. 당장."

393

디바인은 뒤돌아 그 방을 나갔지만 문을 닫기 전 기욤을 돌아봤다. 그녀는 방부 처리해야 하는 시신을 내려다보고 있었다. 하지만 디바인이 보기에 그 순간 그녀는 자기 앞에 시신이 있는 걸 의식하지도 못하는 것 같았다.

그는 안내데스크에서 담당 직원과 대화하고 있는 프레드 빙을 발견했다. 흰 셔츠만 빼고 다 검정으로 맞춘 차림이었다. 검은색 넥타이를 단정히 맸고 머리도 뭘 발라서 깔끔히 뒤로 넘겼다.

"장례식이 있습니까?" 디바인이 물었다.

프레드가 그를 돌아보더니 슬픈 미소를 지었다. "예. 호스피스에 계시던 분이에요. 그래도 오래오래 잘 사셨으니까요. 이 지역에 유족이 몇 없어서 예식 규모는 작지만, 저희가 섭섭지 않게 잘 보내드릴 거예요."

"윌버 킹먼의 장례를 치러드렸다고 들었습니다."

"정말 마음 아픈 경우였어요. 윌버 아저씨는 참 좋은 분이셨는데. 저희 아버지가 은퇴해서 플로리다로 가시기 전 두 분이 같이 심해 낚시도 다니셨어요. 패트 아주머니가 당시 거창한 장례를 치르기엔 사정이 빠듯해서 우리가 비용을 댄 거예요. 그러길 잘했죠."

"'우리'라니요?"

"누나랑 저요. 아버지도 플로리다에서 전화하셔서 그렇게 하는 게 옳다고 하셨어요. 여기까지 오셔서 장례식에 참석도 하셨고요." 프레드는 원통한 표정을 지었다. "딱 한 번 고향에 돌아오신 게 그때였어요. 자식들 얼굴 보는 건 별로 중요하지 않은가 봐요." 그는 민망한 듯 안내데스크 직원을 흘끔 보더니 디바인에게 둘이 조용히 얘기할 수 있는 복도 저 끝으로 가자고 손짓했다.

"무슨 일로 들르셨어요?" 프레드가 목소리를 낮춰 물었다.

"누님한테 물어볼 게 몇 가지 있었습니다."

"누나가 협조하던가요?" 프레드가 물었다.

"본인이 생각한 것 이상으로 도움 됐습니다. 프레드한테도 물어볼 게 있는데요."

"말씀하세요."

"벤저민 빙 말인데. 어떤 분입니까?"

"아, 우리 집안의 대표 법 집행관이신 그분." 그가 씩 웃으며 말했다. "벤 삼촌은 총을 좋아하고, 남한테 이래라저래라하기 좋아하고, 권한 휘두르기를 좋아하는 분이었어요. 서장까지 쾌속 진급해서 은퇴할 때까지 자리를 지키셨죠."

"은퇴해서 플로리다에서 지내시는 걸로 아는데."

"맞아요."

"아직 살아계십니까?" 디바인이 물었다.

프레드가 눈을 깜빡거렸다. "어, 네. 아니, 제가 알기로는 그래요. 돌아가셨다는 연락 못 받았으니까."

"돌아가셨다면 연락이 왔을까요?"

"실은 저희 가족들끼리 별로 친하지 않아서요."

"아버님께 전화해서 살아계신지 확인해줄 수 있습니까?"

"그럼요, 도움이 된다면야. 아버지가 언제 회신하실지는 장담 못 해요. 지난번에 연락했을 때는 한 달쯤 지나서 겨우 **문자**로 회신주셨으니까."

"해줄 수 있는 만큼만 해줘도 고맙겠습니다."

"뭘요." 프레드가 대꾸했다.

"그건 그렇고, 벤 삼촌이 네이플스에 근사한 집을 갖고 계신 걸로 아는데요. 경찰 봉급 외에는 다른 수입원이 없었을 거라 짐작하는

데. 조부님의 신탁 혜택을 벤 삼촌은 못 받았을 거 아닙니까?"

프레드가 확신이 안 가는 표정으로 대답했다. "그랬을걸요. 그것까진 생각 못 해봤어요."

"네이플스의 해변 저택을 어떻게 마련한 건지 궁금해서요."

"예, 그렇겠네요. 제가 아버지한테 여쭤볼 수도 있어요."

"가장 단순한 답은 두 형이 돈을 대줬다는 거겠네요."

그러자 프레드가 고개를 저었다. "저희 아버지랑 존 삼촌은 여러 얼굴을 가진 분들이지만요, 디바인 요원. 단 하나 없는 건 너그러움이에요. 그리고 솔직히 두 분이 벤 삼촌을 썩 좋아하시는 것 같지도 않고요. 벤 삼촌은 두 분이 하시는 일을 잘 봐줘야 애들 장난, 나쁘게는 역겨운 직업으로 여기는 걸 숨기려고 들지도 않았거든요. 자기는 훨씬 고귀한 길을 택했다 이거죠. 장례식 조문객들이 업장 앞에 차 댔다고 두 분한테 불법주차 딱지까지 떼곤 하셨어요."

"그러니까 한마디로 좀…… 재수 없는 양반이었다는 거군요?"

프레드가 웃음을 터뜨렸다. "조금이 아니었어요." 하지만 이내 표정이 진지해졌다. "이런 거 왜 물어보시는 거죠? 어 그러니까, 이유를 말해주실 수 있다면요."

"지금은 말 못 합니다. 사이가 그렇게 안 좋았다면 벤 삼촌은 왜 가까이 지내겠다고 그리로 간 겁니까?"

"그것도 좋은 질문인데 또 해드릴 말이 없네요. 세 분이 화해하셨는지도 모르죠."

"그렇군요. 벤 삼촌도 실크웰 가족을 알았습니까?"

"아 그럼요. 실크웰 의원님하고 친구 사이였는걸요. 벤 삼촌이 경찰 표를 몰아주셨어요. 메인주 경찰 노조 내 정치에 깊숙이 관여하고 계셨으니까."

"벤 삼촌이 실크웰가 자녀들도 잘 알았습니까?"

"대크가 제대하고 경찰 임용 면접을 봤을걸요. 결과는 탈락이었죠. 대크는 남한테 명령받는 걸 별로 좋아하지 않았던 것 같아요." 그가 웃으며 덧붙였다.

"두 자매는요?" 디바인이 물었다.

"제니가 대학 입학원서 낼 때 벤 삼촌이 추천서 써주신 걸로 알아요. 그리고 제니가 연방 기관에 지원할 때도 또 한 번 써주셨고요."

"알렉스는요?"

빙은 심기 불편한 표정이 되었다. "다시 묻는데, 이런 거 물어보시는 특별한 이유라도 있어요?"

"이유야 있습니다. 지금 설명하지 못할 뿐이죠."

프레드가 입으로 숨을 푸 내뿜으며 정돈된 머리를 벅벅 문질러 살짝 헝클어뜨렸다. "뭐, 서로 알기는 했겠죠."

"그게 답니까? 제니나 대크랑 그랬던 것처럼 개인적 교류는 없었습니까?"

프레드는 더 갈등하는 눈치였다. 하지만 결국에는 이렇게 대답했다. "네, 제가 알기로는 없었어요."

디바인은 프레드가 반들반들 윤이 나도록 닦은 구두로 시선을 떨어뜨릴 때까지 한참 동안 그를 빤히 쳐다봤다.

"아버님께 회신 오면 연락주십쇼."

"네, 네, 그럼요." 프레드가 허겁지겁 대꾸했다.

디바인은 그를 내버려두고 나왔다.

멍한 표정의 프레드 빙은 몸을 돌려 천천히 복도 저편으로 걸어갔다.

59장

디바인은 트럭을 몰아 조슬린 포인트로 갔다. 알렉스가 그의 노크에 문을 열자 대뜸 말했다. "뭐 좀 도와줬으면 하는데, 시간 있어요?"

"좋아요, 뭔데요?"

"보여줄게요. 여기서 조금만 가면 됩니다."

두 사람은 얼 파머의 집으로 이동했고 가는 동안 알렉스는 불안한 듯 창밖을 내다봤다. 하지만 그들이 가는 곳은 얼의 오두막 본채가 아니라 버티의 옛 화실이었다.

"그 일이 일어난 게 여기예요?" 알렉스가 물으면서, 목에 두른 노란색과 회색의 머플러를 초조한 듯 잡아당기며 주위를 둘러보았다.

"예."

"여긴 나한테 행복한 추억이 많이 깃든 곳이었는데. 그런데 이젠……. 버티가 너무 슬퍼할 거예요, 얼 아저씨가 그렇게……."

알렉스는 화실 안을 슬슬 돌아다니다가 구석에 있는 이젤의 덮개를 벗겼다.

"세상에, 버티가 이걸 간직하고 있었다니."

"뭡니까?" 디바인이 물으면서 그리로 갔다.

"내가 버티한테 지도받기 시작하고 처음 그린 그림이에요."

디바인은 그 그림을 들여다봤다. 뭔지 한눈에 알아볼 수 있었다. 그가 알렉스를 흘금 보며 물었다.

"알렉스네요. 자화상을 제일 먼저 그린 거예요?"

알렉스가 고개를 끄덕였다. "버티의 아이디어였어요."

"무슨 이유로 자화상을 제안하신 거죠?" 디바인이 호기심에 물었다.

알렉스는 벽에 기대며 양손을 주머니에 찔러 넣고 그림을 물끄러미 바라봤다.

"내가…… 그 일을 당하고 얼마 안 지났을 때였어요. 버티는 내가 아직 살아 있다는 걸 나 스스로 알기를 바랐나 봐요. 내가 의미 있고 가치 있는 존재라는 걸요. 나한테 그런 짓을 한 인간은 그걸 절대 앗아갈 수 없다는 걸. 절대로. 알렉스 실크웰은 살아 있고 앞으로도 아주 잘 살 거라는 것을."

"버티는 예술가일 뿐 아니라 훌륭한 상담사의 자질도 갖춘 분이었나 보네요."

"박사 학위 내세우는 상담사들보다 버티가 더 많이 나를 도와줬어요. 하지만 지난번에 옥상에서 트래비스가 한 말도 별반 다르지 않아요. 그럼 트래비스도 훌륭한 상담사인가요?"

"상대가 누구냐에 따라 다르겠죠."

알렉스가 몇 발짝 다가가 손을 뻗어 그림 속 자신의 턱을, 이어서 오른쪽 눈의 곡선을 살며시 쓰다듬었다.

"막 열여섯 살 됐을 때 이 그림을 그렸어요. 이제 그때 나이의 두 배가 됐네요."

"아직 앞날이 창창한 젊은 여성이잖아요."

"나는 그때와는 너무 다른 사람이 됐어요, 트래비스."

"경험은 우리 모두를 변하게 하죠, 우리가 원하건 원하지 않건. 그리고 저번에도 말했지만 알렉스는 어릴 때의 자신보다 더 강하고 나은 버전이 됐어요."

"그리고 트래비스가 또 말했듯이, 내가 살아서 여기 서 있는 것 자체가 일종의 승리겠죠."

"군에서 유일하게 쳐주는 승리입니다."

"왜 군대를 떠났는지 말 안 해줬잖아요."

"어떤 날은 나도 모르겠습니다." 디바인은 거짓말로 둘러댔다.

알렉스는 거짓말인 걸 알아챘는지 눈길을 돌렸다. "자기 자신만 빼고 나머지 모두에게 진실함을 바라는 거예요?" 그리고 차갑게 말했다.

디바인은 한숨을 내쉬며 고개를 끄덕였다. "알렉스의 지적이 맞아요. 내가 위선자처럼 굴고 있네요. 사실 군대는 떠날 수밖에 없어서 떠난 겁니다. 공식적으로는 자진해서 제대한 걸로 돼 있지만 정말로 다른 길이 없었어요."

"왜요?"

"누가 동료한테 나쁜 짓을, 아주 비열한 짓을 저질렀는데 끝내 벌을 받지 않았어요. 내가 그걸 바로잡으려고 정식 사법 기관에 호소했는데 거부당했어요. 그래서 직접 해결하기로 했죠. 그런데 잘못을 바로잡으려다가 내가 잘못을 저지르고 말았어요. 그러고 나니 내가 군복을 입을 자격이 없다는 생각이 들었습니다. 거기서 명예를 지키는 길은 군을 떠나는 거였고, 그래서 그렇게 했죠. 내가 가장 사랑하는 걸 포기한 게 내 벌이었던 겁니다."

알렉스가 마음이 불편할 정도로 한참 동안 그를 바라보다가 말했다. "그런 일이 있었다니 유감이에요. 그래도 솔직하게 말해줘서 고마워요."

"알렉스한테는 당연히 해줘야 하는 얘기였는데요."

그녀가 화실을 둘러보며 말했다. "나를 왜 여기 데려온 거예요?"

"마지막으로 버티하고 같이 여기서 작업했을 때와 달라진 게 있는지 봐줬으면 해서요."

"왜요?"

"그냥 그렇게 해줘요. 설명은 나중에 할게요. 한번 둘러봐요. 화가의 눈으로 디테일을 캐치해봐요."

알렉스는 어깨를 으쓱하더니 천천히 돌아다니며 구석구석 들여다봤다. 그러다 순간 멈춰 서서 천장 서까래 근처를 가리켰다. "저거, 저기 없었는데."

디바인이 그녀가 가리키는 곳을 봤다. 시커먼 도르래가 얼이 목매단 채 발견된 곳 바로 위의 들보에 고정되어 있었다. 달려 있는 보와 똑같은 색이라 잘 눈에 띄지 않았다. 디바인은 지난번에 왔을 때 자기가 그걸 알아채기나 했는지조차 의문이었다.

"저기 없었던 게 확실합니까?"

"확실해요. 여기서 버티랑 내가 만든 무거운 조각상들 들어 올리는 데 저런 게 있었더라면 좋았을 텐데."

'들어 올린다?'

알렉스가 도르래를 유심히 보다가 디바인에게 시선을 옮겼다. "저번에 망대에서, 누가 얼을 살해했을지도 모른다고 했죠?"

"예."

"왜죠?"

"확실치 않아요. 아직은."

디바인은 눈으로 재빨리 대강의 궤도를 도출했고 그 궤도를 따라가니 나무로 된 작업대 위쪽 벽에 박혀 있는 큼지막한 볼트에 닿았다.

몸을 숙이고 핸드폰 라이트로 볼트를 더 자세히 살폈다. 작업대에 떨어져 있는 저건 혹시 밧줄 섬유인가?

낱낱의 단서들이 하나의 가닥으로 엮이기 시작했다. 그렇다 해도 아직 답을 찾지 못한 의문들이 남아 있었다. 아주 많이.

"도움이 됐나요?" 알렉스의 말에 디바인은 퍼뜩 생각에서 빠져나왔다.

그가 그녀를 보며 말했다. "아, 알렉스, 얼마나 큰 도움이 됐는지 모릅니다. 고마워요."

60장

디바인과 알렉스는 거기서 곧장 경찰서로 갔고 밀드레드 제임스
가 두 사람을 맞이했다.

"알렉스?" 제임스가 놀란 목소리로 말했다. "오랜만에 보네."

알렉스가 자기 부츠를 내려다봤다. "예, 그동안 좀…… 바빴어요."

"그랬겠지. 언니 일은 너무 안됐다, 얘. 제니는 정말—"

"—완벽한 사람이었다고요?" 알렉스가 슬픈 표정으로 고개를 들
고 대신 말을 이었다. "다들 그렇게 얘기하는 거 아는데, 언니는 정
말로 그런 사람이었어요." 그러더니 초조한 듯 디바인을 흘끔 봤다.
"적어도 저한테는 그랬어요. 언니는 모두가…… 다른 데 정신 팔려
있을 때 저를 돌봐주고 힘이 돼줬어요."

느닷없이 쏟아낸 말에 제임스는 다소 어리둥절해졌고, 그걸 본
디바인이 얼른 본론으로 들어갔다.

"얼 파머 사건의 증거 기록요. 볼 수 있습니까?"

"그럼요."

제임스가 두 사람을 뒤편의 방으로 안내하고는 디바인에게 알렉스가 증거물을 만지지 않게 하라고 주의를 준 뒤 그들을 두고 나갔다. 디바인은 제임스가, 자살이 아니라 타살일 수 있다는 그의 의견에 동의했음에도 파머의 죽음이 공식적으로 자살로 결론 나지 않았더라면 그렇게 순순히 증거를 들여다보게 해주지 않았을 거라고 짐작했다.

"우리가 뭘 찾는 거죠?" 알렉스가 물었다.

디바인은 얼이 신체적 가동 범위에 한계가 있었기에 그의 죽음이 타살일 거라는 가설을 들려주었다. "그런데 알렉스가 도르래를 발견한 게 그 가설을 뒷받침해요."

"말 되네요, 트래비스. 하퍼 서장님도 알아챘을 법도 한데."

"하퍼 서장이 하퍼 **경사**였을 때 알렉스의 증거 기록을 들여다봤어요."

"왜요?"

"아마 사건을 해결해보려고 그랬을 텐데, 전에 말했지만 성폭행 증거 키트가 사라져 있었어요."

"그걸 누가 가져갔을까요?"

"성폭행범이 잡히지 않기를 바라는 사람."

"짐작 가는 사람 있어요, 트래비스?" 알렉스가 떨리는 목소리로 물었다.

"거의 다 잡았어요. 느낌이 옵니다."

그는 버티의 화실에서 수집한 증거를 찬찬히 들여다봤고 특히 올가미를 유심히 살폈다.

그리고 자기 카메라로 올가미의 사진을 찍었다.

"맙소사, 보기만 해도 소름 돋아요." 알렉스가 말했다.

"2차 대전 이후부터 1961년까지 미군은 다양한 죄목으로 160명의 병사를 처형했어요. 전부 교수형이었는데 그중 육군에서 이루어진 게 157건이었죠."

"눈에는 눈 식의 논리였나요?"

"그렇지는 않습니다. 전시건 평시건 사형에 처할 죄목은 열네 가지예요. 그 열네 항목이 뭔지 군인이라면 다 알고 있습니다. 아니, 알고 있어야 마땅하죠. 그 죄만 피하면 사형당할 일은 없습니다." 그는 그중 하나가 성폭행인 건 말하지 않았다.

"전시에만 해당하는 건 뭐가 있는데요?" 알렉스가 물었다.

"탈주, 상명에 대한 고의적 불복, 상급 장교 폭행을 포함해서 네 가지입니다."

"트래비스는 상급 장교의 명령을 고의로 불복하거나 장교를 폭행한 적은 없나 봐요?"

"**상급** 장교한테 그런 적은 없습니다." 디바인이 그와 똑같은 대위 계급이었던 케네스 호킨스를 떠올리며 대답했다.

그는 알렉스를 조슬린 포인트에 도로 데려다주었다. 트럭에서 내린 알렉스가 다시 창으로 머리를 들이밀었다. "렌트한 차 어떻게 됐는지 들었어요. 애니가 그러던데 총알로 벌집이 됐다면서요."

"맞아요. 근데 나는 벌집 안 됐으니까."

그의 농담조의 대꾸에 알렉스는 몸을 부르르 떨었다. "왜 당신을 죽이려고 했는지 알아요? 언니한테 일어난 일하고 관계있어요?"

"솔직히 모르겠습니다. 전혀 무관한 일일 수도 있어요. 옛 원수라든가." 그가 덧붙였다.

"조심해요."

"나야 늘 조심합니다, 알렉스. 그러니까 목숨이 붙어 있죠."

디바인은 알렉스가 안으로 들어가는 걸 지켜본 후 왔던 대로 되돌아가기 시작했다. 그러다 여기 오고 처음으로 그 도로에 우측으로 빠지는 길이 나 있는 걸 알아챘다. 그리고 그 길은 그가 이 마을에 온 첫째 날 밤에 본 부속건물들이 모여 있는 곳으로 이어졌다. 디바인은 핸들을 오른쪽으로 휙 꺾어 그 샛길로 빠졌다.

제일 먼저 맞닥뜨린 건물 세 채는 버려졌거나 폐허가 됐거나 하여간 이용이 불가능한 상태였다. 네 번째 건물은 아니었다.

그는 그 앞에 차를 대고 등 뒤의 조슬린 포인트를 돌아봤다. 여기서는 보이지 않았다. 나무들과 커다란 덤불들이 이 건물을 조슬린 포인트와 해안도로로부터 감쪽같이 가리고 있기 때문이었다.

디바인은 차에서 내려 문으로 갔다. 벽들은 석조인데 문은 목조였다. 그리고 잠겨 있었다. 창문들은 검게 코팅된 걸로 모자라 페인트칠로 단단히 고정되어 있었다. 디바인은 락픽 건으로 문을 따려고 했지만 잠금장치가 그의 기술과 장비보다 한 수 위였다. 건물 뒤로 빙 돌아가 보니 그 문이 유일한 출입구인 것 같았다.

건물 출입구로 이어지는 길을 살펴봤다. 잘 다져진 걸 보니 누군가 많이 이용한 것 같았다. 그것도 최근에. 디바인은 창문 앞에 서서 공기를 살짝 들이마셔봤다. 중동에 있을 때도 써먹었던 수법이었다. 군수품과 화약은 전부 독특한 냄새가 있었다. 여기서는 그 냄새가 나지 않았다. 그런데 꼭 집어 말할 수 없는 묘한 냄새가 났다. 그리고 웅웅대는 소리도 들렸다. 곤충? 벌인가? 안에 벌레가 우글대고 있나?

그는 잠자코 귀를 기울였다. 아니, 너무 일정하고 소리나 리듬에 변화가 없었다.

'기계음이야, 자연적인 소리가 아니라.' 그는 이렇게 판단했다.

그는 핸드폰을 꺼내 구글로 뭔가 검색했다. 몇 분 걸렸지만 결국 필요한 정보를 찾았다.

가장 가까운 데가 여기서 30킬로미터 거리였다.

디바인은 트럭에 올라타 가속 페달을 밟았다.

그리고 거의 두 시간 후 필요한 물건을 가지고 돌아왔다. 조슬린 포인트로 돌아가다가 진입로에 약간 못 미쳐 차를 댔다.

그리고 시커먼 구름이 몰려드는 가운데 남은 거리는 걸어서 이동했다.

나무 뒤로 들어갔다 나오기를 반복하면서, 또 덤불 뒤에서 기다리기도 하면서 근처에 오가는 사람이 없는 걸 확인하면서 갔다. 아프가니스탄 산속에서 탈레반이나 그 동류 집단들을 추적하면서 동시에 그들에게 쫓기던 때로 돌아간 기분이었다.

건물에 다다른 그는 적당한 자리를 찾아 구입한 물품을 설치했다.

감시 카메라는 움직임 감지 작동식이라 계속 돌아가진 않을 테고, 그의 핸드폰과도 연동이 가능해서 어떤 활동이든 감지되면 핸드폰으로 알림이 올 것이었다. 디바인은 문이 시야각 정중앙에 들어오는 나무줄기에 그 초소형 카메라를 설치하는 등 필요한 조치를 취했다.

이제 덫이 먹이를 물기만 기다리면 되었다. 그걸 기다리는 동안 할 일이 있었다. 디바인은 차를 몰고 그곳을 떴다.

하지만 곧 장애물을 맞닥뜨렸다.

61장

하퍼와 퍼스가 탄 순찰차가 반대 방향에서 와 그를 지나쳐갔다.

하지만 순찰차는 급회전하더니 경광등을 켰고 곧 사이렌 소리가 메인주 퍼트넘의 고요를 요란하게 깨뜨렸다.

짜증이 폭발한 디바인이 대시보드를 주먹으로 쾅 내려치며 내뱉었다. "이럴 시간이 없다고!"

그는 갓길에 트럭을 대고 시동을 끈 뒤 순찰차가 뒤에 와 설 때까지 기다렸다. 차에서 내리지는 않았다. 두 사람이 이쪽으로 오게 할 작정이었다.

그리고 둘은 이쪽으로 왔다.

"트럭에서 내리세요, 디바인." 하퍼가 이번에도 경찰봉 머리에 손을 얹고 명령했다.

디바인이 트럭 창으로 머리를 내밀었다. "체포하는 겁니까⋯⋯ 또요? 지난번엔 뭐가 부족해서 도로 풀어줬는데요?"

"내려요, 당장!"

디바인이 트럭에서 내리는데 비가 막 내리기 시작했다.

"순찰차에 타세요." 하퍼가 명령했다. "우리 다 폐렴 걸리기 전에."

디바인이 뒷좌석에 타고 옆에 하퍼가 들어와 앉았다. 퍼스가 앞좌석에서 몸을 틀고 두 사람을 바라봤다.

"뭐가 문젭니까?" 디바인이 물었다.

"뭐가 문제냐니, 요원이 동네를 들쑤시고 다녀도 된다고 누가 허락했습니까?"

"무슨 얘긴지 모르겠는데요."

"그럼 예를 하나 들어드리지. 프랑수아즈 기욤한테 명백한 범죄 모의 혐의까진 아니지만 직무 유기 혐의를 씌웠잖습니까."

"나는 그런 말 한 적―."

"그리고 제니의 살인하고 오래전 알렉스의 폭행 건을 두고 허무맹랑한 추측을 떠벌려서 알렉스 실크웰이 그것 때문에 거의 자살할 뻔했다면서요."

"대체 누구한테 그런 얘기를―."

하퍼는 그의 말을 씹고 계속 퍼부었다. "게다가 그렇다는 증거가 전혀, 단 하나도 없는데 얼 파머가 살해당했다고 밀드레드가 믿게 만들었고."

디바인이 핸드폰을 켜고 어떤 아이콘을 탭했다. 그리고 액정 화면을 들어 보였다. 거기에는 그가 찍은 올가미 사진이 떠 있었다. "8자 모양 코일 그리고 한 번 감기 다음에 반 매듭 두 번."

"그게 뭐 어쨌다고요?"

"올가미요. 8자 모양 감기를 했습니다. 그런 다음 서까래에 한 번 감기로 걸었고 반 매듭을 두 번 지었습니다. 고정된 물체에 밧줄을 잡아맬 때 흔히 쓰는 매듭법이죠."

"그래서요? 얼은 가재잡이였어요. 이 세상에 존재하는 매듭짓기는 다 꿰고 있었겠죠."

"알렉스를 버티의 화실에 데려갔습니다. 알렉스는 버티랑 거기서 작업했을 때, 그러니까 버티가 사망하기 겨우 며칠 전 거기 있던 물건들을 전부 기억하고 있었어요. 유일하게 거기서 본 적이 없는데 이번에 새롭게 눈에 띈 건 얼이 매달렸던 위치 바로 위의 서까래에 볼트로 고정된 도르래였습니다. 눈에 잘 안 띄게 나무 색과 똑같이 까맣게 칠해져 있더군요. 나는 그걸 본 기억도 안 납니다. 그뿐 아니라 작업대를 바짝 붙여놓은 벽에 철제 볼트가 박혀 있었습니다. 그 볼트 아래서 섬유 조각을 발견했는데 밧줄 섬유인 것 같았습니다."

"무슨 얘기를 하려는 겁니까, 디바인?" 퍼스가 달려들 듯 물었다.

"누군가 그 도르래를 이용해 얼을 매달았다는 겁니다."

"대체 누가 그런 짓을 한단 말입니까?" 하퍼가 사납게 물었다.

"얼이 제니의 시신을 발견했다고 거짓말하게 한 사람이요. 그 거짓말 때문에 얼은 처치 곤란한 골칫거리가 됐으니까."

"하, 나 이거 뭔지 알아. 또 그 터무니없는 가설 늘어놓는 거잖아." 하퍼가 질렸다는 투로 말했다.

"불구인 얼이 그 의자를 딛고 올라가 올가미를 보에 건 다음 의자를 발로 찰 수 있다고 생각하신다면 뭐 그렇다 쳐도, 8자 코일 만들기랑 한 번 감기 그다음 반 매듭 두 번은 어떻게 했단 말입니까?"

"얼은 **바닷가재잡이**였어요. 거의 태어날 때부터 매듭을 지을 줄 알았던 사람이라고요." 하퍼가 받아쳤다.

"최근에는 안 했잖습니까. 얼의 손가락이 얼마나 퉁퉁 부었는지 못 보셨어요? 손가락이 얼마나 굽었고 뻣뻣해졌는지요? 관절염이 얼마나 심했는데요. 같이 걸으면서 보니까 지팡이 머리를 제대로 쥐지도 못하던데요. 아래를 보지도 못했고요. 그런데 매듭을 만들려면 아래를 내려다봐야 했겠죠." 디바인은 사진 속 복잡한 매듭을 가리켰다. "얼에게는 더 이상 없는 손의 민첩함이 필요하단 말입니다. 그리고 애초에 왜 목을 매단단 말입니까? 엽총이 있는데. 그냥 방아쇠를 당기고 말지 않고요? 그렇게 망가진 손으로도 할 수 있잖습니까. 왜 굳이 그렇게까지 했을까요? 왜인지 말해드리죠. 엽총으로 자살을 위장하는 건 목매달아 자살을 위장하는 것보다 훨씬 어렵거든요. 전자는 후자가 남기지 않을 법의학적 흔적을 남길 가능성이 있으니까요."

퍼스가 불안한 눈으로 상관을 쳐다봤다. "조사해볼 여지가 있는 것 같은데요, 서장님."

디바인이 덧붙였다. "그리고 올가미를 고정할 때 사용한 매듭 있잖습니까?"

"그건 또 왜요?" 아직 짜증이 가시지 않은 하퍼가 내뱉었다.

"이유가 있어서 그 매듭법을 택한 겁니다. 왜냐면 첫 번째 단계인 한 번 감기가, 반 매듭 두 번을 완성하기 전까지 체중을 떠받쳐주고 있었을 거거든요."

"범인이 도르래를 사용했다면, 매듭을 완성하기 전까지 어떻게든 얼을 지탱하고 있어야 했을 거란 말인가요?" 퍼스가 말했다.

"맞습니다. 도르래에 매단 채로 놔둘 수 없었을 겁니다. 그랬다면 타살인 걸 우리가 알았을 테니까요. 만약 얼이 도르래를 이용해 자살했다면 올가미를 서까래에 고정할 필요는 없었겠죠. 도르래랑 볼트만으로 충분했을 테니. 아예 살인범이 도르래만 이용해 얼을 매달고 거기서 끝냈다면 나도 이렇게까지 의심하지 않았을 겁니다. 그런데 범인은 지나치게 머리를 굴렸어요." 디바인은 말을 잠시 멈췄다.

"사실 두 사람이 했을 겁니다. 한 명은 도르래로 끌어올려져 올가미에 머리를 꿰고 의자를 딛고 선 얼의 옆에 사다리를 놓고 올라갔겠죠. 밧줄 한쪽 끝은 볼트에 고정돼 있었을 거고요. 그 상태에서 다른한 명이 밧줄을 자른 다음 온 힘을 다해 붙잡고 있으면 먼젓번 사람이 밧줄이 잘려 축 처진 얼을 붙들고 있었겠죠. 그런 다음 두 살인범은 밧줄을 서까래에 걸치고 한 번 감기를 했을 겁니다. 쉽지는 않겠지만 충분히 가능합니다. 만약 밧줄 하나로 얼을 매달아 죽이고 다른 올가미를 그의 목에 씌운 다음 먼젓번 밧줄을 끊어냈다면 부검에서 위장술이 발각됐을 겁니다. 서로 어긋난 끈 자국들이라든가 뭐그런 게 남으니까요. 그걸 그들은 분명 알았던 겁니다. 그 말은 곧범인들이 법의학 지식이 어느 정도 있었을 거라는 얘깁니다. 아무튼그런 다음 반 매듭을 두 번 짓고서 얼을 완전히 놓아버리고 의자를찼을 테고 그럼 얼은 공중에 축 늘어졌겠죠."

"요원은 한 가지 빤한 문제를 간과하고 있어요." 하퍼가 말했다. "애초에 얼을 어떻게 거기로 데려갔단 말입니까? 강제 침입의 흔적이 없는데. 방어흔도 없고. 몸싸움의 흔적도 없고. 요원 말대로 얼이불구였을지는 몰라도 여전히 덩치 큰 남자였어요. 고분고분 죽어주지는 않았을 거라는 말입니다."

"약물이 투여됐다면 고분고분했겠죠."

"프랑수아즈는 그런 흔적을 발견하지 못했어요." 하퍼가 일축했다.

"그걸 찾으려고 **확인하지도** 않았으니까요." 디바인이 받아쳤다. "목을 매단 자살로 그냥 결론 내렸죠."

하퍼가 뭔가 말하려다가 입을 탁 다물었다. 그는 퍼스를 쳐다봤고퍼스는 내심 신경이, 그것도 적잖이 쓰이는 표정이었다. 하퍼가 다시 디바인을 돌아봤다. "매듭에 대해서 어떻게 그리 자세히 알죠?"

"레인저는 고도(高度)에서 훈련합니다. 그런 지형에서 임무를 수행할 때가 많아서요. 고지대에 오르고 라펠하고, 하여간 밧줄이랑 매듭, 빌레이(안전을 위해 등반자 사이에 자일을 연결하는 장비—옮긴이), 제동 하강기, 카라비너, 뭐 그런 것들을 속속들이 알고 있어야만 가능한 온갖 활동을 합니다."

하퍼가 한숨을 내쉬었다. "좋아요, 장례업장으로 가서 프랑수아즈한테 그 검사를 해보라고 합시다. 됐습니까?"

"고맙습니다, 서장님." 디바인이 진심 어린 어조로 말했다.

"그렇지만 검사 결과가 다 해당 사항 없음으로 나오면 타살 얘기는 그만할 거죠?"

"예. 약속합니다."

"좋아요, 트럭은 여기 놔둡시다. 순찰차로 같이 가시죠."

그들은 장례업장에서 프레드 빙을 마주쳤고 누나가 어디 있는지 물었다.

"무슨 작업을 막 끝냈나 보더라고요. 좀 있으면 나올 거예요. 오셨다고 가서 얘기할게요."

"고맙네." 하퍼가 말했다.

5분 후 기욤이 나왔다. 전신을 덮는 가죽 에이프런을 입은 그녀는 질긴 의료용 장갑을 벗고 있었다.

"무슨 일이세요, 서장님?" 기욤이 디바인을 한번 노려본 후 말했다.

"얼의 시신에서 몇 가지 검사를 해줬으면 해서요."

"검사요? 얼 파머 씨요?" 기욤이 놀란 얼굴로 물었다.

"예, 혈액 검사하고 독극물 검사요. 약물이 강제 투여됐는지 알고 싶어서요. 디바인이 확인해볼 가설이 있답니다." 그러더니 하퍼가 덧붙였다. "아마 별거 안 나올 겁니다."

"죄송합니다. 그 검사는 할 수 없어요." 기욤이 얼른 말했다.

디바인이 한 발 앞으로 나섰다. "안 하시겠다면 해줄 다른 사람을 찾을 겁니다."

"이해 못 하시네요. 지금 그 검사는 누구도 할 수 없습니다." 기욤이 고집스레 말했다.

"대체 왜요?" 어리둥절해진 퍼스가 물었다.

"얼의 시신이 화장됐거든요. 제가 방금 마치고 오는 길입니다."

62장

애니 파머는 충격으로 멍해 보였다. 메인 브루의 부스에 디바인과 나란히 앉은 애니의 맞은편에는 하퍼와 퍼스가 앉아 있었다. 그들은 디바인을 트럭까지 데려다준 후 그 트럭을 따라 여기로 왔다.

"제가 할아버지의 화장에 필요한 서류에 서명했어요. 할아버지가 원하신 거였거든요. 할머니도 화장해서 항구에 유골을 뿌려드렸어요. 할아버지 유골도 그렇게 하려고 했죠. 기욤 박사님이 전화해서 저더러 와보라고 하셨어요. 모든 절차가 끝났으니 이제 시신을 처리할 차례라고요. 할아버지가 화장을 원하신 게 다행스러웠어요. 관이며 묫자리며 이것저것 마련하는 데 들일 돈이 없어서요. 할아버지 친구분들 모셔서 여기 카페에서 추모식 열 생각이었는데." 애니는 잠시 입을 다물었다가 말을 이었다. "남은 가족은 저뿐이에요. 엄마랑 아빠 두 분 다 형제가 없어서."

하퍼가 한숨을 쉬더니 디바인을 쳐다봤다. "그냥 운이 나빴던 거예요, 내가 보기엔. 평소와 다르게 처리한 것도 없고. 사업하는 사람들이잖습니까. 그쪽은 요구되는 건 다 했어요. 우리는 검사가 안 이루어진 걸 알고 있었지만 내가 검사를 따로 지시하지 않았잖아요. 그러니 책임은 내가 집니다. 우리가 한발 늦었어요."

디바인은 말로 표현하지 못할 만큼 답답한 기분과 표정으로 눈썹을 벅벅 문질렀다.

"저 때문에 일이 꼬였다면 죄송해요." 애니가 말했다.

그러자 퍼스가 디바인이 내심 놀랄 정도로 다정하게 그녀의 손을 잡고 말했다. "애니가 잘못한 거 없어요. 할아버지가 원하신 대로 해드린 것뿐이니까."

그들은 애니를 놔두고 나왔다. 도로에 우뚝 선 하퍼가 진흙 묻은 신발을 내려다보다가 고개를 들어 디바인을 봤다. "이제 어쩌죠?"

"저도 모르겠습니다." 디바인이 솔직하게 말했다. "몇 가지 좀 고민해봐야겠습니다."

그러고 트럭에 올라타 그곳을 떴다. 가면서 CCR 테이프를 꽂아 넣고 노래를 틀었다. 하늘을 보니 해가 진즉에 넘어가고 어둠이 덮쳐오고 있었다. 그는 노래 가사를 따라 불렀다. "오늘밤엔 돌아다니지 마. 네 목숨을 앗아갈 거야. 흉흉한 달이 떴잖아."

디바인은 가속 페달을 밟아 더 속도를 냈다.

핸드폰이 울렸다.

"디바인 요원님, 프레드 빙이에요. 아버지한테서 회신이 왔다고 말씀드리려고요. 생각했던 것보다 훨씬 빨리 왔네요."

"뭐라고 하시던가요?"

"2주 넘게 삼촌을 못 보셨고 대화도 없었다고요."

"아버님이 삼촌과 연락이 끊기는 게 드문 일입니까?"

"두 분이 친하시진 않지만 근처에 사시는걸요. 게다가 며칠 전 같

416

이 골프 치기로 돼 있었는데 삼촌이 못 간다고 문자 보내셨대요."

"삼촌이 며칠이나 집을 비웠는지 혹시 아버님이 아십니까?"

"2주 동안 연락 없다가 골프 못 간다는 문자 받으신 것 말고는, 정확한 날짜는 모르시는 것 같아요."

"벤저민 빙의 나이가 어떻게 됩니까?"

"삼 형제 중 막내세요. 나이 차가 많이 나요. 그러니 한 예순? 저희 아버지가 72세인데 맏이시거든요. 근데 형제들 간에 터울이 좀 많이 지니까."

"삼촌의 생김새를 묘사해주십쇼."

"덩치가 크세요. 키는 저만 한데 떡대가 더 크달까. 말처럼 힘이 세고. 저희 가족끼리는 여섯 명이 하는 운구를 삼촌 혼자서도 할 수 있겠다고 농담하곤 했을 정도로요."

"혹시 최근 사진 있습니까?"

"몇 년 전 사진이긴 한데. 문자로 보내드릴게요."

"고맙습니다."

"얼 파머의 화장 처리를 두고 약간의 소통 오류가 있었다면서요?"

"뭐, 그렇게 말할 수도 있겠죠."

"솔직히 말하면 저도 놀랐습니다." 프레드가 말했다.

"무슨 뜻입니까?"

"보통은 제가 유족한테 연락해서 세부사항을 정하거든요. 그런 다음 화장도 제가 하고요."

"그런데 얼의 경우에는 안 그랬다?"

"예."

"왜죠?" 디바인이 물었다.

"누나가 직접 하겠다고 해서요."

"왜 그랬는지 압니까?"

"아뇨, 그게, 안 물어봤어요. 그저 일 하나 줄었다고 좋아했죠. 예정된 장례식이 네 건이나 있거든요. 지금 간신히 일정 쳐내고 있어요."

하지만 디바인은 그 얘기가 귀에 들어오지 않았다. "삼촌 사진 보내는 거 잊지 마십쇼. 고맙습니다."

그리고 통화를 종료하고는 여러 가지 가능성을 머릿속에서 굴리며 운전을 계속했다.

그는 알렉스에게 전화했다. 알렉스는 두 번째 신호음에 받았다.

"배고파요?" 그가 물었다.

"마침 아주 고파요. 근데 요리하기는 싫고."

"일정 괜찮다면 10분 후에 데리러 갈게요."

"좋아요."

가는 길에 핸드폰 알림이 울려서 메시지를 열어봤다. 시선이 도로와 핸드폰 액정을 바삐 오갔다.

벤저민 빙은 생김새가 인상적이었다. 선이 굵은 하악과 턱선, 숱이 많고 희끗희끗한 머리칼, 디바인이 독수리눈이라고 부르는—시선이 꽂히는 즉시 상대방이 식은땀을 흘리게 되는—눈, 케이-바 단검의 날만치 예리한 콧날 바로 아래 자리한 가는 입술.

'하, 딱 봐도 군인처럼 생겼네.'

알렉스는 집 앞에 나와 기다리고 있었다. 바람이 무릎까지 내려오는 치맛자락을 살짝 들추었다. 롱부츠가 종아리를 감쌌고, 파카는 포근하고 편해 보였다.

알렉스가 트럭에 타며 말했다. "어떻게 지내고 있어요?"

"나도 같은 거 물어보려고 했는데."

"오늘은 작업을 많이 했으니까, 그건 뿌듯하네요."

"다른 건요?" 디바인이 물었다.

알렉스가 생각에 잠긴 얼굴로 그를 바라봤다. "옥상에서 뛰어내릴 충동이 들지 않았는지 묻는 거라면, 그러지 않았어요."

"그 얘기는 아니었어요…… 딱히."

"내가 거기 왜 올라갔는지 알아요?"

"말해줘요."

"가장 멀리까지 볼 수 있는 데가 거기거든요. 수평선을 말하는 게 아니에요. 내 머릿속을 말하는 거예요."

"가장자리에 너무 가까이 서 있었잖아요. 두려웠어요…… 혹여나 알렉스가……."

"그런 생각이 한 번도 안 들었다고는 못 하겠네요. 하지만 언니가 그렇게 되고서는……." 알렉스가 미간에 주름을 잡으며 고개를 젓더니 곧 어떤 생각에 골똘히 집중한 표정을 지었다. "트래비스가 말한 대로예요. 내가 그런 짓을 저지르면 언니가 해준 것들이 무의미해지는 거잖아요. 언니는 나한테 일어난 일의 진상을 밝히려고 목숨까지 희생했는데. 그런…… 짓을 언니한테 할 수는 없었어요. 언니의 기억을 더럽히는 짓은. 그렇게는 못 하겠더라고요."

알렉스가 고개를 돌렸지만 디바인은 창에 비친 그녀의 볼에 눈물이 흐르는 걸 봤다.

"그거 알아요? 알렉스는 내가 만나본 사람 중 아마 제일 정직한 사람일 겁니다." 디바인이 말했다. "그래서…… 왠지 알렉스한테는 솔직하게 대할 수밖에 없더라고요, 그러고 싶지 않을 때조차."

"좋은 거예요?" 다시 그를 보며 알렉스가 물었다.

"그런 것 같습니다. 조금 당혹스럽긴 해도."

그러고서 두 사람은 조용히 이동했다.

63장

　알렉스는 유기농 요리를 취급하는 대형 식당인 온리 리얼 푸드와 완전히 다른, 비좁고 어두운 그리스식 레스토랑으로 그를 데려갔다. 안에는 테이블 네 개와 종업원 한 명뿐이었다. 종업원이 따스한 미소와 긴 포옹으로 알렉스를 맞이하면서 디바인에게 호기심 어린 눈길을 던졌다.

　"트래비스 디바인, 이쪽은 클로이 사마라스예요." 알렉스가 소개했다.

　다른 세 테이블은 다 손님이 차 있었고, 사마라스가 그들을 네 번째 테이블, 다른 손님들과 충분히 떨어져 있고 뒤쪽에 콕 박힌 가장 은밀한 자리로 안내했다. 그리고 두 사람 앞에 메뉴판을 놓고 음료 주문을 받은 뒤—디바인은 미소스 맥주를, 알렉스는 프로세코를 글라스로 주문했다—자리를 떴다.

　"시내에 자주 나오는 줄 몰랐는데요." 디바인이 말했다.

　"나올 때는 주로 여기 와서 먹어요."

"왜요?"

"클로이랑은 고등학교를 같이 다녔어요. 정말 착한 친구예요. 클로이의 삼촌 토니 아저씨가 여기 셰프세요. 저한테 진짜 맛있는 그리스요리 몇 가지 만드는 법도 가르쳐주셨어요."

이윽고 음료가 나왔다. 알렉스가 프레스코를 한 모금 마시고 말했다. "웬 저녁식사예요? 물어볼 게 또 있어요?"

"예, 근데 그냥 보고 싶기도 했어요. 잘 있나 확인할 겸."

알렉스는 글라스의 스템을 만지작거리더니 의자에 더 깊숙이 등을 묻고 앉았다. 어느새 비가 오기 시작해 빗방울이 레스토랑의 판유리 창을 가볍게 때렸다.

"어렸을 때 아버지랑 우리집 망대에 올라가서 폭풍이 몰아닥쳤다 물러가는 걸 구경하곤 했어요. 당연히 번개까지 칠 때는 안 그랬고요. 그러면서 이야기도 많이 나눴죠. 정말 좋았어요. 서재에 앉아 아버지가 글 쓰는 거 보면서 한쪽 구석에서 스케치북에 그림 그렸을 때처럼."

"아버지도 그린 적 있나요?"

알렉스가 미소 지었다. "맨날 그렸죠, 제대로 그리느냐는 복불복이었지만."

"아버지의 정수를 마침내 담았다고 느낀 적 있나요?"

알렉스의 미소가 잦아들었다. "아니요." 그녀가 대답했다. "물어볼 게 뭐죠?"

"먼저 먹을까요? 그게 나을 것 같아요."

디바인은 코토소파(달걀과 레몬이 들어가는 그리스식 치킨수프─옮긴이)와 소고기를 올린 파스티차다(매콤한 토마토소스를 곁들인 고기를 파스타 위에 얹은 요리─옮긴이)를 주문했고 알렉스는 전채로 기간테스 빈 요리 그리고 따끈한 피타를 곁들인 구운 야채 요리를 먹기로 했다.

디바인이 수프를 한 스푼 맛보더니 알렉스를 쳐다봤다. "와."

"맛있죠?"

메인 요리도 그 못지않게 맛이 좋았다.

"좋아." 디바인이 말했다. "여기는 반드시 한 번 더 온다, 내가. 퍼트넘 최고의 그리스 요리를 소개해줘서 고마워요."

"뭘요. 자 이제 물어볼 게 뭐예요?"

디바인은 나이프와 포크를 내려놓고 남은 맥주 한 모금을 마셔버린 다음 입을 열었다. "벤저민 빙과 어떤 식으로든 교류한 적 있어요?"

알렉스가 눈을 가늘게 떴다. "참 이상한 질문이네요. 그건 왜 물어요?"

"알렉스가 폭행당했을 때 그 사람이 경찰서장이었잖아요. 그냥 그 사람을 어떻게 보는지, 그 사람의 일 처리 방식을 어떻게 생각하는지 알고 싶어서요."

"직접 대면한 기억은 없어요. 하퍼 서장님이 당시에는 경사셨던 걸로 아는데, 다른 경찰관들도 있었고요. 그런데 우리 가족은 주로 하퍼 서장님하고 얘기했어요."

"폭행 사건 전에는요? 벤저민 빙하고 엮인 적 없었습니까?"

"매년 열리는 크리스마스 퍼레이드 때 뵙곤 했어요. 아버지가 그분하고 잘 아는 사이였거든요. 내가 알기로는 정치적 동맹 같은 거였어요. 나랑 같은 고등학교 다닌 남자애 하나가 그냥 재미로 남의 차를 훔쳤는데 빙이 추격전을 벌이는 바람에 어디 갖다 박은 건 기억나요. 들리는 얘기로는 빙이 걔를 차에서 끌어내서……."

"끌어내서요?" 디바인이 재촉했다.

"어, 두들겨 팼대요."

"그 학생 부모는 어떻게 반응했습니까?"

"빙 서장 편을 들었어요. 걔는 버릇을 한번 단단히 고쳐줘야 했다면서. 정말 너무해요. 팀은 그냥 여자애 태우고 달려보고 싶어서 훔친 건데. 빙이 추격전을 벌이지 않았다면 일이 그렇게까지 커지지 않았을 거예요."

"팀이 여자애 태우고 달려보고 싶었던 건 어떻게 압니까?"

알렉스가 얼굴을 붉히며 유리잔에 맺힌 물기를 문질렀다. "우리는 그냥 몇 번 데이트한 사이였어요. 진지한 건 아니고. 둘 다 겨우 열다섯 살이었으니까. 아니, 팀은 열여섯 살이었지. 나는 늘 반에서 가장 어린 학생이었으니까."

"생일이 늦고 한 학년 월반해서 그렇죠." 알렉스가 놀란 얼굴로 고개를 들었다. "어머님이 말씀해주셨어요. 엄청 자랑스러워하시면서. '심지어 제니도 그렇게는 못 했다', 뭐 이런 말씀도 하셨어요."

알렉스는 시선을 떨구고 아무 대꾸도 하지 않았다.

"알렉스가 팀이랑…… 만나고 있었던 걸 빙도 알았어요?"

"작은 마을이잖아요, 트래비스. 모두가 서로의 사정을 알죠. 그게 왜 중요한데요?"

"벤저민 빙이 한 2주 전부터 플로리다에서 자취를 감췄습니다."

"그런데요?" 알렉스가 말했다.

"빙이 여기 와 있을 수도 있다는 뜻입니다."

"플로리다를 두고 왜 메인에 와 있어요? 그것도 겨울에."

"제니가 살해당했을 때와 내가 저격당했을 때 그리고 얼이 살해당했을 때 빙이 여기에 있었을 수 있어요."

"잠깐, 빙이 그런 짓들을 저질렀다는 말이에요?"

"그랬을 수 있습니다."

"동기가 뭔데요? 빙이 언니를 왜 죽이고 싶어 해요?"

"제니는 매듭짓지 못한 일 때문에 여기 왔잖아요."

"근데 그건 나한테 일어난 일과 관계된 거였잖아요, 그러니까……." 알렉스가 갑자기 말을 멈췄고, 시선이 한 곳에 고정된 채 눈이 얼어붙었다.

소름 돋는 한순간 디바인은 알렉스가 또 발작을 일으키는 줄 알았다. '그리고 한편으로는 알렉스가 발작을 일으켜서 벤저민 빙을 강간범으로 지목하기를 바라고 말이지.'

"진짜로 벤저민 빙이 나를 폭행했다고 생각하는 거예요?" 알렉스가 믿기지 않는다는 투로 물었다.

디바인이 다른 손님들을 둘러보며 말했다. "일단은 우리 둘만 알고 있읍시다. 다른 사람들한테까지 알릴 필요 없어요."

"미…… 미안해요. 트래비스가 한 얘기가 도무지 납득되지 않아서 그래요."

"멀쩡하던 경찰이 썩은 경찰 되는 건 늘 있는 일이에요. 빙이 알렉스의 남자친구를 쫓아가 두들겨 팼다고 했죠? 경찰이 그럴 확률이 얼마나 됩니까? 그런데다 성폭행 검사 키트까지 사라진다? 빙은 증거물에 무제한적 접근이 가능했을 겁니다. 파머 부부는 또 어떻고요? 그들이 알렉스를 발견하기 직전에 빙이 현장에서 급히 떠나는 걸 봤다면?"

"그랬다는 증거가 없잖아요."

"아니, 있습니다. 아니면 적어도 파머 부부가 그날 밤 누군가를 목격한 증거는 있어요." 디바인은 제니가 파머 부부가 탄 차의 위성사진 이미지를 찾아낸 것과 알렉스가 폭행당했을 딱 그때쯤 파머 부부가 다른 차와 엇갈려 지나간 것을 이야기해주었다.

"그럼 왜 신고하지 않았는데요?" 알렉스가 몹시 심란한 얼굴로 물었다.

"파머 부부는 재정적으로 곤경에 처해 있었어요. 어쩌면 빙을 압박했을지 모릅니다. 프레더릭 빙 시니어가 워런 버핏의 초기 신봉자였거든요. 덕분에 빙가는 가문의 이름이 더럽혀지는 걸 막기 위해 돈을 내놓을 형편은 됐죠. 게다가 벤저민은 경찰서장이었잖아요. 파머 부부는 그와 직접적으로 맞서는 걸 두려워했을지 몰라요. 실질적 증거도 없었고. 그런데 제니가 여기 와서 진실을 파헤치고 빙이 그 소문을 들었다? 골칫거리의 싹을 도려내야 했겠죠."

"억측으로 들리는데요. 게다가 얼 아저씨는요? 누군가 아저씨를 살해했다고 했잖아요. 벤저민 빙이 얼 아저씨를 죽여야 했을 이유가 뭐가 있는데요?"

"얼이 제니의 시신을 발견한 척하게 시켰고, 행여나 얼이 변심해서 진실을 폭로할까 봐 우려했을 겁니다."

알렉스는 뒤통수를 맞은 표정이었다. "대체 어떻게 얼 아저씨가 언니 시체를 발견한 척 거짓말하게 해요?"

"그 부분은 아직 알아내지 못했습니다." 디바인이 시인했다. "그런데 빙에 대해서 기억나는 다른 건 없어요? 빙이 알렉스한테 집착하고 있었다는 기미를 드러내는 단서요."

"아뇨, 너무 역겨운 가정이네요. 빙은 제 아버지뻘이잖아요."

"알렉스가 폭행당했을 때 빙은 고작 마흔다섯 살이었습니다."

"나는 열여섯 살도 안 됐다고요!" 알렉스가 격하게 받아쳤고 다른 손님들이 이쪽을 흘끔거렸다.

"나도 그자가 알렉스한테 그런 식으로 관심 있었다고 가정하기 싫습니다." 디바인이 그녀의 손을 지그시 잡았다. "하지만 만약 그랬다면 그건 그 사람이 문제인 거지 알렉스의 문제가 아니에요."

"그치만 고통받는 건 **나**잖아요."

"맞아요." 디바인이 말했다. "하지만 이겨낼 수 있게 내가 어떤 식으로든 도울게요."

64장

   디바인은 알렉스를 다시 조슬린 포인트로 데려다주었다. 알렉스가 곧 발송해야 하는 커미션 작품을 완성해야 한다고 해서 두 사람은 화실로 갔다. 사위에 밤이 점점 더 진하게 내려앉는 가운데 디바인은 알렉스가 작업하는 모습을 조용히 지켜봤다. 완전히 몰입한 상태라 몸의 움직임이 물 흐르듯 자연스러웠다. 그런 수준의 철저한 몰입은 전에도 본 적 있었다.

   '전투에 임하는 내가 그랬었지.'

   "그 표정, 뭐예요?"

   상념에서 벗어나니 알렉스가 붓을 세척하면서 그를 빤히 보고 있었다.

   "알렉스의 뛰어난 기술에 감탄하는 표정이에요." 그가 대꾸했다.

   "말은 잘하네요." 알렉스가 농담조로 던졌다.

   "진심으로 한 말이에요, 알렉스."

   그녀는 붓을 내려놓고 손을 닦았다. "알아요, 트래비스. 내 개소리

감지 센서가 꽤 고성능인데, 트래비스랑 같이 있을 땐 한 번도 울린 적 없어요."

"하지만 모든 여성이 그렇듯 알렉스도 남자보다 훨씬 더 개소리 감지 경험이 많겠죠."

"당신은 정말로 동족들 대다수에 비해 훨씬 진화한 개체네요." 알 렉스가 웃으며 대꾸했다.

"사람을 본모습 그대로 보려고 노력한 덕분입니다."

알렉스가 한 걸음 다가왔다. "그럼 내 본모습은 뭔가요?"

디바인은 장난스럽고 작업 거는 듯한 대화 내용과 말투에도 불구 하고 그녀가 지금 꽤나 진지하다는 걸 알 수 있었다. "갈림길에 선 것 같은 여자로 보입니다."

알렉스의 표정과 몸이 살짝 굳었다. "계속해봐요."

"군에서는 재수 없는 타이밍에 재수 없는 장소에 있는 상황을 뜻 하는 관용어가 있는데요. 지금은 대중적으로 널리 쓰이지만, '무인 지대(No Man's Land)'에 떨어졌다고 합니다. 그런데 더 파보면 훨씬 복잡한 의미가 있어요."

"어떤 의미요?" 알렉스가 다급하게 물었다.

"보통 무인지대에 떨어지려면 어떤 행동을 취했겠죠. 전에 있던 곳에서 다른 곳으로 움직였을 거예요. 그렇게 해서 안 좋은 곳, 있어 서는 안 되고 어쩌면 생존이 위협받는 곳에 있게 된 겁니다."

여기서 디바인은 말을 멈췄고 아예 이야기를 관둘지 고민했다. 이 주제를 애초에 왜 꺼냈는지도 모르겠거니와 이제 보니 아이러니 하게도, **그가** 무인지대에 떨어진 기분이었다. 하지만 알렉스의 표정 이 그가 이 대화를 가져갈 방향은 하나밖에 없음을 말해주었다.

"그러니 선택지는 세 가지밖에 없습니다. 지금 있는 곳에 머무르거나, 돌아가거나, 앞으로 나아가거나."

"어떤 게 옳은 선택인지 어떻게 알죠?" 알렉스가 목소리의 떨림을 숨기지 못하며 이렇게 물었다.

"나도 그걸 분별하는 실패 없는 방법을 알려줄 수 있다면 정말 좋겠지만, 그런 방법은 없어요. 때로는 시행착오만이 답이에요."

알렉스가 낙담한 얼굴로 어깨를 축 늘어뜨렸다.

"하지만 때로는 어디로 가면 좋을지 단서가 되는 신호가 있어요."

"뭔데요?" 알렉스가 열의를 띠고 물었다.

디바인이 작업대에 기대며 말했다. "이라크에 파병돼 작전을 수행했을 당시 어떤 큰 마을 하나를 날마다 정찰하면서 적군이나 정보원 아니면 그저 도움이 필요한 사람이라든가 특정한 상황에서 탈출하고 싶어 하는 사람을 찾아 살피곤 했어요. 마을에 규칙적으로 다녀갔고 주민 몇 명하고는 꽤 친해졌다고 느꼈죠. 전쟁 중에 가능한 수준에서 그들과 라포르를 쌓았다고. 내가 할 일 중 하나는 마을에 갈 때마다 모든 디테일을 머릿속에 새겨 넣는 거였어요. 나중에 갔을 때 이상해 보이는 게 있으면 즉시 알아챌 수 있게. 내 목숨과 동료들 목숨이 달렸으니 굉장히 중요한 일이었죠."

"그렇겠네요." 알렉스가 공허하면서도 한편으로는 기대에 찬 어조로 말했다.

"버티의 화실에서 알렉스가 나를 도와준 거랑 비슷하다고 보면 돼요. 알렉스의 도움이 없었으면 그 도르래를 절대 못 알아챘을 겁니다. 알렉스는 전에 수없이 와봐서 바로 알아챘잖아요. 아무튼, 어느 날 아침 우리 부대는 또 그 마을에 갔어요. 마을을 돌면서 늘 하던 대로 정찰했죠. 평소와 달라 보이는 게 있나 살피면서."

"찾았어요?"

"아니요, **나는** 못 찾아냈어요. 하지만 로라 디아스 일병은 찾아냈습니다."

"뭘 봤는데요?"

"헛간에서 여자 주민 한 명이 나왔어요. 멀쩡해 보였죠. 차분하고 딱히 튀는 것도 없고. 우리 쪽으로 다가오더라고요. 전에도 여러 번 본 적 있는 사람이었어요. 그런데 여자가 가까이 왔을 때 디아스가 '폭탄이다' 하고 외쳤어요. 우리는 본능적으로 흩어져서 엄폐물 뒤에 몸을 숨겼어요. 1초 후 여자가 몸에 숨기고 있던 폭탄이 터졌고요. 디아스가 경고하지 않았다면 우리는 다 죽었을 겁니다."

"디아스는 뭘 봤기에 그 여자가 폭탄을 가지고 있다고 판단한 거예요?"

"나도 똑같은 걸 물어봤습니다. 디아스 일병은 자기 어머니가 고향인 텍사스 소도시에서 미용실을 운영한다고 했어요. 어렸을 때 디아스는 종종 출근하는 어머니를 따라 미용실에 가곤 했답니다. 어머니는 헤어, 메이크업, 네일, 뭐 그런 걸 전부 다 하셨대요. 그런데 어머니가 그러셨대요. 여자들은 중대사가 있으면 가장 아름답게 차려입고 싶어 한다고. 결혼식, 파티, 장례, 뭐 그런 자리요. 아주 중요한 곳에는 헤어랑 메이크업, 네일을 다 하고 간답니다. 그래서 디아스는 그 여자가 먼지투성이 부르카나 평소에 쓰던 히잡을 쓰고 있지 않은 걸 주목했어요. 대신 정교하게 수놓은 아름다운 로브를 입고 있었죠. 머리도 완벽하게 땋아서 세련된 모양으로 틀어 올렸고 손톱도 전에 없이 다듬어서 모양내고 매니큐어를 발랐고요. 그 여인은 자신이 믿는 대의에 목숨을 바치는 거였고 그래서 가장 아름다워 보이고 싶어 한 거예요. 그걸 포착한 디아스가 나하고 다른 여럿의 목숨을 구했어요. 나라면 못 보고 지나쳤을 테니까.

그게 알렉스가 처한 상황하고 무슨 상관이냐고 생각하겠죠. 그런데 들어봐요. 도움 될지는 모르겠지만. 여기서 나는 말하자면 디아스 일병의 역할을 수행해왔어요. 알렉스와 다른 주민들을 관찰하면서. 퍼트넘 주민 대부분이 이곳 삶에 너무 매몰돼 있어서 똑똑히 보지 못하는 것들을 보면서요. 알렉스의 어머님도, 그리고 다른 사람들도 알렉스는 이곳을 떠나면 세계적으로 유명해지거나 부자가 될 수 있다고, 아니면 그 둘 다 이룰 수 있다고 믿어요. 아마 실제로 그럴 겁니다. 한데 내 생각에 알렉스한테는 그런 것들이 중요하지 않은 것 같아요."

"내가 여기 퍼트넘에서 계속 사는 게 낫다는 말이에요?"

"아니, 그런 말이 아닙니다. 그보다는 알렉스가 **온 세상**과 함께 나눠야 할 재능들을 타고났다는 얘기예요. 이곳에서 당신한테 끔찍한 일이 일어났어요. 보통 사람 같으면 최대한 멀리 떠나려고 하겠죠. 그런데 알렉스는 그러지 않았어요. 나는 알렉스가 세상의 어떤 일면이라도 받아들이지 못할 정도로 충격에 빠져서 그랬다고 생각해요. 밖으로 나가는 게, 사람들과 어울리는 게 무서워져서요." 그는 창밖에 조슬린 포인트 본채가 있는 쪽을 내다봤다. "나갔다가도 이곳, 비교적 안전하다고 느끼는 곳으로 헐레벌떡 돌아오죠. 그런데 문제는 알렉스가 느끼는 두려움은 더 이상 저 바깥에 있지 않다는 겁니다." 그는 자신의 관자놀이를 톡톡 두드렸다. "여기에 있죠. 그러니 그것보다 더 빨리 도망칠 수 없어요. 그것으로부터 숨을 수도 없고요, 심지어 이 안에서도."

"그럼 나더러 어쩌라고요?" 알렉스가 애원하듯 말했다. "무인지대에서 어떻게 빠져나가요?"

"정복하는 겁니다. 삶의 통제권을 되찾아요. 어떻게 살고 어디에 살지 **알렉스가** 정하는 거예요, 다른 누군가가 아니라. 알렉스를 해친 사람은 더더군다나 안 돼고요."

"그 사람이 아직도 저 바깥에 있다면요?"

"분명 바깥에서 활보하고 있을 겁니다." 디바인이 말했다. "그 사람을 저지하는 게 내 일입니다. 그리고 나는 그 일을 아주 잘해요, 알렉스."

그는 알렉스를 두 팔로 감싸 꼭 안았다.

"정말로 내가 그걸…… 정복할 수 있다고 생각해요?"

"못 할 것 같았으면 얘기 꺼내지도 않았어요. 알렉스는 자신이 생각하는 것보다 훨씬 강해요."

그는 그녀의 어깨를 붙잡아 몇 뼘 떼어놓고서 그녀의 눈을 들여다봤다. "자신을 언니와 비교할 필요 없어요, 앞으로 다시는. 제니는 당신을 사랑했어요. 당신을 도우러, 당신이 지금 갇혀 있는 이 불행을 끝내려고 여기 왔잖아요. 그랬다가 목숨을 잃었죠. 그 희생을 가치 있게 만드는 가장 좋은 길은 지금 알렉스의 머릿속에 자리 잡은 악마를 내쫓고 자기 인생을 사는 거예요. 제니도 그걸 원했을 겁니다. **알렉스도** 그걸 원해야 마땅하고요. 제일 중요한 건 그거니까."

조용히 흐느껴 울던 알렉스가 울음을 멈추더니 단호한 표정을 지었다. 그리고 디바인을 올려다봤다. "내가 원하는 것도 그거예요. 그리고 원하는 게 또 있어요, 트래비스."

그러더니 그에게 입을 맞췄다.

디바인도 처음엔 머뭇거렸지만 키스를 되돌려주었다.

두 사람은 서로에게 너무 열중한 나머지 그들을 지켜보다가 창가에서 서서히 멀어지는 누군가를 미처 알아채지 못했다.

65장

 몇 시간 후 디바인은 혼자서 조슬린 포인트의 정문으로 나왔고, 문이 단단히 잠겼는지 확인했다. 어느새 부슬비가 내리고 있었고 바람이 불어와 트럭으로 걸어가는 그에게 비를 마구 흩뿌렸다.

 대크의 할리를 찾아 두리번거렸지만 할리는 보이지 않았다. 위층 알렉스의 방에 있는 동안 누가 집에 들어오는 소리도 듣지 못했다.

 트럭에 올라탄 그는 앞유리창 너머 조슬린 포인트를 내다봤다. 처음 이 마을에 왔을 때 알렉스가 자기 방 창가에 벌거벗고 서 있는 걸 봤다. 그때는 그게 모종의 반항 아니면 최소한 어릴 때부터 살아온 집의 불가침성을 음미하는 행위로 해석했었다.

 바로 몇 시간 전 또 한 번 알몸이 된 알렉스를, 이번에는 두 사람이 나눌 수 있는 가장 친밀한 상황에서 보았다.

 그 순간 알렉스와 함께하는 건 옳은 선택이었고 그가 **원한** 것이었다. 그들은 갑자기 모든 걸 해치우기보다 육체적으로 그리고 감정적으로도 숨어 있던 걸 조금씩 벗겨내면서 천천히 여유를 누렸다. 그들이 나눈 사랑의 행위는 대담한 동시에 조심스러웠다. 마치 둘 다 상대방의 몸과 욕망의 생김새와 리듬을 이미 다 꿰고 있는 것 같았고, 그 본능의 감각들이 데려다준 정점은 성적 클라이맥스가 잦아든 뒤에도 한동안 지속되었다. 둘은 서로의 품에 누워 육체적 사랑이 지속된 시간보다 오래 키스와 애무를 주고받으면서 그 사이사이에 조용히 대화를 나누었다.

디바인은 알렉스를 안 지 일주일이 채 안 됐는데도 자기 형이나 누나보다 그녀를 더 속속들이 아는 기분이었다. 함께한 시간의 양은 상대방을 알고 그와 연결되고픈 욕구, 그를 **이해하고자** 하는 욕망이 없으면 아무 의미 없었다. 그리고 그건 디바인과 알렉스 사이에 처음부터, 그가 한 번도 경험해보지 못한 방식으로, 줄곧 존재했다.

디바인이 트럭의 시동을 거는데 핸드폰이 진동했다. 전화가 온 건 아니었다.

부속건물에 설치해놓은 감시 모니터가 방금 작동한 것이었다.

누군가 거기 와 있었다.

디바인은 부속건물들 근처로 가서 한 무리의 상록수 뒤에 트럭을 세운 후 트럭이 철저히 은폐되는지 확인했다. 건물까지 나머지 거리는 걸어갈 생각이었다. 억센 메인의 기층(基層)에 파도가 부딪치는 소리가 한 발 한 발 그를 따라왔다.

군에서 배운 대로 트인 공간에서의 노출은 최소한으로 유지했다. 실패가 곧 낙제점이 아니라 아예 알링턴 국립공원의 묘지와 하얀 표석을 뜻하는 전장에서 박사 학위까지 딴 전공이었다.

전방을 틈틈이 살폈다. 건물 가까이까지 가는 데 얼마 안 걸렸다. 그는 부피가 꽤 큰 제멋대로 자란 생울타리 뒤에 자리를 잡았다. 거기서 슬쩍 내다보니 건물 앞에 라이트와 시동을 켠 채로 세워져 있는 도요타 픽업트럭이 보였다. 건물 문이 열려 있고 안에 조명도 켜져 있었다. 덕분에 내부가 훤히 들여다보였고, 고배율 쌍안경으로 더 자세히 들여다볼 수 있었다.

한 남자가 디바인에게 등을 보인 채 문 바로 안쪽에 서 있었다. 그의 어깨 너머로 테이블들 위에 얹어놓은 커다란 녹색 플라스틱 통들이 보였고, 이번에도 웅웅 하는 기계음이 들렸다. 문이 열려 있어서 소리가 더 또렷했다.

다른 차가 오는 소리에 디바인은 몸을 바짝 웅크렸다. 눈으로 확인하기도 전에 묵직한 엔진 소리로 할리인 걸 알 수 있었다. 대크가 도요타 트럭 옆에 할리를 세우고 시동을 끄고 내렸다.

디바인은 핸드폰의 영상 녹화 앱을 켜 그들을 찍기 시작했다.

대크가 말했다. "어이, 핼."

남자가 뒤로 돌았다. 삼십 대쯤으로 보이는 그는 수염을 깔끔하게 다듬었고 안경을 끼고 있었다. 그리고 진 소재의 작업복 차림에 스키모자를 귀를 덮을 정도로 푹 눌러썼다. 두 사람이 내뿜어 한데 뒤섞인 숨이 차가운 공기 중에 풀풀 피어올랐다.

"나보다 먼저 와 있을 줄 알았는데." 핼이 말했다.

"다른 일에 묶이는 바람에."

"그래? 어떤 여자한테 묶였는데?"

두 남자는 웃음을 터뜨렸고 대크가 핼의 어깨를 한 대 쳤다.

"저 안은 잘 돼가?" 대크가 고갯짓으로 통들을 가리키며 물었다.

"알아서 착착 돌아가고 있어. 이 녀석들, 핵폭탄이 떨어져도 살아남을 기세야."

"폭탄은 안 떨어지기를 바라자, **우리가** 못 살아남을 것 같으니까." 대크가 낄낄 웃으며 받아쳤다.

435

"얼마나 걸릴 것 같아?" 헬이 물었다.

"이틀 후면 올 거야. 그리고 오늘 밤에 픽업할 물건도 있고. 더 자랄수록 무게도 더 나가잖아. 그러면……." 대크가 엄지와 검지를 비비는 시늉을 해 보였다.

둘은 건물의 문을 잠그고 픽업트럭에 올라타 그곳을 떠났다.

디바인도 잽싸게 자기 트럭에 타 뒤를 쫓았다.

66장

두 사람이 탄 트럭이 주도로에 진입하자마자 디바인은 그들이 어디로 향하는지 알아챘다. 해변의 그곳이었다. 디바인은 라이트를 끈 채 달리고 있었는데, 가시성이 좋지 않음에도 별로 문제 될 게 없었다. 앞 차의 미등만 보고 따라가도 도로의 윤곽이 보였기 때문이다.

앞의 트럭이 도로에서 벗어나 멈춰 섰고 디바인도 따라서, 단 몇백 미터 뒤처지고 도롯가에 자란 나무들 뒤로 빠져서 차를 세웠다.

그는 해안가를 따라 가볍게 달리다가 괜찮은 감시 장소를 찾아냈고 마침 핼이 커다란 플라스틱 컨테이너들을 바다 쪽으로 옮기는 걸 쌍안경으로 볼 수 있었다. 대크는 디바인이 뭔지 알아볼 수 없는 다른 기계장치들을 나르고 있었다.

디바인은 앞으로 조금 이동했다가 해변 쪽으로 방향을 틀었다. 바다 쪽을 내다보니 안개가 짙고 사위가 컴컴한데도 물에 홀로 떠 있는 선박의 야간 항행등이 메인만에 내려앉은 어둠을 가르고 있는 걸 볼 수 있었다.

바위투성이 해안의 툭 튀어나온 거석 옆에 쭈그려 앉아 쌍안경을 꺼내 전방을 살폈다. 이번에도 작은 배가 큰 배에서 내려졌다. 그 작은 배가 쾌속으로 해안으로 접근하더니 해변에 부딪힌 파도를 가르며 뱃머리부터 모래톱으로 밀고 들어와 멈춰 섰다. 이제 보니 그 배는 RIB, 즉 강성 팽창식 단정으로 그가 군에 있을 때 사용했던 것과 크게 다르지 않았다. 거기에 두 남자가 타고 있었다. 그들은 뱃머리에서 모래톱으로 뛰어내리더니 대크와 핼과 악수하고 등을 두드리며 인사했다. 그런 다음 넷이 짐을 내리기 시작했다. 짐은 핼이 해변으로 날라 온 컨테이너 안으로 옮겨졌다. 대크가 허리를 숙이고 컨테이너마다 그가 가져온 장치를 넣었다.

대크가 두 남자 중 한 명에게 봉투를 건넸고 두 팀은 헤어졌다. 대크와 핼이 첫 번째 컨테이너를 들어 올렸다. 둘 다 휘청대는 걸 보아 꽤 묵직한 모양이었다. 그들은 트럭으로 가 그걸 짐칸에 실었고 두 번 되돌아와 나머지 컨테이너도 날랐다. 그러고는 큰 선박으로 빠르게 복귀하는 RIB를 뒤로하고 그들도 트럭을 몰고 그곳을 떴다.

디바인은 진즉에 자기 트럭에 올라타 대기하고 있었다. 두 사람이 탄 차가 지나치자마자 그 뒤에 따라붙었다. 그들은 조슬린 포인트를 향해, 이어서 예의 부속건물로 곧장 돌아갔다.

두 사람이 컨테이너들을 건물 안으로 나르고 마지막 하나를 내려놓는 순간 디바인이 문간에 나타났다.

"어이, 밀수하기 딱 좋은 어두컴컴한 밤입니다."

두 남자가 홱 돌아섰고 핼의 손이 외투 주머니로 갔지만 이미 그는 디바인의 글록 총구를 마주하고 있었다. 그가 손을 내렸다.

대크가 사납게 내뱉었다. "이건 무단침입입니다, 디바인. 여기 볼일도 들어올 권리도 없잖습니까."

"공공장소에서 의심스러운 행위가 벌어지는 걸 목격했고 그 행위의 결과가 지금 댁들 뒤의 컨테이너에 들어 있는데요."

"우리가 하는 일에는 불법적인 부분이 전혀 없다고요." 대크가 버럭 외쳤다.

"요즘엔 오밤중에 인적 없는 해변에 수상한 배가 왔다 갔다 하고 뭔지 모를 컨테이너 속 물건에 대한 대가로 봉투가 오가는 걸 합법적이라고 하나 봅니다?" 디바인이 컨테이너 한 대를 총구로 가리켰다. "안에 뭐가 들었습니까? 마약입니까?"

"맙소사, 우린 마약상이 아니에요." 깜짝 놀란 헬이 불쑥 말했다.

"그럼 뭡니까?"

대크가 헬을 쳐다봤다가 다시 디바인을 봤다. "우나기예요."

"뭐라고요?"

"장어요. 엘버(실뱀장어. 특히 바다에서 강으로 올라온 새끼뱀장어―옮긴이)를 가져다가 키우는 거예요."

디바인이 고개를 까딱 기울였다. "엘버?『호빗』에 나오는 생명체 이름 같은데."

"우리는 투명한 실뱀장어를 사고팔아요." 헬이 말했다. 그러더니 자기 뒤쪽의 나지막한 테이블들에 놓인 열댓 개의 통을 가리켰다. 지금 보니 통들은 전부 공기주입 장치와 연결되어 있었다. 대크가 해변으로 가져간 게 그것인 듯했다.

"불법입니까?" 디바인이 물었다.

"허가증이 없으면요." 대크가 말했다.

"있습니까?" 디바인이 물었다.

"어, 그럼요. 있죠." 대크가 초조한 투로 대꾸했다.

"개소리. 있으면 왜 한밤중에 물건을 받아옵니까? 왜 업장을 여기 숨기고요?"

"변호사를 선임해야 하는 겁니까?" 대크가 물었다.

"난 불법적 '엘버' 장사를 덮치러 이 동네 온 거 아닙니다. 당신 누나 죽인 놈을 찾아내러 왔지. 그래서 묻는데, 제니가 이 일에 대해 알고 있었습니까?" 디바인이 총구로 작업장 안을 가리키며 물었다.

"아닐걸요."

"**아닐 거라고요?**" 디바인이 고개를 절레절레 저었다. 여기 온 날부터 지금껏 완전 엉뚱한 단서를 좇아온 건가? 그가 대크를 보며 물었다. "사업이 어떻게 돌아가는지 설명해보시죠. 사실대로 말하면 밀수꾼 때려잡듯 체포하지 않겠습니다. 하지만 거짓말한다? 그럼 그 길로 끝장이고 평생 감옥 벽만 보게 될 겁니다. 그쪽도요." 그러면서 디바인은 바닥과 합체되려는 것처럼 보이는 핼을 가리켰다.

대크가 빠르게 말을 쏟아내기 시작했다. "엘버는 엄청 큰 시장이에요. 일본 사람들이 장어를 얼마나 먹어대는데요. 그런데 과한 조업으로 일본에서는 엘버 개체 수가 극감했어요. 게다가 한 십 년 전엔가 지진이 나서 웬만한 양식업장은 싸그리 날아갔거든요. 그래서 일본인들은 해외 시장에 눈을 돌렸죠."

"유럽하고 미국 시장으로요." 핼이 이제 자기도 설명하고 싶어 안달이 나는지 냉큼 끼어들었다. "그런데 또 유럽 엘버 개체 수가 극감해서 장어가 멸종위기종으로 등록되면서 EU 밖으로 수출하는 게 금지됐어요. 그 덕에 우리하고 카리브해 연안의 몇몇 나라가 주요 공급자가 된 거예요. 가격도 치솟았고요. 그래서 규모가 엄청 큰 암시장이 생겨났어요. 그랬다가, 연방 당국이랑 주 정부들이 개입하면서 시장이 폭삭 망했어요. 거의 모든 주가 장어 어획을 금지했어요. 여기 메인에서는 조업 허가증을 발급해 할당량을 부과하고, 어기는 사람은 체포하고 벌금을 물리기 시작했죠."

"장어는 가둬두면 생식을 안 해요." 대크가 설명했다. "그래서 양식 장어는 전부 처음에는 야생에서 잡아 온 거예요. 그런데 메인에는 야생 장어가 엄청 많거든요." 그가 자기 뒤를 가리켰다. "장어를 수확 가능한 크기로 기르는 데 길게는 2년이 걸려요. 그 과정은 대체로 양어장에서 이루어지고요."

"두 사람은 어쩌다 손잡게 됐습니까?"

"군에서 같은 부대 소속이었어요. 헬이 사우스캐롤라이나에서 메인으로 이주해왔는데 장어 얘기를 해줬어요. 내가 시장 조사를 한 다음 둘이 같이 사업 계획을 세웠죠."

"오늘 밤 들어온 배는 어디서 온 겁니까?"

"뉴브런즈윅요." 대크가 말했다. "캐나다도 엘버가 많거든요."

"그러니까 두 사람이 장어 **양식장**을 운영하는 겁니까?"

"우리는 허가증이 없어요. 게다가 누가 본전 찾는 데 2년이나 기다립니까?"

"그럼 **당신**은 어떻게 돈을 버는 겁니까?" 디바인이 물었다.

대크가 헬을 흘끔 봤다. "어, 아무래도 변호사를 선임해야 할 것 같네요. 이미 말을 너무 많이 했어요."

"이게 제니의 살인과 관계있다면요?" 디바인이 지적했다.

"관계없어요."

"제니는 연방 요원이었습니다. 여기에 모종의 이유로 왔고요. 그리고 살해됐죠. 이 장어 양식업에 혹시 어둠의 세계가 개입돼 있는 거 아닙니까? 사람을 죽일 만큼 큰돈이 도는 거 아니에요?"

대크는 한 번 더 헬을 쳐다보더니 잠시 눈을 감았다가 결국 이렇게 대답했다. "엘버 가격이 코로나가 도는 동안 급락했다가 이제 회복해서 1파운드당 2,300달러 해요. 저 통들 안에 든 거 합치면 25만 달러 정도 될걸요."

디바인이 믿기지 않는다는 표정으로 통을 쳐다봤다. "농담이죠."

"아뇨. 바닷가재 잡아 파는 것보다 엘버 파는 게 훨씬 더 돈이 돼요. 허가증 있으면 큰 주머니나 어망을 강어귀 목에 설치해놓고 오밤중에 일어나서 5갤런짜리 양동이 들고 가서 잡힌 것들 쓸어 담으면 그걸로 집이고 어선이고 다 살 수 있을 정도로요. 캘리포니아 골드러시의 메인주 버전이라고 할 수 있죠."

"그렇군요. 그럼 **당신들한테선** 누가 사갑니까?" 디바인이 물었다.

"주기적으로 오는 사람들이 있어요."

"어떤 사람들요?" 디바인이 물었다.

"주로 아시아인요." 핼이 말했다. "아니, 실은 전부 아시아인이에요."

"값은 어떻게 치릅니까?"

"현찰로요. 이 업계에선 이체나 수표가 안 통해요."

"25만 달러를 현금으로요? 뭐, 여행가방이라도 들고 오는 겁니까?"

"맞아요, 실제로 그래요." 핼이 시인했다. "그리고 다른 여행가방에 엘버를 넣죠. 그 사람들, 엘버 위에다 보냉백에 담은 홍합 같은 합법적인 수출 품목을 얹어요. 산소 공급만 해주면 엘버들은 괜찮아요. 피부로 숨 쉬거든요."

디바인이 테이블로 다가가 통 안을 들여다봤다. 그리고 흰색과 노란색의 스파게티 가닥처럼 보이는 것—비록 새까만 눈을 한 쌍씩 달고 있지만—수백 개가 거대한 무리를 이뤄 수조 안에서 꿈틀꿈틀 헤엄치는 광경을 보고 움찔했다.

"그러니까 이런 식으로 하는 게 합법이다 이겁니까?"

"어, 엄밀히는 합법 아닙니다." 대크가 말했다.

"왜 정식 양어장을 운영하지 않고요? 아니면 조업 허가를 받든 가."

"조업 허가증은 추첨으로 나눠주고 4백 개 정도로 한정돼 있어요. 농담 아니고, 이거 하려는 사람이 한두 명이 아니라고요."

"그리고 너무 불공정해요." 핼이 끼어들었다. "추첨이라고는 하지만 그렇게 큰돈이 걸려 있으니 분명 뇌물이 오간다는 데 내 팔다리를 걸겠습니다."

대크가 설명을 이어받았다. "게다가 엘버 양식업에 발 들이면 허가증 비용 본전 찾는 데 몇 년이 걸려요. 그리고 시설이랑 장비 마련할 자본금도 있어야지, 마련한 뒤에는 사람 왕창 고용해야지. 그뿐 아니라 연간 몇 파운드까지만 합법적으로 생산할 수 있다는 제한도 있어요. 이렇게 하면 훨씬 빠르게 돈 벌 수 있다고요."

"이게 당신의 자금 출처였군." 디바인이 대크에게 말했다. "보스턴의 투자 파트너들이 아니라."

"맞습니다." 대크가 인정했다. "하지만 그 돈으로 고용을 수십 명씩 창출하는 지역 사업에 투자하고 있고 퍼트넘에 자긍심과 존엄을 일부나마 되찾아주고 있잖습니까." 그가 반항적인 투로 덧붙였다.

"이타적 인간인 척은 집어치워요. 부자 되려고 그러는 거면서."

"뭐, 그런 이유도 있죠." 대크가 순순히 인정했다.

"우리가 술집에서 처음 만난 저녁에 쿠퍼 필립스랑 다른 얼간이 둘이 나를 따라오게 했지요?"

"그건—"

"내가 사실은 이 사업을 조사하러 왔다고 생각한 거 맞습니까?"

"그런 생각이 들긴 들었습니다." 대크가 대답했다.

"그러니까, 이 엘버 양식이 큰 시장이다?"

"전 세계적으로 연간 수십억 달러 규모예요." 헬이 숭배하는 투로 말했다. "제가 중국이랑 일본에 가봤는데요. 엘버가 일단 거기로 가면요, 참나, 별별 부패한 부류에 밀수꾼, 살인청부업자 들이 드글거리는 공급망으로 빨려 들어간다고요. 중국 마피아가 장어 시장을 장악하고 있어서요."

"그중 몇 놈이 제니가 그 조직을 폭로하려는 줄 알고 여기까지 와서 제니를 죽였을 수도 있잖습니까?" 디바인이 말했다.

대크가 고개를 저었다. "그럴 리 없어요. 그렇게 된 거라고는 믿기 힘든데요."

"제니가 당신이 이 일에 연루된 걸 알고 있다는 낌새를 내비치는 말을 한 적 있습니까?"

"전혀요, 한 번도 없었어요. 맹세코."

"좋습니다, 아무튼 캐나다에서 공급받는다고요? 왜 여기서 받지 않고요?"

헬이 대답했다. "여기 업자들한테도 받긴 받는데, 메인주가 우리 같은 업자들을 색출하는 데 이젠 도가 텄어요. 그런데 노바스코샤는 메인만만 건너면 있고 거기서 북쪽으로 조금만 더 가면 또 뉴브런즈윅이거든요."

"여기 폐쇄하십쇼." 디바인이 명령했다.

대크가 말했다. "부탁입니다, 디바인 요원, 폐쇄시키지 말아주세요. 퍼트넘을 위한 원대한 계획이 있다고요."

"내가 신경이나 쓸 것 같습니까? 그리고 이 시설만 매각해도 수백만 달러는 번다고 조금 전 말하지 않았어요?"

444

"그러기를 바라지만, 절차가 완료되려면 일이 년은 걸린다고요."

"다시 말하지만 내 알 바 아닙니다. 당장 폐쇄하십쇼."

대크가 뭐라고 대꾸하려고 했지만 그러지 않았다. 아니, 그럴 수 없었다.

열린 문으로 날아든 탄환이 대크의 팔에 명중했기 때문이었다. 대크는 피를 흘리고 고통에 비명을 지르며 바닥에 쓰러졌다.

어느 틈에 글록을 꺼내 든 디바인이 탄환이 날아온 방향으로 몇 발 응사하고 벽 뒤에 몸을 숨겼다.

한순간 정적이 찾아왔다. 그리고 곧 자동차가 출발하는 소리가 들렸다. 디바인이 트럭으로 냅다 달려가 추격하려는데 대크가 외쳤다. "핼!"

돌아보니 핼이 바닥에 쓰러져 있고 가슴에서 피가 철철 흐르고 있었다. 디바인은 부상 당한 핼의 옆에 무릎 꿇고 앉았다.

단 한 발만 발사됐으니 탄환이 대크를 맞힌 후 튕겨 나와 핼을 맞힌 게 틀림없다고 그는 판단했다. 정확히 어디에 맞았는지 알아낼 새도 없이 핼이 디바인이 전장에서 수없이 많이 들어본, 목에 뭔가 걸린 듯한 긴 숨을 토해냈다.

"핼은…… 괜찮을까요?" 대크가 피가 흐르는 자기 팔을 붙잡고 이쪽으로 기어오면서 흐느끼며 물었다. "숨 쉬어요?"

"아니, 안 쉽니다." 디바인이 딱딱하게 대꾸했다. "죽었어요."

67장

"비가 너무 많이 와서 자동차 흔적이 남았더라도 다 씻겨간 지 오
랩니다." 퍼스 경사가 말했다. 퍼스와 디바인은 헬이 총 맞아 죽고
대크가 부상당한 부속건물 앞에 서 있었다. 대크는 뱅고어의 외상치
료 전문 병원으로 실려 갔다. 헬의 시신은 가장 시급한 부검 대상으
로 오거스타까지 헬기로 이송되었다. 기욤이 헬기에 동승했다.

동이 터오고 있었고 디바인은 너무 피곤해서 레인저스쿨 시절로
돌아간 기분이었다.

"탄피는 찾았습니까?" 디바인이 물었다.

"찾았죠."

"나토 공용탄입니까, 폴리머탄입니까?"

"후자입니다. 제니 사건과 동일 저격범인 걸로 보이네요."

"하지만 나를 죽일 뻔한 건 나토 공용탄이었는데." 디바인이 누구
에게랄 것 없이 혼잣말로 중얼거렸다.

퍼스가 건물을 곁눈질했다. "그건 그렇고, 엘버라고요?"

"그렇답니다."

"대크가 어디서 그렇게 돈을 벌었나 늘 궁금했죠."

"본인은 그걸 마을에 재투자한다고 생각한 것 같은데, 뭐 틀린 말은 아닌 것 같습니다."

"이번 일은 어떻게 처리하실 겁니까?"

디바인이 말했다. "아무것도 안 할 겁니다. 제 관할이 아니거든요. 경사님은 어떻게 처리하실 겁니까?"

"서장님과 의논해봐야겠는데요."

"아무래도 그렇겠죠."

"근데 우리가 아무 조치도 안 취한다면……?"

"저야 손해 볼 것 없습니다. 대크가 하던 일이 제니 실크웰의 살인과 연관되지 않은 한."

"그렇다고 보십니까?"

"연관됐다고도 아니라고도 말할 수 없습니다. 아무 증거가 없으니까요."

"알겠습니다, 뭐라도 발견하면 연락드리지요."

"저는 알렉스가 괜찮은지 확인하러 조슬린 포인트로 가보겠습니다. 무슨 일이 생겼는지는 이미 알렸는데 이후 진행 상황을 전해주려고요."

"그러셔야죠."

• • •

알렉스는 그가 노크를 하자마자 문을 열었다. 전면 창으로 내다보고 있었던 게 틀림없었다.

"하느님 감사합니다." 오빠의 낙관적인 예후를 전하자 알렉스가 그의 어깨에 얼굴을 묻고 소리 없이 울면서 속삭였다. "나는…… 오빠까지 잃을 순 없어요."

그녀는 디바인을 부엌으로 데려가 커피를 내려주었다. "엄청 피곤하겠네요." 알렉스가 그를 찬찬히 뜯어보며 말했다.

"나중에 잠 보충하죠 뭐."

"오빠를 언제 볼 수 있어요?"

"지금 수술 중입니다. 회복실에서 나오면 가서 면회합시다. 탄환이 몸에 들어갔다 나왔어요. 동맥을 건드렸다면 목숨을 건지지 못했을 거예요."

적나라한 묘사에 알렉스의 안색이 창백해졌고 디바인이 얼른 덧붙였다. "미안해요. 그렇게 곧이곧대로 말하는 게 아닌데. 군에 있을 때 그러던 게 버릇이 됐나 봐요."

"아뇨, 괜찮아요. 말해줘서 고마워요."

"대크의 친구 핼은 아는 사람이에요?" 디바인이 물었다. "성이 뭔지 못 들었는데."

"핼 브록먼이에요. 오빠랑 같이 일하는 건 알았는데 무슨 일을 어떻게 하는지는 몰랐어요. 우리 집에 꽤 자주 왔어요. 좋은 사람 같았는데. 남부 출신일걸요." 알렉스가 눈을 비볐다. "대체 누가 이런 짓을 한 걸까요, 트래비스?"

디바인은 답을 알지 못하기에 대답할 수 없었다.

그는 열한 시에 데리러 와 뱅고어까지 데려다주겠다고 약속하고 그곳을 떴다.

반쯤 갔을 때 핸드폰이 울렸다. 프랑수아즈 기욤이었다. 지친 목소리였다. 핼 브록먼의 부검이 방금 끝났다고 했다.

".300노마 매그넘탄이었습니다." 그녀가 확인해주었다. "한 사람 몸을 뚫고 다른 사람 몸에 들어간 것치고 꽤 잘 보존돼 있었어요."

"퍼스 경사가 이미 폴리머 탄피를 찾아내서 노마 탄환일 거라 예상했습니다. 그렇다면 한 저격수가 제니를 죽이고 대크**까지** 노렸다는 얘기가 되나요?"

"그건 제 전문 분야가 아닙니다만, 개인적으로 그 판단에 동의합니다."

'하지만 나를 저격한 건 나토 탄환이었는걸. 그렇다면 그건 나를 납치했던 놈들과 관련 있는 걸까? 그리고 지난밤 나를 추격했던 놈들과도? 그렇게 보는 게 논리적인 것 같은데.'

"다른 건 없습니까?" 디바인이 물었다.

"어 저기, 오늘 밤 우리 집에 와서 저녁식사 하실래요? 그냥 내 생각에…… 지난번 일로 우리 사이가 껄끄러워진 것 같아서, 얘기 좀 하고 싶어서 그럽니다. 그리고…… 들려드리고 싶은 얘기도 몇 가지 있고요. 저만 아는 정보랄까."

"예, 좋습니다."

기욤이 시간을 알려줬고 디바인은 통화를 종료했다.

'삼촌의 행방을 당신이 알고 있을지 궁금하군. 어쩌면 오늘 아침 일찍 모처의 앨버 밀수 업장 주변에서 얼쩡대다가 두 사람에게 .300 노마 매그넘탄을 쏘고 있었을지도?'

하지만 그 문제를 골똘히 생각해볼 여유는 당장 없었다. 알렉스를 뱅고어에 데려다주기 전에 완수해야 할 또 다른 임무가 있었다.

얼 파머가 묻어둔, 협박의 빌미가 될 만큼 구린 과거사를 밝혀내야 했다.

449

68장

"우리 할아버지 물건을 뒤지고 싶다고요?" 애니 파머가 물었다.

디바인은 메인 브루의 카운터 스툴에 앉아 있고 애니는 카운터 안쪽에서 냉장 캐비닛에 식자재를 채워 넣고 있었다.

"예."

"왜요?"

"그런 일이 왜 일어났는지 알 수 있을까 해서요."

"할아버지는 줄곧 우울해하셨어요, 트래비스. 우울한 사람들은 때로 자살을 한답니다."

"그야 그렇죠. 그런데 파머 씨는 자살한 것 같지 않아서요."

"전에도 그 얘기 했었죠, 조슬린 포인트 옥상에 알렉스 데리러 올라갔을 때. **왜** 그렇게 생각하는지는 설명 안 해줬고요." 애니가 말했다. 그녀의 얼굴이 분노로 일그러졌다. "설명하겠다고 **해놓고**. 그것도, 우리 둘 다 할아버지가 거기 매달려 있는 걸 똑똑히 본 마당에요."

450

"좋습니다, 내 가설을 들려줄 때가 된 것 같군요. 아니 그것보다, **보여**드리겠습니다." 디바인은 일어서서 한 테이블로 가 의자를 번쩍 들어 카운터 뒤로 가져왔다.

"뭐 하는 거예요?" 애니가 의자를 휘둥그레 쳐다보며 따졌다.

메인 브루는 그 시간대에 아직은 비교적 한산했지만 주방의 조리사와 종업원 두 명이 좀 있으면 들이닥칠 아침 손님들에게 서빙할 준비를 하고 있었다.

"증명해 보이려고요." 디바인이 대꾸했다.

그는 의자에 올라가 까치발을 하고 섰고 애니가 그런 그를 눈을 똥그랗게 뜨고 올려다봤다. 디바인이 손을 위로 뻗어 천장에 고정된 쇠파이프를 붙잡았다.

"대체 뭐 하는 거예요?" 애니가 외쳤다.

이어서 디바인은 의자에 올라선 채로 그 의자를 차버리려고 했다. 그러려면 자기 몸을 살짝 들어 올린 채 의자 등받이와 좌부를 차야 했다. 몇 번 힘차게 발길질했고 조금 허우적댄 끝에 네 번째 시도에 드디어 성공했다.

그는 숨을 약간 헐떡이며 바닥에 착지했고 의자를 바로 세웠다.

"자, 나는 서른두 살에 육군 레인저 출신이고 매일 운동을 하는 사람입니다."

애니는 의자를 빤히 보다가 다시 디바인을 바라봤다.

그가 말을 이어갔다. "내가 경추 유합술을 받았고 무릎도 안 좋은데다 양쪽 골반이 아작났고, 아 또 있다, 50살 더 먹었다면 어떨까요. 하나 더 있습니다. 나는 동시에 올가미가 목을 조이면서 질식시키고 있지도 않았죠. 그리고 실제 사용된 올가미 있잖습니까? 그 매듭은 나 같은 사람도 짓기 힘든 종류인데, 손가락 관절염이 없어도

451

힘들거든요."

애니는 잠시 그를 빤히 보다가 의자에 털썩 주저앉아 숨을 크게 들이마셨다. 이내 눈에 눈물이 그렁그렁 고였다. "빌어먹을. 할아버지는 살해당하셨군요."

"예, 그런 것 같습니다."

애니가 벌떡 일어나 카운터로 척척 걸어가더니 서랍을 열고 열쇠 뭉치를 꺼내 디바인에게 던졌다.

"할아버지 댁 열쇠예요. 할아버지를 죽인 개자식을 찾아내줘요." 애니가 말했다.

"그럴 작정입니다." 디바인이 대답했다.

69장

'이 망할 동네는 비가 안 오는 날이 있기는 해?' 디바인은 트럭에서 내려 얼 파머의 오두막집 현관으로 후다닥 달려가면서 속으로 투덜거렸다. 그가 파견복무 했던 열대 기후의 나라들도 여기보다는 덜 습했던 것 같았다.

문을 열고 안으로 들어갔다. 몇 시간은 족히 걸리는 체계적인 수색을 실시할 참이었다. 그의 눈앞에 펼쳐진 건 삶의 유적, 한때 여기 살았고 여기서 울기도 했고 여기서 숨을 거둔 한 가족이 남긴 유적이었다.

집 안은 언뜻 보기에 깔끔했지만 서랍들을 열어보니 수십 년에 걸쳐 축적된, 보통은 처분을 포기하고 마는 잡동사니가 꽉꽉 들어차 있었다. 사람들은 그걸 전부 내다 버리는 대신 눈에 안 띄는 곳에 처박아두기를 택하곤 한다. 그렇게 세월이 흐르면서 그런 잔해도 쌓여가는 것이다.

'눈에서 멀어지면 마음에서도 멀어진다잖아.'

1층 침실 벽장에는 아직도 앨버타 파머의 옷가지와 신발들, 그리고 다양한 색과 모양의 여성용 모자 컬렉션이 보관되어 있었다. 대체로 사용감이 있고 챙이 흐물거리는 유의 모자였고, 어떤 건 고된 노동에 따르는 땀과 때가 고스란히 묻어 있었다—그런데도 얼은 그 중 어느 하나 내다 버리지 못했으리라는 확신이 들었다. 매일 벽장 문을 열고 자신이 사랑했던 여인을 떠올리게 해주는 물건들을 들여다봤을 얼의 모습이 상상됐다.

욕실 싱크대에는 로션 몇 개와 향수가 담긴 유리병 하나가 있었다. 벽에 부착된 홀더에는 여전히 칫솔 두 개가 나란히 꽂혀 있었다.

작은 방의 서랍 하나에서 앨버타가 남편에게 쓴 쪽지가 무더기로 나왔다. 그린 이의 솜씨와 재능을 명백히 드러내는 이런저런 그림이 곁들여진 게 대부분이었다. 버티는 그 모든 쪽지에 '사랑하는 당신의 버티가'라고 사인했다.

디바인은 그 방의 유일한 의자에 앉아 쪽지를 하나하나 읽는데 자기도 모르게 눈시울이 붉어졌다. '오늘도 바닷가재 풍년이길.' '잊지 마, 자외선 차단제 바르는 거. 지금은 70년대가 아니라고!' 바위투성이 해안을 얼과 버티임이 분명한 두 사람이 손을 꼭 잡고 걷는 그림을 가장 오래 들여다봤다. 여백에는 간단히 이렇게 쓰여 있었다. '우리의 행복한 은퇴생활을 기원하며, 내 사랑.'

디바인은 조심조심 쪽지들을 접어 도로 서랍에 고이 넣었다.

창밖을 보니 어느새 빗줄기가 굵어졌고 번개마저 번쩍 하늘을 갈랐다. 쩍 하는 천둥소리가 뒤따랐다.

응접실로 돌아간 그는 낡은 VHS 테이프와 DVD 들이 꽂혀 있는 선반을 훑어봤다. 일부는 영화 테이프였지만 가족 행사나 다른 모임을 찍은 것들도 있었다. 케이스의 제목을 확인했다. 생일파티, 결

혼식, 기념일. 그러다 문득 어떤 제목에 시선이 꽂혔다. 이렇게 쓰여 있었다. '윌버 킹먼의 장례식.'

그 DVD를 뽑아 들고 주위를 두리번거렸다. TV 밑에 DVD 플레이어가 있었다. 디스크를 거기 넣고 TV를 켰다. 그러고 도로 의자에 앉아 DVD를 재생했다.

장면은 교회로 보이는 곳에서 시작되었다. 관이 들려와 설교용 제단 가까이에 내려졌다. 식장이 사람으로 꽉 찼는데, 디바인은 누가 참석했는지 보기 위해 잠시멈춤 버튼을 눌렀다.

제일 앞줄에 본인의 가족으로 보이는 이들에게 둘러싸인 퍼트리샤 킹먼이 앉아 있었다. 입고 있는 검은 드레스가 헐렁한 것이, 남편을 잃고 체중이 급격히 빠진 듯했다.

관 옆에서 지금보다 몇 살은 어린 프레드 빙이 검은색 정장을 갖춰 입은 장례식장 직원들을 진두지휘하고 있었다. 이어서 한쪽 옆에 서 있는 키 크고 나이 든 남자 둘이 눈에 들어왔다. 프레드 빙과 너무 닮아서 그의 아버지와 작은아버지인 걸로 추정됐다. **자기들** 아버지에게서 사업을 물려받았다가 프레드와 프랑수아즈에게 물려준 그들 말이다.

문 옆에서 하나둘 입장하는 조문객을 맞이하는 프랑수아즈 기욤도 보였다.

좌석의 다른 열에는 대크와 제니, 알렉스 실크웰이 앉아 있었다. 사진 속 인물이, 또 부검대에 오른 시신이 아닌 제니를 보는 건 처음이었다. 제니는 두 동생 사이에 앉아 대크를 위로하는 것 같았고 알렉스는 자신이 어디에 있는지 모르는 듯한 혼란한 얼굴로 정면만 응시했다. 클레어 로바즈와 실크웰 의원이 다 자란 자녀들 곁에 앉아 있었다.

뒷줄에는 하퍼가 경사 제복 차림으로 앉아 있었다. 퍼스는 어디에도 안 보였다.

덩치 크고 강인해 보이는 한 무리의 남자들이 몸에 잘 안 맞는, 혹은 아주 오래된 정장을 입고 한데 모여 앉아 있는 게 화면에 잡혔다. 떠나버린 동지에게 조의를 표하러 온 킹먼의 바닷가재잡이 동료들로 짐작됐다. 다들 눈이 뻘겋고 얼굴이 퉁퉁 부어 있었고 한 사람도 예외 없이 충격에 휩싸인 표정이었다.

앳되어 보이는 애니 파머가 할머니 할아버지와 나란히 앉아 있었다. 아직 대학에 다니던 때인 것 같았다. 앨버타는 얼의 손을 꼭 잡고 걱정스러운 얼굴로 그를 쳐다봤다. 얼에게 위로의 말을 하고 있을 게 충분히 상상되었다. 얼은 얼굴에 붕대를 감고 있었고 목에, 그리고 왼쪽 무릎에도, 고정받침대를 차고 있었다. 오른팔에는 깁스를 한 게 보였다. 그의 좌석에 지팡이가 기대져 있는 것도 보였다. 앉은 모양새가 굉장히 뻣뻣했는데, 그런 결과를 초래한 손상을 복구하기 위해 얼이 곧 그다지 성공적이지 않은 수술을 몇 차례 받을 것을 디바인은 알고 있었다.

통로를 사이에 두고 얼의 반대편에는 경찰서장 제복을 입은 키 큰 남자가 앉아 있었다. 퍼트넘의 가장 바깥쪽 해안선을 이루는 절벽들 같은 화강암을 연상시키는 얼굴이었다. 체격도 인상적이어서 떡 벌어진 흉곽과 어깨 때문에 제복이 팽팽히 당겨졌다. 디바인은 경찰서 본부에서 본 사진과 프레드 빙이 보내준 사진으로 그자가 빙 앤드 선즈 창립자들의 자녀 중 셋째이자 막내인 벤저민 빙임을 알았다.

한데 더 자세히 들여다보니 빙의 가슴팍에서 놀라운 게 눈에 띄었다.

'젠장, 군인이었어?'

디바인은 다시 재생 버튼을 누르고 화면 속에서 빙이 얼을 향해 몸을 기울이고 뭐라고 열성적으로 말하는 걸 지켜봤다. 영상 속 배경 잡음이 너무 심해서 그가 뭐라고 하는지는 알아들을 수 없었다. 하지만 얼이 보인 반응은 놀람, 더 나아가 충격이었다.

얼마 후 식이 끝나고 프레드 빙이 운구자들을 밖으로 인도했다. 그 뒤로 슬픔에 잠긴 조문객들이 따라 나갔다. 벤저민 빙과 얼은, 지팡이를 짚고 절뚝거리는 데다 나이도 더 많은 얼의 어깨에 빙이 팔을 얹은 채로 거기서 나갔다. 가는 내내 빙이 계속 뭐라고 하는데 한마디 한마디가 얼을 마치 물리적으로 가격하는 것 같았다.

디바인의 시선이 나머지 조문객들과 멀찍이 떨어져 선 알렉스에게로 향했다. 알렉스는 벤저민 빙과 얼의 등을 빤히 쳐다보는 것 같았다. 그러다 눈에 띄게 몸을 부르르 떨면서 긴 벤치석을 손으로 짚어 몸을 지탱했다. 제니가 얼른 다가와 동생 허리에 팔을 두르고 부축해서 나갔다. 대크와 삼 남매의 부모가 뒤따랐다.

이어서 프랑수아즈 기욤이 앵글에 다시 들어왔다. 기욤은 먼저 자기 삼촌과 얼이 함께 간 방향을 쳐다봤다. 이어서 식장을 나가는 실크웰 자매에게 시선을 돌렸다. 그러더니 기욤도, 혼자서, 그곳을 나갔다.

영상은 거기서 끝났고, 디바인은 DVD를 꺼내 주머니에 넣었다.

뭐라고 말하는지는 못 들었지만, 눈으로 본 것만도 정말이지 많은 정보가 되었다.

빙과 한 공간에 있게 된 알렉스의 반응도.

전임 경찰서장 빙을 찾아내야 했다. 그것도 빨리.

다른 누군가가 폭력적인 죽음을 맞기 전에.

70장

디바인은 캠벨에게 전화해 녹화영상에 대해 보고했다.

"벤저민 빙이 제복에 퍼플하트 훈장을 달고 있었습니다. 아마 한 때 군인이었고 부상을 당했나 봅니다. 빙의 군 복무 기록에 대해 최대한 알아내주셔야겠습니다."

"알겠네." 캠벨이 대답하고 전화를 끊었다.

디바인은 오두막집 문단속을 한 뒤 웨스트포인트 졸업반지를 만지작거리며 트럭으로 갔다. 미 육군사관학교는 최초로 졸업기념 반지를 제조해 배포한 학교였다. 반지는 훈련생도들이 웨스트포인트 입교 2년 차가 되자마자 배부되었다. 다음 수순은 '댄스파티'였다. '반지 받는 주말'에 생도들 그리고 그들이 초대한 손님들을 위해 만찬과 무도회가 열리는 것이다. 디바인도 가족을 초대했지만 아무도 오지 않았다. 그래서 다른 생도와 그의 부모 형제들과 어울려 시간을 보냈다. 군 경력에서 중요한 순간 중 하나가 그렇게 흘러갈 줄은 몰랐지만, 인생은 언제나 불쑥 주먹을 휘두르곤 한다는 걸 그도 알

나이였다. 매번 그 주먹을 피할 수는 없다는 것도. 하지만 벤저민 빙은 반지를 끼고 있지 않았다. 공적인 자리에 퍼플하트를 달고 나타날 사람이라면 육군 아니면 어떤 사관학교의 졸업반지든 십중팔구 끼고 나왔을 터인데 말이다.

따라서 빙은 아마 웨스트포인트를 졸업하지는 않았을 듯했다. 그래도 육군에 장교로 임관하는 다른 길도 있으니, 빙이 장교였을 가능성은 있었다.

디바인은 도로에서 벗어났다. 비가 줄기차게 쏟아져 그 유수가 도로를 갈색 진흙탕으로 만들고 있었다. 앞바다에서는 대서양이 온 힘을 다해 바위 해안에 부딪쳐댔고 그런데도 메인의 해안은 단 한 번도 그 일격에 무너지지 않고 버텨냈다.

디바인은 자신의 반지를 내려다봤다. 그 반지는 평범한 액세서리도, 뽐내기 위한 상도 아니었다. 롱 그레이 라인(웨스트포인트 졸업생, 그들 간의 긴밀한 유대—옮긴이)과의 유대 그리고 생도들에게 주어진, 졸업식 날 그 자랑스러운 무리에 합류할 수 있는 기회를 상징했다. 당시 조교 중 한 명이 이런 말을 했다. 세계 최강의 군대에서 장교 임관을 향해 한 걸음 한 걸음 나아가는 내내 과거와 현재, 미래가 상징적으로나마 손가락의 이 얇은 고리로 인해 하나가 된다고. 그 반지는 각자가 속한 부대와 롱 그레이 라인에 대한 영원한 연결고리이자 의무와 명예, 조국의 상징이라고.

'뭐, 내 **영원**은 다른 생도들보다 훨씬 짧게 끝나고 말았지만.'

매년 아이젠하워 홀 극장에서는 반지 녹이기 기념식이 거행된다. 육군 장교들이 기증한 반지들을 도가니에 한데 넣는다. 기증자들 사진과 관련 정보도 게시된다. 모든 기증자 혹은 기증자의 가족은 반지를 받을 생도에게서 감사의 수기 편지를 받는다. 반지들은 바틀렛

홀 과학관에 보내져 거기서 녹여져 금덩어리가 된다.

디바인은 언젠가 그의 반지가 기증될 순간을 그려왔다. 전장에서 그가 바치는 최후의 희생으로, 아니면 수십 년 후 노환으로 생을 마치면서 내놓는 유물로 기증될 거라 믿었다. 엄밀히는 지금도 기증할 수 있었다. 하지만 더는 그럴 자격이 없는 것 같았다. 게다가 그의 가족은 반지가 어떻게 되든 신경도 안 쓸 테니까.

'자, 오늘 치 자기 연민은 이걸로 됐어.'

아무튼, 빙이 군인 출신이라는 게 드러났다. 디바인은 왜 아무도 그 사실을 언급하지 않았는지 궁금했다. 그게 이 사건과 어떤 식으로 엮여 있는지는 아직 알 수 없었다. 하지만 군에 연줄이 있다는 건 모르긴 몰라도 실험적인 노마탄 하나쯤 일반인보다 더 쉽게 손에 넣을 수 있음을 뜻했다.

디바인은 시간을 확인하고 다시 도로를 탔다. 조슬린 포인트에 도착했을 때 알렉스가 작은 가방을 들고 문 앞에서 기다리고 있었다.

그녀가 조수석에 올라탔고 두 사람은 뱅고어로 향했다.

"데려다줘서 고마워요." 알렉스가 말했다.

"별거 아닙니다. 알렉스는 운전을 하기는 해요? 자전거 타는 것밖에 못 봐서."

알렉스는 앞유리창 너머 전방을 응시했다. 그리고 이렇게 대답했다. "그럴 필요를 못 느꼈어요."

디바인이 그녀를 흘깃 봤고 마침 그 순간 알렉스도 그를 돌아봤다.

한 박자 후 그녀가 말했다. "어젯밤은 정말 좋았어요."

"나도요, 정말 좋았어요."

"난 한 번도, 그러니까 내 말은……."

"나는…… 어젯밤에는 정말로 알렉스와 함께 있고 싶었어요. 꼭 그러고 싶었어요. 그런데 내가 알렉스를 이용한 셈이 됐을까 봐 걱정이에요. 감정적으로 취약한 상태였을 텐데."

"그렇게 따지면 오히려 내가 **트래비스를** 이용한 거겠네요. 그리고 그게 뭐 어쨌다고요? 우린 인간이에요. 가끔은…… 가끔은 자기 자신을 주체 못 할 때도 있는 거잖아요."

그러고서 알렉스는 고개를 돌렸고 그들은 잠시 침묵 속에 내륙으로 내달렸다.

이윽고 디바인이 입을 열었다. "윌버 킹먼의 장례식 영상을 봤어요."

알렉스가 그를 돌아봤다. "영상요?"

"얼의 집에서 발견한 거예요. 누가 찍은 건지는 모르겠어요. 알렉스도 찍혔고, 사실 이 마을 사람 거의 다 찍혔어요."

"정말 마음 아팠어요. 윌버 아저씨는 참 좋은 분이셨는데."

"평소 같으면 절대 부딪히지 않았을 모래톱에 배를 들이박아 난파시킨 사람이요?"

"무슨 뜻으로 하는 말이에요?"

"실제로 어떻게 된 건지 아는 사람이 있긴 있어요?"

"그럼요. 얼 아저씨가 얘기해줬어요."

"그런데 이제 얼도 죽었죠."

"윌버 아저씨가 돌아가신 건 오래전 일이에요. 지금 일어나는 어떤 일과도 연관 지을 수 없어요."

"나도 알렉스만큼 확신할 수 있으면 좋겠습니다. 벤저민 빙도 영상에 등장하더군요. 얼 옆에 앉아 있었어요. 빙이 얘기하고 얼은 듣기만 했는데, 무슨 말을 들었는진 몰라도 얼은 기분이 안 좋아 보였어요. 그리고 둘은 같이 장례식장을 나갔죠. 그거에 대해 뭐 아는 것 있어요?"

"아뇨, 내가 어떻게 알겠어요?"

"뭔가 봤거나 들었을 수도 있으니까요. 알렉스는 그 두 사람이 나가고 바로 뒤에 나가던걸요." 그는 여기서 말을 멈추고 알렉스가 그날 벤저민 빙과 가까이 있는 동안 어떤 기분이었다는 둥 그의 말을 어떻게 부연할지 들어보려고 기다렸다.

'예를 들면 공포를 느꼈다든가.'

하지만 알렉스는 아무 말이 없었다.

"빙은 군인이었습니다." 디바인이 말했다.

"잠깐, 정말요?"

"몰랐어요?"

"그게…… 어쩌면…… 기억이 안 나요. 그냥 경찰서장으로만 기억해요."

"빙에 대해서 기억나는 다른 것 없어요?"

"전에도 묻지 않았어요?" 알렉스가 날선 투로 되물었다.

"어쩔 땐 똑같은 질문을 반복하면 점점 기억이 되살아나면서 새로운 정보가 떠오르기도 하거든요."

"**그 사람** 얘기는 하기 싫어요. 전에도 트래비스가 한 얘기 때문에 소름 끼쳤다고요."

이후 도착할 때까지 침묵이 내려앉았다.

71장

수술은 잘 되었다고 했다. 두 사람이 회복실에 들어갔을 때 대크는 깨어 있었고 정신도 또렷했다.

알렉스가 침대 옆에 앉아 그의 손을 꼭 잡았고 디바인은 그녀의 뒤에 가 섰다.

"통증이 심해?" 알렉스가 물었다.

"아마 그럴걸. 근데 모르핀인지 뭔지 참 잘 듣네." 그러더니 대크는 디바인을 봤다. "이런 일이 일어나다니 믿어지지 않아요. 핼이 죽은 걸 믿을 수 없어요. 더 밝혀진 거 없어요? 우리한테 총질한 게 누군지 알아냈대요?"

"아니요, 그런데 탄피가 제니의 시신 근처에서 발견된 것과 같은 종류였습니다."

"하퍼 서장님이 그러는데 나를 맞힌 탄환이 다시 핼을 맞혀서 죽인 거라면서요."

"맞습니다."

"제기랄." 대크는 고개를 절레절레 저었고 눈가가 촉촉해졌다.

"하퍼가 다른 말은 안 하던가요?" 디바인이 물었다. 알렉스의 시야 밖에 있던 터라 물어보면서 눈썹을 치켜올려 무슨 얘기인지 힌트를 줬다.

"아, 네, 어떻게 할지 결정되면 알려주겠대요."

"두 사람, 무슨 얘기 하는 거예요?" 알렉스가 물었다.

"별거 아니야." 대크가 재빨리 말했다. "너는 어때? 잘 버티고 있어?"

"이런 일이 자꾸 생기면 내가 어떻게 버텨." 알렉스가 그를 노려봤다. 대크와 디바인이 자기만 빼놓고 뭔지 모를 이야기를 하는 게 거슬리는 기색이었다.

"벤저민 빙을 얼마나 잘 압니까?" 디바인이 불쑥 물었다.

"벤저민 빙요?" 대크가 어리둥절한 얼굴로 되물었다. "그 사람이 이번 일하고 무슨 상관인데요?"

"여태껏 일어난 모든 일과 아주 깊은 상관이 있다고 봅니다."

알렉스가 몸을 돌려 그에게 인상을 써 보였다. "나는 가서 거지 같은 병원 커피나 마실래요. 이 얘기 듣고 있는 것보다 차라리 그게 나으니까."

그러더니 일어서서 나가버렸다.

"무슨 일이에요?" 대크가 따졌다.

디바인은 알렉스가 방금 비운 의자에 앉아 설명하기 시작했다. "내가 가설 하나를 제시해볼 텐데요."

"좋습니다." 대크가 초조하게 대꾸했다.

디바인은 오래전 알렉스를 폭행한 자가 벤저민 빙이었을 거라는, 그리고 파머 부부가 현장을 떠나는 빙을 목격했으며 그래서 제거되어야 했을 거라는 가설을 늘어놓았다.

"파머 부부가 당시 재정적으로 상황이 좋지 않았다고 애니한테 들었습니다. 그런데 빙을 보고 잠시 후 알렉스를 발견했을 때 앞뒤 정황을 추측한 겁니다. 그들은 그걸 빌미로 빙을 협박하려고 했습니다. 빙은 돈이 남아도는 집안이잖아요. 한데 벤저민 빙이 거기에 응하지 않은 거죠. 대신 그들의 집을 날려버린 겁니다."

디바인은 프랑수아즈 기욤이 파머 부부의 부검을 맡았다는 이야기는 하지 않았다. 기욤에게 책임이 있는지 없는지 아직 확신할 수 없었기 때문이다. 빙이 파머 부부에게 독극물을 투여하거나 다른 식으로 저항불능 상태로 만들었을지도 모르는데, 메인주는 순전히 사고로 보이는 화재로 사망한 피해자는 부검을 하지 않는다는 걸 이제는 디바인도 알았다. 다만 15년 전에도 규정이 그랬는지는 알 수 없었다.

"제니가 어머님께 어떤 매듭짓지 못한 일을 마무리하러 여기 온다고 했다던데요." 디바인은 이어서 제니가 위성사진을 어떻게 활용했는지 말해주었다. "제니는 빙의 소행이었다는 걸 알아낸 겁니다."

"하지만 빙은 은퇴해서 플로리다에 살고 있잖아요."

"아니요, 프레드 빙에게 그걸 확인해달라고 했거든요. 프레드의 아버님이 동생을 최소 2주간 못 봤다고 했답니다."

"그럼 빙은 자기가 알렉스를 덮친 범인인 걸 우리 누나가 알아낸 걸 어떻게 알았어요?"

"그 부분은 아직 못 알아냈습니다. 하지만 그걸 알았다면 빙은 제니를 죽일 동기가 있었던 거죠. 다 떠나서, 내가 떠올릴 수 있는 모든 각도에서 이 사건들의 교집합을 도출해봤는데요. 이번 일은 제니가 정부에서 했던 일과 관계없는 것 같습니다. 오래전 알렉스한

465

테 일어난 일에서 비롯된 거예요. 게다가 벤저민 빙은 한때 군인이었습니다. 내가 본 영상에서 경찰 제복에 퍼플훈장을 달고 있었거든요. 아직 테스트 중인 폴리머 탄피 .300 노마탄에 보통 사람보다 쉽게 접근할 수 있었을 겁니다." 디바인은 대크를 똑바로 보며 물었다. "빙이 여동생 근처에 맴돌면서 과한 관심을 보인 적 없었습니까?"

대크는 심란한 표정이었다. "어, 벤저민 빙은 제 잘난 맛에 취해 사는 사람이었어요. 종마처럼 생겨서는 자기가 동네에서 제일 잘생기고 제일 쿨한 남자인 것처럼 굴었죠. 제복에 퍼플하트는 물론이고 다른 훈장도 잔뜩 달고 다니긴 했어요. 군대 규정에 어긋나고 아마 경찰 규정에도 어긋났을 텐데, 그딴 거 어디 신경 쓸 사람인가요. 늘 동료들한테 자기가 육군에서 영웅적 행위를 했네 전투에서 죽을 뻔했네 하며 거들먹거렸지만 항상 구체적인 부분은 얼버무리더라고요."

"그러니까 해군이나 공군이 아니라 **육군**이 맞았군요?"

"네. 근데 알렉스 주변에서 부적절하게 군 기억은 없어요. 사실 그 둘은 딱히 직접적인 교류 같은 걸 하지도 않았을걸요."

"하지만 그 무렵 대크는 군에 있었잖습니까."

"그건 그렇죠."

"알렉스한테 들었는데 빙이 알렉스의 남자친구를 교통법규 위반으로 직접 체포했다면서요. 두들겨 팼다고. 우연치고는 지나친 것 같은데요."

"알렉스는 어떻게 생각한대요?"

"안 믿으려 들고 별로 얘기하고 싶어 하지도 않습니다. 방금 그래서 나간 거예요. 솔직히 내가 그 이야기를 꺼내면 기억이 돌아와서 드디어 알렉스가 폭행범을 지목할 수 있기를 바랐는데. 그렇게 되지는 않았습니다."

"그럼 빙은 디바인 요원도 진실을 파헤치려고 해서 저격한 거예요?"

"지금까지는 그게 제일 말이 됩니다."

"그렇지만 **나는** 왜 쏘는데요? 요원 얘기를 들어보면 어젯밤 저격범이 빙이라는 거잖아요."

"어쩌면 나를 노렸을 수도 있습니다. 아닌 것 같긴 하지만."

"그래서, 나를 왜 쏜 건데요?"

"조슬린 포인트를 매각하려고 하니까요. 그렇게 되면 알렉스도 이곳을 떠나겠죠. 그 얘기를 빙이 들었을 수 있습니다."

"빙은 플로리다에 살잖아요. 알렉스가 어디에 살든 빙이 무슨 상관인데요?"

"그런 사람의 사고는 완전히 간파하기 어렵습니다. 어쩌면 알렉스가 이곳을 떠나면 기억이 되살아나서 진실이 드러날까 봐 걱정했는지도 모르죠."

"그럴지도 모르겠네요." 대크가 의심 가득한 투로 대꾸했다. "이게 얼 아저씨랑은 어떻게 연결되죠?"

"얼이 시신을 발견한 척하도록 빙이 종용한 것 같습니다. 나는 여러 가지 이유로 제니를 발견했다는 얼의 진술을 믿지 않았습니다. 근데 어쩌다 윌버 킹먼의 장례식 영상을 봤거든요. 그 영상에서 빙이 얼의 바로 옆에 앉아 있었습니다. 빙이 무슨 말을 한 건지는 모르겠지만 얼이 사색이 되더군요. 빙이 얼의 약점을 잡았고 십여 년이 지나서 그걸 휘둘러 제니의 시신을 발견했다고 거짓말하게 한 것 같습니다."

"그런 다음 뭐요, 얼 아저씨가 죄책감에 자살했다고요?"

"아니요. 얼이 스스로 목매달 수 있었을 리 없습니다."

"맙소사, 빙이 얼도 살해했다고 보는 거예요?"

"그럴 뿐 아니라 앨버타도 죽었다고 어느 정도 확신합니다."

그 말에 대크가 정맥주사 줄이 하마터면 뽑힐 정도로 급작스레 상체를 일으켰다. "뭐라고요!"

디바인이 그를 살살 도로 눕히고 설명했다. "알렉스가 버티가 죽기 며칠 전 버티 앞에서 발작을 일으켰어요. 나랑, 그리고 애니랑 있을 때도 한 번씩 일으켰고요. 나하고 애니 앞에서 그랬을 때 알렉스는 분명 누군가에게 맞서 싸우고 있었습니다. 내 생각에 15년 전의 폭행범에게 저항한 것 같습니다. 폭행범의 이름을 말하진 않았지만 애니는 알렉스가 그자를 **친구**라고 칭했답니다. 그런데 버티 앞에서는 알렉스가 폭행범의 **이름**을 말한 것 같아요. 버티가 그걸 다른 누구한테 말했을 수 있는데, 그 얘기가 빙의 귀에 들어간 거죠. 그래서 빙이 여기 와서 직접 문젯거리를 처리한 겁니다. 그 와중에 몇 년 전 경찰서 증거보관실에서 알렉스의 성폭행 증거채취 키트가 사라졌어요. 빙은 경찰서장이었으니 쉽게 손댈 수 있었겠죠."

"하지만 성폭행은 공소시효가 있지 않나요? 게다가 빙이 누구든 죽인 걸 증명할 수 없다면 알렉스의 사건에 대한 진실이 밝혀진들 뭐가 어떻다고요? 법적으로 빙을 처단할 길이 없잖아요."

"오늘 아침 알렉스가 요전에 한 말이 떠올라서 검색해봤는데요."

"뭔데요?"

"성폭행을 당했을 당시 알렉스가 열여섯 살이 채 안 됐다는 거요. 중요한 건 메인주에서는 범죄 발생 당시 피해자가 16세 미만일 경우 성폭행에 공소시효가 **없다**는 겁니다. 그러니 빙은 지금이라도 아주 긴 금고형을, 어쩌면 무기징역을 선고받을지도 모릅니다."

"이럴 수가." 대크가 한 손으로 얼굴을 가렸다. "악몽을 꾸는 것 같네." 그러더니 디바인을 보며 말했다. "그래서 이제 어쩔 건데요?"

"놈을 잡을 겁니다."

대크는 공포에 질린 표정이었다. "하지만 디바인 요원, 알렉스는 당장이라도 그날의 기억이 돌아올 수 있잖아요. 빙도 그걸 알고요. 그러니 빙이 정말로 그 사람들을 다 죽였다면 한 명 더 죽이는 걸 망설이겠어요?"

72장

　알렉스를 태우고 비 오는 길을 달려 퍼트넘으로 돌아가던 중 디바인이 불쑥 말을 꺼냈다. "내가 그리로 가서 같이 있어야겠어요, 적어도 당분간은."

　"왜요?"

　"집이 워낙 큰 데다 대크도 없고……." 대놓고 당신 목숨이 위험하다고 말하고 싶지 않았지만, 대크의 말이 옳았다. 벤저민 빙은 알렉스를 죽일 동기가 충분했다.

　"오빠가 친구랑 그 총 맞은 건물에서 뭐 하고 있었는지 말해주긴 할 거예요? 그리고 **트래비스는** 거기서 뭘 하고 있었는데요?"

　"대크가 이 마을에 투자한 돈의 출처 있죠? 그거, 보스턴의 투자자들한테서 나온 게 아닙니다."

　"그럼 어디서요?"

　"대크가 불법적인 거래를 하고 있었어요."

　"아 맙소사, 마약만은 제발 안 돼."

"아니에요. 엘버였습니다."

"뭐요?" 알렉스가 미간을 살짝 접으며 물었다.

"실뱀장어요. 그게 어마어마하게 돈이 된다네요."

"장어를 팔고 있었다고요? 농담이죠?"

"알렉스는 불법적 장어 거래에 대해 전혀 모르고 있었나 보죠?"

"그런 사업이 있는 줄도 몰랐어요."

"보니까 **있더**라고요. 아무튼 현지 경찰이 처리하게 놔뒀습니다. 근데 내가 보기엔 하퍼가 대크를 너무 심하게 갈구지는 않을 것 같습니다. 대크는 위법을 저질렀고 그걸 잘했다고 할 수는 없겠죠. 그렇지만 좋은 의도로 그랬으니까요, 대체로는."

"그래서 총에 맞은 거라고 생각해요? 혹시 그 장어 사업에 뭐냐, 라이벌 조직이라도 있는 거예요?"

"아뇨, 그건 아닌 것 같아요."

"그럼 뭐요?"

"확실히는 모르겠는데, 알기 전에는 말하고 싶지 않습니다."

알렉스가 한숨을 내쉬었다. "뭐 그래도 오빠가 뭘 하고 있었는지 말해줘서 고마워요."

"내가 조슬린 포인트에 머무는 건 어떻게 생각해요?"

"원한다면 그렇게 해요." 그러더니 그녀는 머뭇거렸다. "근데 그 이상은…… 무슨 소린지 알죠?"

디바인이 그녀의 팔을 살짝 건드리며 말했다. "그건 내가 조슬린 포인트에 있으려는 이유가 **아니**에요. 바로 어제 대크가 총에 맞았고 모르긴 몰라도 누군가 당신 가족에게 원한을 품고 있어요. 그래서 그들이 다시 올 경우에 대비해서 가까이 있고 싶어서 그래요."

"정말로 우리 가족한테 **그런 짓**까지 할 정도로 분노한 사람이 있다고요?"

"동기만 맞아떨어지면 사람들이 어떤 짓까지 저지르는지, 알면 놀랄걸요." 디바인은 입을 다물고 알렉스를 찬찬히 뜯어봤다. "총 쏠 줄 알아요?"

알렉스는 갑작스러운 화제 전환에 몸을 뒤로 뺐다. "아뇨! 왜요?"

"내가 가르쳐주면 돼요. 여분의 권총이 있으니까."

"아뇨, 그런 거 원치 않아요. 총 싫어해요."

디바인이 고개를 천천히 끄덕였다. "알았어요, 그래도 자기를 보호할 뭔가는 지니고 다녔으면 해요." 그러더니 그녀를 흘끔 봤다. "화가에 조각가니 악력이 대단할 거고 눈과 손의 협응력하고 손가락 민첩성도 뛰어날 것 같은데."

"그래서요? 붓으로 상대방 눈알이라도 쑤시라는 거예요?"

"붓 말고." 그가 선바이저 밑에서 가죽칼집을 씌운 단검을 꺼냈다.

그녀가 그 무기를 바라봤다. "나는 칼도 싫―."

"칼을 **좋아할** 필요는 없어요, 알렉스. 그냥 필요할 때 사용하기만 하면 돼요."

그는 차를 아예 길가에 대놓고 단검을 칼집에서 뽑아 직각으로 찌르는 시늉을 해보였다. "배꼽에서 5센티 위, 자루까지 푹 들어가게." 허공에 찌른 후 날을 왼쪽 오른쪽으로 한 번씩 비틀더니 위로 휙 올렸다. "이렇게 하면 당신을 해치지 못할 거예요."

"나는 도저히 그렇게―."

디바인은 칼을 칼집에 넣어 그녀의 손에 쥐여주었다. "그래야만 하는 상황이 닥치기 전에는 자신이 뭘 얼마나 할 수 있을지 모르는 법입니다. 목숨은 하나예요, 알렉스―싸워보지도 않고 순순히 내주지 말아요."

그는 다시 조슬린 포인트로 차를 몰았다.

"나가기 전에 몇 시간 눈 좀 붙여도 될까요?" 그가 물었다.

"그럼요. 어차피 나도 집에서 할 일이 있으니까. 내 침대에서 자요. 오빠 침대보다 훨씬 깨끗해요."

• • •

세 시간 후 핸드폰 알람이 울렸다. 일어난 디바인은 주방에서 알렉스를 마주쳤다.

그가 말했다. "오늘 누구랑 저녁을 같이 먹기로 했어요. 알렉스만 남겨두고 싶지 않은데. 정말로요. 근데 중요한 자리가 될 것 같은 감이 와서요. 자, 이 단검을 항상 지니고 있고, 문을 전부 잠그고, 절대로 화실에는 가 있지 말아요. 최대한 빨리 돌아올게요. 뭐든 이상한 게 보이거나 이상한 느낌이 들면, 그게 뭐든, 경찰에 신고한 다음 나한테 전화해요. 당장 올 테니까."

여관으로 돌아가는 길에 캠벨에게서 전화가 왔다.

"벤저민 빙은 육군에서 11년간 복무했더군. 자원입대야. E6에서 경력이 멈췄어."

"11년이나 복무했는데 상사로 제대했다고요?"

"진급이 막혔어. 그 이상 올라가지 못할 게 자명했네. 징계를 수차례 받았고. 분노조절 문제가 있고. 통제가 안 되고. 전부 빙의 파일에서 읽은 평가야."

"군을 왜 떠났답니까?"

"그건 좀 더 깊이 파봐야 했네. 주둔지 본부 근처에 살던 어떤 여자를 스토킹했더군. 소통을 시도한 기록, 그것도 글로 남은 기록들이 있는데 단순히 도를 넘은 정도가 아니야. 게다가 여자의 아파트에서 기물 파손 범죄가 몇 차례 일어났고 그 여자가 사귀던 남자도 습격당해 심하게 얻어맞았어. 하지만 남자는 범인을 지목하지 못했네."

"여자 쪽이 얼마나 젊었습니까?"

"대학 새내기였네."

"그러니까, 빙이 다른 여자들 스토킹하고 그 남자친구들을 두드려 패라고 육군이 풀어줬다고요?"

"골치 아픈 건 손 떼겠다 이거지. 어떤 식인지 알잖나."

"그래서 분노조절장애에 젊은 여자 밝히는 변태는 고향에 돌아와 경찰서장이 됐다. 기가 막히는 전개군요. 퍼플훈장은 어떻게 받았답니까?"

"엉덩이에 탄을 맞았네. 아군 포격에 당한 것 같던데. 그냥 스친 정도야. 퇴원도 하루 이틀 만에 했고."

"그런데도 여봐란듯이 달고 다닌다 이거죠, 치졸한 새끼. 다른 건 없습니까?"

"있네. 어쩌면 제일 중요할 수도 있는 정보야. E6로 복무한 시기에 육군 저격병 양성 과정을 수료했다는 것."

"그런 고과와 성정으로 어떻게 입소 자격이 된 거죠?"

"보아하니 고과의 흠결 사항은 양성소에 들어간 **후에** 남은 것 같네. 다른 것도 있어."

"뭡니까?" 디바인이 날선 어조로 물었다.

"빙의 파일에서 어떤 VIP에게서 받아낸 추천서를 발견했네. 그게 저격병 양성 과정에 들어가는 데 결정적으로 작용했을지도 몰라."

"누가 써준 겁니까?" 디바인은 대충 짐작이 가는데도 물었다.

"당시 하원의원이자 전쟁 영웅 커티스 실크웰."

474

"알겠습니다." 디바인이 대꾸했다.

"이제 어쩔 텐가?"

"저녁 약속에 갑니다."

"저녁 약속?" 캠벨이 놀란 투로 물었다. "어디로? 누구랑?"

"프랑수아즈 기욤하고요. 빙가의 저택에서. 프랑수아즈가 초대했습니다."

"디바인, 그거 함정일 수도 있네."

"솔직히 그러기를 바랍니다."

73장

  디바인은 도롯가로 빠진 다음 얼 파머의 트럭 안에서 시동을 켜
둔 채 빗속에 잠시 앉아 있었다. 생각할 게 많은데 이만하면 그러기
에 더없이 좋은 장소였다. 쏟아지는 생각들에 리듬을 맞춰 빗방울이
차 지붕을 때렸다.

  그가 알기로 육군 저격병 양성 과정은 예전에는 포트 베닝이라
고 불렸던 포트 무어의 전투연구시설에서 7주에 걸쳐 보병과 포병
이 함께 훈련받는 프로그램이었다. 빙은 그 과정을 밟으면서 야외전
투 응용술, 은폐 이동술, 표적 간파술, 저격 전술, 그리고 물론 고등
사격술까지 온갖 중요한 기술을 배웠을 것이다. 디바인도 그 과정을
수료한 동료를 몇 알았는데, 수료 후 훨씬 뛰어난 병사가 된 그들을
보며 감탄했었다. 그러니 적수로서의 빙을 판단할 때 그 점도 고려
해야 했다.

  빙이 아직 이 지역에 머물고 있는지, 그러니까 디바인 자신이 상
황을 제대로 읽고 있는 건지도 궁금했다. 그렇게 많은 '증거'를 수집

했음에도 전반적으로 정황 증거의 성격이 강했고 다소간의 추측과
짐작도 섞여 있었다.

그는 혹시 빙이 여기 오는 데 이용하지 않았을까 해서 캠벨에게
항공편이나 기차, 버스 예약 기록을 뒤져달라고 문자로 요청했다.
플로리다에서부터 차를 몰고 왔을 수도 있지만 그러려면 동쪽 해안
선을 거의 다 훑는 아주 긴 운전이었을 것이다.

하지만 빙에 관해 그리고 그가 과거에 받은 훈련에 대해 알게 된
지금 몇 가지 아리송한 점이 남아 있었다. 어쩌면 앞으로 펼쳐질 전
개가 그 의문들을 풀어줄 것도 같았다.

여관으로 돌아온 그는 밖에 비가 하염없이 내리는 가운데 샤워를
마쳤다. 그리고 마지막 남은 깨끗한 옷으로 갈아입고 서둘러 트럭을
세워둔 데로 나갔다. 그가 막 트럭에 타는데 차 한 대가 옆에 와 섰
다. 하퍼 서장이 몰고 온 순찰차였다.

하퍼가 창을 내리는 걸 보고 디바인도 몸을 숙여 조수석 창 손잡
이를 돌려 열었다.

"무슨 일입니까, 서장님? 대크를 어떻게 할지 정하신 겁니까?"

"병원에 가서 대크랑 얘기해봤는데. 대충 합의점을 찾은 것 같아요."

"어떻게 됐는지 묻기도 두렵네요."

"보니까 뱀장어 조업 허가증을 배부하는 방식이 그리 공정하지 **않
더란** 말이죠. 추첨이라고는 하지만 실제로 어떻게 이루어질지 누가
압니까?"

"대크의 주장이 서장님께 먹힌 것 같군요."

"그건 모르겠고, 이 마을을 위해 할 수 있는 건 다 해봐야 한다는
건 분명합니다. 아무튼 요원이 이 일에 관여할 건지 알아야겠습니
다. 연방 기관이 내 결정을 일일이 감시할 거라면 마음을 달리 먹을

수도 있으니까."

"제 소관 아닙니다. 대크랑 뱀장어들은 마음대로 하십쇼."

"고맙습니다. 그건 그렇고, 다저녁때 어딜 가세요?"

"빙 가족의 집에 저녁식사 초대를 받았습니다."

"복 터졌네요. 프랑수아즈가 요리를 그렇게 잘한다던데. 근데 왜 오라는지 얘기하던가요?"

"그냥 할 이야기가 있다고 했습니다."

"요원은 아직도 빙 전 서장이 나쁜 놈이라고 생각합니까?"

"용의선상에서 아무도 배제하지 않고 있습니다."

"빙은 플로리다에 있잖아요."

디바인은 빙의 무단이탈 소식은 굳이 언급하지 않았다. "누가 압니까, 오늘 저녁식사 자리에 나타날지."

"나타나면 내 안부 좀 전해주십쇼."

"그러겠습니다. 빙이 나를 죽이려 들지 않는다면요."

하퍼는 별것 아니라는 듯 손사래 치더니 이렇게 말했다. "그래도 한 가지에 관해서는 요원이 옳았던 것 같네요."

"뭡니까?"

"요원이 한 얘기들 전부 오랫동안 생각해봤는데요. 젠장, 심지어 직접 가서 해보기까지 했거든요. 뭐 내가 해볼 수 있는 한에서. 근데 생각만큼 쉽지 않더라 이겁니다. 심지어 나는 그 양반처럼 신체 장애가 있는 것도 아닌데 말이죠. 게다가 요원이 얘기한 매듭이며 뭐 그런 부분들도 있고." 하퍼가 한숨을 푹 내쉬었다. "도저히 얼이 스스로 목을 매달 수 있었을 것 같지 않아요. 요원 말이 맞는 것 같습니다."

"예, 애니 파머도 동의하더군요. 제가 증거를 조목조목 제시했더니요. 문제는 기욤이 반대 증거들에도 불구하고 자살이라고 결론 내렸다는 겁니다."

"뭐, 때때로 법의관이 틀리기도 하잖아요. 그런 경우를 제가 봤거든요."

'틀린 걸까 아니면 은폐하는 걸까.' 디바인이 속으로 받아쳤다. 겉으로는 이렇게 말했다. "얼이 실제로는 제니의 시신을 발견하지 않았을 가능성은요? 그것도 제 말에 동의할 준비 되셨습니까?"

"아직은 아니지만 속으로 따져보고 있습니다. 누군가 얼을 살해한 걸 알게 된 이상, 얼한테 그렇게 시킬 동기가 있다는 건 알겠어요. 아무튼, 알렉스는 어떻습니까?"

"그럭저럭 견디고 있습니다. 대크한테 데려다줬습니다. 둘이 잘 이야기했고요. 알렉스가 보기보다 강하거든요."

"누가 자기를 공격했는지 기억만 하면 우리 고생을 많이 덜 텐데 말이죠."

"그렇게 간단한 일이 아니잖습니까, 서장님."

"압니다, 알죠. 그냥 그랬으면 좋겠다는 겁니다. 노마 탄환 추적하는 건 진전이 좀 있어요?"

"제조사는 압니다. 탄환이 어떻게 여기까지 흘러들었는지를 몰라서 그렇죠."

"동일범일 수밖에 없어요. 요원을 저격한 탄이 나토 탄환이었던 걸 고려해도요. 둘 다 저격수들이 쓰는 탄이잖아요?"

디바인이 반박하려는 순간 전에 했던 어떤 생각이 퍼뜩 떠올랐다.

'하지만 다 똑같은 저격용 탄환은 아니지, 안 그래? 벤저민 빙이 범인이라는 내 추측이 틀린 걸까? 아니면 빙의 단독 범행이라는 내 생각이 틀린 걸까? 얼의 살인에 대한 내 가설이 옳다면 다른 인물이

개입돼 있다는 건데.'

그는 머릿속을 맴도는 생각에서 빠져나와 하퍼에게 말했다. "애니 파머가 할아버지가 살해됐을 가능성을 납득하고서 오두막집을 들여다봐도 된다고 허락해줬습니다."

그 말에 하퍼가 흥미를 보였다. "뭐 좀 찾아냈어요?"

디바인은 윌버 킹먼 장례식 영상에 대해 말해주었다.

"벤저민 빙이 얼의 바로 옆자리였거든요. 얼한테 무슨 얘기를 하던데. 얼은 별로 달갑지 않은 표정이었습니다."

"얼은 그날 뭘 해도 **달갑지** 않았겠지요." 하퍼가 대꾸했다. "몇십 년간 매일 얼굴 봐온 동료가 죽었잖아요! 게다가ㅡ."

디바인이 그의 말을 끊었다. "빙이 육군이었던 거 알고 계셨습니까?"

"그럼요, 그런 자랑거리를 감추고 다니는 사람이 아니었는걸요."

"빙이 육군에서 저격병 훈련을 받은 것도 아셨습니까?"

하퍼가 움찔했다. "아뇨, 그건 몰랐습니다."

"이제는 아셨죠."

하퍼가 심란한 얼굴로 말했다. "어, 그럼 즐거운 저녁 보내십쇼." 그러고는 덧붙였다. "제발 총에 맞지도 누굴 죽이지도 마시고요. 오늘 밤엔 적절한 시간에 잠들어서 아침까지 푹 자고 싶습니다."

그러더니 차창을 도로 올렸고 디바인도 따라서 창을 올리기 시작했다. 그러다 문득 순찰차 측면 패널에 시선이 갔다. 잠시 후 순찰차는 그곳을 떴지만 디바인이 잽싸게 핸드폰으로 차의 사진을 찍은 후였다.

그는 핸드폰에 제니 실크웰이 손에 넣은 위성사진 중 한 장을 띄웠다. 위성사진에 포착된 조그만 피라미드 형체의 정체가 그간 미치

480

도록 마음을 괴롭혀왔는데. 더는 아니었다.

그가 단단히 잘못 짚은 게 아니라면 그건 독수리가 발톱으로 쥔 화살의 촉 끄트머리였다─그리고 그건 메인주 퍼트넘 경찰부서의 상징이었다.

'파머 부부가 알렉스가 범행당한 현장에서 멀어지는 걸 목격한 차는 순찰차였어.'

그리고 디바인은 그 운전대를 잡았던 사람이 누구였는지 알겠다고 거의 확신했다.

74장

빙가의 저택 대문은 디바인의 차가 접근하자 스르륵 열렸다. 낡은 트럭을 몰아 대문을 통과한 그는 본채로 이어진 약간의 경사로를 기어를 변속하고 올라갔다. 조수가 점점 밀려들면서 저택 부지 뒤쪽에서 바다의 굉음이 들려왔다. 하늘을 보니 또 한 번 시커먼 구름 떼가 몰려들고 있었다.

차를 세우고 내린 디바인은 빗줄기가 잠깐 약해진 틈을 타 흠뻑 젖지 않고 현관까지 갈 수 있었다.

노크를 하자 기욤이 문을 열어주었다. 남색 바탕에 가는 흰색 세로줄무늬가 들어간 정장바지와 흰색 오픈칼라 블라우스 차림이었다. 유쾌하고 긴장이 풀린 모습이었고, 그걸 보니 디바인은 더 바짝 긴장됐다.

"이렇게 큰 집이면 집사가 있을 줄 알았는데요." 디바인이 말했다.

그의 농담에 기욤이 씩 웃었다. "최소 인력으로 유지하고 있긴 한데 그래도 일주일에 세 번 가정부가 오고 부지를 관리하는 사람도

따로 있어요. 그런데 내가 요리하는 걸 좋아하거든요. 내가 안 할 때
는 우리도 외식하거나 그냥 남은 걸 먹어요."

"'우리'요? 박사님하고 프레드를 말하는 겁니까?"

"맞아요. 어서 들어오세요."

기욤은 널찍한 현관 앞 홀을 지나 낙하산 점프를 해도 될 만큼 천
장고가 높은 커다란 응접실로 디바인을 안내했다. 높이가 디바인의
키만 한 벽난로에서 불이 신나게 타올랐다. 가구며 장식이 꽤 독특
해서 전문가에게 맡긴 티가 은근히 났다. 딱 봐도 건축과 인테리어
에 돈을 아끼지 않은 것 같았다.

기욤의 아버지가 왜 굳이 메인주 퍼트넘 같은 곳에 으리으리한
저택을 짓느라 돈을 억수로 쏟아부었는지 궁금해졌다.

그 마음을 읽었는지 기욤이 말했다. "마을 사람들을 약 올리고 싶
어서 그러신 거예요."

디바인이 고개를 끄덕였다. "그렇군요. 박사님은 어떻게 생각하십
니까?"

"나라면 안 그랬을 거예요. 하지만 나는 그 문제에 의견을 낼 자격
이 없으니까. 마실 것 좀 드릴까요? 맛이 꽤 괜찮은 레드와인을 땄
는데."

"맥주가 있다면 저는 그걸로 하겠습니다."

기욤이 두 사람의 음료를 내왔고 그들은 벽난로 앞에 자리 잡았다.

"저녁은 곧 준비될 거예요. 슬로쿠커로 조리한 스튜예요. 으슬으
슬하고 비 오는 날 몸 덥히기에 딱이죠."

"맛있겠네요. 프레드도 같이 식사할 건가요?"

"걔는 마무리할 일이 있댔어요. 좀 있으면 올 겁니다."

"굉장히 성실한 모양이네요."

"맞아요, 성실해요. 아무리 규모가 작아도 사업을 운영하려면 풀타임 직장인보다 품이 많이 들거든요."

"박사님도 여러 가지 일을 저글링하시잖습니까."

"집안 내력인가 봐요."

'좋아, 한담은 이쯤 하면 됐어. 본론으로 들어가자.' 디바인은 최대한 빨리 알렉스에게 돌아가고 싶었다.

"얘기하고 싶은 게 있다고 하셨죠?" 디바인이 물었다. "박사님만 알고 있는 정보라고 하셨던가요?"

기욤이 들고 있던 와인잔을 내렸다. 자신이 무대 중앙에 설 차례가 기대했던 혹은 원했던 것보다 빨리 와서 놀란 기색이었다.

"예, 맞습니다." 그녀는 이렇게 운을 뗐다.

"도움 될 얘기면 뭐든 기꺼이 듣겠습니다."

"얼이 자살했다고 믿지 않으신다고요."

"예, 안 믿습니다." 디바인이 직설적으로 말했다.

"얼이 의자에 올라서거나 다른 동작을 수행하지 못했을 거라서?"

"하퍼 서장님하고 얘기하셨군요."

"사실 디바인 요원의 가설을 얘기해준 건 웬디 퍼스예요."

"하퍼 서장님은 이제 제 의견에 동의하십니다. 박사님은 여전히 얼이 자살했다고 보시는 겁니까?"

"얼의 신체적 '어려움들'을 사인 판정에 반영하지 않은 건 인정합니다. 철저히 법의학적 증거만을 고려했거든요."

"그렇지만 법의학 증거 **전체**를 고려한 건 아니었잖습니까. 혈액 검사나 독성물질 검사는 실시하지 않았으니까. '아드레날린' 때문에 가능했던 거라고 단정 지었죠."

"그 이유는 설명했잖아요. 의심의 여지 없는 자살로 보일 경우 검사할 필요가 없다고요. 얼이 50년 더 젊었고 목매단 채 발견되지 않았다면, 예, 저도 완전 부검을 실시했을 겁니다."

"덕분에 제3자가 얼을 매달 수 있게 먼저 약물을 투여했는지는 영원히 알 수 없게 됐고요."

"그 점은 죄송하게 됐습니다. 되돌릴 수 있다면 좋겠지만, 그럴 수가 없네요." 기욤이 단호한 투로 대꾸했다.

"그건 그렇고…… 어떤 정보를 알려주시려고요?" 디바인이 넌지시 찔렀다. 슬슬 이 저녁식사가 시간 낭비가 될 거라는 느낌이 들고 있었다.

와인잔을 내려놓은 기욤은 마음을 굳히는 듯했다. "퍼트넘은 작은 마을이 으레 그렇듯 비밀이 많아요."

"개중에 큰 비밀은 누가 알렉스 실크웰을 성폭행했는가겠죠."

"그 얘기를 하려는 건 아니지만 실크웰 가족과 관련된 건 맞아요."

호기심이 동한 디바인이 맥주로 목을 축였다. "말씀해보십쇼."

"커티스 실크웰."

"그분이 뭐요?"

"이곳 주민들 중 그분이 애니 파머의 친부라고 믿는 사람이 많다고 하면 뭐라고 하시겠어요?"

"더 자세히 얘기해달라고 하겠습니다."

"커트와 밸러리 파머는 서로에게 끌렸어요. 여기서는 다 아는 사실이죠. 커트는 밸러리보다 최소 스무 살은 많았어요. 그런데 밸러리가 워낙 예뻐서—애니가 엄마를 많이 닮았어요—커트의 시선을 사로잡고 말았죠. 커트는 바람기가 굉장했어요. 이미 아시겠지만."

"아니, 몰랐습니다. 증거는 있습니까?"

"DNA요? 아니요. 아무도 검사해보자는 말을 꺼내지 않았어요.

그런데 애니가 여기로 돌아오기 전 다른 주 대학에서 공부하는 비용을 커트가 대준 건 내가 알아요. 애니의 식당은 대크가 재정적으로 후원해준 걸로 알고요. 그런데 애니가 태어났을 때 커트는 언젠가 상원의 문을 두드릴 계획이 있는 하원의원이었거든요. 결국 상원에 도전해서 당선됐고요."

"그래서 묻어버렸다는 건가요?"

"당연하죠." 기욤이 대꾸했다. "그런 식의 외도는 늘 묻혀버리잖아요."

"클레어도 알았습니까?"

"웬만큼 둔감한 사람이 아니고서야 모를 수가 없죠. 그런데 클레어는 결코 둔감한 사람이 아니었고요."

"저한테 이런 얘기를 왜 하는 겁니까?" 디바인이 물었다.

"알렉스가 폭행당했을 때쯤 일어난 스티브와 밸러리 파머의 죽음에 요원이 관심 있는 걸 아니까요."

"파머 부부는 성폭행당하고 쓰러져 있는 알렉스를 발견한 장본인이기도 합니다."

기욤이 네 손가락을 들어 보였다. "스티브와 밸러리 파머, 다음엔 얼과 버티 파머. 모두 사망. 화재, 뺑소니, 마지막은 교살이었어요."

"스티브와 밸러리의 부검도 박사님이 하셨죠."

"맞습니다. 하지만 두 사람은 연기 흡입으로 사망했어요. 어쨌든 부검이 실시된 범위만 보면요."

"무슨 뜻입니까?"

"얼의 경우처럼 혈액과 독성물질 검사를 하지 않았어요."

"사고사로 간주됐기 때문에요?" 디바인이 물었다.

기욤이 일어서서 난롯불 앞에 섰다. 훤칠하고 늘씬한 그녀의 몸이 그 순간만큼은 온통 날카로운 각만 두드러져 보이는 것 같았다.

"연기 흡입으로 인한 손상만 검사하고 다른 건 검사하지 말도록 **권유받았기** 때문이에요."

디바인도 일어나 그녀의 옆에 서서 뼈까지 한기가 스민 몸을 난롯불로 덥혔다. 무엇보다, 둘 다 예상하고 있을 다음 질문을 던질 때 그녀의 바로 옆에 서 있고 싶었다.

"**누가** 연기 흡입 검사까지만 하도록 권유했는데요?"

"그걸 내 입으로 말해야 해요?"

"실크웰 의원요? 왜요? 그 사람이 그걸 왜 신경 쓰죠?"

기욤은 대답하지 않았고 그래서 디바인이 대신 빈칸을 채웠다. "**그 사람**이 파머 부부를 죽였다는 겁니까? 동기가 뭔데요?"

기욤이 그를 불쌍히 여기는 표정을 지었다. "아까도 말했지만, 디바인 요원, 15년 전 커트는 상원의원 초선에 도전하고 있었어요. 추문의 낌새만 보여도 선거운동은 좌초됐을걸요. 외도 같은 건수가 아직은 유권자들의 마음을 식게 했던 시절이니까요."

"그래서 누군가 커트의 비밀을 폭로하겠다고 협박했다는 겁니까? 누가요? 파머 부부가 그랬다는 거로군요. 커트가 그 둘의 살인을 사주한 다음 부검을 축소 실시하도록 권유했다고 생각하는 걸 보면요. 하지만 그건 파머 부부에게도 추문이었을 텐데요. 스티브 파머도 아내의 외도가 만천하에 드러나길 원치 않았을 것 같거든요. 그러니 파머 부부가 커트 실크웰이 살인 획책을 결심할 정도로 적나라하게 진실을 폭로하기로 한 동기는 뭐였단 말입니까?"

"돈이죠. 스티브 파머는 사업가로도 형편없었던 데다 도박에까지 손댔어요. 코네티컷의 폭스우즈 카지노랑 모히건 선 카지노에서 가진 것보다 많은 돈을 잃고 오곤 했죠."

"그래서 스티브가 실크웰 의원을 협박했다고요? 그 무렵이면 실크웰가도 재산이 얼마 안 남았을 텐데요."

"남아 있었고말고요. 없었다면 조슬린 포인트 재산세는 어떻게 내고 저택 유지는 어떻게 했게요? 유지비가 한두 푼 드는 줄 아세요? 게다가 커트 실크웰은 가진 돈을 아주 영리하게 투자했어요. 하원 산하의 몇몇 위원회 소속으로 감독권이 있었던 특정 산업들에 투자했죠. 공교롭게도 투자에 뛰어든 타이밍과 그 업계들이 바닥을 치기 직전 발을 뺀 시점이 아주 교묘했고요."

"내부 정보 거래를 했군요?"

"다들 하는 모양이에요, 지금 이날까지도."

"그런 건 다 어떻게 알게 된 겁니까?"

"일부러 알려고 하니까요. 일부는 직접 겪은 당사자이기도 하고."

"그렇죠. 박사님이 응당 해야 할 일을 **안** 하도록 남이 권유해도 순순히 받아들였죠."

"떳떳한 과거는 아니에요. 그런데 막 일을 시작한 시점이었고, 상대는 제가 우러러보던 사람이었어요. 시키는 대로 하지 않으면 어떻게 될지 두려웠어요."

"당연히 실크웰 상원의원은 누가 그런 의혹을 제기해도 전혀 반박하지 못할 처지가 됐고 말이죠." 디바인이 비꼬았다.

기욤이 부지깽이를 잡더니 불길이 살아날 때까지 잉걸불을 들쑤셨다. "날 믿지 않는 게 놀랍지는 않아요. 전쟁 영웅에다 그렇게 존경받는 인물이 그런 못된 짓을 하리라고는 아무도 믿고 싶어 하지 않으니까요. 하지만 만약 내 얘기가 사실이라면, 요원의 논리로 봤을 때 그 정도면 살인 동기로 충분한가요?"

"아까 얼과 버티 파머 얘기도 하셨죠?"

"버티는 알렉스가 폭행당한 뒤 그 애랑 같이 많은 시간을 보냈어요."

"그래서요?"

"버티와 얼 둘 다 외도에 대해 알고 있었고요."

"버티는 15년 전 알렉스가 폭행당한 후 알렉스 곁에 줄곧 같이 있어줬습니다. 한데 버티가 살해당한 건 몇 주 전이고 얼은 고작 며칠 전이죠." 디바인이 지적했다. "왜 그렇게 오래 기다렸을까요? 그리고 커트 실크웰은 그 두 건의 살인에 가담했을 수가 없잖습니까. 요양원에 들어간 지 오래인데."

"하지만 클레어는 아니죠, 그렇지 않나요? 그리고 클레어는 엄청난 부자하고 재혼한 걸로 알아요. 껄끄러운 일은 사람을 고용해 해치울 여력이 있는 남자와."

"아주 속속들이 알고 계시네요."

"아무것도 모르는 것보다 백배 낫거든요." 기욤이 받아쳤다.

"그렇다 해도 그 모든 게 어떻게 맞아떨어지는지 모르겠습니다. 클레어가 대체 왜, 그것도 이제 와서, 거의 30년 전에 전남편이 저지른 외도가 폭로되는 걸 신경 쓰겠습니까? 더군다나 커트가 그런 밀회를 하고한 날 저질렀고 이제 클레어는 재혼해서 그런 건 다 과거가 된 마당에요?"

"커트가 애니의 생부라는 건 실크웰가가 은폐하고 있는 **유일한** 비밀이 아니에요."

"또 뭐가 있는데요?"

기욤이 다시 자리에 앉았고 디바인은 그대로 서 있었다. "이 마을 주민들은 대크가 그 많은 지역 사업에 투자할 자금을 어디서 조달하는지에 대해 오랫동안 의심을 품어왔어요."

디바인은 벽난로 선반에 몸을 기댔다. 생각들이 걷잡을 수 없이 앞서나갔다.

'대크의 밀수 행각이 결국 만천하에 드러날 수도 있겠군.' "그럴듯한 가설이라도 있습니까?"

"버티는 오랫동안 조슬린 포인트에 자주 들락거렸어요. 그러다 어느 날 대크의 투자금의 원천을 우연히 발견했다면?"

"그래서 대크가 버티를 차로 쳐 죽였다? 그리고 버티가 남편한테 말했을까 봐 얼도 죽였다고요?"

"그랬다고 단정하는 건 아니지만, 그럴듯한 가설이긴 하잖아요."

"그럼 제니는 누가 쏜 겁니까? 그리고 대크를 저격한 건 누구죠? 폴리머 탄피가 그 두 건의 연결고리인데. 대크가 버티와 얼을 죽인 데 대한 복수로 그런 거라면 제니의 살인은 어떻게 연결되는 겁니까?"

이 논의에서 디바인은 유리한 고지에 있었다. 파머 부부가 쓰러진 알렉스를 발견하기 직전 황급히 현장을 벗어나는, 디바인이 순찰차일 거라 믿는 차량을 목격했음을 보여주는 위성사진을 제니가 입수한 사실을 그는 알고 있었으니까. 그것만 아니면 기욤의 추리 논리가 훨씬 설득력 있었다.

"그걸 알아내는 게 요원이 할 일이겠네요." 기욤이 뾰족한 말투로 대꾸했다.

"연결고리가 **있다면**요."

"그럼 **요원은** 그 모든 걸 엮어주는 가설이 있습니까?"

그 질문이 나올 걸 디바인은 예상하고 있었고, 덕분에 오늘 저녁 초대가 일부 무엇 때문인지에 대한 그의 의심이 확인되었다. 첫째는 유죄 가능성을 실크웰 가족에게 떠넘기려는 것이었다. 그렇다면 둘째는?

'낚시질이지. 아이러니한 표현이군, 바닷가재잡이로 먹고사는 해

안 마을에서 쓰기에는. 아 그리고 뱀장어 양식도.'

"가설이야 많지만 증거가 필요합니다."

"디바인 요원처럼 나도 들어볼 준비가 돼 있어요. 듣고서 제 전문가적 견해를 제시해드릴게요."

'그러시겠지, 그리고 쪼르르 달려가 삼촌한테 다 일러바치겠지. 어디에 숨었는지는 몰라도. 바로 이 집에 숨어 있을지 누가 알아.'

그때 현관문이 열렸다가 닫혔고 프레드 빙이 머리와 외투가 젖은 채 들어왔다.

기욤이 동생을 보며 말했다. "왜 차고로 안 들어오고, 프레드?"

"망할 리모컨이 또 고장이야." 프레드가 디바인을 건너다봤다. "저녁에 늦어서 죄송해요. 먼저 드셨다면 다행인데."

"아니, 너 기다렸어." 기욤이 말했다. "그동안 디바인 요원하고 아주 흥미로운 대화를 나눴지."

프레드가 냄새를 크게 들이마셨다. "흠, 누나의 스튜가 나를 부르네."

세 사람은 식사하러 자리를 옮겼다.

기욤은 오로지 디바인만 주시했다. 디바인도 디바인대로 식사 내내 기욤을 은밀히 관찰하는 동시에 한 덩치 하는 벤저민 빙이 언제 총을 빼들고 튀어나올지 몰라 촉각을 곤두세웠다.

75장

스튜는 기가 막히게 맛있었다. 디바인은 프레드가 빵으로 마지막 한 방울까지 적셔 먹고 마침내 식탁에서 물러나 앉는 걸 재미있어 하며 지켜봤다. 프레드는 키는 크지만 쇠꼬챙이처럼 말랐는데도 스튜를 세 접시나 떠먹었다.

'장례 사업이란 게 칼로리를 많이 소모하나 보군.'

하지만 이내 프레드가 야외활동 애호가라는 사실이 떠올랐다.

기음이 일어나서 접시를 걷기 시작했고 두 남자가 돕겠다는 걸 물리쳤다. "둘이 앉아서 얘기 나누세요. 내가 커피 타 올 테니까." 그러더니 부엌으로 가버렸다.

잠시 침묵이 내려앉았다. 프레드가 남은 물을 마시고 냅킨으로 입가를 훔치더니 스무 명은 너끈히 앉힐 수 있는 식탁을 가족인 자신도 재밌다는 듯 눈으로 슥 훑었다.

"좀 과한 감이 있네요, 그렇죠?" 그를 지켜보던 디바인이 대신 말했다.

"이 집에는 제가 한 번도 안 들어간 방도 많아요." 프레드가 대꾸했다.

디바인이 씩 웃었다. "그렇군요." 하지만 곧 진지한 표정으로 돌아갔다. "참, 벤 삼촌에 대해 말해줄 수 있는 것 없습니까?"

"어떤 거요?" 프레드가 물었다.

"그냥 전반적인 인상요."

프레드는 상체를 뒤로 깊숙이 기대고 냅킨을 만지작거렸다. "흠, 우선 짚고 가야 할 건 저희 할아버지가 포악한 분이셨다는 거예요. 냉혹하고 탐욕스럽고. 아, 말해버렸다. 하지만 하나도 부끄럽지 않아요." 그는 잠깐 미소를 보였다. "세 아들이 그 성정을 고스란히 감내했거든요. 저희 아버지 테드하고 존 삼촌은 할아버지가 하라는 대로 다 하자는 주의였어요. 할아버지는 자식들이 가업을 잇기를 바라셨고 그래서 두 분은 그렇게 했죠."

"벤 삼촌은요?"

"장례업 쪽은, 그리고 그 연장선상에서 자기 아버지조차 쳐다도 안 보려고 했어요. 육군에 자원입대하더니 고향에 돌아와서 경찰이 됐죠. 그 사실을 아버지와 형들한테 걸핏하면 들먹였고요."

"윌버 킹먼의 장례식 기억합니까?"

"그럼요. 마을 전체가 한마음으로 와서 위로했는걸요."

"녹화 영상을 봤습니다. 얼이 DVD로 갖고 있더군요."

"예, 저희는 유족이 요청하면 장례식을 촬영해서 원하는 사람한테 사본을 나눠줘요."

"장례식에 카메라를 들이대는 걸 사람들이 불편해하지는 않습니까? 그리고 교회가 그걸 허용하는 것도 놀랍네요."

"아뇨, 식은 교회가 아니라 저희 **장례실**에서 진행됐어요. 패트 아주머니가 가톨릭교도로 자라신 걸로 아는데 두 분 다 성당에 다니진 않으셨거든요. 게다가 예식 참석자들한테는 카메라가 안 보여요, 장례실 벽에 내장돼 있어서. 아버지 아이디어였어요. 아예 녹화 영상을 파셨죠. 근데 저희는 이제 무료로 나눠드려요. 당연히 비디오테이프나 DVD는 아니고요. 요새는 그냥 영상을 올려서 다운로드하게 해요."

"어쨌든, 그 영상에서 벤저민 빙이 얼과 얘기하는 걸 봤습니다."

"무슨 얘기요?"

"그건 들리지 않았습니다. 그런데 벤저민 빙이 무슨 말을 했든 얼은 터럭만큼도 엮이기 싫어하는 눈치였습니다. 장례식이 끝나고 두 사람이 같이 나가던데. 어디로 갔는지 혹시 아십니까?"

프레드가 고개를 저었다. "아니요. 제가 영구차에 관 싣고, 운구 행렬 안내하고, 유족과 조문객을 묘지까지 모시는 일을 맡아 했을 거예요. 그래서 거기에 온 신경을 쏟고 있었어요. 잠깐 한눈팔면 순식간에 엉망진창이 되어버려요."

"그렇군요. 어, 지난번에 벤저민 빙하고 알렉스의 얘기를 물었을 때 프레드가…… 좀 당황하는 것 같던데."

"아니에요, 그러니까 제 말은, 딱히 그 둘에 대해 얘기할 게 없었어요. 제가 아무것도 **모르니까,** 그…… 둘에 대해서요. 둘 사이에 뭐가 있었다는 게 아니고요."

"그만 말해, 프레드. 말할수록 바보 같잖아."

디바인이 고개를 돌리니 기욤이 커피와 잔이 놓인 쟁반을 들고 식당 문간에 서 있었다.

프레드가 누나를 흘끔 보더니 자기 무릎으로 시선을 떨어뜨렸다.

기욤이 디바인 맞은편에 앉아 커피를 한 잔씩 건넸다. "디바인 씨,

내가 잠깐 자리를 비웠을 뿐인데 그새 우리 가족한테 혐의를 씌우고 계시네요."

"혐의 씌운 적 없습니다." 디바인이 커피잔을 받아들며 대꾸했다.

"그럼 법의학 용어로, 명백한 혐의 말고 잠재적 혐의요."

"알렉스는 폭행당하고 강간당했어요. 누가 그랬는지 제니 실크웰은 알았던 것 같습니다. 그래서 살해당한 거고요."

"제니가 그걸 어떻게 알았는데요?" 기욤이 물었다. "알렉스를 덮친 건 생판 모르는 사람이었는데."

"아니요, 면식범이었던 것 같습니다. 어쩌면 잘 알았던 사람일지도 모르고."

그 말에 기욤은 상당히 놀란 기색이었다. "그걸 뒷받침할 증거로 뭐가 있는데요?"

"증거가 있다고는 안 했습니다. 아직은요. 그건 그렇고, 저한테 말도 없이 핼 브록먼의 시신을 화장하진 마십쇼."

기욤의 얼굴이 분노로 일그러졌다. 그녀는 동생에게 흘끔 시선을 던지더니 마음을 다잡듯 양손바닥을 테이블에 내려놓았다. "그 발언은 못 들은 걸로 하겠습니다. 아무것도 모르고 한 말이니까."

"아니요, 진심으로 한 말입니다, 기욤 박사님." 디바인이 말했다.

"무슨 말을 하려는 거죠? 내가 일을 **온당치 못하게** 처리하려고 한다고요?"

"이 마을 사람들은 전부, 예전 일도 그렇고 이번 사건과도 너무 긴밀히 엮여 있습니다. 저는 그저 우리가 좀 더 객관적인 태도로 사건을 다뤄야 한다고 생각할 뿐입니다."

"충분히 나올 만한 소리 같은데, 누나." 프레드가 끼어들었다.

"특히나 박사님이 과거에 의무를 방기했다고 본인 입으로 인정한 마당에 말입니다." 디바인이 지적했다.

"디바인 씨의 요청은 재고해보겠습니다." 기욤이 차갑게 대꾸했고 프레드는 당황해서 누나를 빤히 쳐다봤다.

"요청이 아닙니다. OCME에 정식으로 요구할 생각입니다."

그러자 기욤이 버럭 내질렀다. "대체 제니가 뭘 알고 있었다고 그러세요? 알렉스가 그런 일을 당했을 때 제니는 여기 있지도 않았잖아요. 게다가 15년이나 지났단 말입니다. 그게 어떻게 가능했을지 모르겠는데요."

"제니는 조국을 위해 일하면서 복잡하게 얽힌 문제를 풀어낼 수 있는 사람이었습니다. 동생을 위한 일이라고 그렇게 못 했을까요?"

기욤이 고개를 저었다. "엉뚱한 가설을 붙잡고 계신 것 같네요."

"저와 같은 걸 원하지 않으십니까?" 디바인이 말했다. "진실이 밝혀지는 거요."

"내가 진실이라고 생각하는 걸 제시했잖아요. 그것도 아주 구체적으로." 기욤이 덧붙였다.

그 말에 프레드가 또 한 번 누나를 홱 돌아봤다.

"그래서 저도 귀기울였잖습니까." 디바인이 말했다. "이제는 증거가 이끄는 대로 따라가볼 작정입니다."

기욤은 그를 노려보기만 했다.

"디저트는 없어?" 프레드가 기대 어린 표정으로 물었다.

"없어!" 기욤이 냅다 소리 질렀다.

프레드가 일어서며 말했다. "어, 나는 할 일이 있어서 이만."

그는 서로 노려보는 기욤과 디바인을 곁눈질하면서 도망치듯 자리를 빠져나갔다.

76장

빙가의 저택에서 회동을 마치고 기욤에게 브록먼의 시신을 건드리지 말라고 재차 경고한 후 디바인은 조슬린 포인트로 운전해 갔다. 아니, 그러려고 했다. 반쯤 갔는데 트럭이 한 번, 그리고 또 한 번 툴툴거리더니 완전히 퍼져버린 것이다. 시동을 다시 걸어보려고 했지만 좀처럼 반응이 없었다. 잔류 연료 게이지를 확인했다. E 아래로 내려가 있었다.

"빌어먹을."

분명 연료 게이지를 확인했는데. 그때는 반쯤 차 있었다. 디바인은 차에서 뛰어내려 트럭 후미로 달려갔다.

기름 냄새가 코를 찔렀고 트럭 하부가 기름 범벅이었다. 손전등으로 거기를 비춰봤다. 연료 탱크에 구멍이 뚫려 있었다. 디바인은 빙 저택을 뒤돌아봤다.

'벤저민 빙의 소행일까?'

그는 가방을 챙겨 들고 조슬린 포인트까지 일정 속도로 가볍게 달리기 시작했다.

중간에 알렉스에게 전화했지만 그녀는 전화를 받지 않았다. 손목시계를 확인했다. 자고 있어서 못 받는 건지도 몰랐다.

마침내 조슬린 포인트에 다다라 현관문을 노크했다. 응답이 없었다. 슬슬 걱정되기 시작한 디바인은 다시 전화를 걸었다. 이번에도 알렉스는 받지 않았다. 이번에는 문을 쾅쾅 두드렸지만 아무런 반응이 없었다. 문고리도 돌려봤는데 잠겨 있었다.

디바인은 뒤로 물러나 알렉스의 침실 창을 올려다봤다. 자갈을 주워 그리로 던졌다. 돌멩이가 창유리에 잘가닥 부딪혔다. 기다려도 조명은 들어오지 않았고 알렉스가 창가에 나타나지도 않았다.

그는 다급하게 정문으로 가 락픽 건으로 문을 따고 들어갔다. 가방을 툭 내려놓고 글록을 꺼내 들고서 알렉스를 부르며 위층으로 뛰어 올라갔다. 침실 앞에 이른 그는 어떤 광경을 보게 될지 두려운 심정으로 문을 벌컥 열었다. 방은 비어 있었다. 침구가 흐트러져 있지만 최근에는 아무도 거기서 자지 않은 것처럼 보였다. 그 집의 모든 방과 망대까지 수색했지만 디바인은 아무것도 찾아내지 못했다.

밖으로 뛰쳐나가 화실로 갔다. 문이 안 잠겨 있었다. 들어가서 조명을 켜고 안을 둘러봤다. 집 안과 마찬가지로 거기도 아무도 없었다. 그리고 마찬가지로 몸싸움의 흔적도 없었다. 핏자국이 없는 건 천만다행이었다. 하지만 이래서야 아무것도 건진 게 없었다.

거기서 막 나가려는데 문득 뭔가가 눈에 띄었다.

디바인은 이젤에 얹힌 캔버스로 다가갔다. 새 작품이고 아직 진행 중인 걸로 보이는 목탄화였다.

윤곽은 남자의 얼굴이었다. 선 안은 거의 비어 있지만 형체가 잡힌 요소들도 있었다. 한쪽 눈썹, 윗입술이 시작되는 지점. 왼쪽 눈

아랫선의 굴곡. 하지만 그게 다였고, 누군지 알아보기엔 충분치 않았다. 마치 잠에서 막 깨어난 뒤 희미하게 사라져가는 꿈 같았다.

디바인은 캔버스를 눈으로 슥 훑었다. 그리고 그림 하단에 연필로 적힌 글자를 읽으려고 몸을 숙였다.

'그 사람.'

디바인은 하퍼에게 전화했다. 하퍼는 세 번째 신호음에 받았다.

"제발요, 디바인, 또 골치 아픈 일에—."

디바인이 그의 말을 끊었다. "알렉스가 실종됐습니다."

"뭐라고요?"

"대크가 병원에 있는 동안 내가 조슬린 포인트에서 알렉스랑 같이 지내기로 했습니다. 그런데 와보니 알렉스가 없어요. 구석구석 다 뒤져봤습니다. 전화도 계속 안 받습니다. 게다가 누가 내 차를 일부러 망가뜨렸어요."

"몸싸움을 벌인 흔적이 있나요? 강제로 침입한 흔적은요?"

"아뇨, 둘 다 없습니다."

"알렉스를 마지막으로 본 게 언젭니까?"

"한 네 시간 전요. 알렉스의 이름으로 전국 수색령을 내려주시겠습니까?"

"그러겠습니다. 주 경찰한테도 알릴게요. 어떻게 된 건지 짚이는 거 있어요?"

디바인은 기욤을 포함해 빙 가족을 싸잡아 비난하는 말이 혀끝까지 튀어나왔지만, 그런다고 하퍼가 알렉스를 찾는 데 전력을 다해줄 것 같지 않아서 참았다. "없습니다. 뭐든 단서를 발견하면 연락주십쇼."

"요원은 어쩌려고요?" 하퍼가 물었지만 디바인은 이미 통화를 종료한 뒤였다.

그는 일부만 그려진 그 그림을 핸드폰 앱으로 찍은 다음 본채로 달려갔다. 일전에 부엌의 키홀더에 열쇠가 잔뜩 걸려 있는 걸 봐뒀었다. 거기서 할리의 열쇠를 찾아내 밖으로 뛰쳐나갔다. 대크가 총에 맞은 후 하퍼 서장이 할리를 집에 갖다 놔주었다. 디바인은 커버를 젖히고 시동을 건 후 제일 먼저, 알렉스가 어떤 이유로든 거기 갔을지 모른다는 생각에, 조슬린 포인트에 딸린 부속건물들로 가봤다. 하지만 용기 안에서 겁먹고 우왕좌왕하는, 금빛 비늘을 번쩍이는 새끼 뱀장어들 말고는 텅 비어 있었다.

또 한 번 알렉스에게 전화를 걸었지만 역시 응답이 없었다. 이어서 캠벨에게 전화해 무슨 일이 벌어졌는지 보고했다. 그리고 알렉스의 핸드폰 번호를 알려줬다.

"추적이 가능한지 확인하고 저한테 알려주십쇼." 그가 말했다. "최대한 빨리요!"

그러고는 잠시 정처 없이 할리를 몰고 달리면서 대체 일이 어떻게 된 건지 파악해보려고 애썼다.

'젠장. 견제였어?'

그가 전투에서 상대했던 적들은 자기들의 전략적 목표를 달성하기 위해 종종 견제 작전을 쓰곤 했다. 작은 폭탄을 터뜨려 최초 투입부대를 유인해 처치한 다음 두 번째, 더 큰 폭탄으로 최대한 많은 미국인을 죽이는 게 전형적인 예였다.

'저녁 초대는 견제 작전이었어. 내가 양껏 처먹으면서 기욤이 쏟아내는 개소리를 듣고 있는 동안 기욤의 삼촌이 알렉스를 납치한 거야.'

디바인은 거기서 멈추지 않았다. '혹시 내가 알렉스를 납치하도록 부추길 말이나 행동을 하진 않았나?'

500

왜냐면 디바인이 상대에게 타격을 입힐 어떤 증거도 갖고 있지 않다는 걸 그 상대가 짐작하고 있음에도 이런 납치를 벌이는 건 보통 위험도 아니고 엄청나게 큰 위험을 감수하는 짓이기 때문이었다.

그는 자신이 뱉은 말을 한 마디 한 마디 다 되짚어봤다. 그러다 답에 이르렀고, 절망의 신음이 터져 나왔다.

'알렉스를 덮친 게 외지인이 아니라고 생각한다고 기욤한테 말해버렸잖아. 알렉스가 아는 사람, 어쩌면 잘 아는 사람일 거라고. 기욤은 내가 그걸 알게 된 유일한 시나리오는 알렉스가 말해주는 것밖에 없다는 결론에 이른 거야. 그러니 저쪽은 이제 알렉스의 기억이 돌아오기 시작한 걸 알게 됐어.'

디바인은 할리의 방향을 틀고 최고 속도로 질주했다.

77장

　빙 저택의 대문은 이번에는 열려주지 않았고, 그래서 디바인은 민첩하게 담을 타 안쪽에 착지했다. 빗줄기는 약해졌지만 시커먼 구름과 멀리서 다가오는 천둥의 꿍음, 하늘을 가르는 번개가 조만간 무시무시한 폭풍우가 닥칠 것을 예고하고 있었다.

　저택은 캄캄했고 조경용 조명이 발하는 빛만이 집을 밝혔다.

　디바인이 창문들 중 하나로 들여다봤지만 도움 될 만한 건 안 보였다. 건물 측면으로 달려갔다가 저택의 후면 전체를 둘러싼 벽을 발견했다. 그 벽을 잽싸게 타고 넘어 잔디밭에 홀쩍 뛰어내렸다. 지금은 방한용 덮개를 씌워놓은 수영장부터 큼지막한 화로, 퍼팅 그린, 바다를 면한 절벽을 향해 경사진 땅에 계단식으로 꾸며놓은 조경, 그리고 본체를 빼다 박았지만 사이즈는 미니어처인 게스트하우스까지, 후경 전체가 장관이었다.

　제일 먼저 게스트하우스부터 확인했다. 문이 잠겨 있었지만 따는 데 오래 걸리지 않았다. 안은 비어 있었다.

다음으로 본체의 뒷문을 열려고 해봤지만 잠금장치가 꿈쩍도 안 했다. 건물의 전면으로 돌아가 앞문도 시도해봤지만 거기도 마찬가지였다. 문 바로 옆 창을 살펴봤다. 그러면서 기억을 되짚었다. 맞아, 문 바로 옆에 경보장치 패드가 있었지. 창으로 들여다보니 반대편 벽의 거울에 경보장치가 꺼져 있는 게 비쳤다. 그는 팔꿈치로 창을 깬 다음 그리로 손을 넣어 문을 열었다.

'이건 옳은 명분을 위한 무단침입이야. 하퍼가 그렇게 봐줄 것 같진 않지만.'

그는 현관 바로 안의 홀을 지나 멈춰 섰다. 기욤이, 아니면 프레드가 달려 나와 그와 깨진 유리를 보고 경찰에 신고할 순간을 초조히 기다렸다.

하지만 아무도 나오지 않았다. 디바인 자신의 숨소리 말고는 아무 소리도 들리지 않았다.

이런 저택은 구석구석 수색하려면 시간이 많이 걸릴 터였다. 그에게는 시간이 많지 않았다. 그는 위층으로 가는 계단과 아래층으로 이어진 계단을 번갈아 봤다. 알렉스를 일층에 숨겨뒀을 것 같지는 않았다.

위층인가 아래층인가. 천국은 위, 지옥은 아래지.

그래서 디바인은 지옥으로 내려갔다. 때로 결정은 그렇게 쉬웠다.

• • •

알렉스는 눈을 한 번, 또 한 번 깜빡였고 이후 기를 쓰고 눈을 뜨고 있으려 했다. 욱신거리는 한쪽 팔을 문지르는데, 몸 아래 얇은 매트리스가 느껴졌다. 기억나는 게 별로 없었다. 침대에 누워 잠들려고 애쓰다가 어느 순간 번쩍 깼는데 마스크를 쓴 사람이 자기 위로 몸을 숙이고 있는 걸 보고 소스라치게 놀랐던 기억이 났다. 그러고는 침입자의 명령에 황급히 옷을 입었다.

그러다 어느 순간 의식의 스위치가 꺼졌다.

숲 근처 들판에서 깨어났던 그때처럼. 그 일이 일어난 후…….

알렉스는 어둠 속에서 주위를 더듬거렸지만 움직임이 아둔하고 굼뜨게 느껴졌다. 손가락의 감촉이 뇌에 제대로 전달되지 않았다. 너무 추워서 몸이 바들바들 떨렸다. 안전한 곳이 아닌 건 분명히 알겠는데 뭘 어떻게 해볼 기운이 나지 않았다.

무슨 소리든 포착하려고 청각을 곤두세웠다. 다른 사람의 숨소리나 움직임, 자동차 아니면 비행기 소리. 하다못해 바다 냄새라도 맡아보려 했다. 걱정해야 마땅하다는 걸, 목숨을 잃을까 봐 두려워해야 한다는 걸 알고 있었다. 몽롱한 정신 깊은 곳에서는 이 일이 15년 전 자신에게 일어난 사건과 관련 있다는 판단을 이미 내리고 있었다.

알렉스는 매트리스에 도로 누웠다. 얼마 전 그리기 시작한 이미지를 떠올렸다. 알렉스를 습격한 남자, 그녀의 인생 대부분을 앗아갔고 여행이나 취직, 친구 만들기, 연애 같은 보통 사람이라면 다 하고 싶어 하는 것들을 두려워하게 만든 남자. 일단 그리기 시작하면 정신 작용이 묻혀 있던 기억의 조각을 끄집어내 마침내 그 기억과 자기 자신을 해방시켜줄 줄 알았다. 그녀가 갇힌 오도 가도 못 할 지옥이 그 짓을 저지른 인간을 기억해냄으로써만 깨부숴질 수 있음을 마침내 깨달은 것이다. 그렇게 하면, 그렇게 한 후에야, 비로소 인생의 다음 장으로 나아갈 수 있다.

비록 그 여정의 진도를 많이 나가진 못했지만, 마음이 붓을 쥔 손을 이끌어 익숙하면서도 생소한 영역으로 안내하게 하는 고통스러운 첫발을 내디딘 참이었다. 여기에 선 하나 긋고 저기에 음영 조금 칠하고. 형태가 잡혀가는 느낌이 들었다. 분명 그랬다. 너무 오래도록 교착상태에 있었던 그녀에게 그건 일보 전진을 상징했다.

한데 지금은?

'그걸 완성할 기회를 영영 얻지 못하게 되는 걸까? 계속 살아갈 기회를 얻지 못하는 건가?'

바늘이 찌르고 들어왔던 팔로 얼굴을 가려 어둠을 한층 더 깊게 만들었다. 자신이 점점 움츠러들어 무(無)가 되려고 하는 것이 의식되었다.

그러다 문득, 누군가 다가오는 소리가 들렸다.

78장

지하로 연결된 계단을 내려가자 옛날식 바가 갖춰져 있고 당구대와 탁구대까지 있는 널찍한 방이 나왔다. 가죽을 덧댄 쌍여닫이문 안쪽에는 공들여 꾸민 홈시어터가 있었다. 호화로운 욕실과 온갖 기구를 갖춘 헬스장, 사우나도 있었다. 그 공간들 옆에는 와인 저장실이 있었는데 유리문 덕분에 안에 와인 말고 아무것도 없는 걸 확인할 수 있었다.

디바인은 지하실의 한쪽 끝까지 갔다가 도움될 단서를 발견하지 못하자 곧바로 돌아서 반대편으로 갔다.

알렉스의 이름을 주기적으로 부르면서, 신속한 동시에 철저하게 수색했다. 지하실의 맞은편 끝은 가로세로 약 60센티미터의 타일블록으로 마감한 거대한 세라믹 벽이었다. 그 벽의 한쪽 끝에 큼지막한 벽시계가 걸려 있었다. 다른 쪽 끝은 바닥부터 천장까지 통짜 거울이었다. 그 중간에 위치한 움푹 들어간 벽감 선반에 화병과 오밀조밀한 장식품 들이 진열되어 있고 따로 한구석에 메인주 해안선으로 보이는 경치를 담은 사진들이 주르륵 나열되어 있었다.

'젠장, 내가 완전히 잘못 짚었나?' 디바인은 속으로 중얼거렸다. 하지만 아직 수색할 위층 공간이 남아 있었다.

'천국. 알렉스는 천국에 가 있는 걸까?'

낙담한 디바인이 한 손으로 벽을 짚고 고개를 툭 떨궜고, 그러다 진흙투성이 자기 발이 눈에 들어왔다. 광이 날 정도로 잘 닦인 대리석 바닥에 그가 오물을 묻혀놓았다.

'빼도 박도 못하게 중범죄로 기소될 법의학 증거로군.'

다음 순간 시선이 벽 바로 앞, 정확히는 벽감 선반 앞에 난 한 쌍의 발자국에 꽂혔다. 디바인의 발자국이 아니었다. 진흙도 안 묻었고 디바인보다 발이 컸다. 그리고 다른 더 결정적인 차이점이 있었다.

'저 발자국들은 벽에서 이리로 나오고 있어.'

디바인은 즉시 세라믹블록의 가장자리들을 손가락으로 더듬으면서 닿는 틈새마다 쥐어뜯어보기 시작했다. 장식품들도 다 건드려봤지만 선반의 각 자리에 고정되어 있었다. 그리고 사진들도 각각 놓인 자리에 붙어 있는 걸 알게 되었다.

벽시계를 흘끔 봤다. 시침 분침이 각각 6과 12를 가리키고 있었다. 벽시계에 귀를 바짝 대봤다. 아무 소리도 안 났다. 그는 즉흥적으로 6시에 있는 침을 12시로 옮겨 포개어봤다.

딸깍 소리가 나더니 벽에서 문짝 크기의 구획이 스테인리스스틸 피봇 핀을 축으로 스르륵 열렸다.

디바인은 앞에 총을 겨눈 채 문 안쪽을 슬쩍 들여다봤다. 빛이 거의 없어서 보이는 게 별로 없었다. 속으로 셋을 센 뒤 글록으로 호를 크게 그리고 눈으로도 위협을 찾으며 안으로 뛰어들었다.

그 안에 뭐가 있을지 여러 가지를 상상해봤다. 개중에는 허황된 것들도, 그럴 법한 것들도 있었다. 하지만 실상은 정말이지 생각도 못 한 것이었다.

한구석에 병원에서 쓰는 침상이 놓여 있었다. 침상에는 아무도 없었다. 그 옆에는 빈 주사용액 팩들이 후크에 주렁주렁 달린 이동식 링거액 거치대가 있었다. 거치대에 약물 자동 분배기가 연결되어 있었다. 하지만 분배기 전원은 꺼져 있었다.

침대 커버와 베개가 바닥에 나뒹굴었다. 누군가 황급히 거기서 나간 모양이었다.

디바인은 방 안을 좀 더 둘러봤다. 침대 밑에서 밧줄 뭉치를 발견했다. 그는 그걸 살펴보고 도로 있던 자리에 내려놓았다. 이어서, 중요할 수도 있고 중요하지 않을 수도 있는 뭔가가 눈에 띄었다.

'피다.'

침상 바퀴 하나의 옆에 피가 몇 방울 떨어져 있었다.

위층 수색은, 아무것도 발견하지 못한 걸 감안하면 더더욱, 그가 바란 것보다 시간을 많이 잡아먹고 끝났다.

주방 측문을 열자 차고가 나왔다. 주차 구역이 네 칸 있는데 두 칸에는 차가 있었다. 문 넷째리 셰비 에퀴녹스를 빙 돌아간 디바인은 매사추세츠 번호판을 유심히 살폈다.

이어서 운전석 문을 열고 좌석에 앉아봤다. 글러브박스를 열고 뒤지다가 허츠사(社)의 렌트 동의서를 발견하고 벤저민 빙이 로건 공항(보스턴에 있는 국제공항—옮긴이)에서 차를 빌린 사실을 확인했다. 조수석 밑에서는 완전 장전되고 확장형 탄창까지 달린 시그 자우어 9밀리 한 자루가 나왔다. 그리고 한 쌍의 황동 너클도. 만약 실제로 항공편으로 왔다면 그것들은 수하물 검사 때 승인을 받아야 했을 것이다. 디바인은 차에서 내려 트렁크를 열었고 거기서 케이블 타이와 덕트테이프 그리고 손잡이에 벤저민 빙의 이름이 스텐실로 새겨진 톱날칼 한 자루를 발견했다.

기본적인 납치 도구 세트였다. 하지만 저격용 라이플은 없었다.

디바인은 차에 기대선 채 그 물건들이 제니 실크웰에게 사용됐을지 따져봤다. 실크웰을 여기로 끌고 와 침상에 묶어놓고 자백약을 강제 주입해 전부 실토하게 한 다음 살해해서 그 바위에 내던졌을까?

네 번째 칸에 주차된 흰색 밴을 돌아봤다. 밴 옆에 널린 페인트칠 공구와 금속 땜질 용구들이 눈에 들어왔다.

밴의 문을 열고 글러브박스 안을 들여다봤다. 거기서 자동차 등록증을 찾아내 명의를 확인했다.

빙 앤드 선즈.

손전등으로 밴을 빙 둘러가며 비추다가 딱 봐도 수리 중인 전면 펜더와 범퍼, 헤드라이트 프레임이 눈에 띄었다.

디바인은 무릎을 꿇고 밴 하부에 손전등을 비췄다. 다음엔 바닥에 등을 대고 누워 더 자세히 살펴봤다. 범퍼 밑면에 묻어 있는 저거, 피 같은데. 그리고 저건 사람 머리카락하고 섬유 쪼가리 아냐? 맞는 것 같군.

앨버타 파머를 차로 쳐 죽인 게 누구인지 이제 알 것 같았다.

그는 캠벨에게 전화했고, 첫 번째 신호음에 받은 장군에게 진전 사항을 보고했다.

"벤저민 빙도 수배령 목록에 올려주십쇼." 디바인이 말했다.

다음으로 하퍼 서장에게 전화해서 알아낸 사실들을 전했다.

"이럴 수가! 프레드나 프랑수아즈는 안 보이고요?"

"코빼기도요." 디바인이 대답했다.

"벤저민 빙이 남매를 붙잡고 있는 것 같아요?"

"그보다는 알렉스가 훨씬 더 걱정입니다."

"주 경찰에 수색 명령을 내려놨습니다. 방금 말한 내용도 전달하겠습니다."

디바인은 전화를 끊고 대크의 핸드폰으로 걸어봤다. 놀랍게도 대크가 전화를 받았다.

그에게 간단명료한 문장으로 상황을 낱낱이 알렸다.

"씨발." 그가 이야기를 마치기도 전에 대크가 내뱉었다. "좀만 버티세요, 디바인. 내가 갈 테니까. 우선 옷 좀 입고. 빨리—아 젠장, 피나네. 씨발!"

"거기 가만히 있어요, 대크. 오라고 전화한 거 아닙니다. 간호사 불러서 붕대 갈아달라고 해요. 그리고 기다리는 동안, 그 자식이 알렉스를 데려갔을 만한 곳으로 짐작 가는 데 없어요?"

대크는 숨을 거칠게 몰아쉬었고, 간간이 흐느낌도 섞여 들려왔다.

"어서요, 대크. 힘든 거 압니다. 그래도 집중해봐요. 나 좀 도와줘요. 여유 부릴 시간이 없습니다."

"알았어요, 알았어요."

대크가 숨을 크게 들이마셨다가 내뱉는 소리가 들렸다.

"어, 벤저민 빙이 모든 일의 배후에 있다면 혹시 하퍼 서장님도 개입됐을까요?"

"아니길 바라지만 나도 확실히는 모릅니다. 하퍼한테 알렉스가 실종됐다는 건 알렸습니다. 하퍼는 주 경찰에 수색령을 내렸고요."

"프랑수아즈랑 프레드는요? 어디 있어요?"

"죽었을지도 모릅니다. 벤저민이 렌트한 차가 차고에 있는 걸 보아 남매는 삼촌이 여기 온 걸 알았을 게 분명합니다. 밀실은 원래 무슨 용도로 설계했는지 모르겠지만 누군가 거기 강제로 감금돼 있었던 건 틀림없습니다."

"알렉스요?" 대크의 목소리가 갈라졌다.

"그럴지도 모르죠." 디바인이 조심스럽게 말했다. "아니면 제니요. 하지만 제니는 오래 붙잡아두지 않았을 겁니다. 저녁 8시쯤 퍼트넘 여관을 나서는 게 목격됐고 사망한 게 겨우 몇 시간 뒤니까요."

"그럼 프랑수아즈랑 프레드가 지들 삼촌이 그딴 짓을 벌이는 걸 돕고 있다는 거예요?"

"삼촌이 조카 남매를 철저히 지배해왔는지도 모릅니다, 적어도 프랑수아즈는요. 벤저민 빙은 협박과 겁박을 일삼고 또 그걸 실행하고야 마는 부류인 것 같습니다. 게다가 알렉스한테 미쳐 있었고요. 오래전 알렉스를 덮친 게 빙이라면, 공소시효가 없다는 걸 그도 알고 있을 겁니다. 그래서 제니가 여기 와서 캐고 다닌다는 얘기가 빙의 귀에 들어간 후 빙이 여기까지 쫓아와 제니를 죽였고, 어떻게 한 건지는 모르겠지만 얼이 시신을 '발견한' 걸로 몰아간 후 위험 요소인 얼을 제거한 거죠."

"정말로 빙이 버티도 죽였다고 생각하세요?"

"그랬을지 모르죠. 그런데 누군가 밴을 수리하고 있는데 그게 벤저민 빙인 것 같지는 않습니다. 어쩌면 그러려고 빙이 비행기 편으로 왔다가 플로리다로 돌아갔고 다시 퍼트넘에 돌아왔을 수도 있지만요. 우리 쪽에서 항공 기록을 확인하긴 했는데, 빙이 가짜 신분증을 사용했을 수도 있으니까요. 아무튼, 떠오르는 곳 없습니까?"

"장례업장으로 끌고 갔을 수도 있지 않나요?" 대크가 물었다. "이 동네에서 유일하게 벤저민 빙이 연이 있는 곳이거든요. 경찰 본부로 데려갔을 리는 없잖아요."

"좋은 생각이에요. 고맙습니다."

"디바인, 제발 동생을 찾아주세요."

"그럴 겁니다."

하지만 정작 디바인은 알렉스가 죽었는지 살아 있는지조차 모르고 있었다.

79장

디바인은 장례업장까지 가지 못했다. 처음에는.

가는 길에 오른쪽을 흘깃 봤는데 도로변 들판에 뭔가가 펄럭이고 있는 게 눈에 들어왔다.

그는 할리를 세우고 훌쩍 뛰어내려 그 물건을 낚아챘다. 그리고 그게 뭔지 즉시 알아봤다. 기욤이 저녁식사 때 입고 있었던 재킷이었다. 디바인은 주위를 둘러보다가 무리 지어 있는 나무들 사이로 난 오솔길을 발견했다. 그 길을 황급히 따라갔다. 그러다 어느 순간 훈련으로 몸에 밴 감각이 되살아나 멈춰 섰다. 칠흑 같은 메인의 숲속에 쭈그려 앉은 그는 귀를 쫑긋 세웠다. 목표물인 자기 윤곽은 최대한 좁게, 활용 가능한 시야각은 그 반대로 유지했다. 호흡을 조절하고 심박수도, 때가 왔을 때 필요한 일을 수행할 수 있을 정도로 낮아지게 유도했다.

그는 한 뼘씩 전방을 확보하면서, 그리고 몇 초에 한 번씩 6시 방향을 체크하는 것도 잊지 않으면서 앞으로 나아갔다. 아무 소리도 들리지 않고 아무도 눈에 띄지 않았다. 그런다고 안심되는 건 전혀 아니었다.

아무도 맞닥뜨리지 않고 절벽 가장자리까지 간 그는 마음을 단단히 먹고 아래를 내려다봤다. 바위에 널려 있는 시체를 본 순간 심장이 철렁 내려앉았다.

천천히 주머니에서 쌍안경을 꺼내 고배율 렌즈를 시체에 조준했다.

프랑수아즈 기욤이었다.

디바인은 시체에서 시선을 떼고 잠시 눈을 감았다.

'잠시 멈추고 생각을 해. 이렇게 미친놈처럼 뛰어다니면서 상황에 반응만 하는 건 정확히 상대가 원하는 바야. 상대보다 한수 앞을 봐야지, 쫓아만 가지 말고.'

그는 머릿속에 뒤죽박죽 엉켜 있는 사실과 가설, 추정 들 가운데 근거가 탄탄한 판단을 선별하는 데 집중했다. 각기 다른 저격수일지 모른다는 자신의 가설을 다시금 떠올렸다. 제니 실크웰과 디바인을 노린 저격은 의심할 여지 없이 프로가, 그런 일에 전문 기술을 갖춘 사람이 벌인 짓이었다. 반면 대크를 향해 쏜 자는? 결코 프로가 아니었다. 프로 근처에도 못 가는 자였다. 디바인이 보기에는 그 가설을 인정하면, 아니 그걸 인정해야만 모든 퍼즐 조각이 맞아떨어졌다.

파머 부부는 어째서 알렉스를 발견하기 **전에** 순찰차를 모는 벤저민 빙을 보고 **놀란 걸까?** 정답은, 그게 아니라는 거였다. 벤저민 빙은 경찰이었다. 경찰이 순찰차 말고 무슨 차를 몰겠나?

'아니, 파머 부부는 순찰차를 몬 게 벤저민 빙이 아니었기 때문에 놀란 거야. 벤저민 빙은 알렉스를 강간하지 않았어. 그는 그저 뒤처리 담당이었어.'

디바인은 핸드폰을 꺼내 하퍼에게 연락해서 기욤의 시신을 발견했다고 알렸다.

"맙소사!" 하퍼 서장이 내뱉었다. "벤저민 빙이 죽인 것 같아요?"

"모르겠습니다. 하지만 저한테 총질한 사람과 제니를 죽인 사람은 벤저민 빙이라고 생각합니다."

"대크를 쏜 건요?"

"다른 빙요. 그리고 그 빙이 알렉스를 강간했습니다."

"하지만 다른 빙이라고는―."

"그러게요."

"5분 안에 수습팀 데리고 그리 가겠습니다."

"저는 여기 없을 겁니다."

"잠깐만요, 왜죠?"

"제가 할 일은 알렉스를 찾는 겁니다. 그 일을 아직 완수하지 못했습니다."

"디바인 요원, 잠깐―."

하지만 디바인은 이미 통화를 종료하고 할리를 향해 달려가고 있었다.

10분 후 장례업장 주차장에 들어선 그는 차 두 대가 서 있는 걸 봤다. 하나는 기욤의 대형 BMW였다. 다른 하나는 황갈색 지프였다. 지프의 운전석 문이 안 잠겨 있었다. 거기서 차량등록증을 꺼내 들춰봤다.

'프레드 빙. 달리 누구겠어. 내가 여태 사건을 엉뚱한 방향에서 보고 있었던 거야.'

장례업장은 시간이 시간인지라 당연히 내부가 컴컴했다. 가까이서는 사람의 기척이 들리거나 보이지 않았다. 정문을 열려고 했지만 단단히 잠겨 있었다.

그래서 그는 건물 뒤편으로 달려갔고 거기서 몇 개의 부속건물을 발견했다. 그중 둘은 운구차와 업장에서 쓰는 다른 차량을 주차해두는 용도로 추정되는 커다란 차고였다. 그리고 제일 후미에 대형 화장 시설이 있었다.

그때 비명과 총성이, 그리고 또 한 번 비명이 들려왔다. 여러 발의 총성이 한차례 뒤이었다. 전부 본관에서 나는 소리였다.

디바인은 전투용 호흡을 시작하면서 그리로 냅다 달렸다.

전투까지는 안 가기를 바랐다.

하지만 그의 세계에서는 거의 언제나 그렇게 되곤 했다.

잠시 후 하퍼에게서 문자가 왔다.

'기욤 교살. 지금 어딥니까?'

디바인은 핸드폰을 집어넣고 그대로 본관으로 걸어갔다.

항상 지니고 다니는 스위스 아미 나이프로 살살 조작하자 창문 하나가 열렸다. 저 안에 프레드 빙이 있다. 디바인은 적어도 두 사람이 더 있기를 바랐다. 그리고 그중 한 사람이 부디 살아 있기를.

'알렉스.'

창을 타고 미끄러져 들어간 그는 바닥에 무릎을 괸 채 복도의 양 끝을 살폈다.

사람들은 대부분의 상황에서 살아남는 데 필요한 도구를 다 가지고 태어난다. 시각과 후각, 미각, 청각 그리고 촉각. 위협받으면 신체를 자극해 놀라운 묘기를 선보이게 하는 편도선. 그리고 어떻게든 살아 있기 위해 거의 모든 기발한 수를 생각해내는 뇌까지.

지금 그는 그 감각들 전부와 뇌까지 동원하는 동시에 편도체의 활성화를 억누르고 있었다. 편도체 활동은, 적어도 지금 당장은 필요하지 않으니까.

호흡은 천천히 그리고 고르게, 심장 박동은 분당 60회 내외로, 뇌는 인간으로서 가능한 최대치로 집중시킨 채 쪼그린 자세로 전진했다.

디바인은 장례업장 내부 구조에 대해 별로 아는 게 없었다. 그가 본 데라고는 안내데스크 구역과 비디오 영상 속 장례실, 기욤의 사무실, 그가 제니와 얼 파머의 시신을 확인한 방, 그리고 시신 방부 처리가 이루어지는 작업 공간 정도였다. 철저히 미지의 영역으로 남아 있는 공간이 많았다. 미지의 영역은 항상 문젯거리였다. 그렇지만 디바인이 아는 한 다른 방도가 없었다.

그는 오른쪽 첫 번째 방으로 총구를 먼저 들이밀었다. 조명을 켰다. 안에 아무도 없었다. 다음 방 셋도 마찬가지였다. 그가 오른쪽으로 방향을 트는데 감각 중 하나가 이상신호를 포착했다. 역한 냄새. 장례업장에서 전혀 날 법하지 않은 냄새는 아니지만 어쩐지 멈칫하게 하는 면이 있었다.

이내 신음이 들려왔다. 배 속 깊은 데서 길게 토해낸, 남자의 목소리였다. 디바인은 그런 신음을 들어본 적 있었다. 원인은 전부 똑같았다. 통증, 그것도 생명을 위협하는 유의 통증이었다.

디바인은 살금살금 다가가 닫힌 문을 살폈다. 신음이 또 한 번 났다. 바닥에서 역한 냄새의 주범을 발견했다. 문 바로 옆에 토사물이 흥건했다. 피도 섞여 있었다.

디바인은 토사물과 피를 보면서, 실제로 흘린 피의 양이 얼마나 될까 가늠해봤다. 신음 소리로 보건대 적잖은 양일 것 같았다.

그는 한쪽으로 비켜나 천천히 손을 뻗어 문고리를 건드렸다. 문고리를 잽싸게 돌렸다가 탄환 몇 발이 나무문을 뚫고 날아들기 직전에 손을 잡아 뺐다.

누군가가 고함쳤다. "죽여버리겠어. 어디 들어와만 봐, 이 쥐새끼

같은 놈아."

디바인은 처음 듣는 목소리임에도 그 목소리의 주인공이 누구인
지 알았다.

80장

"그 새끼 아니고 다른 새낍니다." 디바인이 나무문에 대고 외쳤다.

다섯 셀 동안 아무 대꾸가 없었다. 그러더니—.

"빌어먹을. 트래비스 디바인, 맞나?"

"맞습니다, 빙 씨. 상태가 안 좋으신 것 같은데요."

빙이 통증으로 끙 소리를 뱉었다. "배에 한 방 처맞고 죽도록 피 흘리고 있으니까. 토하고 바지에 지리기도 했고."

"제가 해드릴 수 있는 건 없습니까?"

"있지. 문간에 서봐, 네 머리통 날려버리게."

"구급차를 불러드리는 건 어떻습니까?"

"남은 평생 감옥에서 썩으라고? 고맙지만 됐어."

디바인은 핸드폰을 꺼내 액정 화면을 몇 번 넘기더니 폰을 바닥에 놓고 벽에 기대놓았다.

"프랑수아즈가 죽었습니다. 누가 목을 조르고 절벽 밑으로 집어 던졌어요. 빙 씨가 그런 겁니까?"

"가여운 것. 그렇게 험하게 가다니." 슬픈 게 아니라 재밌어하는 투였다.

"프레드는 여기 자기 지프를 몰고 왔지요. 빙 씨는 프랑수아즈의 BMW를 몰고 왔고요. 렌트한 차는 집에 있더군요. 조카의 흔적을 그 차량에 묻히고 싶지 않았겠죠. 빙 씨는 제니를 죽이고 나도 저격했습니다. 하지만 대크를 죽이려고 한 건 다른 조카였어요."

"프레디가 대크를 죽이려고 한 건 어떻게 알았지, 셜록 양반?"

"빙 씨는 저격수 훈련을 받았습니다. 총 만질 줄 아는 사람한텐 거저먹는 샷이었는데도 프레드는 대크를 못 맞혔습니다. 빙 씨는 대크를 죽일 이유도 없었고요. 대크가 집을 팔건 알렉스가 여길 떠나건 빙 씨는 상관없잖습니까? 하지만 프레드는 상관있었죠. 게다가 대크가 조슬린 포인트를 매각할 계획이라고 프레드한테 말해준 게 바로 저였단 말이죠."

"프레디는 알렉스 그 반반한 년한테 폭 빠져 있었어. 자기한테 눈길 한 번 안 줄 년인데."

"프레드는 격의 없이 굴면서 도와주는 척했지만 알렉스한테 빠져 있는 게 자기가 아니라 **빙 씨**인 것처럼 은근히 유도하더군요."

"씨발, 나도 걔를 따먹을 수 있다면 마다하진 않았을 거야."

"제니가 진실에 가까이 간 건 어떻게 알았습니까?" 디바인이 역겨움을 누르며 물었다.

"프레디가 전화해서 빌었거든. '부탁이에요, 크고 힘센 벤 삼촌, 와서 불쌍한 나 좀 구해줘요.'"

"그래서 여기로 와서 상황을 파악하고 제니를 유인해내 쐈다 이거군요. 그런 다음 .300 노마 탄피를 흘린 건, 뭡니까, 제니가 CIA 일로 엮인 적 있는 해외 공작원의 소행인 걸로 꾸미려고 그런 겁니까?"

"하, 이제 보니 그리 똑똑하진 않네. 앞부분은 맞혔어. 제니는 프랑수아즈를 찾아갔어. 걔도 한 패인 걸 몰랐거든. 그런데 갔더니 내가 있었던 거지. 걔는 강간범이 타고 있던 게 순찰차인 걸 알아냈고, 그게 나 아니면 하퍼라고 생각했던 거야. 뒤처리에는 프레디도 끼워줬어. 그 새끼한테도 제대로 하는 법 가르쳐줘야 할 거 아냐. 아무튼 제니 그 계집은 옛날부터 터프한 애였지. 총도 진정한 전사답게 맞더라고. 나한테 가운뎃손가락까지 날렸다니까. 그렇게 처치한 다음 우리는 제니를 절벽으로 끌고 가 던져버렸어."

"내가 틀린 부분은 뭡니까?"

"나는 망할 노마 탄환을 탄창에 끼운 적이 없어, 디바인. 내가 워릭 아스널사의 초기 투자자라 그 탄을 썼다면 당장 나한테 혐의가 쏠렸을 테니까. 그런데 가족 중 몇이 그걸 알고 있었고 그중엔 프레디도 있거든. 가족들한테 기념품으로 폴리머 탄피를 준 적도 있어. 하지만 제니를 쏘는 데는, 그리고 너를 쐈을 때도, 믿음직한 나토 탄환을 썼다고."

"왜 알렉스가 폭행당한 장소에 제니의 시신을 버린 겁니까?"

"그냥 다들 헷갈려서 우왕좌왕하는 꼴 보려고 그랬지. 우리는 그때그때 즉흥적으로 대책을 생각해냈어. 뭐, 몇 달에 걸쳐 이 엿 같은 일을 계획한 줄 아나."

다음 질문의 대답은 긴장한 채 기다렸다. "제니의 노트북하고 핸드폰은요?"

"바다에 던져버렸지. 극비 정보가 들어 있을 것 같아서. 내가 개쌍놈이긴 해도 조국을 배신할 생각은 없거든."

디바인은 안도의 한숨을 내쉬었고, 남은 시간이 많지 않기에 다음 얘기로 넘어갔다. "제니를 쏜 탄피를 챙긴 건 **빙 씨**지만 장거리 저격으로 가장하려고 시신 근처에 폴리머 탄피를 흘린 건 프레드였죠. 하지만 프레드는 사업 각도를 제대로 산출하기엔 사격에 대한 지식이 너무 없었습니다. 그런데 프랑수아즈는 대크한테 날아든 총알이 .300노마 매그넘이었다고 했거든요."

"내가 가족들한테 폴리머 탄피뿐 아니라 탄환도 좀 얹어줬거든. 이건 뭐, 제조사에 투자해서 대박칠 줄 알았는데. 쪽박 차고 죽게 생겼네." 빙은 킬킬 웃더니 곧바로 신음을 토했다. "너를 쏜 뒤에도 탄피를 챙기려고 했는데 네놈이 절묘한 타이밍에 몸을 날렸지. 그래서 당장 거기서 벗어나야 했어."

"프랑수아즈는요? 동생이 알렉스를 강간한 걸 알고 있었습니까?"

"집안 전체가 알았어. 똘똘 뭉쳐서 가족을 지켰지. 빙가는 항상 그래왔어."

"윗세대가 나서서 보호해준 건 이해됩니다. 근데 프랑수아즈는 왜 합세한 겁니까?"

"장례업에 묶여서 의무 기간을 끝까지 채우고 싶지 않았거든. 테드 형은 지독하게 인색한 놈이라 지 자식들이 결국 물려받을 돈을 우리 애비가 테드 형이랑 존 형한테 그랬던 거랑 똑같은 방식으로 묶어놨어. 그런데 상황이 이 꼴이 된 김에 프랑수아즈는 지 애비한테 새로운 조건으로 협상하자고 했지. 빙 가문이 위기를 넘기게 도와주면 그년은 즉시 **세후** 8천만 달러를 받는 걸로. 아직 젊을 때 여왕처럼 호사스럽게 살 수 있는 액수지." 빙이 얼마 남지도 않은 피를 또 한 번 토해냈다. "지가 죽을 줄은 꿈에도 몰랐을 거야." 빙이 음침하게 덧붙였다. "나한테 수작 부렸다간 목숨도 부지하지 못한다는 걸 알아야지."

"프레드는 누나가 빙 앤드 선즈에 남지 않아도 자기 몫의 유산 절반을 떼어줄 거라고 거짓말했습니다."

"남 뒤통수치는 게 우리 가족 전문인가 보지."

"윌버 킹먼의 장례식 녹화영상에서 빙 씨가 얼한테 뭐라고 말하는 걸 봤습니다. 킹먼이 목숨을 잃은 난파 사고를 일으킨 게 **얼**이라는 걸 안다고 얘기한 겁니까?"

"이런, 디바인, 꽤 하는데?" 빙이 대꾸했다.

"실제로 말이 되는 논리가 그것밖에 없거든요."

"윌버가 장비 손보는 동안 얼한테 배의 조종을 맡겼어. 근데 그 멍청한 놈이 안개 속에서 제대로 못 보고 가속하는 바람에 모래톱에 배를 꼬라박았지."

"그걸 어떻게 알아낸 겁니까?"

빙이 피를 더 토해냈고 말하는 속도도 현저히 느려지기 시작했다. "장례식 전날 얼이 입관 끝나고 빙 앤드 선즈로 와서 시체에 대고 고해성사를 했거든. 어찌 된 일인지 녹화 버튼이 눌려 있어서 우리 가족이 얼의 자백 영상을 입수했고, 나한테도 알려줬어. 내가 장례식 때 얼한테 우리도 다 안다고 슬쩍 흘렸지. 얼한테 뭔가 쥐어짜낼 게 생길 때를 대비해서. 하, 그럴 때가 진짜 올 줄이야."

"프레드는 버티 파머도 **뺑소니**로 죽였죠. 지금 본가 차고에 있는 차량을 프레드가 직접 수리하고 있잖습니까."

"알렉스가 버티랑 있을 때 뭔 발작을 일으키더니 프레드를 강간범으로 지목했다는 얘기를 들었어. 버티는 프레디가 그런 일을 저지를 애냐고 물어보러 곧장 프랑수아즈한테 갔고. 뭐, 증거는 없고 알렉스가 발작 중에 뱉은 말이 전부였으니까."

"그래서 프랑수아즈가 알렉스한테 무슨 일이 생겼는지 프레드한테 알렸고 프레드가 버티를 처치했다 이겁니까?"

"바로 그거야. 그리고 경찰이 들이닥치나 기다렸는데 안 그러더군. 프레디는 알렉스는 죽이고 싶어 하지 않았어. 그년한테 여전히 빠져 있었으니까."

"하지만 15년 전 스티브와 밸러리는 **당신이** 죽였죠."

"빙 가족을 협박했으니까. 그래서 내가 그것도 해결한 다음 프랑수아즈가 부검에서 나온 증거를 모른 척하게 했지. 그렇게까지 했는데 여기서 이렇게 피를 쏟고 있군. 이제 해변도, 골프도 끝이겠네. 인생 참 엿같아."

"얼은요?"

"마음 약해져서 다 불려고 하잖아. 우리가 미리 약으로 푹 재웠어. 약물 흔적이 나올 수 있는 검사는 진행이 안 되게 프랑수아즈가 손을 썼고." 빙이 낮은 소리로 웃음을 터뜨렸다가 통증으로 우는소리를 했다.

"그랬는데 폴리머 탄피들이 발견된 걸 알게 됐다 이겁니까? 그때부터 살인마 가족의 단결이 깨지기 시작했군요."

"하퍼가 문자를 보냈어. 당연히 내가 여기 와 있는 줄은 모르고 그랬지. 아무튼 그 연락을 받고 망할 조카놈들이 나한테 죄를 싹 뒤집어씌우려는 걸 알게 됐지."

"그래서 조카들을 찾아가서 그다음은요?"

"그다음은, 배은망덕한 것들이 나한테 총구를 들이밀지 뭐야."

"총으로 위협해서 빙 씨를 밀실에 묶어놓고 마취약을 꽂아 재운 다음, 어떻게 없애면 좋을지 의논하고 있었다는 건가요?"

"걔들은 내가 현역 때 진통제를 하도 맞아서 내성이 생겼다는 거랑 내가 아직 말처럼 튼튼하다는 사실을 간과했어. 프랑수아즈가 물

뽕 한 차례 더 놓으러 들어오더군. 나는 의식이 없는 척했지만 혼자 있는 동안 양손의 결박을 풀어놓은 덕분에 전세를 뒤집을 수 있었지. 프랑수아즈가 칼로 나를 그었지만 결국 내가 제압했어. 내가 궁금해하는 걸 줄줄 불게 한 후에 개 목을 졸랐고 한적한 데로 싣고 가서는 절벽으로 끌고 가 바위에 던져버렸지. 그런 다음 여기로 온 거야. 와서 프레디를 찾는데 갑자기 그놈이 나타나서 나를 쏘지 뭐야. 흥, 아마 다른 데를 노렸다가 실수로 맞혔겠지." 빙이 한 번 더 길게 기침을 토하더니 젖은 숨이 그렁그렁한 탈진한 목소리로 말했다. "자, 네놈 질문에 다 답해줬다. 나도 하나 있으니 대답해봐. 제니가 진상을 어떻게 알아낸 거지?"

"제니가 건져낸 옛날 위성사진으로요. 다만 사진에 순찰차가 찍힌 걸 보고 **당신이** 범인인 줄 알았죠. 나도 처음엔 그런 줄 알았는데 당신처럼 용의주도한 사람이 순찰차를 몰고 가다 강간을 저지를 리 없다는 데 생각이 미쳤습니다. 게다가 알렉스가 살아남았잖습니까. 당신이라면 확실히 죽였겠죠. 또, 파머 부부가 순찰차를 지나치면서 놀라는 표정이 잡혔습니다. 운전대를 잡은 게 당신이었다면 놀라지 않았겠죠. 왜냐, 아직 알렉스를 발견하기 전이니까. 하지만 그들은 당신이 아니라 **프레드**가 운전하는 걸 봤고 그래서 놀랐던 겁니다."

"그 한심한 새끼가 지가 뭐라도 된 양 순찰차 끌고 신나게 돌아다니다가 전부터 눈독 들였던 계집애가 혼자 있는 걸 보고 일을 벌인 거야. 마무리할 배짱도 없는 주제에."

"프레드와 알렉스는 어딨습니까?"

"나라면 화장터를 확인해보겠어. 그놈 새끼, 증거를 없애려고 할 테니까. 그래 놓고 나한테 뒤집어씌우려고." 빙이 한 차례 더 젖은기침을 토했다. 인간 신체의 한계점에 다다른 소리였다. "씨발, 죽도록 아프네."

그러더니 빙은 최고로 극단적인 진통제를 꺼내 들었다.

총성이 울린 순간 디바인은 바닥에서 핸드폰을 낚아채고 문을 발로 차 열었다. 거기, 거구의 벤저민 빙이 얼굴 대부분이 날아간 채 제일 안쪽 벽에 기대앉아 있었다.

다음 순간 디바인은 화장터로 전력질주하고 있었다.

81장

갑자기 의식이 돌아온 알렉스는 머리가 멍하고 몸은 젖은 솜 같은 상태로 주위를 천천히 둘러봤다.

특수 장비가 갖춰져 있는 꽤 널찍한 공간이었다. 알싸하고 역한 냄새가 났고 불규칙하면서 불길한 소음이 들려왔다. 알렉스가 일어나 앉으려고 했지만 뭔가 몸을 붙잡았다. 밧줄이 몸을 어딘가에 고정하고 있었다. 몸을 움직여 풀어보려고 했지만 결박이 너무 단단했다. 알렉스는 고개를 도로 누이고 옆으로 돌렸다.

그러자 작업에 열중하고 있는 그가 보였다.

"프레드, 뭐 하는 거야?" 알렉스가 희미한 목소리로 물었다.

프레드는 못 들은 것 같았다.

"프레드!"

그가 돌아서서 그녀에게 다가왔다. "몸은 좀 어때?"

"왜 이런 짓을 하는 거야?"

프레드가 한 손으로 그녀의 팔을 살짝 건드리며 다른 손으로 안

527

경을 고쳐 썼다. "미안한데 이러는 수밖에 없어."

그의 손이 닿자마자 알렉스는 달궈진 인두에 닿은 양 움찔했다. 그러더니 눈을 감고 머리를 쿵쿵 찧더니 신경발작을 일으키듯 몸을 비틀기 시작했다.

프레드는 아무 반응도 하지 않았다. 그냥 말없이 서서 눈앞에 벌어지고 있는 일을 지켜볼 뿐이었다. 마침내 알렉스가 경련을 멈추고 호흡도 서서히 정상으로 돌아왔다. 그녀가 눈을 뜨고 고개를 돌려 프레드를 봤다. 이번에는 모든 게 기억났다. 그리고 그녀의 눈빛에서 프레드도 그 사실을 알아챘다.

"그때 너를 해치려는 마음은 없었어, 알렉스."

"나를 **강간했고** 죽이려고까지 했잖아."

"일이 순식간에 벌어졌는데 어쩔 줄을 모르겠더라고. 내 말 믿어줘."

"친구였잖아. 우리 언니도 알고 지냈고. 고등학교 때 나를 가르치기까지 했잖아."

"너를 사랑하기도 했어. 처음 본 순간부터 사랑했어. 그 후로 멈춘 적 없어."

"그럼 어떻게 나한테 이럴 수 있어?"

"네가 자전거 타고 가는 걸 봤어. 너무 아름다웠지. 나는 경찰차를 몰고 있었어. 그래서…… 기분이 날아갈 것 같았어. 뭐든 할 수 있을 것 같고. 너를 태우고 돌아다니고 싶었어. 근데 너는 싫다고 했어. 나는 너도 나를 사랑하는 줄 알았고 그래서 계속 타라고 했지. 근데 네가 내 따귀를 때리더라. 그래서 화가 났어, 머리 뚜껑 열릴 정도로. 그냥 차를 태워준다는 것뿐이었잖아."

"그러고서 나를 강간했잖아!"

"나는 정말로 너도 원하는 줄 알았어, 알렉스. 근데 하고 나서 네가 너무 화를 내기에 그만—."

"나를 죽이려고 했지. 죽게 내버려뒀어!"

"너를 사랑해."

"사랑한다면 놔줘. 지금 당장."

프레드가 몇 발짝 다가왔다. "그럴 순 없어. 마음 깊은 데서는 너도 그렇다는 걸 알 거야."

"네가 우리 언니 죽였지!" 알렉스가 악을 썼다.

그러자 프레드가 허겁지겁 입을 열었다. "아냐, 나 아니야. 우리 삼촌이—."

"너도 너네 삼촌도 다 지옥에나 가!"

프레드가 한 발 물러서며 시선을 떨구었다. "화난 거 알아."

"그래, 화났다." 알렉스가 격하게 내뱉었다. "지금 네 손에 죽게 생겼는데 당연하지."

"이렇게까지 할 생각은 없었어, 네가 다 기억한다 해도."

"무슨 소릴 하는 거야?"

"그런데 네가 배신을 했지."

"뭐!?"

프레드가 다가와 그녀를 빤히 바라봤다. "네 멍청한 오빠가 집을 파는 걸 허락하려고 했잖아. 다른 데로 가버리려고 했잖아. 뭐 그건 내가 해결했어. 아니, 해결하려고 시도는 해봤어. 근데 최악의 배신은 그게 아니었어."

"무슨 소리야?"

"네가 화실에 있는 걸 봤어…… 그 남자랑."

"누구?" 알렉스가 도전적인 투로 물었다.

"트래비스 디바인. 둘이 서로 어떤 눈빛으로 쳐다보는지 내가 다 봤어. 네가 그놈한테 키스했잖아! 집에 같이 갔고. 둘이 뭐 했는지 알아. 안다고." 프레드가 실망한 듯 고개를 저었다. "그런 짓을 할 정도로 어리석은 줄은 몰랐는데."

"그만해. 그만하고 나를 보내줘."

프레드는 계속 고개를 저었다. "나는 우리 사이의 신뢰를 끝까지 지켰을 거야, 알렉스, 너도 그렇게 했다면."

"집어치우라고. 그만해!"

"다른 방법이 있었다면—."

"다른 방법은 있어. 나를 놔주고 자수하는 거야."

"그럼 내가 감옥에 가잖아."

"**나는** 그 오랜 세월 동안 어디에 갇혀 있었는데?" 알렉스가 악에 받쳐 소리 질렀다.

"그 일로 힘들었던 거 알아. 많이 힘들었겠지."

"그럼 옳은 선택을 해. 나를 놔주고 경찰에 신고해서 네가 무슨 짓을 했는지 다 털어놔."

프레드가 고개를 저었다. "이제 와서 모든 걸 잃기엔 그동안 공을 너무 많이 들였어."

"모든 거라니, 뭐? 장례업장? 너는 시체랑 너무 많은 시간을 보내. 어쩌면 그게 문제인지도 모르지."

프레드가 미간을 찌푸렸다. "사람들은 늘 내 직업을 가지고 놀려 댔지만 그건 필수적인 서비스—."

"관심 없어!" 알렉스가 외쳤다. "너나 네가 하는 일에 관심 하나도 없다고, 알아들어? 그냥 하려던 거나 해치우고 한심한 네 삶으로 돌아가." 그러고 그녀는 눈을 감았고, 떨리는 두 빰을 타고 눈물이 흘러내렸다.

"고통은 없을 거야. 당연히 마취부터 해줄게. 금방 끝나, 알았지? 내 말 믿어. 일이 이렇게 되지 않았으면 좋았을걸. 내 마음 알지?"

알렉스는 대꾸하지 않았다.

프레드는 조작하던 장비로 돌아가 화장로에 달린 화면 앞에 서서 정보를 입력하기 시작했다. 그러더니 이내 알렉스를 건너다보며 말했다. "요새는 컴퓨터가 다 자동으로 해줘. 체중이며 필수 정보 몇 가지만 입력하면 알고리듬이 온도랑 시간을 계산해줘."

알렉스는 여전히 눈을 감은 채, 이제는 나직이 뭐라고 중얼거리고 있었다.

프레드가 몸을 돌려 하던 일을 마저 하며 말을 이었다. "아무튼, 인체는 65퍼센트가 물이라서 그걸 다 증발시키려면 엄청난 양의 열에너지가 요구돼. 그 작업은 우선 제1연소로에서 이루어져야 해. 거기서 수분을 날려버리면 제2연소로가 남은 유기물을 처리해. 그런 다음 분골기가 남은 걸 가루로 빻아. 그걸 이제 우리가 유골함에 넣어서 유가족한테 주는 거야. 네 유골은 조슬린 포인트에 뿌릴까 하는데. 괜찮겠어? 그 집을 늘 좋아했잖아, 그렇지?"

프레드가 말을 멈추고 다시 알렉스를 돌아다봤다. 알렉스는 여전히, 이제는 좀 더 큰 소리로 중얼대고 있었다.

"뭐라고 하는 거야?" 프레드가 물었다.

이내 그가 다가와 몸을 숙였다. "뭐라고 하는 거야?"

알렉스는 대답하지 않았다.

프레드가 그녀의 밑으로 팔을 넣어 몸을 번쩍 들어 올렸고, 위에 기다란 판지 상자가 놓인 컨베이어벨트로 데려갔다. 그리고 그 상자 안에 그녀를 뉘었다.

"당연히 마취부터 해줄게. 그러고 한 시간이면 다 끝날 거야."

그는 컨트롤 패널로 돌아가 하던 작업을 마저 했다. 잠시 후 알렉스가 고개를 조금 들고 주위를 살폈다. 시선이 컨베이어벨트가 향하는 곳에 꽂혔다—대형 철제 연소로였다. "다 밝혀질 거야. 사람들이 진실을 밝혀낼 거야, 프레드."

프레드가 그녀를 돌아다봤다. "사람들은 내가 알려지길 바라는 대로 알게 될 거야. 우리 삼촌이 너한테 집착하고 있었다고. 삼촌이 너를 납치해서 어디론가 데려갔다고. 그게 어딘지는 아무도 못 알아낼걸. 그런 다음 삼촌이 내가 막으려 했다는 이유로 여기까지 쫓아와서 나까지 죽이려고 한 거지. 대신에 내가 삼촌을 쐈고. 나는 영웅이 될 거야." 그는 곧 알렉스를 컨베이어벨트에 태워 들여보낼 소각로를 쳐다봤다. "게다가 유골에서는 DNA고 뭐고 아무것도 못 건져. 그러니 네가 처음부터 존재하지 않았던 것처럼 될 거야."

"넌 미쳤어!" 알렉스가 내뱉었다.

"아니, 그냥 신중한 거야."

알렉스는 눈을 감고 큰 소리로 중얼거리면서 몸을 좌우로 흔들어 판지 상자 벽면에 부딪히기 시작했다.

프레드가 돌아보고 소리쳤다. "알렉스, 제발 그러지 마."

그가 허겁지겁 작업대로 와 주사기를 집어들고 바늘 보호캡을 벗겼다. "잠깐 따끔하고 아무것도 안 느껴질 거야." 그러면서 주사를 놓으려는데 알렉스가 너무 격하게 몸을 비틀어서 도저히 놓을 수가 없었다.

"그만해, 멈춰, 알렉스." 프레드가 주사기를 내려놓고 그녀의 양어깨를 붙잡았다. "왜 이러는 거야?" 그가 버럭 내질렀다. "또 발작하는 거야?"

그 순간 알렉스가 눈을 번쩍 뜨더니 어느새 끊어진 밧줄에서 오른손을 빼내 디바인이 준 단검으로 프레드의 어깨를 푹 찔렀다. 그러고 길게 괴성을 토하면서, 벌어진 살점 속 칼날을 한 번 비틀었다가 위로 휙 올렸다.

프레드가 고통에 비명을 지르며 어깨에 꽂힌 채 부들거리는 칼날을 보더니, 알렉스를 하도 세게 후려쳐서 그녀가 상자 저편으로 넘어가 바닥에 떨어졌고 그대로 널브러졌다.

"어떡해, 이걸 어떡하지." 프레드가 헐떡거렸다. "왜 그랬어? 아프잖아. 아 젠장, 너무 아파."

알렉스는 천천히 일어서려고 했지만 끝내 그러지 못하고 무릎을 쿵 찧으며 주저앉았다.

프레드가 컨베이어벨트를 빙 돌아와서 그녀의 명치를 발로 찼다. 알렉스는 비명을 질렀지만, 곧 험악하고 독기 어린 표정을 지었다. 그녀는 벌떡 일어나 그에게 달려들어 그의 어깨에서 칼을 뽑아냈다. 그러자 상처에서 뿜어져 나온 피가 두 사람을 흠뻑 적셨다.

프레드가 새된 비명을 지르더니 알렉스의 얼굴을 주먹으로 후려쳤다. 알렉스가 컨베이어벨트에 부딪혔다가 바닥에 쓰러졌다.

"도…… 동맥이잖아. 네가…… 네가 동맥을 끊어놨어."

"부디 그랬기를 바라." 알렉스가 통증에 인상을 쓰며 숨 가쁘게 대꾸했다.

프레드가 작업대에서 묵직한 스패너를 집어들었다. 그리고 그녀를 내리치려고 그걸 휙 들어 올린 순간…….

날아온 총탄은 그의 이마에 정확히 박혔고, 뇌 연조직을 회복 불가한 정도로 파괴한 뒤에도 한동안 그대로 박혀 있었다.

숨이 끊어진 프레드가 알렉스의 위에서 휘청거렸지만 그것도 잠

시뿐이었다. 그의 몸이 컨베이어벨트에 부딪혔다가 반동으로 튕겨
나갔고 그대로 바닥에 푹 고꾸라졌다.

얻어맞고 피투성이가 된 알렉스가 문간을 돌아봤다. 거기서 디바
인이 막 총구를 내리고 있었다.

82장

대크는 어깨 보호대를 차고 있었다. 알렉스는, 신체적 상처야 대부분 아물었지만 정신적 상처는 아직 보살핌이 필요했다.

두 사람은 DC로 돌아가는 비행기를 타야 하는 디바인을 뱅고어의 공항까지 차로 태워다준 참이었다.

디바인은 하퍼와 퍼스하고, 또 맨 요원과 색슨 요원하고도 회의를 하면서 몇 번이나 경과보고를 했다. 에머슨 캠벨과도 줌으로 그렇게 했다. 모두가 그의 공을 치하했다. 이번 수사가 모든 면에서 대성공이라고 했고 제니 실크웰의 핸드폰과 노트북이 바다에 수장된 것에 안도했다. 게다가 디바인은 벤저민 빙의 자백을 아이폰에 녹음까지 했잖은가.

캠벨은 컴퓨터 화면 속에서 그에게 경례를 붙이며 말했다. "고맙네, 디바인. 훌륭한 임무 수행이었어. 나한테는 개인적으로도 큰 의미가 있네."

"감사합니다, 장군님."

"클레어도 결과를 보고받았네. 자네한테 고맙다고 전해달라더군. 그리고…… 커트한테도 얘기했네. 못 알아듣는 건 알지만 내 마음이 한결 편안해졌어."

"장군님이 생각하시는 것보다 더 많이 알아들으셨을지도 모릅니다."

하지만 디바인은 사건이 남긴 즐비한 시체 때문에, 성공적 임무 완수라는 그들의 평가에 동의할 수 없었다. 만약 작전 수행 중 이렇게 많은 전사자를 냈다면, 목적을 달성했더라도 그 작전은 그가 보기에 처참한 실패였을 것이다.

퍼트넘은 공식 루트로, 그리고 입소문을 통해, 사건의 진상을 거의 다 알게 되었다. 주민들은 넋이 나갔다는 표현으로는 부족할 정도로 충격을 받았다.

대크가 멀쩡한 쪽 손으로 디바인과 악수했다. "고맙습니다. 다른 건 몰라도 실크웰가가 큰 빚을 진 건 분명하네요. 게다가 알렉스의 목숨까지 구해주셨잖아요."

"별말씀을. 엘버 양식업은 어떻게 됐습니까?" 디바인이 알렉스 쪽을 흘끔거리며 물었다.

"정식으로 허가 신청을 해놨지만 어쩌면 그게 필요 없을지도 모르겠습니다."

"그래요? 왜죠?"

"우리 집안 쪽 변호사들이 빌어먹을 빙 가족 전체를 상대로 불법 행위로 인한 사망 소송을 걸었거든요. 디바인 요원이 녹음한 벤저민 빙 그 미친놈의 얘기대로라면 가족 전체가 가담한 거잖아요. 아니면 적어도 알고는 있었거나. 벤저민의 형제들이 이미 수천만 달러 합의금을 제시했어요. 하지만 나는 마지막 한 푼까지 쥐어짜낼 겁니다."

그러고서 대크가 알렉스를 돌아봤고, 그의 얼굴에서 만족스러운 표정이 가셨다. "그렇게 해도 충분치 않을 거예요. 누나가 살아 돌아오는 것도 아니고."

"그러게 말입니다." 디바인이 대꾸했다.

대크가 어색하게 여동생을 흘끔 보더니 말했다. "어, 그럼 두 사람이 이야기 나누게 자리 피해드릴게요."

대크가 성큼성큼 가버리자 디바인은 알렉스에게 바짝 다가갔다.

"좀 어때요?" 그러고 물었다. "진짜로요."

"모르겠어요." 알렉스가 대답했다. "어떤 때는 상처가 치유되는 것 같다가 또 어떤 순간에는…… 모르겠어요."

"이런 일은 시간이 걸립니다."

"그러게요, 다들 그렇게 말하네요." 알렉스는 대수롭지 않다는 투로 덧붙였다. "내가 여든 살쯤 되면 괜찮아지겠죠."

"내가 구해줄 필요도 없었잖아요. 알렉스 혼자서 프레드를 처치했으니까."

"트래비스가 준 군용 칼 덕분이죠. 프레드가 들이닥쳐서 나를 납치했을 때 일부러 주머니에 그 단검이 든 외투를 챙겨 입었어요. 프레드는 멍청하게 내 몸을 수색하지도 않았어요. 아마 내가 옛날의 겁먹은 십대 소녀에서 크게 달라지지 않았을 거라고 넘겨짚었나 봐요. 트래비스가 가르쳐준 대로 배를 찌르진 못했지만, 밧줄을 끊고 결박을 푼 뒤에는 찌른 칼을 비트는 걸 잊지 않았어요. 그게 결정적이었죠." 알렉스가 어이없다는 듯 천천히 고개를 저었다. "내가 이런 말을 하고 있다니 믿기지 않아요. 꼭 다른 사람이 찌르는 걸 구경하는 것 같았어요. 나는 폭력적인 사람이 아닌데."

"폭력이 유일한 생존 수단일 때는 누구든 폭력적으로 돌변할 수 있어요."

알렉스가 그의 팔을 가만히 만졌다. "트래비스의 삶에서는 그런 폭력이 예사였겠죠."

"맞습니다, 내가 원한 것 이상으로." 그가 잠시 입을 다물었다. "알렉스가 그리기 시작한 그림 봤어요. 완성할 건가요?"

"이미 완성했어요. 이 안에서." 그러면서 그녀는 자기 머리를 톡톡 쳤다. "있죠, 프레드가 나를 죽일 준비를 하면서 나를 사랑한다고 했어요."

"사랑과 살인은 상호 배타적인 게 아니에요. 사실 증오나 질투, 또 그 비슷한 감정들보다 사랑 때문에 저지르는 살인이 더 많아요."

"맙소사, 세상은 정말로 요지경이네요."

"이제 어떻게 할 거예요?"

"언니의 죽음을 애도할 거예요. 때가 되면 아버지의 죽음도 애도하겠죠. 조만간 아버지 뵈러 가려고요."

"같이 가줄게요. 알렉스가 원한다면."

그녀가 양손으로 그의 한 손을 감싸 쥐었다. "원해요. 그 일만큼은 혼자서 마주하지 못할 것 같아요."

"알렉스는 내가 곁에 있든 없든 어떤 일도 마주할 수 있을 것 같은데요."

"엄마도 뵈러 갈까 생각 중이에요."

"좋은 생각이에요." 디바인이 말했다.

알렉스가 호기심 어린 얼굴로 그를 올려다봤다. "그래요? 왜요?"

"왜냐면 시간이 흐르고 소중한 사람들을 잃어가게 되면 그들 곁에 있어줄 수 있을 때 그렇게 해야 한다는 걸 깨닫게 되거든요."

"말이 쉽죠."

디바인은 자신의 멀어진 가족을 떠올렸다. "맞아요, 말이 쉽죠. 그래도 노력은 할 수 있잖아요. 아무튼, 그래서 퍼트넘에서 계속 살 거예요?"

"아니요. 집을 팔기로 했어요. 그 집엔 나한테 소중한 게 하나도 없어요. 그리고 이탈리아에 갈 거예요. 거장들의 도시 로마랑 피렌체로. 가서 책이나 영상 말고 실제 그림이랑 조각 작품을 보고 싶어요. 그건 시작에 불과해요. 트래비스 말대로 세상은 넓고 나는 따라잡을 게 많으니까." 그러더니 알렉스가 갑자기 초조한 기색으로 말을 잇지 못했다.

"왜요?"

"트래비스는 세계 곳곳을 다녀봤겠죠. 그래도 혹시─그중 몇 군데에 나랑 같이 갈 마음 있어요?"

"세계 곳곳에 가본 건 **맞습니다**. 하지만 알렉스랑 같이 간 건 아니잖아요. 어떻게든 가도록 해볼게요."

"나 때문에 괜히 곤란해지는 건 싫은데."

"나는 원하지 않는 건 하지 않아요, 알렉스."

알렉스가 그에게 몸을 기댔다. "나도요."

그들은 마지막의 마지막 순간까지 서로에게서 떨어지지 않았다. 그러다 마침내 디바인은 비행기에 탑승하러 게이트로 뛰어갔다.

두어 시간 후에 그는 DC에 돌아와 있었다. 수하물 코너에서 짐을 찾은 그는 공항의 인파를 뚫고 택시 승강장으로 갔다.

택시에 타서 기사에게 주소를 읊었다. 얼마 후 택시비를 지불할 때가 되어 지갑을 꺼내려고 재킷 주머니에 손을 넣었다. 한데 지갑에 웬 쪽지가 딸려 나왔다.

디바인은 쪽지를 펴고 우아한 필체로 적힌 글을 읽어 내려갔다.

공항에서 잠시 스쳐서 반가웠어, 전직 육군 대위 디바인. 두 번이나

당신을 제거하는 데 실패했군. 하지만 이런 말도 있잖아. 게임은 삼세 판이라고. 세 번째는 성공하길. 곧 보게 될 거야. 약속하지.

키스를 보내며.

열차의 여자.

감사의 말

　미셸, 당신이 메인을 얼마나 사랑하는지 알지. 그러니 이번 건 당신에게 주는 선물이야. 메인의 풍광을 실컷 즐기기를!

　마이클 피치, 벤 세비어, 커사이아 뎁, 조너선 발루카스, 매튜 밸라스트, 베스 드 구스먼, 아나 마리아 알레시, 레나 콘블러, 캐런 코츠톨니크, 앨버트 탱, 앤니 도즈, 아이비 청, 조지프 베닌케이스, 알렉시스 길버트, 앤드루 던컨, 재닌 페레스, 로렌 숨, 밥 카스티요, 레베카 홀런드, 브리아나 쿠치타, 마크 스티븐 롱, 마리 먼다카, 리사 칸, 존 콜루치, 니타 바수, 앨리슨 라자루스, 매리 브로드헤드, 마사 부치, 엘리자베스 블루 게스, 존 리어리, 존 레플러, 레이철 헤어스턴, 티샤나 나이트, 제니퍼 코제크, 수잰 마르크스, 데릭 미한, 도나 노퍼, 롭 필포트, 바버라 슬래빈, 캐런 토레스, 리치 털리스, 메어리 어번, 애비 몰더, 판타시아 브라운, 줄리 허난데스, 로라 셰퍼드, 마리차 럼프리스, 도미니크 스톤스, 리 콜린스 리프세트, 제프 셰이, 카를라 스토캘퍼, 카이론 페츠제럴드, 그리고 그랜드 센트럴 퍼블리싱의 모든 분들께. 우리, 여덟 권 더 내야 하죠. 어서 작업하고 싶어 근질거립니다. 당신들 다 최고예요.

애런과 알린 프리스트, 루시 차일즈, 리사 에어바크 밴스, 프랜시스 잴럿밀러. 키어스틴 피니, 나탈리 로셀리에게. 새 사무실 멋지던데요. 그건 그렇고, 이 업계에서는 당신들이 최고예요.

이번에도 어김없이 뛰어난 편집자임을 증명해 보인 미치 호프먼에게 감사의 마음을 보냅니다.

내가 최고의 위치에서 미끄러지지 않게 붙잡아준 팬 맥밀런의 조애나 프라이어, 제러미 트레버던, 루시 헤일, 프란체스카 파타크, 스튜어트 드와이어, 리앤 윌리엄스, 킨사 아지라, 세라 로이드, 클레어 에번스, 제이미 포레스트, 로라 셜록, 조너선 앳킨스, 크리스틴 존스, 앤디 조애누, 샬럿 윌리엄스, 레베카 켈러웨이, 샬럿 크로스, 루시 그레인저, 홀리 마틴, 베키 로이드, 닐 랭. 쉬운 일이 아닌 거 알고, 그런데도 흠잡을 데 없이 그 역할을 해준 당신들에게 고마움을 전합니다.

내 독자를 몇 곱절 늘려준 팬 맥밀런 호주의 프라빈 나이두와 그의 훌륭한 팀에게 감사를 표합니다. 곧 또 봅시다!

내가 나이가 훨씬 많지만 형제처럼 느껴지는 캐스피언 데니스와 샌디 바이올렛에게도 감사의 마음을 전합니다.

군 관련 전문 지식을 제공해준 척 비택에게 감사를 전합니다.

금융 관련 조언을 해준 톰 드퐁에게도 감사를 전합니다.

자선 경매 당첨자 프랑수아즈 기욤(마크 트웨인 생가 · 박물관), 웬디 퍼스(아멜리아섬 도서 축제), 고 리처드 웨인 하퍼의 유족 분들(재향군인을 위한 집), 착한 놈이든 나쁜 놈이든 동명의 등장인물을 보며 즐거우셨기를!

나의 소중한 친구 하비 왓킨스, 이야기 속 왓킨스 씨를 보고 즐거웠기를 바라네. 오래도록 이렇게 우리를 아껴줘서 고맙네.

　마지막으로 크리스틴 와이트와 미셸 버틀러, 당신들 없이 이 기차는 굴러가지 못할 겁니다.

옮긴이 허형은

대학에서 한국사를 전공한 후 좋아하는 일을 찾아 번역의 길에 들어섰다. 옮긴 책으로는 《뜨거운 미래에 보내는 편지》, 《하프 브로크》, 《두렵고 황홀한 역사: 죽음의 심판, 천국과 지옥은 어떻게 만들어졌나》, 《세계의 끝 씨앗 창고》, 《미친 사랑의 서》, 《기독교는 어떻게 역사의 승자가 되었나》, 《디어 가브리엘》, 《토베 얀손, 일과 사랑》, 《삶의 끝에서》, 《삶은 문제해결의 연속이다》, 《죽어 마땅한 자》, 《블랙 핸드》 등이 있다.

경계에 선 남자

초판 1쇄 인쇄 2026년 1월 25일
초판 1쇄 발행 2026년 1월 30일

지은이 데이비드 발다치
옮긴이 허형은
펴낸이 신경렬

상무 강용구
기획편집 이다희 신유미
마케팅 구민지
디자인 굿베러베스트
경영지원 김정숙 김윤하

편집 박은경

펴낸곳 ㈜더난콘텐츠그룹
출판등록 2011년 6월 2일 제2011-000158호
주소 04043 서울시 마포구 양화로 12길 16, 7층(서교동, 더난빌딩)
전화 (02)325-2525 | **팩스** (02)325-9007
이메일 editor1@thenanbiz.com | **홈페이지** www.thenanbiz.com

ISBN 979-11-5879-249-7 03840